SCIENCE FICTION

Herausgegeben
von Wolfgang Jeschke

URSULA K. LE GUIN

Das Wort für Welt ist Wald

PETER LORENZ

Quarantäne im Kosmos

ALAN DEAN FOSTER

Die denkenden Wälder

Drei
Science Fiction Romane
in einem Band

herausgegeben
von
Wolfgang Jeschke

WILHELM HEYNE VERLAG
MÜNCHEN

HEYNE SCIENCE FICTION & FANTASY
Band 06/4494

Redaktion: Werner Bauer, Wolfgang Jeschke
und Friedel Wahren

Printed in Germany 1988
Umschlagbild: Hans-Peter Fischer
Umschlaggestaltung: Atelier Ingrid Schütz, München
Satz: Schaber, Wels
Druck und Bindung: Ebner Ulm

ISBN 3-453-02752-3

Inhalt

Ursula K. Le Guin

Das Wort für Welt ist Wald

Von Ursula K. Le Guin erschienen in der Reihe
HEYNE SCIENCE FICTION & FANTASY:

Die Geißel des Himmels · 06/3373
Winterplanet · 06/3400
Das Wort für Welt ist Wald · 06/3466, auch ↗ 06/4494
Planet der Habenichtse · 06/3500
Rocannons Welt · 06/3578, auch ↗ 06/4460
Das zehnte Jahr · 06/3604, auch ↗ 06/4460
Stadt der Illusionen · 06/3672, auch ↗ 06/4460
Das Wunschtal · 06/4077
Geschichten aus Orsinien · 06/4211
Malafrena · 06/4375
Das Auge des Reihers,
in: Futura, hrsg. von Virginia Kidd · 06/3856

Die Erdsee-Trilogie:
Der Magier der Erdsee · 06/3675
Die Gräber von Atuan · 06/3676
Das ferne Ufer · 06/3677
Sonderausgabe in einem Band:
Erdsee · 06/4343

Hainish · 06/4460
Die drei frühen Romane des Hainish-Zyklus
als Sonderausgabe in einem Band:
Rocannons Welt
Das zehnte Jahr
Stadt der Illusionen

In der BIBLIOTHEK DER SCIENCE FICTION LITERATUR:
Die zwölf Striche der Windrose · 06/25
Planet der Habenichtse · 06/43
Die Kompaßrose · 06/47

Als Herausgeberin (zusammen mit Virginia Kidd):
Kanten · 06/4015
Grenzflächen · 06/4175

DAS WORT FÜR WELT IST WALD
erschien ursprünglich als HEYNE-Buch Nr. 06/3466
Titel der amerikanischen Originalausgabe:
THE WORD FOR WORLD IS FOREST
Deutsche Übersetzung: Gisela Stege

1

Als Captain Davidson erwachte, fielen ihm sofort wieder zwei Nachrichten ein, die ihm am Tag zuvor übermittelt worden waren, und er blieb liegen, um eine Weile über sie nachzudenken. Eine gute: Die neue Schiffsladung Frauen war eingetroffen. Tatsächlich. Sie waren da, in Centralville, siebenundzwanzig NAFAL-Lichtjahre von der Erde und vier Hubschrauberstunden vom Smith Camp entfernt, die zweite Lieferung gebärfähiger Weiber für die New Tahiti-Kolonie, alle sauber und gesund, 212 Kopf besten menschlichen Zuchtviehs. Oder jedenfalls von einer einigermaßen guten Qualität. Eine schlechte: Der Bericht von Dump Island. Ernteausfall, schwere Erosionen, Totalverlust. Die Reihe der 212 drallen, bettwilligen, großbusigen kleinen Gestalten verblaßte vor Davidsons innerem Auge; statt dessen sah er Regengüsse auf gepflügten Äckern, die die Erdkrume in Schlamm und den Schlamm in eine rote Brühe verwandelten, bis sie über die Felsen in das regengepeitschte Meer abfloß. Die Erosion hatte schon begonnen, ehe er Dump Island verließ, um die Leitung von Smith Camp zu übernehmen, und da er mit einem ausgezeichneten visuellen Gedächtnis begabt war, einem eidetischen Gedächtnis, sah er alles überdeutlich vor sich. Anscheinend hatte dieser Schwellkopf, dieser Kees, doch recht und man mußte dort, wo man Farmen einrichten wollte, eine Menge Bäume stehen lassen. Trotzdem konnte er nicht einsehen, warum eine Sojabohnenfarm soviel kostbaren Platz vergeuden sollte; schließlich konnte man den Boden ja wissenschaftlich erschließen. In Ohio war das ganz anders; wenn man in Ohio Mais anbauen wollte, baute man Mais an und verschwendete keine Handbreit Boden für Bäume und anderes Zeug. Aber die Erde war ein gezähmter Planet, New Tahiti dagegen nicht. Und deswegen war er ja hier: um ihn zu zähmen. Wenn Dump Island jetzt nur noch aus Felsen und Wasserläufen bestand – weg damit; dann fing man auf einer neuen Insel von vorne an und machte es dieses Mal eben besser. Wir lassen uns nicht unterkriegen, wir sind Männer. Was das bedeutet, wirst du nur zu bald erfahren, du verdammter, gottverlassener Planet, dachte Davidson und grinste ein wenig in der dunklen Hütte, denn er liebte Aufgaben, die eine Herausforderung für ihn waren. Der Gedanke an Männer brachte ihm wieder die Frauen in Erinnerung, und abermals ließ er die kleinen Gestalten vor seinem inneren Auge Revue passieren, lächelnd, kichernd, graziös tänzelnd.

»Ben!« brüllte er, als er sich aufrichtete und die nackten Füße auf den nackten Boden setzte. »Heißes Wasser machen, fertig, dalli-dalli!« Das Gebrüll machte ihn vollends wach. Er reckte sich, kratzte sich die Brust, zog seine Shorts an und trat aus der Hütte auf die sonnenbeschienene Lichtung hinaus – alles mit lässig-leichten, geschmeidigen Bewegungen. Als kräftiger und muskulöser Mann machte es ihm Spaß, seinen durchtrainierten Körper zu gebrauchen. Ben, sein Creechie, hatte inzwischen, wie üblich, das Wasser fertig, das dampfend über dem Feuer hing, und hockte, wie üblich, ins Leere starrend am Boden. Creechies schienen nie zu schlafen; sie saßen einfach da und starrten ins Leere. »Frühstück! Dalli-dalli!« befahl Davidson und nahm seinen Rasierapparat von dem ungehobelten Brettertisch, auf dem der Creechie ihn zusammen mit einem Handtuch und einem aufgestellten Rasierspiegel zurechtgelegt hatte.

Davidson hatte heute eine Menge vor, denn er hatte in der letzten Minute vor dem Aufstehen beschlossen, nach Centralville zu fliegen und sich die neuen Frauen persönlich anzusehen. Lange würden die sich ohnehin nicht halten, 212 für über zweitausend Männer; dabei waren die meisten von ihnen vermutlich genau wie beim erstenmal Kolonialbräute, und höchstens zwanzig bis dreißig zum Vergnügen da; die aber waren bestimmt mehr als habgierig, und er wollte diesmal wenigstens bei einer als erster am Drücker sein. Er grinste mit dem linken Mundwinkel; der rechte blieb straff für den sirrenden Rasierapparat.

Der alte Creechie schlurfte umher und brauchte eine Stunde, bis er das Frühstück aus dem Küchenhaus geholt hatte. »Dalli-dalli!« schrie Davidson, und Ben ging von seinem üblichen schlappen Bummelschritt in einen flotten Zuckeltrab über. Ben war ungefähr einen Meter groß, und sein Rückenfell war eher weiß als grün; er war alt und sogar für einen Creechie ausnehmend dumm, doch Davidson wußte, wie man mit ihm umgehen mußte. Viele konnten überhaupt nicht mit Creechies umgehen, Davidson aber hatte nie Schwierigkeiten mit ihnen; er konnte sie zähmen, falls es der Mühe wert war. War es aber eigentlich nie. Wenn man genug Menschen herbrachte, Maschinen und Roboter baute, Farmen und Städte anlegte, würde niemand die Creechies mehr brauchen. Und das wäre gut. Denn diese Welt, New Tahiti, war buchstäblich wie für Menschen geschaffen. Räumte man hier erst gründlich auf, holzte man die dunklen Wälder ab, kultivierte den Boden für den Getreideanbau und eliminierte die mittelalterliche Finsternis, Barbarei und Ignoranz, könnte sie ein Paradies werden, ein richtiger Garten Eden. Eine bessere Welt als die alte, ausgelaugte Erde. Und dann wäre sie seine Welt. Denn genau das war Don Davidson im Innersten seines Herzens: ein Weltenzähmer. Er war kein Prahlhans, aber er wußte, was er wert war. Und so war er nun eben mal geschaffen. Er wußte, was er wollte, und wußte ebenso, wie er es bekam. Und er bekam es eigentlich immer.

Das Frühstück wärmte seinen Magen. Die gute Laune wurde ihm nicht einmal durch Kees Van Sten verdorben, der, fett, weiß und vergrämt, die Augen wie runde Golfbälle, auf ihn zukam.

»Don«, sagte Kees ohne Begrüßung, »die Holzfäller haben in den Kahlschlägen schon wieder Rotwild geschossen. Im Hinterzimmer des Clubs liegen achtzehn kapitale Geweihe.«

»Es ist noch niemandem gelungen, Wilderern das Wildern abzugewöhnen, Kees.«

»Aber Sie könnten es unterbinden. Deswegen leben wir ja hier unter Kriegsrecht, deswegen regiert ja die Armee die Kolonie. Damit die Gesetze eingehalten werden.«

Ein Frontalangriff vom fetten Schwellkopf! Beinahe komisch. »Na schön«, lenkte Davidson gelassen ein, »ich könnte es unterbinden. Aber Sie wissen ja, es sind die Männer, für die ich sorgen muß; das ist, wie Sie ganz richtig sagten, meine Aufgabe. Und nur die Männer zählen hier. Die Tiere nicht. Wenn ein bißchen ungesetzliche Jägerei den Männern dieses elende Leben hier erleichtert, drücke ich beide Augen zu. Sie brauchen hin und wieder eine kleine Abwechslung.«

»Sie haben Sport, Spiel, Hobbys, Filme, Teletapes von allen wichtigen Sportereignissen des vergangenen Jahrhunderts, Alkohol, Marihuana, Hallies und eine neue Ladung Frauen in Central. Für diejenigen, die sich mit den phantasielosen Einrichtungen der Army für hygienische Homosexualität nicht zufriedengeben. Sie werden verwöhnt wie Hätschelkinder, Ihre heldenhaften Grenzer, und haben es nicht nötig, ›zur Abwechslung‹ eine seltene eingeborene Spezies auszurotten. Wenn Sie nicht einschreiten, muß ich in meinem Bericht an Captain Gosse eine krasse Verletzung der Ökologischen Protokolle melden.«

»Tun Sie, was Sie wollen, Kees«, erwiderte Davidson, der niemals die Selbstbeherrschung verlor. Es war jämmerlich, daß ein Euro wie Kees puterrot wurde, wenn er die Kontrolle über seine Gefühle verlor. »Es ist ja schließlich Ihre Pflicht, und ich werde es Ihnen nicht übelnehmen. Sollen die in Central sich doch darüber die

Köpfe zerbrechen und entscheiden, wer von uns recht hat. Sehen Sie, Kees, Sie wollen diese Welt so bewahren, wie sie ist. Einen großen Nationalpark daraus machen. Den Sie in aller Ruhe studieren können. Großartig, Sie sind schließlich ein Spezi. Wir gewöhnlichen Sterblichen dagegen müssen zusehen, daß die Arbeit getan wird. Die Erde braucht Hölzer, dringend sogar. Auf New Tahiti gibt es massenhaft Holz. Also sind wir Holzfäller. Der Unterschied zwischen uns ist der, daß bei Ihnen die Erde nicht den Vorrang hat. Bei mir dagegen hat sie ihn – bedingungslos.«

Kees warf ihm aus seinen blauen Golfballaugen einen schiefen Blick zu. »Wirklich? Wollen Sie aus dieser Welt ein Abbild der Erde machen? Eine Betonwüste?«

»Wenn ich Erde sage, Kees, dann meine ich Menschen. Sie sorgen sich um Wild und Bäume und Fasergras. Schön und gut, das ist Ihr Fachgebiet. Ich aber betrachte die Dinge gern aus der richtigen Perspektive, von oben nach unten, und oben, das sind bis jetzt immer noch die Menschen. Wir sind hier, und darum wird sich diese Welt uns anpassen. Ob es Ihnen paßt oder nicht, es ist eine Tatsache, die Sie akzeptieren müssen; denn so sind die Dinge nun einmal. Hören Sie, Kees, ich wollte mal schnell rüberfliegen nach Central und mir die neuen Kolonisten ansehen. Kommen Sie mit?«

»Nein, vielen Dank, Captain Davidson«, antwortete der Spezi und ging davon, zur Laborbaracke hinüber. Der war tatsächlich wütend. Regte sich über dieses verdammte Rotwild auf. Waren fabelhafte Viecher, gewiß. Mit seinem außergewöhnlich guten Gedächtnis erinnerte sich Davidson noch an das erstemal, als er einen solchen Hirsch gesehen hatte, hier, auf Smith Land, einen großen, roten Schatten von zwei Meter Schulterhöhe und mit schmalem, goldenem Geweih, ein schnelles, mutiges Tier, das schönste jagdbare Wild, das man sich vorstellen konnte. Daheim auf der Erde benutzte man heutzutage sogar in den High Rockies und den

Himalaja-Parks Robowild, das echte war inzwischen ausgestorben. Diese Tiere dagegen waren der Traum eines jeden Jägers. Also war es natürlich, daß sie gejagt wurden. Verdammt noch mal, sogar die wilden Creechies jagten sie mit ihren lausigen, kleinen Bogen. Das Wild wurde gejagt, weil es da war, um gejagt zu werden. Aber das sah der arme, alte Kees, diese personifizierte Caritas, nicht ein. Im Grunde war der Mann ja klug, aber weder realistisch noch abgehärtet. Er wollte nicht einsehen, daß man auf der Gewinnerseite mitspielen mußte, weil man sonst unweigerlich unterlag. Und der Gewinner war der Mensch – immer. Der alte Konquistador.

Davidson schlenderte durch die Siedlung. Die Sonne schien ihm in die Augen, in der warmen Luft hing der Geruch von frischem Holz und Holzrauch. Es sah recht ordentlich aus, für ein Holzfällerlager. Die zweihundert Mann hier hatten in nur drei E-Monaten ein beachtliches Stück Wildnis gerodet. Smith Camp: ein paar große Wellplastbaracken, vierzig, von Creechie-Arbeitern erbaute Blockhütten, die Sägemühle, aus deren hohem kegelförmigen Ofen eine bläuliche Rauchspur über die vielen Morgen von geschälten Stämmen und geschnittenen Brettern hinzog; auf dem Hügel der Flugplatz und der große, aus Fertigbauteilen zusammengesetzte Hangar für Helikopter und den Maschinenpark. Das war alles. Doch als sie herkamen, hatte es hier nichts gegeben. Nur Bäume. Ein düsteres Durcheinander von Bäumen, wirr, endlos, sinnlos. Einen trägen, von Bäumen fast erstickten Fluß, zwischen den Stämmen versteckt ein paar Creechie-Baue, etwas Rotwild, behaarte Affen, Vögel. Und Bäume. Wurzeln, Stämme, Äste, Zweige, Blätter, Blätter oben, Blätter unten, Blätter, die einem ins Gesicht und in die Augen kamen, zahllose Blätter an zahllosen Bäumen.

New Tahiti bestand hauptsächlich aus Wasser, aus warmen, seichten Meeren, da und dort von einem Riff, einem Inselchen, einem Archipel unterbrochen, und den fünf großen Landmassen, die sich in einem 2500-km-Bogen quer über die nordwestliche Quartersphäre zogen. Und all diese Inseln und Inselchen waren dicht mit Bäumen bedeckt. Ozan : Wald. Zwischen diesen beiden Alternativen konnte man auf New Tahiti wählen. Wasser und Sonne oder Dunkelheit und Laub.

Aber jetzt waren die Menschen gekommen, um diese Dunkelheit zu beenden und den Dschungel in sauber zurechtgesägte Bretter zu verwandeln, die auf der Erde wertvoller waren als Gold. Buchstäblich, denn Gold konnte man aus dem Meerwasser und unter dem Eis der Antarktis gewinnen, Holz indessen aber nicht; Holz gewann man nur aus Bäumen. Zweihundert Männer mit Robosägen und schweren Schleppern hatten auf Smith Land in drei Monaten bereits einen acht Meilen breiten Streifen kahlgeschlagen. Die Baumstümpfe des Kahlschlags, die dem Camp am nächsten lagen, waren schon weiß und faulig geworden; mit Chemikalien behandelt, würden sie, bis die permanenten Kolonisten, die Farmer, kamen, um Smith Land zu besiedeln, zu fruchtbarer Asche geworden sein. Die Farmer brauchten dann nur noch zu säen und der Saat beim Wachsen zuzusehen.

Es war schon einmal geschehen. Das war ja das Sonderbare und überdies gleichzeitig der Beweis, daß New Tahiti eigentlich den Menschen bestimmt war. Alles, was es hier gab, war vor ungefähr einer Million Jahren von der Erde gekommen, und die Evolution war zu derjenigen der Erde so parallel verlaufen, daß man alles auf den ersten Blick erkannte: Fichten, Eichen, Walnußbäume, Kastanienbäume, Föhren, Stechpalmen, Apfelbäume, Eschen; Hirsch- und Rehwild, Vögel, Mäuse, Katzen, Eichhörnchen, Affen. Die Humanoiden auf Hain-Davenant behaupteten natürlich, daß sie es zur selben Zeit getan hätten, als sie die Erde kolonisierten, doch wenn man diese ETs hörte, konnte man glauben, sie hätten jeden Planeten in der Galaxis besiedelt und alles, vom Sex bis zu Heftzwecken, erfunden. Die Atlantis-Theorien waren weit realistischer, und dies konnte durchaus eine vergessene Kolonie von Atlantis sein. Aber die Menschen waren ausgestorben. Und das Menschenähnlichste, das sich aus den Affen entwickelt hatte und nun die Stelle der Menschen einnahm, waren die Creechis: ein Meter groß und am ganzen Körper mit grünem Fell bedeckt. Als ETs waren sie etwa Standardniveau, als Menschen aber waren sie eine Pleite, kaum daß man sie noch als solche bezeichnen konnte. Vielleicht nach einer weiteren Jahrmillion. Jetzt aber waren die Konquistadoren gekommen. Die Evolution schritt jetzt nicht mehr mit dem Tempo von einer Zufallsmutation pro Millennium voran, sondern mit der Geschwindigkeit der Sternenschiffe der Terranischen Flotte.

»He, Captain!«

Eine Mikrosekunde zu spät in der Reaktion fuhr Davidson herum, aber das genügte, um ihn zu ärgern. Irgend etwas an diesem verdammten Planeten, an seinem goldenen Sonnenschein und dem stets ein wenig dunstigen Himmel verführte einen zum Tagträumen. Man latschte dahin und dachte an Konquistadores, an Schicksal und so dummes Zeug, bis man genauso stumpf und träge wurde wie die Creechies. »Morgen, Ok«, grüßte er den Vorarbeiter der Holzfäller knapp.

Schwarz und zäh wie ein Drahtseil, war Oknanawi Nabo äußerlich Kees' Gegenteil, seine Miene aber war genauso besorgt. »Haben Sie eine Minute Zeit für mich?«

»Klar. Was ist los?«

»Ach, diese kleinen Scheißkerle wieder.«

Sie lehnten sich mit dem Rücken an einen Lattenzaun. Davidson rauchte seine erste Marihuanazigarette des Tages. Schräge, von bläulichem Rauch durchzogene Sonnenstrahlen wärmten die Luft. Der Wald hinter dem Camp, ein etwa eine Viertelmeile breiter, unberührter

Streifen, war voll jener leisen, niemals endenden, knakkenden, zwitschernden, raschelnden, sirrenden und silberhellen Geräusche, von denen ein Wald am frühen Morgen voll ist. Sie hätte im Idaho des Jahres 1950 liegen können, diese Lichtung. Oder im Kentucky von 1830. Oder im Gallien vom Jahr 50 vor der Zeitrechnung.

»Kit-witt«, sang ein Vogel in der Ferne.

»Ich möchte sie am liebsten wegschicken, Captain.«

»Die Creechies? Wie meinen Sie das, Ok?«

»Sie einfach laufenlassen. Sie arbeiten im Sägewerk nicht soviel, daß sich ihr Unterhalt bezahlt macht. Oder die Schwierigkeiten, die sie machen. Sie wollen einfach nicht arbeiten.«

»Sie werden arbeiten, wenn Sie sie nur richtig anpakken. Schließlich haben sie das Camp aufgebaut.«

Oknanawis Miene war mürrisch. »Na ja, Sie haben den Bogen raus mit ihnen. Ich nicht.« Er hielt inne. »In meiner Ausbildung für den Einsatz draußen habe ich in Angewandter Geschichte gelernt, daß sich Sklaverei niemals bezahlt macht. Sie ist unökonomisch.«

»Stimmt, aber wir treiben keine Sklaverei, mein lieber Ok. Sklaven sind Menschen. Wenn Sie Kühe züchten, nennen Sie das Sklaverei? Bestimmt nicht. Und es geht auch.«

Gleichmütig nickte der dunkle Vorarbeiter, sagte aber: »Sie sind zu klein. Ich habe versucht, die störrischen auszuhungern. Aber sie sitzen einfach da und sterben.«

»Ganz recht, sie sind klein, aber lassen Sie sich da nicht täuschen, Ok. Sie sind zäh; sie haben ein ungeheures Durchhaltevermögen; und sie empfinden keinen Schmerz, wie die Menschen. Das vergessen Sie anscheinend, Ok. Sie haben das Gefühl, wenn Sie sie schlagen, wäre es, als wenn Sie ein Kind schlagen. Aber glauben Sie mir, es ist viel eher, als schlügen Sie einen Roboter, so wenig Schmerz empfinden sie. Bestimmt haben Sie doch schon mal eines von den Weibchen aufs

Kreuz gelegt; da müssen Sie doch gemerkt haben, daß sie nichts fühlen, weder Lust noch Schmerz, sie liegen bloß da wie die Matratzen, da kann man anstellen, was man will. Und so sind sie alle. Vermutlich haben sie ein primitiveres Nervensystem als die Menschen. Etwa wie die Fische. Warten Sie, da muß ich Ihnen eine tolle Geschichte erzählen. Als ich in Central war, kurz ehe ich herkam, ist eines von den gezähmten Männchen mal auf mich losgegangen. Ich weiß, es heißt, daß sie sich nie schlagen, aber dieser ist plötzlich loco geworden, hat richtig durchgedreht, aber zum Glück hatte er keine Waffe, sonst hätte er mich umgebracht. Dafür mußte ich ihn fast umbringen, ehe er mich auch nur losließ. Und er sprang mich immer wieder an. Unglaublich, was der einstecken konnte, ohne das Geringste zu spüren! Wie ein Mistkäfer, auf dem man immer wieder rumtreten muß, weil er nicht weiß, daß er schon tot ist. Da, sehen Sie mal!« Davidson beugte den Kopf mit den kurz geschorenen Haaren, um dem anderen einen dicken Knoten hinter dem Ohr zu zeigen. »Das wäre fast 'ne Gehirnerschütterung geworden. Dabei hat er das gemacht, nachdem ich ihm den Arm gebrochen und sein Gesicht zu Brei geschlagen hatte. Er griff einfach immer und immer wieder an. Der Witz ist der, Ok, daß die Creechies faul, dumm und hinterhältig sind und keinen Schmerz fühlen. Man muß energisch mit ihnen umgehen und bloß nicht weich werden.«

»Die ganze Mühe mit denen ist doch umsonst, Captain! Diese verdammten kleinen, grünen Scheißkerle können nichts, tun nichts; sie kämpfen nicht, sie arbeiten nicht und erreichen nur, daß ich die Krätze kriege.« Die Gutmütigkeit, die aus Oknanawis bärbeißigen Bemerkungen sprach, konnte nicht über die darunterliegende Unbeugsamkeit hinwegtäuschen. Er wollte und würde die Creechies nicht schlagen, weil sie so klein waren; das war eine unerschütterliche Tatsache, und die mußte Davidson akzeptieren. Er tat es, denn er wußte, wie er mit seinen Männern umzugehen hatte. »Passen Sie auf, Ok, versuchen Sie doch mal folgendes: Suchen Sie sich die Rädelsführer heraus und erklären Sie ihnen, daß Sie ihnen Halluzinogene verabreichen würden. Mesk, Lice, irgendwas, die können das sowieso nicht unterscheiden. Aber sie haben Angst davor. Solange Sie es nicht übertreiben, werden Sie damit Erfolg haben, das kann ich Ihnen garantieren.«

»Wieso haben sie Angst vor Hallies?« fragte der Vorarbeiter erstaunt.

»Woher soll ich das wissen? Warum haben Weiber Angst vor Mäusen? Bei Frauen und Creechies darf man nicht nach Logik suchen. Wobei mir übrigens einfällt, daß ich nachher nach Central fliege. Soll ich mir für Sie ein hübsches Kolli-Mädchen vornehmen?«

»Lassen Sie lieber von wenigstens einer die Finger, bis ich auch mal Urlaub habe«, entgegnete Ok grinsend. Eine Gruppe Creechies kam vorbei, die einen 12 mal 12 Zoll großen Balken für das Erholungszentrum trugen, das unten am Fluß errichtet wurde. Langsame, mühselig dahinschwankende Gestalten, die den riesigen Balken schleppten wie Ameisen eine tote Raupe, schweigend und voll Ungeschick. Oknanawi, der sie beobachtete, sagte plötzlich: »Wenn ich die sehe, packt mich das Gruseln, Captain.«

Eine sonderbare Bemerkung von einem harten, verschlossenen Mann wie Ok.

»Nun ja, Ok, daß sich die Mühe mit ihnen oder das Risiko nicht lohnt, darin stimme ich Ihnen zu. Wenn dieser Furz Ljubow bloß nicht wäre und der Colonel sich nicht so darauf versteifte, stur die Vorschriften zu beachten, könnten wir das Gebiet, das wir besiedeln wollen, kurzerhand säubern, statt uns mit diesen Hilfswilligen rumzuplagen. Früher oder später werden die ja doch ausgerottet, und je früher, desto besser. So geht's im Leben nun einmal. Die primitiven Rassen müssen immer den zivilisierten weichen. Oder sich assimilieren lassen. Diese Unmengen von grünen Affen können wir aber weiß Gott nicht assimilieren. Und, wie gesagt, sie haben gerade Verstand genug, um niemals ganz vertrauenswürdig zu sein. Wie diese großen Affen, die früher in Afrika gelebt haben. Wie hießen die noch?«

»Gorillas?«

»Ganz recht. Ohne die Creechies kommen wir hier viel besser voran, genau wie wir in Afrika ohne die Gorillas besser vorankommen. Sie sind uns im Weg ... Aber Daddy Ding-Dong will, daß wir Creechie-Arbeiter einsetzen, also setzen wir Creechie-Arbeiter ein. Vorläufig. Nicht wahr? Na, dann bis heute abend, Ok.«

»Gut, Captain.«

Davidson meldete im Hauptquartier von Smith Camp, daß er den Hubschrauber benutzen werde. Ein würfelförmiges Gebäude aus Fichtenbrettern, vier Quadratmeter groß, zwei Schreibtische, ein Wasserkühler. Lt. Birno reparierte ein Walkie-Talkie.

»Lassen Sie das Camp nicht abbrennen, Birno.«

»Bringen Sie mir eine Kolli mit, Captain. Blond, 87-56-91.«

»Mann, Ansprüche haben Sie!«

»Aber sauber, nicht verschlampt, ja, Captain?« Birnos Hände zeichneten seine Traumfigur in die Luft. Grinsend ging Davidson weiter zum Hangar. Als er mit dem Hubschrauber eine Runde über dem Lager drehte, warf er noch einen Blick hinab: Kinderbauklötze, strichschmale Pfade, lange, mit Baumstümpfen bedeckte Kahlschläge – alles wurde immer kleiner, während er die Maschine höher zog, bis er die grünen Wälder der großen Insel und hinter diesem dunklen Grün das helle des Meeres sah. Nun war Smith Camp nur noch ein gelber Fleck, ein Punkt auf einer weiten, grünen Fläche.

Er überquerte die Smith-Meerenge und die bewaldeten, zerklüfteten Berge im Norden von Central Island. Gegen Mittag war er in Centralville. Es kam ihm nach diesen drei Monaten im Wald tatsächlich wie eine Stadt vor; es gab richtige Straßen und richtige Häuser; es bestand, seit die Kolonie vier Jahre zuvor gegründet worden war. Wie provisorisch alles war, merkte man erst, wenn man nach Süden blickte und in einer Entfernung von einer halben Meile über Kahlschläge und Betonflächen hinweg den einzelnen goldenen Turm entdeckte, der alles in Centralville weit überragte. In Wirklichkeit war es gar kein großes Schiff, nur hier wirkte es so groß. Es war nichts weiter als ein Beiboot, ein Landungsboot, eine Barkasse; das NAFAL-Schiff selbst, die *Shackleton,* schwebte eine halbe Million Kilometer weit oben in der Umlaufbahn. Das Landungsboot war nur eine Andeutung, ein kleiner Hinweis auf die Größe, die Macht, die goldene Präzision und die grandiose Herrlichkeit der sternenverbindenden Technologie der Erde. Deswegen traten Davidson beim Anblick des Schiffes aus der Heimat sekundenlang Tränen in die Augen. Er schämte sich dieser Tränen nicht. Er war durch und durch Patriot, und dies war eben so seine Art.

Kurz darauf, als er durch die typischen Straßen der Grenzerstadt mit ihrem weiten Blick ins Nichts schlenderte, mußte er lächeln. Denn die Frauen waren tatsächlich da, und man sah sofort, daß sie neu waren. Zumeist trugen sie lange, enge Röcke, hohe Schuhe wie Galoschen in Rot, Purpur oder Gold und dazu rüschenbesetzte Blusen in Gold oder Silber. Busen gab es nicht mehr zu sehen. Schade, die Mode hatte sich geändert. Die Haare hatten sie alle hoch aufgetürmt und anscheinend mit diesem klebrigen Zeug besprüht, das sie immer benutzten. Furchtbar häßlich, aber Frauen machten eben alles mit, und wenn es alle machten, war es schön. Davidson grinste einer vollbusigen, kleinen Euraf zu, deren Haaraufbau größer war als ihr Kopf; ihre Antwort bestand zwar nicht in einem Lächeln, immerhin aber in einem Hüftenschwenken, das eindeutig signalisierte, komm mit, komm mit, komm mit. Aber er kam nicht mit. Noch nicht. Zuerst ging er ins HQ von Central:

Quickstein und Plastiplatten, Standardausführung, vierzig Büros, zehn Wasserkühler und eine Waffenkammer im Keller. Er meldete sich beim Zentralen Kolonial-Verwaltungskommando von New Tahiti, traf ein paar Mannschaftmitglieder vom Landungsboot, reichte bei der Forstverwaltung ein Gesuch nach einer Semi-Robot-Rindenschälmaschine ein und verabredete sich mit seinem alten Freund Juju Sereng um vierzehn Uhr in der Luau Bar.

Er war schon eine Stunde früher dort, um vor dem Gelage noch etwas zu essen. Ljubow saß mit zwei Burschen in Flottenuniform am Tisch, mit irgendwelchen Spezis, die mit dem Landungsboot der *Shackleton* gekommen waren. Davidson hatte für die Navy nicht viel übrig; er hielt sie für einen Haufen überheblicher Sonnenhüpfer, die der Army die mühselige und gefährliche Schmutzarbeit auf den Planeten überließen. Aber Lametta war nun mal Lametta, und irgendwie war es auch komisch, wenn man sah, wie Ljubow sich bei allem, was Uniform trug, anbiederte. Er führte das große Wort und gestikuliert dabei, wie es seine Gewohnheit war, mit beiden Händen. Im Vorbeigehen klopfte ihm Davidson auf die Schulter. »Hallo, Raj, alter Knabe, wie geht's, wie steht's?« Dann ging er weiter, ohne Ljubows Stirnrunzeln abzuwarten, obwohl er es gern gesehen hätte. Wirklich komisch, wie Ljubow ihn haßte! Vielleicht war der Kerl, wie viele Intellektuelle, feminin angehaucht und verargte Davidson seine ausgeprägte Männlichkeit. Wie auch immer, Davidson dachte gar nicht daran, auf Ljubow Haßgefühle zu verschwenden, bei dem lohnte sich das einfach nicht.

Die Luau Bar bot ein erstklassiges Hirschsteak. Was würden sie wohl auf der alten Erde sagen, wenn sie sähen, daß ein Mann allein pro Mahlzeit ein Kilo Fleisch verzehrte? Diese armen Sojabohnenfresser! Dann erschien Juju und brachte – wie Davidson ganz richtig vermutet hatte – die besten Stücke der neuen Kolli-

Auswahl mit: zwei wahrhaft aufreizend hübsche Mädchen, keine Bräute, sondern von der Amüsiertruppe. Oh, verdammt, die Kolonialverwaltung konnte manchmal wirklich zuvorkommend sein! Es wurde ein langer, heißer Nachmittag.

Auf dem Rückweg ins Camp überquerte er die Smith-Meerenge in gleicher Höhe mit der Sonne, die wie ein breiter, goldener Dunstschleier über dem Wasser lag. In den Pilotensitz gelümmelt, sang er laut vor sich hin. Im Dunst tauchte Smith Land auf. Über dem Camp hing dicker Rauch, ein dunkler Fleck, als sei Öl in den Verbrennungsofen geraten. Nicht mal die Gebäude konnte er durch den Rauch erkennen. Erst als der auf den Landeplatz niederging, sah er den verkohlten Jet, die zerstörten Hubschrauber, den ausgebrannten Hangar.

Er zog den Helikopter wieder hoch und flog eine Schleife über dem Camp, so niedrig, daß er fast den hohen Kegel des Verbrennungsofens gestreift hätte, das einzige, was noch aufrecht stand. Alles andere war fort, Sägewerk, Hochofen, Holzplätze, HQ, Hütten, Barakken, Creechie-Lager – alles. Geschwärzte Ruinen und Wracks, die noch rauchten. Aber ein Waldbrand war es nicht gewesen. Der Wald stand noch da, grün, direkt neben dem verwüsteten Camp. Davidson kehrte zum Landeplatz zurück, setzte den Hubschrauber auf, stieg aus und sah sich suchend nach dem Motorrad um, aber auch das war nur noch ein verkohltes Wrack inmitten der glosenden Ruinen des Hangars und des Maschinenparks. Er trottete den Pfad zum Camp hinunter. Als er an der ehemaligen Funkbaracke vorbeikam, konnte er plötzlich wieder denken. Ohne einen Sekundenbruchteil zu zögern, wechselte er die Richtung und bog vom Pfad ab hinter das ausgebrannte Blockhaus. Dort machte er halt. Er lauschte.

Niemand. Alles still. Das Feuer war schon lange erloschen; nur die riesigen Holzstapel glühten noch dunkelrot unter der Asche. Mehr wert als Gold waren diese rechteckigen Aschenhaufen gewesen. Von den schwarzen Skeletten der Baracken und Hütten stieg jedoch kein Rauch mehr auf; und in der Asche lagen Knochen.

Davidsons Gehirn arbeitete klar und scharf, als er hinter der Funkbaracke kauerte. Es gab zwei Möglichkeiten. Erstens: ein Überfall aus einem anderen Lager. Vielleicht war ein Offizier von King oder New Java loco geworden und hatte einen Coup de Planète versucht. Zweitens: ein Überfall von außerhalb des Planeten. Er sah den goldenen Turm im Raumhafen von Central. Doch wenn die *Shackleton* plötzlich zum Freibeuterschiff geworden war, weshalb radierte sie dann zuerst ein kleines Holzfällerlager aus, statt Centralville zu überfallen? Nein, es mußte sich um eine Invasion von Fremden handeln. Von einer unbekannten Rasse. Oder die Cetianer oder Hainish hatten beschlossen, gegen die Kolonien der Erde vorzugehen. Er hatte diesen verdammten, abgefeimten Humanoiden nie getraut. Sie mußten eine Thermobombe benutzt haben. Die Streitkräfte der Invasoren konnten sich ohne weiteres mit ihren Jets, Aircarfs und Nuks auf einer Insel oder einem Riff irgendwo in der SW-Quartersphäre versteckt haben. Er mußte sofort zu seinem Hubschrauber zurück und Alarm geben; dann mußte er sich gründlich umsehen, damit er dem Hauptquarter einen kompletten Lagebericht durchgeben konnte. Er wollte sich gerade aufrichten, da hörte er Stimmen.

Keine menschlichen Stimmen, sondern hohes, weiches Geschnatter. Fremde.

Auf Händen und Knien hinter das Plastikdach der Baracke geduckt, das, von der Hitze zu einer Art Fledermausflügel verbogen, auf der Erde lag, verhielt er sich still und lauschte aufmerksam.

Wenige Meter von ihm entfernt kamen vier Creechies den Pfad entlang. Es waren wilde Creechies, nackt bis auf die losen Ledergürtel, an denen Messer und Beutel hingen. Keiner von ihnen trug die Shorts und die Lederweste, die den zahmen Creechies zugeteilt wurden. Die Hiwis im Lager waren wohl mit den Menschen zusammen verbrannt.

Als sie ein Stückchen an seinem Versteck vorbei waren, blieben sie stehen, ohne mit ihrem Geschnatter einzuhalten, und Davidson hielt den Atem an. Er wollte nicht, daß sie ihn entdeckten. Verdammt, was suchten die Creechies hier? Bestimmt dienten sie den Invasoren als Scouts und Spione.

Einer von ihnen deutete beim Sprechen nach Süden und drehte sich dabei um, so daß Davidson sein Gesicht sehen konnte. Und er erkannte ihn sofort. Die Creechies sahen einer genauso aus wie der andere, dieser aber war doch anders. Er selbst hatte ihn vor weniger als einem Jahr im Gesicht gezeichnet. Er war derjenige, der unten in Central loco geworden und auf ihn losgegangen war, der Selbstmörder, Ljubows Liebling. Was, zum Teufel, hatte der hier zu suchen?

Davidsons Gedanken rasten; wie üblich blitzschnell reagierend, stand er plötzlich auf, groß, lässig, Schußwaffe in der Hand. »He, Creechies! Stop. Stehenbleiben. Nicht bewegen!«

Seine Stimme knallte wie eine Peitsche. Die vier kleinen Grünen rührten sich nicht. Der eine, der mit dem zerschlagenen Gesicht, starrte ihn über die schwarzen Trümmer hinweg mit großen, leeren Augen an, die stumpf und tot wirkten.

»Antwortet! Das Feuer – wer hat gemacht?«

Keine Antwort.

»Antwortet! Dalli-dalli! Wenn nicht antwortet, ich brenne erst einen, dann einen, dann einen, kapiert? Das Feuer, wer hat gemacht?«

»Wir haben das Camp niedergebrannt, Captain Davidson«, sagte der Creechie aus Central mit seiner seltsam-weichen Stimme, die Davidson an eine Menschenstimme erinnerte. »Die Terraner sind alle tot.«

»Was soll das heißen, ihr habt es niedergebrannt?«

Aus irgendeinem Grund wollte ihm Narbengesichts Name nicht einfallen.

»Hier waren zweihundert Terraner. Neunzig Sklaven von meinem Volk. Neunhundert von meinem Volk kamen aus dem Wald. Zuerst töteten wir die Terraner an dem Platz im Wald, wo sie Bäume fällten, dann töteten wir die anderen hier, während die Häuser niederbrannten. Ich dachte, Sie wären tot. Es freut mich, Sie hier zu treffen, Captain Davidson.«

Es war verrückt, und natürlich gelogen. Sie konnten sie gar nicht alle getötet haben, Ok, Birno, Va Sten und die anderen, zweihundert Männer; einige mußten entkommen sein. Die Creechies hatten doch nur Pfeil und Bogen. Außerdem hätten die Creechis so etwas ohnehin nicht getan. Creechies kämpften nicht, töteten nicht, kannten keine Kriege. Sie waren intraspezies-nonaggressiv, das hieß: wehrlos. Sie wehrten sich nie. Und bestimmt veranstalteten sie kein Massaker an zweihundert Menschen. Es war verrückt. Die Stille, der leichte Brandgeruch in diesem langen, warmen Abendlicht, die hellgrünen Gesichter mit den reglosen Augen, die ihn beobachteten – das alles war unwirklich, ein verrückter Alptraum, ein Phantasiegebilde.

»Für wen habt ihr das getan?«

»Neunhundert von meinem Volk«, sagte Narbengesicht mit dieser verfluchten, menschenähnlichen Stimme.

»Nein, nein, nicht das. Wer noch? Auf wessen Befehl habt ihr gehandelt? Wer hat euch befohlen, dies zu tun?«

»Meine Frau.«

Davidson bemerkte das verräterische Anspannen in der Haltung des Creechie, aber er sprang ihn so geschmeidig blitzschnell von schräg nach unten an, daß sein Schuß danebenging und ihm nur den Arm oder die Schulter verbrannte, statt ihn zwischen die Augen zu treffen. Und dann war der Creechie über ihm; nur halb so groß und halb so schwer wie er, warf er ihn mit seinem Angriff doch aus der Balance, denn er hatte sich auf seine Waffe verlassen und nicht mit einer Attacke gerechnet. Die Arme dieses Wesens waren dünn, hart und rauhhaarig unter seinem Griff, und als er mit ihm rang, begann es zu singen.

Er lag auf dem Rücken, am Boden festgehalten, entwaffnet. Vier grüne Gesichter blickten auf ihn herab. Narbengesicht sang immer noch, ein atemloses Geschnatter, aber mit einer Melodie. Die drei anderen hörten zu und zeigten grinsend ihre weißen Zähne. Nie hatte er einen Creechie lachen sehen. Und noch nie hatte er einem Creechie von unten ins Gesicht geblickt. Immer von oben. Immer von oben. Er bemühte sich, stillzuhalten, denn im Augenblick hatte es keinen Sinn, sich zu wehren. Wenn sie auch klein waren, so waren sie ihm an Zahl doch überlegen, und Narbengesicht hatte außerdem noch seine Waffe. Er mußte warten. Innerlich aber fühlte er sich elend, empfand er eine solche Übelkeit, daß er sich gegen seinen Willen drehte und wand. Die kleinen Hände hielten ihn mühelos am Boden fest, die kleinen, grünen Gesichter über ihm grinsten.

Narbengesicht beendete seinen Gesang. Ein Messer in der einen Hand, Davidsons Waffe in der anderen, kniete er sich auf Davidsons Brust.

»Sie können nicht singen, Captain Davidson, nicht wahr? Nun, dann dürfen Sie zu Ihrem Hubschrauber laufen und davonfliegen. Richten Sie dem Colonel in Central aus, daß wir das Camp niedergebrannt und alle Terraner getötet haben.«

Blut, vom selben grellen Rot wie menschliches Blut, klebte in den angesengten Haaren auf dem rechten Arm des Creechie, und die grüne Hand mit dem Messer zitterte. Das scharfe, narbige Gesicht musterte Davidson aus nächster Nähe, und jetzt sah er auch das seltsame harte Licht, das tief unten in den kohlschwarzen Augen glühte. Die Stimme aber war immer noch weich und ruhig.

Sie ließen ihn gehen.

Vorsichtig, noch immer benommen von dem Fall, stand er auf. Die Creechies, die wußten, daß seine Reichweite doppelt so groß war wie die ihre, hatten sich zurückgezogen; doch Narbengesicht war nicht der einzige Bewaffnete, noch eine zweite Schußwaffe zielte auf ihn. Und der diese zweite Waffe hielt, war Ben. Sein eigener Creechie Ben, dieser kleine, graue, schäbige Scheißkerl, dumm und dämlich wie eh und je, aber mit einer Waffe in der Hand.

Es fällt schwer, zwei schußbereiten Waffen den Rükken zuzukehren, aber Davidson tat es und schritt auf den Flugplatz zu.

Eine Stimme hinter ihm sagte irgendein Creechiewort, laut und schrill. Und eine andere rief: »Dalli-dalli!« Und dann kam ein sonderbares Geräusch wie Vogelgezwitscher; das mußte das Creechie-Lachen sein. Ein Schuß peitschte und sirrte auf dem Pfad haarscharf an ihm vorbei. Großer Gott, das war nicht fair, sie hatten Waffen, während er unbewaffnet war. Er fing an zu laufen. Einem Creechie lief er jederzeit davon. Sie wußten ja nicht, wie man mit Schußwaffen umging.

»Lauf!« sagte die ruhige Stimme weit hinter ihm. Das war Narbengesicht – Selver, jawohl, so hieß er. Sam hatten sie ihn genannt, bis Ljubow Davidson daran hinderte, ihm zu geben, was er verdiente, und ein Schoßhündchen aus ihm gemacht hatte. Von da an hatten sie ihn Selver genannt. Verdammt noch mal, was sollte das alles? Es war ein Alptraum. Er lief. Das Blut dröhnte in seinen Ohren. Er lief durch den goldenen, rauchigen Abend. Neben den Pfad lag ein Toter, er hatte ihn auf dem Herweg gar nicht bemerkt. Er war nicht verbrannt, sondern sah aus wie ein weißer Ballon, der die Luft verloren hat. Er hatte ins Leere starrende blaue Augen. Ihn, Davidson zu töten, wagten sie nicht. Sie hatten nicht noch einmal auf ihn geschossen. Es war unmöglich. Sie konnten ihn nicht umbringen. Da war der Hubschrauber, beruhigend und glänzend; er schwang sich in den Sitz hinauf und hatte ihn hochgezogen, bevor die Creechies noch einmal etwas aushecken konnten. Seine Hände zitterten – nicht stark, aber sie zitterten. Ihn konnten sie nicht umbringen. Er umkreiste den Hügel und kam dann zurück, schnell, niedrig, auf der Suche nach den vier Creechies. Doch in den schwarzen Trümmern des Lagers regte sich nichts.

Dort hatte am Morgen noch ein Camp gestanden. Zweihundert Mann. Dort waren jetzt nur noch vier Creechies. Er hatte es nicht nur geträumt. Sie konnten doch nicht einfach verschwinden. Sie mußten da sein, hatten sich wohl versteckt. Er entsicherte das Maschinengewehr in der Nase des Hubschraubers und beharkte den verbrannten Boden, schoß Löcher in das grüne Laub des Waldes, durchsiebte die verkohlten Knochen und erkalteten Leichen seiner Männer, die Maschinenwracks, die verfaulenden, weißen Baumstümpfe, flog immer noch eine Runde, und noch eine Runde, bis die Munition verschossen war und das Stottern des Maschinengewehrs verstummte.

Jetzt waren Davidsons Hände ruhig, jetzt fühlte er sich ganz gelöst, jetzt wußte er, daß es kein Alptraum war. Er wendete und flog über die Meerenge, um die Nachricht nach Centralville zu bringen. Beim Fliegen spürte er, wie sich die Verkrampfungen in seinem Gesicht lockerten. Sie konnten ihm diese Katastrophe nicht anlasten, denn er war ja nicht mal da gewesen. Vielleicht würden sie einsehen, wie bezeichnend es war, daß die Creechies zugeschlagen hatten, während er fort war. Weil sie nämlich wußten, daß ihnen der Anschlag mißlingen würde, solange er da war, um die Verteidigung zu organisieren. Und ein Gutes würde dabei wenigstens herauskommen: Sie würden tun, was sie von Anfang an hätten tun sollen, nämlich den Planeten für die Besiedlung durch Menschen säubern. Nicht einmal Ljubow würde jetzt verhindern können, daß die Creechies ausgerottet wurden, vor allem nicht, wenn bekannt wurde, daß Ljubows Lieblingscreechie das Massaker geleitet hatte! Jetzt würden sie der Ungeziefervertilgung vorläufig nichts in den Weg legen; und vielleicht, vielleicht würden sie sogar ihm diese hübsche Aufgabe anvertrauen. Bei dieser Vorstellung hätte er beinahe lächeln können. Aber seine Miene blieb unbewegt.

Das Meer unter ihm lag grau in der Abenddämmerung, und vor sich sah er die Inselberge, die zerklüfteten, von vielen Flüssen durchzogenen, dichtbelaubten Wälder in der Dämmerung stehen.

2

Wenn der Wind wehte, wechselten unaufhörlich alle Farbschattierungen des Rostes und des Sonnenuntergangs, braunrote und blaßgrüne Töne in den langen Blättern des Waldes. Die Wurzeln der Kupferweiden, dick und wulstig, ragten moosgrün in das strömende Wasser hinein, das dahinfloß wie der Wind, mit vielen Wirbeln und scheinbarem Aufenthalt, behindert von Steinen, Wurzeln, herabhängendem und abgefallenem Laub. Kein Weg im Wald war offen und frei, kein Lichtstrahl ungebrochen. In Wind, Wasser, Sonnenschein, Sternenlicht drängten sich immer Blatt und Zweig, Stamm und Wurzel, das Schattige, das Komplexe ein. Kleine Pfade liefen unter den Ästen her, um Stämme herum, über Wurzeln hinweg; sie führten niemals geradeaus, sondern wichen, gewunden wie Nervenstränge, allen Hindernissen aus. Der Boden selbst war nicht trocken und fest, sondern feucht und federnd, ein Produkt des Zusammenwirkens lebendiger Dinge mit dem langen, langsamen Tod der Blätter und Bäume;

und diesem fruchtbaren Friedhof entsprossen dreißig Meter hohe Bäume und winzige Pilze, die in Kreisen von anderthalb Zentimeter Durchmesser standen. Der Geruch, der in der Luft hing, war zart, vielfältig und süß. Der Blick konnte niemals weit schweifen, es sei denn, man schaute hinauf, durch die Äste, und sah die Sterne. Nichts war rein, trocken, dürr, gerade, einfach. Offenbarungen gab es nicht. Niemals sah man alles auf einmal: nirgends Gewißheit. Unaufhörlich wechselten die Farben des Rostes und des Sonnenuntergangs in den hängenden Blättern der Kupferweiden, und man konnte nicht einmal feststellen, ob die Blätter der Weiden bräunlich-rot, rötlich-grün oder grün waren.

Selver wanderte einen Pfad am Wasser entlang, langsam, immer wieder über Weidenwurzeln stolpernd. Er sah einen alten Mann träumen und blieb stehen. Der alte Mann spähte durch die lang herabhängenden Weidenblätter zu ihm herüber und sah ihn in seinen Träumen.

»Darf ich in Eure Loge kommen, Lord-Träumer? Ich komme von weither.«

Der Alte saß still. Auf einmal hockte sich Selver neben dem Weg am Fluß auf seine Fersen. Sein Kopf sank vornüber, denn er war erschöpft und brauchte Schlaf. Er war seit fünf Tagen unterwegs.

»Gehörst du zur Traumzeit oder zur Weltzeit?« fragte der Alte endlich.

»Zur Weltzeit.«

»Dann komm mit.« Der Alte stand auf und führte Selver den Fußpfad entlang, aus dem Weidengehölz hinaus in ein trockeneres, dunkleres Waldstück mit Eichen und Weißdorn. »Ich hielt dich für einen Gott«, sagte er, einen Schritt vorausgehend. »Und mir schien, als hätte ich dich schon einmal gesehen. Vielleicht im Traum.«

»Nicht in der Weltzeit. Ich komme aus Sornol. Hier bin ich nie zuvor gewesen.«

»Unsere Stadt hier heißt Cadast. Ich bin Coro Mena. Vom Weißdorn.«

»Mein Name ist Selver. Von der Esche.«

»Eschenleute haben wir auch hier, Männer und Frauen. Auch Leute von euren Eheclans, Birke und Stechpalme; Frauen vom Apfel haben wir nicht. Aber du bist nicht gekommen, um dir eine Frau zu suchen, nicht wahr?«

»Meine Frau ist tot«, sagte Selver.

Sie kamen zum Logenhaus der Männer, das auf erhöhtem Grund inmitten einer Gruppe Eichen stand. Gebückt krochen sie durch den Tunneleingang. Drinnen, im Feuerlicht, richtete sich der Alte auf, Selver jedoch blieb auf Händen und Knien hocken, weil er keine Kraft mehr hatte. Nun, da er Hilfe und Sicherheit gefunden, versagte sein Körper, den er zu hart getrieben hatte, den Dienst. Er legte sich hin, seine Augen schlossen sich, und Selver glitt, voller Erleichterung und Dankbarkeit, in die große Dunkelheit hinüber.

Die Männer der Loge von Cadast sorgten für ihn, und ihr Heiler kam, um die Wunde an seinem rechten Arm zu verbinden. In der Nacht saßen Coro Mena und der Heiler Torber am Feuer. Die meisten anderen Männer waren in jener Nacht bei ihren Frauen; nur zwei junge Träumer-Lehrlinge lagen drüben auf den Bänken und waren beide fest eingeschlafen. »Ich weiß nicht, woher ein Mann solche Narben im Gesicht haben kann«, sagte der Heiler, »und noch viel weniger so eine Wunde am Arm. Eine sehr sonderbare Wunde.«

»Er hatte eine sonderbare Maschine am Gürtel«, entgegnete Coro Mena.

»Ich sah sie und sah sie doch nicht.«

»Ich habe sie unter seine Bank gelegt. Sie sieht aus wie blankpoliertes Eisen, aber nicht wie ein Werk von Menschenhand.«

»Er sagte zu dir, er komme aus Sornol?«

Beide schwiegen eine Weile. Coro Mena spürte, daß

unlogische Furcht ihn bedrängte, und glitt in den Traum hinüber, um die Ursache für diese Furcht zu ergründen; denn er war ein alter Mann und schon seit langem ein Adept. In seinem Traum schritten Riesen einher, schwer und furchterregend. Ihre trockenen, schuppigen Glieder waren in Tuch gehüllt; ihre Augen waren klein und hell wie Zinnkügelchen. Hinter ihnen krochen gigantische Maschinen aus blank poliertem Eisen über den Boden. Vor ihnen stürzten die Bäume um.

Aus den stürzenden Bäumen kam ein Mann hervorgelaufen, laut schreiend, Blut quoll ihm aus dem Mund. Der Pfad, auf dem er lief, war der Pfad vor dem Eingang der Loge von Cadast.

»Nein, es ist kaum daran zu zweifeln«, sagte Coro Mena, aus seinem Traum zurückkehrend. »Er kam übers Meer direkt von Sornol, oder er kam zu Fuß von der Küste von Kelme Deva in unser Land. Die Riesen sind, wie Reisende berichten, an beiden Orten.«

»Sie werden ihm folgen?« fragte Torber. Die Frage blieb unbeantwortet, denn es war eigentlich keine Frage, sondern eher die Feststellung einer Möglichkeit.

»Hast du die Riesen einmal gesehen, Coro?«

»Ja, einmal«, antwortete der Alte.

Er träumte; da er sehr alt und nicht mehr so kräftig war wie früher, glitt er zuweilen in den Schlaf hinüber. Der Tag brach an, der Mittag ging vorbei. Draußen vor der Hütte machte sich eine Jagdgesellschaft auf, Kinder zwitscherten, Frauen sprachen mit Stimmen wie plätscherndes Wasser. Eine trockenere Stimme rief von der Tür her nach Coro Mena. Er kroch in den Abendsonnenschein hinaus. Draußen stand seine Schwester; genüßlich sog sie den aromatischen Wind ein, aber ihre Miene war trotzdem streng. »Ist der Fremde aufgewacht, Coro?«

»Noch nicht. Torber kümmert sich um ihn.«

»Wir müssen seinen Bericht hören.«

»Er wird sicher bald erwachen.«

Ebor Dendep krauste die Stirn. Als Großfrau von Cadast war sie um ihr Volk besorgt; aber sie mochte nicht verlangen, daß man einen Verletzten störte, und wollte die Träumer nicht beleidigen, indem sie darauf bestand, in ihr Logenhaus eingelassen zu werden. »Kannst du ihn nicht wecken, Coro?« fragte sie schließlich doch. »Denn wie, wenn er nun ... verfolgt würde?«

Die Gefühle seiner Schwester differierten ein wenig mit den seinen, dennoch aber verstand er sie; und ihre Sorge rührte ihn. »Wenn Torber es erlaubt, werde ich ihn wecken«, versprach er.

»Versuche rasch zu erfahren, was er zu berichten hat. Ich wünschte, er wäre eine Frau und könnte vernünftig reden ...«

Der Fremde war inzwischen erwacht und lag fiebernd im Halbdunkel des Logenhauses. Die ungezügelten Träume der Krankheit wogten in seinen Augen. Trotzdem richtete er sich auf und sprach beherrscht. Und als Coro Mena ihm zuhörte, schienen ihm die Knochen im Körper zu schrumpfen, als wollten sie sich vor dieser schrecklichen Geschichte, vor diesem unfaßbaren Neuen verkriechen.

»Als ich in Eshreth in Sornol lebte, war ich Selver Thele. Meine Heimatstadt wurde von den Humanern zerstört, als sie die Bäume in jener Gegend fällten. Ich gehörte zu denen, die sie in ihre Dienste zwangen, ich und meine Frau Thele. Sie wurde von einem der Humaner vergewaltigt und starb. Ich überfiel den Humaner, der sie getötet hatte. Er hätte mich ebenfalls sofort getötet, aber ein anderer Humaner rettete mich und befreite mich. Ich verließ Sornol, wo jetzt keine Stadt mehr vor den Humanern sicher ist, und kam hierher auf die Nordinsel, wo ich an der Küste von Kelme Deva in den Roten Wäldern lebte. Auch dorthin kamen bald die Humaner und begannen den Wald zu schlagen. Eine Stadt dort, Penle, zerstörten sie. Dabei fingen sie hundert Männer und Frauen ein, zwangen sie in ihre Dienste und steckten sie in einen Pferch. Mich fingen sie nicht. Ich lebte mit anderen, die aus Penle entkommen waren, im Sumpf nördlich von Kelme Deva. Manchmal, bei Nacht, ging ich zu den Gefangenen in den Pferchen der Humaner, Sie berichteten mir, daß er dort war. Der Humaner, den ich hatte töten wollen. Zuerst wollte ich es nochmals versuchen; oder die Gefangenen in den Pferchen befreien. Die ganze Zeit aber sah ich, wie die Bäume stürzten, die Welt aufgeschnitten und dem Verderben überlassen wurde. Die Männer hätten wohl fliehen können, aber die Frauen waren fester eingeschlossen und konnten nicht hinaus, außerdem begannen sie zu sterben. Ich sprach mit den Leuten, die sich in den Sümpfen versteckten. Wir waren alle sehr verängstigt und wütend, und hatten keine Möglichkeit, unsere Angst und Wut abzureagieren. Und so gingen wir eines Tages nach langem Reden, langem Träumen und langem Planen am hellichten Tage hin und töteten die Humaner von Kelme Deva mit Pfeilen und Jagdspeeren und verbrannten ihre Stadt und ihre riesigen Maschinen. Wir ließen nichts übrig. Er aber war fortgegangen. Er kam ganz allein zurück. Ich sang über ihm und ließ ihn gehen.«

Selver schwieg.

»Und dann?« fragte Coro Mena flüsternd.

»Dann kam ein fliegendes Schiff von Sornol und jagte uns im Wald, aber es fand uns nicht. Darum setzten sie den Wald in Brand; aber es regnete, und sie richteten nur wenig Schaden an. Die meisten Gefangenen aus den Pferchen und die anderen sind weiter nach Norden und Osten, zu den Holle-Hügeln gegangen, denn wir fürchteten, daß vielleicht viele Humaner kämen und uns verfolgten. Ich ging allein. Die Humaner kennen mich nämlich, sie kennen mein Gesicht. Und das macht mir und denjenigen, mit denen ich zusammen bin, Angst.«

»Was ist das für eine Wunde?« fragte Torber.

»Der eine, der hat mit einer von den Waffen, die sie haben, auf mich geschossen. Aber ich habe ihn niedergesungen und ihn gehen lassen.«

»Du hast einen Riesen zu Boden geworfen – ganz allein?« fragte Torber mit wildem Grinsen. Er hätte es so gern geglaubt!

»Nicht ganz allein. Mit drei anderen Jägern und mit seiner Waffe in meiner Hand – hier.«

Torber wich vor dem Ding zurück.

Eine Zeitlang sagte niemand etwas. Dann ergriff Coro Mena wieder das Wort. »Was du uns erzählst, ist sehr, sehr schlimm. Und der Weg führt nach unten. Bist du ein Träumer deiner Loge?«

»Ich war es. Jetzt gibt es keine Loge von Eshreth mehr.«

»Das ist ein und dasselbe; wir sprechen alle die Alte Zunge. Unter den Weiden von Asta nanntest du mich Lord-Träumer. Das bin ich. Träumst du auch, Selver?«

»Jetzt nur noch selten«, antwortete Selver, den Regeln entsprechend das narbige, fiebrige Gesicht gesenkt.

»Im Wachen?«

»Im Wachen.«

»Träumst du gut, Selver?«

»Nein, nicht gut.«

»Hältst du den Traum in deinen Händen?«

»Ja.«

»Und webst und formst, steuerst und folgst, beginnst und endest du nach freiem Willen?«

»Manchmal, nicht immer.«

»Kannst du den Weg beschreiten, den dein Traum geht?«

»Manchmal. Manchmal fürchte ich mich davor.«

»Wer tut das nicht? Es steht nicht ganz und gar schlecht mit dir, Selver.«

»Doch, es steht ganz und gar schlecht«, antwortete Selver. »Es ist nichts Gutes übriggeblieben.« Und er begann heftig zu zittern.

Torber gab ihm einen Schluck Weidenarznei zu trinken und hieß ihn, sich wieder niederlegen. Coro Mena mußte ihm noch die Frage der Großfrau stellen; er tat es zögernd, an der Seite des Kranken niederkniend. »Werden die Riesen, die Humaner, wie du sie nennst, deiner Spur folgen, Selver?«

»Ich habe keine Spur hinterlassen. In den sechs Tagen von Kelme Deva bis hierher hat niemand mich gesehen. Es besteht keine Gefahr.« Mühsam richtete er sich wieder auf. »Hört zu. Ihr erkennt die Gefahr nicht. Wie könntet ihr auch? Ihr habt nicht getan, was ich getan habe, ihr habt nicht einmal davon geträumt, zweihundert Menschen umzubringen. Nein, sie werden mich nicht verfolgen, aber sie werden vielleicht uns alle verfolgen. Uns jagen, wie Jäger wilde Kaninchen jagen. Darin besteht die große Gefahr. Sie werden vielleicht versuchen, uns zu töten. Uns alle zu töten, alle Menschen.«

»Leg dich nieder ...«

»Nein, ich phantasiere nicht. Ich spreche die Wahrheit. In Kelme Deva waren zweihundert Humaner, und jetzt sind sie tot. Wir haben sie getötet. Wir haben sie umgebracht, als wären sie keine Menschen. Warum sollten sie uns jetzt nicht dasselbe antun? Sie haben uns einzeln umgebracht, jetzt werden sie uns töten, wie sie die Bäume töten, zu Hunderten und Aberhunderten.«

»Sei still«, beschwichtigte ihn Torber. »Solche Dinge geschehen im Fiebertraum, Selver. In der Welt geschehen sie nicht.«

»Die Welt wird immer wieder neu«, sagte Coro Mena, »so alt ihre Wurzeln auch sein mögen. Wie ist es denn nun mit diesen Geschöpfen, Selver? Sie sehen aus wie Menschen und reden wie Menschen – sind sie denn keine Menschen?«

»Ich weiß es nicht. Töten Menschen, solange sie nicht wahnsinnig sind? Tötet ein Tier seine eigenen Artgenossen? Das tun höchstens die Insekten. Diese Humaner aber töten uns so bedenkenlos, wie wir giftige Schlangen töten. Derjenige, der mir Unterricht gab, sagte, daß sie im Streit einander töten, manchmal aber auch in Gruppen, wie Ameisen, die Krieg führen. Das habe ich nicht gesehen. Aber ich weiß, daß sie diejenigen, die um ihr Leben bitten, nicht schonen. Sie treten auf einen dargebotenen Hals, ich habe es mit eigenen Augen gesehen! In ihnen lebt der Wunsch zu töten, und darum hielt ich es für richtig, ihnen den Tod zu geben.«

»Und alle Träume der Menschen werden sich verändern«, sagte Coro Mena, der mit gekreuzten Beinen im Schatten saß. »Sie werden nie mehr sein wie vorher. Ich werde nie mehr den Pfad beschreiten, den ich gestern mit dir gekommen bin, den Pfad vom Weidengehölz hierher, den ich mein Leben lang benutzt habe. Er ist verändert. Du hast ihn beschritten, und nun ist er verändert. Vor diesem Tag war das, was wir tun mußten, richtig; war der Weg, den wir gehen mußten, richtig und führte uns heim. Wo ist unser Heim jetzt? Denn du hast getan, was du tun mußtest, und es war nicht richtig. Du hast Menschen getötet. Ich habe sie gesehen, vor fünf Jahren, im Lemgan-Tal, als sie in einem fliegenden Schiff kamen; ich versteckte mich und beobachtete die Riesen, sechs waren es, ich sah sie sprechen, Steine und Pflanzen betrachten und Essen kochen. Es sind Menschen. Aber du hast lange bei ihnen gelebt, Selver: träumen sie?«

»Wie Kinder, im Schlaf.«

»Sie sind nicht geschult?«

»Nein. Manchmal sprechen sie von ihren Träumen, die Heiler benutzen sie zum Heilen, aber keinen von ihnen ist geschult oder besitzt eine besondere Fähigkeit zum Träumen. Ljubow, der mich unterrichtet hat, verstand mich, wenn ich ihm zeigte, wie man träumt, aber auch er nannte die Weltzeit ›wirklich‹ und die Traumzeit ›unwirklich‹, als gäbe es einen Unterschied.«

»Du hast getan, was du tun mußtest«, wiederholte

Coro Mena nach kurzem Schweigen. Über die Schatten hinweg begegnete sein Blick dem des Fremden. Die verzweifelte Spannung in Selvers Gesicht löste sich; sein vernarbter Mund entspannte sich, und er legte sich ohne ein weiteres Wort zurück. Binnen kurzem war er eingeschlafen.

»Er ist ein Gott«, sagte Coro Mena.

Torber nickte. Er akzeptierte das Urteil des Alten beinahe erleichtert.

»Aber nicht wie die anderen. Nicht wie der Verfolger, nicht wie der Freund, der kein Gesicht hat, oder die Espenlaubfrau, die durch den Wald der Träume wandert. Er ist weder der Türhüter noch die Schlange. Weder der Leierspieler noch der Schnitzer oder der Jäger, obwohl er, wie sie, in der Weltzeit kommt. Wir mögen in diesen letzten Jahren von Selver geträumt haben, aber wir werden nicht mehr von ihm träumen; er hat die Traumzeit verlassen. Im Wald, durch den Wald kommt er, wo Blätter fallen, wo Bäume fallen, ein Gott, der den Tod kennt, ein Gott, der tötet und nicht wiedergeboren wird.«

Die Großfrau hörte sich Coro Menas Berichte und Prophezeiungen an, dann handelte sie. Sie versetzte die Stadt Cadast in Alarmzustand und sorgte dafür, daß jede Familie zum Abmarsch bereit war, daß Lebensmittel gepackt und Tragen für die Alten und Kranken bereitgestellt wurden. Sie schickte junge Frauen als Späherinnen nach Süden und Osten aus, um Neues über die Humaner zu erfahren. Sie behielt ständig eine bewaffnete Jägergruppe in der Stadt, obwohl die anderen, wie gewöhnlich, Nacht für Nacht auf die Pirsch gingen. Und als Selver kräftiger wurde, bestand sie darauf, daß er aus dem Logenhaus herauskam und noch einmal seine Geschichte erzählte: wie die Humaner die Einwohner von Sornol getötet oder versklavt und die Wälder abgeholzt, wie die Einwohner von Kelme Deva die

Humaner getötet hatten. Frauen und nichtträumende Männer, die derartige Dinge nicht verstanden, zwang sie, sich alles noch einmal anzuhören, bis sie begriffen und Angst bekamen. Denn Ebor Dendep war eine praktische Frau. Wenn ein Lord-Träumer wie ihr Bruder ihr erklärte, daß Selver ein Gott, ein Veränderer, eine Brücke zwischen den Wirklichkeiten sei, dann glaubte sie ihm und handelte. Des Träumers Aufgabe war es, vorsichtig zu sein, sicherzustellen, daß sein Urteil zutraf. Ihre Aufgabe war es dann, auf dieses Urteil hin zu handeln. Er sah, was getan werden mußte; sie sorgte dafür, daß es getan wurde.

»Alle Städte des Waldes müssen es hören«, sagte Coro Mena. Also schickte die Großfrau ihre jungen Läuferinnen aus, und die Großfrauen in den anderen Städten hörten zu und schickten ihrerseits Läuferinnen aus. Das Massaker von Kelme Deva und der Name Selver gingen um die ganze Nordinsel und übers Meer bis in andere Länder, von Mund zu Mund oder geschrieben; nicht sehr schnell, denn die Waldmenschen hatten keine schnelleren Boten als ihre Läufer; dennoch aber schnell genug.

Sie waren nicht alle von einem Volk, die Bewohner der Vierzig Länder der Welt. Es gab mehr Sprachen als Länder, und jede wieder mit einem anderen Dialekt für jede Stadt, in der sie gesprochen wurde; es gab ungezählte Spielarten von Sitten, Gebräuchen, Moralbegriffen und Handfertigkeiten; auf jedem der fünf Großen Länder wohnte eine andere Rasse. Die Menschen von Sornol waren groß, hell und gute Händler; die Menschen von Rieshwel waren klein, viele hatten einen schwarzen Pelz, und sie aßen Affen; und so weiter und so fort. Aber das Klima variierte kaum, der Wald variierte kaum, und das Meer überhaupt nicht. Neugier, Handelsbeziehungen und der Wunsch, einen Mann oder eine Frau vom richtigen Baum zu finden, sorgten für einen regen Austausch von Menschen zwischen den

Städten und den Ländern, und daher bestand zwischen ihnen allen eine gewisse Ähnlichkeit – das heißt, bis auf die ganz entlegenen Extremen, die fast sagenhaften Barbareninseln im Fernen Osten und Tiefen Süden. In allen Vierzig Ländern regierten Frauen die großen und kleinen Städte, und fast jede Stadt besaß eine Männerloge. In diesem Logen sprachen die Träumer die Alte Zunge, die von Land zu Land dieselbe war. Frauen und Männer, die Jäger, Fischer, Weber, Baumeister waren, diejenigen also, die außerhalb der Loge kleine Träume träumten, lernten sie kaum jemals. Geschrieben wurde fast nur in dieser Logenzunge; wenn die Großfrau flinke Mädchen mit Botschaften ausschickte, gingen die Briefe von Loge zu Loge und wurden von den Träumern den Altfrauen übersetzt, wie sie auch andere Dokumente, Gerüchte, Probleme, Legenden und Träume auslegten. Immer aber blieb es der Großfrau überlassen, ob sie den Träumern glauben wollte oder nicht.

Selver war in einem kleinen Zimmer in Eshsen. Die Tür war nicht verschlossen, aber er wußte, wenn er sie öffnete, würde etwas Schlechtes hereinkommen. Solange er sie geschlossen hielt, war alles gut. Das Schlimme war nur, daß vor dem Haus junge Bäume standen, eine richtige Baumschule; nicht Obstbäume oder Nußbäume, sondern eine andere Art, welche, daran konnte er sich nicht erinnern. Er ging hinaus, um nachzusehen, was für Bäume dort draußen angepflanzt waren. Aber sie lagen alle da, umgestürzt und entwurzelt. Er hob einen silbrigen Zweig auf, und aus dem abgebrochenen Ende rann ein wenig Blut. Nein, nicht hier, nicht noch einmal, Thele, sagte er: O Thele, komm zu mir vor deinem Tod! Aber sie kam nicht. Nur ihr Tod war da, die umgestürzte Birke, die offene Tür. Selver drehte sich um und kehrte rasch ins Haus zurück; dabei entdeckte er, daß es, wie ein Humanerhaus, über dem Boden stand, sehr hoch und ganz voll Licht. Draußen, vor der anderen

Tür, am anderen Ende des hohen Raums, lag die langgestreckte Straße der Humanerstadt Central. Selver hatte die Waffe im Gürtel. Wenn Davidson kam, konnte er ihn erschießen. Er wartete, hinter die offene Tür geduckt, und spähte ins Sonnenlicht hinaus. Davidson kam, riesig, so schnell laufend, daß Selver ihm nicht mit der Mündung der Waffe folgen konnte; wie wahnsinnig jagte er im Zickzack über die breite Straße, immer schneller, immer näher kommend. Die Waffe war schwer. Selver schoß, aber kein Feuer kam heraus. Voll Wut und Entsetzen warf er die Waffe und den Traum von sich.

Verärgert und deprimiert spuckte er aus und seufzte tief.

»Ein übler Traum?« erkundigte sich Ebor Dendep.

»Sie sind immer schlecht und immer gleich«, antwortete er, doch seine tiefe Unruhe und sein Elend ließen ein wenig nach, als er es sagte. Das kühle Licht der Morgensonne fiel gefleckt oder in Streifen durch die feinen Blätter und Zweige des Birkenhains von Cadast. Die Großfrau saß da und flocht einen Korb aus Farn, denn sie legte nicht gern die Hände in den Schoß, während Selver in Halbträumen und Träumen neben ihr lag. Er war jetzt seit fünfzehn Tagen in Cadast, und seine Wunde heilte gut. Zwar schlief er immer noch sehr viel, zum erstenmal seit vielen Monaten hatte er jedoch wieder begonnen, im Wachen zu träumen – regelmäßig, nicht ein- oder zweimal in einem Tag und einer Nacht, sondern im echten Traumrhythmus, der im Tageszyklus zehn- bis vierzehnmal stieg und fiel. Und so furchtbar seine Träume waren, ganz erfüllt von Entsetzen und Scham, er begrüßte sie trotz allem. Er hatte gefürchtet, von seinen Wurzeln abgeschnitten, zu weit in das tote Land des Handelns eingedrungen zu sein, um jemals den Rückweg zum Urquell der Wirklichkeit zu finden. Nun jedoch trank er wieder, obwohl das Wasser bitter war. Vorübergehend hatte er Davidson wieder inmitten der Asche des verbrannten Camps zu Boden geworfen, doch diesmal sang er nicht über ihm, sondern schlug ihm einen Stein in den Mund. Davidsons Zähne brachen, und zwischen den weißen Splittern rann ihm Blut über die Lippen.

Der Traum war nützlich, reine Wunscherfüllung, aber er stoppte ihn hier, da er ihn schon häufig geträumt hatte – bevor er Davidson in der Asche von Kelme Deva bezwang, und hinterher. Der Traum brachte nichts, höchstens Erleichterung. Wie ein Schluck frisches Wasser. Es war die Bitterkeit, die er brauchte. Er mußte ganz zurückkehren, nicht nach Kelme Deva, sondern in die lange, furchtbare Straße in der fremden Stadt namens Central, wo er den Tod angegriffen hatte und besiegt worden war.

Ebor Dendep summte bei ihrer Arbeit. Ihre mageren Hände, deren seidig-grüner Flaum altersgrau geworden war, flochten die Farnstengel schnell und sauber. Sie sang ein Lied über das Farnepflücken, ein Lied der jungen Mädchen: »Ich pflücke Farne und weiß nicht, ob er zurückkommt ...« Ihre schwache, alte Stimme zirpte wie die einer kleinen Grille. Die Sonne zitterte im Birkenlaub. Selver legte den Kopf auf die Arme.

Der Birkenhain war mehr oder weniger das Zentrum der Stadt Cadast. Acht Pfade gingen von ihm aus, wanden sich durch die engstehenden Bäume. In der Luft hing eine Ahnung von Holzrauch; am Südrand des Hains, wo das Gezweig dünner war, sah man wie einen blauen Faden Rauch aus einem Schornstein durch das Laub gen Himmel steigen. Wenn man ganz genau hinsah, entdeckte man zwischen den Lebenseichen und den anderen Bäumen überall Hausdächer, die höchstens zehn Zentimeter über den Boden ragten – einhundert bis zweihundert, sie zu zählen, war ziemlich schwierig. Die Holzhäuser waren zu drei Vierteln in die Erde eingelassen, schmiegten sich in die Baumwurzeln wie Dachshöhlen. Die Firstbalken waren mit Bündeln von kleinen Zweigen, Fichtenstroh, Gräsern und Erdschollen bedeckt. Sie waren isolierend, wasserdicht und nahezu unsichtbar. Der Wald und die Stadt mit ihren achthundert Einwohnern gingen rings um den Birkenhain, in dem Ebor Dendep saß und einen Farnkorb flocht, ihren gewohnten Beschäftigungen nach. Ein Vogel im Baum über ihr sang: »Kiwitt«. Es herrschte mehr Unruhe als sonst üblich, denn in den letzten Tagen waren, von Selvers Anwesenheit hergelockt, fünfzig bis sechzig Fremde gekommen, zumeiste jüngere Männer und Frauen. Sie stammten aus anderen Städten im Norden, einige gehörten auch zu der Gruppe, die zusammen mit ihm das Camp in Kelme Deva zerstört hatte; sie waren gekommen, weil sie gehört hatten, er sei hier. Doch die Stimmen, die da und dort aufklangen, und das Geplauder der badenden Frauen und Kinder, die unten am Fluß herumtobten, waren nicht so laut wie das Morgenlied der Vögel, das Gesumm der Insekten und das allgemeine Geräusch des Waldes, dessen Bestandteil die Stadt Cadast war.

Ein junges Mädchen kam herbeigeeilt, eine Jägerin von der Farbe hellen Birkenlaubs. »Eine Botschaft von der Südküste, Mutter«, berichtete sie. »Die Läuferin ist in der Frauenhütte.«

»Schick sie her, wenn sie gegessen hat«, antwortete die Großfrau leise. »Pst, Tolbar, siehst du denn nicht, daß er schläft?«

Das Mädchen bückte sich, pflückte ein großes Blatt des wilden Tabaks und legte es behutsam über Selvers Augen, auf die jetzt fast senkrecht ein heller Sonnenstrahl fiel. Er lag mit halb geöffneten Händen, das vernarbte, zerstörte Gesicht emporgewandt, hilflos und verletzlich, ein Träumer, schlafend wie ein Kind. Aber es war das Gesicht des Mädchens, das die Aufmerksamkeit Ebor Dendeps erregte. Es leuchtete in diesem irrlichternden Schatten des Waldes vor Mitleid und Schrecken – vor Bewunderung.

Tolbar lief wieder davon. Kurz darauf erschienen zwei Altfrauen mit der Botin; stumm schritten sie hintereinander über den sonnengefleckten Pfad. Ebor Dendep hob, Ruhe gebietend, die Hand. Sofort warf sich die Läuferin zu Boden, um sich ein wenig auszuruhen; ihr braungescheckt es, grünes Fell war staubig und verschwitzt, denn sie war weit und schnell gelaufen. Die Altfrauen suchten sich einen Platz an der Sonne und wurden dann still. Mit aufmerksamen, wachen Augen saßen sie da wie zwei alte, graugrüne Steine.

Selver kämpfte mit einem Schlaftraum, der sich seiner Kontrolle entzog, schrie auf wie in großer Angst und erwachte.

Er ging zum Fluß hinab, um zu trinken; als er zurückkam, folgten ihm sechs oder sieben von denjenigen, die ihm überallhin folgten. Die Großfrau legte ihre halbfertige Arbeit beiseite und sagte: »Nun sei mir willkommen, Läuferin, und berichte.«

Die Läuferin stand auf, verbeugt sich vor Ebor Dendep und sprach ihre Botschaft: »Ich komme von Trethat. Meine Worte kommen von Sorbron Deva, zuvor von Seeleuten der Meerenge, zuvor von Broter in Sornol. Sie sollen von ganz Cadast gehört, aber gesprochen werden zu dem Mann namens Selver, der von der Esche in Eshreth geboren ist. Dies sind die Worte: Es sind neue Riesen in der großen Stadt der Riesen in Sornol, und viele von diesen neuen Riesen sind weiblichen Geschlechts. Das gelbe Feuerschiff geht auf und nieder an dem Ort, der Peha genannt wurde. Es ist bekannt in Sornol, daß Selver aus Eshreth die Stadt der Riesen in Kelme Deva niedergebrannt hat. Die Großen Träumer der Exilierten in Broter haben mehr Riesen geträumt als die Bäume der Vierzig Länder. Das sind alle Worte der Botschaft, die ich bringe.«

Nach dem im Singsang vorgetragenen Bericht blieben alle still. Der kleine Vogel in der Ferne rief fragend: »Ki-witt?«

»Dies ist eine sehr schlechte Weltzeit«, sagte eine der Altfrauen, ihr rheumatisches Knie reibend.

Von einer riesigen Eiche am Nordrand der Stadt flog ein grauer Vogel auf, schraubte sich, mit trägen Schwingen im Mittagsaufwind liegend, in weiten Kreisen in die Höhe. Bei jeder Stadt gab es einen Schlafbaum dieser grauen Aasvögel; sie waren sozusagen die Müllabfuhr. Ein kleiner, dicker Junge rannte durch das Birkenwäldchen, gefolgt von seiner etwas größeren Schwester; beide kreischten mit ihren dünnen Stimmen wie die Fledermäuse. Der Junge fiel, weinte, das Mädchen hob ihn auf und wischte ihm mit einem großen Blatt die Tränen ab. Dann trotteten sie Hand in Hand in den Wald.

»Da war ein Humaner, der hieß Ljubow«, sagte Selver zu der Großfrau. »Ich habe Coro Mena von ihm erzählt, dir aber nicht. Als der andere mich töten wollte, war es Ljubow, der mich rettete. Es war auch Ljubow, der mich heilte und freiließ. Er wollte alles über uns wissen; also beantwortete ich seine Fragen, und er beantwortete mir meine Fragen. Einmal fragte ich, ob seine Rasse denn überleben könnte, da sie doch so wenige Frauen hätten. Er sagte, daß ihre Rasse dort, wo sie herkämen, zur Hälfte aus Frauen bestehe, aber die Männer würden die Frauen erst in die Vierzig Länder holen, wenn sie alles für sie vorbereitet hätten.«

»Bis die Männer alles für die Frauen vorbereitet hätten? So was! Da können sie lange warten«, sagte Ebor Dendep. »Sie sind wie die Leute in dem Ulmentraum, die mit dem Rücken voran ankommen, den Kopf nach hinten gewandt. Sie machen den Wald zu einem trokkenen Strand« – in ihrer Sprache gab es kein Wort für ›Wüste‹ – »und nennen das ›alles für die Frauen vorbereiten‹? Sie hätten die Frauen vorausschicken sollen. Vielleicht sind die Frauen bei ihnen die Großen Träumer, wer weiß? Sie sind verdreht, Selver. Sie sind nicht normal.«

»Ein ganzes Volk kann nicht anomal sein.«

»Aber du hast gesagt, sie träumen nur im Schlaf, wenn sie im Wachen träumen wollen, nehmen sie Gift, wodurch sie keine Kontrolle über ihre Träume haben! Kann ein Volk denn noch anomaler sein? Sie können die Traumzeit nicht besser von der Weltzeit unterscheiden als ein Säugling. Vielleicht glauben sie, wenn sie einen Baum töten, daß er wieder lebendig wird!«

Selver schüttelte den Kopf. Er sprach immer noch zu der Großfrau gewandt, als seien sie in dem Birkenwäldchen allein, sprach mit ein wenig zögernder, beinahe verschlafener Stimme. »Nein, nein, sie verstehen das Wesen des Todes sehr gut ... Gewiß, sie sehen ihn nicht, wie wir ihn sehen, doch über gewisse Dinge wissen sie mehr als wir. Ljubow hat fast alles verstanden, was ich ihm erklärt habe. Während ich vieles von dem, was er mir erklärt hat, nicht verstehen konnte. Es war nicht die Sprache, die das Verstehen verhinderte; ich hatte seine Sprache und er die unsere gelernt; wir haben die beiden Sprachen sogar zusammen aufgeschrieben. Dennoch aber gab es Dinge, die er sagte, die ich nicht verstehen konnte. Er sagte, die Humaner kämen nicht aus dem Wald. Das ist durchaus klar. Er sagte, sie wollten den Wald haben: die Bäume für Holz, das Land, um Gras darauf zu pflanzen.« Selvers Stimme, obwohl immer noch leise, war kräftiger geworden; die Menschen unter den silbrigen Bäumen lauschten. »Das ist ebenfalls klar, wenigstens für diejenigen von uns, die gesehen haben, wie sie die Welt zerstören. Er sagte, die Humaner seien Menschen wie wir, wir seien miteinander verwandt, so eng ungefähr wie der Rothirsch mit dem Graubock. Er sagte, sie kämen von einer anderen Welt, die nicht der Wald ist, deren Bäume alle gefällt sind; sie hat eine Sonne, die nicht unsere Sonne ist, unsere Sonne ist dort ein Stern.

All das, seht ihr, konnte ich nicht verstehen. Ich spreche jetzt seine Worte, aber ich weiß nicht, was sie bedeuten. Es ist nicht so wichtig. Wichtig ist, daß sie uns unseren Wald nehmen wollen. Sie sind doppelt so groß wie wir, sie haben Waffen, die unseren weit überlegen sind, und Flammenwerfer, und fliegende Schiffe. Jetzt haben sie noch mehr Frauen geholt, und bald werden sie Kinder haben. Im Moment gibt es ungefähr zwei- bis dreitausend von ihnen hier, die meisten leben in Sornol. Wenn wir aber ein oder sogar zwei Leben lang warten, werden sie sich vermehren; ihre Anzahl wird sich verdoppeln und verdreifachen. Sie töten Männer und Frauen; sie schonen jene nicht, die um ihr Leben bitten. Sie können nicht im Wettstreit singen. Sie haben vielleicht in diesem anderen Wald, aus dem sie kamen, diesem Wald ohne Bäume, ihre Wurzeln zurückgelassen. Sie nehmen Gift, um träumen zu können, aber das macht sie nur trunken oder krank.

Niemand weiß mit Sicherheit, ob sie Menschen sind oder nicht, ob sie normal sind oder nicht, aber das spielt keine Rolle. Wir müssen sie zwingen, den Wald zu verlassen, denn sie sind gefährlich. Wenn sie nicht freiwillig gehen, müssen wir sie ausräuchern, wie in den Städten die Nester der Stechameisen ausgeräuchert und verbrannt werden. Sie können uns zertreten, wie wir Stechameisen zertreten. Einmal sah ich eine Frau, das war, als sie meine Heimatstadt Eshreth niederbrannten, sie legte sich vor einem Humaner auf den Weg, um ihn zu bitten, sie leben zu lassen, aber er trat einfach auf ihren Rücken, brach ihr das Rückgrat und warf sie mit einem Fußtritt beiseite, als wäre sie eine tote Schlange. Ich habe es selbst gesehen. Wenn die Humaner Menschen sind, dann sind sie Menschen, die nicht gelernt haben, zu träumen und sich wie Menschen zu betragen. Darum laufen sie in ihrer Qual herum, töten und zerstören, wo sie hinkommen, immer getrieben von den Göttern in ihnen, die sie nicht freisetzen wollen, sondern auszurotten versuchen und verleugnen. Wenn sie Menschen sind, sind sie böse Menschen, da sie ihre eigenen Götter verleugnen und sich im Dunkeln vor ihrem eigenen Angesicht fürchten. Großfrau von Cadast, höre mich.« Selver stand auf, groß und gebieterisch inmitten der sitzenden Frauen. »Es ist an der Zeit, daß ich in meine Heimat, nach Sornol, zurückkehre, zu jenen, die im Exil leben, und zu jenen, die versklavt wurden. Sag allen, die davon träumen, eine Stadt niederzubrennen, sie sollen mit mir nach Broter kommen.« Er verneigte sich vor Ebor Dendep und verließ, immer noch lahmend, den Arm bandagiert, den Birkenhain; dennoch lag eine Entschlossenheit in seinem Gang, in seiner Haltung, die ihn unversehrter als andere Männer erscheinen ließ. Die jungen Leute folgten ihm schweigend.

»Wer ist das?« fragte die Läuferin aus Trethat, die ihm mit den Blicken folgte.

»Der Mann, dem deine Botschaft galt, Selver aus Eshreth, ein Gott unter uns Sterblichen. Hast du je zuvor einen Gott gesehen, Tochter?«

»Als ich zehn war, kam der Leierspieler in unsere Stadt.«

»Der alte Ertel, ja. Er war von meinem Baum und, wie ich auch, aus den Nordtälern. Nun, jetzt hast du einen anderen Gott gesehen, aber einen größeren. Erzähle deinen Leuten in Trethat von ihm.«

»Was für ein Gott ist er, Mutter?«

»Ein neuer«, antwortete Ebor Dendep mit ihrer alten, trockenen Stimme. »Der Sohn des Waldbrandes, der Bruder der Ermordeten. Er ist der Gott, der nicht wiedergeboren wird. Und nun geht, ihr alle, geht zur Hütte. Seht nach, wer mit Selver gehen will, und sorgt, daß alle genug Lebensmittel mitnehmen. Laßt mich allein. Ich bin von Ahnungen erfüllt wie ein dummer, alter Mann. Ich muß träumen ...«

Coro Mena begleitete Selver am selben Abend bis zu der Stelle unter den Kupferweiden am Fluß, wo sie sich getroffen hatten. Viele folgten Selver nach Süden, insgesamt sechzig, eine so große Gruppe, wie sie die meisten Menschen noch nie zusammen auf der Wanderschaft gesehen hatten. Sie würden auf ihrem Weg zur Überfahrt nach Sornol großes Aufsehen erregen und dadurch weitere Mitwanderer anlocken. Für diese Nacht hatte sich Selver das Vorrecht des Träumers auf Alleinsein erbeten, und so wollte er allein aufbrechen. Seine Gefolgsleute würden ihn am Morgen einholen, und von da an, völlig beansprucht von den vielen Menschen und seinen Plänen, würde er nur wenig Zeit für den langsamen und tiefen Strom großer Träume haben.

»Hier haben wir uns getroffen.« Der Alte blieb unter den tief herabhängenden Weidenzweigen stehen. »Und hier trennen wir uns wieder. Diesen Ort werden die Menschen, die von nun an diesen Pfad beschreiten, zweifellos Selvers Hain nennen.«

Selver schwieg eine Weile; er stand so still wie ein Baum, die unruhigen Blätter rings um ihn herum wurden zu immer dunklerem Silber, als Wolken die Sterne bedeckten. »Du bist meiner sicherer als ich selbst«, sagte er schließlich, eine körperlose Stimme in der Dunkelheit.

»Ja, Selver, ich bin deiner sicher ... Ich bin im Träumen gut geschult, und darüber hinaus bin ich alt. Ich träume nur noch sehr selten für mich selbst. Warum sollte ich auch? Für mich gibt es kaum noch etwas Neues. Was ich mir vom Leben erwünschte, habe ich bekommen, und mehr dazu. Ich habe mein Leben gelebt. Tage wie die Blätter eines Waldes. Ich bin ein alter, hohler Baum, nur meine Wurzeln leben noch. Und so träume ich nur, was alle Männer träumen. Ich habe weder Visionen noch Wünsche. Ich sehe, was ist. Ich sehe die Frucht am Zweig reifen. Vier Jahre lang ist sie gereift, diese Frucht des tief verwurzelten Baums. Seit vier Jahren haben wir alle Angst, selbst diejenigen, die von den Städten der Humaner weit entfernt leben und sie nur einmal, aus sicherem Versteck erblickten, ihre

Schiffe fliegen sahen, die toten Plätze schauten, wo sie die Welt zerstört haben, oder von alldem nur erzählen hörten. Wir alle haben Angst. Kinder schrecken weinend aus dem Schlaf und erzählen von Riesen; Frauen weigern sich, auf weite Handelsreisen zu gehen; Männer in den Logen können nicht singen. Die Frucht der Angst reift heran. Und ich sehe, daß du sie erntest. Du bist der Ernter. Alles, wovor wir uns fürchten, hast du gesehen, hast du erlebt: Exil, Schande, Schmerz, den Zusammenbruch der Welt, die im Elend gestorbene Mutter, die unversorgten, ungeschützten Kinder ...

Dies ist eine neue Zeit für die Welt: eine schlechte Zeit. Und du hast alles erlitten. Du bist so weit gegangen wie keiner vor dir. Und ganz hinten, am Ende des schwarzen Pfades, steht der Baum; dort reift die Frucht; nun greifst du hinauf, Selver, nun erntest du sie. Und die Welt verändert sich, wenn ein Mensch die Frucht jenes Baumes in den Händen hält, dessen Wurzeln tiefer sind als der Wald. Die Menschen werden es wissen. Sie werden dich erkennen, wie wir dich erkannten. Es braucht keinen alten Mann, es braucht keinen Lord-Träumer, um einen Gott zu erkennen. Wo du gehst, brennen Feuer; nur die Blinden können das nicht sehen. Doch höre, Selver, dieses ist, was ich sah, aber die anderen vielleicht nicht sehen, dieses ist, weshalb ich dich liebte: Ich träumte von dir, bevor wir uns hier trafen. Du wandertest auf einem Pfad, und hinter dir keimten die jungen Bäume empor, Eiche und Birke, Weide und Stechpalme, Föhre und Fichte, Erle, Ulme, weißblühende Esche, das ganze Dach, alle Wänder der Welt, auf ewig erneuert. Und nun fahr wohl, mein lieber Gott und Sohn, geh ungefährdet.«

Immer dunkler wurde die Nacht, als Selver ging, bis sogar seine nachtgewohnten Augen nur noch schwarze Massen und Flächen unterscheiden konnten. Es begann zu regnen. Er war erst wenige Meilen von Cadast entfernt, da mußte er entweder eine Fackel entzünden oder haltmachen. Er entschied sich fürs Haltmachen und fand vorsichtig tastend einen Platz zwischen den Wurzeln einer großen Kastanie. Hier blieb er sitzen, den Rücken an den breiten, gewundenen Stamm gelehnt, der immer noch ein wenig Sonnenwärme bewahrt hatte. Der feine Regen, in der Dunkelheit nicht zu sehen, prasselte auf die Blätter über seinem Kopf, auf seine Arme, seinen Hals und seinen Kopf, alles von dichten, seidenweichen Haaren geschützt, auf die Erde, die Farne, das Unterholz, auf alle Blätter des Waldes, nah und fern. Selver saß ebenso still wie die graue Eule auf dem Ast über ihm, ohne zu schlafen, die Augen im regennassen Dunkel weit geöffnet.

3

Captain Raj Ljubow hatte Kopfschmerzen. Sie begannen piano in den Muskeln seiner rechten Schulter und schwangen sich crescendo zu einem unerträglichen Trommelwirbel über dem rechten Ohr empor. Die Sprachzentren liegen im linken cerebralen Kortex, dachte er, aber er hätte es nicht aussprechen können; er konnte weder sprechen noch lesen, schlafen oder denken. Kortex, Vortex. Migräne, Margarine, au, au, au. Gewiß, er war bereits zweimal von seiner Migräne kuriert worden, einmal im College und dann bei seinen obligatorischen Prophylaktischen Psychotherapie-Sitzungen der Army, trotzdem aber hatte er Ergotaminpillen mitgenommen, als er die Erde verließ – für alle Fälle. Jetzt hatte er zwei davon geschluckt und außerdem ein Superhyper-Analgetikum, einen Tranquilizer und eine Verdauungspille zur Kompensierung des Koffeins, das wiederum das Ergotamin kompensierte, aber der Bohrer bohrte zum Rhythmus der großen Pauke immer noch direkt über dem rechten Ohr von innen nach außen. Bohrer, bohren, drillen, Pillen, o mein Gott! Herr, erlöse uns von dem Übel. Dübel. Was würden die Athsheaner gegen die Migräne tun? Die würden gar keine bekommen, die hätten die Spannungen schon eine Woche vor ihrem Auftreten weggeträumt. Versuch's doch mal, versuch zu träumen. Genau wie Selver es dir beigebracht hat. Der hatte, obwohl er keine Ahnung von Elektrizität hatte und daher das Prinzip des EEG nicht begreifen konnte, sofort, als er von Alphawellen hörte und wann sie erscheinen, ausgerufen: »O ja, natürlich! Du meinst dies.« Und schon waren die unverwechselbaren Alphaschnörkel auf dem Bildschirm des Enzephalographen erschienen, die verrieten, was in dem kleinen, grünen Kopf vor sich ging; und Selver hatte Ljubow in einer halben Stunde beigebracht, wie man den Alpha-Rhythmus an- und abschaltete. Es war wirklich ein Kinderspiel. Aber nicht jetzt, die Welt läßt mir nicht genügend Ruhe, au, au, au, über dem rechten Ohr höre ich deutlich, wie der geflügelte Triumphwagen der Zeit immer näher kommt, denn die Athsheaner haben vorgestern Smith Camp niedergebrannt und zweihundert Mann getötet. Zweihundertundsieben, um genau zu sein. Jeden einzelnen, bis auf den Captain. Kein Wunder, daß die Pillen nicht an das Zentrum seiner Migräne herankamen, denn sie war auf einer Insel, zweihundert Meilen und zwei Tage entfernt. Über die Berge, auf und davon. Asche, Asche, alles tot. Und ein Teil dieser Asche all seine Kenntnisse der höheren intelligenten Lebensformen auf Welt 41. Staub, Schutt, ein Chaos von falschen Daten und Hypothesen. Beinahe fünf E-Jahre hier, und er hatte geglaubt, die Athsheaner seien unfähig, Menschen zu töten, Menschen ihrer oder seiner Art. Lange Elaborate hatte er verfaßt, in denen er darlegte, warum und wieso sie keine Menschen töten konnten. Alles ein Irrtum. Ein tödlicher Irrtum.

Was hatte er übersehen?

Es wurde allmählich Zeit, zur Sitzung im HQ zu gehen. Vorsichtig erhob sich Ljubow, bewegte möglichst den ganzen Körper, damit die rechte Kopfseite nicht plötzlich abplatzte; mit der Langsamkeit eines Menschen unter Wasser näherte er sich seinem Schreibtisch, schenkte sich ein Glas Wodka ein und leerte es mit einem Zug. Der Alkohol krempelte ihn völlig um: extravertierte ihn: normalisierte ihn. Er fühlte sich besser. Er ging hinaus und machte sich, da er das Rütteln und Stoßen des Motorrads nicht ertragen konnte, zu Fuß auf den Weg zum HQ. Als er, die lange, staubige Hauptstraße von Centralville entlangmarschierend, am Luau vorbeikam, sehnte er sich verzweifelt nach einem weiteren Wodka; da jedoch Captain Davidson gerade das Lokal betrat, ging Ljubow weiter.

Die Leute von der *Shackleton* waren bereits im Konferenzraum versammelt. Commander Yung, der Ljubow schon von früheren Gelegenheiten bekannt war, hatte diesmal neue Gesichter aus dem Orbit mitgebracht. Die beiden trugen keine Navy-Uniform; nach kurzem Zögern erkannte Ljubow mit leichtem Schock in ihnen nicht-terranische Humanoide. Sofort drängte es ihn, ihre Bekanntschaft zu machen. Der eine, Mr. Or, war ein Cetianer, dunkel, grau, untersetzt, streng; der andere, Mr. Lepennon, war hochgewachsen, weiß und anmutig: ein Hainish. Sie begrüßten Ljubow voll Interesse, und Lepennon sagte zu ihm: »Ich habe gerade Ihren Bericht über die bewußte Kontrolle des paradoxen Schlafs bei den Athsheanern gelesen, Dr. Ljubow.« Das freute ihn, und es freute ihn auch, bei seinem rechtmäßig erworbenen Doktortitel genannt zu werden. Ihrem Gespräch entnahm er, daß sie einige Jahre auf der Erde verbracht hatten und daß sie Hilfers oder etwas Ähnliches waren; doch der Commander, durch den sie ihm vorgestellt worden waren, hatte weder ihren Status noch ihre Position erwähnt.

Allmählich füllte sich das Zimmer. Da war Gosse, der Kolonialökologe; da kamen die Militärs; da kam Captain Susun, Leiter der Planetenkultivierungsbehörde, Abteilung Holzfällung, dessen militärischer Rang, genau wie Ljubows eigener, eine Farce war, die nur der Beruhigung der militärischen Gemüter diente. Captain Davidson kam allein, kerzengerade und gut aussehend, das schmale, männliche Gesicht ruhig und ernst. An allen Türen waren Wachen postiert. Die Army-Rücken waren so steif, als hätten ihre Besitzer Säbel verschluckt. Die Konferenz war ganz eindeutig eine Untersuchung. *Wer trug die Schuld?* Ich trage die Schuld, dachte Ljubow verzweifelt; doch aus dieser Verzweiflung heraus sah er voller Abscheu und Verachtung über den Tisch hinweg zu Captain Don Davidson hinüber.

Commander Yung besaß eine sehr ruhige Stimme. »Wie Sie wissen, Gentlemen, haben wir mit meinem Schiff hier auf Welt 41 nur haltgemacht, um eine Gruppe neuer Kolonisten abzusetzen; der eigentliche Auftrag der *Shackleton* gilt der Welt 88, Prestno, einem Planeten der Hainish-Gruppe. Dieser Überfall auf Ihren Außenposten kann, da er sich zufällig während der Woche unseres Aufenthaltes hier ereignete, einfach nicht unbeachtet bleiben; vor allem nicht im Licht gewisser Entwicklungen, von denen Sie bei einem normalen Verlauf der Ereignisse ein wenig später unterrichtet worden wären. Tatsache ist, daß der Status von Welt 41 als Kolonie der Erde nunmehr einer Revision unterzogen wird, und das Massaker in Ihrem Camp mag die Entscheidung der Verwaltung darüber beschleunigen. Entscheidungen, die *wir* selbst treffen können, müssen mit Sicherheit sofort getroffen werden, denn ich kann mit meinem Schiff nicht allzu lange hierbleiben. Zunächst aber möchte ich mich vergewissern, daß alle Anwesenden im Besitz der relevanten Fakten sind. Captain Davidsons Bericht über die Ereignisse in Smith Camp wurde auf Tonband aufgezeichnet und uns allen auf dem Schiff vorgespielt; Ihnen allen hier ebenfalls? Gut. Wenn irgend jemand jetzt Captain Davidson noch Fragen stellen möchte – bitte. Ich habe übrigens selber eine. Sie, Captain Davidson, kehrten am folgenden Tag mit acht Soldaten in einem großen Helikopter zu dem zerstörten Camp zurück; hatten Sie die Genehmigung für diesen Flug bei einem höheren Offizier hier in Central eingeholt?«

Davidson erhob sich. »Jawohl, Sir.«

»Waren Sie denn ermächtigt, zu landen und den Wald neben dem Standort des Lagers in Brand zu stecken?«

»Nein, Sir.«

»Aber Sie haben ihn in Brand gesteckt?«

»Jawohl, Sir. Ich wollte die Creechies ausräuchern, die meine Männer umgebracht haben.«

»Nun gut. Mr. Lepennon?«

Der hochgewachsene Hainish räusperte sich. »Captain Davidson«, begann er, »sind Sie der Ansicht, daß die Männer unter Ihrem Kommando in Smith Camp weitgehend zufrieden waren?«

»Jawohl, der Ansicht bin ich.«

Davidson gab sich selbstsicher und aufrecht; die Tatsache, daß er in der Klemme steckte, schien er zu ignorieren. Gewiß, diese Navy-Offiziere und die Fremden besaßen keine Befehlsgewalt über ihn; er brauchte sich nur seinem eigenen Colonel gegenüber für den Verlust von zweihundert Mann und die eigenmächtige Vergeltungsaktion zu verantworten. Doch dieser Colonel saß mit am Tisch und hörte zu.

»Sie bekamen also ausreichend zu essen, waren gut untergebracht und nicht überarbeitet – soweit das in einem Außenlager möglich ist?«

»Jawohl.«

»Hielten Sie sehr scharf auf Disziplin?«

»Nein.«

»Was war Ihrer Meinung nach dann das Motiv für die Revolte?«

»Ich verstehe Sie nicht.«

»Wenn keiner von Ihren Männern unzufrieden war,

warum haben dann einige von ihnen die anderen umgebracht und das Lager zerstört?«

Unbehagliches Schweigen.

»Darf ich vielleicht etwas sagen?« meldete sich Ljubow zu Wort. »Es waren die eingeborenen Hilfs, die Athsheaner, die im Camp arbeiteten, die sich zum Überfall auf die Terraner mit den Waldbewohnern vereinigten. Captain Davidson nannte die Athsheaner in seinem Bericht ›Creechies‹.«

Lepennon wirkte verlegen und bekümmert. »Vielen Dank, Dr. Ljubow. Das hatte ich mißverstanden. Ich hielt das Wort ›Creechie‹ für die Bezeichnung einer terranischen Rasse, die in den Holzfällerlagern niedere Arbeiten verrichtet. Da ich, wie wir alle, annahm, die Athsheaner seien intraspezies-nonaggressiv, wäre ich nie auf den Gedanken gekommen, daß sie mit diesem Ausdruck gemeint waren. Ich wußte nicht einmal, daß sie überhaupt in Ihren Camps arbeiten. Wie dem auch sei, jetzt verstehe ich noch weniger, wodurch dieser Überfall und Aufstand ausgelöst wurden.«

»Ich weiß es nicht, Sir.«

»Als der Captain sagte, die Männer unter seinem Kommando seien zufrieden, galt das auch für die Eingeborenen?« fragte Or, der Cetianer, trocken. Der Hainish griff das Thema sofort auf und fragte Davidson in dem ihm eigenen höflichen Ton: »Glauben Sie, daß die Athsheaner, die in Ihrem Camp lebten, zufrieden waren?«

»Soweit ich weiß – sicher.«

»An ihrer Position dort, oder der Arbeit, die sie verrichten mußten, war also nichts Ungewöhnliches?«

Ljubow spürte ein Anwachsen der Spannung, wie eine Umdrehung der Schraube, sowohl bei Colonel Dongh und seinem Stab als auch beim Kommandanten des Sternenschiffs. Davidson blieb kalt und ruhig. »Nichts Ungewöhnliches.«

Jetzt wußte Ljubow, daß nur seine wissenschaftlichen Studien zur *Shackleton* hinaufgeschickt worden waren;

seine Proteste, sogar seine von der Verwaltung geforderten alljährlichen Bewertungen der ›Anpassung der Eingeborenen an die Kolonialisierung‹ waren im HQ irgendwo ganz unten in einer Schreibtischschublade verschwunden. Diese beiden N.-T.H.s hatten keine Ahnung von der Ausbeutung der Athsheaner. Commander Yung dagegen wußte Bescheid; er war ja zuvor schon hier unten gewesen und hatte die Creechie-Pferche vermutlich gesehen. Allerdings war einem Navy-Commander auf Kolonienfahrt im Hinblick auf Terraner-Hilf-Beziehungen bestimmt nichts fremd. Ob er die Art, wie die Kolonialverwaltung arbeitete, billigte oder nicht – schockieren konnte ihn gewiß nichts mehr. Aber ein Cetianer oder Hainish – was wußten die schon über terranische Kolonien, wenn sie nicht irgendwann zufällig auf einer haltmachten? Lepennon und Or hatten wahrscheinlich gar nicht die Absicht gehabt, auf dem Planeten hier zu landen, und erst als sie von den Schwierigkeiten hörten auf einer Inspektion bestanden. Warum hatte der Kommandant sie mitgebracht? Weil *er* es so wollte, oder weil *sie* es wollten? Wer immer sie waren, ihnen haftete ein Air von Autorität, ein Hauch des trockenen, berauschenden Ruchs der Macht an. Ljubows Kopfschmerzen waren verschwunden, er war munter und alert, seine Wangen waren heiß. »Captain Davidson«, sagte er, »ich hätte ein paar Fragen über Ihren Zusammenstoß mit den vier Eingeborenen vorgestern. Wissen Sie genau, daß einer von ihnen Sam oder vielmehr Selver Thele war?«

»Ich glaube, ja.«

»Ist Ihnen klar, daß er persönlichen Groll gegen Sie hegt?«

»Das ist mir nicht klar.«

»Wirklich nicht? Da seine Frau unmittelbar nach einem erzwungenen Geschlechtsverkehr mit Ihnen in Ihrem Quartier starb, macht er Sie für ihren Tod verantwortlich; das wußten Sie nicht? Er hat Sie schon einmal überfallen, hier in Centralville; hatten Sie das vergessen? Nun, der springende Punkt ist der, daß Selvers persönlicher Haß auf Captain Davidson zum Teil als Erklärung oder Motivation für diesen beispiellosen Angriff gelten kann. Die Athsheaner sind keineswegs zu individueller Gewaltanwendung unfähig; das habe ich in keiner meiner vielen Studien über sie behauptet. Jugendliche, die das kontrollierte Träumen und das Wettsingen noch nicht beherrschen, pflegen häufig miteinander zu ringen oder zu boxen, und nicht alle diese Kämpfe verlaufen gutartig. Selver jedoch ist ein Erwachsener und ein Adept, und seine erste Attacke auf Captain Davidson, die ich zum Teil miterlebt habe, war ziemlich eindeutig ein Tötungsversuch. Genau wie übrigens die Vergeltung des Captains. Zu jenem Zeitpunkt hielt ich Selvers Angriff für einen vereinzelten psychotischen Zwischenfall, eine Folge der Trauer und der Nervenbelastung, eine Tat, die sich nicht wiederholen würde. Das war falsch. Captain, als die vier Athsheaner aus dem Hinterhalt über Sie herfielen, wie Sie es in Ihrem Bericht darlegten, lagen Sie da zum Schluß lang ausgestreckt auf dem Boden?«

»Ja.«

»In welcher Position?«

Davidsons gelassene Miene wurde verkniffen, und Ljubow kamen Gewissensbisse. Er hatte Davidson über seine eigenen Lügen stolpern lassen, ihn zwingen wollen, ein einziges Mal die Wahrheit zu sagen, aber ihn hier vor den anderen zu demütigen, das hatte er eigentlich nicht vorgehabt. Anschuldigungen wie Vergewaltigung und Mord erhärteten lediglich das Bild des absolut virilen Mannes, das Davidson sich von sich selbst machte, doch nun war dieses Bild in Gefahr: Ljubow hatte ein anderes heraufbeschworen, das Bild Captain Davidsons, des Soldaten, des Kämpfers, des eiskalten, harten Mannes, der von Feinden, die so groß waren wie sechsjährige Kinder, hilflos zu Boden gestreckt worden war ... Wie schwer mußte es Davidson daher fallen, sich an den Moment zu erinnern, da er zum erstenmal, liegend, zu den kleinen grünen Männern hinaufgeschaut hatte, statt von seiner Höhe auf sie hinabzublikken?

»Ich lag auf dem Rücken.«

»Hatten Sie den Kopf zurückgeworfen oder zur Seite gedreht?«

»Das weiß ich nicht.«

»Ich versuche hier etwas festzustellen, Captain, eine Tatsache, die uns möglicherweise erklärt, warum Selver Sie nicht tötete, obwohl er einen Groll gegen Sie hegte und erst wenige Stunden zuvor mitgeholfen hatte, zweihundert Menschen umzubringen. Ich frage mich, ob Sie nicht zufällig in einer der Positionen dagelegen haben, die, von einem Athsheaner eingenommen, seinen Gegner an jeder weiteren physischen Gewalttätigkeit hindern.«

»Das weiß ich nicht.«

Ljubow musterte die Konferenzteilnehmer; alle Gesichter verrieten Neugier, einige darüber hinaus Nervenanspannung. »Diese aggressionshemmenden Gesten und Positionen können einer natürlichen Grundlage entspringen, aus einer durch den Überlebenswillen motivierten Auslösereaktion entstanden sein, aber sie sind sozial entwickelt und erweitert worden und werden nun natürlich erlernt. Die stärkste und totalste Position ist die Rückenlage, Augen geschlossen, Kopf so gedreht, daß der Hals frei dargeboten wird. Nach meiner Ansicht ist es einem zivilisierten Athsheaner schlechthin unmöglich, einem Feind, der diese Position einnimmt, etwas anzutun. Er müßte etwas anderes tun, um seine Wut und Aggressionen abzureagieren. Als die vier Sie am Boden hatten, Captain, hat Selver da vielleicht gesungen?«

»Ob er was?«

»Ob er gesungen hat?«

»Das weiß ich nicht.«

Blockierung. Nichts zu machen. Ljubow wollte achselzuckend aufgeben, als der Cetianer plötzlich fragte: »Warum, Mr. Ljubow?« Der angenehmste Charakterzug der ansonsten ziemlich rauhen Cetianer war Neugier; die Cetianer starben mit Vergnügen – vor Neugier auf das, was anschließend kam.

»Sehen Sie, Mr. Or«, fuhr Ljubow fort, »die Athsheaner ersetzen den physischen Kampf durch eine Art ritualisiertes Singen. Dies ist wiederum ein allgemeines soziales Phänomen, das eine physiologische Grundlage haben mag, obwohl es ziemlich schwierig ist, zu beweisen, daß etwas dem Menschen ›angeboren‹ ist. Aber bei den höheren Primaten hier pflegen die Männchen stets einen vokalen Wettstreit auszufechten, mit furchtbar viel Gebrüll und Gepfeife; der Sieger gibt dem Unterlegenen wohl manchmal einen Knuff, gewöhnlich aber bleibt es dabei, daß sie ungefähr eine Stunde lang versuchen, einander zu überschreien. Bei den Athsheanern selbst gibt es nun eine ganz ähnliche Gewohnheit: Die Männer – und nur sie allein – erledigen ihre Auseinandersetzungen ebenfalls per Sängerwettstreit, aber bei ihnen ist das nicht ausschließlich ein Abreagieren von Aggressionen, sondern eine Kunstform für sich. Der bessere Sänger gewinnt. Deswegen wollte ich wissen, ob Selver über Captain Davidson gesungen hat, und wenn ja, ob er es tat, weil er nicht töten konnte, oder weil ihm ein unblutiger Sieg lieber war. Diese Fragen sind plötzlich ziemlich wichtig geworden.«

»Dr. Ljubow«, sagte Lepennon, »wie wirksam sind diese aggressionshemmenden Gewohnheiten? Sind sie allgemeingültig?«

»Unter Erwachsenen ja. Haben mir meine Informanten berichtet, und meine eigenen Beobachtungen bestätigten die Informationen. Bis vorgestern. Hier kennt man weder Vergewaltigung noch tätlichen Angriff oder Mord. Selbstverständlich gibt es Unglücksfälle. Und auch psychisch Kranke. Von den letzteren allerdings nicht viele.«

»Was machen sie mit den gefährlichen psychisch Kranken?«

»Die werden isoliert. Im wahrsten Sinne des Wortes. Auf kleinen Inseln.«

»Sind die Athsheaner Fleischfresser, jagen sie Tiere?«

»Ja. Fleisch ist ein Hauptnahrungsmittel.«

»Fabelhaft!« sagte Lepennon, und seine weiße Haut wurde vor Aufregung noch bleicher. »Eine menschliche Gesellschaftsform mit einer wirksamen Kriegsblockierung! Wo liegen die Nachteile, Dr. Ljubow?«

»Ich weiß es nicht genau, Mr. Lepennon. Vielleicht darin, daß es keine Veränderung gibt. Sie sind eine statische, unveränderliche, uniforme Gesellschaft. Sie haben keine Geschichte. Sie sind perfekt integriert und absolut unprogressiv. Man könnte sagen, daß sie, genau wie der Wald, in dem sie leben, ein Höchststadium erreicht haben. Aber damit will ich nicht behaupten, daß sie adaptionsunfähig sind.«

»Gentlemen, das ist alles sehr interessant, dürfte aber hauptsächlich wohl die Spezialisten angehen und steht in keinerlei Zusammenhang mit den Fragen, die wir hier klären wollen ...«

»Nein, Colonel Dongh, entschuldigen Sie bitte, aber gerade dies könnte entscheidend sein. Ja, Dr. Ljubow?«

»Nun, ich frage mich, ob sie ihre Adaptionsfähigkeit nicht vielleicht gerade beweisen. Indem sie ihr Verhalten dem unseren angleichen. Dem Verhalten der terranischen Kolonie. Vier Jahre lang haben sie sich uns gegenüber verhalten, wie sie sich untereinander verhalten. Trotz der äußerlichen Unterschiede akzeptierten sie uns als Angehörige ihrer Spezies, als Menschen. Aber wir haben nicht reagiert, wie Angehörige ihrer Spezies reagieren müßten. Wir haben die Reaktionen, die Rechte und Pflichten der Gewaltlosigkeit ignoriert. Wir haben die Eingeborenen getötet, vergewaltigt, auseinandergerissen und versklavt, wir haben ihre Städte zerstört und ihre Wälder abgeholzt. Es würde mich keineswegs überraschen, wenn sie zu der Ansicht gekommen wären, daß wir überhaupt keine Menschen sind.«

»Und daher getötet werden dürfen, wie Tiere – genau!« sagte der Cetianer eifrig. Lepennons Gesicht jedoch war starr und schneeweiß wie Marmor. »Versklavt?« fragte er.

»Captain Ljubow gibt lediglich seiner persönlichen Meinung, seiner persönlichen Theorie Ausdruck«, erwiderte Colonel Dongh. »Die ich, wie ich betonen möchte, für möglicherweise irrig halte. Ich habe des öfteren mit ihm über diese Dinge diskutiert und finde, sie gehören nicht hierher. Wir halten keine Sklaven, Sir. Einige der Eingeborenen haben eine sehr nützliche Rolle in unserer Gemeinschaft übernommen. Das Freiwillige Autochthonen-Hilfskorps ist zum Bestandteil aller Camps geworden. Bis auf die provisorischen, natürlich. Wir haben zur Durchführung unserer Aufgaben hier ein sehr begrenztes Personal, wir brauchen dringend Arbeitskräfte und nehmen sie, wo wir sie kriegen können, aber auf einer Basis, die man als Sklaverei bezeichnen könnte – niemals!«

Lepennon wollte etwas sagen, überließ das Wort aber dem Cetianer, der nur fragte: »Wie viele von jeder Rasse?«

Gosse antwortete: »2641 Terraner. Ljubow und ich schätzen die eingeborene Hilf-Bevölkerung auf etwa drei Millionen.«

»Sie hätten dieses Zahlenverhältnis in Betracht ziehen sollen, bevor Sie die Traditionen der Eingeborenen änderten, Gentlemen«, sagte Or mit einem unangenehmen, aber ganz und gar echten Lachen.

»Wir sind ausreichend bewaffnet und gerüstet, um jede Aggression abzuwehren, die von den Eingeborenen kommen sollte«, erklärte der Colonel. »Die ersten Forschungsexpeditionen und unsere eigenen Forschungsspezialisten unter der Leitung von Captain Ljubow unterrichteten uns jedoch übereinstimmend dahingehend, daß die New Tahitianer eine primitive, harmlose, friedliebende Rasse sind. Diese Informationen waren jedoch offensichtlich falsch ...«

Or unterbrach Colonel Dongh. »Offensichtlich! Halten Sie die menschliche Rasse für primitiv, harmlos und friedliebend, Colonel? Bestimmt nicht. Aber Sie wußten, daß die Hilfs auf diesem Planeten der menschlichen Rasse angehören? Genauso der menschlichen Rasse angehören wie Sie, ich oder Lepennon, da wir ja alle von derselben, der Urrasse der Hainish abstammen?«

»Das ist die wissenschaftliche Theorie. Mir ist klar ...«

»Das ist eine historische Tatsache, Colonel.«

»Niemand kann mich zwingen, es als Tatsache zu akzeptieren«, sagte der alte Colonel hitzig, »und ich schätze es nicht, wenn man mir Meinungen in den Mund legt. Tatsache ist, daß diese Creechies einen Meter groß und mit grünem Fell bedeckt sind, daß sie nicht schlafen und nach meinen Vorstellungen keine menschlichen Wesen sind.«

»Captain Davidson«, fragte der Cetianer, »halten Sie die eingeborenen Hilfs für menschliche Wesen oder nicht?«

»Weiß ich nicht.«

»Aber Sie hatten doch Geschlechtsverkehr mit einer Angehörigen dieser Rasse – mit Selvers Frau. Würden Sie mit einem weiblichen Tier Geschlechtsverkehr vollziehen? Und Sie, was sagen Sie dazu?« Er sah den dunkelrot gewordenen Colonel, die finster dreinblickenden Majors, die aschfahlen Captains, die nervös zusammenfahrenden Spezialisten an. Seine Miene drückte Verachtung aus. »Sie haben diese Fragen offenbar nicht durchdacht«, sagte er. Nach seinen Maßstäben eine schwere Beleidigung.

Endlich rettete der Commandant der *Shackleton* ein

paar Worte aus dem Abgrund verlegenen Schweigens. »Nun, Gentlemen, die Tragödie von Smith Camp ist eindeutig symptomatisch für das gesamte Verhältnis der Kolonie zu den Eingeborenen und keineswegs ein unbedeutendes oder vereinzeltes Vorkommnis. Diese Frage mußte zunächst geklärt werden. Und da der Fall so gelagert ist, können wir zu der Lösung Ihrer Probleme hier ein wenig beitragen. Der Hauptzweck unserer Reise war, wie Sie wissen, nicht, Ihnen die zweihundert jungen Mädchen zu bringen, obwohl ich weiß, wie sehnsüchtig Sie darauf gewartet haben, sondern unser eigentliches Ziel war Prestno, wo es einige Schwierigkeiten gab und wo wir der Regierung einen Ansible bringen sollten. Das heißt einen ICD-Sender/Empfänger.«

»Was?« fragte Sereng, ein Ingenieur. Alle Blicke wandten sich dem Commander zu.

»Der Ansible, den wir an Bord haben, ist eines der ersten Modelle und hat, grob geschätzt, das Jahressteuereinkommen eines Planeten gekostet. Das war natürlich vor 27 Jahren Planetenzeit, damals, als wir die Erde verließen. Heutzutage werden sie relativ billig hergestellt; sie gehören zur Standardausrüstung der Navy-Schiffe, und normalerweise wäre nach einer gewissen Zeit ein Robo- oder ein bemanntes Schiff hierhergekommen und hätte auch Ihrer Kolonie einen derartigen Apparat gebracht. Tatsächlich ist ein bemanntes Schiff der Kolonialverwaltung schon hierher unterwegs und soll, wenn ich mich recht erinnere, in 9,4 E-Jahren hier eintreffen.«

»Woher wissen Sie das?« fragte jemand herausfordernd, und Commander Yung erwiderte lächelnd: »Durch den Ansible, denjenigen, den wir an Bord haben. Mr. Or, Ihre Leute haben den Apparat erfunden. Vielleicht würden Sie den Herren, die sich darunter nichts vorstellen können, seine Funktion erklären?«

Der Cetianer blieb eisig. »Ich werde nicht den Versuch machen, den Anwesenden die Prinzipien zu erklären, nach denen der Ansible funktioniert«, sagte er. »Das Ergebnis läßt sich jedoch höchst einfach schildern: Es handelt sich um die Momentanübertragung einer Nachricht über beliebige Entfernungen. Ein Element muß sich auf einem Körper mit großer Masse befinden, das andere kann irgendwo im Kosmos sein. Seit ihrem Eintritt in die Umlaufbahn hat die *Shackleton* in täglichem Funkkontakt mit der nun siebenundzwanzig Lichtjahre entfernten Erde gestanden. Nachricht und Antwort nehmen jetzt nicht mehr, wie bei einem elektromagnetischen Apparat, vierundfünfzig Jahre in Anspruch, sondern erfolgen ohne Verzögerung. Es gibt keinen Zeit-Hiatus mehr zwischen den Welten.

Sobald wir aus der NAFAL-Zeitdilatation in die planetarische Raumzeit kamen, haben wir, wie man es ausdrücken könnte, zu Hause angerufen«, fuhr der Commander ruhig fort. »Und erfuhren so, was sich während der siebenundzwanzig Jahre unserer Reise ereignet hat. Der Zeit-Hiatus für Körper bleibt bestehen, die zeitliche Verzögerung bei Informationen nicht. Wie Sie leicht einsehen werden, ist dies für uns als eine interstellare Spezies ebenso wichtig wie die Sprache auf einer früheren Stufe der Evolution. Und wird auch wieder den gleichen Effekt haben: die Gesellschaft funktionsfähig machen.«

»Mr. Or und ich verließen die Erde vor siebenundzwanzig Jahren als Botschafter unserer jeweiligen Regierung, Tau II und Hain«, sagte Lepennon. Seine Stimme klang noch immer sanft und höflich, aber die Wärme war daraus verschwunden. »Als wir abreisten, sprach man über die Möglichkeit, nun, da eine derartige Kommunikation möglich war, eine Art Liga der zivilisierten Welten zu bilden. Inzwischen existiert diese Weltenliga, existiert seit achtzehn Jahren. Mr. Or und ich sind nunmehr Emissäre des Ligarats und haben damit gewisse Vollmachten und Verantwortlichkeiten, die wir beim Verlassen der Erde nicht besaßen.«

Die drei vom Schiff sagten diese Dinge immer wieder: Es gibt einen Momentankommunikator, es gibt eine interstellare Superregierung ... Das konnte man glauben oder nicht. Sie steckten unter einer Decke, sie logen. Das schoß Ljubow als erstes durch den Kopf. Er erwog diesen Gedanken, fand, daß er einen logischen, doch unbegründeten Verdacht darstellte, daß es sich lediglich um einen Abwehrmechanismus handelte, und verwarf ihn. Einige der Militärs jedoch, darauf gedrillt, ihre Gedankengänge sorgfältig zu sektionieren, ausgebildete Abwehrspezialisten, würden ihn bereitwillig akzeptieren. Sie mußten ja glauben, daß jeder, der sich so plötzlich eine ganz neue Autorität anmaßte, ein Lügner oder Verschwörer war. Sie befanden sich nicht weniger in einer Zwangssituation als Ljubow, der darauf trainiert worden war, aufgeschlossen zu sein, ob er nun wollte oder nicht.

»Und das alles sollen wir Ihnen einfach so glauben – nur auf Ihr Wort hin, Sir?« fragte Colonel Dongh mit Würde und beträchtlichem Pathos; denn er, viel zu konfus, um ordentlich zu sektionieren, wußte genau, daß er Lepennon, Or und Yung nicht glauben durfte, glaubte ihnen aber trotzdem und hatte Angst.

»Nein«, antwortete der Cetianer, »das ist vorbei. Kolonien wie die Ihre mußten sich bisher auf das verlassen, was ihnen vorüberfahrende Schiffe und überholte Funkmeldungen an Informationen brachten. Das brauchen sie jetzt nicht mehr. Jetzt können Sie sich vergewissern. Wir werden Ihnen den Ansible geben, der eigentlich für Prestno bestimmt war. Die Liga hat uns die Genehmigung dazu erteilt. Selbstverständlich per Ansible. Die Zustände in Ihrer Kolonie sind bedenklich. Bedenklicher, als es aus Ihren Berichten zu ersehen war. Ihre Berichte waren sehr unvollständig; offenbar war da Zensur oder auch Dummheit am Werk. Nun jedoch, da Sie den Ansible haben, können Sie mit Ihrer terranischen Kolonialverwaltung selbst sprechen und sie um

Anweisungen bitten, damit Sie wissen, wie Sie vorgehen müssen. In Anbetracht der grundlegenden Veränderungen, die seit unserer Abreise in der Regierung von Terra stattgefunden haben, würde ich Ihnen empfehlen, das sofort zu tun. Es gibt jetzt keine Entschuldigung mehr für das Handeln nach überholten Befehlen, für Ignoranz, für unverantwortliche Autonomie.«

Wird ein Cetanier sauer, dann wird er, wie Milch, sauer bleiben. Mr. Or nahm sich zuviel heraus, und Commander Yung hätte ihn zum Schweigen bringen sollen. Aber konnte er das? Welche Rangstufe nahm ein ›Emissär des Rates der Weltenliga‹ ein? Wer hat hier den Oberbefehl, dachte Ljubow und verspürte selber ein unangenehmes Angstgefühl. Seine Kopfschmerzen meldeten sich wieder, diesmal als beengender Druck, als trage er ein straffes Eisenband um die Stirn.

Er blickte über den Tisch hinweg auf Lepennons weiße Hände mit den langen Fingern, die rechts über links, still auf dem nackten, polierten Holz des Konferenztisches lagen. Die weiße Haut war für Ljubows terranisch entwickeltes ästhetisches Empfinden ein Defekt, aber die ruhige Gelassenheit und die Kraft dieser Hände gefielen ihm über die Maßen. Bei den Hainish, dachte er, ist die Kultiviertheit selbstverständlich. Sie besaßen sie schon so lange. Sie führten ihr sozio-intellektuelles Leben mit der Grazie einer Katze, die im Garten Vögel jagt, mit der Sicherheit einer Schwalbe, die dem Sommer übers Meer folgt. Sie waren Experten. Nie sich verstellen, niemals so tun als ob. Sie waren genau das, was sie waren. Auf niemanden schien die Bezeichnung ›menschlich‹ so sehr zuzutreffen wie auf sie. Außer, vielleicht, auf die kleinen Grünen? Die außergewöhnlichen, zwergwüchsigen, überadaptierten, stagnierenden Creechies, die so restlos, so aufrichtig, so gelassen das waren, was sie waren ...

Benton, ein Offizier, fragte Lepennon, ob er und Or als Beobachter der (er zögerte) Weltenliga auf diesen

Planeten gekommen seien oder ob sie sich Befehlsgewalt zumäßen ...

Lepennon antwortete höflich: »Wir sind nur als Beobachter hier, ohne Befehlsgewalt, nur mit dem Auftrag, Bericht zu erstatten. Verantwortlich sind Sie immer noch ausschließlich Ihrer eigenen Regierung auf der Erde.«

Colonel Dongh sagte erleichtert: »Dann hat sich im wesentlichen ja nichts verändert ..«

»Sie vergessen den Ansible«, unterbrach ihn Or. »Ich werde Sie in seiner Handhabung unterweisen, sobald diese Diskussion beendet ist, Colonel. Dann können Sie sich mit Ihrer Kolonialverwaltung in Verbindung setzen.«

»Da Ihr Problem hier überaus dringlich erscheint, und da die Erde jetzt Mitglied der Liga ist und im Laufe der vergangenen Jahre ihre Kolonialpolitik durchaus verändert haben kann, ist Mr. Ors Empfehlung durchaus richtig. Wir sollten Mr. Or und Mr. Lepennon für ihren Entschluß, den für Prestno bestimmten Ansible dieser terranischen Kolonie zu überlassen, dankbar sein. Es war allein ihre Entscheidung, und ich kann sie nur begrüßen. Nun ist aber noch eine andere Entscheidung zu treffen, und zwar von mir, gestützt auf Ihrer aller Urteil. Falls Sie glauben, daß diese Kolonie der Gefahr unmittelbar bevorstehender weiterer und massiverer Angriffe durch die Eingeborenen ausgesetzt ist, könnte ich mit meinem Schiff ein bis zwei Wochen sozusagen als Verteidigungsarsenal hierbleiben; außerdem könnte ich die Frauen evakuieren. Kinder gibt es wohl noch nicht, richtig?«

»Jawohl, Sir«, antwortete Gosse. »Insgesamt jetzt 482 Frauen.«

»Gut. Ich habe Platz für 380 Passagiere; im Notfall kann ich auch hundert mehr an Bord nehmen. Diese Extramasse würde die Heimfahrt um ungefähr ein Jahr verzögern, aber das läßt sich durchaus bewerkstelligen.

Mehr kann ich leider nicht für Sie tun. Wir müssen unbedingt nach Prestno weiter, das, wie Sie wissen, Ihr nächster Nachbar und 1,8 Lichtjahre von Ihnen entfernt ist. Auf dem Rückweg nach Terra werden wir New Tahiti noch einmal anlaufen, aber bis dahin werden mindestens weitere dreieinhalb E-Jahre vergehen. Können Sie so lange durchhalten?«

»Ja«, sagte der Colonel, und die anderen stimmten ihm zu. »Wir sind gewarnt worden und werden uns nicht wieder im Schlaf überraschen lassen.«

»Aber«, mischte sich der Cetianer ein, »könnten auch die Eingeborenen weitere dreieinhalb Erdjahre durchhalten?«

»Ja«, sagte der Colonel. »Nein«, sagte Ljubow. Er hatte Davidsons Miene gesehen und war plötzlich von panischer Angst überfallen worden.

»Colonel?« sagte Lepennon höflich.

»Wir sind jetzt vier Jahre hier, und den Eingeborenen geht es glänzend. Es ist Platz genug – ach was, übergenug – für alle; wie Sie sehen, ist der Planet viel zu dünn besiedelt, und wenn dem nicht so wäre, hätte die Verwaltung ihn nicht zur Kolonisierung freigegeben. Und falls sich jemand das einbilden sollte: Wir werden uns bestimmt nicht noch mal unversehens überraschen lassen; wir wurden über die Veranlagungen dieser Eingeborenen falsch unterrichtet, aber wir sind voll bewaffnet und in der Lage, uns zu verteidigen. Vergeltungsmaßnahmen planen wir dagegen nicht. Das ist in den Kolonialvorschriften eindeutig verboten, obwohl ich nicht weiß, welche neuen Vorschriften diese neue Regierung inzwischen hinzugefügt haben mag. Wir jedenfalls werden uns an die halten, die bisher für uns gültig waren, und die verbieten ganz eindeutig sowohl generelle Vergeltungsmaßnahmen als auch Völkermord. Um Hilfe werden wir bestimmt nicht bitten; schließlich ist diese Kolonie siebenundzwanzig Lichtjahre von der Heimat entfernt unter der Voraussetzung gegründet worden, daß sie sich selbst helfen kann und mit allem allein fertig wird, deswegen kann ich mir auch nicht vorstellen, daß dieser ICD tatsächlich etwas an der Situation ändert, denn Schiffe, Menschen und Material können ja immer noch nur maximal mit Lichtgeschwindigkeit reisen. Wir werden also fortfahren, Holz in die Heimat zu verschiffen und unsere Probleme allein zu lösen. Unsere Frauen sind nicht in Gefahr.«

»Mr. Ljubow?« sagte Lepennon.

»Wir sind jetzt vier Jahre hier. Und ich weiß nicht, ob die Kultur der Eingeborenen vier weitere Jahre durchhalten wird. Was nun die Landökologie betrifft, so glaube ich, daß Gosse mir beipflichtet, wenn ich erkläre, daß wir die hier heimischen Lebenssysteme auf einer großen Insel unwiderruflich zerstören, daß wir auf diesem Subkontinent Sornol schweren Schaden angerichtet haben und daß wir, wenn wir mit dem augenblicklichen Tempo weiter abholzen, die größten der bewohnbaren Länder innerhalb von zehn Jahren in Wüsten verwandelt haben werden. Das HQ und das Forstamt der Kolonie trifft daran die geringste Schuld; die haben lediglich einen Entwicklungsplan befolgt, der ohne ausreichende Kenntnisse über den Planeten, seine Ökologie und seine einheimische Bevölkerung, die der menschlichen Rasse angehört, auf Terra entworfen worden ist.«

»Mr. Gosse?« sagte die höfliche Stimme.

»Nun, Raj, ich glaube, Sie übertreiben da ein bißchen. Es ist natürlich nicht abzuleugnen, daß wir Dump Island, das in Nichtbeachtung meiner Empfehlungen praktisch kahlgeschlagen worden ist, als Totalverlust abschreiben müssen. Sobald nämlich mehr als ein bestimmter Prozentsatz des Waldes in einem bestimmten Gebiet geschlagen wird, sät sich das Fasergras nicht mehr aus, und, Gentlemen, das Wurzelsystem des Fasergrases ist auf gerodeten Flächen das einzige, was die Krume am Boden hält; ohne dieses Wurzelsystem zerfällt die Erdkrume zu Staub und wird vom Wind und den schweren Regenfällen erodiert. Daß aber unsere grundlegenden Direktiven falsch sind, darin kann ich Mr. Ljubow nicht zustimmen; sie müssen nur peinlich genau befolgt werden. Sie beruhen auf sorgfältigen Studien des Planeten. Hier, auf Central, waren wir erfolgreich, weil wir die Anweisungen des Plans genauestens befolgt haben: die Erosion ist minimal, der gerodete Boden ist in höchstem Grade anbaufähig. Einen ganzen Wald abzuholzen bedeutet schließlich nicht, eine Wüste daraus zu machen – das heißt, höchstens vom Gesichtspunkt der Eichhörnchen aus. Wie die ausschließlich auf den Wald bezogenen Lebenssysteme der Eingeborenen sich der neuen Wald-Prärie-Ackerland-Umgebung, wie sie in dem Entwicklungsplan vorgesehen ist, anpassen werden, können wir nicht vorhersagen, aber wir wissen mit Bestimmtheit, daß für einen großen Prozentsatz Adaption und Überleben gute Chancen bestehen.«

»Das hat das Bodennutzungsamt auch während der ersten großen Hungersnot über Alaska gesagt«, konterte Ljubow. Seine Kehle war wie zugeschnürt, und seine Stimme klang gepreßt und heiser. Er hatte auf Gosses Unterstützung gezählt. »Wie viele Sitkakiefern haben Sie in Ihrem Leben bisher gesehen, Gosse? Oder Schneeulen? Oder Wölfe? Oder Eskimos? Die Überlebensrate einheimischer Alaska-Spezies *in habitat* betrug nach fünfzehn Jahren Entwicklungsprogramm 0,3 Prozent. Heutzutage ist sie gleich Null. Eine Waldökologie ist sehr empfindlich. Stirbt der Wald, stirbt die Fauna mit ihm. Das Wort der Athsheaner für ›Welt‹ ist gleichzeitig das Wort für ›Wald‹. Commander Yung, ich weise darauf hin, daß zwar die Kolonie nicht unmittelbar in Gefahr sein mag, aber daß der Planet ...«

»Captain Ljubow«, unterbrach ihn der Colonel, »ein derartiger Hinweis eines Spezialistenoffiziers an Offiziere anderer Dienstgattungen ist unzulässig und sollte der Entscheidung der dienstältestens Offiziere der Kolonie überlassen bleiben. Daher kann ich weitere derartige Versuche, Ratschläge ohne vorher eingeholte Genehmigung zu erteilen, nicht tolerieren.«

Von seinem eigenen Ausbruch überrascht, entschuldigte sich Ljubow und bemühte sich, ruhig zu wirken. Wenn er nur nicht seine Selbstbeherrschung verlor, wenn nur seine Stimme nicht dünn und heiser wurde, wenn er nur Haltung bewahren könnte …

Der Colonel fuhr fort: »Captain Ljubow, mir scheint, daß Sie in Ihrer Beurteilung hinsichtlich der Friedfertigkeit und der nichtaggressiven Haltung der Eingeborenen hier einen folgenschweren Fehler begangen haben, und nur weil wir uns auf Ihre, des Spezialisten Beschreibung der Eingeborenen als nichtaggressiv verlassen haben, konnte diese entsetzliche Tragödie in Smith Camp passieren. Deswegen bin ich der Meinung, daß wir lieber warten sollten, bis ein paar andere Hilf-Spezialisten genügend Zeit hatten, um sie gründlich zu studieren, da Ihre Hypothesen ja augenscheinlich bis zu einem gewissen Grad falsch waren.«

Ljubow setzte sich und schluckte den Tadel. Sollten die Besucher vom Sternenschiff doch sehen, wie hier der Schwarze Peter von einem zum anderen geschoben wurde: um so besser! Je mehr Uneinigkeit sie hier bewiesen, desto wahrscheinlicher wurde es, daß diese Emissäre sie kontrollieren und beobachten ließen. Und er trug die Schuld an allem; er hatte sich geirrt. Zum Teufel mit meiner Selbstachtung, wenn nur die Waldbewohner eine Chance bekommen, dachte Ljubow, und das Bewußtsein der eigenen Demütigung, das Gefühl der Opferbereitschaft wurde so stark in ihm, daß ihm die Tränen in die Augen stiegen.

Er merkte, daß Davidson ihn beobachtete.

Er richtete sich steif auf, heißes Blut schoß ihm ins Gesicht, seine Schläfen dröhnten. Von diesem Scheißkerl Davidson würde er sich nicht auslachen lassen. Sahen Or und Lepennon denn nicht, was für ein Mensch Davidson war und wieviel Macht er hier besaß, während Ljubows eigene Macht, ›beratende Funktion‹ genannt, höchstens als lächerlich zu bezeichnen war? Wenn die Kolonisten weitermachen konnten wie bisher, ohne daß es eine andere Kontrolle über sie gab als dieses Superfunkgerät, würde das Massaker von Smith Camp fast mit Sicherheit zur Ausrede für eine systematische Ausrottung der Eingeborenen herhalten müssen. Bakteriologische Vernichtung, höchstwahrscheinlich. Wenn die *Shackleton* in dreieinhalb bis vier Jahren dann nach New Tahiti zurückkam, würde sie eine blühende Terranerkolonie vorfinden, und überhaupt kein Creechie-Problem mehr. Überhaupt keins. So ein Jammer, diese Seuche, wir haben alle vorgeschriebenen Vorsichtsmaßregeln getroffen, aber es muß sich um irgendeine Mutation gehandelt haben, sie besaßen überhaupt keine Widerstandskraft. Immerhin ist es uns gelungen, eine Gruppe von ihnen zu retten, indem wir sie auf die New Falkland-Inseln in der südlichen Hemisphäre gebracht haben, und es geht ihnen ausgezeichnet dort, allen zweiundsechzig ...

Die Konferenz dauerte nicht mehr lange. Als sie beendet war, stand er auf und beugte sich über den Tisch zu Lepennon hinüber. »Sie müssen der Liga sagen, daß sie die Wälder, die Waldbewohner retten muß«, flehte er beinahe unhörbar, mit zugeschnürter Kehle. »Sie müssen – bitte, Sie *müssen!*«

Der Hainish sah ihm in die Augen; sein Blick war reserviert, freundlich und tief wie ein Brunnen. Aber er sagte nichts.

4

Es war nicht zu fassen! Sie waren alle verrückt geworden! Diese verdammte fremde Welt – die allein war schuld daran, daß sie alle einen Dachschaden hatten, daß ihnen die Sicherung durchgebrannt war, genau wie bei den widerlichen Creechies. Er konnte immer noch nicht glauben, was er bei dieser ›Konferenz‹ und der anschließenden Befehlsausgabe erlebt hatte, und wenn man ihm eine Filmaufzeichnung davon vorführte! Der Kommandant eines Schiffs der Sternenflotte, der zwei Humanoiden in den Hintern kroch. Ingenieure und Techniker, die sich in bewundernden Ahs und Ohs über so ein albernes Funkgerät ergingen, das ihnen mit widerwärtiger Prahlerei und herablassendem Gegrinse von einem Cetianer präsentiert wurde. Als hätten die terranischen Wissenschaftler die ICDs nicht vor Jahren schon vorausgesehen! Die Humanoiden hatten die Idee gestohlen, sie ausgeführt und das Ergebnis ›Ansible‹ genannt, damit nur ja niemand merkte, daß es sich schlicht und einfach um einen ICD handelte. Aber das Schlimmste war die Konferenz selbst gewesen, als dieser Wahnsinnige, Raj Ljubow, getobt und geweint und Colonel Dongh keine Anstalten gemacht hatte, ihn daran zu hindern, so daß er Davidson, den HQ-Stab und die gesamte Kolonie schimpflich beleidigen konnte. Und die ganze Zeit hatten die beiden Fremden grinsend dabeigesessen, hatten der kleine graue Affe und der lange weiße Schwule die Terraner Hohn und Spott fühlen lassen.

Es war schlimm gewesen. Und es war auch nicht besser geworden, nachdem die *Shackleton* abgeflogen war. Daß er ins New Java Camp unter Major Muhamed versetzt worden war, störte ihn nicht. Der Colonel mußte ihn bestrafen. In Wirklichkeit war Old Ding Dong vielleicht ganz glücklich über den Feuerüberfall, den er als Vergeltungsmaßnahme auf der Smith-Insel inszeniert hatte, aber der Überfall war ein Verstoß gegen die Disziplin gewesen, und er hatte Davidson zur Rechenschaft ziehen müssen. Gut und schön, so waren eben die Vorschriften. Was aber nicht in der Dienstvorschrift stand, das war das Zeug, das aus diesem überdimensionalen

Fernsehkasten kam, den sie Ansible nannten – diesem neuen, kleinen Blechgötzen im HQ.

Befehl des Kolonialverwaltungsamtes in Karachi: *Kontakte Terraner-Athsheaner sind auf von den Athsheanern herbeigeführte Gelegenheiten zu beschränken.* Mit anderen Worten, es war auch nicht mehr möglich, einfach in so einen Creechie-Bau zu gehen und sich ein paar Arbeiter zu greifen. *Von der Beschäftigung freiwilliger Arbeitskräfte wird abgeraten; Zwangsarbeit ist strengstens verboten.* Dasselbe in Grün. Verdammt, wie sollte man nun die Arbeit schaffen? Wollte die Erde dieses Holz oder nicht? Schließlich schickten sie doch immer noch ihre Robot-Frachtschiffe nach New Tahiti, nicht wahr, vier pro Jahr, jedes von ihnen mit einer Ladung erstklassigem Holz im Wert von 30 Millionen Neudollar zu Mutter Erde zurückkehrend. Selbstverständlich wollten die Leute von der Entwicklungsabteilung diese Millionen. Sie waren doch Geschäftsleute. Nein, von denen kamen diese Befehle ganz bestimmt nicht, das sah ja ein Blinder ohne Stock.

Der Koloniestatus von Welt 41 – warum nannten sie sie eigentlich nicht mehr New Tahiti? – *wird gegenwärtig überprüft. Bis eine entsprechende Entscheidung gefällt ist, sollten die Kolonisten bei allen Kontakten mit der eingeborenen Bevölkerung äußerste Vorsicht walten lassen … Der Gebrauch von Waffen jeder Art, abgesehen von kleinen Faustfeuerwaffen, die ausschließlich der Selbstverteidigung dienen, ist strengstens verboten …* Genau wie auf der Erde, nur durfte man da nicht einmal mehr Faustfeuerwaffen tragen. Aber was war das für eine Idiotie – kam man vielleicht siebenundzwanzig Lichtjahre weit auf eine Grenzwelt, nur um sich dann sagen zu lassen, keine Waffen, keine Brandgelatine, keine Biobomben, nein, nein, ihr müßt brave kleine Jungs sein und schön stillhalten, wenn die Creechies kommen, euch ins Gesicht spucken, ihren Singsang anstimmen, euch ein Messer zwischen die Rippen schieben und euer Lager niederbrennen. Ihr dürft diesen niedlichen, kleinen grünen Burschen nichts tun, nein, Sir!

Es wird dringend zu einer Ausweichtaktik geraten; jede Taktik, die auf Aggression oder Vergeltung abzielt, ist strengstens verboten.

Ja, das war im Grunde der Kern all dieser Befehle, und ein Kind mußte merken, daß sie nicht von der Kolonialverwaltung stammen konnten. So sehr konnte die sich in dreißig Jahren nicht verändert haben. Die Beamten waren praktische, realistische Männer, die das Leben auf den Grenzplaneten kannten. Jeder, der nicht vom Geoschock loco geworden war, mußte einsehen, daß diese ›Ansible‹-Meldungen gefälscht waren. Vielleicht hatte man sie der Maschine direkt eingegeben, einen ganzen Satz Antworten auf wahrscheinlich auftauchende Fragen, computergesteuert. Die Ingenieure behaupteten, daß sie das merken müßten. Mochte sein. Dann stand das Ding eben mit einer anderen Welt in Momentanverbindung. Aber das war ganz bestimmt nicht die Erde. Nie! Die da am anderen Ende der Leitung saßen und die Antworten in den Apparat tippten, das waren keine Menschen, das waren Fremde, Humanoide. Wahrscheinlich Cetianer, denn der Apparat war ja von den Cetianern konstruiert worden, und die waren verdammt schlaue Füchse. Denen war es durchaus zuzutrauen, daß sie interstellare Macht anstrebten. Und die Hainish steckten mit ihnen natürlich unter einer Decke; all dieses Altweibergewäsch von diesen sogenannten Richtlinien klang doch typisch nach den Hainish. Was diese Fremden auf lange Sicht anstrebten, war von hier aus schwer zu erraten; wahrscheinlich wollten sie die Terra-Regierung dadurch, daß sie in diese sogenannte ›Weltenliga‹ hereinzogen, so lange schwächen, bis die Fremden stark genug waren, um eine bewaffnete Machtergreifung wagen zu können. Eindeutig dagegen war, was sie mit New Tahiti vorhatten: Sie überließen es den Creechies, die terranischen

Kolonialisten auszulöschen. Sie banden den Terranern mit diesen falschen ›Ansible‹-Befehlen die Hände und warteten ab, bis das Massaker begann. Eine Krähe hackt der anderen kein Auge aus – Humanoiden helfen Humanoiden.

Und Colonel Dongh hatte alles geschluckt. Er beabsichtigte, die Richtlinien zu befolgen. Das hatte er Davidson wortwörtlich gesagt. »Ich beabsichtige, den Befehlen aus dem Terra-HQ zu gehorchen, und Sie, Don, werden bei Gott meinen Befehlen ebenso gehorchen, und wenn Sie in New Java sind, werden Sie Major Muhameds Befehlen gehorchen.« Er war dumm, der alte Ding Dong, aber er mochte Davidson, und Davidson mochte ihn. Wenn das Befolgen seiner Befehle bedeutete, daß er die menschliche Rasse einer Verschwörung der Fremden auslieferte, konnte er diese Befehle nicht befolgen, aber der Alte tat ihm trotzdem leid. Ein Narr, aber ein loyaler und mutiger Narr. Kein geborener Verräter wie dieser winselnde Schwätzer Ljubow. Wenn es einen Mann gab, dem er wünschte, daß er den Creechies in die Hände fiel, dann war es Schwellkopf Raj Ljubow, der die Fremden so liebte.

Manche Menschen, die Asiati- und vor allem die Hindi-Typen waren in der Tat geborene Verräter. Nicht alle, aber manche. Wieder andere waren geborene Erlöser. Daß sie so waren, war reiner Zufall, genau wie die Tatsache, daß man eurafrikanischer Abstammung war oder einen kräftigen Körper besaß; das war auch nicht das eigene Verdienst. Wenn er die Männer und Frauen von New Tahiti retten konnte, würde er es tun; konnte er es nicht, würde er es wenigstens versuchen; damit war die ganze Situation klar ausgedrückt.

Die Frauen allerdings – das tat weh. Die zehn Kollies, die in New Java gewesen waren, hatten nach Centralville zurückkehren müssen, und von dort waren keine neuen geschickt worden. »Noch nicht sicher genug«, behauptete das HQ. Ziemlich hart für die drei Außenlager. Was sollten diese Männer denn machen, wenn sie die weiblichen Creechies nicht anrühren durften und die weiblichen Menschen den Glückspilzen auf Central vorbehalten blieben? Das würde schweren Ärger geben. Aber lange konnte das nicht dauern, die Situation war zu verrückt, um wirklich stabil zu bleiben. Wenn sie nicht jetzt, da die *Shackleton* wieder fort war, zu ihrer normalen Routine zurückkehrten, dann würde Captain D. Davidson ein bißchen Extra-Arbeit leisten müssen, um diese Entwicklung zu beschleunigen.

Am Morgen des Tages, an dem er Central verließ, hatten sie die gesamten Creechie-Hilfs freigelassen. Sie hatten eine hochtrabende Rede in Pidgin-Englisch gehalten, die Gatter der Pferche geöffnet und alle zahmen Creechies laufenlassen, Träger, Erdarbeiter, Köche, Hausboys, Hausmädchen, alle. Nicht ein einziger war geblieben. Manche waren seit der Gründung der Kolonie, seit vier E-Jahren also, bei ihren Herren gewesen. Aber Loyalität kannten sie nicht. Jeder Hund, jeder Schimpanse hätte sich treu und ergeben gezeigt. Diese Kreaturen aber waren ja nicht einmal so hoch entwikkelt, sie standen auf einer Stufe mit Schlangen oder Ratten, konnten nur so weit denken, daß sie kehrtmachten und ihren Herrn bissen, wenn man ihnen den Käfig öffnete. Ding Dong war loco, daß er alle Creechies in der Umgebung losließ.

Auf Dump Island aussetzen und sie verhungern lassen, das wäre die einzig mögliche, die Endlösung gewesen. Aber Dongh war eben immer noch von diesen beiden Humanoiden und ihrer Quakbox eingeschüchtert. Wenn die wilden Creechies auf Central nun also planten, das Massaker von Smith Camp zu wiederholen, hatten sie jetzt zahllose nützliche neue Helfer, die die Anlage der Stadt, die Gewohnheiten ihrer Bewohner kannten, die wußten, wo das Arsenal lag, wo die Wachen postiert waren und alles weitere. Wenn Centralville niedergebrannt wurde, konnte das HQ sich bei sich selber bedanken. Verdient hätten die es eigentlich. Dafür, daß sie sich von Verrätern düpieren ließen, dafür, daß sie auf Humanoiden hörten und den Rat von Männern, die die Creechies in- und auswendig kannten, in den Wind schlugen.

Von den Leuten im HQ war keiner ins Lager zurückgekehrt, um, wie er, nur Asche, Trümmer und verbrannte Leichen zu finden – keiner! Und Oks Leiche, draußen, wo sie die Holzfäller niedergemacht hatten. In Oks Augen hatte je ein Pfeil gesteckt, und er hatte ausgesehen wie ein seltsames Insekt mit zwei Fühlern, die ihm aus dem Kopf ragten. Mann, dieses Bild konnte er nicht vergessen!

Was immer diese gefälschten ›Befehle‹ verlangten, eines hatten die Jungs auf Central den Außencamps jedenfalls voraus: Sie brauchten sich bei der Selbstverteidigung nicht auf kleine Faustfeuerwaffen zu verlassen. Sie hatten Flammenwerfer und Maschinengewehre; ihre sechzehn kleinen Hubschrauber waren mit Maschinengewehren bestückt und konnten zum Abwerfen von Brandgelatinekanistern eingesetzt werden; die fünf großen Helikopter waren voll mit Waffen ausgerüstet. Aber die würden sie gar nicht brauchen. Sie brauchen nur einen einzigen Hubschrauber zu einem der Kahlschläge zu schicken, eine Horde Creechies mit ihren verdammten Pfeilen und Bogen dort zusammenzutreiben, Brandgelatinekanister abzuwerfen und dann zuzusehen, wie sie in der Gegend rumrannten und verbrannten. Das würde genügen. Bei dieser Vorstellung krampfte sich sein Magen ein bißchen zusammen, genau wie jedesmal, wenn er daran dachte, wie er eine Frau aufs Kreuz legte, oder wenn er sich daran erinnerte, wie dieser Creechie, Sam, über ihn hergefallen war und er ihm mit vier Hieben, einem säuberlich nach dem anderen, das Gesicht zerschmettert hatte. Das kam von seinem eidetischen Gedächtnis und einer lebhafteren

Phantasie, als sie die meisten Menschen besaßen, das war nicht sein Verdienst, er war nun mal eben so geboren.

Im Grunde war ein Mann nur dann wirklich und vollständig ein Mann, wenn er gerade eine Frau besessen oder einen anderen Mann getötet hatte. Das war nicht von ihm, das hatte er in so einem alten Buch gelesen. Aber es stimmte. Deswegen stellte er sich gern solche Szenen vor. Obwohl die Creechies ja eigentlich gar keine Menschen waren, geschweige denn Männer.

New Java war die südlichste der fünf großen Landmassen; sie lag gleich nördlich des Äquators und war daher heißer als Central oder Smith, deren Klima geradezu perfekt war. Heißer und sehr viel feuchter. Während der Regenzeit goß es auf New Tahiti überall ununterbrochen. In den nördlicheren Landesteilen handelte es sich jedoch um einen leisen, feinen Regen, der niemals aufhörte, von dem man aber auch nie richtig naß oder kalt wurde; während es hier unten schüttete wie aus Eimern und dazu ein Monsunsturm herrschte, in dem man nicht einmal ordentlich gehen, geschweige denn arbeiten konnte. Vor diesem Regen war man nur unter einem festen Dach sicher – oder im Wald. Dieser verdammte Wald war so dicht, daß er die Stürme vollkommen abhielt. Man wurde zwar von dem ununterbrochenen Tröpfeln der Blätter durch und durch naß, doch wenn man während einem Monsunsturm im Wald war, merkte man kaum, daß draußen der Wind wehte. Kam man dann hinaus ins Freie, wurde man sofort vom Wind umgerissen, beschmierte sich von oben bis unten mit dem roten, dünnflüssigen Schlamm, in den der Regen den Boden verwandelte, und konnte nicht schnell genug in den Wald zurückrennen. Und drinnen im Wald war es dunkel und heiß, und man konnte sich leicht verirren.

Und der Kommandeur, Major Muhamed, war ein unangenehmer Zeitgenosse. Auf N.J. wurde alles streng nach Vorschrift gemacht: Der Wald wurde in einen Kilometer langen Streifen geschlagen und sofort Fasergras in den Kahlschlägen angepflanzt; Urlaub nach Central gab es nur in turnusmäßigem Wechsel ohne jegliche Bevorzugung, Halluzinogene waren rationiert und ihr Konsum im Dienst verboten, und so weiter und so fort. Das Gute an Muhamed war jedoch, daß er nicht dauernd nach Central rüberfunkte. New Java war sein Lager, und er führte es nach seinem Geschmack. Er liebte es nicht, Befehle vom HQ zu empfangen. Er befolgte diese Befehle zwar – er hatte, sobald die Befehle eintrafen, die Creechies laufenlassen und bis auf die Faustfeuerwaffen alle Waffen unter Verschluß genommen –, aber er lief nie hinter Befehlen oder Ratschlägen her. Von Central oder von anderen Stellen. Er war ein selbstgerechter Mensch: Was immer er tat, hielt er für richtig. Das war sein allergrößter Fehler.

Als er noch im HQ in Colonel Donghs Stab gewesen war, hatte er hin und wieder Gelegenheit gehabt, sich die Personalakten der Offiziere anzusehen. Mit Hilfe seines ungewöhnlichen Gedächtnisses erinnerte er sich an alles, was er gelesen hatte, und wußte zum Beispiel, daß Muhamed einen IQ von 107 besaß. Während sein eigener 118 betrug. Es bestand also ein Unterschied von elf ganzen Punkten; aber das konnte er dem alten Mu natürlich nicht sagen, und da Mu es selbst nicht wußte, gab es keine Möglichkeit, ihm klarzumachen, daß es für ihn von Vorteil wäre, auf Davidsons Rat zu hören. Er glaubte alles besser zu wissen als Davidson, und damit basta.

Eigentlich waren sie anfangs alle ein bißchen ablehnend gewesen. Aber keiner von diesen Männern auf N.J. wußte Näheres über die Massaker von Smith Camp; sie wußten nur, daß der Kommandierende Offizier des Lagers eine Stunde vor dem Überfall nach Central geflogen und daher der einzige war, der den Angriff überlebt hatte. So formuliert klang es ziemlich übel. Und man konnte verstehen, daß sie ihn anfangs für eine Art Jonas oder, schlimmer noch, für eine Art Judas gehalten hatten. Sobald sie ihn jedoch besser kannten, würden sie ihre Meinung revidieren. Sie würden einsehen, daß er weder ein Deserteur noch ein Verräter, sondern im Gegenteil einzig darauf bedacht war, die Kolonie auf New Tahiti vor Verrat und Verrätern zu schützen. Und außerdem würden sie einsehen, daß es nur eine einzige Möglichkeit gab, die Sicherheit der Terraner auf diesem Planeten zu garantieren: Man mußte die Creechies mit Stumpf und Stiel ausrotten.

Den Holzfällern diese Denkweise beizubringen, war nicht allzu schwer gewesen. Sie hatten diese kleinen, grünen Ratten nie gemocht und sie doch tagtäglich zur Arbeit fahren und jede Nacht bewachen müssen; nun aber begriffen sie allmählich, daß die Creechies nicht nur widerlich, sondern sogar gefährlich waren. Als Davidson ihnen berichtete, was er in Smith Camp vorgefunden hatte; als er ihnen erzählte, wie die beiden Humanoiden aus dem Schiff der Sternenflotte das HQ beeinflußt hatten; als er ihnen bewies, daß die Vertreibung der Terraner von New Tahiti nur ein kleiner Teil der großen Verschwörung der Fremden gegen die Erde war; als er ihnen die konkreten Zahlen vor Augen hielt, zweitausendfünfhundert Terraner gegen drei *Millionen* Creechies – da standen sie alle wie ein Mann hinter ihm.

Sogar der Offizier für Ökologische Kontrolle hielt zu ihm. Im Gegensatz zum armen, alten Kees, der böse geworden war, weil die Männer Rotwild geschossen hatten, und der dann selbst von den hinterhältigen Creechies umgelegt worden war. Nein, dieser Atranda war ein echter Creechie-Hasser. In dieser Hinsicht war er sogar ein bißchen loco, mußte am Geoschock leiden oder so; er hatte so große Angst, daß die Creechies das Lager überfallen würden, daß er sich manchmal benahm wie eine Frau, die fürchtet, vergewaltigt zu werden. Immerhin aber war es gut, einen Lager-Spezi auf seiner Seite zu haben.

Den Kommandierenden überzeugen zu wollen, war sinnlos; das hatte Davidson als guter Menschenkenner beinahe sofort gemerkt. Muhamed war einfach stur. Außerdem hegte er ein Vorurteil gegen Davidson, das er sich niemals ausreden lassen würde; es hatte etwas mit der Affäre von Smith Camp zu tun. Er hatte Davidson beinahe ins Gesicht gesagt, daß er ihn als Offizier nicht für vertrauenswürdig hielt.

Der Kerl war ein überhebliches Ekel, daß er das N.J.-Camp mit so strenger Hand regierte, war jedoch ein Vorteil. Eine festgefügte Organisation, die daran gewöhnt war, Befehle zu befolgen, war leichter zu usurpieren als eine lockere mit lauter Individualisten und, wenn er das Kommando übernommen hatte, als Militäreinheit bei defensiven und offensiven Einsätzen wesentlich leichter zusammenzuhalten. Das Kommando übernehmen mußte er unbedingt. Mu war ein guter Holzfällerboß, ein Soldat hingegen war er nicht.

Davidson ließ nicht nach in seinen Bemühungen, einige der besten Holzfäller und jüngeren Offiziere endgültig auf seine Seite zu ziehen. Er nahm sich Zeit. Als er genügend Männer beisammen hatte, denen er rückhaltlos vertrauen konnte, ›organisierten‹ zehn von ihnen ein paar Dinge aus Old Mus verschlossenem Waffenlager im Keller des Freizeithauses, der bis obenhin voll Kriegsspielzeug war, und zogen eines Sonntags mit Davidson zum Spielen in den Wald.

Davidson hatte die Creechie-Stadt schon einige Wochen zuvor entdeckt und sie als Bonbon für seine Männer gedacht. Er hätte sie auch allein bewältigen können, aber so war es wirklich wesentlich besser. Es entwickelte den Kameradschaftsgeist, schuf eine echte, tiefe Verbindung zwischen den Männern. Am hellichten Tag spazierten sie dorthin, übergossen alle Creechies, die sie im Freien antrafen, mit Brandgelatine und verbrannten sie, schütteten dann Kerosin über die Hausdächer und ließen die übrigen drunter rösten. Diejenigen, die nach draußen fliehen wollten, kriegten Gelatine über den Kopf. Das war überhaupt die Kunst dabei: vor dem Rattenloch zu warten, bis die kleinen Ratten herausgekrochen kamen, sie glauben zu lassen, sie hätten es geschafft, und sie dann von den Füßen aufwärts so richtig zu braten, so daß sie aussahen wie lebende Fackeln. Das grüne Fell zischte und brutzelte herrlich.

Im Grunde war es kaum aufregender als die Jagd auf richtige Ratten, die einzigen wilden Tiere, die es auf Mutter Erde noch gab; aber es war doch ein bißchen mehr Spannung dabei, denn die Creechies waren ein ganzes Stück größer als Ratten und man wußte, daß sie sich wehren konnten. Was sie diesmal aber nicht taten. Einige von ihnen legten sich sogar hin, statt zu laufen, legten sich einfach mit geschlossenen Augen auf den Rücken. Es war ekelhaft! Das fanden die Kameraden übrigens auch, und einem wurde sogar richtig schlecht und er mußte sich übergeben, nachdem er einen von diesen liegenden Creechies gebraten hatte.

Obgleich die Männer sexuelle Not litten, ließen sie nicht eine der weiblichen Creechies am Leben, um sie zu vergewaltigen. Sie hatten vorher mit Davidson besprochen, daß so etwas an Perversität grenze. Homosexualität wurde mit Menschen betrieben, das war normal. Diese Kreaturen dagegen mochten wie Menschenfrauen gebaut sein, waren aber keine Menschen, und wenn man unbedingt einen Nervenkitzel brauchte, war es besser, sie zu töten. So blieb man wenigstens *sauber*. Das hatten sie alle eingesehen, und sie hielten sich auch daran.

Daheim im Lager hielten sie alle gehorsam den Mund; nicht mal ihren Kollegen gegenüber gaben sie mit ihrer Heldentat an. Es waren tapfere, brave Männer. Muhamed erfuhr kein Wort von der Strafexpedition. Soweit es den alten Mu betraf, waren seine Untergebenen durch die Bank liebe, kleine Jungs, die nichts weiter taten als Baumstämme zu zersägen und sich schön von den Creechies fernhielten. Jawohl, Sir. Und diesen Glauben wollten sie ihm bis zum Tag X belassen.

Denn der Tag X kam bestimmt. Die Creechies würden angreifen. Irgendwo. Hier oder in einem Lager auf King Island oder Central. Das wußte Davidson mit Sicherheit. Er war der einzige Offizier in der gesamten Kolonie, der es wußte. Das war nicht sein Verdienst, er wußte eben einfach, daß er recht hatte. Niemand hatte ihm glauben wollen, nur diese Männer hier, weil er genug Zeit gehabt hatte, sie von der Richtigkeit seiner Meinung zu überzeugen. Früher oder später jedoch würden auch die anderen einsehen müssen, daß er recht hatte.

Und er hatte tatsächlich recht.

5

Es war ein Schock gewesen, Selver von Angesicht zu Angesicht wiederzusehen. Als er von der Stadt am Fuße der Berge wieder nach Central zurückflog, versuchte Ljubow zu ergründen, warum es ein Schock gewesen war, versuchte er, den Nerv zu finden, der bei diesem Wiedersehen gezuckt hatte. Denn normalerweise erschrickt man nicht, wenn man zufällig einem guten Freund begegnet.

Es war nicht leicht gewesen, die Einladung der Großfrau zu bekommen. Während des ganzen Sommers war Tuntar sein Hauptstudienobjekt gewesen; er hatte mehrere ausgezeichnete Informanten dort und stand sowohl mit der Loge als auch mit der Großfrau auf gutem Fuß, die ihm gestattet hatte, sich nach Belieben in der Stadt umzusehen und am Gemeinschaftsleben teilzunehmen. Es hatte sehr lange gedauert, bis es ihm gelungen war, durch die Vermittlung einiger ehemaliger Sklaven, die sich noch in der Gegend aufhielten, eine direkte Einladung aus ihr herauszuholen, schließlich hatte sie sich aber doch erweichen lassen und ihm somit, wie es die neuen Direktiven verlangten, eine echte ›von Athsheanern herbeigeführte Gelegenheit‹ verschafft. Darauf hatte sein eigenes Gewissen bestanden, nicht der Colonel. Dongh hatte ihn zu diesem Besuch veranlaßt. Er machte sich Sorgen über die Creechie-Gefahr und hatte Ljubow gebeten, ihr Verhalten zu beurteilen, nachzusehen, ›wie sie auf die strikte Zurückhaltung unsererseits reagieren‹. Er hoffte auf eine beruhigende Auskunft. Ob der Bericht, den er einreichen würde, Colonel Dongh zu beruhigen vermochte, konnte Ljubow nicht entscheiden.

Zehn Meilen weit von Central aus war die Ebene kahlgeschlagen und die Baumstümpfe beseitigt worden; sie glich jetzt einem langweiligen Meer von Fasergras, das im Regen wie graues Haar wirkte. Im Schutz dieser zottigen Gräser begannen die Pflanzensämlinge heranzuwachsen, Sumach, Zwergpappeln und Salbei, die, wenn sie ihre volle Größe erreicht hatten, wiederum die Baumschößlinge schützen würden. Überließ man dieses Gebiet jetzt der Natur, würde in diesem gleichbleibenden Regenklima innerhalb von dreißig Jahren wieder ein Wald entstehen und innerhalb von hundert Jahren vollständig ausgewachsen sein. Wenn man es der Natur überließ.

Plötzlich hatte der Wald wieder begonnen – räumlich, nicht zeitlich. Der Helikopter flog über das endlose, vielfältige Grün der Bäume hinweg, von denen die Hügellandschaft North Sornols bedeckt war.

Genau wie die meisten Terraner auf Terra war Ljubow nie unter wildwachsenden Bäumen dahingewandert, hatte er nie einen Wald gesehen, der größer war als ein Häuserblock in der Stadt. Am Anfang seines Aufenthalts auf Athshe hatte er sich im Wald beengt und unbehaglich gefühlt, hatte geglaubt, in der endlosen

Enge und Zusammenhanglosigkeit von Stämmen, Ästen, Blättern, in diesem ewigen grünlichen oder bräunlichen Dämmerlicht ersticken zu müssen. Diese Unmenge der verschiedensten miteinander konkurrierenden Gewächse, die alle ständig an Umfang zunahmen und sich dem Licht entgegenreckten, die aus so vielen kleinen, sinnlosen Geräuschen zusammengesetzte Stille, diese absolute Indifferenz dem denkenden Verstand gegenüber, das alles hatte ihn beunruhigt, und so hatte er sich, wie die anderen, hauptsächlich auf Lichtungen und am Strand aufgehalten. Nach und nach jedoch hatte er den Wald liebengelernt. Gosse hatte über ihn gespöttelt und ihn Mr. Gibbon genannt, und Ljubow mit seinem runden, dunklen Gesicht, den langen Armen und dem frühzeitig ergrauten Haar glich in der Tat ein wenig einem Gibbon. Aber die Gibbons waren längst ausgestorben. Und ob es ihm paßte oder nicht, als Hilfer mußte er in den Wald gehen, wenn er die Hilfs finden wollte. Daher fühlte er sich jetzt, nach vier Jahren, unter den Bäumen vollkommen zu Hause, mehr vielleicht sogar als anderswo.

Auch die Bezeichnungen der Athsheaner für ihre Länder und Städte hatte er liebengelernt; es waren klangvolle, zweisilbige Wörter: Endtor, Abtan und vor allem Athshe, der Name für den Wald und zugleich auch für die Welt. So wie Erde, Terra, Tellus sowohl die Scholle als auch den Planeten bezeichnen, zwei Bedeutungen und doch eine. Für die Athsheaner jedoch war Scholle, Boden, Erde nicht das, wohin die Toten zurückkehren und wovon die Lebendigen leben: Die Substanz ihrer Welt war nicht Erde, sondern Wald. Der terranische Mensch war Lehm, roter Staub. Der athsheanische Mensch war Ast und Wurzel. Sie gestalteten ihre Abbilder nicht aus Stein, sondern aus Holz.

Er landete den Hubschrauber auf einer kleinen Lichtung nördlich der Stadt und betrat sie am Logenhaus der Frauen vorbei zu Fuß. Der scharfe Geruch der

Athsheaner-Siedlungen hing in der Luft, Holzrauch, toter Fisch, würzige Kräuter, fremdartiger Schweiß. Die Atmosphäre in einem unterirdischen Haus – falls sich ein Terraner überhaupt hineinzwängen konnte – bestand aus einem merkwürdigen Gemisch aus CO_2 und Gestank. Ljubow hatte, wie ein Taschenmesser zusammengeklappt, so manche intellektuell stimulierende Stunde in der erstickenden Dunkelheit der Männerhütte von Tuntar zugebracht. Diesmal jedoch sah es nicht so aus, als würde er dorthin eingeladen.

Die Stadtbewohner wußten natürlich von dem nun sechs Wochen zurückliegenden Massaker von Smith Camp. Wahrscheinlich hatten sie die Nachricht davon sogar schon bald erhalten, denn Neuigkeiten verbreiteten sich schnell auf den Inseln, obwohl bei weitem nicht so schnell, daß man, wie die Holzfäller, an eine ›geheimnisvolle telepathische Kraft‹ glauben konnte. Die Stadtbewohner wußten ebenfalls, daß die 1200 Sklaven von Centralville kurz nach dem Massaker von Smith Camp freigelassen worden waren, und Ljubow war sich mit dem Colonel in der Ansicht einig, daß die Eingeborenen das zweite Ereignis für eine direkte Folge des ersten halten könnten. Das vermittelte, wie Colonel Dongh es ausdrückte, ›einen irrigen Eindruck‹, war aber höchstwahrscheinlich nicht von Bedeutung. Von Bedeutung war allein, daß die Sklaven befreit worden waren. Getanes Unrecht war nicht rückgängig zu machen, aber wenigstens wurde kein neues Unrecht begangen. Man konnte noch einmal von vorn anfangen: die Eingeborenen ohne jene schmerzliche, nicht zu beantwortende Frage, warum die ›Humaner‹ Menschen wie Tiere behandelten; und er ohne die schwere Pflicht des Erklärens und das nagende Bewußtsein einer nicht wiedergutzumachenden Schuld.

Da er wußte, wie sehr sie es schätzten, frei und offen über erschreckende oder problematische Dinge zu sprechen, erwartete er, daß die Einwohner von Tuntar nunmehr mit ihm über alles Geschehene diskutieren würden – triumphierend, entschuldigend, jubelnd oder verwundert. Sie taten es nicht. Kein einziger sagte etwas zu ihm.

Er war am Spätnachmittag gekommen: hier das gleiche, als wäre er in einer terranischen Stadt bei Morgengrauen eingetroffen. Die Athsheaner schliefen tatsächlich – die Auffassung der Kolonisten ignorierte, wie so oft, eindeutig feststellbare Tatsachen –, hatten ihr physiologisches Tief jedoch zwischen zwölf Uhr mittags und vier Uhr nachmittags, während es bei den Terranern gewöhnlich zwischen zwei und fünf Uhr morgens liegt; außerdem wies ihr Zyklus zwei Höhepunkte an Temperatur und Aktivität auf, und zwar während der beiden Dämmerungszeiten, der Morgen- und der Abenddämmerung. Die meisten Erwachsenen schliefen in vierundzwanzig Stunden fünf bis sechs Stunden, Adepten zuweilen tatsächlich nur zwei, wobei der ›Schlaf‹ eigentlich eher aus einzelnen, kleinen ›Nickerchen‹ bestand; und wenn man nun sowohl ihre Nickerchen als auch ihre Traumzustände als ›Faulheit‹ abtat, mochte man sagen, daß sie nie schliefen. Das zu behaupten, war jedenfalls weitaus bequemer, als sich um Verständnis um das zu bemühen, was sie in Wirklichkeit taten. In Tuntar begann sich nach dem Nachmittagstief jetzt gerade wieder das Leben zu regen.

Ljubow sah eine Menge Ortsfremde. Sie starrten ihn an, doch niemand näherte sich ihm; wortlos gingen sie an ihm vorbei, verschwanden auf anderen Pfaden im Dämmerlicht der großen Eichen. Endlich begegnete er jemandem, den er kannte, einer Cousine der Großfrau namens Sherrar, einer alten, unbedeutenden Frau, die überdies nicht mit sehr viel Verstand gesegnet war. Sie begrüßte ihn höflich, konnte oder wollte aber auf seine Fragen nach der Großfrau und seinen beiden besten Informanten, Egath, dem Obstgärtner, und Tubab, dem Träumer, nicht antworten. O bitte, die Großfrau sei sehr beschäftigt, und wer sei Egath, meine er vielleicht Geban, und Tubab sei entweder hier oder auch dort, vielleicht aber auch gar nicht da. Sie heftete sich an Ljubows Fersen, doch außer ihr sprach niemand mit ihm. Immer begleitet von der humpelnden, jammernden, winzigen grünen Alten, schritt er quer durch die Haine und Lichtungen von Tuntar direkt auf das Logenhaus der Männer zu.

»Die haben zu tun«, erklärte Sherrar.

»Träumen sie?«

»Woher soll ich das wissen? Komm mit mir, Ljubow, ich zeige dir ...«

Sie wußte, daß er immer wieder an Neuem interessiert war, im Augenblick aber wollte ihr nichts einfallen, was sein Interesse abgelenkt hätte. »Komm mit, sieh dir die Fischernetze an«, sagte sie hilflos.

Ein vorübergehendes junges Mädchen, eine Jägerin, sah zu ihm auf: mit einem finsteren Blick, einem feindseligen Ausdruck, wie er ihn von den Athsheanern nicht gewohnt war, es sei denn, ein kleines Kind wäre vor seiner Größe und seinem haarlosen Gesicht so sehr erschrocken, daß es mißtrauisch die Stirn runzelte. Dieses Mädchen aber fürchtete sich nicht.

»Nun gut«, sagte er zu Sherrar, da er spürte, daß ihm vorerst nur Fügsamkeit weiterhalf. Falls die Athsheaner inzwischen – von heute auf morgen – tatsächlich das Gefühl der Gruppenfeindschaft entwickelt hatten, mußte er es akzeptieren und ihnen ganz einfach zeigen, daß er ihr zuverlässiger und treuer Freund geblieben war.

Aber wie konnte es geschehen, daß sie ihre Art zu fühlen und zu denken nach so langer Zeit so plötzlich änderten? Und warum? In Smith Camp war die Provokation unmittelbar und unerträglich gewesen: Davidsons Grausamkeit mußte sogar die Athsheaner zu Gewalttätigkeiten treiben. Diese Stadt Tuntar jedoch war noch nie von Terranern überfallen worden, hatte keinen Sklavenraub erlebt, hatte nicht mitansehen müssen, wie der Wald abgeholzt oder verbrannt wurde. Er selbst, Ljubow, war zwar des öfteren hier gewesen – der Anthropologe kann seinen eigenen Schatten nicht immer aus dem Bild verbannen, das er zeichnet –, jetzt aber seit über zwei Monaten nicht mehr. Die Nachricht vom Smith Camp hatten sie natürlich erhalten, und im Augenblick lebten unter ihnen Flüchtlinge, ehemalige Sklaven, die unter den Terranern zu leiden gehabt hatten und bestimmt davon berichteten. Aber konnten Berichte und Hörensagen die Zuhörer verändern, sie so radikal verändern, wo doch die Nicht-Aggressivität so tief in ihnen verwurzelt war, sich durch ihre gesamte Kultur und ihre Gesellschaftsform zog, bis in ihr Unterbewußtsein, ihre ›Traumzeit‹ und möglicherweise in ihre Physiologie hinein? Daß ein Athsheaner durch ungeheuerliche Grausamkeiten zu einem Mordversuch provoziert werden konnte, wußte er, hatte es selbst ja einmal miterlebt. Daß eine zerrissene Gemeinschaft durch ähnliche Greueltaten zu ähnlichen Reaktionen provoziert werden konnte, mußte er als gegeben hinnehmen: Es war im Smith Camp bereits geschehen. Daß aber Gerede und Gerüchte, ganz gleich, wie erschrekkend und beunruhigend, eine festgefügte Gemeinschaft dieser Menschen so in Wut versetzen konnten, daß sie im Widerspruch zu ihren eigenen Gebräuchen, zu ihrer eigenen Logik handelte und total aus ihrem gesamten Lebensstil ausbrach, das konnte und wollte er einfach nicht glauben. Es war psychologisch unwahrscheinlich. Irgendein Element fehlte.

Gerade als Ljubow am Logenhaus vorüberkam, erschien der alte Tubab am Eingang. Hinter dem Alten folgte Selver.

Selver kroch aus der Tunneltür, richtete sich auf und spähte blinzelnd in das regengraue, laubverdunkelte Tageslicht hinaus. Als er aufschaute, fiel der Blick seiner dunklen Augen auf Ljubow. Niemand sprach. Ljubow hatte große Angst.

Auf dem Rückflug im Hubschrauber, als er versuchte, den geschockten Nerv zu analysieren, fragte er sich: Warum diese Angst? Warum hatte ich Angst vor Selver? Unbelegbare Intuition oder einfach falsche Analogie? In jedem Fall aber irrational.

Zwischen Selver und Ljubow hatte sich nichts verändert. Was Selver in Smith Camp getan hatte, war durchaus zu rechtfertigen; und wenn es nicht zu rechtfertigen war, spielte es auch keine große Rolle. Die Freundschaft zwischen ihnen war zu fest, um unter moralischen Zweifeln zu leiden. Sie hatten fleißig miteinander gearbeitet; sie hatten einander in weit größerem als nur dem literarischen Sinn ihre Muttersprache gelehrt. Sie hatten ohne Rückhalt miteinander gesprochen. Und Ljubows Liebe zu dem Freund wure vertieft durch die Dankbarkeit des Retters gegenüber demjenigen, dessen Leben er hatte retten dürfen.

Tatsächlich war ihm bis zu diesem Augenblick nie richtig klargeworden, wie tief seine Liebe und Treue zu Selver waren. War seine Angst denn möglicherweise die ganz persönliche Angst gewesen, Selver könnte ihn nun, da er Rassenhaß kennengelernt hatte, zurückstoßen, seine Treue verachten, ihn nicht als ›du‹ sondern als ›einer von denen‹ behandeln?

Nach jenem ersten, langen Blick kam Selver langsam auf Ljubow zu und begrüßte ihn mit ausgestreckten Händen.

Die Berührung war ein Hauptkommunikationsmittel der Waldbevölkerung. Bei den Terranern nehmen Berührungen nur zu leicht die Bedeutung von Drohungen und Aggressionen an, und so besteht zwischen dem formellen Händedruck und der sexuellen Zärtlichkeit oft nichts weiter als eine große Leere. Diese Leere füllten die Athsheaner mit den verschiedensten Berührungsformen. Für sie war das Streicheln als Signal und Beruhigung ebenso wesentlich wie für Mutter und Kind oder für zwei Liebende; doch seine Bedeutung war sozial anstatt lediglich mütterlich und sexuell. Es war ein fester Bestandteil ihrer Sprache und daher schematisiert, kodifiziert und dennoch unendlich modifizierbar. »Die müssen sich doch ewig betätscheln«, spöttelten einige der Kolonisten grinsend, weil sie unfähig waren, in diesem Berührungsaustausch etwas anderes zu sehen als ihre eigene Erotik, die, zunächst gezwungen, sich ausschließlich auf Sex zu konzentrieren, und dann noch unterdrückt und frustriert, sich in jedes sinnliche Vergnügen, in jede menschliche Reaktion einschlich und alles vergiftete: Der Sieg eines geblendeten, verschlagenen Cupido über die große, wärmende Mutter aller Meere und Sterne, aller Blätter an den Bäumen, aller Gesten der Menschen, die Venus Genetrix ...

Selver trat also mit ausgestreckten Händen auf Ljubow zu, schüttelte ihm nach Terranerart zuerst die Hand und ergriff dann seine beiden Arme mit einer streichelnden Bewegung direkt über dem Ellbogen. Er war kaum mehr als halb so groß wie Ljubow, deshalb fielen bei ihnen beiden all diese Gesten schwierig und ungeschickt aus; aber es lag nichts Unsicheres oder Kindliches in der Berührung dieser kleinen, feinknochigen, grünbepelzten Hände auf Ljubows Armen. Es war eine beruhigende Geste. Ljubow freute sich, sie zu empfangen. »Selver! Welch ein Glück, dich hier zu treffen! Ich möchte gern mit dir sprechen ...«

»Ich kann jetzt nicht, Ljubow.«

Er sprach freundlich, bei seinen Worten jedoch verlor Ljubow die letzte Hoffnung auf eine unverändert feste Freundschaft. Selver hatte sich verändert. Er hatte sich radikal verändert: von der Wurzel aus.

»Kann ich an einem anderen Tag wiederkommen und dann mit dir sprechen, Selver?« drängte Ljubow. »Es ist sehr wichtig für mich ...«

»Ich verlasse diese Stadt noch heute«, antwortete Selver noch sanfter, ließ aber Ljubows Arme los und wandte außerdem das Gesicht ab. So löste er im wahrsten Sinne des Wortes die Verbindung zwischen ihnen. Die Höflichkeit erforderte, daß Ljubow nunmehr dasselbe tat und das Gespräch damit beendete. Doch dann hatte er niemanden, mit dem er reden konnte. Der alte Tubab hatte ihm nicht einmal einen Blick gegönnt; die ganze Stadt hatte ihm den Rücken gekehrt. Und dies war Selver – Selver, sein Freund.

»Selver, der Überfall von Kelme Deva, vielleicht glaubst du, daß der zwischen uns steht. Aber das stimmt nicht. Vielleicht bringt er uns sogar noch näher zusammen. Und deine Leute in den Sklavenpferchen sind alle freigelassen worden, daher kann dieses Unrecht auch nicht mehr zwischen uns stehen. Und selbst wenn es so wäre – es war ja eigentlich immer so –, dann bin ich doch ... dann bin ich doch noch derselbe wie immer, Selver.«

Zuerst antwortete der Athsheaner nicht. Sein seltsames Gesicht, die großen, tiefliegenden Augen, die kraftvollen Züge, verunstaltet durch die schrecklichen Narben und verwischt durch den kurzen, seidigen Pelz, der allen Konturen folgte und sie dennoch versteckte – dieses Gesicht wandte sich mit verschlossenem, trotzigem Ausdruck von Ljubow ab. Um sich ihm dann auf einmal, wie gegen Selvers eigenen Willen, doch wieder kurz zuzuwenden. »Du hättest nicht herkommen sollen, Ljubow. In zwei Nächten von heute mußt du Central verlassen. Wer oder was du bist, weiß ich nicht. Es wäre besser gewesen, wenn ich dich niemals kennengelernt hätte.«

Mit diesen Worten ging er davon, geschmeidig wie eine langbeinige Katze, ein grüner Schatten, der zwischen den dunklen Eichen von Tuntar verschwand. Tubab folgte ihm etwas langsamer, immer noch, ohne Ljubow anzusehen. Feiner Regen fiel lautlos auf die Eichenblätter und die schmalen Fußpfade zum Logenhaus und zum Fluß herab. Nur wenn man aufmerksam lauschte, konnte man den Regen hören, zu vielfältig die

Musik, als daß ein Verstand allein sie begreifen konnte, eine einzige Saite, gespielt auf dem ganzen, großen Wald.

»Selver ist ein Gott«, sagte die alte Sherrar. »Komm mit und sieh dir die Fischernetze an.«

Ljubow lehnte ab. Es wäre unhöflich und undiplomatisch, jetzt noch zu bleiben. Außerdem brachte er es nicht übers Herz.

Er versuchte sich einzureden, daß Selver nicht ihn selbst, Ljubow, zurückgestoßen hatte, sondern nur ihn als Terraner. Es machte nichts besser. Das tut es nie.

Er war immer wieder unangenehm überrascht, wenn er feststellen mußte, wie verletzlich er in seinen Gefühlen war, wie es ihn schmerzte, wenn man ihm weh tat. Diese jugendliche Empfindsamkeit war beschämend; er hätte sich inzwischen ein dickeres Fell zulegen müssen.

Die kleine Alte, das grüne Fell mit Regentropfen bestäubt, seufzte erleichtert, als er sich verabschiedete. Als er den Hubschrauber startete, mußte er bei ihrem Anblick lachen. Sie hoppelte eilig unter die Bäume zurück, fast wie eine kleine Kröte, die einer Schlange entkommen ist.

Qualität ist etwas sehr Wichtiges, Quantität aber ebenfalls: relative Größe. Die Reaktion eines normalen Erwachsenen auf eine sehr viel kleinere Person kann arrogant, beschützend, herablassend, liebevoll oder einschüchternd ausfallen, ist aber in jedem Fall weit eher auf ein Kind zugeschnitten als auf einen Erwachsenen. Und wenn diese kindergroße Person dann auch noch bepelzt war, kam eine weitere Reaktion hinzu, die Ljubow als Teddybär-Reaktion bezeichnete. Da die Athsheaner so häufig Streichelberührungen verwendeten, war diese Bezeichnung nicht einmal unangebracht, ihre Motivation dagegen blieb verdächtig. Und zuletzt war da noch die unvermeidliche Monstrum-Reaktion, das Zurückzucken vor allem, was zwar menschenartig ist, aber doch nicht ganz genau so aussieht.

Abgesehen von alldem jedoch war es eine Tatsache, daß die Athsheaner, genau wie die Terraner, zuweilen ganz einfach komisch aussahen. Manche sahen wie kleine Kröten aus, wie Eulen oder sogar wie Raupen. Sherrar war nicht die erste kleine, alte Dame, deren Rückansicht Ljubow komisch fand ...

Und das ist auch ein Fehler unserer Kolonie, dachte er, als er den Hubschrauber hochzog und Tuntar zwischen den Eichen und blattlosen Hainen verschwand. Wir haben keine alten Frauen. Alte Männer haben wir auch nicht, höchstens Dongh, aber der ist erst ungefähr sechzig. Alte Frauen aber sind anders als alle anderen, sie sagen immer, was sie denken. Die Athsheaner werden, soweit überhaupt, von alten Frauen regiert. Der Intellekt den Männern, die Politik den Frauen und die Ethik der Interaktion dieser beiden: So ist das bei denen organisiert. Dieses Arrangement besitzt Charme und funktioniert – bei ihnen. Ich wünschte, die Kolonialverwaltung hätte uns mit all diesen heiratsfähigen, fruchtbaren, vollbusigen jungen Frauen auch ein paar Großmütter geschickt. Das Mädchen zum Beispiel, das ich neulich nachts hatte, war eigentlich sehr nett; sie war im Bett gut und hatte ein sehr großes weiches Herz, aber, mein Gott, bis die zu einem Mann etwas sagt, müssen mindestens vierzig Jahre vergehen ...

Die ganze Zeit aber, da er an alte und junge Frauen dachte, ließ ihn dieser Schock nicht los, diese Intuition oder Erkenntnis, die sich einfach nicht klar definieren ließ.

Er mußte dies genau durchdenken, bevor er dem HQ Bericht erstattete.

Selver: Ja, was war mit Selver?

Für Ljubow war Selver eindeutig eine Schlüsselfigur. Warum? Weil er ihn so gut kannte oder weil seiner Persönlichkeit eine gewisse Macht innewohnte, die Ljubow bewußt noch nicht an ihm wahrgenommen hatte?

Aber er hatte sie wahrgenommen; er hatte Selver beinahe sofort als außergewöhnliche Persönlichkeit erkannt. Damals war Selver noch ›Sam‹ gewesen, Kammerdiener der drei Offiziere, die ein Quartier miteinander teilten. Ljubow erinnerte sich genau, wie Benson damit geprahlt hatte, daß sie einen ganz besonders guten Creechie hätten, einen wirklich hervorragend abgerichteten.

Viele Athsheaner, vor allem die Träumer aus den Hütten, konnten ihr polyzyklisches Schlafschema demjenigen der Terraner nicht anpassen. Holten sie ihren normalen Schlaf bei Nacht nach, kamen sie mit ihrem REM oder paradoxen Schlaf durcheinander, dessen 120-Minuten-Zyklus Tag und Nacht ihr Leben beherrschte und sich nicht in den terranischen Arbeitstag einpassen ließ. Hat man nämlich einmal gelernt, in hellwachem Zustand zu träumen, die geistige Gesundheit nicht auf der Messerschneide des Verstandes balancieren zu lassen, sondern sie auf die doppelte Basis, die Ausgewogenheit von Verstand und Traum zu stellen, wenn man das einmal gelernt hat, kann man es genausowenig wieder verlernen, wie man das Denken verlernen kann. Daher wurden viele Männer der Athsheaner benommen, verwirrt, kapselten sich ab, gerieten zuweilen sogar in den Zustand der Katatonie. Frauen, ebenfalls verwirrt und gedemütigt, bewegten sich mit der mürrischen Resignation neu Versklavter. Männliche Nicht-Adepten und einige der jüngeren Träumer waren am besten zum Frondienst geeignet: sie paßten sich an, arbeiteten fleißig in den Holzfällerlagern oder wurden geschickte Diener. Einer von diesen war Sam gewesen, ein tüchtiger, charakterloser Kammerdiener, Koch, Wäscheboy, Butler, Rückenschrubber und Prügelknabe für seine drei Herren. Er hatte gelernt, sich unsichtbar zu machen. Ljubow entlieh ihn sich als ethnologischen Informanten und hatte, aufgrund irgendeiner Affinität von Geist und Wesen, sofort Sams Vertrauen gewonnen. Er fand in Sam einen idealen Informanten, bewandert in den Bräuchen seines Volkes, unterrichtet über ihre Bedeutung und geschickt darin, sie zu übersetzen, sie Ljubow verständlich zu machen, den Abgrund zwischen den zwei Sprachen, den zwei Kulturen, den zwei Spezies des Genus Mensch zu überbrücken.

Zwei Jahre lang hatte Ljubow Reisen unternommen, studiert, interviewt, beobachtet und dennoch den Schlüssel zum Denken der Athsheaner nicht gefunden. Er wußte nicht einmal, wo das Schloß war. Er hatte die Schlafgewohnheiten der Athsheaner studiert und festgestellt, daß sie anscheinend keine Schlafgewohnheiten hatten. Er hatte zahllose Elektroden an zahllosen grünen, pelzigen Schädeln befestigt, und es war ihm doch nicht gelungen, Sinn in diese vertrauten Muster, die Spindeln und Zacken, die Alphas, Deltas und Thetas zu bringen, die auf der EEG-Kurve erschienen. Selver erst hatte ihn die athsheanische Bedeutung des Wortes ›Traum‹ gelehrt, das gleichzeitig das Wort für ›Wurzel‹ war, und ihm damit den Schlüssel zum Reich der Waldmenschen gegeben. Erst als er bei Selver ein EEG machte, hatte er die außergewöhnlichen Impuls-Muster eines Gehirns verstehen gelernt, das sich im Traumzustand befindet und weder wacht noch schläft: ein Zustand, der sich zum terranischen Schlaftraum verhielt wie der Parthenon zu einer Lehmhütte – im Grunde genommen ganz dasselbe, unterschiedlich nur in der Komplexität, der Qualität und der Disziplin seiner Gestalt.

Ja, und was noch?

Selver hätte fliehen können. Er war geblieben – zuerst als Kammerdiener, dann (unter Zuhilfenahme eines der wenigen Vorrechte, die Ljubow als Spezi besaß) als wissenschaftlicher Assistent, nachts aber immer noch mit den anderen Creechies zusammen in den Pferchen eingesperrt (den Unterkünften der Freiwilligen Autochthonen-Arbeiter). »Ich fliege mit dir nach Tuntar und wir werden dort arbeiten«, hatte Ljubow vorgeschlagen, als er sich etwa zum drittenmal mit Selver unterhielt. »Mann Gottes, warum willst du hierbleiben?«

»Meine Frau Thele ist in den Pferchen«, hatte Selver schlicht geantwortet.

Ljubow hatte versucht, sie freizubekommen, aber sie arbeitete in der Küche des HQ, und die Sergeants, die die Küchenhilfen beaufsichtigten, verabscheuten es, wenn sich welche mit ›Lametta‹ oder Spezis einmischten. Ljubow mußte sehr vorsichtig sein, damit sie ihren Ärger nicht an der Frau ausließen. Beide, Selver und sie, waren anscheinend bereit, geduldig zu warten, bis sie beide fliehen konnten oder freigelassen wurden.

In den Pferchen waren männliche und weibliche Creechies streng getrennt – warum, wußte anscheinend niemand hier –, und so konnten Mann und Frau kaum jemals einander sehen. Ljubow arrangierte für die beiden Zusammenkünfte in seinem Bungalow, den er am Nordende der Stadt allein bewohnte. Als Thele eines Tages von einer dieser Zusammenkünfte ins HQ zurückkehrte, hatte Davidson sie gesehen und sich offenbar von ihrer zierlichen, verängstigten Grazie angezogen gefühlt. Er hatte sie in derselben Nacht noch in sein Quartier bringen lassen und sie dort vergewaltigt.

Möglicherweise hatte er sie dabei getötet; so etwas war des öfteren vorgekommen: eine Folge des körperlichen Unterschieds. Oder sie hatte einfach aufgehört zu leben. Genau wie einzelne Terraner, besaßen die Athsheaner den Trick des authentischen Todeswunsches und konnten aufhören zu leben. Wie dem auch sei, Davidson hatte sie umgebracht. Solche Morde hatte es zuvor schon gegeben. Was es zuvor noch nicht gegeben hatte, war das, was Selver am zweiten Tag nach ihrem Tode tat.

Ljubow war erst zum Schluß hinzugekommen. Er erinnerte sich an die Geräusche; an die Hauptstraße, die er im heißen Sonnenlicht entlanggelaufen war; an den Staub, das Knäuel Männer. Das Ganze konnte höchstens fünf Minuten gedauert haben, ziemlich lange für einen mörderischen Kampf. Als Ljubow kam, war Selver, vom Blut geblendet, praktisch nur noch ein Spielzeug für Davidson, mit dem dieser nach Belieben umsprang, aber er hatte sich trotzdem noch einmal aufgerappelt und ging wieder auf ihn los – nicht mit Berserkerwut, sondern mit der Intelligenz heller Verzweiflung. Immer wieder ging er auf ihn los. Und schließlich geriet Davidson ob dieser erschreckenden Hartnäckigkeit so in Rage, daß er Selver mit einem fürchterlichen Handkantenhieb niederschlug und dann den Fuß mit dem schweren Stiefel hob, um ihm den Schädel einzutreten. Mitten in dieser Bewegung jedoch hatte Ljubow den Kreis durchbrochen. Er beendete den Kampf (denn der Blutdurst der zehn bis zwölf zuschauenden Männer war inzwischen mehr als gestillt, und sie unterstützten Ljubow sogar, als er Davidson befahl, von Selver abzulassen), und von da an haßte er Davidson und wurde von Davidson wiedergehaßt, weil er sich zwischen den Mörder und seinen Tod gestellt hatte.

Denn da, wo wir Selbstmord begehen, tötet der Mörder in seinem Opfer sich selbst; und muß es immer wieder tun, immer wieder, immer wieder.

Ljubow hatte Selver aufgehoben; wie eine Feder lag er in seinen Armen, das verstümmelte Gesicht an sein Hemd gepreßt, so daß das Blut hindurchsickerte bis auf seine Haut. Er hatte Selver in seinen Bungalow mitgenommen, das gebrochene Handgelenk geschient, für das Gesicht getan, was er konnte, ihn in seinem eigenen Bett schlafen lassen und unermüdlich jede Nacht versucht, mit ihm zu reden, durch die Verzweiflung seiner Trauer und Scham bis zu ihm durchzudringen. Das verstieß natürlich gegen die Vorschriften.

Aber niemand hielt ihm diese Vorschriften unter die Nase. Das war nicht nötig. Er wußte, daß er die Gunst der Offiziere der Kolonie verspielte, soweit er überhaupt je deren Gunst besessen hatte.

Er hatte stets sorgfältig darauf geachtet, sich im HQ nicht zu sehr zu exponieren, hatte nur in extremen Fällen von Brutalität gegen die Eingeborenen protestiert, hatte nicht aufbegehrt, sondern dargelegt und überzeugt und die letzten Reste seiner Macht und seines Einflusses bewahrt. Daß die Athsheaner ausgebeutet wurden, konnte er nicht verhindern. Die Ausbeutung war viel grausamer, als er nach seiner Ausbildung erwartet hatte, hier und jetzt aber konnte er wenig dagegen tun. Vielleicht zeitigten seine Berichte an die Kolonialverwaltung und den Rechtsausschuß – nach der Hin- und Rückreise von vierundfünfzig Jahren – einige Wirkung; vielleicht kam Terra sogar zu der Erkenntnis, daß die Politik der Offenen Kolonie für Athshe grundfalsch war. Besser vierundfünfzig Jahre zu spät als nie. Wenn er die Toleranz seiner Vorgesetzten hier verlor, würden sie seine Berichte zensieren oder boykottieren, und es gab überhaupt keine Hoffnung mehr.

Aber er war jetzt zu wütend, um diese Strategie weiterzuverfolgen. Zum Teufel mit den anderen, wenn sie in seiner Fürsorge für einen Freund eine Beleidigung der Mutter Erde und einen Verrat an der Kolonie sahen. Wenn sie ihn ›Creechie-Liebhaber‹ betitelten, so litt darunter seine Nützlichkeit für die Athsheaner; aber er konnte Selvers unmittelbare Bedürfnisse unmöglich dem eventuellen Gemeinwohl opfern. Man kann kein Volk retten, indem man seinen Freund verkauft. Davidson war, seltsamerweise in Rage gebracht sowohl von den unbedeutenden Verletzungen, die Selver ihm zugefügt hatte, als auch von Ljubows Eingreifen, überall herumgelaufen und hatte erklärt, er werde diesen aufmüpfigen Creechie fertigmachen. Und das würde er auch tun, wenn sich eine Gelegenheit dazu ergab. Deswegen wachte Ljubow zwei Wochen lang Tag und Nacht über Selver; dann flog er ihn aus Central hinaus und setzte ihn in Broter, einer Stadt an der Westküste ab, wo Selver Verwandte besaß.

Einem Sklaven bei der Flucht zu helfen, stand nicht unter Strafe, da die Athsheaner lediglich de facto Sklaven waren: Offiziell waren sie Freiwillige Autochthonen-Arbeiter. Nicht einmal zurechtgewiesen wurde Ljubow. Aber von nun an mißtrauten ihm die regulären Offiziere nicht mehr nur teilweise, sondern ganz, und sogar seine Kollegen aus dem Spezialistendienst, der Exobiologie, die Koordinatoren für Agrikultur und Forstwirtschaft, die Ökologen, ließen ihn auf die verschiedenste Art und Weise spüren, daß er sich unvernünftig, überspannt oder sogar idiotisch verhalten hatte. »Hatten Sie denn erwartet, das alles hier wäre ein Picknick?« hatte Gosse ihn gefragt.

»Nein. Das hatte ich nicht erwartet«, hatte Ljubow finster erwidert.

»Ich begreife einfach nicht, warum sich ein Hilfer freiwillig in eine Offene Kolonie meldet. Sie müssen doch wissen, daß die Völker, die Sie studieren, untergebuttert und höchstwahrscheinlich sogar ausgerottet werden. So stehen die Dinge nun einmal. Das ist die menschliche Natur, und daß Sie die nicht ändern können, sollten Sie allmählich gelernt haben. Warum also auch noch herkommen und dabei zusehen, wenn Sie so ein zartes Gemüt haben? Aus Masochismus?«

»Ich weiß nicht, wie die ›menschliche Natur‹ beschaffen ist. Vielleicht besteht sie zum Teil daraus, daß wir säuberliche Beschreibungen all dessen hinterlassen, was wir vernichten. Ist es für einen Ökologen denn soviel angenehmer?«

Gosse ignorierte seine Frage. »Na schön, dann verfassen Sie Ihre Beschreibungen. Aber halten Sie sich von den blutigen Aktionen fern. Ein Biologe, der eine Rattenpopulation studiert, greift auch nicht ein, um seine Lieblingsratten zu retten, wenn sie angegriffen werden, nicht wahr?«

Da ging Ljubow aber doch in die Luft. Er hatte zuviel einstecken müssen. »Nein, natürlich nicht«, sagte er.

»Eine Ratte kann ein Lieblingstier sein, aber kein Freund. Selver dagegen ist mein Freund. Er ist sogar der einzige Mensch auf dieser Welt, den ich als meinen Freund betrachte.«

Das hatte dem armen, alten Gosse weh getan, der für Ljubow so gern eine Vaterfigur sein wollte, und geholfen hatte es niemandem. Trotzdem aber war es wahr. Und die Wahrheit wird euch frei machen ... Ich liebe Selver, ich achte ihn; ich habe ihn gerettet, ich habe mit ihm gelitten; ich fürchte ihn. Selver ist mein Freund.

Selver ist ein Gott.

Das hatte die kleine, grüne Alte gesagt, als wäre es eine allgemein bekannte Tatsache, so selbstverständlich, als hätte sie gesagt, der und der ist ein Jäger. »Selver sha'ab.« Was bedeutete *sha'ab* aber? Viele Ausdrücke der Frauensprache, der Alltagssprache der Athsheaner, stammten aus der Männersprache, die in allen Gemeinden gesprochen wurde, und diese Ausdrücke waren nicht nur zweisilbig, sondern auch zweideutig. Sie waren wie Münzen, mit Vorder- und Kehrseite. ›Sha'ab‹ bedeutete Gott, numinose Entität oder mächtiges Wesen. Aber es bedeutete auch noch etwas ganz anderes, nur wollte es Ljubow jetzt nicht einfallen. Da er sich in diesem Stadium seiner Überlegungen schon wieder daheim in seinem Bungalow befand, brauchte er nur in dem Wörterbuch nachzuschlagen, das Selver und er in viermonatiger anstrengender, aber harmonischer Zusammenarbeit verfaßt hatten. Und natürlich, da stand es ja: *sha'ab* bedeutete auch ›Übersetzer‹.

Es war beinahe zu schön, zu treffend.

Bestand ein Zusammenhang zwischen diesen beiden Bedeutungen? Das war ziemlich häufig der Fall, immerhin aber doch nicht so häufig, daß man daraus eine Regel ableiten konnte. Wenn ein Gott ein Übersetzer war, was übersetzte er dann? Selver war tatsächlich ein begabter Dolmetscher, doch diese Gabe war ja nur durch den glücklichen Umstand zum Tragen gekommen, daß eine absolut fremde Sprache in diese Welt gebracht worden war. Übersetzte ein *sha'ab* vielleicht die Sprache der Träume und der Philosophie, die Männersprache, in die Allgemeinsprache? Aber das konnten alle Träumer tun. Vielleicht übertrug er jedoch das zentrale Erlebnis der Vision ins wache Leben, die den Athsheanern als gleichwertig galten, der Traumzeit und der Weltzeit, deren Verbindung lebenswichtig, aber verborgen ist. Ein Bindeglied: Einer, der die Wahrnehmungen des Unterbewußtseins in Sprache verwandeln konnte. Und diese Sprache zu ›sprechen‹, bedeutet *handeln.* Etwas Neues tun. Radikal, von der Wurzel aus, zu ändern oder verändert zu werden. Denn die Wurzel ist der Traum.

Und der Übersetzer ist der Gott. Selver hatte ein neues Wort in die Sprache seines Volkes eingeführt. Er hatte etwas Neues getan. Das Wort, die Tat – Mord. Nur ein Gott konnte einen so großen Neuankömmling wie den gewaltsamen Tod über die Brücke zwischen den Welten führen.

Aber hatte er seine Mitmenschen in seinen eigenen Träumen von Empörung und Verlust zu töten gelernt oder aus den unerträumten Taten der Fremden? Sprach er seine eigene Sprache oder Captain Davidsons Sprache? Das, was aus der Wurzel seiner eigenen Leiden aufzusteigen und sein eigenes verändertes Wesen zu spiegeln schien, war in Wirklichkeit vielleicht eine Infektion, eine fremdartige Seuche, die aus seinem Volk nicht eine neue Rasse machen, sondern es vernichten würde.

Es lag nicht in Raj Ljubows Wesen, darüber nachzudenken, was er tun sollte. Sowohl Charakter als auch Erziehung schrieben ihm vor, sich nicht in die Angelegenheiten anderer einzumischen. Seine Aufgabe war es, zu erforschen, was sie taten, und im allgemeinen neigte er dazu, sie das auch ungestört tun zu lassen. Er zog es vor, zu lernen statt zu lehren, den Tatsachen nachzuspüren statt der Wahrheit. Doch selbst der dem Missionieren ablehnend gegenüberstehende Mensch findet sich, wenn er nicht völlig gefühllos ist, gelegentlich vor der Wahl zwischen Tun und Unterlassen. »Was tun sie da?« wird unvermittelt zum »Was tun wir da?« und dann zum »Was muß ich tun?«

Daß er nun an dem Punkt angelangt war, daß er wählen mußte, das wußte er, aber es war ihm nicht ganz klar, warum oder welche Alternativen sich ihm boten.

Im Moment konnte er so gut wie gar nichts tun, um die Überlebenschancen der Athsheaner zu verbessern; in dieser Beziehung hatten Lepennon, Or und der Ansible mehr erreicht, als er gehofft hatte in einem Menschenalter zu erreichen. Die Kolonialverwaltung auf Terra machte ihren Standpunkt bei jedem Funkkontakt per Ansible mehr als klar, und Colonel Dongh befolgte die Befehle, obwohl sein Stab und die Holzfällerbosse ihn ständig drängten, die Direktiven zu ignorieren. Er war ein gehorsamer Offizier; und außerdem würde die *Shackleton* wiederkommen, um sich zu vergewissern und zu berichten, ob die Befehle ausgeführt wurden und wie. Und Berichte an die Heimat hatten einiges zu bedeuten, nachdem dieser Ansible, diese *machina ex machina* funktionierte, die alte, bequeme Kolonialautonomie beseitigte und dafür sorgte, daß man sich noch zu Lebzeiten für alles, was man tat, verantworten mußte. Der Spielraum von vierundfünfzig Jahren für jeden Irrtum existierte nicht mehr. Die Kolonialpolitik war nicht mehr statisch. Jetzt konnte eine Entscheidung der Weltenliga über Nacht dazu führen, daß die Kolonie auf ein einziges Land beschränkt wurde, daß sie Verbot erhielt, Bäume zu fällen, oder ermutigt wurde, die Eingeborenen umzubringen. Möglich war alles. Wie die Liga arbeitete und welche Politik sie verfolgen würde, war aus den nüchternen Direktiven der Kolonialverwaltung noch nicht zu ersehen. Dongh fühlte sich durch diese vielen verschiedenen Zukunftsmöglichkeiten verunsichert, Ljubow jedoch genoß sie von Herzen. Mannigfaltigkeit bedeutet Leben, und wo Leben ist, besteht Hoffnung, lautete die Zusammenfassung seines Glaubens, und das war im Grunde bescheiden.

Die Kolonisten ließen die Athsheaner also in Ruhe, und diese ließen die Kolonisten in Ruhe. Eine gesunde Situation, die nicht unnötig aus dem Gleichgewicht gebracht werden durfte. Und das einzige, was sie aus dem Gleichgewicht bringen konnte, war Angst.

Im Augenblick war zwar zu erwarten, daß die Athsheaner mißtrauisch und immer noch feindselig waren, keineswegs aber, daß sie Angst hatten. Und die Panik, die durch die Nachricht von dem Massaker von Smith Camp in Central ausgebrochen war, wurde durch keinerlei Anlaß neu geweckt. Nirgends hatten Athsheaner sich zu Gewalttätigkeiten hinreißen lassen; und da die Sklaven verschwunden waren, die Creechies sich in den Wald zurückgezogen hatten, wurde auch nicht ständig neue Xenophobie provoziert. Die Kolonisten konnten endlich aufatmen.

Wenn Ljubow nun aber berichtete, daß er in Tuntar Selver getroffen hatte, würden Dongh und die anderen wieder Angst bekommen. Wahrscheinlich würden sie versuchen, Selver gefangenzunehmen und ihn vor Gericht zu stellen. Der Kolonialcodex untersagte zwar die Strafverfolgung von Mitgliedern einer planetarischen Gesellschaftsform nach den Gesetzen einer anderen, aber das Kriegsgericht würde sich über derartig unbedeutende Unterscheidungen hinwegsetzen. Sie würden Selver aburteilen und erschießen. Und Davidson würde aus New Java kommen, um gegen ihn auszusagen. O nein, dachte Ljubow, während er das Wörterbuch ins Regal zurückstellte. O nein, dachte er, und dann dachte er nicht weiter darüber nach. Er hatte seine Wahl getroffen, ohne zu wissen, daß er es getan hatte.

Am folgenden Tag reichte er einen kurzen Bericht ein. Darin stand, daß in Tuntar alles seinen gewohnten

Gang gehe und daß man ihn weder abgewiesen noch bedroht habe. Es war ein beruhigender Bericht und der unkorrekteste, den Ljubow jemals verfaßt hatte. Alles Wichtige war darin ausgelassen: das Nichterscheinen der Großfrau, Tubabs Weigerung, Ljubow zu begrüßen, die ungewöhnlich große Zahl der Fremden in der Stadt, die Miene der jungen Jägerin, Selvers Anwesenheit ... Dieses Letztere war natürlich eine bewußte Informationsunterschlagung, sonst aber, fand Ljubow, beruhte der Bericht ausschließlich auf Tatsachen. Weggelassen hatte er, wie es ein Wissenschaftler immer tun sollte, lediglich persönliche Eindrücke. Während er den Bericht niederschrieb, hatte er heftige Kopfschmerzen. Und noch heftigere, als er ihn einreichte.

In jener Nacht träumte er viel, konnte sich am Morgen aber nicht an die Träume erinnern. Spät in der zweiten Nacht nach seinem Besuch in Tuntar schreckte er aus dem Schlaf hoch und wurde unter dem hysterischen Heulen der Sirene und dem Krachen von Explosionen schließlich doch noch mit dem konfrontiert, was zu erkennen er sich geweigert hatte. Er war der einzige Mensch in Centralville, der von dem Alarm nicht überrascht wurde. Und er wußte im selben Augenblick, was er im Grunde war: ein Verräter.

Und dennoch war ihm selbst jetzt noch nicht ganz klar, daß es sich um einen Überfall der Athsheaner handelte. Es war der Schrecken in der Nacht.

Sein eigener Bungalow, der in einiger Entfernung von den anderen in einem Garten stand, wurde verschont; vielleicht ist er durch die Bäume ringsum geschützt, dachte er, als er hinauseilte. Das ganze Stadtzentrum stand in Flammen. Sogar der Steinkubus des HQ brannte von innen heraus wie ein zersprungener Ziegelofen. Dort drinnen stand der Ansible, die unersetzliche Verbindung. Auch in Richtung des Hubschrauber-Hangars und des Flugplatzes waren Brände zu sehen. Woher hatten sie den Sprengstoff? Wie hatten sie es geschafft, überall gleichzeitig Feuer zu legen? Alle Gebäude zu beiden Seiten der Hauptstraße, alle aus Holz, brannten lichterloh; das Geräusch der Flammen war grauenhaft. Ljubow rannte auf das Flammenmeer zu. Wasser überspülte die Straße; zuerst dachte er, es käme aus einem Löschschlauch, dann jedoch merkte er, daß die Hauptwasserleitung, die vom Menend-Fluß herführte, ihren Inhalt sinnlos auf den Boden ergoß, während die Häuser mit diesem gräßlich-brüllenden Lärm verbrannten. Wie hatten sie das gemacht? Es waren doch Wachen aufgestellt, und am Flugplatz patroullierten ständig Wachen in Jeeps ... Schüsse: ganze Salven, das Geknatter von Maschinengewehren. Überall, rings um Ljubow, kleine rennende Gestalten, aber er rannte mitten unter ihnen, ohne viel an sie zu denken. Jetzt befand er sich auf der Höhe des Wohnheims und sah ein junges Mädchen an der Tür stehen – lodernde Flammen im Rücken, einen freien Fluchtweg vor sich. Sie rührte sich nicht. Er rief, dann rannte er quer über den Hof auf sie zu, löste ihre Hände von dem Türpfosten, an den sie sich in ihrer Panik klammerte, zog sie mit Gewalt weiter und sagte beruhigend: »Komm, Mädchen, komm!« Da kam sie mit, aber nicht schnell genug. Als sie gerade den Hof überquerten, neigte sich die Vorderseite des Obergeschosses und kippte, von den Balken des einstürzenden Daches gestoßen, langsam vornüber in den Hof. Dachziegel und Balken kamen wie Granatsplitter herabgeschossen; ein brennendes Balkenende traf Ljubow und streckte ihn zu Boden. Er fiel mit dem Gesicht in eine vom Feuerschein beleuchtete Schlammpfütze. Er sah nicht, daß eine kleine, grünbepelzte Jägerin das Mädchen ansprang, es rückwärts zu Boden riß und ihm die Kehle durchschnitt. Er sah überhaupt nichts mehr.

6

In jener Nacht wurde nicht gesungen. Es gab nur Schreie und dann Totenstille. Als die fliegenden Schiffe brannten, jubelte Selver, und Tränen traten ihm in die Augen; aber sein Mund fand keine Worte. Schweigend, den schweren Flammenwerfer in den Armen, wandte er sich ab, um seine Gruppe in die Stadt zurückzuführen.

Jede Gruppe Angreifer aus dem Westen und aus dem Norden wurde von einem ehemaligen Sklaven wie ihm selbst geführt, von einem, der den Humanern in Central gedient hatte und sich mit den Gebäuden und Straßen auskannte.

Die meisten Athsheaner, die in jener Nacht an dem Überfall teilnahmen, hatten die Humanerstadt nie gesehen; viele von ihnen hatten nicht einmal einen Humaner gesehen. Sie waren gekommen, weil sie Selver folgten, weil der böse Traum sie trieb und nur Selver sie lehren konnte, dieses Traumes Herr zu werden. Sie kamen zu Hunderten und Aberhunderten, Männer und Frauen; sie hatten in der regennassen Dunkelheit schweigend rings um die Stadt herum gewartet, während die ehemaligen Sklaven, zu je zweien oder dreien, all das taten, was ihrer Ansicht nach getan werden mußte: Sie hatten die Wasserleitung unterbrochen, die Drähte zerschnitten, die das Licht vom Generatorenhaus weitertrugen, waren ins Arsenal eingedrungen und hatten es ausgeräumt. Die ersten Tötungen – der Wachtposten – waren lautlos erfolgt, schnell, in tiefem Dunkel, mit Jagdwaffen, Drahtschlingen, Messern, Pfeilen. Das Dynamit, früher am selben Abend zehn Meilen südlich aus dem Holzfällerlager gestohlen, wurde im Arsenal, im Keller des HQ-Gebäudes, vorbereitet, während an anderen Stellen schon Feuer gelegt wurde; und dann gingen die Sirenen los, die Feuer loderten, und Nacht und Stille ergriffen die Flucht. Den meisten Lärm, der wie Donnergrollen und Bäumestürzen klang, machten die

Gewehrschüsse der Humaner, die sich verteidigten, denn nur die ehemaligen Sklaven hatten sich Waffen aus dem Arsenal genommen und benutzten sie auch; alle übrigen hielten sich an ihre Lanzen, Messer und Bogen. Aber es war das Dynamit, von Reswan und anderen Sklaven des Holzfällerlagers plaziert und gezündet, durch das jener Lärm entstand, der alle anderen Geräusche übertönte, die Wände des HQ-Gebäudes zum Einsturz brachte und Hangars und Flugschiffe zerstörte.

In jener Nacht waren ungefähr eintausendsiebenhundert Humaner in der Stadt, fünfhundert von ihnen weiblich; es hieß, daß alle weiblichen Humaner jetzt dort versammelt waren; das war auch der Grund, warum Selver und die anderen sich zum Handeln entschlossen hatten, obwohl noch nicht alle, die mitmachen wollten, eingetroffen waren. Zwischen vier- und fünftausend Männer und Frauen waren durch die Wälder zum großen Treffen nach Endtor und dann, in dieser Nacht, in die Humanerstadt gekommen. Die Feuer brannten lichterloh, die Luft war erfüllt vom beißenden Gestank brennender Leichen und verschmorten Plastikmaterials.

Selvers Mund war trocken und seine Kehle rauh, so daß er nicht sprechen konnte und ihn nach Wasser zum Trinken verlangte. Als er seine Gruppe den Mittelpfad der Stadt entlangführte, kam, riesig groß in der rauchgeschwängerten Nacht, ein Humaner auf ihn zu. Selver hob den Flammenwerfer und zog die Zunge daran zurück, als der Humaner schon im Schlamm ausrutschte und hilflos in die Knie brach. Kein Flammenstrahl schoß aus der Maschine, sie war beim Verbrennen der Flugschiffe, die nicht im Hangar gewesen waren, leergeschossen worden. Selver warf die schwere Maschine fort. Der Humaner war unbewaffnet und männlich. »Laßt ihn laufen«, wollte Selver sagen, aber seine Stimme war schwach, und noch als er sprach, sprangen zwei Männer, Jäger aus den Abtam-Schneisen, mit hoch geschwungenen Messern an ihm vorbei. Die großen, nackten Hände griffen in die Luft und fielen dann schlaff wieder herab. Die riesige Leiche lag zusammengekrümmt auf dem Pfad. Außer ihm lagen noch viele andere Tote hier, wo einmal das Stadtzentrum gewesen war. Außer dem Geräusch des Feuers waren kaum noch Geräusche zu hören.

Selver öffnete die Lippen und ließ heiser den Heimruf erschallen, der der Jagd ein Ende setzt; seine Begleiter nahmen den Ruf klarer und vernehmlicher in weittragendem Falsett auf; andere Stimmen, nah und fern in dem Dunst und dem Gestank und der flammendurchschossenen Dunkelheit der Nacht, antworteten. Statt seine Gruppe sofort zur Stadt hinauszuführen, winkte er ihnen, schon vorzugehen, und trat beiseite, auf das schlammige Stück Boden zwischen dem Pfad und einem Gebäude, das ausgebrannt und eingestürzt war. Er trat über einen weiblichen toten Humaner hinweg und beugte sich dann über einen, der unter einem großen, verkohlten Holzbalken lag. Die von Schlamm und Schatten bedeckten Züge konnte er nicht genau erkennen.

Es war nicht fair; es war nicht notwendig; er hätte nicht ausgerechnet nach diesem einen unter so vielen Toten zu sehen brauchen. Er hätte ihn in der Dunkelheit nicht zu erkennen brauchen. Er wollte seiner Gruppe folgen. Dann kehrte er aber doch wieder um. Mühsam hob er den Balken von Ljubows Rücken; kniete nieder, schob eine Hand unter den schweren Kopf, damit Ljubow bequemer lag und sein Gesicht nicht mehr die Erde berührte. Und kniete dort regungslos.

Er hatte seit vier Tagen nicht mehr geschlafen und noch länger keine Ruhe mehr zum Träumen gehabt – wie lange, wußte er nicht genau. Er war gereist, hatte gehandelt, gesprochen, geplant, Tag und Nacht, seit er mit seinen Gefolgsleuten aus Cadast Broter verlassen hatte. Er war von Stadt zu Stadt gezogen, hatte zu den Waldmenschen gesprochen, hatte ihnen von diesem Neuen erzählt, sie aus dem Traum in die Weltzeit geholt, diesen Überfall von heute nacht organisiert, gesprochen, immer wieder gesprochen und anderen, die sprachen, zugehört, niemals geschwiegen, niemals allein. Sie hatten gelauscht, hatten ihm zugehört und waren mitgekommen, um mit ihm den neuen Pfad zu beschreiten. Sie hatten das Feuer, das sie fürchteten, in ihre eigenen Hände genommen, hatten gelernt, den bösen Traum zu meistern, und hatten den Tod, den sie fürchteten, über ihre Feinde gebracht. Alles war getan worden, wie er gesagt hatte, daß es getan werden müßte. Alles war so verlaufen, wie er gesagt hatte, daß es verlaufen würde. Die Hütten und die zahllosen Wohnungen der Humaner waren verbrannt, ihre Luftschiffe verbrannt oder zerstört, ihre Waffen gestohlen oder vernichtet; und ihre Frauen waren tot. Die Feuer brannten nieder, die Nacht wurde immer dunkler, es roch nach Rauch. Selver konnte kaum noch etwas sehen. Er blickte nach Osten, fragte sich, ob der Morgen nahte. Und als er zwischen den Toten dort im Schlamm kniete, dachte er: Dies ist jetzt der Traum, der böse Traum. Ich dachte, ich könnte ihn lenken, aber er lenkt mich.

In diesem Traum bewegten sich ganz leicht Ljubows Lippen an der Innenfläche seiner Hand. Selver blickte hinab und sah, daß die Augen des Toten offen waren. Der Schein der sterbenden Feuer spiegelte sich in ihrer Oberfläche. Nach einer Weile sagte er Selvers Namen.

»Ljubow, warum bist du hiergeblieben? Ich sagte dir doch, daß du diese Stadt heute nacht verlassen solltest.« So sprach Selver in diesem Traum, barsch, als wäre er Ljubow böse.

»Bist du der Gefangene?« fragte Ljubow so schwach, ohne den Kopf zu heben, aber mit einer so normalen Stimme, daß Selver sekundenlang klar wurde, daß dies nicht die Traumzeit, sondern die Weltzeit war, die Nacht des Waldes. »Oder ich?«

»Keiner von uns, beide, was weiß ich? Alle Motoren und Maschinen sind verbrannt. Alle Frauen sind tot. Die Männer haben wir laufenlassen, wenn sie es wollten. Ich habe ihnen gesagt, daß sie dein Haus nicht verbrennen sollen, die Bücher wurden verschont, Ljubow. O Ljubow, warum bist du nicht wie die anderen?«

»Ich bin wie die anderen. Ein Mensch. Wie die anderen. Wie du.«

»Nein. Du bist anders.«

»Ich bin wie sie. Und du auch. Hör zu, Selver. Macht nicht so weiter. Ihr dürft nicht weiter andere Menschen töten. Ihr müßt zurückkehren ... zu euren ... zu euren Wurzeln ...«

»Wenn deine Leute fort sind, dann wird der böse Traum aufhören.«

»Jetzt!« drängte Ljubow und versuchte den Kopf zu heben, aber sein Rückgrat war gebrochen. Er blickte zu Selver auf und öffnete den Mund, um etwas zu sagen. Sein Blick erlosch jedoch, und er schaute in die andere Zeit hinüber und seine Lippen blieben offen, lautlos. Sein Atem rasselte noch einige Züge lang in der Kehle und verstummte.

Die anderen riefen Selvers Namen, viele Stimmen, von weither, riefen ihn wieder und immer wieder. »Ich kann nicht bei dir bleiben, Ljubow«, sagte Selver unter Tränen, und als er keine Antwort bekam, erhob er sich und wollte davonlaufen. In dieser Traum-Dunkelheit konnte er jedoch nur sehr langsam gehen, wie ein Mensch, der durch tiefes Wasser watet. Vor ihm her schritt der Eschengeist, größer als Ljubow und jeder andere Humaner, groß wie ein Baum, ohne ihm die weiße Maske zuzuwenden. Während er ging, sprach Selver mit Ljubow. »Wir werden zurückkehren«, sagte er. »Ich werde zurückkehren. Jetzt. Wir werden jetzt zurückkehren, das verspreche ich dir, Ljubow.«

Doch sein Freund, der sanfte, der ihm das Leben gerettet und seinen Traum verraten hatte, Ljubow antwortete ihm nicht. Er schritt irgendwo in der Nacht neben Selver einher, unsichtbar und still wie der Tod.

Eine Gruppe von Leuten aus Tuntar traf auf Selver, der weinend, vor sich hin redend, von seinem Traum übermannt, im Dunkeln herumirrte. Sie nahmen ihn mit auf den eiligen Heimweg nach Endtor.

In dem provisorischen Logenhaus der Männer dort, einem einfachen Zelt am Flußufer, lag er zwei Tage und zwei Nächte lang hilflos und von Sinnen, während die Altmänner ihn umsichtig pflegten. Die ganze Zeit kamen und gingen die Leute von Endtor, kehrten zu dem Ort von Eshsen zurück, der Central geheißen hatte, beerdigten ihre Toten dort und die Toten der Humaner: die ihren zählten über dreihundert, die der anderen über siebenhundert. Ungefähr fünfhundert Humaner saßen in den ehemaligen Creechie-Pferchen gefangen, die, da sie leer und abseits standen, nicht mit verbrannt worden waren. Ebenso viele waren entkommen, einige von ihnen zu den Holzfällerlagern weiter im Süden, die nicht angegriffen worden waren. Diejenigen, die sich noch versteckt hielten und im Wald oder den Kahl-Ländern herumirrten, wurden niedergehetzt. Manche wurden dabei umgebracht, denn zahlreiche der jüngeren Jäger und Jägerinnen hörten immer noch einzig Selvers Stimme, wie er sagte: *Tötet sie!* Andere hatten die Nacht des Tötens hinter sich gelassen, als wäre sie ein Alptraum gewesen, der böse Traum, dessen Bedeutung verstanden werden mußte, damit er sich nicht wiederholte; und wenn diese einen durstigen, erschöpften Humaner entdeckten, der sich angstvoll ins Dickicht duckte, konnten sie ihn nicht töten. Und so tötete er womöglich sie. Es gab Gruppen von zehn bis zwanzig Humanern mit Holzfälleräxten und Handfeuerwaffen, obgleich nur wenige noch Munition hatten; diese

Gruppen wurden verfolgt, bis sich um sie herum genügend Kämpfer im Wald versteckt hatten; dann wurden sie überwältigt, gefesselt und nach Eshsen zurückgebracht. Innerhalb von zwei oder drei Tagen waren allesamt gefangen, denn in diesem Teil von Sornol wimmelte es von Waldbewohnern, niemand konnte sich erinnern, jemals auch nur die Hälfte oder ein Zehntel dieser Menschenmenge an ein und demselben Ort gesehen zu haben; manche kamen auch jetzt noch von fernen Städten und anderen Ländern herbei, andere begaben sich schon wieder nach Hause. Die gefangenen Humaner wurden zu den anderen ins Lager gesteckt, obwohl es schon lange überfüllt war und die Baracken die Humaner nicht mehr fassen konnten. Zweimal täglich bekamen sie Wasser und wurden ununterbrochen von zweihundert bewaffneten Jägern bewacht.

Am Nachmittag des Tages, der auf die Nacht von Eshsen folgte, kam ein Flugschiff aus Osten herangerattert; es flog so niedrig, als wollte es landen, schoß dann aber, wie ein Raubvogel, der seine Beute verfehlt hat, steil wieder in die Höhe und kreiste über dem zerstörten Landeplatz, den rauchenden Trümmern der Stadt und den Kahl-Ländern. Reswan hatte dafür gesorgt, daß die Funkgeräte zerstört wurden, und so war es möglicherweise das Schweigen der Funkgeräte, das das Flugschiff von Kushil oder Rieshwel hergelockt hatte, wo es noch drei kleine Humanerstädte gab. Die Gefangenen im Lager stürzten aus den Baracken hervor und schrien zu der Maschine hinauf, wenn sie über ihnen hinwegflog, und einmal ließ sie einen Gegenstand an einem kleinen Fallschirm in das Lager hinabfallen. Dann ratterte sie wieder davon.

Auf Athshe gab es jetzt noch vier solcher geflügelten Schiffe, drei auf Kushil und eines auf Rieshwel, allesamt von der kleinen Art, in der vier Männer Platz hatten; außerdem hatten sie Maschinengewehre und Flammenwerfer und lasteten daher schwer auf den Gedanken von Reswan und den anderen, während Selver ihnen entrückt war und die verschlungenen Pfade der anderen Zeit wandelte.

Am dritten Tag erwachte er wieder zur Weltzeit, mager, benommen, hungrig, schweigsam. Nachdem er im Fluß gebadet und etwas gegessen hatte, hörte er Reswan, der Großfrau von Berre und den anderen erwählten Führern zu. Sie berichteten ihm, wie es der Welt ergangen war, während er träumte. Als er sie alle angehört hatte, blickte er sie einzeln an, und sie sahen den Gott in ihm. In ihrem krankhaften Zustand des Ekels und der Angst, in dem sie sich nach der Nacht von Eshsen befunden hatten, waren einigen von ihnen Zweifel gekommen. Ihre Träume waren unruhig, voller Blut und Feuer; den ganzen Tag waren sie von Fremden umgeben, von Menschen, die überall aus den Wäldern gekommen waren, zu Hunderten, zu Tausenden, alle versammelt, wie Aasgeier um das Aas, ohne einander auch nur zu kennen. Und es schien ihnen, als sei das Ende der Dinge gekommen, und nichts würde je wieder so sein wie vorher, nichts würde je wieder richtig sein. In Selvers Gegenwart jedoch sahen sie wieder ihr Ziel vor sich; ihre Unruhe legte sich, und sie warteten, daß er sprach.

»Das Töten ist vorüber«, sagte er. »Sorgt dafür, daß alle es erfahren.« Er sah sie an. »Ich muß mit den Humanern im Lager sprechen. Wer ist ihr Anführer dort?«

»Truthahn, Plattfuß, Naßauge«, antwortete Reswan, der ehemalige Sklave.

»Truthahn lebt? Gut. Hilf mir auf, Greda, meine Knochen gleichen toten Aalen ...«

Als er eine Weile auf den Füßen war, fühlte er sich ein bißchen kräftiger und machte sich nach einer Stunde nach Eshsen auf, das zwei Wegstunden von Endtor entfernt lag.

Als sie ankamen, erstieg Reswan eine Leiter, die an der Lagermauer lehnte, und rief in dem Pidgin-Englisch, das man die Sklaven gelehrt hatte: »Dong-a komm Tor, dalli-dalli!«

Unten in den Gängen zwischen den niedrigen Betonbaracken standen einige Humaner, die zurückschrien und mit Erdklumpen nach ihm warfen. Reswan duckte sich und wartete.

Der alte Colonel kam nicht heraus, aber Gosse, den sie Naßauge nannten, kam aus einer Baracke gehumpelt und rief zu Reswan hinauf: »Colonel Dongh ist krank, er kann nicht kommen.«

»Wie ist krank?«

»Darm, Wasserkrankheit. Was willst du?«

»Reden. – Großer Gott«, sagte Rewan in seiner Muttersprache und blickte zu Selver hinab, »der Truthahn versteckt sich, willst du mit Naßauge reden?«

»Ja, gut.«

»Tor bewachen, Bogenschützen! – Ans Tor, Mis-ter Goss-a, dalli-dalli!«

Das Tor wurde eben weit und lange genug geöffnet, daß Gosse sich hindurchzwängen konnte. Allein stand er dann vor ihnen, vor der von Selver geführten Gruppe. Er schonte ein Bein, an dem er in der Nacht von Eshsen verwundet worden war. Gekleidet war er in einen zerrissenen Pyjama mit Schmutzflecken und vom Regen durchweicht. Das graue Haar hing ihm in glatten Strähnen über die Ohren und in die Stirn. Doppelt so groß wie seine Widersacher, hielt er sich steif aufgerichtet und starrte sie mit trotziger, wütender Verzweiflung an.

»Wir müssen reden, Mr. Gosse«, sagte Selver, der von Ljubow gutes Englisch gelernt hatte. »Ich bin Selver von der Esche aus Eshreth. Ich bin Ljubows Freund.«

»Ja, ich kenne Sie. Was haben Sie mir zu sagen?«

»Ich habe zu sagen, daß das Töten vorüber ist, wenn ein feierliches Versprechen gegeben und von Ihren Leuten und meinen Leuten gehalten wird. Sie sind alle frei, wenn Sie Ihre Leute aus den Holzfällerlagern in Süd-

Sornol, Kushil und Rieshwel zusammenholen und dafür sorgen, daß sie alle zusammen hier bleiben. Sie dürfen leben, wo der Wald tot ist, wo Sie Ihr Gras gesät haben. Bäume dürfen nicht mehr geschlagen werden.«

Gosses Gesichtsausdruck wurde lauernd. »Die Lager wurden nicht angegriffen?«

»Nein.«

Gosse schwieg.

Selver beobachtete ihn aufmerksam, dann sprach er weiter. »Es gibt jetzt, glaube ich, nicht einmal mehr zweitausend von Ihren Leuten auf der Welt. Ihre Frauen sind alle tot. In den anderen Camps gibt es noch Waffen; Sie könnten viele von uns töten. Aber einige von Ihren Waffen besitzen wir. Und es gibt mehr von uns, als Sie töten können. Ich nehme an, Sie wissen das und haben deshalb nicht versucht, sich von Ihren Flugschiffen Flammenwerfer bringen zu lassen, die Wachen zu töten und zu fliehen. Das wäre sinnlos; dafür sind wir wirklich zu viele. Es wäre tatsächlich am besten, wenn Sie uns dieses Versprechen geben; dann können Sie ungestört warten, bis Ihr Großschiff kommt, um damit unsere Welt zu verlassen. Das wäre, glaube ich, in drei Jahren.«

»Ja, drei hiesigen Jahren. Woher wissen Sie das?«

»Nun, auch Sklaven haben Ohren, Mr. Gosse.«

Endlich sah Gosse ihm offen ins Gesicht. Er sah wieder fort, bewegte sich unruhig, versuchte sein verletztes Bein zu entlasten. Abermals sah er Selver an, abermals sah er wieder fort. »Wir haben bereits ›versprochen‹, den Angehörigen Ihres Volkes nichts mehr zu tun. Deswegen wurden die Arbeiter nach Hause geschickt. Es hat nichts genützt, Sie haben nicht auf uns gehört ...«

»*Uns* wurde dieses Versprechen nicht gegeben.«

»Wie kann man mit einem Volk eine Vereinbarung, einen Vertrag schließen, wenn es nicht mal eine Regierung, keine zentrale Befehlsgewalt hat?«

»Das weiß ich nicht. Und ich vermute, daß Sie gar nicht wissen, was ein Versprechen ist. Dieses wurde jedenfalls sofort gebrochen.«

»Was sagen Sie da? Von wem? Und wie?«

»In Rieshwel, New Java. Vor vierzehn Tagen. Eine Stadt wurde niedergebrannt und ihre Bewohner getötet. Von Humanern aus dem Camp in Rieshwel.«

»Wovon reden Sie überhaupt?«

»Von den Nachrichten, die wir durch Boten aus Rieshwel erhielten.«

»Das ist erlogen! Wir haben die ganze Zeit mit New Java in Funkkontakt gestanden. Kein Mensch hat Eingeborene getötet, weder dort noch anderswo.«

»Sie sprechen die Wahrheit, wie Sie sie kennen«, antwortete Selver. »Ich spreche die Wahrheit, wie ich sie kenne. Ich akzeptiere, daß Sie von den Morden auf Rieshwel nichts wissen; aber Sie müssen es akzeptieren, wenn ich Ihnen sage, daß sie geschehen sind. Diese Forderung aber bleibt: Das Versprechen muß uns und mit uns gegeben werden, und es muß gehalten werden. Sie werden sicher mit Colonel Dongh und den anderen darüber sprechen wollen.«

Gosse schickte sich an, wieder durch das Lagertor zu gehen, dann drehte er sich noch einmal um und sagte mit seiner tiefen, heiseren Stimme: »Wer sind Sie, Selver? Haben Sie ... Waren Sie der Organisator des Überfalls? Haben Sie die anderen geführt?«

»Ja, das habe ich.«

»Dann komme all dieses Blut über Sie«, sagte Gosse und fügte plötzlich heftig hinzu: »Ljubows auch! Er ist nämlich tot, Ihr ›Freund Ljubow‹.«

Selver verstand diese Redensart nicht. Er hatte zwar töten gelernt, von Schuld aber wußte er nichts, bis auf den Namen. Als sich sein Blick sekundenlang mit Gosses haßerfülltem Blick traf, verspürte er Angst. Übelkeit stieg in ihm auf, ein unheimliches Frösteln. Flüchtig beide Augen schließend, versuchte er dieses Gefühl zu verdrängen. Dann sagte er: »Ljubow ist mein Freund und darum nicht tot.«

»Ihr seid Kinder«, sagte Gosse voller Haß. »Kinder, Wilde! Ihr habt keine Ahnung von der Realität. Dies ist kein Traum, dies ist real! Ihr habt Ljubow getötet. Er ist tot! Ihr habt die Frauen getötet – die *Frauen* –, habt sie lebendigen Leibes verbrannt, habt sie abgeschlachtet wie Vieh!«

»Hätten wir sie leben lassen sollen?« gab Selver mit der gleichen Heftigkeit zurück, aber mit leiser, ein wenig singender Stimme. »Damit sie sich wie Insekten in den Trümmern der Welt fortpflanzen können? Um uns zu überwuchern? Wir haben sie getötet, um euch zu sterilisieren. Doch, ich weiß, was ein Realist ist, Mr. Gosse. Ljubow und ich haben uns oft über diese Begriffe unterhalten. Ein Realist ist ein Mann, der sowohl die Welt als auch seine eigenen Träume kennt. Ihr seid geistig krank: Unter Tausenden gibt es bei euch nicht einen einzigen Menschen, der träumen kann. Nicht einmal Ljubow konnte es, und der war noch der Beste von euch. Ihr schlaft, ihr erwacht und vergeßt eure Träume, schlaft wieder, erwacht wieder und verbringt euer ganzes Leben so. Und dann glaubt ihr, daß dies das Sein, das Leben, die Wirklichkeit ist! Ihr seid keine Kinder, ihr seid erwachsen, aber ihr seid geistig nicht gesund. Und darum mußten wir euch töten, ehe ihr uns in den Wahnsinn treiben konntet. Kehren Sie jetzt zurück, Mr. Gosse, und reden Sie mit den anderen geistig Kranken über die Realität. Reden Sie lange, und reden Sie gut!«

Die Wachen öffneten das Tor, die herausdrängenden Humaner drinnen mit ihren Speeren zurückstoßend. Gosse betrat das Gefangenenlager, die breiten Schultern nach vorn gekrümmt, als wolle er sich vor dem Regen schützen.

Selver war sehr müde. Die Großfrau von Berre und eine andere Frau kamen zu ihm und gingen an seiner

Seite, seine Arme über ihre Schultern gelegt, damit er nicht hinfiel, wenn er stolperte. Der junge Jäger Greda, ein Cousin aus seinem Baum, scherzte mit ihm, und Selver antwortete leichtherzig, lachend. Der Rückweg nach Endtor schien Tage zu dauern.

Er war zu abgespannt, um zu essen. Er trank ein wenig heiße Brühe und legte sich beim Feuer der Männer nieder. Endtor war keine Stadt, sondern nur ein Lager am großen Fluß, ein bevorzugter Angelplatz für alle Städte, die früher, bevor die Humaner kamen, rings um ihn her im Wald gelegen hatten. Eine Loge gab es nicht. Zwei Feuerringe aus schwarzem Stein und eine langgestreckte Uferböschung oberhalb des Flusses, wo Zelte aus Tierhäuten und geflochtenen Binsen aufgestellt werden konnten – das war Endtor. Der Menend-Fluß, Hauptfluß von Sornol, sprach in Endtor unablässig, in der Welt und auch im Traum.

Viele alte Männer saßen am Feuer, einige kannte er aus Broter, Tuntar und seiner zerstörten Heimatstadt Eshreth, andere wiederum kannte er nicht; an ihren Augen und Gesten, am Klang ihrer Stimmen hörte er, daß sie Großträumer waren; wohl nie hatten sich mehr Träumer zusammen an einem einzigen Ort befunden. Lang ausgestreckt auf dem Boden liegend, den Kopf in beide Hände gestützt und ins Feuer starrend, sagte er: »Ich habe die Humaner wahnsinnig genannt. Bin ich selber wahnsinnig?«

»Du unterscheidest die eine Zeit nicht von der anderen, weil du viel zu lange nicht mehr geträumt hast, weder im Wachen noch im Schlafen«, sagte der alte Tubab, während er einen neuen Fichtenkloben aufs Feuer legte. »Bis du den Preis dafür bezahlt hast, vergeht viel Zeit.«

»Die Gifte, die die Humaner nehmen, bewirken ziemlich das gleiche wie der Mangel an Schlaf und Traum«, sagte Heben, der sowohl in Central als auch in Smith Camp Sklave gewesen war. »Die Humaner vergiften sich selbst, damit sie träumen können. Ich habe den

Blick der Träumer an ihnen gesehen, nachdem sie das Gift genommen hatten. Aber sie konnten die Träume weder herbeirufen noch kontrollieren, weder weben noch formen und auch nicht aufhören zu träumen; sie wurden getrieben, hilflos. Sie wußten überhaupt nicht, was in ihnen war. So ist es auch mit einem Mann, der viele Tage lang nicht geträumt hat. Und wenn er der weiseste in seiner Loge wäre, er wäre dennoch lange Zeit danach hie und da, hin und wieder wahnsinnig. Er wird getrieben, versklavt. Er wird sich selbst nicht verstehen können.«

Ein sehr alter Mann mit dem Akzent von Süd-Sornol legte Selver die Hand auf die Schulter, streichelte ihn und sagte: »Mein lieber, junger Gott, du solltest singen, das würde dir gut tun.«

»Ich kann nicht. Sing du für mich.«

Der Alte sang; andere fielen mit hohen, dünnen Stimmen ein, beinahe tonlos, wie der Wind, der durch das Wasserschilf bei Endtor streicht. Sie sangen einen Gesang vom Eschenbaum, über die zarten, gespaltenen Blätter, die im Herbst, wenn die Beeren sich rot färben, gelb werden, bis der erste Frost sie eines Nachts mit Silber überzieht.

Während Selver dem Gesang von der Esche lauschte, streckte sich Ljubow neben ihm aus. Im Liegen wirkte er nicht so ungeheuer groß und langgliedrig. Hinter ihm ragten, halb eingestürzt, ganz ausgebrannt, die geschwärzten Ruinen des Gebäudes zum Sternhimmel auf. »Ich bin wie du«, sagte er, ohne Selver anzusehen, in jener Traumstimme, die versucht, ihre eigene Unwahrheit aufzudecken. Selvers Herz war schwer vor Trauer um seinen Freund. »Ich habe Kopfschmerzen«, sagte Ljubow mit seiner eigenen Stimme und rieb sich den Nacken, wie er es immer tat. Und nun wollte Selver die Hand ausstrecken, ihn berühren und ihn trösten. In der Weltzeit war er jedoch nur Schatten und Feuerschein, und die alten Männer sangen den Gesang von der Esche, über die kleinen, weißen Blüten, die im Frühjahr zwischen den gespaltenen Blättern an den winterkahlen Zweigen sprießen.

Am folgenden Tag schickten die Humaner im Gefangenenlager nach Selver. Am Nachmittag kam er nach Eshsen und traf sich mit ihnen draußen vor dem Lager unter den Ästen einer großen Eiche, denn Selvers Leute fühlten sich unter offenem Himmel immer ein wenig unbehaglich. Eshsen war ein Eichenhain gewesen; dieser Baum war der größte von den wenigen, die die Kolonisten stehengelassen hatten. Er stand auf dem langen Hang hinter Ljubows Bungalow, der zusammen mit sechs oder acht Häusern die Brandnacht unbeschädigt überstanden hatte. Bei Selver unter der Eiche waren Reswan, die Großfrau von Berre, Greda von Cadast und andere versammelt, die an den Verhandlungen teilnehmen wollten, insgesamt etwa ein Dutzend. Viele Bogenschützen standen Wache, weil man fürchtete, die Humaner könnten versteckte Waffen haben, aber sie hockten hinter Büschen oder Mauerresten, die nach dem Brand übriggeblieben waren, damit sie der Szene keine bedrohliche Atmosphäre verliehen. In Gosses und Colonel Donghs Begleitung befanden sich drei von den Humanern, die Offiziere genannt wurden, und zwei aus dem Holzfällerlager, darunter einer, Benton, bei dessen Anblick die ehemaligen Sklaven den Atem anhielten. Benton hatte ›faule Creechies‹ zu strafen gepflegt, indem er sie öffentlich kastrieren ließ.

Der Colonel wirkte ausgemergelt, seine normalerweise gelblichbraune Haut hatte eine gelbgraue Farbe angenommen: Seine Krankheit war also keine Ausrede gewesen. »Zunächst einmal«, begann er, als alle ihren Platz gefunden hatten, die Humander stehend, Selvers Leute auf dem feuchten, weichen, mit einer Schicht modernder Eichenblätter bedeckten Boden kauernd oder sitzend, »zunächst einmal verlange ich eine brauchbare und präzise Definition der Bedeutung Ihrer Bedingungen und inwieweit sie die Sicherheit meines Personals unter meinem Kommando hier garantieren.«

Schweigen.

»Sie verstehen doch Englisch, nicht wahr – wenigstens einer von Ihnen?«

»Ja. Ich verstehe nur Ihre Frage nicht, Mr. Dongh.«

»Colonel Dongh, wenn ich bitten darf.«

»Dann nennen Sie mich Colonel Selver, wenn ich bitten darf.« Ein singender Ton hatte sich in Selvers Stimme eingeschlichen; er stand auf, bereit für den Wettstreit, die Melodien durch seinen Geist fließend wie kleine Ströme.

Aber der alte Humaner stand einfach da, groß und schwer, wütend, doch ohne die Herausforderung anzunehmen. »Ich bin nicht hergekommen, um mich von euch kleinen Humanoiden beleidigen zu lassen«, antwortete er. Doch seine Lippen bebten, als er es sagte. Er war alt, verwirrt und gedemütigt. Selvers Vorfreude auf den Triumph erstarb. Es gab auf der Welt keinen Triumph mehr, nur noch Tod. Er nahm wieder Platz. »Ich wollte Sie nicht beleidigen, Colonel Dongh«, sagte er resignierend. »Würden Sie Ihre Frage bitte wiederholen?«

»Ich möchte Ihre Bedingungen hören, und dann werden Sie unsere hören. Das ist alles.«

Selver wiederholte, was er zu Gosse gesagt hatte.

Dongh lauschte mit offener Ungeduld. »Also gut. Ihnen ist wahrscheinlich nicht bekannt, daß wir seit drei Tagen ein Funkgerät im Gefangenenlager haben.« Selver wußte davon; Reswan hatte sofort kontrolliert, was für einen Gegenstand der Helikopter abgeworfen hatte, denn es hätte ja auch eine Waffe sein können; die Wachen hatten berichtet, daß es sich um ein Funkgerät handelte, und Selver hatte es den Humanern gelassen. Er nickte schweigend. »Wir haben also die ganze Zeit mit den drei Außencamps, den beiden auf King-Land und dem einen auf New Java, in Verbindung gestanden. Und wenn wir beschlossen hätten, einen Ausbruch zu wagen und aus dem Gefangenenlager zu fliehen, wäre das sehr einfach für uns gewesen, denn die Helikopter hätten uns Waffen abwerfen und unsere Bewegungen mit ihren eingebauten Waffen decken können. Ein einziger Flammenwerfer hätte genügt, um uns den Weg aus dem Lager hinaus zu bahnen, und für den Notfall haben sie außerdem Bomben an Bord, mit denen man eine ganze Region in die Luft jagen kann. Den Einsatz dieser Bomben haben sie natürlich noch nicht erlebt.«

»Wenn Sie das Lager verlassen hätten – wohin wären Sie dann geflohen?«

»Die Sache ist die: Ohne nicht zum Thema gehörige oder falsche Faktoren einbringen zu wollen, sind Sie uns mit Ihren Streitkräften zweifellos zahlenmäßig weit überlegen; wir dagegen besitzen die vier Helikopter in den Camps, die zu zerstören Sie gar nicht erst zu versuchen brauchen, denn sie werden jetzt ständig von voll bewaffneten Posten bewacht, was für die größeren und stärkeren Waffen ebenfalls zutrifft. Das nüchterne Faktum wäre also, daß wir uns in einer Pattsituation befinden und als gleichberechtigte Partner verhandeln können. Das ist selbstverständlich eine vorübergehende Situation. Falls notwendig, sind wir durchaus in der Lage, eine defensive Polizeiaktion durchzuführen, um einen allgemeinen Krieg zu verhindern. Darüber hinaus steht die gesamte Kampfmacht der terranischen Interstellarflotte hinter uns, die Ihren ganzen Planeten einfach vom Himmel wischen kann. Derartige Dinge sind für Sie allerdings wohl unvorstellbar, darum lassen Sie mich schlicht und einfach sagen, daß wir vorläufig bereit sind, mit Ihnen zu verhandeln, aber nur unter dem Gesichtspunkt der Gleichberechtigung.«

Selvers Geduld war am Ende; er wußte, daß seine Reizbarkeit ein Symptom seines schlechten seelischen

Zustands war, aber er konnte sich nicht länger beherrschen. »Weiter!«

»Nun, zunächst möchte ich Ihnen mitteilen, daß wir den Männern in den anderen Camps sofort, als wir das Funkgerät bekamen, verboten haben, uns Waffen zu bringen, einen Airlift oder einen Befreiungsversuch zu machen oder gar Vergeltungsmaßnahmen zu ergreifen ...«

»Das war wohlüberlegt. Und weiter?«

Colonel Dongh wollte eine ärgerliche Antwort geben, hielt aber inne; er wurde blaß. »Gibt es nirgends etwas, auf das ich mich setzen kann?« fragte er.

Selver ging um die Gruppe der Humaner herum, den Hang hinauf in den Bungalow mit den zwei Zimmern und holte den Faltstuhl, der hinter dem Schreibtisch stand. Bevor er das stille Zimmer verließ, beugte er sich nieder und legte die Wange auf das verkratzte, rohe Holz der Schreibtischplatte, an der Ljubow immer gesessen hatte, wenn er mit Selver oder allein arbeitete; einige von seinen Papieren lagen immer noch da; Selver berührte sie leicht mit der Hand. Er trug den Stuhl hinaus und stellte ihn für Dongh auf den regennassen Erdboden. Der alte Mann setzte sich, vor Schmerzen auf die Zähne beißend und die mandelförmigen Augen schließend.

»Mr. Gosse, vielleicht können Sie anstelle des Colonels sprechen«, schlug Selver vor. »Er fühlt sich nicht wohl.«

»Ich werde sprechen.« Benton trat energisch einen Schritt vor.

Dongh aber schüttelte den Kopf und murmelte: »Gosse.«

Jetzt, da der Colonel eher zuhörte als sprach, kamen die Verhandlungen besser voran. Die Humaner akzeptierten Selvers Bedingungen. Im Rahmen eines gegenseitigen Friedensversprechens sagten sie zu, alle Außenposten einzuziehen und ausschließlich in einem begrenzten Gebiet zu bleiben, der Region von Mittel-Sornol, die sie kahlgeschlagen hatten. Das waren ungefähr 1700 Quadratmeilen gut bewässertes Land. Sie versprachen, keinen einzigen Wald zu betreten; die Waldbewohner versprachen, das Kahl-Land nicht zu betreten.

Die vier letzten Flugschiffe gaben Anlaß zu Auseinandersetzungen. Die Humaner behaupteten, sie zu benötigen, um ihre Leute von den anderen Inseln nach Sornol zu holen. Da die Maschinen jedoch nur Platz für vier Mann hatten und für jeden Flug mehrere Stunden brauchten, fand Selver, die Humaner könnten Eshsen weit schneller zu Fuß erreichen, und bot ihnen an, einen Fährdienst über die Meerenge einzurichten. Anscheinend waren die Humaner jedoch an weite Fußmärsche nicht gewöhnt. Nun gut, sollten sie die Hubschrauber für die von ihnen ›Airlift‹ genannte Operation behalten. Anschließend mußten sie aber zerstört werden.

Strikte Weigerung. Zorn. Sie schätzten ihre Maschinen offenbar mehr als ihre eigenen Körper. Selver gab nach. Sie könnten die Hubschrauber behalten, wenn sie damit nur über das Kahl-Land flögen und die Waffen in ihnen zerstörten, sagte er. Darüber stritten sie, aber nur untereinander, während Selver ruhig wartete und nur gelegentlich die Bedingungen seiner Forderung wiederholte, denn in diesem Punkt würde er nicht nachgeben.

»Was soll's denn, Benton«, sagte der alte Colonel schließlich wütend und zittrig. »Begreifen Sie denn nicht, daß wir diese verdammten Waffen doch nicht einsetzen können? Es gibt hier drei Millionen von diesen Humanoiden, die über sämtliche Inseln verstreut sind, und diese Inseln sind alle vollständig mit Bäumen und Unterholz bedeckt, es gibt keine Städte, kein lebenswichtiges Versorgungssystem, keine zentrale Kommandostelle. Eine solche Guerillastruktur kann man mit Bomben nicht außer Gefecht setzen, das ist bewiesen; sogar in dem Teil unserer Welt, wo ich geboren bin, hat sich das in einem dreißigjährigen Kampf gegen weit überlegene Großmächte erwiesen – im zwanzigsten Jahrhundert. Und bis ein Schiff kommt, sind wir nicht in der Lage, unsere Überlegenheit unter Beweis zu stellen. Lassen wir also die großen Waffen: zum Jagen und für die Selbstverteidigung können wir uns an die Handfeuerwaffen halten.«

Er war der Altmann der Humaner, und sein Rat wurde letztlich befolgt – genau wie in der Loge der Männer. Benton schmollte. Gosse fing an, von dem zu reden, was geschehen sollte, wenn der Waffenstillstand gebrochen wurde, aber Selver gebot ihm Einhalt.

»Das sind Möglichkeiten, vorerst haben wir es noch mit den Gewißheiten zu tun. Ihr Großschiff wird in drei Jahren wiederkommen, das sind nach Ihrer Zählung dreieinhalb Jahre. Bis dahin können Sie sich hier frei bewegen. Es wird kein hartes Leben für Sie sein. Aus Centralville wird nichts weiter entfernt werden, bis auf einige von Ljubows Arbeiten, die ich persönlich behalten möchte. Sie haben immer noch den größten Teil der Werkzeuge, mit denen Sie Bäume gefällt und Erdbewegungen ausgeführt haben; sollten Sie weitere Werkzeuge benötigen – die Eisenerzminen von Peldel liegen in Ihrem Territorium. Bis dahin, denke ich, ist alles klar. Was noch zu klären wäre, ist folgendes: Wenn dieses Schiff kommt, was wird mit Ihnen und was wird mit uns dann geschehen?«

»Das wissen wir nicht«, antwortete Gosse. Und Dongh ergänzte: »Wenn Sie nicht sofort den Ansible zerstört hätten, wäre es uns möglich gewesen, aktuelle Informationen über diese Angelegenheiten zu erhalten, unsere Berichte hätten hinwiederum natürlich die Entscheidungen beeinflußt, die hinsichtlich einer endgültigen Bestimmung des Status dieses Planeten getroffen worden wären, und wir hätten mit der Ausführung dieser neuen Bestimmungen bereits beginnen können, ehe das Schiff von Prestno zurückkommt. Infolge Ihrer böswilligen Zerstörung aller Apparate, die auf der Unkenntnis Ihrer eigenen Interessen beruht, haben wir nicht einmal ein Funkgerät behalten, dessen Reichweite über ein paar hundert Meilen hinausgeht.«

»Was ist ein Ansible?« Das Wort war schon einmal in diesem Gespräch gefallen; es war Selver völlig neu.

»ICD«, antwortete der Colonel verdrießlich.

»Eine Art Funkgerät«, erklärte Gosse überheblich. »Mit dem wir uns in unmittelbare Verbindung mit unserer Heimatwelt setzen können.«

»Ohne die Wartezeit von siebenundzwanzig Jahren?«

Gosse starrte zu Selver hinab. »Richtig. Sehr richtig. Sie haben viel von Ljubow gelernt, nicht wahr?«

»Allerdings hat er das«, mischte sich Benton ein. »Er war Ljubows kleiner, grüner Liebling. Er hat sich alles Wissenswerte angeeignet, und noch ein bißchen darüber hinaus. Zum Beispiel die Kenntnis aller lebenswichtigen Punkte, an denen sich eine Sabotage lohnt, den Standort der Wachen und wie man in ein Waffenlager eindringen kann. Sie müssen bis direkt vor dem Massaker Kontakt miteinander gehabt haben.«

Gosse machte ein betretenes Gesicht. »Raj ist tot. All das ist jetzt irrelevant, Benton. Wir müssen klarstellen ...«

»Wollen Sie andeuten, daß Captain Ljubow irgendwie an einem Plan beteiligt gewesen ist, den man als Verrat an der Kolonie bezeichnen könnte, Benton?« Dongh funkelte ihn wütend an, preßte aber gleichzeitig die Hände auf den Bauch. »In meinem Stab gab es weder Spione noch Verräter, ich habe alle Männer selbst ausgesucht, bevor wir Terra verließen, und ich wußte genau, mit wem ich es zu tun hatte.«

»Ich will überhaupt nichts andeuten, Colonel. Ich behaupte offen und unmißverständlich, daß Ljubow die Creechies aufgehetzt hat, und daß dies niemals geschehen wäre, wenn unsere Befehle nicht geändert worden wären, nachdem das Flottenschiff hier war.«

Gosse und Dongh wollten beide gleichzeitig etwas sagen. Selver jedoch stand auf und klopfte seinen Körper ab, denn die feuchten braunen Eichenblätter blieben an seinem kurzen Fell kleben wie an Seide. »Sie alle sind sehr, sehr krank«, sagte er. »Es tut mir leid, daß wir Sie in diesem Creechie-Pferch unterbringen müssen, das tut der Seele überhaupt nicht gut. Bitte lassen Sie Ihre Männer aus den Camps kommen. Wenn alle hier sind und die großen Waffen zerstört worden sind, wenn wir alle das Versprechen abgelegt haben, werden wir Sie in Ruhe lassen. Sobald ich heute von hier aufbreche, werden die Tore des Gefangenenlagers geöffnet. Bleibt noch irgend etwas zu sagen?«

Niemand hatte mehr etwas zu sagen. Sie blickten alle auf ihn hinunter. Sieben hochgewachsene Gestalten mit brauner oder wettergegerbter, haarloser Haut, in Tuch gekleidet, mit dunklen Augen und grimmigen Gesichtern; zwölf kleine Gestalten, grün oder bräunlichgrün, pelzbedeckt, mit den großen Augen der Nachtseher und verträumten Gesichtern; und zwischen den beiden Gruppen Selver, der Übersetzer, zart, verstümmelt, das Schicksal aller in seinen leeren Händen haltend. Weicher Regen fiel auf die braune Erde rings um sie her.

»Lebt wohl«, sagte Selver und führte seine Leute hinweg.

»So dumm sind sie eigentlich gar nicht«, sagte die Großfrau von Berre, als sie Selver auf dem Rückweg nach Endtor begleitete. »Ich dachte, solche Riesen müßten dumm sein, aber sie haben gesehen, daß du ein Gott bist, ich habe es zum Schluß des Redens an ihren Gesichtern gesehen. Wie gut du ihr Kauderwelsch sprichst! Und wie häßlich sie sind! Glaubst du, daß sogar ihre Kinder haarlos sind?«

»Das werden wir hoffentlich nie erfahren.«

»Scheußlich! Stell dir vor – ein Kind zu säugen, das kein Fell hat! Als hätte man einen Fisch an der Brust!«

»Sie sind alle geistig krank«, sagte der alte Tubab zutiefst betrübt. »Ljubow war nicht so, als er zu uns nach Tuntar kam. Er war unwissend, aber vernünftig. Diese aber, sie streiten, sie lachen über den alten Mann und hassen einander – so!« Er verzog sein graubepelztes Gesicht und imitierte den Ausdruck der Terraner, deren Worte er natürlich nicht hatte verstehen können. »Hast du ihnen das gesagt, Selver – daß sie alle wahnsinnig sind?«

»Ich habe ihnen gesagt, daß sie krank seien. Aber schließlich sind sie besiegt, verletzt und in diesen steinernen Käfig eingeschlossen worden. Davon kann jeder krank werden und Heilung brauchen.«

»Und wer soll sie heilen?« fragte die Großfrau von Berre. »Ihre Frauen sind alle tot. Pech für sie. Diese armen, häßlichen Kreaturen. Wie große, nackte Spinnen waren sie – pfui!«

»Sie sind Menschen, Menschen, Menschen wie wir!« sagte Selver mit schriller Stimme, so scharf wie eine Messerschneide.

»O du, mein kleiner Gott, das weiß ich doch, ich meine ja nur, daß sie *aussehen* wie Spinnen«, sagte die Alte, liebevoll seine Wange streichelnd. »Hört mal, Leute, Selver ist ganz erschöpft von diesem Hinundherlaufen zwischen Endtor und Eshsen. Wir wollen uns setzen und ein bißchen ausruhen.«

»Nicht hier«, widersprach Selver. Sie waren immer noch in Kahl-Land, zwischen Baumstümpfen und grasbewachsenen Hängen und unter freiem, offenem Himmel. »Erst wenn wir unter den Bäumen sind ...« Er stolperte, und seine Gefährten, die keine Götter waren, halfen ihm weiter.

7

Davidson konnte Major Muhameds Tonbandgerät gut gebrauchen. Irgend jemand mußte ja eine Aufzeichnung der Ereignisse auf New Tahiti machen, eine Geschichte der Leiden der Terranerkolonie. Damit die Schiffe, die von der Mutter Erde kamen, die Wahrheit erfuhren. Damit zukünftige Generationen erfuhren, zu wieviel Verrat, Feigheit und Torheit die Menschen fähig waren, aber auch, angesichts einer ausweglosen Situation, zu wieviel Mut. In seiner Freizeit – die sich, seit er den Befehl übernommen hatte, auf wenige Augenblicke beschränkte – zeichnete er die gesamte Geschichte des Massakers von Smith Camp auf und brachte die Aufzeichnungen über New Java, King und Central ebenfalls auf den gegenwärtigen Stand, jedenfalls so gut es ging mit dem fast unverständlichen, hysterischen Zeug, das er über Funk aus dem HQ von Central hörte.

Was eigentlich wirklich passiert war, würde wohl nie jemand erfahren, denn nur die Creechies wußten es, während die Terraner ihren eigenen Verrat und ihre Fehler zu kaschieren trachteten. In großen Zügen jedoch war alles klar. Eine organisierte Bande von Creechies unter ihrem Anführer Selver war ins Arsenal und in die Hangars eingelassen und mit Dynamit, Granaten, Gewehren und Flammenwerfern ausgerüstet worden, damit sie die Stadt zerstören und die Terraner abschlachten konnten. Das Ganze war aus den eigenen Reihen heraus gesteuert worden, das bewies schon die Tatsache, daß das HQ als erstes Gebäude gesprengt wurde. Selbstverständlich war Ljubow daran beteiligt gewesen, und seine kleinen, grünen Lieblinge hatten ihm ihre Dankbarkeit erwiesen, wie man es von ihnen erwarten konnte: Sie hatten ihm ebenfalls die Kehle durchgeschnitten. Jedenfalls hatten Gosse und Benton behauptet, am Morgen nach dem Massaker gesehen zu haben, daß er tot war. Aber konnte man einem von denen überhaupt noch glauben? Eigentlich müßte man doch annehmen, daß jeder Terraner, der diese Nacht in Central überlebt hatte, mehr oder weniger ein Verräter war. Ein Verräter an seiner eigenen Rasse.

Die Frauen seien alle tot, hieß es. Jammerschade,

doch was im Grunde viel schlimmer war: Es gab keinen Grund, dieser Behauptung Glauben zu schenken. Es war kinderleicht für die Creechies, Terraner im Wald gefangenzuhalten, und nichts wäre einfacher für sie, als ein von Entsetzen getriebenes Mädchen zu fangen, das aus einer brennenden Stadt fliehen wollte. Wäre es denn nicht ein Fest für diese kleinen, grünen Teufel, wenn sie ein Terranermädchen in die Finger kriegen und damit herumexperimentieren könnten? Der Himmel wußte, wie viele Terranerfrauen noch in den Creechie-Bauen am Leben waren, in den stinkenden Löchern unter der Erde festgehalten, berührt, betastet, überwältigt und geschändet von diesen dreckigen, behaarten kleinen Affenmenschen. Es war unvorstellbar! Aber, bei Gott, zuweilen mußte man sich sogar das Unvorstellbare vorstellen können.

Ein Hubschrauber von King hatte am Tag nach dem Massaker ein Funkgerät für die Gefangenen von Central abgeworfen, und Muhamed hatte von jenem Tag an den gesamten Funkverkehr mit Central aufgezeichnet. Das Unglaublichste war eine Unterhaltung zwischen ihm und Colonel Dongh. Als Davidson dieses Band zum erstenmal abspielte, hatte er es vor Wut von der Spule gerissen und verbrannt. Jetzt wünschte er, es lieber behalten zu haben, für die Akten, als perfekten Beweis für die Inkompetenz der Kommandieren Offiziere sowohl von Central als von New Java. Leider hatte er sein Temperament jedoch nicht zügeln können und das Band sofort vernichtet. Aber wie konnte man auch dasitzen und ruhig mitanhören, wie der Colonel und der Major die totale Kapitulation vor den Creechies besprachen und verabredeten, weder zu Vergeltungsmaßnahmen zu greifen noch sich zu verteidigen, sondern alle großen Waffen aufzugeben und sich auf einem Stückchen Land zusammenzudrängen, das ihnen von den Creechies zugeteilt wurde, in einer Reservation, die ihnen großmütig von den Siegern überlassen wurde, von diesen kleinen, grünen Ungeheuern! Es war unglaublich! Im wahrsten Sinne des Wortes unglaublich!

Vermutlich hatten Old Ding Dong und Mu gar nicht absichtlich Verrat geübt. Sie waren einfach loco geworden, hatten durchgedreht. Dieser verdammte Planet, der brachte einen so weit. Man mußte schon eine sehr starke Persönlichkeit sein, um ihm nicht zum Opfer zu fallen. Irgend etwas lag hier in der Luft, vielleicht waren es die Pollen von all den Bäumen, die möglicherweise wie eine Art Droge wirkten und ganz normale Menschen dahin brachten, daß sie so dumm und wirklichkeitsfremd wurden wie die Creechies. Und da sie zahlenmäßig so weit unterlegen waren, hatten die Creechies leichtes Spiel mit ihnen.

Zu schade, daß Muhamed aus dem Weg geräumt werden mußte, aber er hätte sich mit Davidsons Plänen niemals einverstanden erklärt, soviel stand fest; er war schon viel zu weit hinüber gewesen. Darin würde ihm jeder zustimmen, der dieses unglaubliche Tonband hörte. Also war es besser, daß er erschossen worden war, bevor er richtig wußte, was los war; auf diese Weise blieb wenigstens sein Name fleckenlos – im Gegensatz zu dem von Dongh und all den anderen Offizieren, die die Nacht von Central überlebt hatten.

Dongh war in der letzten Zeit gar nicht mehr ans Funkgerät gekommen. Das hatte fast immer Juju Sereng, der Ingenieur, übernommen. Davidson hatte früher mit Juju häufig zusammengehockt und ihn für einen echten Freund gehalten, jetzt aber konnte man doch niemandem mehr trauen. Außerdem war Juju auch so ein Asiatiform. Wirklich komisch, wie viele von denen das Massaker von Centralville überlebt hatten; der einzige Non-Asio von denen, mit denen er gesprochen hatte, war Gosse. Hier in Java waren die fünfundfünfzig Getreuen, die nach der Reorganisation übriggeblieben waren, zumeist Eurafs wie er selber, einige auch Afros und Afrasiaten, aber kein einziger reinrassiger Asio.

Das Blut konnte man schließlich doch nicht verleugnen. Ohne ein bißchen Blut von der Wiege der Menschheit in den Adern war man niemals ein vollgültiger Mensch. Aber das würde ihn trotzdem nicht hindern, diese armen, gelben Schweine in Central zu retten; es erklärte nur, warum sie unter Druck moralisch zusammengebrochen waren.

»Begreifst du denn nicht, was für Schwierigkeiten du uns machst, Don?« fragte Juju Sereng mit seiner nüchternen Stimme. »Wir haben mit den Creechies ganz offiziell Waffenstillstand geschlossen. Und wir haben ausdrücklichen Befehl von der Erde, die Hilfs in Ruhe zu lassen und keine Vergeltungsschläge zu führen. Ich wüßte auch gar nicht, wie wir uns an ihnen rächen sollten. Selbst jetzt, nachdem alle Männer von King-Land und South Central hier bei uns sind, zählen wir immer noch weniger als zweitausend. Und was hast du da drüben bei dir in Java? Ungefähr fünfundsechzig Männer, nicht wahr? Glaubst du allen Ernstes, daß es zweitausend Männer mit drei Millionen intelligenten Feinden aufnehmen können, Don?«

»Fünfzig könnten es mit ihnen aufnehmen, Juju! Es ist lediglich eine Frage der Willenskraft, der Geschicklichkeit und der Bewaffnung.«

»Unsinn! Tatsache ist, Don, daß ein Waffenstillstand geschlossen wurde. Und wenn der gebrochen wird, sind wir geliefert. Nur der Waffenstillstand hält uns augenblicklich über Wasser. Gewiß, wenn das Schiff von Prestno zurückkommt und die sehen, was hier passiert ist, beschließen sie vielleicht, die Creechies auszurotten. Wir wissen es nicht. Vorderhand aber sieht es tatsächlich so aus, als wollten die Creechies den Waffenstillstand einhalten – schließlich war es ihr eigener Vorschlag –, aber wir *müssen* ihn einfach einhalten. Allein aufgrund ihrer Überzahl könnten sie uns jederzeit vernichten, wie sie es in Centralville ja schon getan haben. Da kamen sie zu Tausenden. Verstehst du das, Don?«

»Sicher, Juju, natürlich verstehe ich das. Wenn ihr zu ängstlich seid, die drei Hubschrauber zu benutzen, die ihr noch habt, dann könntet ihr sie mir eigentlich mit ein paar Leuten herschicken, die der Angelegenheit so gegenüberstehen wie wir. Wenn ich euch da ganz allein rausholen soll, kämen mir ein paar weitere Hubschrauber dabei sehr gelegen.«

»Du wirst uns nicht hier herausholen, du Idiot! Wenn du das versuchst, brennen die uns in Grund und Boden. Bring den letzten Hubschrauber sofort hierher nach Central; das ist ein persönlicher Befehl des Colonels als Kommandierender Offizier. Laß deine Männer damit rüberbringen; zwölf Flüge, das dauert höchstens vier hiesige Tagesperioden. Also halte dich an den Befehl und mach Dampf dahinter!« Klick, abgeschaltet – zu feige, weiter mit ihm darüber zu diskutieren.

Anfangs fürchtete er noch, daß sie ihre drei Hubschrauber herüberschicken und das New Java Camp tatsächlich bombardieren würden; denn technisch gesehen verweigerte er ja wirklich den Befehl, und der alte Dongh war Eigenmächtigkeiten gegenüber sehr unduldsam. Man brauchte sich doch bloß anzusehen, wie er Davidson wegen dieses winzigen Rachefeldzugs auf Smith behandelt hatte. Initiative wurde bestraft. Wie die meisten Offiziere, verlangte auch Ding Dong absolute Unterwerfung. Die Gefahr an dieser Einstellung aber war, daß sie den Offizier selbst auch unterwürfig machen konnte. Und nun wurde Davidson mit einem echten Schock klar, daß die Hubschrauber keine Gefahr für ihn darstellten, denn Dongh, Sereng und Gosse, ja sogar Benton waren zu *feige,* sie herzuschicken. Die Creechies hatten ihnen befohlen, die Hubschrauber nicht über die Grenzen der Terranerreservation hinausfliegen zu lassen. Und sie gehorchten diesem Befehl natürlich.

Mann, ihm wurde fast übel! Jetzt wurde es wirklich Zeit zum Handeln. Beinahe zwei Wochen hatten sie nun schon verplempert. Das Camp hatte er zu einer richtigen Verteidigungsstellung ausbauen lassen: Der Palisadenzaun war verstärkt und erhöht worden, damit den kleinen, grünen Affen ein Überklettern unmöglich war, und Aabi, der clevere Bursche, hatte Berge von selbstgebastelten Tretminen konstruiert und sie alle innerhalb eines hundert Meter breiten Streifens rings um die Palisade vergraben. Jetzt wurde es langsam Zeit, den Creechies zu zeigen, daß sie die Schafherde auf Central vielleicht herumschubsen konnten, daß sie es auf New Java aber mit Männern zu tun hatten. Er nahm den Hubschrauber und führte damit einen Infanterietrupp von fünfzehn Mann zu einem Creechie-Bau südlich des Lagers. Er hatte inzwischen gelernt, die Dinger aus der Luft auszumachen; das verräterische Zeichen waren die Haine, dichte Gruppen bestimmter Baumarten, aber nicht in Reihen angepflanzt, wie es die Menschen bei Baumschulen machten. Unglaublich, wie viele Baue es gab, wenn man erst einmal gelernt hatte, sie zu erkennen. Es wimmelte im Wald von diesen Dingern. Der Stoßtrupp verbrannte diesen Bau von Hand, und dann, als er mit einigen seiner Boys zurückflog, entdeckte er, kaum vier Kilometer vom Camp entfernt, einen zweiten. Auf diesen warf er eine Bombe, damit nur ja alle seine Handschrift klar und deutlich entziffern konnten. Nur eine Brandbombe, keine große, aber Mann, wie die den Grünpelzen das Laufen beibrachte! Sie hinterließ ein großes Loch im Wald, und an den Rändern dieses Loches brannte es weiter.

Das war natürlich seine wirksamste Waffe, wenn es tatsächlich zu einem massiven Vergeltungsschlag kommen sollte. Waldbrand. Mit Brandgelatine und Bomben konnte er vom Hubschrauber aus eine ganze Insel in Brand stecken. Er mußte nur noch ein oder zwei Monate warten, bis die Regenzeit vorüber war. Sollte er King, Smith, oder Central niederbrennen? Vielleicht King zuerst, als kleine Warnung, weil es dort keine Terraner mehr gab. Und dann, wenn sie dann immer noch nicht klein beigaben, Central.

»Was soll das alles?« fragte die Stimme am Funkgerät, und er mußte grinsen, weil sie so leidend klang, wie ein altes Weib, dem man sein letztes Geld wegnahm. »Wissen Sie eigentlich, was Sie da tun, Davidson?«

»Jawohl.«

»Glauben Sie, die Creechies unterwerfen zu können?« Das war nicht Juju diesmal, vielleicht war es der Schwellkopf Gosse oder irgendein anderer von denen, war überhaupt auch egal, die redeten doch alle bloß dummes Zeug.

»Ganz recht«, antwortete er mit ironischer Sanftmut.

»Sie glauben also tatsächlich, wenn Sie weiterhin die Städte abbrennen, werden sie freiwillig kommen und kapitulieren, alle drei Millionen, ja?«

»Kann sein.«

»Hören Sie, Davidson«, fuhr das Funkgerät nach einer Weile jaulend und summend fort; da sie den großen Apparat zusammen mit diesem Humbug von Ansible verloren hatten – wobei letzteres ja nun wahrhaft kein Verlust war –, mußten sie eine Behelfseinrichtung benutzen. »Hören Sie, ist bei Ihnen jemand in der Nähe, mit dem wir uns unterhalten können?«

»Nein; die Leute haben alle viel zu tun. Warten Sie mal, es geht uns fabelhaft hier, aber uns ist der Nachtisch ausgegangen, Sie wissen schon, Fruit cocktail, Pfirsiche und so weiter. Einige von den Jungs hier entbehren das Zeugs sehr. Außerdem war für uns gerade eine Ladung Maryjanes fällig, als bei euch alles in die Luft gejagt wurde. Wenn ich den Hubschrauber rüberschicke, könnten Sie uns mit ein paar Kisten Obstkonserven und Gras aushelfen?«

Pause. »Ja, gut. Schicken Sie ihn rüber.«

»Ausgezeichnet. Packen Sie das Zeug in ein Netz, damit die Jungs es mit einem Haken aufnehmen können, ohne erst landen zu müssen.« Er grinste.

Auf der Central-Seite gab es einige Unruhe, und dann war plötzlich Old Dongh am Apparat; das erste Mal, daß er selbst mit Davidson sprach. Seine Stimme kam schwach und atemlos über die jaulende Kurzwelle. »Hören Sie, Captain, ist Ihnen eigentlich bewußt, zu welchen Schritten Sie mich mit Ihren illegalen Aktionen auf New Java zwingen? Das ist glatte Befehlsverweigerung. Ich versuche jetzt mit Ihnen wie zu einem vernünftigen und treuen Soldaten zu sprechen. Um die Sicherheit meines Personals hier in Central garantieren zu können, werde ich mich, falls Sie meinen Befehlen weiterhin nicht Folge leisten, gezwungen sehen, den Eingeborenen mitzuteilen, daß wir für Ihr Verhalten keinerlei Verantwortung übernehmen können.«

»Völlig korrekt, Sir.«

»Ich versuche Ihnen klarzumachen, was das bedeutet, Davidson: Wir werden ihnen mitteilen müssen, daß es nicht in unserer Macht liegt, Sie an einem Bruch des Waffenstillstands auf Java zu hindern. Ihr Personal dort ist sechsundsechzig Mann stark, nicht wahr? Nun, ich wünsche diese sechsundsechzig Männer heil und gesund hier bei uns in Central zu sehen, damit sie gemeinsam mit uns auf die *Shackleton* warten und die Kolonie beisammenhalten. Sie, Davidson, haben einen Weg eingeschlagen, der direkt in den Selbstmord führt, und ich bin für die Männer, die bei Ihnen sind, verantwortlich.«

»Das sind Sie nicht, Sir. *Ich* bin für Sie verantwortlich. Beruhigen Sie sich. Nur, wenn Sie sehen, daß der Dschungel brennt, packen Sie bitte Ihre Sachen und ziehen Sie sich in die Mitte eines Kahlschlags zurück, denn wir möchten unbedingt vermeiden, Sie mit den Creechies zusammen zu schmoren.«

»Hören Sie, Davidson, ich befehle Ihnen, das Kommando sofort an Leutnant Temba abzugeben und sich hier bei mir zu melden«, sagte die ferne, jaulende Stimme, und Davidson schaltete angewidert das Funkgerät ab. So waren alle loco da drüben, spielten zwar immer noch Soldaten, hatten aber keinen Kontakt mehr mit der Wirklichkeit. Es gab tatsächlich nur sehr wenige Menschen, die der Realität ins Gesicht sehen konnten, wenn's einmal wirklich hart auf hart ging.

Wie erwartet, reagierten die ortsansässigen Creechies überhaupt nicht auf die Überfälle auf ihre Baue. Er hatte es ja gleich gewußt: Die einzige Möglichkeit, mit ihnen fertig zu werden, war, sie zu terrorisieren und ihnen keine einzige Atempause zu gönnen. Wenn man diese Taktik befolgte, merkten sie bald, wer hier der Herr war, und kuschten. Inzwischen waren viele der Dörfer innerhalb eines Radius von dreißig Kilometern verlassen worden, bevor er hinkam, aber er schickte seine Männer trotzdem alle paar Tage hinaus, um die Siedlungen niederzubrennen.

Die Jungs wurden jetzt ziemlich nervös. Er beschäftigte sie mit Holzfällen, denn das waren achtundvierzig der fünfundfünfzig treuen Überlebenden ja: Holzfäller. Aber sie wußten, daß die Robo-Frachter von der Erde nicht zum Beladen mit geschlagenem Holz heruntergerufen wurden, sondern nur noch ankommen, im Orbit kreisen und auf das Signal warten würden, das nicht kam. Die Bäume nur zum Zeitvertreib zu fällen, hatte keinen Sinn; schließlich war das Schwerarbeit. Viel einfacher war es, sie anzuzünden. Er teilte die Männer in Gruppen ein und trainierte sie in den verschiedensten Methoden des Feuerlegens. Viel konnten sie allerdings nicht ausrichten, dafür regnete es noch zu stark, aber es lenkte sie jedenfalls ab. Wenn er nur die anderen drei Hubschrauber gehabt hätte; dann hätte er wirklich zuschlagen können! Er erwog einen Überfall auf Central, um sich die Hubschrauber einfach zu holen, sagte aber vorläufig kein Wort von seiner Idee, nicht einmal zu Aabi und Temba, seinen besten Männern. Denn einige der Jungs würden bei der Vorstellung, auf ihr eigenes HQ einen bewaffneten Überfall ausführen zu müssen, mit Sicherheit kalte Füße kriegen. Immer wieder redeten sie davon, was sie machen würden, wenn ›wir drüben bei den anderen sind‹. Sie ahnten nicht, daß diese anderen sie im Stich gelassen, verraten, ihre Haut an die Creechies verkauft hatten. Aber das sagte er ihnen natürlich nicht; das hätten sie bestimmt nicht ertragen.

Eines Tages würde er mit Aabi, Temba und einem dritten zuverlässigen Mann kurzerhand mit dem Hubschrauber hinüberfliegen, drei von ihnen würden mit Maschinengewehren herausspringen, sich jeder eines Hubschraubers bemächtigen und dann sofort wieder ab, nach Hause, hopp, hopp, nach Hause. Mit vier hübschen Kaffeemühlen, mit denen sie beliebig viel Kaffee mahlen konnten. Man konnte keinen Kaffee trinken, ohne vorher die Bohnen zu mahlen. Im dunklen Zimmer seines Bungalows lachte Davidson laut auf. Er würde diesen Plan noch ein bißchen für sich behalten, weil es ihm so großen Spaß machte, daran zu denken.

Nach zwei weiteren Wochen hatten sie die Creechie-Nester in Marschweite zerstört, und der Wald ringsum war sauber und ordentlich. Kein Ungeziefer mehr. Keine Rauchwolken über den Bäumen. Niemand, der aus dem Gebüsch hervorbrach und sich mit geschlossenen Augen auf den Boden warf, um zu warten, bis man ihn zertrat. Keine kleinen, grünen Männchen. Nichts als Bäume und einige verbrannte Flecken. Die Jungs wurden jetzt wirklich gereizt und bösartig; es wurde Zeit für den Hubschrauberdiebstahl. Eines Nachts berichtete er Aabi, Temba und Post von seinem Plan.

Minutenlang sagte keiner von ihnen etwas. Dann fragte Aabi: »Woher sollen wir den Sprit nehmen, Captain?«

»Sprit haben wir genug.«

»Aber nicht für vier Hubschrauber. Dafür reicht er nicht mal 'ne Woche.«

»Soll das heißen, daß wir für den einen hier nur noch für einen Monat Sprit haben?«

Aabi nickte.

»Na schön, dann müssen wir uns eben auch noch ein bißchen Sprit holen.«

»Aber wie?«

»Denkt euch was aus!«

Sie saßen da und machten dumme Gesichter. Das ärgerte ihn. Mit allem kamen sie zu ihm. Er war eben der geborene Führer, aber er brauchte auch Männer, die selbständig denken konnten.

»Strengen Sie mal Ihr Köpfchen an, Aabi, so etwas fällt doch in Ihr Fach«, sagte er und ging vor die Tür, um eine Zigarette zu rauchen. Ekelhaft, wie die sich benahmen – als hätten sie alle die Hosen voll. Sie konnten sich einfach nicht mit den harten Tatsachen abfinden.

Die Maryjanes waren ihnen jetzt beinahe ausgegangen, und er selbst hatte seit zwei Tagen keine mehr gehabt. Gut war das nicht. Die Nacht war bedeckt und pechschwarz, feucht, warm, mit einem Geruch nach Frühling in der Luft. Ngenene ging an ihm vorbei, mit Bewegungen wie ein Eisläufer oder sogar wie ein Roboter auf Gleitschienen; während eines langsamen Schrittes drehte er sich schwerfällig um und starrte Davidson, der im matten Licht der offenen Tür auf der Veranda des Bungalows stand, ins Gesicht. Ngenene, ein hünenhafter Mann, arbeitete an einer Elektrosäge. »Meine Energiequelle steht mit dem Großen Generator in Verbindung, mich kann man nicht abschalten«, sagte er in monotonem Singsang, ohne den Blick von Davidson zu wenden.

»Gehen Sie in Ihre Unterkunft und schlafen Sie Ihren Rausch aus!« befahl Davidson mit seiner scharfen Stimme, die fast einem Peitschenknall glich und der bisher noch jeder gehorcht hatte. Nach kurzem Zögern glitt Ngenene bedächtig und graziös weiter. Eine viel zu große Anzahl der Männer nahm immer mehr Hallies.

Gewiß, die Vorräte waren reichlich, aber das Zeug war für die Holzfäller bestimmt, die sich am Sonntag entspannen wollten, und nicht für Soldaten eines winzigen Außenpostens in einer abgelegenen, feindlichen Welt. Die hatten keine Zeit, Rauschmittel zu nehmen und zu träumen. Er mußte die Dinger einschließen. Aber dann drehten womöglich einige von den Jungs durch. Ach was, sollten sie doch! Wenn man Kaffee trinken will, muß man die Bohnen vorher zermahlen. Vielleicht wäre es eine gute Idee, diese Schwächlinge nach Central zu schicken und im Austausch dafür Treibstoff zu verlangen. Ihr gebt mir zwei, drei Tanks voll Sprit, und ich gebe euch zwei, drei lebenswarme Menschen dafür, treue Soldaten, gute Holzfäller, genau euer Typ, nämlich auch ein bißchen zu weit ins Traumland geraten ...

Er grinste vor sich hin und wollte gerade wieder hineingehen, um Temba und den anderen von seinem fabelhaften Einfall zu erzählen, als der Wachtposten oben auf dem Schornstein des Holzlagers schrie. »Sie kommen!« kreischte er mit schriller Stimme, wie ein Junge, der Schwarze und Rhodesier spielte. Auf der Westseite der Palisade begann jetzt auch jemand zu schreien. Ein Schuß fiel.

Und sie kamen tatsächlich. Großer Gott, wie sie kamen! Es war unvorstellbar. Sie kamen zu Tausenden und Abertausenden. Kein Laut, kein Geräusch – bis der Wachtposten geschrien hatte; dann ein Schuß; dann eine Explosion – eine explodierende Tretmine –, und noch eine, und noch eine, Hunderte und Aberhunderte von aufflammenden Fackeln, eine an der anderen entzündet, geschleudert, wie Raketen durch die schwarze, feuchte Luft fliegend, und der Palisadenzaun plötzlich von Creechies wimmelnd, die heran-, herübergeströmt kamen, einander schiebend, ausschwärmend, Tausende von diesen Kreaturen. Das Bild glich einer Armee von Ratten, die Davidson einmal als Kind gesehen hatte; das war während der letzten Hungersnot in Cleveland,

Ohio, gewesen, wo er aufgewachsen war. Durch irgend etwas waren die Ratten aus ihren Löchern getrieben worden und kamen am hellichten Tag herauf und über die Mauer, ein wimmelndes Meer aus Pelzen, Augen, kleinen Händen und Zähnen, und er hatte nach seiner Mom gerufen und war wie wahnsinnig davongerannt, oder hatte er das nur geträumt, als er noch klein war? Er mußte jetzt unbedingt klaren Kopf bewahren. Der Hubschrauber stand im ehemaligen Creechie-Pferch; auf jener Seite war es noch dunkel, und er lief hinüber. Das Tor war verschlossen; er hielt es ständig verschlossen, für den Fall, daß eins von diesen Waschweibern auf den Einfall kam, irgendwann in dunkler Nacht einfach zu Papa Ding Dong hinüberzufliegen. Es schien eine Ewigkeit zu dauern, bis er den Schlüssel herausgefischt, ins Schloß gesteckt und umgedreht hatte, aber das war eine Frage der Kaltblütigkeit, und dann dauerte es ebenso lange, bis er den Hubschrauber im Laufschritt erreicht und aufgeschlossen hatte. Post und Aabi hatten ihn inzwischen eingeholt. Und endlich ertönte das laute Knattern der Rotoren, der Kaffeemühle, das alle anderen Geräusche überlagerte, die hohen Stimmen, die schrien, kreischten und sangen. Sie stiegen auf, und unter ihnen blieb die Hölle zurück: ein brennender Pferch voll brennender Ratten.

»Man braucht einen klaren Kopf, um eine Notsituation möglichst schnell zu analysieren«, sagte Davidson. »Ihr beiden habt schnell gedacht und schnell gehandelt. Gut so. Wo ist Temba?«

»Hat einen Speer in den Bauch gekriegt«, antwortete Post.

Aabi, der Pilot, schien den Hubschrauber selbst fliegen zu wollen, daher ließ ihn Davidson gewähren. Er kletterte auf einen der hinteren Sitze und lehnte sich bequem zurück, um seine verkrampften Muskeln zu entspannen. Unter ihnen glitt, Schwarz unter Schwarz, der Wald dahin.

»Wo wollen Sie hin, Aabi?«

»Nach Central.«

»Nein. Wir fliegen nicht nach Central.«

»Wohin denn sonst?« fragte Aabi mit einem fast femininen Kichern. »New York vielleicht? Oder Peking?«

»Halten Sie die Maschine einfach eine Zeitlang in der Luft, Aabi. Umkreisen Sie das Lager. In großen Kreisen. Außer Hörweite.«

»Aber es gibt inzwischen kein Java Camp mehr, Captain«, sagte Post, ein untersetzter, ruhiger Vorarbeiter der Holzfäller.

»Wenn die Creechies das Lager ganz niedergebrannt haben, werden wir kommen und die Creechies verbrennen. Da unten müssen ungefähr viertausend von ihnen sein, alle auf einem Fleck beieinander. Hinten in diesem Helikopter liegen sechs Flammenwerfer. Wir geben ihnen zwanzig Minuten. Dann beginnen wir mit den Gelatinebomben, und dann holen wir uns alle, die entwischen, mit den Flammenwerfern.«

»Mein Gott, da unten können doch noch welche von unseren Jungs sein!« protestierte Aabi hitzig. »Vielleicht machen die Creechies doch Gefangene, das können wir doch gar nicht wissen. Ich jedenfalls werde nicht dahin zurückfliegen und möglicherweise Terraner umbringen.« Er hatte den Hubschrauber nicht gewendet.

Davidson drückte Aabi die Mündung seines Revolvers an den Hinterkopf. »O doch, wir werden zurückfliegen! Also reißen Sie sich zusammen, Mann, und machen Sie mir keine Schwierigkeiten.«

»Wir haben genug Sprit im Tank, um bis nach Central zu kommen, Captain«, antwortete der Pilot. Immer wieder versuchte er, mit dem Kopf von der Revolvermündung loszukommen, als wäre sie eine Fliege, die ihn störte. »Aber mehr ist nicht drin. Weiter kommen wir nicht.«

»Dann werden wir möglichst viel aus diesem Rest herausholen. Wenden, Aabi!«

»Ich finde auch, daß wir lieber nach Central fliegen sollten, Captain«, sagte Post mit seiner gelassenen Stimme, und diese Verschwörung gegen ihn regte Davidson so sehr auf, daß er seinen Revolver umdrehte, flink wie eine Schlange zuschlug und Post mit dem Griff hinterm Ohr eins über den Schädel zog. Der Holzfäller klappte zusammen wie ein Taschenmesser und blieb mit dem Kopf zwischen den Knien, die Hände bis auf den Boden hängend, auf dem rechten Vordersitz hokken. »Wenden, Aabi!« befahl Davidson noch einmal, wieder den Peitschenknall in seiner Stimme. In weitem Bogen zog der Hubschrauber herum. »Verdammt, wo ist das Camp? Ohne Signal habe ich den Hubschrauber bei Nacht noch nie geflogen.« Aabis Stimme klang dumpf und verschnieft, als hätte er einen schweren Schnupfen.

»Fliegen Sie ostwärts und halten Sie nach dem Feuer Ausschau«, sagte Davidson kalt und ruhig. Sie hatten alle kein Durchhaltevermögen, nicht einmal Temba. Keiner von ihnen hatte zu ihm gehalten, als es wirklich hart auf hart ging. Früher oder später verbündeten sie sich alle gegen ihn, weil sie der Situation einfach nicht so gewachsen waren wie er. Die Schwachen konspirierten gegen die Starken, der Starke stand allein und mußte selbständig handeln. So waren die Dinge nun einmal. Wo war das Camp?

Sogar bei diesem schweren Regen hätten sie die brennenden Gebäude in der undurchdringlichen Dunkelheit meilenweit sehen müssen. Aber sie sahen nichts. Grauschwarzer Himmel, pechschwarzer Boden. Die Flammen mußten ausgegangen sein. Oder sie waren gelöscht worden. War es möglich, daß die Terraner die Creechies zurückgeschlagen hatten? Nachdem er geflohen war? Diese Gedanke schoß wie ein Strom Eiswasser durch seinen Kopf. Aber nein, natürlich nicht, nicht bei dieser Übermacht von Tausenden gegen fünfzig. Aber bei Gott, da unten, auf dem Minenfeld, mußten eine Menge zerfetzter Creechies herumliegen. Das kam davon, daß sie in so dichten Reihen gekommen waren. Nichts hätte diesen Ansturm aufhalten können. Darauf war er nicht vorbereitet gewesen. Woher waren sie bloß gekommen? In den Wäldern rings um das Lager waren seit vielen Tagen keine Creechies mehr gewesen. Sie mußten von irgendwo herbeigeströmt sein, aus allen Richtungen, heimlich durch die Wälder schleichend, aus ihren Löchern hervorkriechend wie die Ratten. Zum Teufel noch mal, wo war das Camp? Aabi wollte ihn überlisten, hatte einen falschen Kurs eingeschlagen. »Suchen Sie das Camp, Aabi«, sagte er leise.

»Verdammt, ich suche ja schon die ganze Zeit!« gab Aabi zurück.

Post, neben dem Piloten zusammengesunken, rührte sich nicht.

»Es kann doch nicht vom Erdboden verschwinden, Aabi. Ich gebe Ihnen sieben Minuten.«

»Suchen Sie es doch selbst, verflucht noch mal!« antwortete Aabi schrill und störrisch.

»Nicht, bevor Sie und Post parieren, Freundchen. Gehen Sie tiefer!«

Nach einer Minute sagte Aabi: »Das da unten sieht aus wie der Fluß.«

Es war ein Fluß, und eine große Lichtung; wo aber war das Java Camp? Sie flogen nordwärts über die Lichtung, fanden es aber nicht. »Es *muß* aber hier sein, eine andere große Lichtung gibt es in dieser Gegend nicht«, sagte Aabi, noch einmal über den Kahlschlag hinwegfliegend. Ihre Landescheinwerfer waren hell, außerhalb dieser Lichtbalken konnten sie jedoch nichts sehen. Es war besser, die Scheinwerfer abzuschalten. Davidson langte dem Piloten über die Schulter und schaltete die Scheinwerfer ab. Die schwarze, nasse Dunkelheit wirkte auf sie, als hätte man ihnen schwarze Tücher vor die Augen gebunden. »Verdammt noch mal!« schrie Aabi wütend, schaltete die Lichter rasch wieder an und riß den Hubschrauber schräg nach links hoch, aber doch nicht schnell genug. Baumwipfel schossen aus der Nacht und packten die zu tief fliegende Maschine.

Die Rotorblätter kreischten, wirbelten Laub und Zweige durch die grellen Lichtstreifen der Scheinwerfer, aber die Baumstämme waren sehr, sehr alt und daher sehr stark. Die kleine Maschine stürzte, schwankte, schien sich wieder loszureißen und schoß dann seitlich zwischen die Bäume. Die Scheinwerfer erloschen. Der Lärm verstummte.

»Mir ist nicht gut«, sagte Davidson. Er sagte es noch einmal. Dann sagte er es nicht mehr, denn es war niemand da, dem er es sagen konnte. Dann merkte er, daß er es ja überhaupt nicht wirklich gesagt hatte. Er fühlte sich benommen. Mußte irgendwo mit dem Kopf angestoßen sein. Aabi war nicht da. Wo war er? Dies war der Hubschrauber. Er hing ganz schief, aber er selbst war noch auf seinem Sitz. Es war so dunkel, als wäre er blind. Er tastete herum und fand Post, reglos, immer noch zusammengeklappt wie ein Taschenmesser, eingeklemmt zwischen Vordersitz und Instrumententafel. Jedesmal, wenn Davidson sich bewegte, zitterte der Hubschrauber, bis er endlich merkte, daß die Maschine nicht auf dem Boden war, sondern eingeklemmt zwischen den Bäumen hing, bewegungsunfähig, wie ein Kinderdrachen. Sein Kopf wurde allmählich ein bißchen klarer und sein Wunsch, aus der dunklen, schiefhängenden Kabine hinauszukommen, immer stärker. Er zwängte sich nach vorn auf den Pilotensitz, schwang die Beine hinaus, hing an den Händen und konnte immer noch keinen Boden unter den Füßen spüren, nur Zweige, die an seinen baumelnden Beinen kratzten. Schließlich ließ er einfach los, ohne zu wissen, wie tief er fallen würde, aber er mußte aus der Kabine raus. Es war nur ungefähr ein Meter. Die Erschütterung tat seinem Kopf nicht gut, aber hier unten, auf dem Boden, fühlte er sich wesentlich wohler. Wenn es nur nicht so dunkel, so pechschwarz wäre! Er hatte eine Taschenlampe am Gürtel, bei Nacht im Camp trug er stets eine bei sich. Aber sie war nicht da. Das war komisch. Sie mußte herausgefallen sein. Er mußte unbedingt wieder in den Hubschrauber hinaufklettern und sie holen. Vielleicht hatte Aabi sie mitgenommen. Aabi hatte mit dem Hubschrauber absichtlich eine Bruchlandung gemacht, hatte sich Davidsons Taschenlampe mitgenommen und war davongelaufen. Dieser hinterhältige Schweinehund! Der war genau wie alle anderen. Die Luft war schwarz und voller Feuchtigkeit, man konnte nicht sehen, wo man hintrat, überall waren Wurzeln, Büsche, Gestrüpp. Und überall waren Geräusche, tropfendes Wasser, Geraschel, kleine Geräusche, winzige Dinger, die in der Dunkelheit herumhuschten. Am besten kletterte er in den Hubschrauber und holte seine Taschenlampe. Aber er konnte nicht in den Hubschrauber klettern. Die Unterkante des Einstiegs war außer Reichweite seiner Finger.

Da war ein Licht, weiter hinten zwischen den Bäumen, ein schwacher Schimmer, der aufblitzte und wieder verschwand. Also hatte Aabi doch die Taschenlampe genommen und war losgegangen, um das Gelände zu erkunden, eine Orientierung zu bekommen. Kluger Junge! »Aabi!« rief er in durchdringendem Flüsterton. Als er versuchte, das Licht zwischen den Bäumen zu sehen, trat er plötzlich auf etwas Sonderbares. Er stieß mit der Stiefelspitze dagegen, dann streckte er vorsichtig die Hand aus, um danach zu tasten – sehr vorsichtig, denn es war heikel, Dinge anzufassen, die man nicht sehen konnte. Eine Menge feuchtes Zeug, pelzig-naß, wie eine tote Ratte. Rasch zog er die Hand zurück. Nach einer Weile tastete er an einer anderen Stelle herum; das war ein Stiefel, da, unter seiner Hand, er fühlte genau die gekreuzte Verschnürung. Also mußte Aabi hier vor seinen Füßen liegen. Er war beim Absturz aus dem Hubschrauber geschleudert worden.

Geschah ihm ganz recht, mit diesem hinterhältigen Judastrick, einfach nach Central abhauen zu wollen! Davidson mochte dieses nasse Gefühl der unsichtbaren Kleidung, der unsichtbaren Haare nicht. Er richtete sich auf. Und da war wieder das Licht, von den schwarzen Balken der nahen und fernen Baumstämme geteilt, ein ferner Schein, der sich bewegte.

Davidson hob die Hand an die Revolvertasche. Der Revolver war nicht da.

Ach ja, er hatte ihn in der Hand gehabt, für den Fall, daß Post oder Aabi rebellisch wurden. Aber er war nicht mehr in seiner Hand. Er mußte zusammen mit der Taschenlampe oben im Helikopter sein.

Geduckt, regungslos stand er da; dann begann er plötzlich zu laufen. Er konnte nicht sehen, wohin er lief. Er rannte gegen Baumstämme, die ihn hin und her warfen, stolperte über Baumwurzeln. Dann schlug er der Länge nach hin, landete krachend zwischen Büschen. Sich auf Hände und Knie aufrappelnd, versuchte er sich zu verstecken. Kahle, nasse Zweige scharrten und kratzten über sein Gesicht. Er drückte sich noch tiefer ins Gebüsch. Sein Gehirn war restlos mit den komplexen Gerüchen des Moderns und des Wachstums, der toten Blätter, des Zerfalls, der neuen Schößlinge, der Farnwedel, der Blüten, der Nacht, des Frühlings und des Regens beschäftigt. Dann traf ihn das volle Licht. Und er sah die Creechies.

Ihm fiel ein, was sie taten, wenn sie in die Enge getrieben waren, und was Ljubow darüber berichtet hatte. Er legte sich auf den Rücken, bog den Kopf weit zurück und schloß die Augen. Das Herz hämmerte in seiner Brust.

Nichts geschah.

Es fiel ihm schwer, die Augen zu öffnen, aber schließlich schaffte er es doch. Sie standen einfach da, allesamt: ungefähr zehn bis zwanzig. Sie trugen die Speere, die sie für die Jagd gebrauchten, kleine Dinger, die wie

Spielzeug wirkten, deren Eisenspitzen aber messerscharf waren und mühelos jeden Hals durchschnitten. Er schloß die Augen wieder und blieb liegen.

Nichts geschah.

Sein Herz beruhigte sich, und es schien, als könne er wieder besser denken. Irgend etwas regte sich tief innen in ihm, irgend etwas fast wie Lachen. Bei Gott, ihn kriegten die nicht unter! Wenn seine eigenen Männer ihn verrieten und menschliche Intelligenz ihm nicht mehr helfen konnte, dann schlug er sie eben mit ihrem eigenen Trick, dann spielte er toter Mann und löste diesen instinktiven Reflex aus, der sie daran hinderte, jemanden, der diese Position einnahm, zu töten. Sie standen einfach um ihn herum und murmelten irgendwelchen Blödsinn. *Sie konnten ihm nichts anhaben!* Als wäre er ein Gott.

»Davidson.«

Jetzt mußte er die Augen wieder aufmachen. Die Harzfackel, die einer der Creechies trug, brannte immer noch, aber ihre Flamme war bleich geworden, und der Wald ringsum war jetzt mattgrau statt pechschwarz. Wie kam das? Es waren doch erst fünf oder zehn Minuten vergangen. Richtig sehen konnte man zwar immer noch nicht, aber es war jedenfalls nicht mehr Nacht. Er konnte die Blätter und Zweige, den Wald erkennen. Er konnte das Gesicht erkennen, das auf ihn herabblickte. Es hatte keine Farbe, in diesem unbesetimmten Zwielicht der Morgendämmerung. Die narbigen Züge wirkten wie die eines Menschen. Die Augen glichen dunklen Höhlen.

»Laßt mich aufstehen!« verlangte Davidson plötzlich mit lauter, heiserer Stimme. Er zitterte vor Kälte von diesem Liegen auf dem nassen Boden. Er konnte nicht dort liegen bleiben, wenn Selver so auf ihn herabsah.

Selver selbst war unbewaffnet, aber eine Menge von diesen kleinen, grünen Teufeln ringsum hatten nicht nur Speere, sondern auch Revolver. Aus dem Waffenlager im Camp gestohlen. Mühsam rappelte er sich auf. Eiskalt klebten seine Kleider an den Schultern und Waden und Schenkeln, und er hörte nicht auf zu zittern.

»Nun macht schon, tötet mich!« sagte er. »Dalli-dalli!«

Selver sah ihn schweigend an. Aber wenigstens mußte er jetzt zu ihm aufsehen, wenn er ihm in die Augen blicken wollte.

»Wollen Sie, daß ich Sie jetzt töte?« fragte er dann. So zu sprechen hatte er natürlich von Ljubow gelernt; sogar seine Stimme, es hätte Ljubow selbst sein können, der da sprach. Es war unheimlich!

»Kann ich wählen?«

»Nun, Sie haben die ganze Nacht in der Stellung dagelegen, die bedeutet, daß Sie am Leben bleiben wollen. Wollen Sie jetzt sterben?«

Der Schmerz in Kopf und Magen und der Haß auf dieses gräßliche, kleine Ungeheuer, das wie Ljubow redete und dem er auf Gnade und Ungnade ausgeliefert war, dieser Schmerz und dieser Haß vereinigten sich und drehten ihm den Magen um, so daß er würgen mußte und sich fast übergeben hätte. Er zitterte vor Kälte und Übelkeit. Krampfhaft versuchte er sich an seine Courage zu klammern. Plötzlich trat er einen Schritt vor und spie Selver mitten ins Gesicht.

Eine Pause entstand, und dann spie Selver mit einer fast tänzerischen Bewegung zurück. Und lachte. Und traf keinerlei Anstalten, Davidson zu töten. Davidson wischte sich den kalten Speichel von den Lippen.

»Hören Sie, Captain Davidson«, sagte der Creechie mit dieser ruhigen, kleinen Stimme, die Davidson ganz krank machte, »wir sind beide Götter, Sie und ich. Sie sind wahnsinnig, und ich bin nicht ganz sicher, ob ich wahnsinnig bin oder nicht. Aber wir sind beide Götter. Nie wieder wird in diesem Wald ein Treffen stattfinden wie dieses Treffen zwischen uns beiden. Wir bringen einander Gaben, wie Götter sie einander bringen. Sie brachten mir eine Gabe, das Töten der eigenen Artgenossen, den Mord. Und nun bringe ich Ihnen, so gut ich kann, die Gabe meines Volkes, das Nicht-Töten. Ich denke, wir werden jeder die Gabe des anderen als eine schwere Last empfinden. Sie aber müssen sie allein tragen. Ihre Leute in Eshsen sagten mir, wenn ich Sie dorthin bringe, müßten sie über Sie zu Gericht sitzen und Sie töten, so befehle es euer Gesetz. Da ich Ihnen aber das Leben schenken will, kann ich Sie nicht mit den anderen Gefangenen nach Eshsen bringen; und im Wald herumwandern lassen kann ich Sie ebensowenig, denn Sie würden zuviel Unheil anrichten. Deswegen werden wir Sie wie einen der Unsern behandeln, der wahnsinnig geworden ist. Sie werden nach Rendlep gebracht, wo es kein Leben mehr gibt, und dort allein zurückgelassen werden.«

Davidson starrte den Creechie an, konnte die Augen nicht von ihm abwenden. Es war, als hätte Selver eine Art hypnotischer Gewalt über ihn. Er konnte diesen Blick nicht aushalten. Niemand besaß Macht über ihn. Niemand konnte ihm etwas anhaben. »Ich hätte dir damals gleich den Hals brechen sollen, als du auf mich losgingst«, sagte er mit immer noch heiserer und dicker Stimme.

»Das wäre vielleicht am besten gewesen«, antwortete Selver. »Aber Ljubow hat das verhindert. Wie er mich jetzt daran hindert, Sie zu töten. Alles Töten ist jetzt vorüber. Und alles Bäumefällen. Auf Rendlep gibt es keine Bäume mehr, die gefällt werden könnten. Rendlep ist die Insel, die ihr Dump Island nennt. Eure Leute haben dort keinen Baum stehenlassen, daher können Sie sich auch kein Boot bauen und übers Wasser fliehen. Auf Rendlep wächst überhaupt nichts mehr, darum müssen wir Sie mit Nahrung und Brennholz versorgen. Es gibt nichts mehr auf Rendlep zu töten. Keine Bäume, keine Menschen. Früher gab es Bäume und Menschen, jetzt aber gibt es nur noch die Träume von ihnen. Deshalb scheint es mir für Sie wie geschaffen zum Leben, denn weiterleben müssen Sie. Vielleicht lernen Sie dort das Träumen, wahrscheinlich aber werden Sie Ihren Wahnsinn zum logischen Ende treiben.«

»Töte mich endlich und hör mit dieser verdammten Schadenfreude auf!«

»Sie töten?« Selvers schwarze Augen, zu Davidson emporgerichtet, schienen im Dämmerlicht des Waldes in einem klaren, schrecklichen Licht zu glänzen. »Ich kann Sie nicht töten, Davidson. Sie sind ein Gott. Sie müssen sich selber töten.«

Er machte kehrt und ging davon; leichten, schnellen Schritts verschwand er zwischen den grauen Bäumen.

Eine Schlinge fiel über Davidsons Kopf und zog sich um seinen Hals zusammen. Kleine Speere stachen ihn in den Rücken und die Seiten. Verletzen wollten sie ihn nicht damit. Er konnte davonlaufen, ausbrechen, sie wagten es ja nicht, ihn zu töten. Die Klingen waren blank poliert, blattförmig, rasiermesserscharf. Die Schlinge zerrte behutsam an seinem Hals. Er folgte ihnen und ließ sich führen.

8

Selver hatte Ljubow lange nicht gesehen. Dieser Traum war mit ihm nach Rieshwel gekommen. Er war bei ihm gewesen, als er zum letztenmal mit Davidson sprach. Dann war er verschwunden und schlief vielleicht jetzt im Grab von Ljubows Tod in Eshsen, denn in der Stadt Broter, wo Selver nun lebte, war er nie wieder zu ihm gekommen.

Als jedoch das große Schiff wiederkam und Selver nach Eshsen ging, kam Ljubow dort zu ihm. Er war schweigsam und schwach und so traurig, daß in Selver die alte Trauer wiedererwachte.

Ljubow blieb, ein Schatten in seinem Geist, sogar bei ihm, als er mit den Humanern vom Schiff zusammenkam. Das waren wirklich mächtige Leute; sie waren ganz anders als alle Humaner, die er kennengelernt hatte, bis auf seinen Freund, sie waren viel stärker, als Ljubow gewesen war.

Seine Humanersprache war ein bißchen eingerostet, darum ließ er anfangs zumeist die anderen reden. Als er ziemlich sicher erkannt hatte, was für Leute sie waren, zeigte er ihnen die schwere Schachtel, die er aus Broter mitgebracht hatte. »Da drinnen ist Ljubows Werk«, sagte er, nach Worten suchend. »Er wußte mehr über uns als die anderen. Er hat meine Sprache und unsere Männerzunge gelernt; wir haben das alles aufgeschrieben. Er verstand ein bißchen, wie wir leben und träumen. Die anderen wollten oder konnten es nicht verstehen. Ich werde Ihnen das Werk geben, wenn Sie es zu dem Ort bringen, den er wünschte.«

Der große Weißhäutige, Lepennon hieß er, sah glücklich aus; er dankte Selver und erklärte ihm, die Papiere würden wirklich hingebracht werden, wo Ljubow wünschte, und außerdem mit höchster Wertschätzung behandelt werden. Das freute Selver. Aber es war schmerzlich für ihn gewesen, den Namen seines Freundes laut aussprechen zu müssen, denn als er sich Ljubow im Geiste zuwandte, war dessen Gesicht immer noch tieftraurig. Er zog sich ein wenig von den Humanern zurück und beobachtete sie lieber. Dongh, Gosse und die anderen aus Eshsen waren da, sowie die fünf Mann aus dem Schiff. Die Neuen sahen sauber und blank aus wie neues Eisen. Die Alten hatten das Haar in ihren Gesichtern wachsen lassen, so daß sie ein bißchen aussahen wie überdimensionale, schwarzbepelzte Athsheaner. Sie trugen immer noch ihre Kleider, aber die Kleider waren alt und nicht richtig saubergehalten. Sie waren nicht mager – bis auf den Alten Mann, der seit der Nacht von Eshsen krank war –, aber sie sahen alle ein bißchen aus wie Menschen, die nicht ganz bei sich oder sogar wahnsinnig sind.

Diese Zusammenkunft fand am Waldrand statt, in jener Zone, in der nach stillschweigender Übereinkunft weder die Waldbewohner noch die Humaner in diesen letzten Jahren Wohnstätten gebaut hatten. Selver hatte sich mit seinen Begleitern im Schatten einer großen Esche niedergelassen, die in einiger Entfernung von den Wipfeln des Waldes stand. Ihre Beeren saßen noch als kleine, grüne Knoten an den Zweigen, ihre Blätter waren lang und weich, leicht, sommergrün. Das Licht unter dem großen Baum war weich, mit vielfältigen Schatten.

Die Humaner berieten sich, kamen und gingen, und schließlich kam einer zu der Esche herüber. Es war der Harte aus dem Schiff, der Commander. Er hockte sich neben Selver auf die Fersen, ohne vorher um Erlaubnis zu fragen, aber auch ohne spürbare Absicht der Unhöflichkeit.

»Können wir uns ein wenig unterhalten?« fragte er.

»Gewiß«, antwortete Selver.

»Sie wissen, daß wir alle Terraner mitnehmen werden. Wir haben ein zweites Schiff mitgebracht, mit dem sie fliegen können. Ihre Welt wird von nun an nicht mehr als Kolonie benutzt.«

»Das war die Nachricht, die ich in Broter hörte, als Sie vor drei Tage hier ankamen.«

»Ich wollte sichergehen, daß Sie verstehen, daß es sich dabei um eine endgültige Entscheidung handelt. Wir werden nicht mehr hierher zurückkommen. Ihre Welt ist mit einem Ligabann belegt worden. Das bedeutet mit Ihren Worten: Ich kann Ihnen versprechen, daß niemand mehr herkommen wird, um Bäume zu fällen oder Ihr Land zu nehmen – jedenfalls nicht, solange die Liga besteht.«

»Keiner von Ihnen wird zurückkommen«, sagte Selver. Feststellung oder Frage?

»Während der nächsten fünf Generationen nicht. Niemand. Dann werden vielleicht ein paar Männer

kommen, zehn bis zwanzig, auf keinen Fall mehr als
zwanzig, um mit Ihrem Volk zu sprechen und Ihre Welt
zu studieren, wie es einige von den Männern hier ja
schon getan haben.«

»Die Wissenschaftler, die Spezis«, sagte Selver. Er
überlegte. »Ihr entscheidet alle Angelegenheiten auf
einmal, ihr Leute«, sagte er, abermals zwischen Feststellung und Frage.

»Wie meinen Sie das?« Der Commander wirkte mißtrauisch.

»Nun, Sie sagten, daß keiner von Ihnen mehr die
Bäume von Athshe fällen soll, daß alle damit aufhören
werden. Aber Sie leben doch an so vielen verschiedenen Orten. Wenn hier eine Großfrau in Karach einen
Befehl gäbe, würde er schon von den Bewohnern des
nächsten Dorfes nicht befolgt werden, und erst recht
nicht von allen Bewohnern unserer Welt gleichzeitig ...«

»Nein, weil ihr keine zentrale Regierung habt. Aber
die haben wir – jetzt –, und ich versichere Ihnen, daß
ihre Befehle befolgt werden. Von uns allen gleichzeitig.
Eigentlich aber entnehme ich dem Bericht, den mir die
Kolonisten hier gegeben haben, daß ein Befehl, den *Sie*
gaben, Selver, gleichzeitig von allen Bewohnern aller
Inseln befolgt worden ist. Wie haben Sie das fertiggebracht?«

»Zu der Zeit war ich ein Gott«, antwortete Selver
ausdruckslos.

Als der Commander ihn verlassen hatte, kam der
große Weißhäutige herübergeschlendert und fragte, ob
er im Schatten des Baumes Platz nehmen dürfe. Er war
sehr taktvoll, dieser Lange, und außerdem überaus cle-
ver. Selver fühlte sich in seiner Gegenwart beunruhigt.
Dieser würde, wie Ljubow, sehr freundlich sein; er
würde verstehen, würde sich selbst aber jedem Verständnis entziehen. Denn auch der Freundlichste von
ihnen war so unberührbar, so unerreichbar wie der

Grausamste. Deswegen blieb auch Ljubows Gegenwart in seinem Geist immer schmerzlich für ihn, während die Träume, in denen er seine verstorbene Frau Thele sah und berührte, köstlich und voller Frieden waren.

»Als ich das letzte Mal hier war«, sagte Lepennon, »lernte ich diesen Mann kennen, Raj Ljubow. Ich hatte sehr wenig Gelegenheit, mit ihm zu sprechen, aber ich erinnere mich an das, was er sagte, und hatte inzwischen Zeit, einige seiner Studien über Ihr Volk zu lesen. Sein Werk, wie Sie es nennen. Diesem seinen Werk ist es hauptsächlich zu verdanken, daß Athshe jetzt von der Terranerkolonie befreit wird. Eine Freiheit, die, glaube ich, Ljubows Lebensziel gewesen ist. Sie, als sein Freund, werden sehen, daß ihn der Tod nicht daran hinderte, dieses Ziel zu erreichen, seinen Weg bis zum Ende zu gehen.«

Selver saß ganz still. Seine innerliche Unruhe verwandelte sich in Furcht. Dieser Fremde sprach wie ein Großträumer.

Er reagierte überhaupt nicht auf die Worte.

»Beantworten Sie mir bitte eine Frage, Selver. Falls ich Sie damit nicht verletze. Danach werde ich Ihnen keine Fragen mehr stellen ... Dreimal haben Sie getötet: in Smith Camp, dann hier, in Eshsen, und schließlich in New Java Camp, wo Davidson die Rebellen anführte. Das war alles. Seitdem nicht mehr ... Ist das wahr? Haben Sie seitdem nicht mehr getötet?«

»Ich habe Davidson nicht getötet.«

»Das spielt keine Rolle«, sagte Lepennon, der Selver mißverstand. Selver meinte, daß Davidson nicht tot war, Lepennon aber verstand ihn dahingehend, daß jemand anders Davidson getötet hatte. Erleichtert darüber, daß der Humaner sich auch irren konnte, verbesserte ihn Selver nicht.

»Es ist also nicht mehr getötet worden?«

»Nein. Sie« – Selver nickte zu dem Colonel und zu Gosse hinüber – »werden es Ihnen bestätigen.«

»Ich meine, unter Ihrem eigenen Volk. Athsheaner, die andere Athsheaner töten.«

Selver schwieg.

Er blickte zu Lepennon auf, sah in das fremdartige Gesicht des Humanoiden, das so weiß war wie die Maske des Eschengeistes und das sich veränderte, als es seinem Blick begegnete.

»Manchmal kommt ein Gott«, sagte Selver. »Er bringt eine neue Art, etwas zu tun, oder etwas Neues, das zu tun ist. Eine neue Art zu singen oder eine neue Art von Tod. Er bringt es über die Brücke zwischen der Traumzeit und der Weltzeit. Wenn er dies getan hat, ist es getan. Man kann Dinge, die in der Welt existieren, nicht nehmen und versuchen, sie in den Traum zurückzudrängen, sie innerhalb des Traums mit Mauern und Heuchelei festzuhalten. Das ist Wahnsinn. Was ist, *ist.* Es hat nun keinen Sinn mehr, so zu tun, als wüßten wir nicht, wie wir uns, einer den anderen, töten können.«

Lepennon legte seine lange, schmale Hand auf die Selvers, so rasch und so sanft, daß Selver die Berührung hinnahm, als handle es sich nicht um einen Fremden. Die grüngoldenen Schatten der Eschenblätter spielten über sie beide hin.

»Sie dürfen nicht tun, als hätten Sie Grund, einander zu töten, Selver. Mord kennt keinen Grund«, sagte Lepennon, dessen Gesicht jetzt ebenso sorgenvoll und traurig war wie Ljubows Gesicht. »Wir werden abreisen. In zwei Tagen sind wir fort. Alle. Auf immer. Dann werden die Wälder von Athshe wieder sein wie zuvor.«

Ljubow trat aus den Schatten in Selvers Seele hervor und sagte: »Ich werde bleiben.«

»Ljubow wird bleiben«, sagte Selver. »Und Davidson wird bleiben. Beide. Wenn ich tot bin, werden die Menschen hier vielleicht wieder so werden, wie sie waren, bevor ich geboren wurde und ehe Sie kamen. Aber ich glaube nicht, daß es so kommen wird.«

Peter Lorenz

Quarantäne im Kosmos

QUARANTÄNE IM KOSMOS
erschien ursprünglich als Hardcover-Ausgabe im
Verlag Neues Leben, Berlin

Genehmigte Taschenbuchausgabe 1988
im Wilhelm Heyne Verlag GmbH & Co. KG, München

Das Gebäude, in dem wir uns einzufinden haben, ist einer dieser Klötze aus Gasbeton und Chromstahl, die man zu Hunderten in die Landschaft gegossen hat. Ein elektronischer Türwächter nimmt unsere Kennkarten entgegen und programmiert unseren Weg. Er wird uns die richtigen Türen öffnen. Es wird nicht einmal möglich sein, sich in seinem Betonkasten zu verlaufen.

Der Aufzug bringt uns zum zweiundzwanzigsten Stockwerk.

»Laß das!« sagt Lif, als ich ihren Arm nehmen will. »Wir haben schließlich alles besprochen. Es ist die einzige Lösung.«

Sie glaubt es selbst nicht, hoffe ich.

Wir treten aus dem Lift in einen fensterlosen neonbeleuchteten Gang. Wartesaalatmosphäre, Bänke auf der einen, eine schier endlose Türreihe auf der anderen Seite. Etwa ein Dutzend schweigender Menschen. Unsere Schritte durchbrechen für ein paar Sekunden die Stille, sichern uns die ungeteilte Aufmerksamkeit der Wartenden.

Über einer der Türen steht ›Maier gegen Maier‹. Bald wird ›Engen gegen Engen‹ über einer anderen Tür aufleuchten. Das also ist das Ende. Der letzte Versuch, unsere Ehe zu retten.

Eine Lautsprecherstimme fordert uns zum Eintreten auf. Engen gegen Engen geht in die letzte Runde.

Der Raum hinter der Tür ist nüchtern, ernüchternd zweckmäßig. Vier Stühle, rotbraunes abgesessenes Schaumleder, die Eingabeeinheit, die Kopfhauben für den Kontrollrezeptor.

Wer immer schon auf diesen Stühlen gesessen haben mag, allein, zu zweit noch, zu dritt oder gar zu viert mit einer Schar von Kindern auf den Kennkarten, immer wird der Lautsprecher die letzte Runde mit dem Befehl einläuten: »Geben Sie Ihre Personenkennzahl ein!«

Auch bei uns tut er das. Und da wir diese Zahl eintippen, hat er die Möglichkeit, uns einzustufen. Kennt uns besser als wir uns selbst, denn ihm stehen alle Speicher der Welt offen. Er wird jede Kleinigkeit über uns zu finden wissen und zu werten versuchen. Von den Masern, vom Geburtsgewicht an.

Ich kann nur hoffen, daß er die Ursachen unseres Konflikts nicht herausfinden wird. Lif wird schweigen. Wenigstens kann ich das mit einiger Sicherheit annehmen.

»Weshalb haben Sie geheiratet?« schnarrt mich die Kunststimme des Computers an.

Herrgott, denke ich, wir sind in diesen Betonklotz gekommen, um uns scheiden zu lassen. Ist es noch wichtig, weshalb wir vor unendlichen Zeiten geheiratet hatten?

Die Kontrollampen der Eingabeeinheit starren mir ins Gesicht. Lassen nicht locker, liegen auf der Lauer. Er will uns nicht scheiden. Ich spüre so etwas. Sicher, es wäre großartig, wenn die Welt sich zurückdrehen ließe.

»Weil wir uns liebten«, antworte ich. Mein Kontrollrezeptor flackert unschlüssig abwechselnd rot und grün. »Damals«, setze ich hinzu. Jetzt entscheidet er sich endgültig für rot.

Der Computer gibt seine Frage an Lif weiter.

»Weshalb haben Sie geheiratet?«

»Weil ich ihn liebe«, antwortet sie laut und unmißverständlich. Ich möchte aufspringen und sie in die Arme nehmen. Ich möchte aufspringen und sie ohrfeigen. Möchte sie fragen, worin sich ihre Liebe äußert. Aber ich bleibe sitzen.

Ihr Kontrollrezeptor leuchtet grün. Grasgrün, stechend giftgrün. Grüner ist überhaupt nicht möglich.

»Weil ich ihn liebe«, sagt sie noch einmal, laut, trotzig und selbstbewußt.

Damit ist es im Grunde schon entschieden; er wird uns nicht scheiden.

Aber er spult das restliche Programm ab, er kennt keine Formfehler. »Weshalb wollen Sie sich scheiden lassen?«

Auf diese Frage gibt es mindestens ein Dutzend Antworten. Alle sind sie falsch und wahr gleichermaßen. Wir haben die halbe Nacht hindurch besprochen, was wir antworten würden und was einen Scheidungscomputer unserer Meinung nach einen Dreck angeht.

Also, wir werden sagen, daß wir wie die legendären Königskinder sind. Wir werden sagen, daß jeder von uns um sich ein Inselchen gebaut hatte, auf dem man sich gegenseitig ganz gut besuchen konnte. Auf dem Mars das eine; im optimierten Gebiet, am Institut Haxwell, das andere. Aber wenn man sich häuslich einrichten wollte, dann zeigte sich, daß die Inselchen zu klein waren. Und bei allem Bemühen, ein halbes Dutzend Wochen jährlicher Gemeinsamkeit, noch dazu auf diesen ungeliebten Inseln, das reichte nicht. Das werden wir ihm sagen. Denn das ist wahr und geht doch am Kern vorbei.

Wir könnten es uns einfach machen und sagen, wir hätten uns ständig gestritten und könnten eben nicht mehr miteinander, und so viel Porzellan gäbe es gar nicht, wie wir uns schon an die Köpfe geworfen hätten. Aber da würden die Kontrollrezeptoren nicht mitspielen. Wir können miteinander, sehr gut können wir sogar noch miteinander.

Der Computer wird ungeduldig, er gibt die Frage an Lif weiter. Jetzt entscheidet sich alles. Sie wird ihm bestimmt nicht sagen, wie sich alles entwickelt hat. Sie wird bestimmt nicht sagen, daß sich zwei Menschen ihrer Arbeit wegen aneinander zerreiben können. Sie wird nicht sagen, zwischen uns steht die Optimalökologie, zwischen uns steht, daß mein Mann, Per Engen, und ein paar andere Spinner das größte Umweltprogramm der Menschheitsgeschichte für deren größten Schwachsinn halten und damit jeden, der für dieses Programm arbeitet, ja lebt, für verantwortungslos. Gelinde ausgedrückt. Das wird sie bestimmt nicht sagen, denn das habe ich auch nicht gesagt. Und sie wird auch nicht sagen, da gibt es einen großartigen Plan zur Umgestaltung der gesamten Natur, für den ich, Lif Engen, aufgehe und gegen den mein Mann, Per Engen, ebenso Fachmann wie ich, blödsinnige, gestrige, vorgestrige, anachronistische Einwände vorbringt. Auch das wird sie nicht sagen, wenn sie sich an unsere Abmachungen hält. Und sie wird sich daran halten.

Obwohl gerade das die volle Wahrheit wäre. Man kann nicht zusammen leben, wenn man die Arbeit des anderen haßt. Das haben wir erfahren müssen.

Unser Glück, daß der Computer nicht die Geduld aufbringt, unsere Überlegungen abzuwarten. Er stellt seine letzte Frage: »Wann hatten Sie letztmalig intime Beziehungen?«

In diesem Augenblick kommt er mir menschlich näher. Wie aus einem Mund antworten wir: »Gestern!«

Aber das hat nichts zu sagen, will ich sofort hinzusetzen. Das war unsere Art, unsere ganz persönliche Art, voneinander Abschied zu nehmen. Es war mehr ein Ritual.

Allein die Antwort genügt dem Computer. Er jagt seine gespeicherten Wahrheiten durch seine Schaltkreise, er rattert das Ergebnis seiner ›objektiven‹ Beurteilung unseres Falles in den Drucker der Ausgabeeinheit. In doppelter Ausfertigung, dokumentenecht: ›Nicht geschieden wegen bestehender intensiver Liebesbeziehungen. Keine erneute Verhandlung vor Ablauf eines Jahres!‹

Das hatte ich gleich im Gefühl. Lif versucht noch zu protestieren, aber der Computer hat längst abgeschaltet. Wir dürfen gehen.

Und dann stehen wir draußen. Hinter uns der fensterlose Betonklotz, über uns strahlendblauer Himmel. Regen würde es, dem Wetterprogramm entsprechend, erst am späten Abend geben. Zwölf Komma drei Liter je Quadratmeter, von zweiundzwanzig Uhr elf bis dreiundzwanzig Uhr siebzehn, wenn ich die Zahlen für diesen Tag richtig im Kopf habe. Manchmal merkt man sich ja die unsinnigsten Dinge.

Die Hydrowannen der Straßenbäume werden gerade mit frischer Nährlösung gefüllt, aus den Lautsprechern tönen Vogelstimmen, Aufnahmen längst ausgestorbener Arten.

»Turdus philomelos«, sagte ich zu Lif, »Singdrosseln.«

Aber sie erwidert nur: »Hm!«

Jetzt werde ich wütend.

»Das nächste Mal sage ich die Wahrheit«, schreie ich sie so laut an, daß sich Leute nach uns umdrehen.

»Worauf du dich verlassen kannst«, antwortet sie und läßt mich einfach stehen.

Das Institut für Optimierungsprozesse der Ökologie mittelwarmer Schelfmeere sah aus wie ein Feldlager. Die Hälfte der Einrichtung des Instituts stand auf dem Hof. Professor Haxwell rannte dazwischen herum, hielt einen Stapel Rechnerausdrucke in der Hand und fluchte.

»Die Container für das Engen-Team fehlen immer noch!« schrie er. »Ich möchte wissen, welcher Idiot hier alles durcheinandergebracht hat! Es war ganz genau geplant! Bis aufs i-Tüpfelchen war alles genau geplant!«

Unterdessen wurden weiter Container beladen, Servomaten rollten aus dem Gebäude, sie hatten Mobiliar und wissenschaftliche Geräte in den Zangen, sie schwärmten ameisenfleißig im Hof aus, als gäbe es diesen Störfaktor Professor Haxwell nicht, verstauten ihre Last in den unterschiedlichsten Containern, drehten um und verschwanden wieder im Gebäude. Der gesamte Vorgang schien gut organisiert zu sein. Nur an einer Stelle war eine Panne passiert. Offensichtlich fehlten Transportcontainer; die Servomaten stellten einen Teil ihrer Gerätschaften einfach auf dem Hof ab, und Professor Haxwell tobte.

»Was ist eigentlich los, Contart?« schrie er einen Mann an, der in diesem Moment den Hof betrat. »Die Container für die Gruppe Engen fehlen. Habt ihr wieder Skat gespielt, statt den Rechner ordentlich zu programmieren? Wenn ich mich nicht um jeden Dreck selbst kümmere!« Wütend drückte er seinem Chefmathematiker die zerknüllten Rechnerunterlagen in die Hand. »Dazu brauche ich keinen Computer, das kann ich im Kopf! Vierundvierzig Container waren bestellt, einundvierzig stehen auf dem Hof. Sind wir denn ein Wanderzirkus hier oder ein wissenschaftliches Institut?«

»Ich habe schon umprogrammieren lassen«, antwortete Contart betont langsam und leise. »Wir schaffen das Zeug der Gruppe Engen vorläufig wieder hoch.«

»Wieder hoch?« empörte sich der Professor. »Ich höre wohl nicht richtig! Besorgen Sie lieber die restlichen drei Container!«

»Professor«, entgegnete ihm Contart, »das Transportluftschiff liegt mit einer Panne fest. Es wird zwei Stunden dauern. Ist doch keine Katastrophe.«

»So, zwei Stunden«, sagte Haxwell. »Panne, zwei Stunden! Das ganze Unternehmen fängt ja heiter an!«

Ein Servomat rollte so nahe an ihnen vorbei, daß der Professor von einem Tischbein gestreift wurde. »Paß gefälligst auf, Mensch!«

»Verzeihung«, schnarrte der Servomat.

Professor Haxwell ließ Contart stehen und stürmte in sein Büro.

»Die Transportleitung hat angerufen«, meldete sich sofort sein Servomat. »Sie bitten, die Panne mit dem Luftschiff zu entschuldigen.«

»Die können mir den Buckel herunterrutschen«, schnaubte er. »Frag lieber nach, wo die Engen steckt. Ich brauche sie unbedingt hier. Himmel, heute läuft aber auch gar nichts!«

»Kollegin Engen, Lif, hat Urlaub.«

»Auch das noch!« Haxwell stöhnte. »Trotzdem versuchen, Kontakt aufzunehmen.«

Lif Engen schlief noch. Das Fenster ihrer Wohnzelle zeigte nach Norden, die Glaswand war abgedunkelt, im Zimmer herrschte programmgemäß tiefste Nacht. Das Hypnopädiegerät lief, Lif Engen ließ sich noch einmal die Aufgaben der kommenden Wochen ins Gedächtnis einprägen. Sie hatte die doppelte Dosis der Hypnopädietabletten geschluckt, denn außer der Institutsverlagerung war da noch einiges zu verkraften, die abgewiesene Scheidung und die Tatsache, daß sie im Bösen mit Per auseinandergegangen war.

Vor allem die Sache mit Per. In ein paar Wochen würde er auf dem Weg zum Transpluto sein. Und dann gab es keine Gelegenheit mehr, sich wie normale erwachsene Menschen auszusöhnen. Als ob Mars Nord II nicht schon weit genug gewesen wäre! Wenn wenigstens dieser Scheißcomputer sein Machtwort gesprochen hätte. Das gibt es ja, daß sich Paare nach der Scheidung viel besser verstehen als vorher! Weil der Zwang zur Einigung entfallen ist. Weil die Auseinandersetzung einen spielerischen Akzent annehmen kann.

Ganz allmählich wurde es heller. Die Glasscheibe wurde milchweiß, die Wohnzelle wanderte langsam an eine freie Stelle auf der Südostseite des Wohnturmes.

Lifs Servomat rollte lautlos zum Menügerät und bereitete das Frühstück vor. Dann erklang Musik, leise erst, lauter werdend, Lif drehte sich im Schlaf herum, nun schien die Sonne in den Raum, die Scheibe war klar und hell geworden, Lif Engen wurde munter.

»Herr Professor Haxwell hat sich dringend nach Ihnen erkundigt«, sagte ihr Servomat. »Mehrfach bereits. Deshalb habe ich mir erlaubt, das Schlafprogramm um eine Stunde zu verkürzen.«

»Du bist und bleibst ein Barbar«, sagte sie. »Andere

Servomaten wünschen einen guten Morgen, haben ein herrliches Frühstück auf dem Tisch, und vor allem halten sie jede Störung von ihrem Dienstherrn fern. Ich habe noch Urlaub, verstehst du? Aber du verstehst ja nie etwas. Du bist einfach zu nichts nütze!«

»Jawohl, Frau Lif«, erwiderte er, »ich bin wie immer zu nichts nütze. Trotzdem, ich erlaube mir nochmals, auf Professor Haxwell zu verweisen. Es scheint äußerst dringend zu sein.«

»Ja, ja«, antwortete Lif, während sie aufstand. »Ich frage mich manchmal, in wessen Dienst du stehst. In Professor Haxwells oder in meinem.«

»Das ist doch keine Frage, Frau Lif«, antwortete er und wählte die Videophonnummer des Institutsdirektors.

Als Lif etwa eine Stunde später den Institutshof betrat, hatte das Umzugschaos seinen Höhepunkt erreicht. Contart stand wie ein Fels in der Brandung. Ein halbes Dutzend Leute redete laut und fordernd auf ihn ein.

»Also, ich sage Ihnen, Kollege Contart, ich kann und will auf nichts verzichten. Nicht auf ein einziges Stück!« Das war Bugalski. »Nicht auf ein einziges Stück!«

»Natürlich«, antwortete Contart, »verstehe ich. Verstehe ich sogar gut. Wer verzichtet schon gern? Aber können Sie mir verraten, weshalb Sie versuchen, zwanzig Biozellen in Ihren Containern unterzubringen statt der geplanten zehn?«

»Bugalski, ich muß Contart zustimmen, das geht nicht«, sagte Professor Haxwell. »Wir müssen uns alle etwas einschränken in der Außenstelle. Zehn Biozellen tun es allemal! Zehn Biozellen, das sind ja zehntausend Becken. Bugalski, zehntausend Becken müssen genügen.«

Der Professor hatte Lif entdeckt und ging auf sie zu. Er hatte noch keine drei Schritte getan, als Bugalski und Contart wieder aneinandergerieten. Indirekt, aber handgreiflich, denn zwei Servomaten zerrten an einer Biozelle herum, einer den Befehlen Bugalskis, der andere der Stimme Contarts gehorchend. Schließlich fiel das Gerät zu Boden, gemeinsam räumten die Roboter die Scherben weg. Einer der Umstehenden, die den Fernkampf beobachteten, lachte.

»Da sehen Sie, was Sie angerichtet haben, Sie sturer Mathematiker!«

»Neunzehn«, sagte Contart lächelnd, »jetzt sind es nur noch neunzehn.«

Bugalski sah aus, als wolle er Contart jeden Augenblick in Stücke reißen. Aber dann drehte er sich nur um und ließ seinen Widersacher stehen.

Der Servomat des Professors rollte aus dem Lift.

»Ich darf an den Pressetermin erinnern, Herr Professor«, sagte er. »Ein Kollege von der regionalen Multivision wartet bereits seit zwanzig Minuten. Die Presse wird ungeduldig!«

»Das auch noch!« Haxwell stöhnte. »Regionale Multivision! Die haben wahrhaftig das Talent, im unpassendsten Moment aufzukreuzen. Einfach sagenhaft ist das. Bestell dem Herrn meine besten Grüße, und bring ihm bei, daß ich keine Zeit für ihn habe. Er soll irgendwann später wiederkommen. Mach einen neuen Termin mit ihm aus!«

»Jawohl, neuen Termin ausmachen.«

»Soll ich mit der Presse reden?« bot sich Lif an.

»Sie täten mir eine großen Gefallen, Lif«, sagte Haxwell erleichtert. »Sie wissen, wie wenig ich diese Pressefritzen mag. Aufdringliche Typen!«

Die aufdringliche Type war eine junge Frau, kaum dreißig, sie lächelte verzeihend, als Lif ihren Chef entschuldigte.

»Ich kann das ganz gut verstehen«, sagte sie. »Mitten im Aufbruch. Wohin soll es eigentlich gehen? Und wann?«

»Wir starten einen Großversuch«, antwortete Lif und zeigte auf der Karte das Zielgebiet. »Eine Meeresfläche von fast dreitausend Quadratkilometern.«

»Sie wagen sich mit einem Optimierungsprogramm an eine so große Wasserfläche?«

»Ja«, antwortete Lif. »Das Wasser hat den Verschmutzungsgrad neun. Zu verderben ist da also nichts mehr. Im Gegenteil, wir hoffen, in drei Jahren fertig zu sein, um dann das Modell auf andere und größere Gebiete ausdehnen zu können.«

»Würden Sie mir bitte das Verfahren näher erläutern? Sie wissen ja, Optimierungspläne sind in der Öffentlichkeit nicht mehr unumstritten.«

»Ein Meer mit dem Verschmutzungsgrad neun ist ebenfalls nicht unumstritten«, antwortete Lif. »Wir haben den Dreck schließlich nicht hineingekippt. Wir sollen ihn herausholen. Und das tun wir nach biologischen Verfahren, auf der Grundlage eines mathematisch leicht zu überwachenden Ökosystems. Wir werden einen Sauerstoffproduktionsquotienten von fast eins erreichen, wir stellen der Ernährungsindustrie jährlich einige Millionen Tonnen Fischeiweiß zur Verfügung, was soll daran umstritten sein?«

»Und das Verfahren selbst, Kollegin Engen?«

»Eine einfache Sache«, antwortete Lif lächelnd. »Man mußte nur daraufkommen. Wir haben durch genchirurgische Verfahren eine Grünalgenart konstruiert, die alle denkbaren Schadstoffe aufnimmt, ja sich regelrecht von ihnen ernährt. Dadurch wird das Wasser nach und nach gefiltert. Anschließend setzen wir eine polyploide Fischart aus, die den Algenbesatz kurzhält und Eiweiß liefert. Sie sehen, eine einfache Sache. Mit dem Fischbestand reguliert man die Algenmenge, über die Algenmenge die Sauerstoffproduktion des Meeres, damit die Qualität des Wassers. In drei, vier Jahren werden Sie und ich in diesem Wasser schwimmen können. Ohne Schutzanzug!«

»Was geschieht aber mit allen anderen Arten, die sich im Versuchsgebiet noch gehalten haben?«

Die Journalistin beobachtete den Anflug eines herablassenden Lächelns bei ihrer Gesprächspartnerin.

»Ich frage nicht ohne Gründe«, fuhr sie fort. »Selbst an Ihrem Institut soll es über diese Frage zu Auseinandersetzungen gekommen sein, wie man hörte.«

Bugalski, dachte Lif. Kann sich wissenschaftlich nicht durchsetzen mit seiner Schwarzmalerei und versteckt sich dafür hinter den Pressefritzen. Und Haxwell hat nicht die Kraft, den Mann endlich zu feuern.

»Welche Arten meinen Sie denn bei Verschmutzungsgrad neun? Haben Sie sich eine solche Wasserfläche schon einmal angesehen? Da lebt nichts mehr. Nach allen mathematischen Berechnungen!«

»Wir werden dranbleiben, falls sich Ihre mathematischen Berechnungen als falsch erweisen sollten«, sagte die junge Frau, als sie sich verabschiedete, und das klang sehr bestimmt.

Draußen hoben die ersten Transportluftschiffe ab. Das Institut für Optimierungsprozesse der Ökologie mittelwarmer Schelfmeere war auf dem Weg zum Einsatzort.

Ein wehmütiges Gefühl beherrscht mich, weil nun Abschied genommen werden muß. Weil es ein Abschied für lange Zeit sein wird, weil es ein Abschied für immer werden kann. Mars Nord II wird sich in meinen kommenden Plutojahren bis zur Unkenntlichkeit verändern. Da wird nichts bleiben von dem, was ich ursprünglich mit aufgebaut hatte. Diese Station wird schnell weiterwachsen, zur Stadt werden, sich neue Dimensionen erschließen. Nur der Name wird bleiben für eine völlig andere Sache.

Dieses wehmütige Gefühl treibt mich sekundenlang durch die Gänge. Zwingt mich, den Weg zur Startplattform immer wieder zu gehen, auf der ein silberglänzender Mammutring gebaut wird, der ›Hirundo‹ heißt und der für Jahre meine Heimat sein wird, meine Fluchtburg vor dieser Welt und vor ihrem Mittelpunkt, der für mich immer noch Lif Engen heißt und sich nicht umbenennen lassen will, auch von hier oben aus nicht.

Auf dem Weg zur Startplattform muß ich an meiner ehemaligen Kabine vorüber. Ich kann nicht widerstehen, aber die Tür ist verschlossen, leider oder Gott sei Dank. ›Alanima Gupurni‹ lese ich über der Tür, an der sich nichts verändert hat außer diesem Namensschild, nicht einmal der winzige Gußfehler eine Handbreit unter der Türkante, in dem sich das Licht fängt wie in einem Trichter.

Du bist hier nicht mehr zu Hause, Per Engen, sage ich mir, was gehen dich fremde Türgriffe an, reiß dich zusammen, Mann! Deine gelbe Kombination weist dich als Besatzungsmitglied eines Fernfluges aus, dir wird Platz gemacht im hektischen Treiben der ersten außerirdischen Stadt, die sich zur Großstadt mausern will, der Schwierigkeiten erwachsen werden, die Großstädte auf der Erde auch hatten.

Eine der Schwierigkeiten war jene: Plötzlich war einer gestorben. Ein Geologe. Gar nicht so spektakulär wie vor Jahrzehnten die Leute von Mars Nord I, denen der Tod das Lächeln vom Mund und den Fluch von den Lippen abgefroren hatte, weil ein faustgroßes, in der dünnen Marsatmosphäre rotglühendes Stück Metall die Kuppel zerschlagen hatte. Nein, der Geologe von Mars Nord II war gestorben, weil seine Herzkranzgefäße verstopften und das Organ von einer Sekunde zur anderen seinen Dienst verweigert hatte. Auf einmal brauchte Mars Nord II einen Friedhof. Jede Stadt braucht ihren Friedhof, aber hier oben wähnte man sich der Unendlichkeit um ein solch gewaltiges Stück näher, daß die Friedhofsgedanken erst dann aufkamen, als der Geologe mit starrem Blick vor ihnen lag.

So stehe ich vor den polierten Metallplatten mit den

eingravierten Namen jenes Geologen und später Gestorbener, lese die Daten, von denen wir das eine ein Leben lang feiern und das andere glücklicherweise nicht kennen. Plötzlich weiß ich, dies hier ist der eigentliche Nabel der Stadt, dies hier wird bleiben, dies hier allein hat Ewigkeitswert, und ich habe einen Ort gefunden, den ich wiedererkennen werde.

Meine gelbe Kombination hebt mich aus allem heraus, hebt mich von der Biologencrew ab, zu der ich einmal gehörte und die immer noch den Marssand durchsiebt auf der Suche nach Beggiotoales marsianum, sondert mich ab von den Geologen, deren Forschungstrupps den Planeten durchstreifen, deren Marskarten sich mit roten Manganfeldern, blauen Zinklagerstätten und grünen Malachitvorkommen färben und die vor allem eins immer wieder in unvorstellbaren Mengen finden: Uran, Uran, Uran und abermals Uran. Uran als Carnotit, als Kleveit, als Uranpecherze.

Diese Kombinationsfarbe hebt mich vor allem ab vom Heer der Techniker und Ingenieure, der Funkwissenschaftler und Mitarbeiter der Flugleitzentralen. Sie räumt mir Sonderrechte ein. Ich darf zusehen, wie die ›Hirundo‹ zusammengeschweißt wird, wie sie Segment für Segment wächst, wie ameisenartiges Gewimmel von Schweißautomaten unser Stückchen Zivilisation zusammenkittet, Lebensinsel für ein halbes Hundert Menschen in den nächsten Jahren. Ich darf mir die landwirtschaftlichen Versorgungsflächen der Marsstadt ansehen, ich darf den Kontrollraum betreten, in dem die Energiestränge zusammenfließen. Ich darf das alles aber nicht nur der Farbe meiner Kombination wegen, ich darf es vor allem, weil in einer der ersten Duduritplatten mein Name eingegossen ist zum Beweis, von Anfang an dabeigewesen zu sein, diese Station mitgeschaffen zu haben.

Ich bin wieder an der Startplattform angekommen. Die ›Hirundo‹ wird ausgerüstet. In ein paar Tagen werden wir zum Transpluto starten können. Irgendwann müssen auch Schlußstriche gezogen werden. Computer, du hättest uns scheiden sollen!

Der kleine Helikopter, der dem Institut zur Verfügung stand, hatte nur Platz für den Piloten und zwei Passagiere. Lif Engen starrte schweigend aus dem Fenster. Neben ihr saß Bugalski und redete und redete. Lif kam es vor, als habe jedes Wort, das ihm aus dem Mund sprudelte, nur einen einzigen Sinn. Nämlich, Lif Engen zu treffen. Wenn möglich – gründlich. Und deshalb bemühte sie sich, so wenig wie möglich von dem zu hören, was Bugalski auf sie einschwatzte. Wenn er recht hatte, dann türmten sich sowieso Schwierigkeiten vor ihr auf, so hoch, daß es jetzt noch viel zu früh war, sich die Chancen auszurechnen. Und es schien, als habe er recht. Nicht umsonst hatte sich Haxwell gedrückt und sie in den Helikopter gesetzt.

Unter ihnen zog sich rotbraun schillernd eine schier endlose Wasserfläche hin.

»Ich verspreche Ihnen, Kollegin Engen, Sie werden staunen! Eine komplette ökologische Insel. Wenn die Informationen meiner Gruppe stimmen, kann man sich eine solche Insel nicht besser vorstellen!« Bugalski ging ihr auf die Nerven. Seit Beginn des Projeks mindestens. Wahrscheinlich schon sehr viel länger. Allein wie er sich und seiner Gruppe die besten Standplätze organisiert hatte! Als gehöre der Strand ihm allein, als stehe das Projekt unter seiner, Bugalskis, Leitung und als seien alle anderen Gruppen einzig zu seiner Unterstützung mitgekommen.

Kilometerweit breiteten sich seine Versuchsbassins über das Geröll. Seine Biozellen verbrauchten fast ein Drittel des zur Verfügung stehenden Energiesatzes. Und das alles für nichts und wieder nichts, zur Beruhigung der Öffentlichkeit, für ein halbes Dutzend Sendeminuten in den regionalen Medien. Denn daß in dieser

Brühe nichts mehr lebte, das konnte man sich ohne Computer an allen zehn Fingern ausrechnen. Dazu besaß man eine Nase zum Riechen. Wer Schwefelwasserstoff und Phenol voneinander unterscheiden konnte, der mußte wissen, daß in dieser öligen, gärenden, stinkenden Brühe nichts mehr, absolut nichts mehr leben konnte.

Aber nein, Bugalski und seine Leute waren wie die Narren. Wo sich nur annähernd ein höherer Sauerstoffwert andeutete, wo eine Bucht war, in der das Wasser auch nur einen grünlichen Anflug hatte, da gingen sie sofort in die Tiefe. Da füllten sie ihre Vakuumflaschen, da zerrten sie die Proben unter ihren Mikroskopen herum, da kippten sie die Flüssigkeit in die Bassins und hofften auf Zuchterfolge.

Jetzt schienen sie sogar Glück gehabt zu haben. Und damit stand das gesamte Pilotprojekt wieder auf Messers Schneide. Wußte der Mann neben ihr eigentlich, was er da anrichtete mit seiner Suche, mit seinen Bassins, mit diesem Flug? Und Haxwell hielt sich aus allem heraus. »Was soll man tun, Lif? Es ist nun einmal Vorschrift, daß Bugalski das Versuchsgebiet ökologisch untersucht!«

»Hier war früher die Küstenlinie«, hörte sie Bugalski sagen. »Von hier aus sind es nur noch ein paar Minuten. Früher war das eine der wichtigsten Hafenstädte!«

Sie überflogen eine kaum sichtbare Linie. Das Braun des Wassers änderte sich um einige Nuancen. Man bemerkte es nur, wenn man ganz genau hinsah. Der Helikopter ging tiefer. Von weitem erkannte Lif die Tauchplattform. Sie landeten.

Auf der Plattform standen Bugalskis Assistenten, teils noch in voller Tauchmontur. Bugalski wurde stürmisch begrüßt, irgendeiner aus seiner Crew fiel ihm um den Hals. Im allgemeinen Jubel war Lif nicht einmal Störfaktor, sie war Luft, sie war weniger als Luft.

Eine knappe Stunde später tauchte sie mit Bugalski in die Tiefe. Die Fenster eines Hochhauses glitten an ihnen vorbei, aufgequollen und eingedrückt von der Gewalt des Wassers.

»Wir müssen in den Hof tauchen«, hörte sie Bugalski sagen. Sehen konnte sie ihn im trüben Wasser nicht. Gewohnheitsmäßig überflog sie mit einem Blick die Taucharmaturen. Sauerstoffvorrat für neun Stunden, Wassertemperatur zweiundzwanzig Grad. Alles war normal.

Sie schwammen über ein Flachdach. Es war erhalten geblieben und mit Sand und Schlick bedeckt. Dann plötzlich klarte das Wasser auf. Silbrige Blitze huschten an ihr vorüber, ein Fischschwarm aus Hunderten von Leibern raste auf die Hauswand zu, verschwand in einer der Fensterhöhlen, tauchte in einer anderen wieder auf, verschwand erneut. Von den Wänden hingen in meterlangen Schnüren Braunalgen herab, Gasbläschen perlten von ihnen zur Oberfläche, das Wasser war merklich kälter. Als sie den Boden erreicht hatten, stob ein tellerförmiger flacher Fisch unter ihren Füßen davon, vorher im Schlick so wenig sichtbar, daß Lif fast auf ihn getreten wäre. Eine Qualle wie aus Glas taumelte an ihnen vorüber.

Bugalski schien außer sich zu sein. Immer wieder schwamm er zu den Braunalgenkolonien, strich mit der Hand über die lederartigen Blattflächen, zog sogar seine Handschuhe aus. Lif registrierte fast automatisch, daß er damit gegen alle Vorschriften verstieß. Er versuchte eine Qualle zu fassen; sie drehte ihm jedoch ihre Nesselfäden zu und schwamm gemächlich nach oben. Bugalski war aus dem Häuschen.

»Wir haben schon die Großarten registriert«, hörte Lif einen von seinen Mitarbeitern sagen, der kurz danach im klaren Wasser zu sehen war. »Es sind bisher vierundvierzig Arten. Was sich an Kleinkram im Schlick verbirgt, muß natürlich noch genauer untersucht werden. Da kommen noch einmal fünfzig Arten hinzu, vorsichtig geschätzt!«

Lif tauchte auf. Was sie gesehen hatte, reichte ihr. Und Grund zur Freude gab es für sie ohnehin nicht. Im Gegenteil.

Für die entscheidende Sitzung hatte sich Bugalski Verstärkung mitgebracht. Im provisorischen Büro Haxwell saß ein Hauptabteilungsleiter des Ministeriums und hatte sein Tonbandgerät laufen. Damit allen absolut klar wurde, daß notfalls jedes Wort zum Dokument erhoben werden würde.

Bugalski hielt sich nicht mit Vorgeplänkel auf, Bugalski griff sofort an.

»Die Ergebnisse meiner Arbeitsgruppe machen es zwingend notwendig, das Pilotprojekt ›Optimierung des mittelwarmen Schelfmeeres‹ um mindestens ein Jahr zu verschieben!«

»Natürlich, am besten, wir setzen es gleich ab, und das endgültig«, spöttelte Lif Engen.

Professor Haxwell beschwichtigte sie: »Lassen Sie doch Kollegen Bugalski erst einmal ausreden, Lif!«

Bugalski fuhr mit einem wütenden Seitenblick auf Lif fort. »Die von meiner Arbeitsgruppe im Planquadrat D siebzehn entdeckte ökologische Insel stellt nach allen bisherigen Forschungsergebnissen ein absolut stabiles, in sich geschlossenes Ökosystem dar und ist damit nach dem Gesetz unter besonderen Schutz zu stellen. Entstanden ist es aller Wahrscheinlichkeit nach durch die mehrfache Filterwirkung des Hochhauskomplexes. Als sich vor einigen Generationen der Kohlendioxidgehalt in der Atmosphäre dem kritischen Punkt genähert hatte, kam es innerhalb einiger Jahrzehnte zu einer Klimaveränderung und einem weitgehenden Abschmelzen der Polkappen. Dadurch stieg der Meeresspiegel um fast hundert Meter, und es wurden große Landmassen überflutet. Wichtige Hafenstädte mußten aufgegeben werden. Die Bedingungen, die zur Ausbildung der von uns entdeckten ökologischen Insel führten, sind also durchaus nicht als ein einmaliger Glücksfall zu betrachten. Menschliche Bauwerke oder günstige natürliche Küstenformen, der hohe Reflektionsgrad weißer Häuserwände, die das Wachstum der Braunalgenkolonien begünstigten, sind gar nicht so selten, wie wir ursprünglich angenommen hatten.«

»Aber vielleicht auch nicht so häufig, wie Sie uns jetzt glauben machen möchten. Denn bisher haben Sie nur eine einzige Insel finden können«, sagte Contart lächelnd. »Und Sie haben ein halbes Jahr mit allen Ihren Leuten gesucht!«

Bugalski schwieg. Bugalskis Verstärkung erwies sich als schwach. Bugalskis Verstärkung war eigentlich ein Reinfall.

»Kann man nicht beide Dinge gleichzeitig in Angriff nehmen, beispielsweise auf der Basis einer Sondergenehmigung?« fragte der Vertreter des Ministeriums.

»Das eben geht nicht«, ereiferte sich Bugalski sofort. »Die Engen-Alge ist, verzeihen Sie, Kollegin, ökologisch gesehen, Teufelszeug. Sie wirkt im Biotop wie ein Karzinom im Organismus. Sie wächst und wächst, wuchert und verdrängt in kürzester Zeit andere Arten aus allen vorstellbaren ökologischen Nischen. So ist sie konstruiert worden, und das haben die Laborversuche unterstrichen.«

Lif wollte ergänzen, aber Contart lächelte und wehrte beschwichtigend ab.

»Wir gingen bei den Planungen für dieses Pilotprojekt davon aus, daß in einem so hochgradig verschmutzten, sauerstoffarmen Meer keine Lebewesen existieren können«, sagte Haxwell. »Und jetzt hat uns Bugalski eben eines Besseren belehrt.«

»Hat er nicht.« Contart spielte seine Trumpfkarte aus, noch immer lächelnd. »Meine Leute waren auch nicht ganz untätig. Es gibt nun einmal unumstößliche mathematische Gesetze, Gesetze der Statik beispielsweise. Und die besagen, daß ein Körper beliebiger Größe dann kippt, wenn sich sein Schwerpunkt nach außerhalb seiner Grundfläche verlagert. In Ihrem Fall, Kollege Bugalski, haben Sie in Ihrer verständlichen Begeisterung übersehen, daß die von Ihnen entdeckten Häuser schon ziemlich schief stehen. Aber das ist es nicht einmal allein. Ich habe den Beton untersuchen lassen, die Stahlträger, das Fundament. Mit einem Wort, Kollege Bugalski, unser Rechner prognostiziert, daß Ihre ökologische Insel in spätestens zwei Jahren ein einziger Trümmerhaufen sein wird. Ihren Fischen wird das zwar nicht gefallen, aber ändern wird es sich nicht dadurch lassen, daß man die Augen vor dieser Realität verschließt.« Contarts Lächeln verstärkte sich. »Also, wenn Sie uns künftig ökologische Inseln präsentieren, dann bitte solche, deren Lebensdauer den Aufwand halbwegs rechtfertigt!«

Der Hauptabteilungsleiter nickte bedächtig.

Bugalski stand auf und ging.

»Ja, also dann«, sagte Professor Haxwell erleichtert, »dann kann das Projekt ja wie vorgesehen starten.«

Das Feldlabor der Arbeitsgruppe Engen war in einer Traglufthalle untergebracht. Auffällig waren die langen Regalreihen mit den Aquarien, die den größten Teil des Platzes einnahmen. Von ihnen führten Meßleitungen zu den Rechnern, die an der Stirnseite der Halle untergebracht waren.

Contart beugte sich über eins der Aquarien.

»Die letzten Versuchsreihen«, erklärte Lif Engen dem Mathematiker. »Wir testen noch einmal Wasserproben aus den künftigen Einsatzgebieten. Aber im Grunde ist es völlig gleich, an welchen Punkten wir mit der Optimierung beginnen werden. Unsere Alge wird mit jeder Art Wasserverschmutzung fertig.«

»Äußerst interessant, Ihre Wunderalge, Kollegin Engen. Es ist übrigens das erste Mal, daß ich sie so aus der Nähe sehe. Auf dem Rechnerpapier bin ich ja sozusagen mit ihr auf du und du.« Contart klopfte mit dem Fingerknöchel gegen die Aquarienscheibe. Gasbläschen perlten zur Oberfläche.

»Der eigentliche Brutansatz liegt längst in den Kühlräumen«, sagte Lif. »Achtzig Tonnen Algenkonzentrat. Jederzeit einsatzfähig. Achtzig Tonnen, wirklich beachtlich.«

»Übrigens gibt es einen Grund, weshalb ich Sie in Ihrer heiligen Halle aufsuche«, fuhr Contart fort. »Sie müssen noch Ihren diesjährigen Tauchtest ableisten. Ihre Unterwasserlizenz läuft in zwei Wochen ab. Wenn das Projekt erst einmal läuft, haben Sie bestimmt keine Zeit mehr, sich um solche Dinge zu kümmern. Ich habe mir erlaubt, Ihnen einen Termin im regionalen Sport- und Gesundheitszentrum zu organisieren.«

»Ich danke Ihnen sehr«, sagte Lif. »Wann soll es denn losgehen?«

»Morgen schon«, sagte Contart. »Ich habe aber nur das große Überprüfungsprogramm bekommen können. Mit der medizinischen Vorsorge und der Gebärfähigkeitsuntersuchung. Für das kleine Programm waren so kurzfristig keine Termine frei.«

»Macht nichts, ich hätte mich in ein paar Monaten ohnehin durchtesten lassen müssen. Die Sache mit der Unterwasserlizenz hätte ich glatt vergessen. Nochmals vielen Dank!«

»Bedanken Sie sich bei meinen Rechnern«, sagte Contart. »Die vergessen nie etwas.«

Lif Engen rief ihre Arbeitsgruppe zusammen und verteilte die Arbeiten für die nächsten Tage. Sie informierte Professor Haxwell und bestieg dann den Helikopter, der sie zurückbringen würde. Zurück in die normale, bewohnte, optimierte Welt.

Ihre Wohnwabe fand sie im Ruhezustand. Sie hing im

Keller an der Energiegrundversorgung. Ihr Servomat saß auf seinen Stelzen und hatte seine Rezeptorkugel in den Rumpf gezogen. Lif sah eine graue Betonwand vor ihrem Fenster, die Klimaanlage war abgeschaltet, ihre gewohnte Umgebung kam ihr kalt und ungemütlich vor. Als sie die Tür hinter sich schloß, wachte zuerst der Servomat auf.

»Verzeihung, Frau Lif«, sagte er, und es klang verschlafen und noch vernuschelter als sonst. »Frau Lif waren mir nicht avisiert. Ich hatte deshalb das Regenerationsprogramm gewählt.«

»Schon gut«, sagte Lif. »Fahr uns jetzt an die Sonne. Und schalt die Klimaanlage ein. Es ist kalt!«

»Verzeihung, Frau Lif«, nuschelte er, »alle Sonnenplätze sind schon besetzt. Im vierundvierzigsten Stockwerk ist ein Platz an der Nordseite frei.«

»Meinetwegen«, entschied Lif. »Ich kann diese Betonwand nicht mehr sehen.«

Geräuschlos und fast erschütterungsfrei setzte sich die Wabe in Bewegung.

»Ist Post gekommen?« fragte Lif.

»Jawohl, Frau Lif, ein Videophonat von Mars Nord II. Absender Engen, Per. Aber der Empfang war so schlecht, daß die Verbindung unterbrochen werden mußte. Es war von Start und von Transpluto die Rede.«

»Soll ich zurückrufen?« fragte Lif.

»Nein, Frau Lif«, antwortete der Servomat, der nach und nach seine Beweglichkeit zurückerhielt, »der Generalrat für Raumfragen gibt die nächsten Sendetermine bekannt. In der Startphase käme es sonst zur Überlastung der Sendekanäle.«

»Gut«, sagte sie. »Du bestellst mir einen Termin im Fitnessraum. Ich möchte noch ein paar Minuten trainieren.«

»Sehr wohl, Frau Lif«, antwortete er.

»Und vergiß die Klimaanlage nicht. Es ist hundekalt!«

Am nächsten Morgen stoppte ein Kabinentaxi programmgemäß vor dem Haupteingang des regionalen Sport- und Gesundheitskomplexes. Lif nahm ihre Schultertasche mit den persönlichen Utensilien und stieg aus. Der große Test dauerte drei Tage. Und während dieser Zeit würde sie das Gelände nicht mehr verlassen. Eigentlich war sie froh, daß Contart das große Programm gebucht hatte. So sparte sie einen vollen Tag und viele Doppeluntersuchungen ein.

Als sie den Eingang passierte, rollte diensteifrig ein Servomat auf sie zu.

»Ich stehe Ihnen zur Verfügung, Madame«, sagte er und griff nach ihrer Schultertasche. »Würden Sie mich bitte programmieren?«

Lif schob ihm die vom Zentralcomputer ausgestellte Testkarte in den Programmierschlitz.

»Ich darf Ihnen vollen Erfolg wünschen, Madame«, sagte er und rollte voran. »Wir beginnen in Halle neunzehn mit der Laufbandarbeit. Ist aber nicht so schlimm«, setzte er tröstend hinzu und drehte ihr seine Rezeptorkugel entgegen. Eine neue Künstlergeneration machte von sich reden. Die Programmierartisten. Und der Witzbold vor ihr trug auf dem Rücken das Autogramm des bekanntesten Programmierkünstlers.

»Hat dein Schöpfer noch freie Termine?« fragte sie.

»Oh, Madame«, jammerte er. »Sir sind chronisch überlastet. Vor allem mit hübschen Mesdames!«

Am Eingang von Halle neunzehn stoppte er und streckte ihr ihre Tasche entgegen.

»Stehe in zwei Stunden wieder zu Ihrer Verfügung, Madame.« Seine Optik rollte nach oben, und er setzte sich auf seine Radstelzen.

Kopfschüttelnd nahm ihm Lif die Tasche ab und betrat die Halle. Da war sie an einen Vogel geraten. Und das drei Tage lang.

»Stehe Ihnen zur Verfügung, Madame!«

Halle neunzehn war eine der kleinsten des Regionalsportkomplexes. Nebeneinander waren etwa fünfzig Laufbänder montiert, an der Stirnseite der Halle zeigte eine große Anzeigetafel die Meßergebnisse an und gab die Befehle aus. Lif suchte sich ein freies Band. Neben ihr keuchte eine ältere Dame einen simulierten Hügel hinauf. Zwei Komma sieben Grad Steigung, las Lif auf der Anzeigetafel ihrer Nachbarin. Lächerliche zwei Komma sieben Grad Steigung, dachte sie. Und dann schon so ein Gekeuche. Das läuft mit Sicherheit auf einen Altersruhesitz hinaus. Kaum siebzig, aber gute dreißig Pfund Übergewicht!

»Hallo!« begrüßte sie die Frau, die nach und nach wieder zu Atem kam, da der Computer gerade eine Flachstrecke simulierte. »Die Steigungen machen mir ziemlich zu schaffen«, keuchte sie. »Aber ansonsten geht es noch ganz gut. Werde wohl noch ein Jahr weiterarbeiten dürfen!«

Also doch Altersruhesitz, dachte Lif. Ihr Band ruckte an. Fast automatisch bewegte sie die Beine. Die Bandgeschwindigkeit pendelte sich zwischen zwölf und fünfzehn Stundenkilometern ein. Auf der Anzeigetafel erschienen die gelaufenen Kilometer, wurden Blutdruck und Herzfrequenz angegeben, Werte, die erfreulich normal waren. Der Computer erhöhte allmählich das Bandtempo. Lif lief leicht und locker, immer noch ganz am Anfang des Bandes, in unmittelbarer Nähe der Anzeigetafel. Ihre Nachbarin dagegen wurde zur Hallenmitte abgetrieben, verlor mit jedem Schritt uneinholbare Millimeter. Und keuchte schon wieder, als müßte sie einen Berg mit zwanzig Prozent Steigung bewältigen. Der schwere Atem der Frau im Rücken störte. Aber niemand konnte sich seine Nachbarschaft aussuchen. Lif bekam ihre erste Steigung simuliert. Acht Prozent, neun Prozent, zehn Prozent. Ihr Puls stieg nur sehr langsam an. Auf der Stirn bildeten sich die allerersten Schweißtröpfchen.

An diesem Moment mußte ihre Nachbarin an das

Hallenende getrieben worden sein. Lif drehte den Kopf. Völlig erschöpft lag die Frau am Ende des Bandes. Lif sah, daß sich aus einer Nische ein Servomat löste und sich über die schweratmende Frau beugte, die sich vergeblich mühte, wieder auf die Beine zu kommen.

Um besser sehen zu können, ließ sich Lif ein paar Meter zurückfallen.

Der Servomat holte eine Liege herbei, legte die Frau darauf, schloß die Sensoren des Medimaten an ihre Handgelenke an und injizierte ein Medikament.

An alles ist gedacht, sagte sich Lif zufrieden, die gerade ihre Steilstrecke gemeistert hatte und sich ohne Sorgen ein paar Meter zurückfallen lassen konnte. Dabei hatte die alte Dame noch keine zehn Kilometer geschafft. Kein Wunder, solche Zwischenfälle, wenn man niemals trainiert. Aber so sind viele der Alten. Alle Vorteile der optimalen Umwelt in vollen Zügen genießen, aber nichts, aber auch gar nichts tun, sich selbst zu optimieren. Wenigstens den Körper!

Als Lif nach einigen Minuten ihre zweite Steigung simuliert bekam, stand ihre Nachbarin schon wieder auf den Füßen. Der Servomat geleitete sie zum Hallenausgang. Den Platz auf dem frei gewordenen Band nahm ein junger Mann ein. Der Computer simulierte ihm Intervallsprints. Mit der Präzision eines Uhrwerks bewegte sich der Mann auf der Stelle.

Lifs Anzeigetafel zeigte zweiundzwanzig gelaufene Kilometer an. Ihr Körper hatte den immer gleichen Bewegungsablauf automatisiert. Nur die ewig langen flachen Steigungen um zwei oder drei Prozent nahmen ihr jedesmal vier oder fünf Meter ab. Aber die holte sie auf den Flachstrecken spielend wieder auf. Sie hätte laufen können bis ans Ende der Welt. Oder bis ans Ende ihrer Zeit, ohne nur einen einzigen Meter zu verschenken.

Die Anzeigetafel kündigte den Abschluß des Tests und damit das Sprintprogramm an. Der Computer regelte die Bandgeschwindigkeit hoch. Zwischen zwei

Lichtschranken würde nun ihre Grundgeschwindigkeit gemessen werden. Lif Engen lief nicht mehr, Lif rannte. Das Band federte unter den Füßen, sie hatte den Mund weit aufgerissen und bekam doch weniger und weniger Luft. Einunddreißig Stundenkilometer. Ihre Füße trommelten Stakkato auf dem Band.

Trotzdem näherte sich die zweite Lichtschranke unerbittlich ihrem Rücken. Einunddreißig Komma acht. Noch immer waren zwischen ihr und der Schranke einige Zentimeter. Aber die Füße wurden bleischwer, und die Lungen schrien nach Luft. Die Anzeigetafel tanzte ihr vor den Augen, bis zur Lichtschranke konnten es nur noch Millimeter sein. Zweiunddreißig Stundenkilometer. Lif Engen wurde an der Lichtschranke vorbeigeschleudert, das Band lief aus.

»Eins a!« rief ihr der junge Mann vom Nachbarband zu. »Ein Sprintspezialist kann das ganz gut beurteilen. Wirklich eins a! Wollen Sie nicht unserem Klub beitreten?«

Lif lächelte zufrieden. »Danke für das Kompliment«, antwortete sie. »Aber ich bin mein eigener Klub!«

Die Befehlseinheit gab ihr ihre Testkarte zurück. Gespannt las sie das Ergebnis. »Lauftest einhundertzehn Prozent!« So konnte es weitergehen. So würde es weitergehen. Denn eigentlich war sie nicht einmal richtig außer Atem gekommen.

Vor der Halle wartete schon ihr Servomat.

»Ich weiß schon, Madame«, sagte er ungefragt. »Zimmer, ausziehen, duschen, entspannen. Das ist immer so.«

Sie schob ihm die Testkarte in den Programmierschlitz.

»Ei, da schlag der Blitz ein!« rief er und deutete eine Verbeugung an. »Ist mir eine besondere Ehre, Madame!«

Seine Stelze kratzte über den Sand, die rechte Zange schlug scheppernd gegen den Brustkasten.

Lif lachte.

»Du mußt mir einen Termin bei deinem Schöpfer beschaffen, hörst du?«

»Für Sie, Madame, tue ich fast alles!«

Er stolzierte voran.

Das Zimmer war spartanisch eingerichtet. Fensterlos, vollklimatisiert, Tisch, Sessel, Bett, Sanitärzelle, Kommunikationsecke. Lif wählte das Wandprogramm 34/II/11. An den Wänden leuchtete ein blaufleckiges Muster auf. Silbrige Blitze huschten über die Wand, träge flossen rote Flecke über die Decke. Das Programm erinnerte Lif immer wieder an ein Korallenriff, obwohl es dieses Biotop schon lange nicht mehr gab und sie nie eins gesehen hatte. Trotzdem waren für sie die Blitze Fischschwärme, die Flecke einzelne träge Kugelfische oder vorsichtig mit den Antennen spielende Langusten. Contart müßte mich jetzt sehen, dachte sie. Er würde mich für verrückt erklären. Und Per erst!

Der Servomat machte sich inzwischen an der Sanitärzelle zu schaffen. »Madame sollten jetzt duschen«, sagte er. »In drei Stunden ist der nächste Programmpunkt durchzuchecken!«

Lif erhob sich. Jetzt spürte sie das absolvierte Laufpensum in den Beinen. Und gegen die Hartnäckigkeit eines Servomatenwunsches war sie ohnehin machtlos. Sie warf ihm ihre Kleidung zu.

»Reinigen lassen«, befahl sie. »Oder nein, besorg mir einen frischen Satz!«

»Sehr wohl, Madame«, antwortete er dienstbeflissen und mit leichter Verbeugung. Dabei ruhte seine Optik einen Augenblick länger als nötig auf ihrem Körper. »Wenn ich mir noch eine lobende Bemerkung gestatten darf, Madame entsprechen in allen Einzelheiten dem derzeit gültigen Schönheitsideal! Historisch gesehen allerdings ...«

»Verschwinde!« rief Lif lachend und warf ihm ein Handtuch über seine Rezeptorkugel.

Er sprach das Wort ›Rubens‹ zwar noch aus, aber sein Interesse galt schon ausschließlich dem Handtuch, das überall hingehörte, nur nicht auf seine Rezeptorkugel.

Drei Stunden später. Auf dem Weg zur Schwimmhalle traf Lif ihre Nachbarin vom Laufband.

»Ist mir ja peinlich gewesen«, sagte die Frau. »Aber ich war plötzlich weg. So von einer Sekunde auf die andere. Schade, im Vorjahr war der Lauftest noch mein Glanzstück. Mit dem Schwimmen hat es noch nie so richtig geklappt. Das muß man von klein auf üben. Aber wann ist unsereins schon einmal ins Wasser gekommen? Meine Großeltern sind noch in die Seen gestiegen. Daran war schon zu meiner Zeit nicht mehr zu denken. Und in die Hallen, mein Gott, die Hallen waren von den Sportklubs belegt. Wer keine Koryphäe war, der hatte keine Chance. Na ja, dreißig Prozent, mehr war im Vorjahr auch nicht drin. Wird schon gut gehen. Bin doch noch zu jung für eine Altensiedlung, finden Sie nicht?«

Lif nickte. Ein bißchen Training vorher würde nicht schaden, dachte sie.

»Also, wir sehen uns bestimmt noch.« Die Frau verabschiedete sich.

Unter Lifs weitgeöffneten Augen glitten die schwarzen Markierungsfliesen des hellblaugekachelten Bekkens vorüber. Lächerliche fünfzig Meter Streckentauchen war von ihrer Altersklasse gefordert, fünfzig Meter. Die schaffte sie mit einem Arm! Allein der Sprung brachte zehn Meter ein. Die Arme ausgestreckt, geglitten, und vierzig blieben übrig. Jeder Armzug brachte sie um zwei Markierungen voran, jeder Beinschlag trieb sie vorwärts, im glasklaren Wasser konnte sie schon den Beckenrand sehen.

Wende, kräftig abstoßen, fünfundzwanzig plus fünf. In der vollgepumpten Lunge begann die Luft zu drükken. Einen Mundvoll atmete sie gegen den Wasserwiderstand aus. Sie schlug die Arme kräftig gegen die Oberschenkel, der vierzigste Meter glitt vorüber, wieder der Beckenrand, noch einmal die Wende, fünfzig Meter geschafft, das pure Vergnügen in diesem warmen lichten Wasser. Kein Vergleich mit der zähen trüben Brühe, in die sie tagtäglich einzutauchen hatte. Und schon fünfzig plus fünf. Noch einmal ausatmen, kleine Luftblasen stiegen glucksend an die Oberfläche, sie hatte die Siebzigmetermarke passiert, erst jetzt schlug der Druck in der Lunge um zum Sog, erst jetzt war keine Luft mehr da zum Ausatmen, erst jetzt entstand der Zwang, einatmen zu müssen, erst jetzt befahl das Gehirn unerbittlich: Auftauchen!

Der Beckenrand, der fünfundsiebzigste Meter. Lif Engen tauchte auf. Sie sog Luft in sich hinein wie ein Schwamm das Wasser. Und sie lächelte zufrieden. Fünfzig Prozent über der geforderten Norm. Besser konnte ein Testverfahren nicht laufen.

Der Computer bestätigte auf ihrer Testkarte: »Tauchtest einhundertfünfzig Prozent!«

Ihr Servomat schien außer sich vor Freude zu sein.

»Madame sind auf allen Gebieten bewunderungswürdig optimal. Sozusagen das wandelnde, personifizierte Optimum. Noch ein solches Ergebnis, und mir schmelzen alle Sicherungen durch!«

»Du übertreibst«, antwortete Lif. »Ich kenne zwar deine Sicherungen nicht, aber ich kenne mich. Einhundertfünfzig Prozent war eine einmalige Ausnahme!«

»Zwanzig Ampere, träge«, antwortete er. »Madame hatten sich nach meinen Sicherungen erkundigt.«

Der dritte Test schloß sich unmittelbar an die Tauchübung an. Als Lif Engen das Prüflabor betrat, wußte sie sofort, hier würde alles schiefgehen. Vor dem Testgerät saß schon die Frau von Halle neunzehn. Und der Test war als Partnerübung ausgewiesen.

»Die Welt ist wirklich ein Dorf«, sagte Lif.

»Ich bin ja so furchtbar aufgeregt«, antwortete die

Frau und knüllte ein Taschentuch in den Händen. »Ich muß dreiundachtzig Prozent schaffen, unbedingt! Die Geschicklichkeitsübungen waren ein glatter Reinfall.« Vor Aufregung glänzte ihr Gesicht rotfleckig. »Ich darf nur noch zwei Stunden in der Woche arbeiten, aber wenn ich die dreiundachtzig Prozent nicht schaffe, dann verliere ich die auch noch. Und irgendeine Aufgabe muß man doch haben als Mensch, nicht wahr?«

»Das verstehe ich zwar nicht«, antwortete ihr Lif, »die Altensiedlungen sind doch wirklich optimal ausgerüstet, aber wir werden es schon schaffen.«

»Ja, ja, optimal«, sagte die Frau resignierend. »Optimal schon. Aber trotzdem. Mit siebzig! Ich könnte doch noch etwas schaffen! Na ja, vielleicht nicht jeden Tag. Aber einmal in der Woche nach Hause fahren und sagen können, da hast du aber etwas geschafft! Was meinen Sie, auf diesen Tag freut man sich die ganze Woche. Ich und Altensiedlung!«

Lif beobachtete, daß sie ständig ihr Taschentuch zerknüllte. Und dieses Nervenbündel als Partner in einem Konzentrationstest! Ich werde Widerspruch einlegen müssen!

Zwei Leuchtpunkte, die sich unabhängig voneinander über die Bildschirme bewegten, waren in einem Koordinatensystem an vorher festgelegte Stellen zu leiten. Beide Testpartner konnten sich nicht sehen, störten sich aber durch ihre unterschiedliche Steuerungsarbeit gegenseitig. Die Aufgabe war nur lösbar, wenn einer auf die Bewegungen des anderen reagierte, wenn man sich optimal aufeinander abstimmte. Die Zeitvorgabe war knapp, verdammt knapp. Und Absprachen führten unweigerlich zur Disqualifikation.

Ein Scheißspiel, dachte Lif.

Die beiden Punkte rasten über das Koordinatensystem. Lif griff sich einen davon, führte ihn in der Horizontale bis über den vorbestimmten Zielpunkt. Ihre Partnerin hätte zugreifen müssen, um die vertikale Führung zu übernehmen. Statt dessen zuckte der zweite Punkt ziellos über die Koordinaten, näherte sich dem Endpunkt, geriet aber wieder außer Kontrolle. Lif führte ihren Punkt auffällig über die horizontale Linie. Jetzt endlich begriff die Partnerin, übernahm, der Punkt rutschte nach unten, geriet aber schräg, Lif korrigierte, aber auch das andere Pult versuchte, zusätzlich horizontal zu steuern, der Punkt entwischte sofort und lauerte in der obersten rechten Ecke. Und nur noch vierzehn Sekunden Zeit.

Lif griff ihn und führte ihn erneut horizontal. Endlich paßte sich die Frau ihren Bewegungen an, aber kurz vor dem Zielpunkt erlosch der Bildschirm. Die vierzehn Sekunden waren verstrichen, die Aufgabe war nicht erfüllt.

Die Elektronik ließ nicht locker. Ein neuer Punkt war gemeinsam über eine Slalomstrecke zu führen, ein anderer im Torraum der Partnerin unterzubringen, ein Test, in dem man gegenseitig seine Aggressionen austoben konnte. Lif gewann haushoch. Ein dritter Punkt tauchte unvermutet auf und mußte in kürzester Zeit eliminiert werden.

Zum erstenmal kam Lif Engen so richtig ins Schwitzen. Und ihre Gegenspielerin stöhnte und jammerte. »Dreiundachtzig Prozent, dreiundachtzig Prozent, dreiundachtzig Prozent!« Die Zahl stilisierte sich zur Beschwörungsformel.

Nach Abschluß des Tests billigte die Meßelektronik Lif Engen schließlich neunundsiebzig Prozent, der Siebzigjährigen gar nur achtundvierzig Prozent zu. Diese saß noch immer vor dem dunklen Bildschirm und knüllte ihr Taschentuch. Sie wollte nicht begreifen, daß der Test zu Ende war. Nur achtundvierzig Prozent. Also doch Altensiedlung. Lif verließ grußlos das Prüflabor.

»Was meinst du«, fragte sie ihren Servomaten, »soll ich Widerspruch einlegen? Neunundsiebzig Prozent, sie hat mich glatt behindert!«

»Madame haben nur geringe Chancen«, antwortete er. »In den letzten Jahren waren Widersprüche fast immer erfolglos. Der Partner wird durch das Losverfahren festgelegt. Außerdem, Madame können immer noch sehr zufrieden sein.«

»Natürlich, du hast leicht reden, du mußt schließlich keinen Test absolvieren.«

»Jawohl, Madame, ich habe es sehr gut. Ich bin ein Servomat. Ich werde nicht getestet. Ich bin außerordentlich glücklich, Madame bedienen zu dürfen!«

»Ist das dein Ernst?«

»Ich bin außerordentlich glücklich, Madame bedienen zu dürfen.«

»Dein Programm ist doch nicht so gut, wie ich geglaubt hatte. Du wiederholst dich«, sagte sie und knallte ihm ihre Zimmertür vor der Rezeptorkugel zu. Silbrige Fischblitze zuckten über eine blauwallende Wand.

Nach einiger Zeit öffnete er lautlos die Tür. Lautlos rollte er heran. Seine Rezeptorkugel war aufmerksam auf Lif gerichtet. Beim geringsten Zeichen wäre er ebenso lautlos wieder verschwunden.

Lif bedeutete ihm, sich auf seine Radstelzen zu setzen.

»Es ist nur so, Madame, manchmal tun sie mir in der Schalteinheit leid«, nahm er das Gespräch wieder auf.

»Wer tut dir leid?«

»Die, die es nicht schaffen. Es ist selten, daß jemand sein Testprogramm so spielend meistert wie Madame.«

»Und dann tun sie dir leid?«

»Jawohl, Madame. Wenn ich sie dann sitzen sehe, wenn ich miterleben muß, wie sie ihr seelisches und körperliches Optimum verlieren, dann möchte ich kein Mensch sein.«

»Du bist schon eine ulkige Nudel«, entgegnete ihm Lif. »Das Testprogramm ist ausreichend lange bekannt, seine Aufgaben sind durchaus erfüllbar. Und wer Schwierigkeiten hat, der hätte vorher trainieren müssen. Du mußt doch deine Leistungen auch bringen, oder nicht?«

»Sehr wohl, Madame.«

»Und wenn du einmal deine Funktion nicht mehr erfüllst?«

»Sie meinen, wenn ich einen Defekt habe, Madame?«

»Ja.«

»Dann werden mir die defekten Einzelteile ausgewechselt.«

»Du bist ja noch viel schlimmer dran.« Lif lachte ihn aus. »Weißt du was? Ich möchte kein Servomat sein.«

»Sehr wohl, Madame«, antwortete er, »das verstehe ich.« Die Glimmlampen seiner Zentraleinheit leuchteten noch lange. Das Thema wollte ihm nicht aus den Chips.

Den ganzen nächsten Tag jagten sich Tests und Untersuchungen. Bald hätte Lif nicht mehr sagen können, hinter wieviel Labortüren und Halleneingängen sie schon gewesen war. Nach jedem Test erwartete sie ihr Servomat, jedesmal lobte er sie. Bei gleicher Prozentzahl natürlich mit den gleichen Worten. Aber ohne ihn hätte sie sich in dem umfangreichen Gebäudekomplex wahrscheinlich längst verlaufen.

Dritter Tag. Die Gebärfähigkeitskontrolle. Medimatenuntersuchung, Blut- und Urinanalyse, Kolposkopie und Ganzkörperscintographie. Dazu die Computerfragen: »Geben Sie die Personenkennzahl/-zahlen Ihres/Ihrer Partners/Partner an!«

Lif tippte Pers Zahlenkombination ein. Der Computer wußte alles.

»Scheidung eingereicht, Scheidung ausgesetzt, Partner im Dienst des Generalrates für Raumfragen. Voraussichtlich acht Jahre im Allaußendienst. Spermiendepots in der Samenbank des Generalrates gespeichert.« Zusatzfrage des Medizincomputers: »Existieren außer Engen, Per, noch andere Partner?«

Lif verneinte.

Der Computer fragte nach: »Wünschen Sie, sich im Kontrollzeitraum fortzupflanzen? Wenn ja, extra- oder intrauterin? Sie werden darauf hingewiesen, daß Ihre körperliche Konstitution einer generativen Aufgabe außerordentlich entgegenkommt!«

Lif verneinte abermals.

Der Computer gab ihr ihre Testkarte zurück. »Gebärfähigkeitskoeffizient 1,8 intrauterin; 2,2 extrauterin.«

»Es ist wahrhaftig eine Schande, sich mit solch günstigen Werten nicht schwängern zu lassen, Madame«, kommentierte ihr Servomat spitz.

»Davon verstehst du wirklich nichts«, fuhr sie ihn an. »Das laß gefälligst meine Sache sein!«

»Immer dasselbe«, sinnierte er halblaut. »Erst wollen die Mesdames ewig nicht, Beruf, Figur, Lebensstandard, und wenn sie dann schließlich wollen, dann sind die Werte so schlecht geworden, daß sie nicht mehr dürfen.«

»Ich frage mich ernsthaft, was dich das angeht. Noch ein Wort, und ich werde mich über dein unverschämtes Programm beschweren. Dann wirst du gelöscht und lernst noch einmal von Grund auf, dich zu benehmen!«

»Entschuldigung, Madame.«

»Bring mein Gepäck zum Ausgang, und bestell mir ein Kabinentaxi!«

Soweit kommt es noch, dachte Lif. Jetzt eine Schwangerschaft, womöglich noch eine intrauterine. Das könnte Bugalski passen. Darauf wartet der nur, das hieße automatisch ein Verbot für die nichtoptimierten Zonen.

»Es war mir ein besonderes Vergnügen, Madame betreut haben zu dürfen«, verabschiedete sich der Servomat mit dem Autogramm auf dem Rücken und drückte ihr die Schultertasche in die Hand. Dann rollte er davon.

Endlich hebt die ›Hirundo‹ mit einem kaum wahrnehmbaren Ruck von der Startplattform IV der Marsstadt ab. Ich habe das Gefühl, als fahre ein Fahrstuhl mit irrsinniger Geschwindigkeit in die Höhe. In wenigen Minuten schmilzt unsere Startbasis zu einem unscheinbaren Punkt auf einer rotbraunen zernarbten Kugeloberfläche zusammen. Das Pfeifen der Antriebsraketen aus dem Zentrum des Fahrzeuges ist in meiner Kabine kaum noch zu hören.

Die ›Hirundo‹ ist eine der neuesten Konstruktionen des Generalrates. Wir werden nichts entbehren müssen auf unserem Weg zum kleinen Transpluto, der nach den Mutmaßungen der Astrochemiker aus purem Nickel bestehen soll. Außer der Sonne natürlich. Sie wird nur eine millimeterkleine Scheibe am tiefschwarzen Himmel sein, nicht viel größer als die großen Nachbarplaneten Saturn, Neptun und Jupiter, wenn sie günstig zu uns stehen. Wärme wird diese Sonne nicht mehr spenden. Und das Licht wird wie ewige Dämmerung sein, Tag und Nacht kaum unterscheidbar. Die Erde wird man mit bloßem Auge nicht erkennen können. Aber das haben wir alle gewußt. Und wer es nicht wußte, dem wurde es während der Vorbereitungsphase gesagt. Eindringlich, deutlich, überdeutlich.

Überhaupt hatte man uns in dieser Zeit alles über den fernen Zwerg eingetrichtert, was in den Speichern des Generalrates registriert war. Man hatte uns vierundvierzig Mann das Gefühl vermittelt, der Flug läge bereits hinter uns, und es gäbe nichts, aber auch gar nichts, was uns auf dieser Reise noch vor Probleme stellen könnte.

Vierundvierzig Mann, auf sechs Jahre Flugdauer und achtzehn Monate Objektforschung unausweichlich aneinandergefesselt. Vierundvierzig Mann, ausgesondert aus über zweitausend Bewerbern, zusammengestellt nach den allerneuesten Harmonierichtlinien des Generalrates für Raumfragen. Durchleuchtet und gedrillt.

In die Funksicherheit von Zentralcomputern erhoben.

Um so peinlicher für die Leute vom Ausbildungsdienst, daß wir unseren ersten Mann schon vier Wochen vor dem Start verloren haben. Die Ausbildungsphase war abgeschlossen, die Mannschaft nominiert. In ein paar Tagen sollten wir zur Basis Mars Nord II starten.

Doktor Filipow, unser Bordmediziner, flog zum letzten Heimaturlaub nach Hause, einen Tag früher als geplant, das war sein Fehler, und kam zurück ins Ausbildungszentrum, auch viel früher als geplant und absolut volltrunken, hat einen ziemlichen Wirbel verursacht. Sie haben ihn mit Gewalt in eine Ausnüchterungszelle des medizinischen Dienstes verbringen müssen, und bei dieser ›Verbringung‹ büßte sein Servomat seine Rezeptorkugel ein. Das kostete Doktor Filipow natürlich die Raumfahrberechtigungskarte A. Und wir benötigten einen Ersatzmann oder hätten den Starttermin verschieben müssen. Das aber war nicht möglich. Der Transpluto wartete an einer vorausberechneten Stelle auf uns. Ließ sich keine Wartezeit befehlen. Peinlich für das Ausbildungszentrum.

Nach langer Diskussion mit den Zentralcomputern war ein Ersatzmann gefunden, der in unser Harmonieschema paßte. Doktor Vesna Skaljer, zum Zeitpunkt ihrer Nominierung Ärztin auf dem Sanatoriumsatelliten ›Saneco‹ in der Mondumlaufbahn.

Ich habe sie in der Desinfektionsabteilung kennengelernt. Jeder von uns durfte seine Kabine nach seinem ganz persönlichen Geschmack einrichten. In gewissen Grenzen natürlich. Ein paar Bilder, eine kleine Plastik, die Farbe und das Muster der Gardinen. Und das alles mußte, ehe es an Bord gebracht werden konnte, sorgfältig desinfiziert werden, unseres Bioregenerationssystems wegen.

Doktor Skaljer brachte ein kleines Paket in die Desinfektionsabteilung von Mars Nord II. Der diensthabende Techniker packte es aus. Ein weißbehaartes stachliges Etwas kam zum Vorschein. Der Mann drehte es nach allen Seiten.

»Was ist das?« fragte er Doktor Skaljer mißtrauisch.

»Cephalocereus senilis, der Oldmankaktus der Nordamerikaner«, antwortete sie ruhig. »Mein ständiger Begleiter seit einigen Jahren. Sogar die Mondumlaufbahn ist ihm gut bekommen.«

»Wir sind aber nicht die Mondumlaufbahn«, sagte der Desinfektor bestimmt und stellte die Pflanze vor Doktor Skaljer auf das Schalterbrett. »Und in die ›Hirundo‹ kommt das Ding auf keinen Fall. Wie hieß das noch einmal?«

»Cephalocereus senilis!«

»Cepha, Cepha«, murmelte der Mann und blätterte in einem Buch. »Steht hier nicht«, sagte er dann zu unserer neuen Ärztin. »Aber ich frage noch einmal im Zentralspeicher an. Könnte ja sein, daß man Ihren Cepha, Ihre Pflanze, dort kennt. Schreiben Sie mir bitte den Namen auf!«

Ungeduldig schrieb Doktor Skaljer den Pflanzennamen auf ein Blatt Papier. Der Desinfektor tippt ihn in den Computer ein.

»Cephalocereus senilis, amerikanisches Greisenhaupt, säulenförmiger Kaktus, dicht mit weißen Haaren besetzt, Seltenheit, erreicht Höhen von acht bis zehn Metern. Von der Liste der zugelassenen Arten laut Optimalprogramm 2211/381 gestrichen!«

»Da sehen Sie selbst, Sie können ihn nicht an Bord bringen. Er ist gestrichen. Obwohl ...« Der Techniker drehte die Pflanze vorsichtig, als fürchte er, die Stacheln seien giftig und er könne sich verletzen. »Ich kann mir wirklich nicht vorstellen, daß er acht Meter hoch wird. Ist doch kaum eine Handvoll.«

»Ich will ihn mitnehmen und ich werde ihn mitnehmen«, sagte Doktor Skaljer sehr bestimmt. »Wenn er auf dem Mondsatelliten nicht gestört hat, weshalb sollte er in der ›Hirundo‹ stören?«

»Ist nicht mein Bier, das zu entscheiden«, antwortete der Desinfektor. »Ist von der Liste gestrichen, damit basta! Wenn Sie darauf bestehen, bitte ich einen Bordbiologen der ›Hirundo‹ her. Aber der wird Ihnen auch nichts anderes sagen. Ist nun mal gestrichen, Ihr Kaktus. Da kann niemand etwas machen.«

Ich hatte keine Ahnung, weshalb man mich in die Desinfektionskammer gerufen hatte. Ich ging hinein, sah den Mann hinter dem Schalter, der nervös mit den Fingern auf dem Brett trommelte, vor dem Schalter unsere neue Ärztin, dazwischen den dezimetergroßen Kaktus.

»Der hier soll an Bord«, sagte der Desinfektor. »Ist aber nicht zugelassen!«

Doktor Skaljer sah mich mit großen Augen schweigend an.

»Eigentlich dürfte er nicht«, sagte ich zu ihr.

Wenn ich ehrlich bin, eine typisch weibliche Reaktion hätte mich nach diesem Satz nicht verwundert. Tränenumflorte Augen und seufzendes Abschiednehmen von Cephalocereus senilis beispielsweise.

Sie reagierte völlig anders. Sie stellte die Pflanze zurück in den Kasten und sagte zu ihr und zu sich selbst, auf jeden Fall aber ohne den Desinfektor oder mich anzusehen: »Die wollen uns hier nicht, old man. Da gehen wir eben wieder. Und du bekommst deinen Bullaugenplatz im Sanatorium zurück!«

»Momentchen«, rief ich, »nicht so hastig!«

Ohne Arzt würden sie uns auf keinen Fall fliegen lassen. Wenn sie das wußte, war es die reinste Erpressung. Wußte sie es nicht, dann Hut ab. Dann stand sie auf meiner Seite. Ein bißchen plump, aber immerhin auf meiner Seite.

»Lassen Sie sich doch einmal die Begründung geben, weshalb die Art nicht mehr zugelassen ist!« wies ich den Desinfektor an.

Mißmutig machte der sich an der Eingabeeinheit zu schaffen. »Cephalocereus senilis«, meldete der Rechner, »wirtschaftlich und pharmakologisch bedeutungslos, Störfaktor der Hybridgrassorte ...«

»Danke«, wehrte ich lächelnd ab, »um wirtschaftliche Bedeutung geht es nicht. Auch nicht um pharmakologische. Mehr wohl um die ästhetische!«

Doktor Skaljer packte die Pflanze wieder aus.

Man hörte den Desinfektor förmlich mit den Zähnen knirschen. »Aus der Erde muß er aber raus!« Damit spielte er seinen letzten Trumpf aus.

»Sicher. Wir verpassen ihm eine schwerelosigkeitssichere Hydrokulturpackung!«

»Und das schadet ihm nicht?«

»Nein«, bellte sie der Desinfektor an, »das schadet ihm überhaupt nicht!«

Ich bekam ein Lächeln geschenkt, wie ich es schon seit Jahren nicht mehr gesehen hatte. Harmonieprogramm!

Wir schwenken in die Umlaufbahn ein. Das Fahrstuhlgefühl macht der Schwerelosigkeit Platz. Minutenlang weiß ich nicht, wo oben und wo unten ist, muß mich am Sessel festschnallen und habe trotzdem das Gefühl, in einen Abgrund zu fallen. Fahrstuhl abwärts. Endlich setzt die Wirkung der Fliehkraft ein. Die ›Hirundo‹ beginnt sich um ihre eigene Achse zu drehen. Im Außenring, in dem sich unsere Kabinen befinden, werden in ein paar Sekunden fast irdische Schwereverhältnisse herrschen. Aber im Augenblick wiege ich soviel wie eine Daunenfeder und stoße mir den Kopf an der ›Dekke‹, als ich mich in Richtung Bullauge bewege, um einen Abschiedsblick auf den roten Planeten zu werfen, der mir während meiner Dienstjahre zu einem Stückchen Heimat geworden ist. Irgendwann werde ich wieder vor den Metallplatten stehen, es werden mehr geworden sein, und ich werde sagen: Ich bin zurückgekommen.

Noch ein paar Umkreisungen, dann werden wir das optimale Startfenster erreicht haben.

Drei Jahre wird der Hinflug dauern. Drei Jahre lang muß für vierundvierzig Mann Arbeit gefunden werden. Arbeit, nicht Beschäftigungstherapie.

Leicht wird es für die Techniker. Sie haben ihre ›Hirundo‹. Auch an einem funkelnagelneuen Fahrzeug findet ein richtiger Techniker immer etwas zu tun. Und wenn es nur um das Auswechseln eines Thermostaten in Kabine 278 im untersten Stockwerk des Außenringes gehen wird, der eine Temperaturabweichung verursacht. Techniker finden immer Arbeit. Die ›Hirundo‹ besteht aus Millionen von Einzelteilen.

Leicht wird es auch sein, die Physiker zu beschäftigen. Sie werden im freien Raum Gravitationsmessungen durchführen. Es gibt für diese Werte längst Tabellenbücher, genau bis zur soundsovielten Stelle hinter dem Komma. Aber errechnete Werte, niemals in der Praxis überprüft, denn in den meisten Raumsektoren, die wir durchfliegen, ist vorher noch kein Mensch gewesen. Und Korrekturen der Tabellen um Zehntausendstel oder Millionstel können für nachfolgende Fahrzeuge mit speziellen Aufgaben wichtig sein.

Wenn sie dann noch Glück haben und Anomalien finden, bei denen die Korrekturquote auf Stellen unmittelbar nach dem Komma steigen sollte, dann sind die Physiker auf Jahre hinaus beschäftigt. Theorien werden entstehen. Es wird disputiert werden. Um die Physiker muß man sich nicht sorgen.

Die Funker werden auch immer Arbeit haben. Da gibt es in den angrenzenden Raumsektoren Tausende von Stationen. Bemannte, unbemannte, in den Katalogen verzeichnete, aber auch entwichene und vergessene Irrläufer, die man plötzlich wieder im Leitstrahl haben wird. Nicht mehr registrierte Frühsonden, zwanzigstes Jahrhundert, nostalgische Geschosse, die nicht zur Ruhe kommen können. Für deren Ortung Sonderprämien ausgesetzt wurden. Und dann gibt es natürlich den planmäßigen Funkverkehr mit Mars Nord II oder sogar mit dem Zentralcomputer des Generalrates für Raumfragen auf der Erde. Wenn eine solche Verbindung stabil zustande gekommen sein wird, werden sie stolz hinter ihren Schaltpulten hervorsteigen und nach altem Brauch einer Flasche den Hals brechen. Die Funker haben also auch ihre Arbeit.

Natürlich habe auch ich meine Aufgaben. So umfangreiche sogar, daß ich sie allein nicht bewältigen könnte, deshalb ist Ineke Koopmanns, eine Kollegin, an Bord. Da sind rund tausend Kilometer Rohrleitungen des Bioregenerationssystems zu warten, da muß die Algenart Chlorella norwegensis gepflegt werden, auf der unser Regenerationssystem basiert, da sind Sauerstoffverbrauch und -produktion miteinander in Einklang zu bringen, da muß für die Beseitigung und Umwandlung biologischer Abfallprodukte gesorgt werden, da ist die Qualität des Trinkwassers zu überwachen. Jenseits des Saturn werden wir außenbords Chlorophyllzellen zu montieren haben, um das Sauerstoffdefizit des Fahrzeuges auszugleichen. Arbeit also genug während der drei Jahre. Aber das alles wird mich nicht ausfüllen. Da wird ein Rest bleiben, dieser Rest heißt Lif. Sehr viel Zeit werde ich zum Nachdenken haben. – Cephalocereus senilis. Und solch ein Lächeln!

Nach der dreitägigen Testprozedur gönnte sich Lif Engen ein paar Tage Urlaub. Ihre Arbeitsgruppe für das Pilotprojekt stand Gewehr bei Fuß, alles war für den Einsatz vorbereitet, die letzten Tests mit verschiedenen Wasserproben waren positiv verlaufen. Sogar die Ichthyologen waren schon an Ort und Stelle und hatten ihre Bassins mit größeren Beständen des polyploiden Tarpuns mitgebracht, der Fischart, die sich später von Lifs Alge ernähren sollte. Einzig Bugalski störte noch, aber auch der nicht mehr lange, in fünf Wochen würde seine Zeit abgelaufen sein, mochte er sich jetzt auch noch so widerborstig durch das Dreckwasser wühlen und Überlebensreste suchen. Einen Zufall wie den mit der ökologischen Insel konnte es nur einmal geben. Das sagte schon der gesunde Menschenverstand, dazu mußte man nicht erst einen Rechner befragen.

Nein, Lif Engen hatte keine Lust, dem vergeblichen Bemühen Bugalskis zuzuschauen. Da legte sie sich lieber für ein paar Tage in ihre Wohnwabe und ließ sich von ihrem Servomaten verwöhnen. Auch wenn der nicht ›Madame‹ sagte, sondern ›Frau Lif‹ und selbst dabei noch nuschelte. Und außerdem – vor der zu erwartenden Hektik wollte sie sich noch einmal in Ruhe in ein Kabinentaxi setzen und sich durch die Landschaft fahren lassen, das zu genießen, was sie und ihre Kollegen in jahrzehntelanger Arbeit schon geschaffen hatten. Völlig allein wollte sie sein, sich stundenlang ohne festes Ziel an der optimierten Umwelt erfreuen.

Ja, das hatte sie sich fest vorgenommen. Und mit Per wollte sie sprechen (der Generalrat für Raumfragen hatte durchblicken lassen, es gäbe vielleicht bald eine Möglichkeit für den privaten Sprechverkehr mit der ›Hirundo‹).

Und mit dem Programmierkünstler wollte sie verhandeln, das nuschlige ›Frau Lif‹ ihres Servomaten ging ihr schon lange auf die Nerven.

Das alles werde ich tun, überlegte sie, während sie in ihrer Wabe lag und silbrige Blitze über die blauen Wände huschten.

»Verzeihung, Frau Lif«, nuschelte ihr Servomat und riß sie damit aus all ihren Planträumen, »es ist ein amtliches Schriftstück eingegangen.«

»Lies schon vor!« befahl sie gähnend.

»Sehr wohl, Frau Lif«, sagte er. »Ich beginne also:

Werte Kollegin Engen!

Das Ergebnis Ihres Verlängerungstests zur Unterwasserlizenz ist wider jedes Erwarten negativ ausgefallen. Aufgrund dieses Ergebnisses muß Ihnen leider die Unterwasserarbeit mit sofortiger Wirkung untersagt werden.

Beim gegenwärtigen Stand des Pilotprojekts können Sie jedoch die an Sie gestellten Aufgaben ohne eine solche Lizenz nicht erfüllen. Sie haben damit eine wichtige Voraussetzung Ihrer Planstelle verloren und müssen deshalb mit einer Umbesetzung rechnen. In Anerkennung Ihrer bisherigen hervorragenden wissenschaftlichen Leistungen und in Würdigung Ihrer Verdienste schlagen wir Ihnen eine Tätigkeit als Leiterin der zentralen Katalogisierungsstelle des Instituts vor und halten Ihnen die entsprechende Planstelle für zehn Tage zu Ihrer Entscheidung offen. Mit vorzüglicher Hochachtung, Contart, Leiter des Rechenzentrums am Institut für Optimierungsprozesse der Ökologie mittelwarmer Schelfmeere.«

Wie elektrisiert sprang Lif auf.

»Das liest du noch einmal!«

»Sehr wohl, Frau Lif.«

»Unsinn, gib her!« schrie sie ihn an.

Sie riß ihm das Papier aus den Zangen. Las selbst, einmal, zweimal, ein drittes Mal. Die Planträume, die Traumpläne waren vergessen. Jetzt galt es, hellwach zu sein.

Vorläufig begriff sie nur eins: Sie sollte nicht mehr tauchen dürfen, sie sollte ihre Arbeit aufgeben. Und das war schlimm, besonders jetzt, wenn man die Ergebnisse jahrelanger Arbeit nicht nur in Versuchsprotokollen, sondern in der Praxis würde wiederfinden können.

Aber dann sagte sie sich, es war von schlechten Testergebnissen die Rede, und da das für sie nicht zutraf, mußte es sich also um einen Scherz handeln, ganz klar, um einen üblen Scherz! Contart erlaubte sich also einen üblen, einen miesen Scherz mit ihr!

Lif Engen wurde wütend. Sollte er seine üblen Scherze machen, mit wem er wollte, mit ihr nicht!

Sie bestellte sich ein Kabinentaxi. Scherze dieser Art hatte Professor Haxwell persönlich zu beurteilen. Abzuurteilen, von Rechts wegen. Schließlich war er der Chef, nicht irgendein Kollege Contart. Und jeder am Institut wußte, daß ihr der Professor außerordentlich nahestand. Sie hatte als seine Assistentin angefangen, sie hatten lange Zeit eng zusammengearbeitet, ehe sie eigene Forschungsprojekte übernahm. Professor Haxwell würde diesen üblen Scherz aus der Welt schaffen. Das war das mindeste. Das war er ihr einfach schuldig.

Professor Haxwell begrüßte Lif Engen mit der zuvorkommenden Zurückhaltung, mit der man mit ansteckend Erkrankten zu verkehren pflegt.

»Habe bereits alles erfahren, Lif. Was um Himmels willen haben Sie sich da geleistet?«

Er war das Bedauern in Person. Er war die Nachsicht in Person. »Nun gut, ich verstehe, daß Sie auf den Laufbändern nicht das große Genie waren. Sie hatten auch nicht ausreichend Training. Aber den Tauchtest, Lif, den Tauchtest hätten Sie unbedingt schaffen müssen! Fünfzig Meter, Lif, wenn Ihnen unten eine Havarie zustößt, und Sie schaffen noch nicht einmal fünfzig Meter, nicht auszudenken! Mir wird nachträglich noch schwindlig, glauben Sie mir!«

»Moment, Moment, Moment!« unterbrach sie ihn. »Ich höre wohl nicht richtig! Tauchtest? Ich bin eine Strecke von fünfundsiebzig Metern getaucht. Das sind fünfundzwanzig Meter über das Soll!«

»Da liegen mir ganz andere Werte vor, Lif.«

Lif Engen fühlte sich wie nach fünfundsiebzig Metern am Beckenrand angekommen. Jeden Augenblick mußte sie auftauchen. Oder die Lungen würden ihr platzen. »Aus welchem Grund wollen Sie mich eigentlich ausbooten? Oder ist das Pilotprojekt ganz und gar gestoppt worden?«

»Lif, ich bitte Sie! Wir arbeiten wirklich lange genug zusammen. Solange ich dieses Institut leite, wird Sie hier niemand ›ausbooten‹. Aber das Pilotprojekt, ja, das macht mir tatsächlich ernsthaft Sorgen ohne Sie. Deshalb möchte ich Sie bitten, seien Sie mir behilflich, einen möglichst hochkarätigen Ersatz für Sie zu finden.«

Er legte ihr einen Packen Personalkarten auf den Schreibtisch.

»Das ist unglaublich«, schrie sie ihn an. »Ich werde mich mit einer saftigen Beschwerde an das Ministerium wenden. Sagen Sie das Ihrem Contart!«

Die Tür flog krachend hinter ihr zu.

Heute, nachdem wir in einförmigen Flugmonaten zu versinken drohen, in denen die ›Hirundo‹ und die Welt stillzustehen schienen, heute war es, als hätte ein Blitz eingeschlagen.

Heute hat in die ›Hirundo‹ ein Blitz eingeschlagen. Und er traf zuerst unseren Kommandanten. Hat ihn vom hohen Stuhl gepustet, sozusagen. Sein Glück, daß es die meisten noch nicht wissen. Weil sie nicht dabei waren. Und weil es ein Blitz war, der uns allesamt getroffen hat.

Die Bordquarze zeigten siebzehn Uhr elf. In der Tag- und Nachtlosigkeit dieser Flugjahre ein rein astronomischer Wert, ohne jede Bedeutung für den Biorhythmus der Besatzung, der ohnehin ausschließlich nach den Erfordernissen des Bordbetriebes eingepegelt wurde. Von den vierundvierzig Mann arbeiteten höchstens fünfzehn gleichzeitig. Der Rest hatte Freiwache oder Ruheperiode. Die Bordquarze also zeigten siebzehn Uhr elf. Ich war auf Kontrollgang entlang des Regenerationssystems in Speiche sieben zwischen innerem und äußerem Ring, als das Heulen der Alarmsirenen durch das Fahrzeug gellte. Im inneren Ring wurden die Labortüren aufgerissen, Hisao Schindo, Chef der Physiker, rannte an mir vorbei, einen Selbstretter in der Hand, und nach ihm Laszlo Koopmanns, Einsatzleiter der Techniker des Innendienstes.

Auch ich rannte los, riß an der nächsten Rettungsbox einen Selbstretter aus der Halterung und hastete in Richtung Leitzentrale, wo ich laut Alarmplan das Regenerationssystem am zentralen Schaltpult zu überwachen hatte.

Irgend etwas war faul an diesem Alarm. Das merkte ich, als ich die Leitzentrale erreichte. Kommandant Nitta hockte vor seinem Pult und starrte auf das Bild des Fernradars. Neben ihm stand die Ismajlowa und redete aufgeregt auf ihn ein. Der diensthabende Funkingenieur spielte an den Knöpfen, als hätte er eine Orgel und nicht das Allbandgerät vor sich. Von mir nahm niemand Notiz. Ein Blick auf die Meßwerte genügte, um festzustellen, in meinem Bereich war alles in Ordnung. Auf Chlorella norwegensis war Verlaß.

»Ich habe noch niemals ein Objekt gesehen, das solche unsinnigen Bahnparameter gehabt hätte«, sagte die Ismajlowa nun schon zum zweitenmal und tippte mit den Fingern auf den Radarschirm. Das Pünktchen, das die ganze Aufregung verursachte, bestach durch seine Helligkeit.

»Wir sind noch viel zu weit entfernt, um Endgültiges sagen zu können«, entgegnete ihr Nitta.

»Trotzdem müßten wir den Zentralcomputer beim Generalrat verständigen«, beharrte die Ismajlowa. »Nach den Karten müßte der Raumsektor vor uns leer sein.«

In diesem Augenblick spuckte der Bordcomputer rasselnd die ersten Berechnungen aus.

»Der ›Hirundo‹ droht keine Gefahr«, stellte Kommandant Nitta fest, nachdem er die Werte studiert hatte.

Ich hatte den Eindruck, er lasse sich bei diesem Studium besonders viel Zeit.

»Das Objekt kreuzt zwar unsere Flugbahn, aber in unkritischer Distanz.«

»Und das hier«, fragte die Ismajlowa erregt, »ein Albedowert von über neunzig Prozent? Das allein ist doch Grund, den Generalrat zu informieren. Es kann sich doch nur um einen Irrläufer handeln. Vielleicht muß er sogar eliminiert werden.«

Tameo Nitta saß noch immer auf ganz hohem Stuhl. Er lächelte väterlich und gütig.

»Weißt du, Wanda«, antwortete er der Ismajlowa, »wenn jeder so impulsiv mit seinen Entschlüssen wäre wie du, der Generalrat würde mit Informationen nur so überschüttet. Und das wirklich Wichtige würde in dieser Flut untergehen. Nein, nein.« Er winkte ab, als sie ihm ins Wort fallen wollte. »Ich weiß schon, was ich sage. Ich halte sogar den Alarm für übertrieben.«

Wanda Ismajlowa kam immer noch nicht zu Wort.

»Ich mache dir keinen Vorwurf. Lieber zehnmal zu früh reagiert, als einmal zu spät, aber das nächste Mal bitte ich mir mehr Ruhe und Besonnenheit aus.«

Der Funkingenieur drehte sich um.

»Ich habe ihn jetzt genauer im Visier«, sagte er. »Die neuesten Daten sind schon im Rechner.«

Unser Bordcomputer schwieg ein paar bautypungewöhnliche Sekunden. Dann spuckte er sein Resultat aus: »Geortetes Objekt zweifelsfrei technischen Ursprungs. Identifizierung unmöglich. Zur Klärung der Angelegenheit erfolgte Dringlichkeitsschaltung zum Zentralcomputer.«

Ein Blitz hatte den Kommandanten getroffen. Hatte ihn von seinem Stuhl katapultiert. Aber man darf nicht ungerecht werden, wir hatten den Kommandanten bekommen, den wir für einen achtjährigen Fernflug brauchten. Sehr erfahren, sehr vorsichtig, immer sorgfältig abwägend, besonnen bis an die Grenze der Tatenlosigkeit. Das Wort ›Risiko‹ war für ihn eine unbekannte Vokabel einer unbekannten Fremdsprache. Passend war er für jedes Harmonieprogramm, als der personifizierte Ausgleich. Aber kein Kommandant für außergewöhnliche Ereignisse. Die Ismajlowa und ein Funkingenieur, ich hatte das soeben miterlebt. Diesmal hatte ihm seine Erfahrung einen Streich gespielt, weil sich in seiner bisherigen Flugpraxis außergewöhnliche Ereignisse immer als harmlos und unbedeutend entpuppt hatten.

Der Funker hatte die ungefähre Größe des Objekts bestimmen können. Mindestens einen Kilometer Durchmesser. Und ein Albedowert von über neunzig Prozent. Da raste eine Spiegelkugel auf uns zu. Das war das erste, was ich wirklich begriff. Das zweite hatte der Computer schon ausgedruckt. Es gibt keine natürlich spiegelnden Objekte. Es muß sich also um ein technisches Gerät handeln.

Und drittens, es läßt sich vorläufig nicht identifizieren. An viertens wage ich nicht zu denken, aber ich weiß, so riesige Objekte sind von Menschenhand bisher noch nicht gebaut worden.

Kommandant Nitta saß wie versteinert, als die Entscheidung des Zentralcomputers beim Generalrat für Raumfragen ankam: »Sofortige Kurskorrektur der ›Hirundo‹, Beobachtung des georteten Objekts. Stündlicher Dringlichkeitsbericht an den Zentralcomputer. Keine Kontaktaufnahme. Sicherheitsdistanz wahren!«

Unser elektronischer Kommandant hatte entschieden. Endgültig. Sein menschliches Pendant ging mit hängenden Schultern in seine Kabine. Widerspruch gegen eine solche Entscheidung war kaum vorstellbar. Der Transpluto hatte zu warten. Und die Ismajlowa arbeitete hektisch an neuen Flugkurven. Wann werden wir diesen Blitz begreifen können?

»Es tut mir sehr leid«, sagte der Pilot des Helikopters, »aber ich darf Sie nicht fliegen. Ich habe Anweisung vom Kollegen Contart.«

»Es tut mir außerordentlich leid«, sagte der Beamte am Zaun, »ich darf Sie nicht durchlassen. Ich habe eine diesbezügliche Information Ihres Instituts vorliegen.«

So also war das. Contart hatte alles ausgeklügelt. Mathematisch exakt. Aber er sollte eine Rechnung ohne Lif Engen gemacht haben. Immerhin gab es über dem Institut noch das Ministerium. Dort konnte man Fehlentscheidungen anfechten. Ihre Überprüfung, ihre Aufhebung verlangen. Genauso eiskalt handeln mußte man wie Contart. Was sollte denn aus dem Pilotprojekt werden ohne sie? Nein, besser: Was sollte aus ihr werden ohne dieses Projekt? Lif Engen beschwerte sich in aller Form beim Ministerium für Optimalökologie. Irgend jemand mußte Contart in die Schranken weisen, wenn es der Professor nicht tat.

Das Ministerium setzte ein erstes, institutsinternes Schlichtungsgespräch an. Haxwell ließ sich von Contart vertreten. So saßen sie sich gegenüber.

»Es tut mir ganz besonders leid«, sagte Contart zu ihr. »Aber ich habe meine Vorschriften.«

»Es tut Ihnen nicht leid«, antwortete sie. »Und ich verlange, daß Sie den Fehler finden. Und das schnellstens. So etwas können Sie mit mir nicht machen. Und in der Zwischenzeit lassen Sie mich gefälligst unbehelligt weiterarbeiten!«

»Das geht nicht«, sagte er.

Damit war das Gespräch im Verwaltungsgebäude beendet. Lif ging in ihre Laborräume. Die Brutschränke waren abgeschaltet, die Labortische leer. Natürlich, denn alles spielte sich jetzt hinter dem Zaun ab, am Strand, in der Traglufthalle. Und dorthin durfte sie nicht mehr. Das hier, das war nur noch leere Hülle. Ein Becherglas stand vergessen auf einem Tisch. Sie schleuderte es gegen die Wand.

Auf dem Gang lief ihr Professor Haxwell in die Arme. Wollte schnellstens an ihr vorbei, hatte aber nichts in der Hand, hinter dem er sich vor ihr verstecken konnte.

Keine Akten, keine Zeitschrift, nichts. Und nicht einmal eine gute Ausrede auf den Lippen.

»Ich habe Ihnen gesagt, daß es ein Irrtum von Contart sein muß«, fuhr sie ihn an. »Und Sie lassen es zu, daß vollendete Tatsachen geschaffen werden. Ich verlange, daß Sie mich weiterarbeiten lassen!«

»Es tut mir wirklich leid«, sagte er.

Und dann verschwand er hinter der Tür für Männer. Lif wußte, dort würde ihn der Teufel nicht wieder herausbekommen, solange sie auf dem Gang stand.

Und noch vor einer Woche war die Erde für sie rund gewesen und der Himmel am Tage blau und nachts sternenübersät. Wie es sich gehörte.

Seit siebzehn Uhr elf schwingen in der ›Hirundo‹ die Quarze anders. Vorher hatte jeder sein Ziel. Die Nickelvorkommen des Transpluto, die Suche nach organischen Partikeln an der Grenze unseres Sonnensystems, die Messung der Galaxiswinde, die, vom Zentrum der Milchstraße ausgehend, auf unser Planetensystem treffen, die Spuren der sagenumwobenen Wanderer, für die der Transpluto einst Stützpunkt gewesen sein könnte. Und jeder von uns war auf seinen Teil dieser Aufgaben vorbereitet. Eine Spezialistenbesatzung.

Seit siebzehn Uhr elf aber zählt Spezialistentum nicht mehr. Um siebzehn Uhr elf ist der Transpluto aus unserer Reichweite geraten.

Ich verlasse die Leitzentrale; das automatische Regenerationssystem bedarf meiner Anwesenheit dort nicht, und ich bin schon von der Freiwache umringt.

»Was ist nun wirklich los, Engen? Wir sollen etwas Sagenhaftes im Fernradar haben? Ist es wahr, daß Nitta und die Ismajlowa Krach miteinander hatten? Stimmt es, es soll sogar eine Kurskorrektur geben?«

Ich flüchte mich mit meinen Antworten ins Unverbindliche. Weiß von nichts und hinterlasse Enttäuschung und Gerüchte. Zum Teufel, wozu haben wir eine Leitung? Ein Wort an die Besatzung ist wohl nicht zuviel verlangt in einer derart irren Situation.

Besatzungsharmonie! Alles Quatsch! Spiegelkugeln kamen im Testprogramm nicht vor, wenn ich mich richtig erinnere.

In meiner Kabine sitzt Vesna Skaljer.

»Weich mir bitte nicht aus«, bittet sie. »Es muß etwas Wichtiges vorgefallen sein. Der Kommandant hat einen Herzanfall gehabt und hängt seit zwei Stunden am Medimaten. Jetzt verrat mir endlich, was ist los?«

Ich setze mich und denke einen Augenblick lang nach. Ausweichen will ich nicht. Doktor Skaljer und mich verbindet inzwischen nicht nur Cephalocereus senilis. Uns verbindet manche gemeinsame Stunde, uns verbindet, daß unsere Kabinentüren inzwischen auf die Fingerlinien des anderen programmiert sind, uns verbindet einmal in der Woche handgemachte Čevapčići und dieser Blick und ihr Wissen um meine Situation. Das alles ist eine angenehme, aber noch unverbindliche Bindung. Es hätte jeder zurück gekonnt. Jetzt aber wird es endgültig werden. Irgendwie fühlt man das. Deshalb werde ich ihr nicht weiter ausweichen können.

»Wir werden die Erde so bald nicht wiedersehen«, beginne ich ungeschickt und bemerke das Erschrecken auf ihrem Gesicht. »Der Kurs wird wirklich geändert werden. Und unser Kommandant hat bei dieser Änderung nicht gerade eine glückliche Figur abgegeben. Das macht mir Sorge.«

Wir sitzen nebeneinander, sie läßt mich bei Tee weiter nachdenken, und noch immer schweigen die Lautsprecher, noch immer ist die Leitung nicht zur Sache gekommen.

»Wie würdest du einen spiegelglatten Flugkörper von etwa einem Kilometer Durchmesser einordnen?«

»Bist du sicher, daß es ein Raumfahrzeug ist?« fragt sie bedächtig zurück.

»Noch nicht«, antworte ich wahrheitsgemäß.

Manchmal weigert sich das Gehirn stundenlang, das Unwahrscheinliche zu verarbeiten.

»Aber der Zentralcomputer ist sich sicher.«

»Dann können sie nur von draußen kommen!«

Natürlich können sie nur von draußen kommen, denke ich.

»Aber dann müssen sie Tausende von Jahren unterwegs sein«, sagt Vesna. »Tausende von Jahren.«

Mir ist, als hätte sie als erste begriffen, was da vor unserem Fernradar aufgekreuzt war.

Es dauerte noch fast eine Stunde, ehe die Ismajlowa die Besatzung offiziell informierte. An Bord der ›Hirundo‹ gehen seit siebzehn Uhr elf die Quarze anders.

Der Vertreter des Ministeriums nahm seine Brille ab, klappte die Bügel sorgfältig um, putzte die Gläser und legte die Brille vor sich auf den Tisch. Dann massierte er sich mit zwei Fingern ausgiebig die Nasenwurzel und setzte seine Brille wieder auf.

Währenddessen hatte er Lif Engen nicht aus den Augen gelassen. Professor Haxwell, Contart und Bugalski schwiegen. Contart schwieg lächelnd.

»Ich kann Ihren Erregungsgrad durchaus verstehen, Kollegin Engen«, sagte der Hauptabteilungsleiter des Ministeriums, derselbe übrigens, auf den sich Bugalski einmal versucht hatte zu verlassen. »Es trifft uns alle hart, wenn es sich plötzlich herausstellt, daß wir unseren Aufgaben nicht mehr gewachsen sind. Obwohl wir das vorher lange genug gewußt haben. Der optimale Mensch ist eben leider noch nicht geboren.«

Professor Haxwell und Contart nickten ihm zustimmend zu. Bugalski stierte ein Loch in die Wand.

»Man hat Ihnen doch ein ganz passables Ausweichangebot offeriert, wie ich den Akten entnehme. Da hätte ich aber zugegriffen an Ihrer Stelle.«

»Es geht mir nicht um irgendwelche Ausweichangebote, und ich fühle mich meinen Aufgaben sowohl körperlich als auch geistig in jeder Hinsicht gewachsen. Vor allem körperlich. Es geht mir einzig und allein darum, ein technisches Mißverständnis aufzuklären.«

»So, so, Kollegin Engen. In Ihrem Fall liegt also ein technisches Mißverständnis vor?«

Der ministerielle Beauftragte blätterte in seinen Folien. In den Folien, die ihm Contart vorbereitet hatte.

»Die genauen Ergebnisse Ihrer Tests sind Ihnen aber doch bekannt, Kollegin Engen?«

»Überwiegend, Lauftest einhundertzehn, Tauchtest einhundertfünfzig Prozent. Ich hörte allerdings schon von Werten, die mir unverständlich niedrig waren.«

Die Brille wanderte wieder auf den Tisch, die Nase wurde zum zweitenmal massiert, gründlicher, wie es allen schien, die Folien mehrfach durchgeblättert.

»Kollegin Engen«, sagte er dann, seufzend und sich der zustimmenden Blicke Contarts versichernd, »machen Sie es uns doch nicht unnötig schwer. Ich habe hier völlig andere Ergebnisse stehen. Im Tauchtest zum Beispiel haben Sie doch in Wirklichkeit nur dreiundvierzig Prozent geschafft. Und das ist doch nun beim besten Willen zuwenig, wenn man für die Unterwasserarbeit vorgesehen ist. Die einhundertfünfzig Prozent, Kollegin Engen, unter uns, eine verständliche Schutzeinbildung!«

Lif fühlte sich gleich mehrfach durchbohrt. Vom Blick des Hauptabteilungsleiters im Ministerium für Optimalökologie, von Professor Haxwell, vom triumphalen Lächeln Contarts, vom auffälligen Desinteresse Bugalskis. Und natürlich von dieser unerhörten Unterstellung.

»Ich höre wohl nicht recht«, sagte sie wie benommen. »Ich bin fünfundsiebzig Meter Strecke getaucht. Das sind einhundertfünfzig Prozent. Woher haben Sie Ihren Wert?«

Drei lächelten nachsichtig, der vierte bohrte ein neues Loch in eine fiktive Wand.

»Sie machen sich etwas vor, Kollegin Engen. Ich kann das sogar sehr gut verstehen. Wir sind nicht mehr vorbereitet, Rückschläge zu verkraften.«

»Ich möchte Ihre Unterlagen einsehen«, forderte sie.

»Bitte sehr!«

Er reichte ihr lächelnd die Folienmappe über den Tisch.

»Das sind überhaupt nicht meine Ergebnisse«, sagte sie entschieden. »Nicht ein einziges. Hier liegt die alleinige Ursache. Nichts als ein technischer Defekt!«

Das Lächeln auf den Gesichtern der anderen erstarb nicht. Im Gegenteil, es wurde penetrant nachsichtig. Spielte ins Mitleidige, ins Nachsichtig-Väterliche, ins Honigsüße-Gütige.

»Ein Irrtum ist nach menschlichem Ermessen ausgeschlossen«, antwortete Contart. »Es hat bisher jedenfalls noch nie eine Verwechslung gegeben.«

»Dann ist das eben die erste Panne, die Ihnen unterlaufen ist, Herr Kollege!« schrie sie ihn an. »Wir haben alle klein angefangen!«

Jetzt plötzlich versteinerte das Lächeln aus dem Ministerium, jetzt wurde Professor Haxwells Gesicht zur Maske, jetzt blieb Contart der Mund offenstehen. Und auch Bugalski warf einen einzigen Blick. Da brachte man nun ein Höchstmaß an Verständnis auf, baute der widerborstigen Kollegin laufende Meter Brücken, und zum Dank dafür wurde man angeschrien!

»Es reicht aber nun, Kollegin Engen. Sie können wirklich nicht behaupten, wir hätten uns nicht ausreichend um Sie bemüht! Aber ein Mindestmaß an Verständnis muß man schließlich erwarten können.«

Der Hauptabteilungsleiter des Ministeriums klappte seine Folienmappe zu.

»Ich komme nicht umhin, die Entscheidung Ihres Instituts vorläufig zu bestätigen. Wir werden zwar alle Ihre Einwände noch einmal unserem Zentralcomputer einspeisen, und der wird dann endgültig entscheiden.

Aber machen Sie sich auf keinen Fall zu viele Hoffnungen. Nach Lage der Dinge wird sich nichts mehr ändern.«

»Geben Sie mir wenigstens die Chance, den Test zu wiederholen«, sagte Lif. »Dann klärt sich der Irrtum doch in wenigen Minuten auf.«

»Das halten wir nicht für nötig«, wurde ihr geantwortet. »So schnell ändern sich Ihre körperlichen Parameter nicht. Außerdem kennen wir derartige Vorschläge. Glauben Sie mir, eine Wiederholung des Tests würde nichts ändern.«

»Herrgott, ich war doch nicht allein in diesem Sportzentrum. Ich kann Zeugen beibringen, die meine wahren Leistungen bestätigen werden.«

»Dann wundere ich mich aber sehr, daß Sie Ihre Zeugen nicht schon zu dieser Besprechung ›beigebracht‹ haben.«

Das war unverhohlener Spott. Hier war mit Argumenten nichts mehr zu machen. Jetzt mußte gehandelt werden. Lif Engen verließ grußlos den Raum. Bugalski lächelte.

Vom Institut ließ sie sich direkt zum regionalen Sport- und Gesundheitszentrum fahren. Das wäre doch gelacht. Dreiundvierzig Prozent im Tauchtest. Daß denen eine so unverschämte Lüge nicht im Hals steckenblieb! Es tut mir leid, Lif, es tut mir leid, Kollegin Engen. Scheißspiel!

Am Eingang stand ein dienstfreier Servomat.

»Wohin bitte, die Dame?«

Sie schob ihm ihre Identitätskrate in den Programmierschlitz.

»Sehr wohl, Lif Engen, ich habe Sie registriert«, antwortete er. »Was kann ich für Sie tun?«

»Du sollst feststellen, welcher deiner Kollegen mich während meiner Testzeit betreut hat.«

»Sehr wohl, Lif Engen. Das ist eine Kleinigkeit.«

Innerhalb weniger Sekunden verfügte sie über die gewünschte Information.

»Hol ihn her!« befahl sie.

»Sehr wohl, Lif Engen«, antwortete er. »Es wird aber einige Zeiteinheiten dauern. Der gewünschte Servomat betreut eine Testperson.«

»Dann hat er gefälligst seine Betreuung für ein paar Minuten zu unterbrechen. Es ist wichtig!«

»Ich werde versuchen, ihn zu erreichen, Lif Engen«, antwortete der Türwächter mit deutlicher Zurückhaltung. Es verging dann auch eine halbe Stunde, ehe ein zweiter Servomat auf den Eingang zugerollt kam.

Lif identifizierte sich. »Erkennst du mich?«

»Sehr wohl, Madame. Wenn ich mir eine Bemerkung gestatten darf, es ist mir sogar ein besonderes Vergnügen, Madame so schnell wiederzusehen.«

»Du erkennst mich also?«

»Jawohl, Madame.«

»Dann kannst du dich auch an meine Testergebnisse erinnern?«

»Aber selbstverständlich, Madame. Sorgfältig gespeichert.«

»Wieviel Prozent habe ich also genau im Tauchtest erreicht?«

»Madame«, sagte er und deutete einen Kratzfuß an, »ich bin untröstlich, daß ich keinen größeren Beitrag leisten konnte, Ihre Überprüfung erfolgreicher zu gestalten.«

»Red nicht, wieviel Prozent?«

»Dreiundvierzig«, antwortete er.

»Wieviel?«

»Dreiundvierzig, Madame.«

Irgend etwas schnürte ihr die Luft ab. Irgend jemand hatte sie in eine Falle gelockt. Dieser Irgendjemand mußte Contart sein. Contart hatte alles eingefädelt! Und sie saß nun da, unausweichlich gefangen. Aber nein, noch mußte es Auswege geben. Die Elektronik konnte

Contart umprogrammieren. Aber Menschen? Da waren doch ständig Menschen um sie herum gewesen!

»Gib mir die vollständige Liste meiner Ergebnisse!« forderte sie den Servomaten auf. »Und die Personenkennzahl meiner Partnerin aus dem Prüflabor. Und die meiner Nebenleute vom Lauftest!«

»Sehr wohl, Madame.«

Lif überflog die Liste. Sie war identisch mit den Werten, die der Hauptabteilungsleiter auf dem Tisch gehabt hatte. Nicht einmal die Hälfte der erreichten Prozentzahlen war für sie registriert worden. Mit solchen Werten hätte sie einer Verlängerung ihrer Lizenz auch nicht zustimmen können. Professor Haxwell war in der Sache nicht einmal ein Vorwurf zu machen. Unfair war nur, daß er die Möglichkeit eines technischen Versagens nicht einmal erwog. Und mit ihm hatte sie jahrelang zusammengearbeitet! Vertrauensvoll, wie sie glaubte.

Den Sportklub zu finden, war relativ einfach. Er war als Hochleistungsklub für Männer eingetragen, und die in ihm erreichten Rekorde wurden registriert. Den jungen Mann vom Nachbarlaufband erwischte sie beim Training.

»Hallo!« begrüßte sie ihn. Er war nackt, stand im Intervalltraining auf einem Laufband und unterbrach seine Trainingsarbeit nicht, als sie ihn ansprach.

»Hallo!« antwortete er. »Es stört Sie doch nicht?«

»Das?« fragte Lif und zeigte auf die Hose, die neben dem Band auf einem Hocker lag. »Nein. In unseren Klubs trainieren wir genauso.«

»Kennen wir uns?«

»Aus dem regionalen Sport- und Gesundheitszentrum. Wir sind auf benachbarten Laufbändern gelaufen.«

»Ach ja, erinnere mich jetzt. Geht's denn wieder besser?«

»Wieso besser?«

»Sie waren doch zusammengebrochen, wenn ich mich richtig entsinnen kann.«

»Ich bin direkt neben Ihnen gelaufen. Und nach dem Sprint haben Sie mich noch gefragt, ob ich nicht in Ihren Klub eintreten möchte!«

»Tut mir leid«, antwortete er. »Aber daran kann etwas nicht stimmen. Sie sehen ja, wir nehmen keine Frauen in unseren Klub auf, wir sind eine reine Männermannschaft. Nein, nein, ich verwechsle Sie bestimmt nicht. Sie sind schon während des Ausdauertests zusammengebrochen. Ich habe mich noch um Sie gekümmert, bis Ihr Servomat endlich da war und sich um Sie sorgen konnte.«

Lif stürzte auf ihn zu, packte, ihn am Arm und schaltete sein Laufband ab.

»Wer steht hinter Ihnen? Wer hat Ihnen gesagt, Sie sollen sich nicht an mich erinnern? Was hat man Ihnen dafür versprochen, daß Sie diese Schweinerei mitmachen?«

Unwillig befreite er sich.

»Jetzt ist es aber wirklich gut, junge Frau. Sie haben mich gefragt, ob ich Sie wiedererkenne, und ich habe Sie wiedererkannt. Und jetzt lassen Sie mich bitte in Ruhe mein Trainingsprogramm absolvieren. Wer hat Sie eigentlich hereingelassen. Wir sind schließlich eine reine Männermannschaft!«

An die Fahrt in die Wohnwabe der älteren Dame konnte sich Lif später nicht mehr erinnern. Nur daran, daß sie kaum Luft bekommen hatte. Weil ihre Gewißheit nun endgültig zu einer Hoffnung zusammengeschrumpft war. Zu einer winzigen Hoffnung.

Die Wohnwabe stand im Keller. An der Tür identifizierte sich Lif. Die Tür blieb geschlossen. Lif klopfte. Lif trommelte mit den Fäusten gegen die Tür. Es hallte durch den grauen Keller. Dann erkundigte sie sich beim automatischen Türwächter. Dort erhielt sie die Auskunft, die gewünschte Person sei aufgrund ihres negativen Testergebnisses aus dem Berufsleben ausgegliedert und in ein Altenwohnzentrum umgesiedelt worden. Lif bedankte sich mit einem Tritt gegen seinen Speicher.

Das Altenwohnheim war herrlich gelegen. Die optimierte Parklandschaft überdacht und beheizt. Die Pensionäre saßen auf Bänken und an runden Spieltischen. Dutzende von Servomaten rollten mit Tabletts in den Zangen über die Wege, verteilten Getränke und andere Erfrischungen. Aus versteckt angebrachten Lautsprechern erklang nostalgisch Rockmusik. Das Gelände war in seiner Gesamtheit hervorragend komponiert. Ab und zu wurde die Musik unterbrochen. Eine weiche, warme Frauenstimme kündigte Veranstaltungen an: Rentnerdisko, einen Häkelkurs, die künstlerische Gymnastikgruppe, einen Literaturzirkel, den Go-Klub. Aber kaum jemand erhob sich von den Bänken.

Lif wurde von einem dienstfreien Servomaten bemerkt.

»Seien Sie herzlich in unserem Pensionärszentrum willkommen. Wollen Sie jemanden besuchen?«

»Ja«, sagte Lif; sie gab ihm die Personenkennzahl ihrer Partnerin aus dem Prüflabor ein.

»In diesem Fall werden Sie gebeten, in der Direktion des Wohnzentrums vorzusprechen. Ich zeige Ihnen den Weg.«

Der Servomat rollte auf das größte Gebäude zu. Ein junger Mann in einem dürftig ausgestatteten Büro schien nur auf Lif gewartet zu haben.

»Kennen Sie die Frau näher, die Sie besuchen wollen? Verwandt sind Sie doch nicht, wenn ich Ihre Daten richtig vergleiche?«

»Was geht Sie das an?« antwortete ihm Lif gereizt. »Oder muß man sich hier neuerdings seine Besuche vorher schriftlich genehmigen lassen?«

»Auf keinen Fall«, entgegnete der junge Mann und lächelte begütigend. »Aber die Dame, die Sie besuchen wollen, ist aus ihrer Erwerbstätigenwohnung ausgezogen und bei uns nie angekommen. Finden Sie das nicht auch merkwürdig, Frau Engen?«

»Jedesmal, wenn du dabei bist, geht irgend etwas schief«, sagt die Ismajlowa, nachdem alles wieder ruhig ist, und guckt mich böse an.

Ich antworte nicht. Auf solch einen Blödsinn antworte ich nicht. Denn hartnäckig gehen die Quarze anders. Hartnäckig hat sich unsere Arbeit, nachdrücklich unser Leben verändert.

Die Physiker haben ihre Gravitationsmessungen abgebrochen. Bei den Physikern will das etwas heißen. Die Astronomen blockieren den Bordcomputer. Es gibt ihrer Meinung nach Tausende von Möglichkeiten. Eine ist die: Ein Irrläufer ist in einen Sonnensturm geraten, hat sich aufgeblasen wie eine Seifenblase und ist dann auf neuer Bahn weitergeflogen. Die astronomische These wird erhärtet, als wir das spezifische Gewicht feststellen können. Die Spiegelkugel ist ohne Zweifel hohl. Und doch glaube ich nach wie vor, sie kommt von draußen.

Wir haben uns dem Flugobjekt in einer weiten Ellipse genähert. Die Leitzentrale ist jetzt Tag und Nacht besetzt, viele Stunden sitze ich vor dem Schaltpult des Regenerationssystems und beobachte grüne Kontrollampen. Nitta hat seinen Herzanfall auskuriert, aber Vesna sagt, es sähe nicht gut aus, sie müsse ihn aus der Tauglichkeitsstufe I herausnehmen. Es wird also sein letzter Flug sein. Er und die Ismajlowa gehen sich aus dem Weg, wo sie können. Die ›Hirundo‹ wird direkt vom Zentralcomputer auf der Erde geleitet. Nitta darf allen Kursänderungen zustimmen. Oder auch nicht. Ein Zentralcomputer muß Zehntelsekundenentscheidungen nicht verteidigen. Höchstens begründen. Und seine Begründungen werden allemal logisch sein. Also stimmt Nitta zu. Wir sind der Kugel so nahe gekommen, daß unsere Analysen mit jedem Tag genauer werden. Und rätselhafter. Was eigentlich gegen die Astronomen und für meine Meinung spricht. Das Material, aus dem die Oberfläche der Kugel besteht, ist dem Zentralcomputer unbekannt. Unser eigener Bordrechner hatte schon vorher jede Prognose verweigert.

Die Kugel hat weder Eingänge noch gar Landeplattformen. Die Physiker versuchen, eine Eigenrotation festzustellen, finden aber auf der spiegelnden Oberfläche keinen Meßpunkt. Die Funker tasten sich die Finger wund. Auf allen möglichen Frequenzen senden sie unser Kennzeichen. Ohne Antwort.

Vor ein paar Tagen sind wir bis auf Sichtweite herangekommen. Wenn ich aus dem Bullauge meiner Kabine sehe, habe ich ein einmaliges Bild vor Augen. Aus der tiefen Schwärze des Raumes taucht am Rand die rötlichbraun gestreifte Scheibe des Uranus auf, groß wie eine Erbse ist der Mars zu erkennen, die Erde ein Funkelpunkt; ganz am anderen Rand des Bildes ein kleines Stück des Saturnringsystems, so nahe schon, daß man die freien Streifen zwischen den Mondoitbahnen deutlich erkennen kann, und in der Mitte, alles überstrahlend, das fremde Raumfahrzeug. Unser Planetensystem scheint zur Parade angetreten zu sein. Irgend jemand muß ›Stillgestanden!‹ gebrüllt haben, damit so ein Bild zustande kommen konnte.

Natürlich geht dieses Bild um die Welt. Natürlich stehen wir im Mittelpunkt des Interesses. Natürlich wird nun Einmaliges, Umwälzendes, Unwahrscheinliches von uns erwartet. Ein Wunder wäre das allermindeste. Die Presse schlachtet es weidlich aus.

Ich hätte mir gewünscht, dieses Bild würde Lif Engen an die Leitung zwingen. Aber ich habe umsonst gehofft. So ist das eben, wenn man auf verschiedenen Seiten steht.

Die Fremden, ich bin fest überzeugt, daß es sie gibt, tun, als existieren wir nicht. Ziehen unbeeindruckt ihre Bahn. Dabei machen wir einen Funklärm, von dem ihnen die Ohren dröhnen müßten. Selbst wenn es nur eine unbemannte Sonde wäre, alle Aufnahmeeinheiten müßten diesen Lärm registrieren.

Ich habe da so meine Theorie. Aber ich werde mich hüten, sie zu äußern, mich zum Gespött von Chemikern, Astronomen, Physikern, Technikern und der Leitung zu machen. Denn dann sind sich Nitta und die Ismajlowa plötzlich einig. Nur Vesna gegenüber habe ich meine Gedanken entwickelt.

»Übermorgen wird sich etwas ändern«, habe ich zu ihr gesagt.

»Weshalb ausgerechnet übermorgen?« hat sie zurückgefragt und nach draußen geguckt, kugelwärts.

»Weil sie übermorgen in die Biosphäre eintauchen wird. Und weil das ganze Ding sinnlos wäre, wenn sich dann nichts ändern würde. Vernünftige Wesen treiben einen solchen Aufwand nicht ohne Sinn!«

»Du kannst recht haben«, sagt sie. Ich fühle ihren Wunsch, ich möge recht haben. »Was sagt der Bordrechner dazu?«

»An den komme ich nicht ran, den haben die Astronomen und die Physiker blockiert.«

»Und der Kommandant?«

Sie nimmt mich und meine Theorie ernst.

»Blamiere mich nicht gern«, antworte ich. »Die halten mich für irre, wenn ich sage, dort drin lebt etwas, und nicht die Spur eines Beweises dafür habe. Nur meine Logik! Ich weiß noch nicht einmal, ob es auch ihre Logik ist. Ich glaube es ganz einfach. Dumm von mir, nicht?«

»Gar nicht. Ich glaube auch, daß es mehr sein muß als eine ausgeglühte Seifenblase. Was sagt die Koopmanns dazu?«

Doktor Vesna Skaljer hat den Finger auf eine Wunde gelegt. Ich hatte tatsächlich versucht, mit Ineke Koopmanns über meine These zu reden. Es war im Labor, wir hatten Algenstämme im Brutschrank. Einige Stränge des Regenerationssystems mußten ausgewechselt werden.

»Wie werden die ihre Regenerationsprobleme lösen?« fragte ich.

»Die?« kam gedehnt ihre Antwort. »Du glaubst doch nicht etwa, dort drüben lebt etwas?«

»Weshalb eigentlich nicht?«

»Weil ihr alle, dieser verrückte Zentralcomputer eingeschlossen, durchgedreht seid. Ich will dir sagen, was da drüben fliegt. Irgendwann hat sich ein kleiner Sputnik dünnegemacht, ist zu nahe an die Sonne gekommen, aufgegangen wie ein Hefeteig; vielleicht war Quecksilber drin oder Kadmium oder sonst irgend etwas. Dann hat es ihn rund um die Sonne gepustet, und jetzt ist er auf seiner zweiten Runde. Ein Schrotthaufen, noch nicht einmal das. Aber bis der weise Zentralcomputer seinen Irrtum bemerkt haben wird, ist der Transpluto für uns unerreichbar geworden. Leben – da drin? Daß ich nicht lache!«

Ihr Ton hatte verletzt. Ihre Art, sich den Gedanken des anderen zu verweigern. Ich erkenne Wesenszüge von Lif Engen.

»Kann sie recht haben?« fragt mich Vesna Skaljer.

»Theoretisch schon. Es ist die These der Astronomen. Aber ich glaube es eben nicht!«

»Wenn es nun eine unbemannte Sonde ist, die nur Meßdaten sammeln soll?«

»Daten muß man irgendwann weitergeben, sonst sind sie sinnlos.«

»Wer lebt, würde sich bemerkbar machen.«

»Wer so lange unterwegs ist, liegt möglicherweise in Anabiose.«

»Oder er lebt in einer anderen Zeit. Wird zehntausend Jahre alt oder hunderttausend. Braucht dafür aber hundert Jahre, bis er einen einzigen Satz gesagt hat. In der Relation würde alles wieder stimmen!«

Theoretisch konnte es auch so sein. Medizinisch gesehen. Und Vesna ist Ärztin.

»Dann flöge er in weniger als einem Satz durch unser

Planetensystem«, wende ich ein. »Das geht nicht. Nein, wenn er überhaupt Kontakt aufnehmen will, dann muß er reagieren, wenn er in die Biosphäre eintaucht!«

»Du kannst dich eigentlich nicht blamieren«, sagt Vesna noch. »Mehr als Ideen haben die anderen auch nicht zu bieten. Und deine ist nicht verrückter als alle anderen. Eher logischer!«

Ich weiß nicht, weshalb ich weiterhin schweige. Vielleicht weil Doktor Skaljer meine Theorie unterstützt. Weil sie sich im Zweifelsfall nicht scheuen würde, sich zu ihr und mir zu bekennen. Und sich damit, gleich mir, der Lächerlichkeit preisgeben würde.

Und so taucht die Kugel in die Biospähre unseres Planetensystems ein.

Die Ismajlowa hat Dienst, auf dem großen Sichtschirm in der Leitzentrale hängt silberhell die Kugel.

Die außerirdische Kugel, denke ich, während ich das Regenerationssystem überwache und den Sauerstoffgehalt um wenige Promille reduziere. Die Ismajlowa hat eine lange Liste vor sich liegen, übermittelt direkt vom Zentralcomputer, Kontaktversuche. Wir arbeiten schweigend. Plötzlich zieht es meinen Blick unausweichlich auf den Sichtschirm.

Die Kugeloberfläche beginnt sich zu verfärben. Die Ismajlowa steht wie angenagelt und bekommt die Hand nicht vom Sender, dessen Parabolantennen die Kugel anstrahlen 300 Gigahertz zeigen die Skalen an. Über die Kugel kriecht violett lumineszierendes Licht, verschwimmt über die gesamte Oberfläche, wird bläulich, grün, rot, kirschrot, hellkirschrot. Eine Flammenkugel hängt über uns. Und die Ismajlowa steht und starrt und hat die Hand immer noch am Sender. Tropfenförmige Funken lösen sich von der Kugeloberfläche, springen zur ›Hirundo‹ über, wir versinken in einem Funkenmeer, der Bordcomputer löst Generalalarm aus, und die Ismajlowa bekommt die Hand nicht vom Sender. Wir starren in den Funkenstrom, der sich in allen Farben feuerwerksgleich über uns ergießt, wie die Kaninchen in die Schlangenaugen.

Ein gewaltiger Stoß folgt, die ›Hirundo‹ scheint auseinanderzubrechen, die Ismajlowa wird durch die Leitzentrale geschleudert. Ich sehe sie mit dem Hinterkopf gegen die Kante des Bordrechners schlagen, habe einen Griff am Segmenteingang gepackt. Es reißt mir fast die Arme aus dem Körper, dann wieder greifen Riesenfäuste nach mir und pressen mich gegen die Wand. Die Ismajlowa kommt auf mich zugerutscht, ihre Hände langen nach dem Sitz vor dem Kontrollpult, können den Körper nicht halten; sie wird gegen mich geschleudert, mit halboffenen Mündern hängen wir an der Wand, ihre Knie pressen sich in meinen Leib. Wahnsinniger Schmerz durchrast mich, ich könnte sie umbringen, aber ich kann mich nicht rühren, nicht einmal krümmen. Der Funkenregen taucht alles in gespenstisches Violettlicht.

Dann ist wieder Ruhe. Als wäre nichts gewesen. Nur die Kugel auf dem Sichtschirm ist merklich kleiner geworden. Und die Ismajlowa bringt es fertig, mich böse anzugucken und zu sagen: »Jedesmal, wenn du dabei bist, geht irgend etwas schief!«

Ich antworte nicht. Auf solch einen Blödsinn antworte ich nicht. Außerdem habe ich das Gefühl, ein Pferd hätte mich in den Leib getreten. Doch jetzt kann ich mich wenigstens krümmen.

Bisher gingen die Quarze anders. Jetzt stehen sie ganz still. Und Nitta trumpft groß auf. Die Ismajlowa vom Dienst suspendiert, Disziplinarverfahren eröffnet. Dabei könnten wir jede Hand gebrauchen. Denn unsere Situation ist nicht rosig. Konkreter gesagt, sie ist beschissen.

Das Harmloseste nach dem Unfall ist noch der Torsionsschaden an Speiche sieben. Es wird viel Arbeit machen. Die Speiche ist zu isolieren, herauszutrennen, im freien Raum zu richten und wieder einzuschweißen. Viel Arbeit, aber im Grunde kein Problem. Eilig nur deshalb, weil keiner sagen kann, wann die Kugel zum zweiten Mal zuschlagen wird. Und dann könnte die ›Hirundo‹ auseinanderbrechen.

Schlimmer sieht es in der Krankenstation aus. Brüche, Prellungen, Gehirnerschütterungen. Vesna fällt nach der Arbeit erschöpft auf ihre Liege. Deshalb stehen auch bei uns die Quarze still. Aber sie werden wieder schwingen, darüber gibt es nicht die Spur eines Zweifels.

Das schlimmste ist unsere hoffnungslose astronomische Situation. Die ›Hirundo‹ hat keinerlei Funkkontakt mehr. Rund um uns schweigt die Welt hartnäckig. Und noch schlimmer, wir sind völlig manövrierunfähig. Die Astronomen tanzen mit hochroten Köpfen um den Rechner. Laszlo Koopmanns jagt seine Leute erbarmungslos außenbords: Die Fehler müssen gefunden werden. Dennoch glaubt kaum einer an eine wirkliche Gefahr. Die ›Hirundo‹ ist funkelnagelneu, die Besatzung bis auf ein paar Verletzte okay, die Pannen wird man beheben. Was eigentlich sonst?

Nach drei Tagen sagen die Astronomen, was sonst: Wir werden rund um die Sonne gezogen und auf der anderen Seite aus unserem Planetensystem herausgeschleudert werden. Aber das könnte uns schon ziemlich egal sein, sagen die Astronomen, wir würden das Perihel sowieso nicht überleben. Sie rechnen uns vor, daß in der ›Hirundo‹ mindestens dreihundert Grad herrschen werden. Daß die Strahlung irrsinnige Werte annehmen wird. Aber auch das könnte uns egal sein. Man könne nur einmal sterben. Deshalb müsse der Fehler gefunden werden. Deshalb müßten die Antriebsraketen zünden. Deshalb kontrollieren Koopmanns Techniker jeden Millimeter Leitung, jeden Kontakt, jeden Modul, jede Schweißverbindung, jedes Raketenteilchen. Und deshalb sitzen die Funker den ganzen Tag über geöffneten

Platinen, deshalb arbeiten sie außenbords an den Antennen.

Und ich stehe im Labor und züchte Algensorten, die möglichst temperaturresistent sind, um das Regenerationssystem ein paar Tage länger funktionsfähig zu erhalten. Damit wir ein paar Tage länger leben. Vesna sitzt am Videothekschirm und studiert Probleme der Tropenmedizin. Unsere Quarze schwingen wieder, Cephalocereus senilis steht noch immer im Neutrieb.

Wanda Ismajlowa sitzt in ihrer Kabine und wartet auf ihr Disziplinarverfahren. Ihre Quarze scheinen endgültig stillzustehen.

Lif Engen schlug die Tür des Kabinentaxis hinter sich zu und programmierte das Fahrzeug mit den Koordinaten ihres Wohnturmes. Ihre Wabe stand ziemlich weit oben, der Servomat hatte geschickt die wenigen Freiplätze genutzt. Ihre Tür war verschlossen. Sie drückte die Fingerbeeren auf die Identitätsplatte. Mit einem kaum hörbaren Fauchen öffnete sich die Tür. Ihr Servomat kam ihr entgegengerollt.

»Darf ich um deine Schuhe bitten, Frau Lif?« nuschelte er und setzte sich genau in ihren Weg, die Zangen griffbereit.

Wollte sie einen Bogen um ihn machen, er würde ihr mit diesem Satz an den Fersen bleiben, wenn es sein mußte, bis in die Nacht hinein. Nicht abzuschütteln.

Sie gab ihm die Schuhe. Er griff mit spitzen Zangen danach und räumte sie in einen Wandschrank. Dann rollte er hinter Lif in das große Balkonzimmer. Die Außenwandscheibe der Wabe war geöffnet, ein kühler, erfrischender Wind wehte vom Balkon her ins Zimmer.

»Ich habe mir erlaubt, den Sauerstoffanteil in der Atemluft zu steigern, Frau Lif. Ich werde die Wabe natürlich jetzt wieder schließen.«

»Du kannst die Scheibe ruhig offenlassen«, sagte sie. »Es gefällt mir so.«

Er drehte seine Rezeptorkugel zum Balkon. »Frau Lif, die Raumtemperatur weicht erheblich vom Behaglichkeitspegel ab.«

»Frierst du?« fuhr sie ihn an.

»Ich nicht«, antwortete er, »ich kann nicht frieren. Aber für Frau Lif besteht ein unkalkulierbares gesundheitliches Risiko.« Er bewegte sich in Richtung auf den Schalter.

»Ich wünsche ausdrücklich, daß die Wabenscheibe geöffnet bleibt!« rief sie ihm zu.

Der Servomat rollte zwei, drei Schritte nach vorn, wippte zurück, seine Rezeptorkugel rotierte unschlüssig.

»Ich erlaube mir noch einmal, darauf hinzuweisen, daß die Raumtemperatur ganz beträchtlich zu niedrig ist, Frau Lif. Ich kann eine so hohe gesundheitliche Gefährdung von Frau Lif nicht mit meinem Programm vereinbaren.«

Er rollte zum Schalter, die Glasscheibe senkte sich, der Wind im Zimmer erstarb.

»Ich hatte dir ausdrücklich befohlen, das Fenster geöffnet zu lassen!« schrie sie ihn an, am Ende ihrer Beherrschung.

Irgendwann kann auch ein menschliches Gehirn nicht mehr alles verarbeiten. Irgendwann kann man sich nicht mehr bremsen. Irgendwann knackt etwas.

In der Zentraleinheit des Servomaten knackte auch etwas. Ein Dutzend Sicherungen brannten bläulich durch. Seine Rezeptorkugel blieb auf halbem Weg zwischen Wabenscheibe und Lif stehen. »Ich kann nichts mehr sehen«, jammerte er weinerlich. Plötzlich nuschelte er nicht mehr.

Ein Fußtritt Lifs beförderte ihn in den Müllschlucker. Noch war sie hier der Herr! Noch war es ihre Gesundheit. Und damit konnte sie tun, was sie wollte. Und überhaupt. So leicht ließ sich eine Lif Engen nicht unterkriegen. Von niemandem. Nicht von Haxwell, nicht von Contart. Und von einem Servomaten schon gar nicht!

Zwanzig Minuten später betrat ein freundlicher weißbekittelter älterer Herr ihre Wohnwabe.

»Ihr Servomat hat mich alarmiert«, sagte er. »Ich komme vom zuständigen Gesundheitsdienst. Ich habe die Notschaltung benutzt, um hereinzukommen. Was fehlt Ihnen denn?«

»Nichts fehlt mir, nichts!«

Der weißbekittelte Herr zog erstaunt die Augenbrauen hoch. »Weshalb sind Sie denn so ungeheuer aggressiv, Frau Engen? Wir setzen die halbe Kabinenbahn vorübergehend außer Betrieb, um so rasch wie möglich zu Ihnen zu gelangen, und Sie sind mir gegenüber aggressiv! Sie gestatten mir aber wenigstens, daß ich Sie untersuche. Ich tue ja nur meine Pflicht!«

»Bitte, wenn es Sie beruhigt!«

Der Mann vom medizinischen Dienst klemmte ihr freundlich lächelnd die Anschlüsse der Diagnoseautomaten an Finger und Ohrläppchen. »Tatsächlich«, sagte er dann, »organisch scheint bei Ihnen alles in Ordnung zu sein. Aber sagen Sie selbst – man wirft schließlich nicht alle Tage einen fast neuen Servomaten in den Müllschlucker, einen, der sich noch dazu berechtigte Sorgen um Ihre Gesundheit gemacht hat! Ich würde sogar sagen, bei Ihnen zieht's!«

Lif Engen verzichtete auf jede Verteidigung. Lif Engen ließ sich für drei Monate zur Beobachtung in ein Sanatorium einweisen. Lif Engen hätte alles mit sich geschehen lassen. Für diesen einen Tag war zuviel geschehen.

Bisher standen die Quarze still. Jetzt beginnen sie rückwärts zu schwingen.

Es fing damit an, daß die Funker Signale auffingen. In unmöglichen Frequenzen, verstümmelt, verzerrt, aber immerhin Signale. Der Bordrechner wurde mit ihnen gefüttert. Er rechnete, korrigierte, entzerrte und interpolierte. Und als er mit all dem fertig war und seine Chips heißgelaufen waren, servierte er uns unsere eigenen Kennungssignale. Irgendwo auf dem Weg zu Mars Nord II hängengeblieben, reflektiert und verstümmelt.

Die Frage, wer für diese ungewöhnliche Reflexion verantwortlich sein mochte, überforderte den Rechner.

Die Physiker lösten das Rätsel, und seitdem gehen die Quarze rückwärts. Wir sind von einem periodisch schwankenden Gravitationsfeld umgeben, das zuweilen so stark ist, daß sich unsere Radiowellen an ihm brechen. Alle Versuche, dieses Feld zu beeinflussen, sind bisher fehlgeschlagen. Hisao Schindo hat versucht, sich in einer Rettungsinsel dem Feld zu nähern.

»Ich fahre jetzt den Antrieb auf volle Leistung!« rief er ins Mikrofon. »Die Geschwindigkeit verringert sich. Die Insel steht still. Ich werde zurückgeschoben. Wie von einer Gummiwand!«

An Dutzend Stellen wird der Versuch wiederholt. Stets prallt die Insel ab wie ein Tischtennisball, vollführt in unserer Glocke die irrsinnigsten Tänze. Es gibt niemanden, der darüber lachen könnte.

Kurz danach kommt es zur Auseinandersetzung zwischen Ineke Koopmanns und mir. Der Sauerstoffwert in Vesnas Kabine liegt drei Prozent über normal. Wir kennen den Grund. Cephalocereus senilis. Die Koopmanns kennt ihn jetzt auch und verlangt die Vernichtung der Pflanze. Des Regenerationssystems wegen.

»Du spinnst«, sage ich zu ihr. »Ein harmloser Kaktus!«

»Ein harmloser Kaktus, ein harmloser Kaktus!« keift sie. »Auf die nächste Reise nimmst du vielleicht deinen Gummibaum oder ein Exotarium mit. Und auf der übernächsten werden wir schließlich zur Arche Noah!«

Wenn sie wüßte, wie nahe sie der Wahrheit ist!

»Zum Glück wird es keinen nächsten und keinen übernächsten Flug mehr geben. Der Kaktus kommt jedenfalls raus!«

»Nein«, entscheide ich, »die Pflanze bleibt stehen. Die Sauerstoffdifferenz von drei Prozent ist harmlos.«

»Dann wirst du in Zukunft auf meine Mitarbeit als Biologin verzichten müssen. Wenn meine Meinung sowieso nicht mehr gilt!« Die Labortür fliegt hinter ihr zu. Ineke Koopmanns Quarze beginnen rückwärts zu schwingen.

Kurz danach treffe ich Laszlo.

»Was willst du?« sagt er. »Sie hat sich eben einen vertretbaren Abgang gesucht. Mit dem Kaktus hat das nichts zu tun.«

»Abgang?« frage ich.

Er sieht mich an, als wäre ich nicht von dieser Welt.

»Du stirbst wohl nicht?« fragt er leise.

Merklich beginnt sich der Rückwärtslauf der Quarze zu beschleunigen. Ineke Koopmanns hatte wenigstens einen würdigen Abgang gesucht, Cephalocereus senilis. Andere machen sich diese Mühe nicht. Und mit jedem, der eine Tür hinter sich zuschlägt, wird unsere Chance um ein Vierundvierzigstel kleiner. Und die Verzweiflung darüber verringert die Chancen abermals.

Ich gehe zu Tameo Nitta. Wenn überhaupt, kann uns jetzt nur noch ein starker Kommandant auf die Beine stellen. Wenigstens soll er die Quarze anhalten.

»Wir müssen nachdenken, weshalb die da drüben so reagiert haben«, sage ich.

Er blickt nicht einmal von seinen Papieren auf und antwortet: »Wir müsssen die Antriebsraketen flottmachen.«

»Gegen die sind wir machtlos. Wir haben sie gefährdet. Deshalb haben sie so reagiert. Wir müssen ihnen unsere Friedfertigkeit beweisen. Dann werden sie uns freilassen.«

»Unsinn«, sagt er. »Wir haben ein Fluchtprogramm im Rechner. Wir müssen die Raketen flottmachen!«

Ich sehe ein, Kommandant Notta, das ist der Mann, dessen Quarze am schnellsten rückwärts schwingen. Zum ersten Mal habe ich unmittelbare Angst um mein Leben.

Bei zweiunddreißig Grad in der ›Hirundo‹ lerne ich Sven Möllestad kennen. Ich weiß nicht, weshalb ausgerechnet ihn. Wir haben ein Harmonieprogramm absolviert. Aber niemand hat gesagt, bei zweiunddreißig Grad werden der und der und der durchhalten. Und andere werden ausgestiegen sein. Lebende Leichname. Oder schlimmer: fleischgewordener Schrott.

Sven Möllestad. Er steht im Labor und sagt zu mir: »Ich denke, bei dir kann ich mich nützlich machen! Weißt du, es gibt solche Typen, wenn sie schon sterben müssen, dann mit einer Schweißpistole in der Hand. Komische Typen. Aber ich gehöre nun einmal dazu!«

»Dein Chef nicht?« frage ich, denn auch bei zweiunddreißig Grad kann ich Laszlo Koopmanns nicht einfach einen Mann abziehen.

»Welcher Chef?« fragt er bitter. »Wenn du den Koopmanns meinst, der liegt mit seiner Ineke in der Kabine. Sie werden nur keine Zeit mehr haben, kleine Koopmänner zu machen!«

»Ja«, sage ich, um die Hoffnung Laszlo Koopmanns ärmer, »natürlich kannst du dich bei mir nützlich machen.«

Und Sven Möllestad stellt sich an, als wäre er in einem biologischen Labor aufgewachsen. Wenn unsere Versuche erfolgreich sein werden, dann werden wir vier Tage länger leben. Das sind 96 Stunden. 5760 Minuten. 345600 Sekunden. Reicher Lohn.

Bei dreiunddreißig Grad in der ›Hirundo‹ beginnt das Zeitalter der Gewalt. Ich bin entsetzt, weil ich gehofft hatte, die Geschichte könne nur sehr viel langsamer an ihren Anbeginn zurückkehren.

Vesna kommt in die Kabine gerannt, läuft an mir vorbei und wirft sich auf die Liege. Ihre Schultern zucken, den Kopf hat sie in die Arme vergraben und gibt ihn nicht frei. Noch nie habe ich sie so gesehen. Unter meiner Stimme und meiner Hand läßt das Schulterzucken nach. Stück um Stück erfahre ich, wie weit es uns schon zurückgeworfen hat.

Vesna besteht gerade jetzt auf regelmäßige Kontrolluntersuchungen. Ob es nutzen wird, ist nicht die Frage. Schaden kann es jedenfalls nicht. Und später wird man ihre Aufzeichnungen finden und Schlüsse daraus ziehen. Bis zu dem Tag, an dem Hisao Schindo seinen Untersuchungstermin nicht eingehalten und Doktor Vesna Skaljer bei dem Versuch, ihn von der Notwendigkeit zu überzeugen, ins Gesicht geschlagen und aus seiner Kabine geworfen hat. Ein Stück nutzlos gewordene Zivilisation. Wäre ich nicht der, der jetzt trösten muß, es würde mich ebenfalls schütteln. Unerbittlich pocht das Ende auf die zwei Ringe der ›Hirundo‹.

Ein Zettel schiebt sich millimeterweise unter der Kabinentür durch. Ich traue meinen Augen nicht; ich lese richtig: ›Siehe Bruder, die Hölle ist nahe. Aber Gott, der Herr, wird jeden erlösen, der die Bruderhand nicht ausschlägt!‹

Darunter Ort und Zeit der Zusammenkunft.

Nein, das soll wirklich kein Witz sein. Das ist ein Stück unseres Todeskampfes.

Ich gehe hin. Das muß ich mir ansehen. Vesna rät ab. Sie hat Angst vor jener Aggressivität, die ind er Luft der ›Hirundo‹ zu wuchern scheint wie eine Gewitterwolke am Nachmittagshimmel. Ich gehe trotzdem.

Ich stoße die angegebene Tür auf, trete in einen blau drapierten Raum; vier gewaltige rote Strahlen aussendende Silberkugeln steigen aus einem imaginären Horizont. Vor der größten Kugel sitzt eine in Weiß gekleidete Gestalt, die Arme zur Decke gestreckt, vor ihr knien ebenfalls weißbekleidete Typen, sechs zähle ich. Ein siebenstimmiges »Bruder!« schallt mir entgegen. Ich schlage die Tür zu.

Vierunddreißig Grad in der ›Hirundo‹. Einen ersten Blick in die Hölle durfte ich werfen.

Fünfunddreißig Grad. An Bord gibt es den ersten Toten. Und Kommandant Nitta schweigt und rechnet. Was berechnet er eigentlich noch?

In den Labors der Chemiker herrscht hektischer Betrieb. Sie stellen große Mengen Alkohol her. Und irgend jemand aus dem Kundenkreis war mit Menge, Qualität oder Preis unzufrieden und hat zugestochen. Vesna hat den Toten vor der Tür des Behandlungstraktes gefunden. Zu spät natürlich für Reanimationsmaßnahmen, viel zu spät. Gemeinsam mit Sven Möllestad mache ich mich daran, die Leiche zu verpacken, den Minisender mit den persönlichen Daten zu programmieren und die Sonde außenbords zu bringen. Sven rät mir, Vesna nicht mehr allein arbeiten zu lassen. Denn Frauen sollen der Preis für C_2H_5OH sein.

Unser Flug in die Vergangenheit scheint seinem Kulminationspunkt zuzustreben.

Die Hitze macht uns alle fertig. Ich stehe in der Leitzentrale, die seit einigen Tagen leer ist, plötzlich rattert die Ausgabeeinheit des Bordrechners los. Völlig ungefragt spuckt er sinnlose Zahlenkolonnen aus. Und dann höre ich ihn singen. Nein, nicht singen, schrillen. In der Mitte von Schreien und Lachen und Weinen und Toben. Entsetzlich. Tief aus seinen Speichern heraus. Auch er wird sterben, seine Lötstellen werden zerfließen.

Dieses Lied kann ich nicht eine Sekunde länger ertragen. Ich stürze davon. Nun weiß ich, weshalb die Leitzentrale leer ist.

Ich löse Sven ab, der Vesna bewacht.
Siebenunddreißig Grad.

Manchmal bäumt sich einer auf und bringt neue Hoffnung in eine Reise, die uns in jeder Sekunde dem Tod um achtzig Kilometer näher bringt.

Hisao Schindo steht plötzlich in unserer Kabinentür. Vesna rückt unwillkürlich an mich heran, Schindo bemerkt es, lächelt gequält und entschuldigt sich. Es sei ihm unverständlich, weshalb ausgerechnet ihm die Nerven durchgegangen seien.

Und dann sitzen wir und reden. Und wenn wir reden, dann reden wir seit Wochen von der verstummten Erde und von denen da drüben, die doch merken müßten, daß sie uns in einen qualvollen Tod schleifen. Manchmal bäumt sich einer auf.

Und als es fast zu spät ist, schon ist die Luft dick wie feuchte warme Watte, da endlich bäumt sich jemand auf, den ich eigentlich längst vergessen hatte: Wanda Ismajlowa.

Wir haben viel Zeit verloren, als wir endlich in ihrer Kabine sitzen. Vesna und Sven Möllestad, Hisao Schindo, ein Chemiker und zwei Funker, die Ismajlowa und ich. Acht also von vierundvierzig. Von dreiundvierzig und einer Sonde.

Die Ismajlowa nimmt das Heft in die Hand. Unklar bleibt mir eigentlich nur, weshalb sie so lange zugesehen hat.

Es dauert keine halbe Stunde, dann sind der blaue Saal der Brüderschaft und die Destille der Chemiker geschlossen. Dann drängelt sich das jämmerliche Pack in einem Viertel des äußeren Ringes, eingeschweißt, und streckt die Arme drohend gegen uns. Kommandant Nitta hatte sich ohne ein Wort des Widerspruches abführen lassen.

Wir sind also acht Mann. Und wir werden trotz neununddreißig Grad das Fahrzeug retten. Noch leben wir!

Der Schlüssel zu unserer Rettung liegt drüben. Und jeder von uns hatte über ›drüben‹ nachgedacht. Nun sammeln wir unsere Gedanken. Der Bordrechner muß seine scheußlichen melancholischen Lieder unterbrechen und unsere Gedanken verarbeiten. Das alles hätte längst geschehen können!

Das Ergebnis des Rechners wird unsere Arbeitsgrundlage sein: »Die außerirdische Kugel ist mit hoher Wahrscheinlichkeit unbemannt.«

Wie anders ließe sich eine derart sonnennahe Bahn erklären?

»Die Frequenz von 320 Gigahertz liegt mit hoher Wahrscheinlichkeit in der Eigenschwingungszone der Kugel. Bei stärkerer Intensität der Strahlung wäre sie möglicherweise geborsten.«

Das deckt sich voll mit meiner Theorie. Wir waren es, die ihr zuerst – wenn auch unbewußt – feindlich entgegengetreten waren.

»Die Kugel stellt mit hoher Wahrscheinlichkeit eine Sonde dar, die von außen funksteuerbar ist.«

Der Rechner gibt noch einen weiteren Hinweis: Wenn die dritte Annahme stimmt, dann muß die Steuerfrequenz deutlich über der Eigenschwingungszone liegen.

Die Ismajlowa steht also wieder an den Sendern. Und unsere Hoffnungen waren nie größer als bei einundvierzig Grad.

Acht Mann sehen kaum noch ihre Kabinen. Kostbare Zeit – jetzt wirst du in Sekunden gemessen. Immer wieder erweist sich, sie ist nicht einholbar, die Zeit, die man verschenkt hat.

Ein Wunder vollbringt eigentlich nur Tameo Nitta, dem es gelingt, die fünfunddreißig Nichtarbeitenden zu beruhigen und deren Versorgung zu organisieren. Eine Sorge sind wir also los.

Und bei dreiundvierzig Komma vier Grad kann Hisao Schindo melden, daß sich das Gravitationsfeld rund um die ›Kugel‹ und die ›Hirundo‹ aufweitet. Die Ismajlowa hat also einen Steuerkanal gefunden.

Der Bordcomputer errechnet, daß wir einen dreifrequenten Schlüssel zu finden haben. Er rechnet wieder. Und er singt nur noch ganz selten, und dann klingen seine Gesänge anhörbar.

Für wenige Augenblicke fühlen wir uns manchmal wie acht Mann, die die Welt verändern wollen.

In zwei Tagen werden wir die Merkurbahn kreuzen. Und dann wird es noch sechzehn Tage dauern. Wir haben auch die zweite Frequenz gefunden. Nie ist ein Wettlauf mit der Zeit erbarmungsloser gewesen. Die Kugel hängt 107 Kilometer von uns entfernt. Das Gravitationsfeld ließe eine Bewegung von ein paar tausend Kilometern zu, den Spielraum einer Preßpassung also.

Und Wanda ist schon fast im Bereich des infraroten Lichtes. Der dritte Schlüssel, der verdammte dritte Schlüssel!

Die Besatzung ist wieder kleiner geworden. Doktor Goldbaum, ein kleiner unauffälliger Physiker, hat sich das Leben genommen. Zwei weitere Suizidversuche sind rechtzeitig entdeckt worden. Die ›gläubigen Brüder‹ hocken in ihren weißen Umhängen wie wärmestarr in einem Raum und heben die Hände der Sonne entgegen. Von allen Seiten blendet uns zügelloses Licht.

Ich liege mit Vesna in unserer Kabine, wir können die Silberkugel sehen, auf deren spiegelnder Oberfläche sich Sonnenprotuberanzen austoben und uns das Entsetzen unseres Endes vorgaukeln. Der Schweiß läuft uns von den Körpern. Längst tragen wir keine Kombinationen mehr, längst nehmen wir stündlich Sauerstoffduschen, um dem Organismus diese Belastung abfordern zu können.

Und wenn ich nicht im Labor gestanden hätte, wären wir seit drei Tagen tot.

»Wir halten aus«, sagt Vesna. »Bis zum letzten Moment halten wir aus.«

Ich schweige. Als einziger weiß ich, daß selbst die wärmeresistente Algenhybride in spätestens vierzig Minuten so geschädigt sein wird, daß sie keinen Sauerstoff mehr produzieren kann. Ich rechne noch zwanzig Minuten aus den Reserveflaschen dazu. Nur Cephalocereus senilis wird länger überleben. Er steht nach wie vor prächtig im Neutrieb.

Ich spüre Vesnas Atem, ihren Körper, mit Sicherheit zum letzten Mal drängen wir uns aneinander, jede Minute wird hundertfach durchlebt, durchkostet, durchlitten. Vesna klammert sich an mich und weint und stöhnt und schrillt wie unser Rechner. Es ist gekommen, unser Ende. So sollen sie uns einmal finden. Beweis dafür, daß Lif Engen für alle Ewigkeit aus mir verdrängt worden ist.

Die Ismajlowa kommt in unsere Kabine gerannt, reißt uns auseinander, brüllt mich an, es gäbe noch eine Chance.

Ich gehe mit ihr, weil ich Vesnas Augen nicht ertragen kann, die so voller Leben sind. In denen die Liebe eben noch Lichttänze tanzte. Ich gehe mit, weil ich es nicht ertragen könnte, diese Augen ersterben zu sehen.

In der Zentrale hat die Ismajlowa mit zwei raschen Handgriffen beide uns bekannten Schlüsselfrequenzen eingestellt. Nie werde ich dieses Bild vergessen! Ihr verzerrtes schweißtropfendes Gesicht, der von Hitze und Mangelernährung ausgemergelte Körper, der in diesem Moment nichts anderes zu sein scheint als personifizierte Energie. Eine Hand am Startknopf, die andere Hand am Sender.

»Sauerstoff«, bittet mich die Ismajlowa. »Sauerstoff. Tu etwas, damit der Sauerstoff eine Stunde länger reicht!«

Ich habe längst getan, was ich tun konnte. Und sie pegelt die Frequenz erbarmungslos weiter herunter.

Immer näher an die 320 Gigahertzgrenze. Ihr Gesicht wird immer starrer, und in die Zentrale flutet das reflektierte Protuberanzenlicht, und der Bordrechner schrillt wieder eins seiner hoffnungslosen Lieder.

Und plötzlich flackert die Sieben auf dem Entfernungsmesser des Radarschirms, springt um zur Acht, auf die Neun. Die Ismajlowa ist bei 330 Gigahertz. Die Kugel wird kleiner, der Rechner unterbricht sein Lied, Wanda drückt den Startknopf fast in das Steuerpult, schon ist die Kugel zweihundert Kilometer von uns entfernt – neunhundert, dreitausend. Da endlich springen fauchend die Antriebsraketen an, da rattert der Rechner das Fluchtprogramm in seine Ausgabeeinheit, da liegt mir die Ismajlowa zitternd und schreiend in den Armen. Ich kann sie noch immer nicht leiden. Doch da springen die Quarze wieder an und schwingen erstmals seit siebzehn Uhr elf einer anderen Zeit in die ursprüngliche Richtung.

Ein warmer Regen von Funksignalen geht über die ›Hirundo‹ nieder, so daß man meinen könnte, schon wieder zu Hause zu sein.

Niemand vor uns, seit es Menschen gibt, hat schönere Musik gehört als das Pfeifen der Antriebsraketen. Was ist eine Fuge Bachs dagegen, ein Walzer von Strauß, eine Hymne Pendereckis? Stümperhaftes Tongewirr gegen das, was unsere Ohren begierig rezipieren.

Und Vesna kommt in die Zentrale gestürzt, für immer werden mir diese Augen glänzen, und Sven Möllestad kommt und Hisao Schindo und die drei anderen. Und im Jubel weiß niemand, was er tut. Wir haben die Welt verändert. Und die Erde ruft uns noch immer. Niemand, der Homo sapiens heißt und gelebt hat, wird je vergessen werden. So einfach ist das, wenn man die Welt verändert hat.

Und plötzlich singt der Rechner wieder, er singt nicht, er jubiliert, ganz anders als noch vor wenigen Minuten, und zusammen mit dem Raketenpfeifen bietet sich uns Anfang und Ende jeder musikalisch denkbaren Regung.

»Raumfahrzeug ›Hirundo‹ meldet euch! Raumfahrzeug ›Hirundo‹ meldet euch! Raumfahrzeug ...!«

Die Ismajlowa greift zum Handmikrofon. Der Freudentaumel ist feierlicher Stille gewichen.

»Hier Raumfahrzeug ›Hirundo‹! Es melden sich Kommandant Wanda Ismajlowa und sieben Mann arbeitsfähiger Besatzung!«

Der Ruf an uns bricht ab. Ich kann mir vorstellen, was jetzt dort unten vorgeht. Wie fieberhaft der Zentralcomputer arbeitet, welche Unmengen von Überlegungen durch seine Schaltkreise jagen. Und was Lif sagen wird?

Vesna hat alle Medizin dieser Welt an Bord. Und was ihr ausgeht, kann sie im Labor selbst herstellen. Eine einzige Pille ist nicht dabei. Die gegen die Dummheit!

Die ›gläubigen Brüder‹ recken, fast schon zu Skeletten abgemagert, weiterhin ihre Arme gegen die Sonne und verweigern jede Betreuung. Ihre Überlebenschancen nehmen stündlich ab.

Wir alle stehen noch immer an der Grenze unserer Existenz. Für diese Behauptung gibt es leider unumstößliche Fakten. Die Temperatur im Fahrzeug wird erst nach Wochen merklich absinken. Die Fluchtgeschwindigkeit hat sich verringert, weil wir an einem Gravitationsfaden die Außerirdischen hinter uns herziehen. Und ich werde alle Mühe haben, den Sauerstoffwert in allen Teilen des Fahrzeuges halbwegs konstant zu halten. Nicht auszudenken, was ohne meine temperaturresistente Algensorte im Regenerationssystem geworden wäre!

Die arbeitsunwilligen Besatzungsmitglieder mußten schon zweimal vor dem Zentralcomputer Rechenschaft ablegen. Seine endgültige Entscheidung steht noch aus. Aber einige von ihnen würden brennend gern mit uns tauschen. Vielleicht fehlte bei diesem und jenem nur noch ein winziger Schritt auf unsere Seite. Verurteilen möchte ich kaum einen von ihnen.

Unsere Maßnahme wurde nachträglich gebilligt, Wanda Ismajlowa als Kommandant bestätigt und ich zum Stellvertreter ernannt. Unter acht Mann gibt es keine große Auswahl.

Vesna hat sich über meine Ernennung gefreut. Wenn ich nicht gewesen wäre, säße sie jetzt bei den anderen, sagt sie. Und wenn sie nicht gewesen wäre ...

Das verbindet uns.

So liebevoll, wie wir uns das ausgemalt hatten, nimmt uns die Erde nicht auf. Der Respekt vor den Außerirdischen ist zu groß. Und wir werden diese Kugel nicht los. Jedes Ausweichmanöver, jede Beschleunigung macht sie mit. Deshalb hat uns der Zentralcomputer die Quarntäneparkbahn Mars neunzehn zugewiesen. Die äußerste, die verlassenste. Die, von der noch niemand zurückgekehrt ist.

Wir sind noch dreißig. Die Bruderschaft war nicht zu retten, beide Koopmanns waren dabei. Ich habe Ineke kaum erkannt. Manchmal möchte man weinen. Weshalb kann vorher keiner sagen, wem die Kraft fehlen wird. Harmonieprogramm!

Wir kreuzen die Erdbahn. Jetzt müßte man aussteigen, anhalten und auf den Heimatplaneten warten können. Irgendwann im Laufe eines Jahres muß er kommen. Wir kreuzen die Erdbahn ...

Der Zentralcomputer hat über die Restbesatzung entschieden. Ein Teil von ihnen soll auf der Marsparkbahn von Bord gehen. Auf der Erde wartet eine Spezialbehandlung auf sie. Die Psychotherapeuten haben uns schon ein ganzes Bündel von Fragen und Richtlinien geschickt. Vesna kann sich über mangelnde Beschäftigung wirklich nicht beklagen. Auch Tameo Nitta wird zu dieser Gruppe gehören.

Vier Mann sollen wieder in die Besatzung eingegliedert werden. Eine Entscheidung, die keinen ungeteilten Beifall findet; als dritten Mann einen zu haben, der sich als nur bedingt zuverlässig erwiesen hat. Wanda hat gegen diese Entscheidung Protest eingelegt. Auch Zentralcomputer geben manchmal nach. Nun sollen die vier nicht gleichberechtigt sein und bei Besatzungsversammlungen kein Stimmrecht haben.

Durch Losentscheid bilden Sven Möllestad, Larissa Gontschewa und ich eine Arbeitsgruppe. Die Gontschewa sozusagen auf Bewährung.

Und die Kugel folgt uns mit der Präzision einer Quarzschwingung! Wir hatten gedacht, wir würden abgelöst werden. Wir hatten gedacht, die Universitäten würden sich überschlagen, um an die Kugel heranzukommen. Aber es scheint so, als wollte niemand mit uns die Quarantäneparkbahn teilen. Für unkalkulierbare Risiken sind wir gerade gut genug.

Die Patienten konnten auswählen. Es gab Bungalows, in denen man ganz allein wohnte. Es gab Unterkünfte für zwei, für vier, für sechs Personen. Die Häuser standen über das Tal verstreut, waren verputzt und innen so ausgestattet, daß man Jahrzehnte in ihnen leben könnte. Ein Servomat gehörte zum Inventar, ein Medimat und ein Menüautomat. Niemandem sollte das Lebensniveau fehlen, das er gewohnt war.

Lif wohnte allein. Sie wollte es so.

Das kilometerlange Tal lag knapp siebenhundert Meter über dem Meeresspiegel. Die weiträumigen Grasflächen der multiploiden Neuzüchtungen von Poa anua und Bromus hordeaceus sorgten für einen Sauerstoffquotienten von zweiundzwanzig. Das Tal wurde von einer eigenen Nebenstelle des zentralen Wetterprogrammrechners bewettert, und Ärzte sah man im Gelände nur sehr selten.

»Glauben Sie uns, Frau Engen«, hatte man nach einer

ersten gründlichen Untersuchung zu ihr gesagt, »weit über neunzig Prozent unserer Patienten brauchen Ruhe, Ruhe und noch einmal Ruhe. Absolute Ruhe. Müssen den Akku nachladen. Abschalten, Sie verstehen!

Und Sie gehören zu den neunzig Prozent. Gehen Sie viel spazieren, schlafen Sie lange und ausgiebig bei offenem Fenster. Wir sind berühmt für unseren hohen Sauerstoffquotienten, und nehmen Sie sich ein paar leichte Handarbeiten vor. Nur nichts Kniffliges, das vertragen Ihre Nerven noch nicht!

Vor dem Einschlafen schließen Sie sich regelmäßig an den Medimaten an. Wir sind also immer rechtzeitig zur Stelle, falls sich Ihr Zustand verschlechtern sollte. Aber es besteht wirklich kein Grund zur Besorgnis. Sie müssen abschalten, den Akku aufladen. Vielleicht gefallen Ihnen unsere Inseln!«

Lif bezog also ihren Bungalow.

Ihr Servomat zeigte sich sehr reserviert. Die Müllschluckergeschichte hatte sich herumgesprochen. Speicherdaten gehen zuweilen die seltsamsten Wege. Natürlich erfüllte er gewissenhaft jeden ihrer Befehle. In diesem Punkt war er ganz Gefangener seines Programms. Aber er tat es immer mit einer gewissen vorsichtigen Distanz. Man könne nie wissen, ob und wann sich derartige Gewaltanfälle wiederholen, hatten ihm die Zentralspeicher geraten. Und deshalb war der Servomat erst einmal vorsichtig. Hielt bei allen Arbeiten einen optischen Rezeptor auf Lif gerichtet. Auch wenn er dabei ständig schielen mußte. War man erst einmal in der Generalreparatur gewesen, war die Schönheit dahin. Und wenn es dann keine Ersatzteile gab, wenn man vielleicht für Monate oder Jahre stillgelegt werden mußte, nein, dann lieber Abstand zur Patientin Engen, Lif, lieber schielen.

In den ersten Tagen rückte für Lif alles weit hinter die Berge. Das Institut Haxwell, das Pilotprojekt, Contart und Bugalski versanken ebenso in der Ferne wie das

Sportzentrum und der Verlängerungstest. Und noch weiter zurückliegende Dinge, Scheidung, Per, ›Hirundo‹, tauchten völlig ins Unterbewußtsein, wagten sich für Traumsekunden in die Großhirnrinde, um gleich danach wieder in tieferen Zellschichten zu verschwinden. Wundercomputer menschliches Gehirn!

Lif fand endlich ihre Ruhe, ihren Frieden, ihren Talfrieden. Gewöhnlich durchstreifte sie allein die Weite des Sanatoriumgeländes. Auf Wegen, die von Servomaten gesäubert wurden, vorbei an Wäldern, die schon tausend Jahre dort standen, obwohl das nicht stimmen konnte, denn die Bäume wuchsen bei optimaler Nährlösungsgabe und richtiger Dosierung der Gibberelline zehnmal schneller als früher. Aber wenn Lif sie sah, sie rauschen hörte, dann mußte sie sich wehren, um nicht tausendjährigen Illusionen zu erliegen. Die ökologischen Inseln mied sie. Nein, sie wollte ihre Ruhe haben. Und dann – auf den Inseln drängte sich die Mehrheit aller Patienten. Auch das war nichts für sie.

Manchmal wanderte sie gemeinsam mit einem Mitpatienten, einem älteren Mann, der sich ihr eines Tages angeschlossen hatte und schweigend neben ihr herlief. Und der seitdem immer wieder mal auftauchte, neben ihr ging, wenig sprach, aber immer bereit war, ihr zuzuhören. Allein deshalb hatte sie sich an ihn gewöhnt wie an den abendlichen Medimatensensor.

»Diese Landschaft beeindruckt mich«, sagte sie zu ihm. »Sehen Sie nur, das wunderbar gleichmäßige Wogen des Grases, den hohen Wuchs der Zuchteichen, die optimale Gestalt der polyploiden Fichten, das alles begeistert mich. Die Grasflächen sind wirklich monochrom grün, es gibt ihn ihnen kein gelbliches Fleckchen, der Abstand von Baum zu Baum ist millimetergenau programmiert, schön, einfach schön hier!«

»Das alles begeistert Sie wirklich?« fragte der Mann zögernd.

»Ja«, antwortete Lif, »das begeistert mich. Denn hier

herrscht der Mensch wirklich über die Natur. Hier ist nichts mehr dem blinden Zufall überlassen. Sehen Sie denn nicht, daß hier eine vollendete Synthese zwischen Schönheit und Nützlichkeit gefunden worden ist? Vergleichen Sie das doch mit dem Chaos auf den ökologischen Inseln!«

»Ja, ja«, antwortete der Mann, und Lif sah ihn des Tonfalls dieser Antwort wegen zum ersten Mal richtig an. Er ging etwas gebückt, sein Gesicht war voller Falten, aber in seinen Augen entdeckte sie die Aggressivität eines Zwanzigjährigen.

»Nur wir passen nicht so recht in Ihre Synthese, wie?«

Lif drehte sich um und ließ den Mann stehen. Ein Per Engen. Ein Bugalski. Einer von denen, die nichts begreifen wollten. Aber auch für solche Leute arbeitete sie. Und eines Tages würde das Meer genauso optimal umgestaltet sein wie das Tal. Und sie würde sagen können, sie habe daran mitgearbeitet, an der vordersten Frontlinie sozusagen. Allen Haxwells, allen Contarts, allen Bugalskis zum Trotz! Und unter Opfern. Oder war ihre Ehe etwa kein Opfer?

Lif war eine ganze Weile allein gelaufen, als ihr auf einer Wiese, mitten im Wald, eine Pflanzenkolonie auffiel, deren Grün von dem des Poa anua abstach. Sie blieb stehen und pflückte eine der krauthohen Pflanzen. Die Blätter waren auffallend klein und an den Rändern gezackt. Lif hatte solche Blätter niemals zuvor gesehen. Sie steckte die Pflanze ein und ging zurück in ihren Bungalow.

Die Medimatensensoren ermittelten die Sauerstoffproduktion. Lif schüttelte erstaunt den Kopf, als die Werte ausgedruckt wurden. Auf diesen geringen Sauerstoffproduktionsquotienten angewiesen, wäre die Menschheit längst erstickt. Jetzt wurde die Sache für sie spannend. Sie ließ sich die Liste der zugelassenen Arten auf den Bildschirm geben. Sie schickte ihren Servomaten in den Zentralkatalog, um ein älteres Bestimmungsbuch zu holen. Sie spürte, daß sie einer Sensation auf die Spur gekommen war.

Eine Stunde später hatte sie Gewißheit. Diese Pflanze war zweifelsfrei der kriechende Hahnenfuß, Ranunculus repens, und schon seit über dreißig Jahren aus dem ökologischen Gleichgewicht der optimierten Regionen verbannt. Diese Art war etwas für Inseln. Im optimierten Gebiet hatte sie nichts, aber auch gar nichts verloren. Hier war sie Störfaktor in der Sauerstoffproduktion.

Wie kam ein relativ großer Bestand einer illegalen Art in dieses Tal? Welche Folgen hätte es, würde auch nur ein einziges Samenkorn die Talgrenze überwinden? Die Kosten einer weitflächigen Optimierungsaktion wagte sich Lif kaum auszumalen. Das war kein Fall mehr für regionale Behörden. Das war schon ein Fall für das Ministerium. Und ohne zu zögern, wählte sie den Zentralcomputer des Ministeriums für Optimalökologie des gemäßigten Klimas an.

Ihre Eingabeeinheit wägte ab. Schließlich war sie Patientin und damit in ihren Rechten zwangsläufig eingeschränkt. Im Interesse ihrer Gesundheit. Und so landete ihre Information statt im Ministerium in der medizinischen Leitung des Sanatoriums. Der diensthabende Arzt bemühte sich höchstpersönlich in ihren Bungalow.

»Auf Ihrem Gelände wachsen illegale Arten«, sagte Lif Engen und legte ihm das Exemplar des kriechenden Hahnenfußes auf den Tisch. »Ich kann mir nicht erklären, weshalb Sie einen solch gravierenden Gesetzesverstoß nicht bemerkt haben. Es sind Dutzende, wenn nicht Hunderte von Pflanzen!«

Der Arzt betrachtete erst sie und dann die Pflanze mißtrauisch von allen Seiten.

»Ein hervorragendes Präparat«, sagte er dann und roch am Hahnenfuß. »Sogar die typische Wildheit des Pflanzengeruches! Meine Hochachtung! Wo lernt man heute noch so hervorragend präparieren? Wissen Sie, während meines Medizinstudiums, früher, meine ich, haben die angehenden Ärzte noch Vorlesungen über Botanik gehört. Heilpflanzen, das hätte mein Hobby werden können.«

»Doktor, mich interessiert Ihr Hobby nicht, und das ist auch kein Präparat. Das ist eine lebende Pflanze!«

Sie nahm einen Medimatensensor und drückte ihn auf das gezackte Blatt. Sofort meldete das Gerät eine geringe Sauerstoffproduktion. »Sehen Sie nun, daß ich eine echte Pflanze in der Hand habe? Und ich kann Ihnen sogar die Stelle zeigen, an der ich sie gefunden habe. Die Augen werden Ihnen übergehen, so viele gibt es von dieser Sorte!«

»Auf unserem Gelände, außerhalb der Inseln?« fragte der Arzt noch mißtrauischer und griff zu den Medimatenrezeptoren. »Sie haben geschmuggelt, geben Sie es zu!«

»Für wie verantwortungslos halten Sie mich? Ich bin Biologin.«

»Das mit Ihrer Gesundheit werden wir gleich haben«, antwortete er skeptisch und betrachtete die Meßwerte. Als der Medimat normale Resultate anzeigte, fragte er: »Und Sie meinen wirklich, auf unserem Gelände, außerhalb der Inseln?«

»Ich zeige Ihnen die Stelle.«

Als sie die Waldwiese erreicht hatten, spielte dort eine Patientengruppe Fangen und Boccia. Von Ranunculus repens weit und breit keine Spur.

Lif suchte die gesamte Wiese ab. Stück für Stück. Rutschte auf den Knien über das Gras, drückte jeden einzelnen Halm zur Seite. Und die spöttischen Blicke des Arztes und der Patientengruppe brannten wie Salzwasser in einer offenen Wunde.

»Sie sollten doch längere Zeit bei uns bleiben, Frau Engen«, verabschiedete sich der diensthabende Mediziner. »Solche Symptome sind hier anfangs gar nicht selten. Sie geben sich aber mit der Zeit. Später müssen Sie mir unbedingt noch erzählen, wo Sie gelernt haben, derart hervorragende Präparate herzustellen. Meine Hochachtung! Einen Medimaten zu überlisten! Den Geruch nachmachen können!«

Lif stand auf der Wiese. Der breite weißbekittelte Rücken des Arztes verschwand hinter einer Wegbiegung, und die Patientengruppe nahm ihre Spieltherapie wieder auf. Als wäre nichts geschehen. Als hätte es auf dieser Wiese weder eine Lif Engen noch die Art Ranunculus repens gegeben. Fangen und Boccia. Lif existierte nicht. Ebensowenig wie Ranunculus repens. In diesem Augenblick erkannte sie, daß sie unter lauter Bugalskis auf den Knien rutschte.

Lif rannte zurück in ihre Unterkunft.

Das Exemplar des kriechenden Hahnenfußes war verschwunden.

Quarantäneparkbahn Mars neunzehn. Wir hatten uns unsere Rückkehr in die Zivilisation anders vorgestellt. Der unwirtliche rote Planet hängt doppelt so groß wie der Erdmond unter uns.

Zweimal in drei Stunden überfliegen wir Mars Nord II, starren uns in den Teleskopen die Augen wund, können Starts und Landungen beobachten. In den Nachbarorbitalen schweben, greifbar nahe, andere Fahrzeuge; ihr Sprechfunkverkehr dröhnt uns in den Ohren, wir sind wieder zu Hause.

Und wir sind es nicht. In unserem Schlepp hängt die außerirdische Kugel, unsere Parkbahn liegt am weitesten draußen, uns begrüßen allenfalls ein paar höfliche Worte mitleidiger Kollegen in den Fahrzeugen unter uns. Aber selbst höfliche Worte können die Distanz nicht überbrücken. Nicht nur die räumliche Distanz.

Wir haben schließlich einen Kommandanten abgesetzt. Zum zweiten oder dritten Mal in einer langen Raumfahrtgeschichte. Andere Kommandanten vergessen so etwas nicht. Können keinerlei Gründe akzeptieren. Wenn wir je wieder den Fuß auf Mars Nord II setzen, wird man uns Platz machen. Und wir haben vierzehn Mann verloren. So etwas vergißt niemand. Von unserem Mitbringsel ganz zu schweigen.

Und dann legt die unbemannte Quarantänefähre an. Unsere Vorräte werden ergänzt. Achtzehn Mann gehen von Bord. Ich beneide jeden einzelnen und keinen. Wir stehen zwar an der Schleuse, nacheinander verlassen sie uns, Tameo Nitta zuletzt, aber zwischen uns fällt kaum ein Wort. Wer so genau weiß, was er voneinander zu halten hat, dem gelingt selbst auf Marsquarantäneparkbahnen keine Sentimentalität. Und doch hebt sich uns wie von allein die Hand zum Abschiedsgruß, als die Fähre ablegt. Harmonieprogramm!

Die ›Hirundo‹ scheint uns viel zu groß für zwölf Mann Besatzung. Cephalocereus senilis ist um zehn Zentimeter gewachsen. Ihn stört es nicht, daß unsere Schritte über leere Gänge hallen, daß wir zögern, die Räume zu benutzen, in denen sich die Brüderschaft zu Tode gebetet hatte; er wächst, weil Licht auf sein weißes Haarkleid fällt. Und es ist ihm gleich, woher das Licht kommt, er setzt es auch um, wenn es ihm die Kugel zuspiegelt. Er allein ist wirklich unvoreingenommen. Bestimmt war es falsch, ihn von der Liste der zugelassenen Arten zu streichen, wegen Bedeutungslosigkeit. Mein Gott, welch ein Irrtum, solch eine Liste!

Das Gefühl des Ausgestoßenseins, die Enttäuschung über die Art des Empfangs, das Isolationstrauma hält nur ein paar Tage an. Dann ergreift die Herausforderung der Kugel von uns Besitz. Und sie wird keinen von uns je wieder entlassen. Immerhin werden wir die ersten Menschen sein, die einen Körper berühren dürfen, der nicht von der Hand des Homo sapiens geschaffen ist; die ersten, die Geräte betrachten dürfen, die nicht menschlicher Geist erdacht hat. Und noch immer habe ich die Hoffnung nicht aufgegeben, fremden Lebewesen gegenübertreten zu können, die um so vieles anders sein müssen als wir und die uns doch gewissermaßen gleichen: In ihrer Macht über die Natur, in ihrer Fähigkeit, sich von den Schwerkraftfesseln ihres Heimatplaneten, ihres Sonnensystems zu lösen. Ich spreche diese Hoffnung nicht aus. Niemand spricht sie aus.

Wenn ich aus den Bullaugen hinüberblicke, dann frage ich mich, ob sie ihre Macht über die Natur weiser genutzt haben als wir. Und ich blicke stundenlang hinüber und habe dabei das Bild Lif Engens vor Augen. Und endlose, eintönige Grashybridwuchsflächen. Quarantäneparkbahn Mars neunzehn!

Der Zentralcomputer des Generalrats für Raumfragen hat uns geraten, die Sendeleistung der Schlüsselfrequenzen zu erhöhen. Der Zentralcomputer kann leicht kluge Ratschläge erteilen. Er wird auf keinen Fall in Gefahr geraten.

Manchmal kommt es mir vor, als wären wir zwölf Säuglinge, die aus Versehen in den Leitstand eines Kernkraftwerks geraten sind und nun mit den Schaltknöpfen spielen: rote und grüne, blaue und gelbe. Und vor Freude jauchzen, wenn schließlich irgendwo ein Funke zu sehen ist. Säuglinge haben stets einen Wächterservomaten in ihrer Nähe, der sie vor Fehlgriffen bewahren würde. Wir dagegen sind ganz allein.

Schließlich folgen wir dem Rat des Zentralcomputers und erhöhen die Sendeleistung. Äußerlich verändert sich an der Kugel nichts. Aber Hisao Schindo stellt nach einiger Zeit eine Verbreiterung des Gravitationsstranges fest. Es kommt mir vor, als bauten sie eine Straße für uns. Eigentlich steht es nun für mich fest, daß sie leben. Sie leben in irgendeiner Form.

Als unsere Sendeleistungen ein bestimmtes Quantum übersteigen, öffnet sich ohne Übergang ein Segment in der nahtlosen, spiegelnden Kugelfläche. Groß genug, einem Menschen die Passage zu erlauben. Die Tür steht offen, die Einladung ist ausgesprochen, die Straße gebaut. Alle Wege stehen uns offen. Wir kauern in den Startlöchern. Keiner kann sagen, wie lang das Rennen werden wird.

Der Zentralcomputer mahnt uns zur Disziplin. Das Segment könnte sich wieder schließen. Und sich von innen nicht öffnen lassen. Säuglinge in einem Kernkraftwerk. Unsere Wächterservomaten haben wir selbst zu sein.

Nach zwei Stunden schließt sich das Segment. Wir pegeln die Sender wieder auf einen Bruchteil ihrer Leistung herunter. So verbringen wir fünf Tage in den Startlöchern. Sender auf volle Leistung, Segment öffnet sich. Sender heruntergepegelt, Segment schließt sich. Den ersten Schritt aus dem Säuglingsalter heraus haben wir getan. Endlich kommt das Okay des Zentralcomputers.

Unsere Arbeitsgruppe soll zur Kugel übersetzen. Die ersten Menschen, die auf nichtmenschliche Vernunft stoßen werden, sind Sven Möllestad, Larissa Gontschewa und ich.

Vesna begleitet mich bis zur Schleuse.

»Sei vorsichtig, bitte«, sagt sie. Und ich spüre durch meine Kombination hindurch die Wärme ihrer Hände.

Die innere Schleusentür schließt sich. Jetzt ist unsere einzige Verbindung zur irdischen Welt die Stimme der Ismajlowa im Helm. »Hals- und Beinbruch, Leute!« sagt sie, ihre Stimme ist mir in diesem Augenblick direkt sympathisch, und sie beginnt zu zählen. Bei ›zehn‹ entweicht schmatzend die Luft aus der Schleusenkammer. Die äußere Tür steht offen.

Es mögen fünfhundert Meter sein, die uns vom Eingangssegment der Kugel trennen. Wir stoßen uns von der ›Hirundo‹ ab. Die Rückstoßpistolen schießen uns weit in den freien Raum. Das Eingangssegment ist einladend geöffnet.

Plötzlich bleibt Sven hinter uns zurück.

»Was ist?« frage ich ihn.

»Verfluchter Mist!« schimpft er. »Hier geht es nicht weiter. Ich stoße ständig gegen etwas. Kann aber nichts erkennen!«

»Nach unserer Ortung bist du an den Gravitationsstrang geraten«, höre ich die Ismajlowa.

Ich winkte Larissa Gontschewa heran. Der Gravitationsstrang führt direkt zum Kugeleingang. Sven steht im Nichts und rudert mit den Armen. Es sieht urkomisch aus.

»Auf dem Ding kann man stehen«, sagt er verblüfft. »Es ist wie Watte.«

»Der Gravitationsstrang verstärkt sich«, meldet die Ismajlowa.

Jetzt wird meine Hoffnung zur Gewißheit. Sie erwarten uns. Sie bauen uns Brücken. In ganz wörtlichem Sinne! Ich habe das Gefühl, bis an die Knöchel einzusinken. Es ist wie Wattwaten. Wir können unsere Rückstoßgeräte ausschalten. Langsam schreiten wir auf die Silberkugel zu. Und bei jedem Schritt hoffe ich, im geöffneten Segment werde jemand auftauchen und uns zuwinken. Aber nichts geschieht.

Dann sind wir da. Ich leuchte mit meinem Handscheinwerfer in das Innere der Kugel. Vielfältig spiegelt sich der Lichtstrahl. Einzelheiten sind nicht zu erkennen. Wir beginnen mit unserem Meßprogramm.

»Ich berühre die Kugeloberfläche mit dem Meßfühler«, berichte ich der Ismajlowa in der ›Hirundo‹!

»Okay!«

Es ist mir, als gäbe die Kugel um eine Winzigkeit nach, als ich mit dem Meßstab an ihre Oberfläche stoße. Die Kugel ist elektrisch neutral, ihre Temperatur entspricht der des Weltraumes. Ich fahre mit der Hand über die Oberfläche.

»Es fühlt sich sehr glatt an. Wirklich wie Spiegelglas. Aber irgendwie weicher.«

»Die Materialanalyse!« erinnert uns Wanda.

Sven setzt die Spitze des Gasanalysers auf die Kugel,

ein kleiner blauer Funke entsteht, eine winzige Schmelzperle schwebt in Richtung Mars davon. Auf der Kugeloberfläche bleibt nur für wenige Sekunden ein schwarzer Punkt zurück, der zusehends kleiner wird. Die Kugeloberfläche kann sich offenbar regenerieren. Und ich werde das Gefühl nicht los, als sei vor meinen Augen eine Wunde verheilt.

Noch immer habe ich meine Meßsonde in der Hand und berühre damit die Segmentkante. Und dann schwinge ich mich in die Öffnung. Es ist wie Eintauchen in glasklares warmes Wasser. Sofort habe ich das Gefühl, angekommen zu sein. Zum letzten Mal empfand ich ähnlich, als ich in Mars Nord II vor den polierten Metallplatten stand, Namen und Daten las und mich an Gesichter erinnerte.

Ich bin in einen schmalen gewölbten Gang gelangt, dessen Wände aus dem gleichen Material zu bestehen scheinen wie die Außenhaut der Kugel. Der dürre Lichtfinger meiner Handlampe spiegelt sich hundertfach, im Gang herrscht völlige Dunkelheit.

Ich taste zum Ausgang zurück, in der ungewohnten Kombination sieht jede Bewegung ein bißchen schwerfällig aus, ich winke Larissa heran, während uns Möllestad von außen zu sichern hat.

Der Gang ist gewunden. Unsere eigenen Handlampen leuchten uns von allen Seiten entgegen, blenden uns und sind im nächsten Augenblick schon wieder verschwunden, um an anderer Stelle erneut aufzublitzen.

Larissa öffnet in Meterabstand Ventile der Hochvakuumflaschen, die an ihrem Gürtel hängen. Physiker und Chemiker auf Mars Nord II warten sehnsüchtig auf die Untersuchungsergebnisse, sitzen sozusagen am warmen Ofen und schimpfen auf den Kohlenhändler. Und wenn auch nur die Spur einer Atmosphäre in der Kugel existiert, man wird erstaunliche Dinge aus den Flascheninhalten erfahren können. Nicht nur die Zusammensetzung, auch das Alter des Gasgemisches und sogar, ob es durch die Lungen von Lebewesen strömte oder nicht.

Ich hänge einen Polycapramkreisel in den Gang. Scheinbar schwerelos treibt er vor uns her, kommt zur Ruhe, driftet dann langsam, aber stetig in Gangrichtung, stößt an die linke Wand, trudelt an ihr entlang in die Tiefe. Die Außerirdischen können offenbar auch ohne Rotation der Kugel eine geringe Schwerkraft erzeugen. Die Gravitationskräfte beherrschen! Hisao Schindo und alle Physiker der Welt träumen davon.

Ich nehme Materialproben der Gangwand. Wieder wachsen die Wunden in wenigen Sekunden narbenlos zu. Damit sind unsere Aufträge erledigt. Wir können zurück. Wir müssen zurück. Irgendwie fesselt mich diese spiegelglatte weiche Wand.

Ein bißchen enttäuscht schreiten wir auf der Gravitationsstraße zur ›Hirundo‹ zurück. Niemand hat uns zugewinkt, nichts anderes haben wir gesehen als einen Spiegelgang, der ins Uferlose zu führen scheint, nichts anderes getan als ein paar Materialanalysen, nichts anderes gewonnen als ein paar gefüllte Vakuumflaschen.

Und wie hatte ich mir das Zusammentreffen zweier Zivilisationen erträumt: grandios, pathetisch, der Einmaligkeit des Geschehens angemessen! In mir bleibt das Gefühl, etwas versäumt zu haben. Die Säuglinge haben ihren Schnuller verloren.

Bugalski saß allein auf der Tauchplattform und warf kleine Steinchen in das trübe, ölige, schillernde und sich behäbig in seinen Farben wiegende Wasser. In ein paar Minuten mußten seine Leute auftauchen, und dann wären sie wieder um eine Hoffnung ärmer. Sie würden wieder nichts gefunden haben. Weil es nichts mehr zu finden gab, weil dort unten nichts mehr war, das noch entfernt an Lebewesen erinnerte. Nur Schwefelwasserstoff, nur Methanbläschen, die sich auf ihrem Weg nach oben irgendwo wieder auflösten. So war das dort unten.

Sie hatten in den vergangenen Wochen drei ökologische Inseln entdeckt, und dreimal hatte ihnen Contart an Hand statischer Berechnungen und mathematischer Modellversuche nachgewiesen, daß diese Inseln sehr bald nur noch Trümmerfelder sein würden, von denen es hier unten bereits viele gab. In einem Fall hatte das Ministerium zwar zugesagt, die Ökoinsel in einen Binnensee umzusiedeln. Aber wie man sich auf derartige Zusagen würde verlassen können, darüber gab sich Bugalski keinen falschen Hoffnungen hin. Am Schluß würde man mit einer langen Kostenanalyse kommen. Und die Ökonomie würde obsiegen. Keine Frage!

Er, Bugalski, hatte die Engen aus dem Projekt gedrängt. Viel gründlicher, als eigentlich vorhersehbar war. Die Mathematiker mit ihren eigenen Waffen geschlagen. Und trotzdem lief alles weiter. An Stelle der Engen waren die Ichthyologen gekommen. Besorgt wie die Ammen um ihren polyploiden Tarpun. Als hätten sie dieses häßliche, fette, silberglänzende, meterlange Monstrum an der eigenen Brust genährt. Haxwell hatte nichts einzuwenden gehabt, als sie ihm die Hälfte seiner Biozellen ausspannten, als sie den Strand mit ihren Zuchtbecken überzogen, um ihren Bastard zu päppeln, der nichts konnte als fressen, fressen, fressen und sich vermehren. Und sich vermehren. Und sich vermehren.

Professor Haxwell unternahm auch nichts, als sie bösartig behaupteten, er, Bugalski, züchte in seinen Bassins nur dreckiges Wasser. Das könne schließlich jeder. Und sie hätten eine viel bessere Verwendung für die Behälter.

Contart hatte hämisch gegrinst. Wie er über böse Sätze immer zu grinsen pflegte, unter der Voraussetzung, sie betrafen nicht ihn oder gar die Mathematiker. Er hatte auch über die Berichte aus Afrika gegrinst.

Irgendwo in Äquatornähe war in einem größeren Gebiet die gesamte Ökologie zusammengebrochen. Wohlgemerkt, die Optimalökologie. Das Gras war abgestorben, das Gebiet innerhalb weniger Tage zur Wüste geworden. Die Bodenerosion hatte den Rest besorgt, gründlich besorgt.

Bugalski war zu lange unter Wasser, zu intensiv mit seinem Problem beschäftigt, um mit einem Blick die Bedeutung des Vorgangs erkennen zu können. Bugalski versäumte es, den Finger in die Wunde zu legen.

Achtzehn Stunden tagtäglich arbeiteten seine Leute. Sie gaben ihr Letztes. Waren eher bereit, eine Aufputschtablette zu schlucken, als sich für ein paar Stunden aufs Ohr zu legen. Manchmal fehlt einem ganz einfach ein Quentchen Glück, manchmal verpaßt man eine Chance. Und das machte wütend und niedergeschlagen gleichzeitig.

Bugalskis Leute tauchten auf. Rissen sich die Masken von den Mündern, schüttelten erschöpft die Köpfe und tappten mit müden Blicken in ihre Unterkünfte. Bugalski steuerte die Plattform.

Als sie die Außenstelle erreicht hatten, sahen sie, daß die Ichthyologen aufgeregt gestikulierend zwischen ihren Bassins umherliefen. Das ganze Lager schien in hellem Aufruhr zu sein.

»Was ist eigentlich los?« fragte Bugalski den ersten, der ihnen über den Weg lief.

»Denen ist ein Tarpun eingegangen«, antwortete der.

Die Ismajlowa hat uns zur wöchentlichen Lagebesprechung zusammengetrommelt.

»Weit sind wir mit unserem Latein nicht gekommen«, sagt sie und bestätigt damit, was die meisten von uns denken. Säuglinge in der Schaltwarte eines Kernkraftwerks sind wir.

»Das würde ich nicht sagen«, widerspricht ihr unser Chemiker Doktor Jaspers. »Für meine Disziplin stimmt das nicht. Da waren immerhin die Vakuumflaschen. Wir haben einen Druck von fünf Millibar festgestellt, und das nur ein paar Meter neben einem geöffneten

Segment. Wenn wir das könnten, wir würden deckenhoch springen.«

»Wenn ich dich richtig verstanden habe«, höre ich die Ismajlowa sagen, »dann können die Extraterristen auf Luftschleusen verzichten. Sozusagen mit offenem Fenster fliegen.«

»Ungefähr«, stimmte ihr Jaspers zu. »Nur wie sie das schaffen, das ist uns ein Rätsel.«

Die gesamte Kugel besteht aus Rätseln, denke ich und fühle wieder das Prickeln auf der Haut. Seit einiger Zeit prickelt mir der Rücken, sobald ich diese Kugel betrete. Aber es ist ein angenehmes Prickeln.

»Die Luftzusammensetzung schwankt stark«, fährt Jaspers fort. »Der Kohlendioxidgehalt liegt zwischen elf und achtzehn Prozent. Sauerstoff ist mit neun bis sechsundzwanzig Prozent beteiligt. Ob allerdings irgendeine Systematik dahintersteckt – wer weiß das schon ganz genau? Die Meßergebnisse sind leider noch mit viel zu vielen Fehlerquoten behaftet.«

Sagen die auf Mars Nord II, denke ich. Die haben gut sagen, die sitzen im Warmen, denen prickelt nichts. Und wenn, dann kratzen sie sich ausgiebig. Aber hier? Kratz dich mal durch eine Raumkombination hindurch! Überhaupt – sind wir denn hier die Versuchsratten, die ihr Fell für die gefährlichen Vorversuche zu Markte zu tragen haben? Wir brauchen! Ihr müßt! Könnt ihr nicht? Selbst hochkommen und prickeln lassen, meine Herren!

»Wir erzielten am gleichen Meßpunkt völlig unterschiedliche Resultate. Es spielt durchaus eine Rolle, ob das Eingangssegment geöffnet oder geschlossen ist, ob Licht auf die Innenwand fällt oder nicht, ob sich ein Mensch im Gang aufhält oder nicht. Ziemlich komplizierte Sache. Die Computer können sich auch noch keinen Reim darauf machen.«

»Ich war mindestens zwanzigmal drüben«, wirft Sven Möllestad ein. »Aber was habe ich gesehen? Mich, immer wieder nur mich! Groß oder klein, verzerrt und gedehnt, blau, grasgrün oder rot. Immer wieder mich! Ich frage mich ernsthaft, ob dieser verfluchte Gang jemals ein Ende haben wird. Bis jetzt sind wir noch nicht einmal richtig hineingekommen in diese Kugel. Und ich sage euch, eines Tages wird sich irgendwo ein Segment öffnen, und wir liegen wieder draußen. Ohne etwas anderes gesehen zu haben als unsere eigenen Spiegelbilder. Ausspucken wird es uns, unser Kügelchen.«

Dabei rutscht er mit den Schultern an der Sessellehne entlang. Ich werde ihn fragen, ob auch ihm der Rücken prickelt. Aber das werde ich tun, wenn wir zwei allein sind. Vorläufig muß ich ihm etwas anderes sagen. Wir würden es nie schaffen, wenn ich seine Meinung einfach im Raum stehen ließe und damit akzeptieren würde.

»Was soll dein Pessimismus, Sven?« frage ich also. »Dieses Fahrzeug ist wahrscheinlich zu einer Zeit entstanden, als auf der Erde ein Pithekanthropus einen Stein aufhob und zum ersten Werkzeug bearbeitete. Allein daran kann man den ungeheuren technologischen Vorsprung der Außerirdischen ermessen. Bestimmt gehen wir völlig unmethodisch an die Sache heran. Und außerdem, wir arbeiten jetzt zwei Wochen drüben. Hast du denn erwartet, sie würden uns ihre überlegene Technologie auf einem silbernen Tablett überreichen? Wir werden diese Kenntnisse mühsam entschlüsseln müssen, um sie uns wirklich zu verdienen. Oder würdest du einem Kannibalen eine Atombombe in die Hand geben? Hat nicht zudem schon die Materialanalyse der Außenhaut außerordentlich interessante Ergebnisse erbracht?«

»Natürlich«, steht mir Jaspers sofort überflüssigerweise bei. »Die Zusammensetzung des Materials ist uns inzwischen bis auf hundertstel Prozente genau bekannt. Es ist – Glas!«

Er sagt das so komisch hilflos, daß wir alle lachen müssen.

»Glas, ganz gewöhnliches Fensterglas«, spöttelt Vesna. »Haben wir ein Glück gehabt, daß uns vorher niemand das wertvolle Stück zerschlagen hat!«

Jetzt lachen alle noch mehr, mit Ausnahme Jaspers, der puterrot wird.

»Nun ja, einen Haken hat die Sache mit diesem Glas allerdings«, trumpft er auf. »Es läßt sich nämlich nicht rekonstruieren, dieses ›Glas‹! Und es übertrifft die Eigenschaften bekannter irdischer Glassorten ganz beträchtlich!«

Wie soll ich einem Chemiker klarmachen, daß Glas nicht heilen kann? Daß sich Glas nicht weich anfühlen kann, daß man durch Glas kein Prickeln auf dem Rükken kriegen kann. Aber soll er nur bei seiner Glasthese bleiben. Ich weiß es jedenfalls besser.

»Ich habe mich natürlich auch mit diesem Material befaßt«, sagt Hisao Schindo. »Eine Ursache für die erstaunliche Festigkeit, für die Resistenz gegenüber hohen Temperaturen und intensiver Strahlung habe ich kürzlich entdeckt. Das ›Glas‹ enthält Kristallisationspunkte des Elements 164. Dieses überschwere Transuran war uns bisher nur theoretisch bekannt.«

»Sind denn solche Transurane stabil?« fragt ihn die Ismajlowa.

»Für gewöhnlich nicht«, gesteht Schindo ein. »Wir haben aber im Bereich der Transurane schon seit längerer Zeit Stabilitätsinseln errechnet. Mehrere, kleinere und größere. Allerdings sind die auf diesen Inseln liegenden Elemente bislang nur künstlich in wenigen Atomen hergestellt worden. Das Element 164 liegt mit seiner Halbwertzeit von vier Milliarden Jahren auf einer solchen Stabilitätsinsel. Und selbst bei minimalster Konzentration müssen in dieser ›Glaskugel‹ mehrere Kilogramm 164 stecken. Wenn wir nicht mehr finden würden, glaubt mir, wir hätten dennoch einen Schatz gefunden.«

Auf meinem Rücken verstärkte sich das Prickeln zum

Jucken. Die bringen es fertig, die Kugel einzuschmelzen! Des lumpigen ›164‹ wegen. Menschheit, Menschheit, wen und was hast du schon ›eingeschmolzen‹?

»Na also, Leute«, schließt Wanda Ismajlowa die Lagebesprechung, »ganz so am Ende unseres Lateins sind wir offensichtlich doch nicht. Und dieser Gang muß schließlich auch irgendwo ein Ende haben.«

Hat er, dieser Gang. Ich bin mit Sven allein drüben, die Gontschewa hat die Außensicherung übernommen, sie haben zu Meßzwecken das Eingangssegment geschlossen, wir tasten uns im Schein unserer Handlampen vorwärts, der Weg durch den Gang scheint Stunden zu dauern, und auf dem Rücken prickelt es erträglich vergnüglich. Ich kann mich meiner guten Laune kaum erwehren.

Wir singen und pfeifen, der Spiegelgang ist uns vertraut wie die eigenen Kombinationen, die Wände fühlen sich weich und warm an, da sehen wir plötzlich Licht und sind im nächsten Augenblick draußen. Direkt neben der Gontschewa.

»Was sagst du nun?« fragt mich Sven grinsend. »Aber mir glaubt ja keiner.«

Und er scheuert sich hemmungslos den Rücken.

Im Tal ging der Sommer seinem Ende entgegen. Das Gras war zwei Meter hoch geworden. Der Wettercomputer hatte eine dünne Wolkendecke schützend vor die Sonne geschoben. Hier war Erntezeit, hier gab es nichts zu verbrennen. Dieser Ernte hatte sich dem Willen der Menschen gemäß alles unterzuordnen. Auch die Kraft der Sonne. Weil in dieser Landschaft der menschliche Wille, die menschliche Vernunft, die menschliche Kraft die Maße aller meßbaren Dinge darstellten.

Lif Engen hatte das Gefühl, in einem unendlichen grünen Meer zu schwimmen. Wie in Zeitlupe zogen silbrig und grün schimmernde Wogen über die Wiesenflächen. Und auch in dieser langsamen, stetigen Wellenbewegung spiegelte sich die Sanftmut der Menschen, die diese Kulturlandschaft aus der wilden, ungebändigten Natur herausgemeißelt hatten. Eines Tages würde auch in den Meeren wieder Erntezeit sein können. Glasklares Wasser würde sich erstrecken von Kontinent zu Kontinent. An den Küsten würde es herrlich nach Salz duften. Und baden würde man wieder können in diesen Meeren, auch ohne Isolierschutzanzüge. Und ernten würde man Tarpune, soviel die Netze fassen konnten. Eiweiß, unverzichtbar für die Milliardenmenschheit, die mit solchen Landschaften endgültig Götter aller Couleur von ihren Thronen gestürzt hatte und sich nun anschickte, selbst Platz zu nehmen im Sessel der Allmacht.

Stundenlang konnte Lif hinter den Erntemaschinen herlaufen, die in geringer Höhe über dem Boden schwebten. Dem Singen der Schneidrotoren zuhören. Zuschauen, wie die Grasmasse in die gewaltigen Rümpfe eingesogen wurde, wie sich Lastballon nach Lastballon füllte. Und wie die Landschaft anschließend aussah wie ein frisch gereinigter Teppich. Bereit, neue Biomasse zu produzieren, frisches Eiweiß, neuen Sauerstoff, Lebensgrundlage dieser Milliardenmenschheit.

In wenigen Tagen würde die Ernte in diesem Tal zu Ende gehen. Die größeren Wiesenflächen waren schon abgeerntet, die Maschinen schwebten über kleinen Restflächen. Lif sah, daß sie einen großen Bogen um einen Gebäudekomplex drehten, den sie bisher im hohen Gras übersehen hatte. Flache Glasdächer spiegelten die Sonne. Die Erntemaschinen drehten ab.

Lif Engen ging auf eines der flachen Glashäuser zu. Ein Schwall feuchtwarmer Luft schlug ihr entgegen, als sie die Tür öffnete, und nahm ihr für Sekunden den Atem.

Rechts und links des Ganges eine bedrückende, wilde, überquellende Grünmasse. Verwirrend und erschreckend in der Regellosigkeit von Blättern und Sprossen, Blüten und Fruchtkörpern.

Wie betäubt blieb Lif am Eingang stehen. Sie fühlte sich auf den Meeresboden zurückversetzt, dorthin, wo er über die Taten vergangener Generationen Auskunft gab, in ein Gewirr versunkener Schiffe und zerborstener Rohrleitungen. Die Wildheit der hier wuchernden Pflanzen erschreckte sie. Und auf den zweiten Blick entdeckte sie eine Art, die in dieses Gewirr paßte. Der kriechende Hahnenfuß, Ranunculus repens! Lif ging ein paar Schritte in diesen Pflanzendschungel hinein. Von allen Seiten wucherte das Grün, gierig nach seiner Lebensgrundlage Licht, in den Gang hinein, griff mit haarigen, stachligen, klebrigen und dornigen Blättern nach ihr.

Sie fühlte sich eingekreist, sie mußte sich zwingen, ruhig zu atmen; von diesem ungezähmten Grün wurde ihr schlecht. Und einige Pflanzen erkannte sie sofort. Berüchtigte Arten, deren Ausrottung in den optimierten Regionen Jahrzehnte gedauert hatte. Die gemeine Quecke, Agropyron repens, die Wicke, Vicia lutea, der persische Ehrenpreis, Veronica persica. Und das waren nur die Pflanzen, die jeder Botaniker auf Anhieb erkannte, weil gegen sie regelrechte Kriege geführt worden waren, nach allen Regeln einer streitbaren Biologie. Feinde muß man mit allen Waffen zu schlagen verstehen. Kompromißlos. Sonst siegt man nie. Und diese Kriege dauerten noch an.

Lif Engen berührte eine der zahllosen bunten Blüten mit der Hand. Doch schneller, als sie reagieren konnte, schoß ein gelb und schwarz gestreiftes Insekt aus dem Blütenkelch und stach zu. Im Fallen riß Lif zwei Plastikgefäße um.

Als sie wieder erwachte, war es dunkel um sie. Jemand hatte die Fensterläden geschlossen, aber draußen mußte noch Tag sein, denn durch die Ritzen fiel streifenförmig

Licht auf die gegenüberliegende Wand. Einer der Streifen traf Pers Fotografie, und da wußte Lif, sie war in ihrem Bungalow und durfte beruhigt die Augen wieder schließen.

Doch gleichzeitig mit dieser Erkenntnis keimte die Erinnerung. Kam wieder wie etwas, das durch tausend Dämme nicht aufgehalten werden kann, das gewaltsam jeden anderen Gedanken aus dem Hirn verjagte, das von ihr Besitz ergriff und alle anderen Empfindungen aus dem Körper vertrieb. Das Gewächshaus. Die illegalen Arten. Der Schmerz in der rechten Hand.

Neben ihr atmete jemand. Lifs Gedanken stockten. Sie war nicht allein in ihrer Unterkunft. Und sie hatte Angst, den Kopf zu drehen und nach demjenigen zu sehen, der da atmete. Unter halbgeschlossenen Lidern wandte sie den Blick und erkannte ein Paar Halbschuhe, darüber eine weiße Hose. Ihr Gesichtsfeld reichte bei größter Willensanstrengung bis zu den Händen, die so ruhig auf den Knien lagen, als hätte dieser Jemand sie dort vergessen. Nur von Zeit zu Zeit zuckte der abgespreizte kleine Finger der rechten Hand nervös nach oben, wurde gleich darauf wieder zur Ordnung gerufen und kam neben seinen größeren Kollegen diszipliniert zur Ruhe. Von diesen Händen ging nichts Bedrohliches aus.

Als der rechte kleine Finger das nächste Mal zuckte, drehte sie den Kopf zur Seite und schlug die Augen auf.

»Wie fühlen Sie sich?« fragte eine tiefe, beruhigende Stimme und fuhr fort, ohne ihre Antwort abzuwarten: »Sie scheinen doch viel tiefer in einer Krise zu stecken, als wir am Anfang vermuteten. Ihre psychischen Werte weichen in der letzten Zeit immer besorgniserregender von der Norm ab.«

Sie erkannte den Arzt wieder, dem sie vor einiger Zeit den kriechenden Hahnenfuß gezeigt hatte. Ausgerechnet! Und trotzdem. Er mußte wissen, daß es auf dem Gelände Gewächshäuser gab. Das mußte er. Gewächshäuser konnte man nicht verstecken wie Pflanzen. Und er hatte auch zu wissen, was in diesen Häusern wuchs. Und wenn er es nicht wußte, dann mußte sie es ihm sagen. Ob er ihr glauben würde oder nicht.

Er schien ihre Gedanken zu erraten. Vielleicht hatte er ihr ein Mittel gegeben, um sie leichter ausfragen zu können. Vielleicht war sie aus Glas, und er schaute durch sie hindurch.

»Erzählen Sie mir bitte nicht wieder, Sie hätten auf irgendwelchen Wiesen irgendwelche seltsame Pflanzen gefunden.«

Zum Trotz nickte sie mit dem Kopf.

»Sie haben sich ganz einfach übernommen, Frau Engen. Und wenn ein Mitpatient nicht so aufmerksam gewesen wäre, wir hätten eine Suchaktion der Servomaten nach Ihnen starten müssen.«

»Suchen Sie lieber nach illegalen Pflanzen!«

Der kleine Finger des Arztes zuckte zweimal nach oben.

»Sie bilden sich da etwas ein, Frau Engen«, antwortete der Mediziner sehr bestimmt. »Sie brauchen jetzt vor allen anderen Dingen Ruhe, Ruhe und noch einmal Ruhe. Ich gebe Ihnen eine Spritze, danach werden Sie tief und fest schlafen.

»Ich will keine Spritze!«

»Gut, dann nicht. Ich kann Sie nicht zwingen. Aber ohne medikamentöse Behandlung sind Sie von Ihrer Entlassung weiter entfernt als am Tag Ihrer Aufnahme. Ich muß Ihnen das einmal so deutlich sagen. Sie zeigen bedenkliche Symptome von Schizophrenie.«

»Ach so, schizophren!« schrie sie ihn an. »Die Gewächshäuser? Die habe ich mir ausgedacht? Und den Inhalt habe ich mir zusammengeträumt? Wicken, Quekken und so weiter und so weiter!«

»Aber nicht doch«, beruhigte er sie. »Die Gewächshäuser dienen dem Arbeitstherapieprogramm. Die Pflanzen, die Sie erwähnten, die kenne ich nicht. Ich bin

Arzt. Ich kann wirklich keinen Grund erkennen, weshalb Sie sich derart erregen. Es ist völlig normal, daß es in einem Sanatorium wie dem unseren Gewächshäuser geben muß. Es wäre übrigens sehr gut, wenn Sie sich dieser Therapie anschlössen. Vielleicht gibt es etwas, das Sie in Ihrem Unterbewußtsein noch nicht verarbeitet haben.«

»Niemals«, antwortete Lif.

»Soll ich Ihnen nicht doch eine Spritze geben? Sie werden sich nach dem Schlaf viel besser fühlen. Eine bewährte Behandlungsmethode; im übrigen schlägt sie unser Medizinrechner in Ihrem Fall schon längere Zeit vor. Wir Ärzte sahen allerdings bisher keinen Grund. Doch nun diese Krisis!«

Den Einstich spürte Lif kaum. Sie merkte nur, daß von der Einstichstelle eine Wärmewelle ausging, über den rechten Arm floß, sich in den Beinen ausbreitete, warm und wärmer wurde; sie fühlte sich schwer und unbeweglich, ihr Körper versank in einer unbeschreiblichen Wohligkeit, der kleine Finger des Arztes zuckte nicht mehr, der weiße Kittel schien durch den Bungalow zur Tür zu schweben, die Einrichtungsgegenstände verschwammen zu wäßrigen Schemen. Lif Engen schlief ein.

Wenn er jetzt wieder singt und schrillt, dann schlage ich ihm eins in sein Schaltpult, so wahr ich Per Engen heiße!

Irgendwann reißt jedem die Geduld. Irgendwann siegt bei jedem der innere Schweinehund. Und bei mir wird der Zeitpunkt gekommen sein, wenn er jetzt wieder singt. Dann schlage ich ihm mitten in sein glitzerndes, funkelndes Schaltpult!

Wer hat uns nur diesen Experten eingebaut? Wir brauchen einen Rechner, wir brauchen den besten Rechner der Welt, und wir haben einen Opernsänger!

Meine Nerven stehen ohnehin kurz vor dem Zusammenbruch. Manchmal wünsche ich mir, einfach meinen

Gefühlen nachgeben zu dürfen, den Verstand Verstand sein zu lassen und dort, genau dort, wo die Haut am intensivsten prickelt, mit dem Hammer zuzuschlagen. Mindestens aber mit der flachen Hand. Mindestens!

Bisher sind wir im Kreis gelaufen, Dutzende von Malen. Rund um die gesamte Spiegelkugel. Und nichts hat sich getan. Außer daß uns die Haut prickelt. Sven und mir. Die Gontschewa haben wir nicht gefragt. Weshalb sollten wir? Und weil wir im Kreis laufen, nicht vorankommen, weil wir unserem Bordrechner unser spärliches Wissen anvertraut haben, schrillt er wieder. Und sein ›Gesang‹ klingt für unsere Ohren, als lache er uns ständig aus. Und das ist das letzte, was wir verdient haben. Also hole ich aus!

Aber er überlegt es sich. Schweigend spuckt er Datenkolonnen, schweigend druckt er Text. Ich reiße ihm das Papier aus der Ausgabeeinheit und lese den ersten Satz: »Eins zu einer Million verkleinert, ähnelt das Ding einer Weihnachtskugel!«

Jetzt spinnt er. Jetzt spinnt er wirklich. Weihnachtskugelrechner! Und so einen hat man ausgerechnet uns eingebaut!

»Infrarotbereich Mulden in der Oberfläche erkennbar?«

Weshalb setzt er ein Fragezeichen? Weshalb setzt er hinter diesen wichtigen Satz ein Fragezeichen? Mich befällt das bekannte Prickeln. Von den Beinen aus steigt es nach oben. Zart und schmeichelnd, aber hartnäckig. Du blöder Weihnachtskugelrechner, hinter den wichtigsten Satz deines Lebens ein Fragezeichen! Opernschriller!

Mit dem Papier in der Hand renne ich sogleich zu Hisao Schindo.

»Na ja«, weicht er aus, »die Vermutung stammt von mir, das ist schon richtig, aber es kann genausogut ein Meßfehler gewesen sein.«

»Erinnere dich!« bitte ich ihn. »Erinnere dich an jede Kleinigkeit!«

»Viel ist da wirklich nicht«, sagt er. »Als ihr drüben gewesen seid, hat das Infrarotspektrometer kurzfristig eine Art Muldenstruktur in der Oberfläche erkennen lassen. Aber der Effekt ist nur zwei- oder dreimal aufgetreten und war sehr schwach. Mehr als eine Vermutung war das wirklich nicht!«

Soll ich einem Physiker sagen, daß ich fühle, wir sind auf dem richtigen Weg? Der brächte es fertig und analysierte den Wellencharakter meines Prickelns. Das brächte der, das brächte der sogar spielend.

»Aber einen Versuch ist dir deine Vermutung doch wert«, sage ich zu ihm.

»Immer«, antwortet er lächelnd. »Wenn er nicht Wochen dauert, der Versuch.«

»Vielleicht leuchten wir einmal infrarot in den Gang«, schlage ich vor. »In anderem Licht sieht manches anders aus.«

»Und du meinst, die Muldenstruktur taucht wieder auf?«

Ich meine noch viel mehr. Aber das sage ich ihm vorläufig nicht. Hauptsache, er baut mir die Sichtgeräte.

Hisao Schindo hat uns drei Sichtgeräte gebaut. Wir sehen aus wie die Bergleute vor zweihundert Jahren. Unsere schwarzen Stirnlampen werfen schwarzes Licht, die schwarzen Filterscheiben lassen nur dieses Schwarzlicht passieren. Unseren Augen bietet ein Frequenzwandler ein graugrünes Bild an. Wir sind infrarotsichtig geworden.

Und als es endlich mit diesen Sichtgeräten losgehen soll, da wird die Gontschewa krank. Eine leukämieähnliche Blutsache.

»Strahlenschaden«, sagt Vesna und schließt sie für mindestens eine Woche an den Medimaten.

Also muß ein Ersatzmann her. Also sitzen die Ismajlowa und ich und überlegen, wer von den Unentbehrlichen am entbehrlichsten ist. Bei Doktor Vesna Skaljer pegelt sich unsere Meinung ein. Vesna kommt mit. Vesna freut sich. Für sie ist es eine Premiere. Und für uns in gewissem Sinne auch. Unsere Haut signalisiert uns das überdeutlich.

Wir stehen in der Schleusenkammer, hören Wandas Stimme. Bei Null wird, wie jedesmal, die Luft entweichen, werden wir von ihrem Sog aus der Kammer gerissen, kugelwärts geschleudert, und auf halbem Weg zwischen den Extraterristen und der ›Hirundo‹ werden wir auf der Gravistraße landen, die sie noch immer für uns aufgebaut halten.

Vesna und ich haben uns angefaßt, sicher ist sie aufgeregt, ich spüre ihre Hand zittern. Sven spürt es auch, und wir sind versucht, überlegen zu lächeln. Aber da ist die Ismajlowa bei Null, und schon rast unter uns der Mars davon, und die ›Hirundo‹ und die Kugel wirbeln durcheinander, und wir schießen, Salto schlagend, davon. Ich halte Vesna, und wir landen zusammen auf der Straße, sinken bis über die Knöchel ein und haben unser Gleichgewicht schon gefunden, als Sven zwanzig Meter vor uns aufsetzt. Noch gehen wir, das kenne ich, noch haben wir zweihundert Meter vor uns. Aber schon zuckt es in den Beinen, den Schritt zu beschleunigen. Und die letzten fünfzig Meter werden wir rennen. Auch das kenne ich. Und Vesnas Hand zieht mich vorwärts. Das aber ist neu.

Die Ismajlowa beobachtet uns genau.

»Was ist los, Leute?« Ihre Stimme ernüchtert uns. »Denkt an den Sauerstoffverbrauch!«

Wir bezwingen uns, wir laufen relativ langsam zum Eingangssegment. Aber es ist ein Opfer. Ein Opfer an Wanda Ismajlowa, ein Opfer an die Disziplin.

Was ich am Eingangssegment zu sehen bekomme, wirft mich fast um. Wo ist der dunkle, von allen Seiten spiegelnde Gang geblieben? Es erwartet uns eine Sinfonie von Licht, von Farben, von Mustern, vielleicht von Darstellungen, von Bildern, von Symbolen. Keiner von uns kann sprechen. Doch die Fremdheit vergeht sehr rasch. Wir entdecken im Chaos ein wohlgeordnetes System. Das hätten wir eher sehen müssen! Das ist das Größte! Diesen Gang sehen und sterben. Dann hast du gelebt!

Und das alles geht durch unsere unvollkommenen Infrarotwandler, ist Licht aus zweiter Hand, billiges Plagiat. Ich fühle, das Original zwänge uns vollends in die Knie.

»Was ist?« schreit uns die Ismajlowa an. Ich habe sie noch nie leiden mögen, immer stört sie. »Was ist, zum Teufel?«

»Unser Gang sieht völlig verändert aus«, antworte ich so ruhig wie möglich. »Verschiedene Farben und Muster, es kann sich auch um eine Art Schriftzeichen handeln. Wir werden sehen!«

Ein leuchtender Pfeil entlang der Innenwand führt uns in die Tiefe. Plötzlich erkennen wir undeutlich die Umrisse der ›Hirundo‹.

»Die Mulden tauchen wieder auf«, meldet sich Hisao.

Die Mulden sind also Fenster. Infrarotdurchsichtig. Und wo Fenster sind, wo Farben sind, da ist Leben.

Meine Haut prickelt, ich muß singen. Sven fällt ein, Vesna hat eine silberhelle fröhliche Stimme. Die Gontschewa hat nie gesungen. Lif auch nicht. Es gibt nun kein Halten mehr. Wir rennen. Wir rennen und singen. Wir rennen, singen und springen. Wir rennen, singen, springen und lachen. Wir rennen, singen, springen, lachen, wir haben uns an den Händen gefaßt. Und der Leuchtpfeil wandert mit uns und führt uns.

»He!« schreit uns die Ismajlowa an. »Spinnt ihr? Haltet euch gefälligst an eure Aufgaben! Die reinsten Opernsänger! Keine Spur von Disziplin!«

Die Ismajlowa wird das nie begreifen. Kann sie gar nicht. Und mich hat sie nie richtig leiden können!

Wir rennen singend und lachend an den Markierungen vorbei, die wir vor Tagen angebracht haben. Der

Leuchtpfeil hat uns schon mehr als dreihundert Meter den Gang entlang geführt. Der ganzen Welt könnte ich die Füße küssen. Und jetzt prickelt die Haut am wohligsten.

Der Pfeil wird langsamer und verändert seine Farbe. Wir passen uns mit unseren Schritten an. Vor einem leuchtendgrünen Kreis macht er halt.

»Wandachen«, sage ich, »wir haben etwas gefunden. Und wenn mich nicht alles täuscht, es ist das Ei des Kolumbus!«

»Genauer, bitte!« fordert sie mit moralinsaurer Stimme.

Wir haben den Kreis kaum berührt, da fährt die Decke zur Seite und gibt den Blick frei in einen neuen Raum. Aus ihm überflutet bläuliches Licht unseren Gang. Wir sind wieder einen Schritt vorangekommen. Und der Leuchtpfeil weist hartnäckig nach oben und ist blau geworden.

»Scheint eine Art Schalter zu sein. Hebt sich jedenfalls deutlich von seiner Umgebung ab.«

Was soll unser Zögern? Vielleicht haben wir schon viel zu lange gezögert. Etwas drängt uns, dem Pfeil zu folgen. Wir können gar nicht anders, mag die Ismajlowa reden, wie sie will, mag das Arbeitsprogramm dagegen sprechen oder nicht. Das Hautprickeln treibt uns in die Höhe.

Nacheinander stoßen wir uns vom Boden ab und schweben die drei, vier Meter nach oben. Zuerst Sven, dann Vesna und schließlich ich. Hinter uns schließt sich die Decke, oder jetzt der Fußboden, lautlos und nicht eine Spur beunruhigend. Der Pfeil wird uns führen. Unsere Haut sagt uns das. Wenn wir unsere Haut nicht hätten!

Die Ismajlowa kann das nicht nachempfinden, sie fordert unsere Rückkehr. Sie wird laut, sie stört, sie stört sehr. Wir lachen und schalten den Helmfunk ab. Nun soll sie!

Der blaue Pfeil drängt uns nach vorn. Wir sind erneut in einen Gang geraten. Wir laufen im Kreis, wir passieren erneut Dutzende von Fenstern, wir erkennen die ›Hirundo‹ und winken der nun stummen Wanda zu. Wir sind Helden!

Nichts kann uns erschüttern. Der Pfeil führt uns. Der Pfeil führt uns erneut zu einem Schalter, wieder öffnet sich die Decke, rötliches Licht erstrahlt, wir steigen ein Stockwerk höher.

Und ich kann mir vorstellen, wie die Ismajlowa tobt. Denn sie kann jedes Wort von uns mithören. Ich berichte. Ich berichte ihr ausführlich. Aber zu Wort lasse ich sie nicht kommen.

Wir steigen. Von Stockwerk zu Stockwerk wechseln die Farben. Von Stockwerk zu Stockwerk werden die Wege kürzer. Von Stockwerk zu Stockwerk werden unsere Schritte schneller. Von Stockwerk zu Stockwerk wird das Prickeln stärker und angenehmer.

Und dann kommen wir am ›Pol‹ der Kugel an. Der Schalter öffnet uns den Weg in eine infrarotdurchsichtige Kuppel. Ein Observatorium, hätte ich unter irdischen Bedingungen gesagt. An den Wänden hängen Geräte, mit denen wir noch nichts anfangen können. Wir haben das Gefühl, im freien Raum zu stehen, so klar erkennen wir den roten Planeten und die ›Hirundo‹. Und auf dem Boden des Observatoriums finden wir wieder einen Schalter.

Als wir ihn betätigen, schwenkt eine Platte zur Seite und gibt den Blick frei in einen hellinfrarot ausgeleuchteten Saal, auf dessen Boden wir außer einem Gewirr von Rohrleitungen auch eine Art Schaltpult erkennen.

Wir sind am Ziel. Wir sind in die Zentrale des extraterristischen Fahrzeugs vorgestoßen. Und gerade jetzt müssen wir zurück. Unser Sauerstoff!

Der Leuchtpfeil führt uns bergab. Ausgerechnet jetzt! Wanda überschüttet uns mit Anweisungen und Vorwürfen.

Professor Haxwell hatte darauf verzichtet, den Leiter seiner Rechnerabteilung in sein Büro zu bestellen. Er selbst bemühte sich in die Computeretage. Es sollte wie zufällig aussehen, wie ein kollegialer Besuch, fern jeder Förmlichkeit, bar jeglicher Offizialität. Der Mathematiker würde das schon verstehen. Denn auch an einem so großen Institut, an dem unpopuläre Personalentscheidungen zuweilen nicht ausbleiben konnten, auch an einem solchen Institut müßte es doch möglich sein, lieber Contart, ein Gespräch von Kollegen zu Kollegen, ach was, von Mann zu Mann, zu führen, ohne daß gleich das Ministerium oder so ...

Und wie Contart verstand. Seinem Professor Haxwell stand das Wasser unmittelbar am Hals. Das war klar zu sehen. Das Pilotprojekt lief nicht planmäßig, in der vergangenen Woche waren wieder zwei Tarpune krepiert. Bugalski und seine Truppe stöberten unermüdlich unter Wasser herum, und wenn man endlich berechtigte Hoffnungen zu haben glaubte, sie würden aufgeben, zauberte dieser alte Fuchs eine neualte oder altneue Art aus dem Ärmel. Und wenn es nur ein winziges Ringelwürmchen war, es war Grund genug, die gesamte Fundregion noch einmal abzugrasen, Zeit zu schinden, und damit das Projekt ein ums andere Mal in Verzug zu bringen. Im Ministerium wurden sie schon ungeduldig.

»Seit die Engen nicht mehr da ist, läuft bei uns nichts«, sagte Contart.

Damit war für Haxwell die Brücke gebaut, und er stürmte voller Dankbarkeit darüber.

»Ohne irgend etwas anzweifeln zu wollen, verstehen Sie recht, ich kann mir die Testergebnisse einfach nicht erklären. Sie kennen doch die Engen, Contart! Das Mädchen ist rank und schlank und unter Wasser immer die erste. Nicht totzukriegen. So kennen wir doch beide die Engen!«

Contart deutete ein Nicken an. Wenn Haxwell das Wasser bis zum Hals stand, stand es ihm mindestens genausohoch. Und wenn man im gleichen Boot sitzt, dann darf man nicht in verschiedene Richtungen rudern. Abwarten, was der Professor vorzuschlagen hatte!

»Ist es denn wirklich so unmöglich, daß die Testergebnisse vertauscht worden sind?«

Mann o Mann! dachte Contart. Die personifizierte Ratlosigkeit, der Herr Professor! Nichts ist ihm eingefallen. Mit dieser Version ist doch schon die Engen selber gescheitert.

»Auf der Welle läuft nichts«, antwortete er.

»Dachte ich's mir doch«, sagte Haxwell resignierend. »Aber ohne sie geht auch nichts. Die Ichthyologen schieben es ganz einfach auf die Engen-Alge, wenn ihre Viecher krepieren. Und niemand kann ihnen das Gegenteil beweisen.

Wir können unsere Koffer packen, Contart. Ohne die Engen bekommen wir das Projekt niemals über die Bühne.«

»An diesen Fall muß man wahrscheinlich anders herangehen«, sagte Contart. »Mathematisch!«

Professor Haxwell atmete beruhigt auf. Von Mensch zu Mensch geht eben immer noch fast alles.

»Man müßte sich ihre Testergebnisse der vergangenen Jahre besorgen«, sinnierte der Mathematiker. »Aneinandergereiht sagen solche Testergebnisse über eine Person fast soviel aus wie ihre Fingerabdrücke. Und wenn der letzte Test aus der Reihe herausfällt, und das tut er ja, wenn man eine gleichzeitige psychische Ausnahmesituation konstruieren könnte, die Scheidung der Engen scheint mir geeignet ... Also eine Wiederholung des Tests könnte unter Umständen möglich werden.«

Der Professor hätte seinen Mathematiker küssen mögen.

»Machen Sie das, Contart, machen Sie das! Es läuft nichts ohne die Engen!«

Jetzt werden die Herrschaften auf der Erde so richtig munter. Jetzt will es der Zentralcomputer des Generalrats für Raumfragen genau wissen. Jetzt unversehens werden qualifizierte Forschungsgruppen und honorige Vorbereitungskomitees gebildet. Jetzt plötzlich wird ernsthaft in Erwägung gezogen, unsere Besatzung gründlich zu verstärken. Oder ganz und gar auszutauschen. Jetzt auf einmal müssen unbedingt Spezialisten her. Die besten, versteht sich. Wir Versuchsratten haben unsere Pflicht und Schuldigkeit getan. Passiert ist uns dabei nichts. Glück haben wir gehabt.

Von den Disziplinverstößen eines Per Engen kann man jetzt getrost absehen, obwohl Kommandant Ismajlowa eigentlich ein Disziplinarverfahren gegen ihn einleiten wollte. Aber das alles wird im Interesse der zu lösenden Aufgaben vom Tisch gewirbelt.

Merkst du eigentlich nicht, Wanda, daß du ebensowenig Kommandant bist, wie es dein Vorgänger Tameo Nitta es war, daß in diesem Fahrzeug allein einer kommandiert, nämlich der Zentralcomputer des Generalrats? Und der urteilt nach reinen Nützlichkeitserwägungen. Für ihn spielen im Moment Begriffe wie Arbeitsprogramm, Disziplin und Autorität der Wanda Ismajlowa die untergeordnete Rolle. Per Engen ist als Lastenträger in der extraterristischen Kugel wichtiger als im Innendienst in der ›Hirundo‹. Das hast du dir gefälligst zu merken, Kommandant Ismajlowa!

Und wie die Lastenträger schuften wir, Maultiere auf zwei Beinen. Wenn wir nach einer Arbeitsperiode in die ›Hirundo‹ zurückkommen, dann sind wir zu kaputt, um unserer Kommandantin Rechenschaft abzulegen. Dann sind wir sogar zu müde, um zu essen, dann muß Vesna alle ihre Überredungskünste aufwenden, um uns tagtäglich die notwendigen Nährstoffe einzuflößen. Dann haben wir den lieben langen Tag Kisten und Flaschen, Kästen und sperrige Geräte geschleppt, hinter uns hergezerrt und durch die Luken gehievt. Dann haben wir

Hände, die vom Zupacken schmerzhaft gekrümmt sind und deren Schwielen brennen und sich weder durch Vesnas Salben noch durch ihre Berührung kühlen lassen. Dann haben wir, nach irdischen Maßen gemessen, Tonnen von Sauerstoff in das ›Observatorium‹ geschleppt und zusätzlich einen Gerätepark, auf dessen Umfang manche mittlere Universität stolz gewesen wäre. Und noch immer geht es keinem schnell genug. Noch immer jammert man auf der Erde, man könnte viel schneller zu Resultaten kommen, wenn hier oben nicht alles so unendlich lange dauern würde.

Der Etappe kann man es in keinem Krieg recht machen!

Colón, Cristóbal, hat Amerika entdeckt. Nach den Handschwielen und dem Skorbuteiter seiner Matrosen hat nie jemand gefragt. In der damaligen Gegenwart nicht und erst recht nicht, als sich das Ereignis zur Geschichte verjährt hatte. Manchmal denke ich, alles kehrt wieder. Unsere Colóns sind schlimmer!

So also schinden wir uns. Der Generalrat macht sich die Sache leicht. Ein paar Dutzend Fähren von Mars Nord II gestartet, die Ladung einfach auf der Gravistraße abgeladen – und nun seht gefälligst zu, wie ihr damit fertig werdet! Und wir Idioten merken noch nicht einmal, wie wir uns quälen. Denn es zieht uns unwiderstehlich zur Kugel. Immer wieder zur Kugel. Und sobald wir das Gangsystem betreten, saugen wir aus ihr unerschöpfliche Kräfte wie weiland Antaios aus seiner Mutter Erde. Nichts spüren wir von unserer Erschöpfung, hinarbeiten könnten wir uns an die Grenzen des Hades und hoffen, daß uns niemand in die Luft hebt, daß unsere Kraftquellen nicht versiegen.

Vesna schließt uns täglich an den Medimaten an, aber der findet natürlich nichts. Absolut nichts. Und selten bin ich mit Rechnern so konform wie mit diesem Medimaten. Wir haben nichts, Sven Möllestad und ich. Wir haben uns ein bißchen verausgabt. Gib uns ein Eiweißkonzentrat, und die Sache ist in Ordnung. Wir haben schließlich auch Außergewöhnliches geleistet. Das Observatorium ist so ausgerüstet, daß eine vierköpfige Besatzung ein Jahr oder länger darin leben könnte. Und jedes einzelne Stück haben wir durch das Gangsystem bugsiert. Es wiegt fast nichts, das ist richtig, aber wie lange sind wir jetzt unterwegs, wie lange schon solchen körperlichen Leistungen entwöhnt? Also, Vesna, ein Eiweißkonzentrat und viel Schlaf. Deine Medimaten sagen auch, daß wir kerngesund sind.

Seit wir in den Maschinensaal vorgedrungen sind, spielen sie auf der Erde absolut verrückt. Möchten die fünfundzwanzigste Stunde einführen. Wir haben entlang der Wände Tausende infrarotleuchtender Punkte entdeckt. Berührt man sie, schiebt sich ein halbmeterlanger dünner Stab aus der Wand und beginnt sich zu drehen. Dabei strahlt er Tonfolgen im Gigahertzbereich ab. Und wir stehen an den Bändern und zeichnen auf.

Der Zentralcomputer hat sich gierig auf diese Informationsquelle gestürzt. Er meint, die Sendestäbe seien eine Art außerirdischer Bibliothek. Er setzt die Dringlichkeitsstufe I durch. Sprachwissenschaftler müssen ihre Forschungsarbeiten unterbrechen. Zusätzliche Rechnerkapazität wird zur Verfügung gestellt. Alle linguistischen Institute der Welt arbeiten mit Hochdruck an der Übersetzung, und wir können ihnen wieder einmal nicht schnell genug die erforderlichen Informationen liefern. Im Maschinensaal gibt es Tausende von Stäben. Und jeder Stab enthält eine Informationsmenge von ungefähr zwei Stunden. Also laufen die Bänder ununterbrochen.

Also setzen wir bei Vesna durch, daß wir in die Kugel umziehen dürfen. Im Observatorium richten wir uns ein. Also zwängen wir unseren Organismus in einen zwölfstündigen Biorhythmus. Optimaler kann man nicht arbeiten. Jetzt werden sie wohl mit uns zufrieden sein müssen!

Die extraterristische Kugel gehört nun uns. Ausschießlich Sven Möllestad und mir. Und mit niemandem auf dieser Welt möchten wir tauschen. Wenn die zwölf Stunden Arbeit vorüber sind, dann fallen wir wie Steine in unsere Sauerstoffzelte und reißen uns die Kombinationen vom Leib. Nur weil wir wissen, daß sie uns zurückholen würden, legen wir Vesnas Medimatensensoren an die Handgelenke. Nichts macht uns Angst. Wir wissen, hier sind wir in absoluter Sicherheit. So sicher, wie ein Mensch nur sein kann. Wir fühlen es.

Lif Engen steht vor mir.

»Weshalb willst du dich scheiden lassen, Per?«

Ich kann sie greifen, so nahe ist sie. Und der Ausdruck in ihrem Gesicht ähnelt der Wärme unserer besten Zeiten. »Du willst dich doch nicht wirklich scheiden lassen, Per?« flüstert die Gestalt, die meiner Lif Engen immer ähnlicher wird.

»Jetzt, da ich dich brauche wie die Luft zum Atmen!«

Sie streckt mir die Hände entgegen, ich greife nach ihnen und schreie erschrocken auf. Ich habe in ein Nadelkissen gegriffen. Das Nadelkissen hat weiße Haare und wächst sich zu Cephalocereus senilis aus.

»Du hast dich nie gemeldet«, sage ich.

Lifs Gesicht verschwimmt hinter einem Wasserschleier, und Vesna sagt zu mir: »Wer so wie wir zum gemeinsamen Sterben gezwungen war, hat der nicht das Recht, zusammen zu leben?«

Ich richte mich halb auf und sage zu Lif: »Du darfst keine Furcht haben. Du bist in die besten Hände gekommen. Du hast Glück gehabt. Hättest du nur eher Glück gehabt! Weshalb also fliehen wollen?«

»Wir haben die Sonne gesehen, wie noch kein Mensch vor uns«, sagt Vesna.

»Du wirst deiner Verantwortung nicht entfliehen können, Lif. Ich helfe dir, ich werde dir immer helfen!«

Und dann verschwimmt alles hinter einer Wasserwand.

Ich werde munter, weil ich Doktor Vesnas Stimme über den Bordfunk höre.

»Deine Schlafzeit ist um«, sagt sie. »Ich bin aber mit deinen Werten nicht sehr zufrieden. Wenn sich dein Zustand nicht nachhaltig bessert, dann mußt du zurück!«

Ich winke ab, erhebe mich und könnte Bäume ausreißen. Es ist wie immer. Und Sven fällt in sein Sauerstoffzelt. Schon halb im Schlaf, winkt er mir zu und schiebt sich Vesnas Manschetten über die Arme. Alles ist wie immer.

Es war heller Tag, als Lif munter wurde. Die Fenster ihres Bungalows waren weit geöffnet. Die Sonne schien in den Raum, und sie fühlte sich wie neugeboren. Der Arzt hatte doch recht gehabt. Schlaf hatte ihr gefehlt, nichts weiter als Schlaf. Die Nerven waren ihr durchgegangen. Lif Engen fragte sich nicht, wie lange sie geschlafen hatte. Unwichtig, ob es einen Monat, eine Woche oder wirklich nur eine Nacht gewesen war. Sie fühlte sich ausgeschlafen, das war die Hauptsache.

Sie stand auf und duschte. Ihr Gesang übertönte das Rauschen der Wasserstrahlen. Es war ihr, als wüsche sie sich den Ärger und die Aufregungen der letzten Tage einfach vom Leibe.

Mit ihrem Spiegelbild war sie noch nicht ganz zufrieden. Aber das ließ sich leicht ändern. Lidschatten aufgetragen, die Lippen leicht betont, die Augenbrauen nachgezogen, und schon tauchte aus dem Spiegel ein vertrautes Antlitz auf. Jawohl, das war eindeutig sie, Lif Engen. Wie in ihren besten Tagen. Mit diesem Gesicht konnte sie sich wieder sehen lassen unter den Menschen!

Inzwischen hatte ihr Servomat das Bettzeug weggeräumt. Vor dem Fenster auf dem Tisch stand ihr Frühstück, der Kaffee duftete, die Brötchen kamen ganz frisch aus dem Mikrowellenherd, der Servomat stand erwartungsvoll und dienstbereit neben ihrem Korbstuhl. Auch er schien wie neugeboren.

Lif Engen ließ sich das erste Brötchen schmecken. Die zähe, gelbe süße Flüssigkeit mußte Honig sein. Seit ihrer Kindheit hatte sie dieses Tierprodukt nicht mehr gegessen.

Zum Teufel, dachte sie, wo haben die den Honig her? Bienen gibt es doch seit mindestens dreißig Jahren nicht mehr. In den optimierten Regionen werden sie nicht mehr gebraucht, in anderen Gebieten finden sie keine Nahrung oder gehen an den gespeicherten Insektiziden ein. Blieben nur die wenigen ökologischen Inseln. Honig war zu einem voroptimalen, historischen Genußmittel geworden. Der Met der Optimalökologie, grammweise gehandelt.

Und plötzlich stand vor Lif ein prallvolles Glas. Also mußten sie hier eigene Bienenvölker haben.

Lif Engen biß herzhaft zu. Es schmeckte köstlich.

»Eintausenddreihundertsiebzehn Komma sechs Joule«, meldete sich der Servomat zu Wort, der noch immer neben ihr stand und seine optischen Rezeptoren auf das Honigbrötchen gerichtet hatte.

Lif strecke ihm die Zunge heraus. »Bäh!« sagte sie.

»Bäh?« wiederholte der Servomat erstaunt und trat von einer seiner Stelzen auf die andere. ›Bäh‹ fehlte in seinem Programm. Und weil er sich den Ausdruck nicht erklären konnte, wurde er nervös. Sichtlich nervös. Er wäre rot angelaufen, wenn sein Programm eine solche Reaktion vorgesehen hätte. Lif lachte und nahm sich ein zweites Brötchen.

»Bäh!« sagte sie noch einmal. Und mit hintergründigem Lächeln befahl sie ihm: »Bring mir bitte ein Bäh! Aber schön knusprig, wenn ich bitten darf!«

Der Servomat watschelte langsam davon, drehte sich noch einmal nach ihr um und sah sie mit verzweifelt glänzender Optik an. Es schien, als sei seine Mehrschichtvergütung violett angelaufen. Lif war sicher, er würde den lieben langen Tag nach dem ›Bäh‹ suchen und völlig niedergeschlagen in den Bungalow zurückkommen.

Gerechte Strafe dafür, daß er ihr schon beim Frühstück die Joule vorgerechnet hatte.

Ein paar Stunden später traf sie wie zufällig den älteren Mann, mit dem sie vor einiger Zeit gewandert war. Aber sie wußte sofort, es war weder damals noch heute ein Zufall. Nichts war hier Zufall.

»Sie sehen gut aus«, begrüßte er sie. »Irgendwie ausgeruht.«

»Ich fühle mich auch so«, antwortete Lif.

»Daß Sie aber auch gleich derartig erschrecken mußten«, sagte der Mann. »Es war eine Wespe.«

»Was war eine Wespe?«

»Die Sie gestochen hat. Vor einiger Zeit, im Gewächshaus. Ich habe Sie doch gefunden.«

»Wespen geben keinen Honig«, sagte Lif.

»Wie kommen Sie darauf?«

»Ach nichts. Nur weil ich zum Frühstück Honig hatte.«

»Hat er Ihnen geschmeckt?«

»Sie stellen Fragen! Natürlich!«

»Das freut mich aber«, sagte der Mann lächelnd. »Es wäre wirklich ein großer Verlust, wenn es so etwas gar nicht mehr gäbe.«

»Und es wäre schade um die Zeit, wenn wir weiter um den heißen Brei herumreden würden«, sagte Lif. »Sie sind gegen die Optimalökologie, nicht wahr?«

»Ganz so einfach ist das nicht«, antwortete der Mann. »Sie haben die Zeit nicht mehr erlebt, da sogar der Sauerstoff rationiert werden mußte. Sie kennen Sauerstoffduschen in den Warenhäusern und Tiefschlafautomaten nur noch aus dem Museum. Ich habe das alles noch erlebt. Ich habe noch mit ansehen müssen, wie Menschen plötzlich umfielen. Ich habe die Aufrufe in den

Medien noch gehört, langsam zu laufen, Sauerstoff zu sparen. Ich bin noch an Seilen durch Smogstädte gegangen, weil man keine fünf Meter mehr sehen konnte. Wochenlang nur mit Gasmaske. Wie könnte ich also gegen die Optimalökologie sein? Es ist unbestritten ihr Verdienst, daß wir wieder atmen können. Es ist unbestritten ihr Verdienst, daß wir in den Gebieten, die uns nach den Überflutungen geblieben sind, halbwegs normal leben können.«

»Aber?«

»Kommen Sie. Ich will Ihnen etwas zeigen.«

Er ging mit ihr einem Hügel entgegen. Der Hügel war eingezäunt, sie mußten eine kleine Schleuse passieren. Es war das erste Mal, daß Lif in diesem Sanatorium eine ökologische Insel betrat.

»Was fällt Ihnen auf den ersten Blick auf?« fragte der Mann.

»Die Unordnung«, antwortete sie impulsiv, »die Uneffektivität. Auf den ersten Blick sehe ich, daß hier alles wächst, wie es will, daß es sich gegenseitig behindert, daß es sich das Licht nimmt, daß es den größten Teil der aufgenommenen Energie in einer sinnlosen Produktion von Blüten und Samen verschwendet. Ein unsinniges Blütenbunt. Das fällt mir auf.«

»Ich hatte diese Antwort erwartet«, sagte er. »Blütenblätter lassen sich wirklich kaum zu Biomasse verarbeiten. Sie produzieren auch kaum Sauerstoff. Aber sie sind schön. Und das erkennen Sie, wenn überhaupt, erst auf den zweiten Blick.«

»Wir sprachen über Optimalökologie«, unterbrach sie ihn ungeduldig.

»Sie hat ohne Zweifel ihre Berechtigung. Wenn wir uns scheinbar gegen sie wenden, dann ist es ihrer Ausschließlichkeit, ihrer Nebenwirkungen wegen. Wir wehren uns dagegen, eine Orchideenblüte nach Sauerstoffproduktion und Kohlendioxidverbrauch bewerten zu müssen.

Es ist uns klar, daß große Flächen optimiert werden müssen, des Sauerstoffs und der Eiweißbasis wegen. Aber es hat auch seine Mängel, dieses System. Es garantiert das Überleben, aber es zwingt, auf zu vieles zu verzichten. Auf die Schönheit, auf den Bienenhonig. Und auf vieles mehr.«

»Und weshalb haben Sie dann in diesen Gewächshäusern so gefährliche Arten wie Quecken und Wicken und Hahnenfuß?«

»Wir wollen kommenden Generationen die Chance erhalten, die Natur wieder zur Natur werden zu lassen, ein neues Verhältnis zu ihr zu finden. Deshalb sammeln und bewahren wir alle Arten, die wir bekommen können. Ohne uns zum Richter aufzuspielen: gut und nützlich, schlecht und schädlich. Irgendwann werden sich auch diese Maßstäbe wieder verschieben, wie sie sich oft genug verändert haben. Irgendwann wird es zu einer Zusammenarbeit zwischen uns und den Optimalökologen kommen müssen.«

Lif hatte sich gesetzt und eine gelbe Blüte gepflückt.

»Entschuldigen Sie, aber ist das nicht alles nur Romantik, nur Nostalgie?«

»Ich habe mir diese Frage oft genug gestellt. Aber seit dem Zusammenbruch in Afrika bin ich mir völlig sicher, daß es ohne unsere Arbeit nicht gehen wird.«

»Was war in Afrika?«

Lif wurde hellwach.

»Das können Sie nicht wissen, Sie haben geschlafen. Dort unten sind ein paar Quadratkilometer Optimalökologie eingegangen. Für das Ministerium ohne jeden erkennbaren Grund.«

»Aber Sie kennen die Ursache?«

»Möglicherweise. Ist Ihnen schon einmal der Gedanke gekommen, daß ein ökologisches System aus wenigen Arten vielleicht gar nicht so optimal sein könnte? Daß der Ausfall nur einer einzigen Art den Zusammenbruch des Gesamtsystems hervorrufen kann?

Übrigens den Honig heute früh konnten Sie nur essen, weil es den kriechenden Hahnenfuß noch gibt. Dort drüben stehen die Völker.«

Lif sah das Gewimmel am Bienenstock zum ersten Mal. Es faszinierte sie.

»Wir sind mit Ihren Werten sehr zufrieden«, sagte später ihr Arzt. »Ich habe Sie noch nie so ausgeglichen gesehen. Eigentlich wollten wir Ihnen vorschlagen, sich einer unserer Therapiegruppen anzuschließen.«

»Aber?«

»Wir haben hier ein Videoband Ihres Instituts liegen. Und das scheint uns noch optimaler für Ihren Heilungsprozeß zu sein. Natürlich nur, wenn Sie es sich schon zutrauen!«

Der Arzt legte das Videoband in den Recorder. Auf dem Bildschirm erschien Professor Haxwell und hüstelte.

»Hallo, Lif, wie geht es Ihnen?«

Danke, gut, wollte Lif antworten. Ihr fiel gerade noch rechtzeitig ein, daß vor ihr nur eine Bildaufzeichnung lief.

»Tja, Lif, es ist so, daß wir mit dem Pilotprojekt ein bißchen hängen. Und da haben wir uns Gedanken gemacht, Contart und ich. Also kurz und gut, das mit Ihrem Test, das nehmen wir vielleicht künftig doch nicht ganz so ernst, und weil es bei uns überhaupt nicht läuft ...«

Von der Seite bekam der Professor einen Zettel gereicht.

»Tja, mit Ihren Ärzten haben wir gesprochen. Einmal die Woche, einen halben Tag. Bitte, Lif!«

Am liebsten hätte sie den Bildschirm geküßt. Das war Honig für ihre Seele. Bitte, Lif, hatte der Alte gesagt!

»Aber wirklich nur einmal wöchentlich«, sagte der Arzt bestimmt. »Sie sind noch nicht völlig über den Berg.«

»Ich werde es aber bald sein!« jubelte Lif. »Das dauert gar nicht mehr lange.«

Ihren Bungalow roch sie schon von weitem. Bratenduft drang ihr entgegen, als sie die Tür öffnete. In der Kochecke stand der Servomat und brutzelte im Mikrowellenherd eine Keule. Hinter dem Fenster blökte es.

»Bäh!« begrüßte sie der Servomat, und seine Optik glänzte begeistert. »Bäh!«

Lif rannte hinter das Haus. Ordentlich angepflockt lagen zwei Schafe auf der Wiese.

»Mäh!« brüllte sie den Servomaten an. »Mäh!« Und sie konnte vor Lachen nur diese eine Silbe hervorbringen. Die Schafe fielen ein.

»Mbäh!« antwortete der Servomat beleidigt und irritiert und wendete die Keule. Das dritte Schaf lag zerteilt im Kühlfach.

Ich berühre eine Wand. Weich ist sie und warm. Sie scheint meiner Berührung ausweichen zu wollen. Aber dann kommt sie mir entgegen. Und ich falle langsam nach unten. Stehe in einem engen Gang. Laufe ein paar Schritte, die Wände weichen zurück, geben den Weg frei in einen Seitengang, einen zweiten Seitengang, schieben sich langsam an mich heran, ertasten meine Kombination, weichen vor mir zurück, kommen pulsierend näher, ich möchte ihnen die Hand geben, an die sie sich ganz eng anlehnen. Es ist weich und warm. Alles schmiegt sich, alles fließt. Und meine Haut steht unter Spannung. Jetzt erst weiß ich, welchen ungeheuren Empfindungsreichtum Haut zu vermitteln vermag. Und wenn ich jetzt die Kombination aufreiße? Ein Labyrinth umfängt mich, schmeichelt mir, hält mich eingefangen, umfangen. Denkt und fühlt mit mir. Umdenkt mich.

Lif und ich schweben mit weit ausgebreiteten Armen über eine Wiese. Zentimeter unter uns weichen die

Spitzen des mannshohen Grases biegsam vor uns aus, der Duft des Poa anua steigt uns betörend in die Nase. Lif hat meine Hand ergriffen und zeigt im Flug auf einen Turm, der birkenweiß und nadeldünn in den Himmel sticht. Um seine Spitze dreht sich eine weiße Kugel mit Hunderten von runden spiegelnden Bullaugen und sendet Lichtbündel aller Farben über das wogende Wiesenmeer.

Lif Engen hat meine Hand wieder losgelassen und versucht, einem der Lichtbündel zu folgen. Immer schneller jagt sie dem Licht hinterher, hat längst die Arme angelegt und erhöht ihre Geschwindigkeit durch wellenförmige Bewegungen des schlanken Körpers. Ich strecke die Arme nach ihr aus und versuche, ihr zu folgen. Sie überrundet mich, Karpfen und Forelle schwimmen über dem Grasmeer um die Wette.

Plötzlich hält Lif inne. Ein grellroter Gravikopter schwebt lautlos heran. An der Stelle, auf die er zusteuert, entdecken wir in der sattgrünen Wiesenfläche einige leuchtendrote Punkte.

»Eine Optimierungsoperation!« ruft Lif begeistert. »Das müssen wir uns ansehen.«

Wir fliegen dem Gravikopter entgegen.

»Gegen welche verbotene Art richtet sich der Einsatz?« fragt Lif die Maschine.

»Gemeiner Klatschmohn, Papaver rhoeas«, kommt schnarrend die Antwort der Maschinenstimme. »Mittleres Störvorkommen, siebzehn Exemplare. Einsatzvariante C, da mit starkem Samenauswurf zu rechnen ist.«

Der Gravikopter schwebt bereits dicht über den rotblütigen Pflanzen.

»Treten Sie zurück! Treten Sie zurück!« fordert uns seine Kunststimme auf.

»Laß uns weiterfliegen!« bitte ich Lif.

Jeden Augenblick muß sich flüssiger Sauerstoff aus den Ringdüsen des Gravikopters senken, ein Kreis von

Pflanzen wird zu grünem Glas erstarren und direkt über dem Boden abgebrochen werden. Den Anblick dieser grünen Totenstarre habe ich nie ertragen können. Auch damals nicht, als ich selber Hunderte solcher Operationen zu leiten hatte.

Dieses grüne Glas war einer der Gründe für meine Flucht nach Mars Nord II.

Aber das Schlimmste ist noch immer das Ausbrennen des Bodens. Wie weidgeschossenes Wild bäumt sich die Erde auf. Rauchblasen steigen auf, der Boden kocht und glüht, und graue Asche bleibt zurück. Dieses hilflose Grau will einfach nicht vor meinen Augen verschwinden, selbst dann nicht, als die Gravikopter schon lange eine frische Erdschicht aufgebracht haben, gemischt mit der genau richtigen Nährstoffmenge und dem Grassamen Poa anua multiploid. Dieses Grau verfolgt mich. Bis hierher. Bis wohin? Ich sehe nichts mehr, ich fühle nur Wärme, Weichheit, Geborgenheit.

»Bitte, laß uns weiterfliegen!«

»Ich finde das alles ungeheuer spannend«, antwortet mir Lif, und ihre Augen glänzen blaukalt wie flüssiger Sauerstoff. »Ein mittleres Störvorkommen! Wann hat man zum letztenmal ein mittleres Störvorkommen gesehen?«

»Das fliege ich allein zum Turm!« rufe ich wütend und schwinge mich mit ein paar schnellen Schlägen meiner Antigravfolien nach oben.

In der Eingangsluke der Turmkugel steht Vesna und winkt mir lachend zu. Sie hat ihre leichte Raumkombination an, die ihr so gut steht, der Wind spielt mit ihrem Haar, sie hält sich mit einer Hand am Haltegriff fest. Die andere Hand streckt sie mir entgegen. Ich greife nach ihr, Vesna beugt sich für Sekundenbruchteile zu weit aus der Luke heraus, der Haltegriff reißt ab, sie klammert sich an mich, zusammen stürzen wir in die Tiefe. Der Wind reißt uns den Atem aus dem Mund, wir ringen nach Luft, pressen uns aneinander, ihre Fingernägel graben sich schmerzhaft in meinen Handrücken, das Grasmeer rast grün und grüner auf uns zu, die Bilder verschwimmen vor meinen Augen.

Ich erwache in dem Augenblick, als Wanda Ismajlowa, Vesna Skaljer und Doktor Jaspers den Maschinenraum betreten. Über mir dreht sich noch alles, aber ich hebe den Kopf und versuche, ihnen zuzuwinken. Vesna beugt sich über mich. Dann heben Jaspers und sie mich auf. Am Rand eines tiefen Gummitrichters laufen sie mit mir im Kreis. Ich will immerzu etwas sagen und vergesse es, noch ehe mir die Worte über die Lippen gekommen sind.

Wir balancieren am Trichterrand. Ich möchte zugreifen, mich festhalten, aber Vesna hat meinen Arm gepackt wie ein Schraubstock, der Boden wird schräg und schräger, ich breite die Arme aus, aber das Loch tut sich vor meinen Füßen auf. Ich falle, falle, falle. Alles wird warm.

Erst sehr viel später und über Umwege habe ich erfahren, was anschließend mit mir passierte. Sie haben mich in die ›Hirundo‹ getragen. Ich habe mich dagegen gewehrt. Sie haben mich an den Medimaten gehängt. Ich habe mich dagegen gewehrt. Der Medimat hat hohes Fieber festgestellt, aber keine Diagnose auswerfen können, geschweige denn irgendwelche Therapievorschläge unterbreitet. Und ich habe mich noch immer gegen alles gewehrt.

Kommandant Wanda Ismajlowa mußte den Zentralcomputer des Generalrats für Raumfragen über meine Erkrankung unterrichten, der hatte sofort sämtliche medizinischen Werte angefordert, das Erwartete entschieden.

Über die ›Hirundo‹ wird wieder Quarantäne verhängt. Von Besatzungsaustausch ist plötzlich keine Rede mehr. Für alle verschwindet die schon greifbar nahe Heimat wieder in unendlicher Ferne. Die Erde wird zu einem unerreichbaren Gefunkel irgendwo im

All. Keine Rede auch mehr von Forschungen in der extraterrestischen Kugel. Keine Rede mehr von der Wichtigkeit irgendwelcher Folien.

Die Nachricht von unserer Quarantäne spricht sich mit Funkwelleneile herum. Für ein paar Minuten bricht jeglicher Kontakt mit der ›Hirundo‹ ab. Rund um uns herrscht eisiges Schweigen. Wir werden gemieden wie Aussätzige. Als fürchteten die Funker, sich schon durch ein Gespräch mit uns zu infizieren. Nur die Bahn können wir beibehalten. Wir sind schon auf Quarantänestation. Nun hat es die Versuchsratten doch noch erwischt. Zentimeter vorm Ziel!

Noch immer stecke ich im Trichter. Noch immer wehre ich mich gegen den Medimaten. Aber ich spüre Vesnas Nähe. Stundenlang steht sie in der Krankenstation und kühlt mir die Stirn. Ich werde ganz ruhig. Obwohl ich weiß, daß es ein Risiko ist, sich hier fallenzulassen. Die Arme an den Körper zu pressen und durch den Trichter zu rutschen. In eine neue Welt. Aber ich will nicht allein. Ich will Lif. Ich will Vesna. Und ich weiß, Sven Möllestad wird mitkommen. Sven läßt mich nicht allein!

Ich werde nicht munter. Aber ich erkenne unsere Kabine und sehe Vesna schlafen. Gleichmäßig hebt und senkt sich ihre Brust, die Haare liegen gelöst neben dem Kopf, ich bin nicht wach, aber ich höre ihren Atem.

Da öffnet sich die Kabinentür, ganz genau kann ich das alles erkennen, Vesna dreht sich im Schlaf, ein Schatten huscht in die Kabine, den kann ich nicht erkennen, nur seine Umrisse. Ich kneife die Augen zusammen, um deutlicher sehen zu können, die Hand des Schattens legt sich hart um Vesnas Hals. Sie wacht auf, stöhnt, versucht sich des Druckes dieser Hand zu erwehren, ich höre die Stimme des Schattens:

»Bis hierher sind wir gekommen, Doktor Skaljer. Bis hierhin haben wir überlebt. Und wenn wir nicht weiterkommen, wenn du es nicht schaffst, den Engen gesund zu machen, ich schwöre dir, ich bringe dich um. Alle oder keiner, merk dir das! Alle oder keiner!«

Mein Hals schmerz wie der Vesnas. Auch ich ringe nach Luft. Jetzt möchte ich die Arme an den Körper pressen. Aber das darf ich nicht, dann würde ich durchrutschen. Ich will schreien, aber wie Vesna versagt auch mir die Stimme. Und der Schatten huscht aus der Kabine, viel schneller, als ich ihm folgen kann. Und wie Vesna ringe ich noch immer verzweifelt nach Luft.

Zwölf Mann. Einer, ich, im Trichter. Zehn Mann könnten der Schatten gewesen sein. Vesna hat keine Chance. In der ›Hirundo‹ gibt es zu viele Gelegenheiten. Ich habe eine Chance. Ich muß mich nur noch überwinden. Obwohl es hier ein Risiko ist.

Ich muß Vesna in den Trichter bekommen. Das allein ist ihre Chance!

Immer wieder denkt er das.

Lif Engen war mit dem Kabinentaxi an den Zaun gefahren. Sie hatte sich ausgewiesen und durfte ohne Kontrolle passieren. In der Außenstelle ihres Instituts hatte sich kaum etwas verändert.

Nur einer konnte so grinsen. Nur einer konnte tun, als wäre nie etwas zwischen ihnen gewesen. Nur einer brachte es fertig, so widerspruchsfrei die Fronten zu wechseln. Contart.

Lif Engen ging deshalb grußlos an ihm vorbei auf den Professor zu. Aber Contart ließ sich davon nicht beeindrucken. Alles was sich nicht in Zahlenwerte umsetzen und vercomputern ließ, war für ihn zu einer untergeordneten Größe geworden. Gute menschliche Beziehungen zu einer gewissen Lif Engen? Notwendig höchstens als untergeordneter Faktor für das Betriebsklima. Besonders notwendig nur, wenn Höchstleistungen gefordert wurden. Hier aber ging es nicht um Höchstleistungen, hier ging es um Tarpune. Und deshalb war dieser Faktor wohl zu vernachlässigen. Sonst hätte er ein paar Worte der Rechtfertigung vorbereitet.

Im übrigen hatte er Professor Haxwell seinen Vorschlag unterbreitet; damit war seine Pflicht mehr als getan.

Professor Haxwell zeigte sich von der gewohnten, verlegen-geschwätzigen Geschäftigkeit.

»Das Problem ist nur, meine liebe Lif, ich befürchte, das Ministerium wird das Pilotprojekt stoppen lassen, wenn nicht bald ... Eigentlich sehr bald ... Deshalb!«

Wie immer reagierte eigentlich nur Bugalski. Seine Miene verdüsterte sich, als er sie erkannte. Eine ehrliche Feindschaft, seit Jahren schon. Mit ihm wußte sie, woran sie war. Sie begrüßte Bugalski besonders herzlich. Ganz ehrlich. Was ist ein Mensch schon ohne seinen Feind? Die Bugalskis sind die wichtigsten, nicht die Contarts oder Ranunculus repens. Das hatte sie im Sanatorium gelernt.

Bugalski wich ihr nicht von der Seite, als sie mit den Ichthyologen aneinandergeriet.

»Es muß an Ihrer Alge liegen, Kollegin. Es muß Ihre Alge sein«, behaupteten die Fischwissenschaftler.

»Unsinn«, antwortete sie. »Eure Tarpune werden seit drei Generationen mit meiner Alge gefüttert und haben sich dabei prächtig entwickelt.«

»Ja, das waren aber noch Vorstufen der jetzigen Version. Die endgültige Algenkonstruktion vertragen sie jedenfalls nicht. Drei Exemplare sind uns schon eingegangen.«

»Ernährungsphysiologisch hat sich doch nichts geändert«, beharrte Lif. »Haben Sie wenigstens genaue Sektionen durchgeführt? Nach Ursachen geforscht?«

Durch diese Fragestellung waren die Ichthyologen vollends beleidigt. Sie hatten die verendeten Tarpune fast in ihre Zellbestandteile zerlegt.

»Suchen Sie bitte die Ursachen in Ihrer Alge«, wurde Lif angeschrien, »nicht bei unseren Fischen!«

»Dann züchten Sie Ihre Scheißfische so, daß sie meine Alge vertragen!« schrie Lif zurück. »Oder lassen Sie sie von Luft und Liebe leben!«

Bugalski lächelte.

Lif wies ihre Arbeitsgruppe an, die Futtervorräte für die Tarpunbecken täglich zu analysieren.

»Daß mir nichts in die Becken kommt, was auch nur um eine Winzigkeit von unserer Genkonstruktion abweicht!«

Im hominiden Sinne bin ich nicht bei Bewußtsein. Aber trotzdem sehe ich, daß sich eine Gestalt aus der Schleusenkammer der ›Hirundo‹ löst, sich an der Gravistraße, die seit meiner Erkrankung zu einem unbedeutenden Fädchen zusammengeschrumpft ist, kugelwärts zieht. Ich erkenne die Ismajlowa und weiß, was sie vorhat, und möchte schreien, aber Vesna legt mir ein frisches Eispaket auf die Stirn, und das Bild verschwimmt, und ein Schrei mehr aus meiner Kehle würde nichts bewirken. Zu oft muß ich schreien. Zu oft erlebe ich Dinge, deren ich mich nur durch Schreien erwehren kann.

Jetzt hat Wanda die Kugel betreten. Ich sehe sie ganz deutlich. Ich spüre die Ablehnung, die ihr die Kugel entgegenbringt. Sieht sie wirklich nicht, daß die Gänge anders gefärbt sind? Sieht sie nicht, daß der unterste Gang stechend aggressivgrün leuchtet? Fühlt sie nicht, daß sie ihnen weh tut? Die Ismajlowa läuft nicht durch den Gang, sie trampelt durch den Gang, sie trampelt in ihm herum. Und jeder Schritt von ihr tut auch mir weh. So wie damals, als sie in der Schaltzentrale von der Gewalt der Raketen in meinen Unterleib gepreßt wurde. Jeder einzelne Schritt tut mir weh!

O Gott, wie habe ich dagegen das Gangsystem erlebt! Was alles hat mir mein Rücken verraten. Was war das für ein Gefühl, die Sichtgeräte eingeschaltet zu haben und auf dem Transportschlitten dort entlangzusausen. Wie Lichtblitze sind die Infrarotfenster vor den Augen vorbeigehuscht. Und man konnte den Blick nicht wenden, weil immer wieder aus der Allschwärze der Ring der ›Hirundo‹ auftauchte.

Gang folgte auf Gang, das Observatorium wartete, vollendete Einheit anbietend, mit diesem Weltall, mit dieser Ewigkeit. Und dann der Maschinenraum, die Fusionsanlage, diese gebändigte Sonne, die unermüdlich summt und die diese Insel am Leben erhält seit undenklichen Zeiten. Ehrfurchtsvoll habe ich mit der Hand über ihre Oberfläche gestrichen. Materialisierter Geist, Energie gewordenes Wissen, zivilisierte Brachialgewalt, Symbol einer in der Unendlichkeit lebenden Denkheit. Ende unserer Diaspora!

Jetzt ist die Ismajlowa im Maschinenraum. Jetzt regelt sich die Leistung des Fusionsreaktors hoch. Jetzt liegen die Außerirdischen auf dem Sprung. Jedes Fibrieren gebündelte Energie! Jetzt erkenne ich den Plasmabrenner in Wandas Hand. Jetzt sagt mir mein Empfinden, sie will in den zweiten Teil, sie will ins Labyrinth. Jetzt begreife ich schaudernd, sie will das Labyrinth zerstören. Sie will das Labyrinth ausbrennen. Und wenn sie es tut, falle ich aus dem Trichter ins Uferlose. Wenn mich Vesna nur nicht so festhielte! Tu etwas, Sven, tu etwas, du kannst doch noch! Wir sind doch immer Freunde gewesen!

Und ich sehe, daß Sven Möllestad die ›Hirundo‹ verlassen hat. Das Labyrinth. Ein einziges Mal war ich dort. Eingeengt und gleichzeitig freier denn je. Weil jede Wand unzählbare Geheimnisse birgt. Weil man blind die Auswahl hat, weil der Zufall die Hand führen kann. Und wo immer er sie hinführt, wird das eigene Erleben bereichert. Und vielleicht das Gesamtwissen dieser Menschheit. Eingeengt, weil sich die Wände ständig verändern, zusammenwachsen bis auf Schulterbreite, Gänge freigeben und wieder versperren. Mitten im Herz der Welt steht man, mitten im pulsierenden Herzen einer pulsierenden Welt. Und das Labyrinth beginnt nach dir zu greifen. Dich zu ertasten mit der mädchenhaften Scheu der kurzen Knospenjahre. Als könnte es sich am Wunder Mensch in ihrer Mitte nicht sattfühlen. Und dann wieder ist es so, als zuckte es mit der unstillbaren Gier der Nymphomanin auf dich zu, preßte dich, vermittelte dir nie gesehene Bilder.

Ich weiß genau, es hat auf mich gewartet. Und bei der geringsten Abwehrreaktion hätte es sich von mir zurückgezogen, nachdenklich und beleidigt. Aber ich sehe keinen Grund, es abzuwehren. Seine Wände dehnen sich wohlig, ich fühle ihre Elastizität an meinen Hüften, ihr Tasten entlang meinem gesamten Körper, ihr hilflos erscheinendes Flimmern vor meinem Gesichtshelm.

O glückliche Minuten, o faszinierendes Labyrinth! Nein, nicht im Observatorium ist man eins mit der Unendlichkeit. Allein hier, im Labyrinth, umspülen die Gedanken von Milliarden Denkern aus Milliarden Jahren das eigene, kleine, winzige, mikroskopische Ich. Hebt es mich empor in einen breiten Strom von Gedanken und Gefühlen; lassen das Parsec zum Millimeter schrumpfen und diese Wärme zum Maß aller Dinge werden.

Per Engen, gäbe es ein Bewußtsein schon vor der Geburt, ähnliches Glück hättest du zum letzten Mal empfunden, als sich deine Morula in die Gebärmutterhaut einsenkte, als du das Dröhnen des Blutstroms um dich herum fühltest, als du spürtest, etwas Großes, etwas Warmes hat dich angenommen. Labyrinthwände!

Ich sehe sie vor mir, ich höre sie nach mir rufen. Tausend Meter entfernt, jetzt, da ich ihre Nähe haben müßte wie während des kurzen, orgastisch schmerzenden Augenblicks, als sie meine bloße Haut berührten, als meine Kombination ihrer Kraft nicht standgehalten hatte. Menschlein Engen, im Angesicht der gesamten Denkheit werden die meisten Größen zu Nullen!

Aber es ruft auch nach mir, weil von einer der

menschlichen Nullen jetzt tödliche Gefahr ausgeht. Und ich kann nicht!

Die Ismajlowa steht schräg im Maschinenraum. Stemmt sich gegen etwas, erkämpft sich einen Schritt nach vorn und wird zurückgeschoben. Und Sven hat die Kugel noch immer nicht erreicht. Fünfzehn Minuten sind um. Der Medimat gibt meinen neuen Leukozytenstatus an. Vesna starrt auf den Papierstreifen, dann kommt sie näher, leuchtet mir mit einer Stablampe in die Pupillen. Meine Augen versinken in grellem Licht. Ich weiß, nach ihren Werten bin ich mehr tot als lebendig. Aber ihre Werte gelten nicht mehr. Gelten niemals mehr. Vesna, wenn ich dich und deine Angst endlich in den Trichter bekäme!

Jetzt steht die Ismajlowa an der Wand. Jetzt werden ihre Hände nach oben geschoben. Unerbittlich. Trotz erbitterter Gegenwehr. Jetzt betritt Sven Möllestad den Maschinenraum. Und das irritiert die Extraterristen. Das bringt sekundenlang ihr Freund-Feind-Bild durcheinander. Der Griff um Wandas Arm lockert sich für wenige Atemzüge. Und sie nutzt die Zeit, sie reißt den Strahler an die Hüfte und drückt ab. Schießt auf den Fusionsreaktor. Doch die Extraterristen reagieren ebenso rasch. Die Strahlung bleibt unsichtbar in der unsichtbaren Wand hängen. Wanda wird wieder an die Wand gepreßt.

»Gib mir die Waffe!« fordert Sven. »Gib mir den Strahler!« Er geht auf Wanda zu, nimmt ihr den Strahler ab. Die Extraterristen hindern ihn nicht daran. Und sofort läßt ihr Druck auf die Ismajlowa nach.

»Ich weiß nicht«, sagte Sven, »was du dir dabei gedacht hast. Wir sind hier Gäste.«

»Wenn der Reaktor ausfällt«, verteidigt sich Wanda, »wenn der Kugel die Energie fehlt, dann werden wir sie vielleicht endgültig los. Können zur Erde zurück!«

»Du hast nichts begriffen«, sagt Sven und geht ins Labyrinth.

Wanda steht noch immer an der Wand und kann sich nicht rühren.

Und Sven ist im Labyrinth!

Lif Engen saß auf der kleinen Veranda ihres Bungalows. Auf dem Tisch stapelten sich Protokolle und Videobänder des Instituts Haxwell. Zuerst hatte der Arzt protestiert, aber dann ließ er sie doch in Ruhe arbeiten.

Als sie vom Kiesweg her Schritte hörte, blickte sie von ihren Papieren auf. Vor ihr stand der Alte.

»Wenn ich Sie bei Ihrer Arbeit störe, dann komme ich lieber später vorbei.«

»Sie stören nicht«, antwortete sie. »Ich komme sowieso nicht voran.«

»Manchmal liegt es an den einfachsten Dingen«, sagte der Mann lächelnd. »Aber ich verstehe bestimmt nicht genug davon, um Ihnen kluge Ratschläge erteilen zu können. Nehmen Sie es einem alten Mann nicht übel!«

»So viel wie ich verstehen Sie allemal«, sagte sie. »Ich verstehe nämlich überhaupt nichts. Die Fische wachsen und wachsen, viel schneller als geplant, und dann legen sie sich plötzlich bauchoben ins Becken und gehen ein. Und niemand weiß eigentlich weshalb.«

»Fast die gleiche Situation wie in Afrika«, sagte der Mann. »Die Vegetation wuchs und wuchs und starb plötzlich ab. Und dort wußte ebenfalls niemand Rat.«

»Und Sie kennen die Ursachen?«

»Ich habe zumindest eine Hypothese.«

Der Alte setzte sich und breitete eine Karte vor ihr aus.

»Ich habe einmal die betroffenen Gebiete eingezeichnet. Sie erkennen das Somamibecken. Die befallenen Regionen sind rot.«

Lif sah, daß eine wesentlich größere Fläche in Mitleidenschaft gezogen war, als sie für möglich gehalten hätte. Hier lag in der Tat keine lokale Panne vor, hier war ein ernstzunehmender Rückschlag eingetreten.

Der Alte legte eine Folie über die Karte.

»Und jetzt sehen Sie die wenigen ökologischen Inseln der Region, die wohlgemerkt die Katastrophe überstanden haben.«

Am Rand des Somamibeckens zogen sich grüne Punkte über die Karte.

»Und wenn ich jetzt den Flugradius einer bestimmten Insektenart einzeichne«, er legte eine zweite Folie auf die Karte, »dann werden Sie sehen, daß die Optimalökologie überall dort zusammengebrochen ist, wo die Insekten nicht mehr hingelangen können.« Er hatte, von den Inseln ausgehend, die Flugradien blau markiert. Und die Grenzen der blauen Flächen deckten sich ziemlich genau mit den Grenzen des Katastrophengebiets.

»Moment«, sagte Lif. »Das kann Zufall sein, das beweist nichts. In anderen Gebieten bewährt sich die Optimalökologie seit Jahr und Tag. Und diese Gebiete liegen auch außerhalb der Reichweite Ihrer Insekten!«

»Ich bin mir in diesem Punkt nicht so sicher«, antwortete er langsam und legte eine zweite Karte in größerem Maßstab auf den Tisch, auf die gleiche Art überarbeitet. Der rote Klecks der Katastrophenzone war zwar kleiner als vorher, aber immer noch erschreckend groß. Und zu beiden Seiten des Äquators waren wie auf einem Flikkenteppich rot schraffierte Gebiete gekennzeichnet.

»Na bitte«, sagte Lif erleichtert und wies auf diese Schraffur.

»Und dort wächst und gedeiht die Optimalökologie!«

Der Alte schob ihr schweigend ein Papier zu. Lif las und starrte fassungslos auf die Karte. In einer hausinternen Mitteilung gab das Ministerium bekannt, daß Eiweißproduktion, Kohlendioxidverbrauch und Sauerstofferzeugung in bestimmten Regionen Afrikas rückläufig seien. Sie konnte mit den meisten geographischen Begriffen nichts anfangen. Aber die sie kannte, deckten sich mit der Karte des Alten.

»Wer sind Sie, und wie kommen Sie an diese Mitteilung?«

»Ich bin Professor Briand, Biologe wie Sie«, antwortete der Alte.

»Und ich würde mich freuen, wenn wir in Zukunft nicht mehr gegeneinander arbeiten müßten.«

»Ach ja«, setzte er hinzu und stand auf, »eigentlich kam ich der Schafe wegen. Ihr Servomat hat sie uns aus der Herde entführt. Es sind Mutterschafe. Tragend.«

»Die Tiere grasen hinter dem Bungalow. Zwei sind es noch. Es tut mir leid, aber das dritte hat mein Servomat schon geschlachtet.«

Die Labyrinthwände berühren jetzt zaudernd Svens Kombination. Flimmernd vibrieren sie vor den Helmschirmen. Jetzt umschließen sie seine Arme. Jetzt pressen sie sich an seine Hüften. Wie lange noch wird die Kombination halten? Dann endlich sind sie am Ziel. Glücklicher Sven!

Jetzt schiebt irgend etwas Unsichtbares die Ismajlowa vor sich her. Sie klammert sich mit beiden Händen an einem Sendestab fest. Der Stab biegt sich, schreit auf, meine Ohren dröhnen schmerzhaft, Wanda wird weitergeschoben, der Sendestab schnellt zurück und schiebt sich in die Wand des Maschinenraumes.

Die Ismajlowa wird emporgehoben, sie schreit und tobt und schlägt auf das Unsichtbare ein, hat schon den Boden unter den Füßen verloren, stemmt sich verzweifelt gegen die Luke des Observatoriums, wird aus dem Maschinenraum hinausgedrängt. Und kommt auch im Observatorium nicht zur Ruhe. Abwärts geht es, mit lautloser, unheimlicher Gewalt. Und sie kann so freundlich sein, diese Kugel. Zu ihren Freunden!

Sie lockt mich. Sie ruft nach mir. Sie hat an Sven Möllestad nicht genug. Seine Kombination hält noch immer. Seine Bilder sind nicht die meinen. Auch Labyrinthwände können nervös sein. Ich muß zu ihnen. Ich muß ins Labyrinth. Ich muß zur Kugel. Aber das habe ich von Anfang an gewußt.

Vesna ist eingeschlafen. Ich kann es nicht sehen, aber ich fühle es deutlich. Unendliche Mühe macht es mir, die rechte Hand freizubekommen. Vesna, du mußt keine Angst um mich haben. Ich bin dabei, die Arme anzulegen und durch den Trichter zu rutschen. In eine andere Welt. Ich krieche von der Pritsche. Ich rutsche über den Boden. Ich schlängele mich an Vesna vorbei, die in ihrem Liegesessel eingeschlafen ist. Ich öffne die Tür der Isolierschleuse. Wäßriges brennendes Zeug stürzt auf mich herab.

Mein Weg hat begonnen. Das Gangsystem der ›Hirundo‹ wird für mich kein ernsthaftes Hindernis sein. Ich kenne das Fahrzeug wie kaum einer. Ich muß mich an das Regenerationssystem halten. Ich muß durch den Trakt der Laborräume gehen. Denn hier arbeitet niemand mehr. Alle haben sich in ihre Kabinen zurückgezogen wie die Schnecken in ihre Gehäuse. Alle sind wie gelähmt. Fast alle beneiden Tameo Nitta und den Teil der Besatzung, der jetzt in Quarantäne, aber in Sicherheit lebt, um den sich der Generalrat für Raumfragen kümmert. Um die ›Hirundo‹ kümmert sich niemand mehr. Der Generalrat hat sie endgültig abgeschrieben. Und den Ruf der Labyrinthwände können sie noch nicht hören. Sie sind wirklich allein! Sie hoffen immer noch, daß es sie nicht erwischt. Sie ahnen nichts. Für sie bin ich krank. Sterbenskrank. Stinkendes, infektiöses Biomaterial. Freund Hein von drüben. Das Wort ›Metamorphose‹ bekommt der Diagnosecomputer nicht über seine Ausgabeeinheit. Er weiß nur, daß er nichts weiß. Er ahnt, daß er nichts wissen kann, solange er mich nach irdischen Maßstäben mißt. Und das irritiert ihn.

Jetzt plötzlich verlassen mich die Kräfte. Jetzt plötzlich hänge ich in der Luft. Denn in diesem Moment haben die Wände Svens Kombination zerrissen. Nun saugen sie sich voll. Jetzt haben sie nicht die Kraft, ihre Aufmerksamkeit dreizuteilen. Und ich bin am weitesten entfernt, muß es allein schaffen. Ich weiß nicht, ob und wie ich vorankomme. Ich weiß nichts mehr. Im hominiden Sinne wache ich schweißüberströmt auf. Hände und Knie ziehen und schieben sich mühsam voran. Zur Schleuse muß ich, zur Schleuse! Als sich das Labyrinth mir wieder zuwenden kann, liege ich direkt vor der Schleusentür. Dort muß ich hinein, teilt es mir mit, hinüberschwimmen muß ich, das Ende des Trichters ist drüben!

Es gibt mir die Kraft, mich von den Knien zu erheben. Und ich entdecke, daß die grünen Flecken auf meinen Handrücken seit der letzten Nacht wieder größer geworden sind.

Gleichzeitig schiebt es die Ismajlowa vor sich her durch das Gangsystem. Die Schleusentür fährt auseinander. Ich wanke hinein. Hisao Schindo hat sofort bemerkt, daß sich jemand an der Schleuse zu schaffen macht. Und er blockiert die Außentür. Ich bin noch zu schwach, seine Blockade durchzudenken. Soviel Kraft kann mir das Labyrinth noch nicht zur Verfügung stellen.

Vesna und Hisao kommen, finden mich und tragen mich zurück in die Isolierstation.

Vesna, will ich sagen, du mußt die Tür zumauern. Wanda kommt zurück. Es wird ein unerbittlicher Kampf werden.

Aus bleiernem Schlaf weckt mich das Labyrinth. Mein Gehirn ist wie betäubt; kaum daß ich mich erinnere, daß ich ich bin. Eins höre ich: Neben mir atmet jemand keuchend. Mühsam gelingt es mir, meinen Kopf zu drehen. Mein Blick fängt erste Einzelheiten des Raums auf und bleibt zunächst an meinen Händen hängen, die grün und fremd neben mir auf einem weißen Laken liegen. Dort könnte ich sie liegenlassen, oder ich könnte sie gar abschneiden oder herausreißen, so fremd sind sie mir.

Sie haben nichts mit mir zu tun. Es sind nur noch fünfgliedrige grüne Extremitäten, die einmal zu einem Per Engen gehörten, daran kann ich mich erinnern, an mehr nicht.

Das Keuchen neben mir zwingt meinen Blick weiter, er fällt auf eine zitternde, im Liegesessel zusammengekauerte Gestalt. Nach einiger Zeit erkenne ich Doktor Vesna Skaljer, meine Vesna, und ich sehe die Schweißtropfen auf ihrer Stirn, und ich höre ihre Zähne im Fieber aufeinanderschlagen, und ich erkenne erste grüne Pünktchen auf ihren Handrücken. Und nun weiß ich, weshalb mich das Labyrinth geweckt hat.

Ich rolle mich von meinem Laken, falle auf den Boden, denn diese fremden grünen Extremitäten gehorchen mir nur widerwillig. Ich schiebe meinen Körper zum Liegesessel, eine Welle heißer Atemluft schlägt mir entgegen. Vesna zittert, ich stehe auf meinen Füßen, es ist wie zum erstenmal, ich hebe die Gestalt empor, sie stammelt ein paar fieberzerrissene Worte, ihre Augen blicken krankhaft glänzend durch mich hindurch. Nach irdischen Maßstäben steht sie am Rande des Trichters; wenn sie die Arme anlegt, wird sie nach irdischen Maßstäben tot sein.

Aber hier gelten keine irdischen Maßstäbe, und ich bin da mit meinen grünen Händen, das Labyrinth hat mich rechtzeitig geweckt, ich soll das Armanlegen verhindern.

Sie ist federleicht, das Labyrinth gibt mir mehr Kraft, als ich brauche.

Vorsichtig taste ich mich, die Fiebernde in meinen Armen, in Richtung auf die Schleuse. Ich weiß, ich bin diesen Weg schon einmal gegangen, allein und erfolglos, aber diesmal wird uns niemand aufhalten können, weil ich eine Aufgabe zu erfüllen habe und weil es mir diesmal genügend Kraft geben wird, selbst gegen den Willen der Zentrale alle Schleusentüren der ›Hirundo‹ zu öffnen.

Ich erreiche die Schleuse des Isoliertrakts. Ich fürchte mich vor dem brennenden wäßrigen Zeug, das auf uns herunterstürzt und das uns desinfizieren soll. Aber es perlt von meiner Haut ab und kann sie nicht mehr durchbrennen. Ich erkenne, daß der Isoliertrakt von innen verschweißt ist. Was muß dieses Fieberbündel in meinen Armen riskiert haben, mir das Leben zu erhalten! Was haben da für Kämpfe getobt, ehe sie sich und mich einschweißte, laute und leise Kämpfe! Kämpfe in den Gängen der ›Hirundo‹ und in den Köpfen derer, die glaubten, an den Kern der Wahrheit vorgedrungen zu sein. Nur Sven Möllestad und Per Engen waren ausgespart aus diesen Kämpfen. Niemand hat uns rechtzeitig geweckt. Aber jetzt will ich ihr den Weg bahnen. Ich war wie der Cephalocereus senilis in ihrer Obhut, deshalb habe ich gutzumachen.

Unter meinem Blick verflüssigt sich die Schweißnaht, unter meinem Blick springt die Tür auf, schiebt dabei eine Gestalt zur Seite, die im Gang gelegen hat, ich erkenne sie, es ist die Gontschewa. Sie liegt zusammengekrümmt da, und niemand kann ihr helfen. Ich setze meinen ersten Fuß über sie hinweg, meinen zweiten, meinen dritten und meinen vierten. Und das erstaunt. mich überhaupt nicht, war es denn nicht schon immer so, ehemals, Per Engen?

Meine vier Füße tappen den Gang entlang. Schritt folgt auf Schritt. Eins, zwei, drei, vier, eins. War es denn nicht immer so? Ich habe es nicht nötig zu schleichen, ich setze meine Füße fest auf den Boden, es geht langsam, aber es geht. Ich nehme mit meinen grünen Händen noch ein Bündel auf, das Hisao Schindo heißt. Weil es noch atmet, wenn man den Atem auch kaum noch spürt. Und dann stehe ich in unserer Kabine. Um nichts in der Welt würde ich allein gehen, Cephalocereus muß mit, auch das Labyrinth sagt mir das.

Fünfzig Meter sind es von da zur Schleuse. Wanda Ismajlowa rennt mir entgegen, schreit, erkennt mich oder erkennt mich nicht, was macht das aus, wenn die Welt einen so tiefen Sprung hat? Sie reißt ihren Strahler an die Hüfte, blitzschnell aber fühle ich mich weit und immer weiter, fünfzig Meter weit, es gelingt mir, sie mit dieser Weite an die Hand zu heften und ihr den Strahler aus der Hand zu schlagen. Schreiend rennt sie davon, das Ende der Welt ist für sie gekommen, ist es wirklich. Sie steht auf der falschen Seite der Schlucht.

Ich aber bin in der Schleuse. Das Labyrinth weiß, daß es eine unmenschliche Anstrengung für mich war, und es fordert weiterhin meine ganze Kraft. Noch ist nicht alles getan.

Und ich ziehe eine Kombination über Vesnas Fieberkörper. Ich öffne das Sauerstoffventil. Und ich ziehe eine zweite Kombination über den Körper Schindos und öffne auch dieses Sauerstoffventil. Dann lege ich meine ganze Energie in den Willen, die Außentür zu öffnen. Gegen mich ist Wanda Ismajlowa im Leitstand. Es ist ein ferner Kampf. Es ist ein stiller Kampf. Und ich höre sie schreien, als die Tür auseinanderfährt und ich mit meiner Doppellast in die Schwärze tauche.

Wir schweben kugelwärts, ich habe meine Luftklappen geschlossen, das kleine Stück schaffe ich leicht. So gewiß weiß ich das, als hätte ich es schon tausendundeinmal getan.

Wir schweben kugelwärts.

Auf der wöchentlichen Dienstbesprechung des Instituts Haxwell, an der Lif Engen seit ihrem Sanatoriumsurlaub wieder teilnahm, bildete sich die ungewöhnlichste Koalition, die das Institut seit vielen Jahren erlebt hatte. Bugalski und Lif Engen stritten auf der gleichen Seite.

»Wenn ich Ihnen jetzt sage, daß der Schlüssel für unser Tarpunproblem im Somamibecken zu finden ist, dann können Sie sicher sein, daß ich gewichtige Gründe für diese Vermutung habe.«

»Dann müssen Sie aber über Informationen verfügen,

die sogar unseren Institutsrechnern unbekannt sind«, sagte Contart.

»Es wäre meines Wissens das erste Mal, daß Ihre Rechner auch nur einen Funken von unserer ökologischen Arbeit verstehen würden«, warf Bugalski ein, und Contart vergaß für Sekunden zu lächeln.

»Wenn Kollegin Engen dorthin will, dann wird sie gute Gründe haben. Ich unterstütze jedenfalls ihren Plan.«

»Sie können reden, was Sie wollen, Contart, ich muß nach Afrika. Und Sie werden mir die Sondergenehmigung beschaffen. Dazu sind Sie schließlich da.«

»Nur wenn Sie ausführlich begründen, was Sie ausgerechnet dort zu suchen haben.«

»Sie sollten sich in der Welt umhören, Contart«, sagte Bugalski.

»Also, Kollege Contart, wenn Lif Engen eine Reise ins Somamibecken für nützlich hält«, mischte sich Professor Haxwell in den Disput, »dann sollten wir ihr die entsprechenden Papiere beschaffen. Oder können Sie weitere Tarpunverluste verantworten, Contart?«

»Wieso sind Sie eigentlich auf einmal auf meiner Seite?« fragte Lif Engen Bugalski später auf dem Gang.

»War ich das?« fragte Bugalski zurück und ließ Lif stehen.

Nichts in diesem meinem Leben ist mehr so, wie es einmal war. Niemals wird das Leben wieder so werden, wie ich es bis zur Begegnung mit dem Labyrinth gelebt habe. Nicht einmal das Licht wird von gleicher Frequenz sein.

Die Labyrinthwände rufen nach mir, führen mich, geleiten mich, ich schwalme durch das Gangsystem, weiß immer noch nicht genau, wozu ich diese entsetzlich langen grünen Tentakel habe, die einmal zwei und dann vier Beine waren und die ihre endgültige Form noch nicht gefunden haben. Aber die Wände geben mir

Kraft. Und ich schiebe ein Leuchten vor mir her, einen Farbkranz, eine Lichtwolke.

Spielend überwinde ich Stockwerke, die beiden Bündel Mensch in mich hineingesaugt, dem Licht folgend, der Farbe, dem Ruf des Labyrinths.

Als ich in der Kuppel angekommen bin, sehe ich die gute alte ›Hirundo‹ in Greifweite vor der Kugel schweben. Diese eine Minute Menschsein zwingt mir das Labyrinth noch auf. In dieser Minute verschwimmt das Bild der ›Hirundo‹, und vor der Kuppel taucht ein wunderbar nahes Gesicht auf. Dieses Gesicht kenne ich, es ist das der Lif Engen. Und immer wieder das Gesicht der Lif Engen und doch wieder nicht; es scheint, als schöben sich zwei Gesichter ineinander, als kämpften zwei Augenfarben um ihren Platz auf der Iris. Es ist, als gösse man Wein und Milch ineinander, und Lif und Vesna blickten mir aus zwei verschiedenen Iriden entgegen. Es ist das Labyrinth, das da eine Synthese versucht, es ist das Labyrinth, das mich in jenem kurzen orgastischen Augenblick durchschaut hatte.

Aber Milch und Wein kann man nicht mischen, und das eine Bündel Mensch habe ich allein in der Hand, und das andere ist ferner denn je. Auch du mußt lernen, Labyrinth, auch du mußt begreifen, daß ein Menschenherz zwar aus vier Kammern besteht, daß diese aber niemals gleichzeitig schlagen, daß in unseren Hirnwindungen Platz ist für Milch und Wein, für Lif und Vesna, für unendlich viele Iriden. Aber nicht in der gleichen Zelle und in der gleichen Windung. Das wirst du von mir lernen, Labyrinth!

Last und Lust in und vor mir, schwalme ich eilig durch den Maschinenraum labyrinthwärts. Nur keine Pause jetzt. Für Maschinen wird später Zeit sein. Denn eine warme Welle von Licht und Gedanken zieht mich mit der Kraft eines Magnetriesen voran. Wäre mein Sensorium schon voll ausgebildet, in wenigen Minuten wüßte ich mehr als in einem ganzen vergangenen Leben.

Angekommen. Vorsichtig werden mir die Bündel abgenommen, weitergereicht von Wand zu Wand. Zuversichtlich, rasch, lustvoll das eine, zögernd und voller Traurigkeit das andere. Und mich umschließt es. Mich durchzuckt es. Mich nimmt es ganz, ganz und gar. Jemand sagt: »Einen guten Gedanken, Per Engen. Ich bin Kalla!«

Säuerlich lächelnd hatte Contart die Sondergenehmigung herausgerückt. Man spürte, wäre nicht die Anweisung Haxwells gewesen, dann hätte er das Dokument nicht einmal beantragt. Und er sagte es auch: »Nur wegen Ihrer Beziehungen zum Chef!«

»Wissen Sie, Contart, Sie sind wirklich ein Idiot«, hatte Lif ihm geantwortet. »Aber man gewöhnt sich daran.«

Contart war vor Wut krebsrot angelaufen. Lif hatte gelächelt und ihn einfach stehengelassen.

Der Flug zum Somamibecken war ziemlich eintönig gewesen. Mit ihr flogen lauter unbekannte Leute, die meisten schliefen. Lif sah sich noch einmal die offiziellen Daten über die Vorgänge am Äquator an, aber das war nicht sehr informativ; wollte man diesen Informationen glauben, dann war eigentlich kaum etwas passiert. Noch nicht einmal so viel, daß eine Nachrichtensperre gerechtfertigt gewesen wäre.

Dennoch: Die Kontrolle am Flughafen war ungewöhnlich gründlich. Mürrisch schob die Beamtin Lifs Sondergenehmigung in das Lesegerät. Die Genehmigung war auf einer fälschungssicheren Plastkarte ausgestellt, in deren obere rechte Ecke ein quadratzentimetergroßes Hologramm eingeschweißt war. Dieses Hologramm enthielt Lifs Foto, ihre Fingerabdrücke und den elektronenmikroskopisch vergrößerten Querschnitt eines ihrer Haare. Darunter die verschlüsselten Kennzahlen der Daktyloskopie und des Haarquerschnitts.

Lif mußte ihre Fingerkuppen auf die Kontrollscheibe

des Lesegeräts legen. Es dauerte einige Sekunden, dann spuckte es ihren Ausweis wieder aus und gab grünes Licht.

Hundert Meter hinter dem Kontrollgebäude sah das Somamibecken aus wie die Kalahariwüste. Unter der Äquatorsonne erstreckte sich eine hügelige, eintönig gelbe Sandfläche. Der Wind schob die Dünen mehrere Meter am Tag vor sich her. Keine Spur mehr von üppig wuchernder optimierter Pflanzenwelt. Unbarmherzig knallte die Sonne auf den lockeren Sand. Als wolle sie zeigen, daß sie dieses Stück Neuwüste niemals wieder herauszugeben bereit war.

Lif erkannte in der Ferne das Wissenschaftlercamp. Bei jedem Schritt sank sie knöcheltief ein. Der Wind wehte ihre Spuren zu. Fünfzig Meter hinter ihr sah es aus, als wäre hier niemals jemand gelaufen.

Im Camp schwärmten Servomaten umher, hielten die verschiedensten Werkzeuge in den Zangen. Andere rollten sandbedeckt in das Camp ein, lieferten irgendwelche Materialien ab, flitzten zwischen den Zelten umher, machten um Lif, die inmitten des Chaos stand, unschlüssig und nur widerwillig einen Bogen.

»Kollegin Engen«, sagte schließlich ein jüngerer Mann zu ihr, »wir konnten Sie leider nicht am Flughafen abholen. Sie sehen ja, alle Hände voll zu tun!«

»Und«, fragte Lif, »vorangekommen?«

»Nicht die Spur«, antwortete der Kollege. »Dabei haben wir den Sand förmlich durchgesiebt. Nicht die Spur einer Ursache zu finden. Das komplette Rätsel. Gestern haben wir erst wieder eine Makroanalyse hinter uns gebracht. Nach deren Ergebnissen müßte das Kraut hier nur so in die Höhe schießen. Aber es schert sich einen Dreck darum.«

»Ich werde mir einmal die Inseln genauer ansehen«, sagte Lif. Ihr Gegenüber betrachtete sie, wie man ein Wesen aus einer anderen Welt betrachtet.

»Die Inseln?«

»Wenn Sie nichts dagegen haben, die Inseln!«

»Bitte«, antwortete der Biologe. »Sie haben ja eine Sondergenehmigung und können folglich tun und lassen, was Sie wollen. Obwohl ich mir von Ihnen eine Verstärkung meiner Arbeitsgruppe erhofft hatte! Sie wohnen in Zelt neunundzwanzig.«

Damit ließ er sie stehen und verschwand in einem der Laborzelte.

Kopfunterüber hänge ich in Kalla. Kalla, das einzig ist das Leben um mich herum. Kalla pulsiert um mich, Kalla formt mich, Kalla gibt mir alles, was ich einmal sein werde. Das Labyrinth ist Kalla.

Kalla zieht mich mit sich in einen Tunnel. Während ich sicher und geborgen im Labyrinth der Kugel liege, während ich an den Wänden wachse, reisen wir zusammen durch Raum und Zeit. Entfernungen werden zum Nichts, Vergangenheit zur Zukunft, Gegenwart mir gegenwärtig. Ich nehme in mein Menschengehirn auf, was Kalla mir einspiegelt. Ich nehme es nicht nur auf, ich erlebe es. Ich bin dabei, ich fühle mit, rede mit, leide mit. Ich erlebe Geschichte durch Exkursion. Kalla hat mich in sich eingeschlossen. Wir haben den Tunnel passiert. Wir befinden uns auf einem freundlichen Planeten. Ich lebe unter Kallas. Ich fühle mich, als wäre ich hier geboren. Und ich weiß doch, ich bin Zuschauer, weniger zuweilen als Zuschauer. Denn Kalla sagt, ich lebte in der Vergangenheit. Und dabei wünschte ich, in die Zukunft gereist zu sein.

Der freundliche Planet hat einen morgendunstigblauen Himmel. Der freundliche Planet hat lächelnde Städte. Blaugrüne Pflanzen ringeln ihre Triebe in das Dunstblau. Ihre bunten Blütenkelche scheinen aus Glas zu sein. Im geringsten Windhauch tönen sie wie aneinanderklingende Sektgläser.

Gemächlich wie der Wind bewegen sich die Bewohner. Ihre Körper gleiten lang gestreckt über den Boden.

Durch die Luft fliegen langschwänzige Vögel, und wo sie rasten, glocken die Glasblüten.

Die Stadt ist ein Park, das Land ist ein Garten, die freundliche Kalla führt mich in einen diskusförmigen Saal, dessen Außenwände von einem Riesenringtisch begrenzt werden. An ihm sitzen würdige Herren mit himmelblauen langen Bärten und matronenhafte Frauen, die die Arme vor sich auf dem Tisch zusammengeringelt haben. Im Diskuszentrum erhebt sich ein Podest. Während der Raum im Halbdunkel liegt, greift ein Ring aus farbigem Licht nach diesem Podest und nach dem Mann, der darauf steht. Scheinbar lässig steht er da, dreibeinig, fünf Armbeine bleiben ihm zum Reden, zum Erklären, zum Disputieren. Seine Gestik ist verwirrend. Er wendet sich dem jeweiligen Sprecher des Außenringes zu. Seine Augen fallen mir auf. Sie sind tellergroß und schillern in allen Farben. Ich sehe ihn zum erstenmal, aber seine Augen können mir nichts von ihm verbergen. Oder wollen mir nichts verbergen: Nicht das sanfte, melancholische Blau der Zufriedenheit, wenn eins seiner Argumente überzeugen konnte, nicht das flammende Zornrot, wenn er sich ungerechtfertigt angegriffen fühlt, nicht die unzähligen Zwischentöne, mit denen er seinen Gesprächspartnern jede Gefühlsregung signalisiert. In diesen Augen hat eine Welt Platz.

»Wir haben alles zu gewinnen«, sagt er gerade.

Und ich sehe seine Augenscheibe ins Rot spielen, als die Gegenfrage gestellt wird: »Und was haben wir zu verlieren?«

»Die Frage des ehrenwerten Jakko erstaunt mich nicht«, antwortet der Mann auf dem Podest, purpuräugig und mit einer heftigen Abwehrbewegung dreier seiner Arme. »Es ist eine uralte Frage. Es ist die Frage, die vor Millionen von Umläufen zum erstenmal gestellt wurde. Als es darum ging, einen glimmenden Holzspan zu gewinnen und dabei vielleicht einen Arm zu verlieren. Und wenn es nach den ehrenwerten Jakkos von damals gegangen wäre, würden wir unsere Gliedmaßen noch heute dazu benutzen, Gras auszurupfen und es in die Mundhöhle zu schieben. Um den puren, den tierischen Hunger zu stillen!«

»Wir haben uns durch die Arbeit einer langen Kette von Generationen diesen Planeten untertan gemacht«, sagt der mit Jakko Angesprochene, und ein Lichtstrahl fingert seine Gestalt aus dem Halbdunkel des Tisches. »Wir leben glücklich und zufrieden. Wir kennen keine Not mehr. Wir haben unser Leben um dreißig, vierzig, fünfzig Umläufe verlängert. Bis an die Grenze der Erträglichkeit.

Wir haben uns aus der unmittelbaren Produktion herausgelöst. Automaten produzieren an unserer Stelle. Wir stehen geschlossenen Produktionskreisläufen gegenüber, die sich ständig weiter optimieren. Wir sind frei geworden für Kunst und Wissenschaft in allen ihren Erscheinungsformen. Kurz, wir befinden uns im Gleichgewicht mit der uns umgebenden Natur. Wer und was zwingt uns eigentlich, dieses Gleichgewicht zu verändern?

Wäre es nicht besser, sich damit zufriedenzugeben? Diese Art des Glückes zu sichern, es zu genießen?«

Die Augenteller des Mannes im Zentrum des Diskussaales sprühen grellrotes Feuer. Ihre Ränder sind leuchtendgelb. Nichts als Verachtung drücken seine Augen aus, er hat es nicht nötig, auf solche Meinung zu antworten. Sternförmig ruhen seine acht Beine auf dem Podest. Sein Körper hat sich in sich gesenkt. Jetzt streckt er die Arme aus, beginnt zu reden.

»Natürlich übersieht der ehrenwerte Jakko, daß dieses Glück ein kleines Glück ist, ein Glück, das Leute wie mich und damit die Jugend und damit die Mehrheit nicht befriedigen kann! Natürlich übersieht der ehrenwerte Jakko, auf welch winzigem Staubkorn wir durch das All jagen. Und das Denken in geschlossenen Kreisläufen, das Kreisdenken ist es, das ihm die Sicht nach vorn versperrt! Unser Ziel aber ist klar. Mit dem Bau der Sphäre vermilliardenfachen wir unsere Energieressourcen. Mit dem Bau der Sphäre wandeln wir Wüsten- und Eisregionen des eigenen Planeten in klingende Gärten um. Mit dem Bau der Sphäre gewinnen wir Lebensraum, der durch Kreisdenken freilich nicht zu überschauen sein wird. Und das ist wahre Wissenschaft, ehrenwerter Jakko!«

Aus dem Beifall der Versammlung heraus führt mich Kalla durch den Tunnel zurück in die Kugel, zurück ins Labyrinth. Sie teilt mir mit, daß es Hisao Schindo nicht gut gehe, daß sich sein Körper gegen ihre Berührung wehre, daß sie kämpfen müsse, statt zu heilen und zu helfen.

Wer ist das, Hisao Schindo?

Kalla bittet mich, mit ihm zu denken. Aber auch gegen mich sperrt er sich. Ich kann nicht helfen. Er will nicht.

Ich frage nach Vesna. Vesna ist für mich wichtig. Kalla prickelt mir die Antwort. Kalla hat eine Botschaft für mich. Vesna liebt mich. Ich fühle es. Kalla hat mir ihre Gefühle übermittelt.

Einmal wage ich an Lif zu denken. Sie hat rotgelbgrüne Augen und steht auf den Händen auf einem Podest.

Der Alte am anderen Ende der Videoleitung lächelte. »Ich halte Ihre Idee für interessant, Kollegin Engen. Natürlich wäre es ein schlüssiger Beweis, wenn Sie Tiere einfangen und Kontrollversuche durchführen könnten. Einen Rat muß ich Ihnen allerdings mit auf den Weg geben. Sie sollten sich unbedingt impfen lassen, ehe Sie die Inseln betreten. Mit Malaria ist nicht zu spaßen, auch nicht in unserer Zeit!«

Briand sorgt sich um mich, dachte Lif belustigt und gerührt zugleich.

»Tue ich, Professor. Allerdings muß ich zu meiner

Schande gestehen, daß ich nicht die Spur einer Ahnung habe, wie diese Mücken aussehen könnten und wo ich sie finde.«

»Damit hatte ich gerechnet, Lif«, sagte der Alte. »Schließlich ist Anopheles nigripes eine der ersten Arten gewesen, die der Optimierung zum Opfer gefallen ist, als Überträger der Malaria. Ich habe Ihnen deshalb ein Bildtelegramm eines alten Bestimmungsbuches vorbereitet. Die Abbildungen sind recht ordentlich. Die Mückenweibchen sind für unsere Zwecke uninteressant, die stechen höchstens. Sie müßten sich auf die Männchen konzentrieren, die Tiere mit den büschelartigen Fühlern. Und suchen Sie die Brutplätze nach Larven ab, in kleinen Tümpeln, Wasserläufen. Aber das alles steht noch einmal ausführlich im Bestimmungsbuch. Ich wünsche Ihnen, ich wünsche uns Erfolg!«

Das freundlich-faltige Gesicht Professor Briands verschwand vom Bildschirm des Videophons.

Während ich im Labyrinth geborgen bin, hat mich Kalla erneut durch den Tunnel geführt und mich auf einen großen freien Platz gestellt. Ich stehe inmitten Tausender blauäugiger achtarmiger Demonstranten. Ich weiß noch nicht, was sich hier abspielen wird, aber Kalla gibt mir zu fühlen, es sei wichtig, wenn ich verstehen wollte, was später geschehen würde.

Ich spüre, daß eine Welle von Zufriedenheit und Zustimmung dem Rednerpult entgegenschlägt. Und wenn mich meine Erinnerung nicht täuscht, spricht der Mann aus dem Diskussaal. Eine Verschiebung der Ebenen ist also eingetreten. Von der Saalebene, in der die ehrenwerten Jakkos das Sagen hatten, hinaus auf die freien Plätze. Auf denen die Sympathieströme bergauf fließen.

»Wir schicken uns heute an, die uns beengenden Fesseln unseres Planeten endgültig zu sprengen. Wir schicken uns an, neue Räume zu gewinnen, uns eine neue Heimat zu schaffen, so groß und schön, wie wir sie uns jetzt kaum vorstellen können. Wir sind dabei, die gesamte Biosphäre unseres Planetensystems mit Leben zu füllen. Und ihr könnt voller Stolz sagen, ihr seid in dieser historischen Stunde dabeigewesen.«

Die Massen um mich herum brechen in unbeschreiblichen Jubel aus. Ein Gewirr von begeistert geschwungenen Armen reckt sich dem Rednerpult entgegen. Der Mann dort vorn wartet ab, bis sich der Beifall so weit gelegt hat, daß man seine Stimme wieder hört.

»Ich schlage dem Rat angesichts dieser historischen Stunde vor, den heutigen Tag zum ›Tag Null‹ einer neuen Zeitrechnung zu erklären. Für alle, für jeden und zu jeder Zeit soll sich einprägen: Eine neue Zeitrechnung hat begonnen!«

Wieder frenetischer Jubel und Begeisterungstänze auf dem Platz. Und dann drängt sich ein blaubärtiger Alter auf das Pult. Jakko, der Ehrenwerte. Jakko, der Mutige auch.

Ich sehe, daß sich die Farbe in den Augen meiner Nachbarn ändert. Das Blau wird schwächer. Der Jubel verstummt. Es wird still auf dem riesigen Platz. Die Augenteller flimmern grün. Blaugrün. Auch schon gelb.

»Hört mich an. Wir schicken uns an, alles zu verlassen, was uns über Generationen hinweg lieb und teuer war. Wir schicken uns an, unsere Heimat zu verlieren. Zu vernichten! Wir schicken uns an, den größten organisierten Selbstmord zu begehen, den die Geschichte der denkenden Zivilisation je registriert haben wird. Und ihr alle werdet eines Tages bekennen müssen, ihr seid dabeigewesen, ohne eure Stimme dagegen erhoben zu haben.«

Zuerst ist es still auf dem Platz. Der Ehrenwerte zeigt auf alle. Auf jeden. Auch auf mich. Acht Arme hat er zum Zeigen. Aber er hält den Strom nicht auf, der mächtig bergan drängt.

Die Menge heult auf vor Zorn und Wut. Eine Wand aus Armen reckt sich nach dem Alten. Ich sehe in grellrote Augen, ich sehe die Gesten, ich erkenne, sie haben jedes Maß verloren. Ich sehe die Wand aus Armen näher an das Pult rücken, nach dem Alten greifen, an ihm zerren, ich sehe, daß sie ihm einen Arm aus dem Leib reißen, er versinkt in der Menge, er wird niemals wieder aus ihr auftauchen. Nur Fetzen werden unter unvorstellbarem Gekreisch in die Luft geworfen.

Kalla hatte recht. Es war wichtig für mich, dabeigewesen zu sein.

Der Servomat, der ihr im Camp zur Verfügung stand, schien nicht zum ersten Mal mit einer Besucherin ökologischer Inseln dieser Region zu tun zu haben. Lif hatte ihn beauftragt, die Impftabletten gegen Malaria zu holen, aber er hielt außer dem Tablettenröhrchen noch eine Flasche mit einer braungelben öligen Flüssigkeit in den Zangen.

»Ich habe mir erlaubt, meine Dame ...«, sagte er und streckte ihr die Flasche entgegen. »Es hilft gegen Mükkenstiche.«

Lif nahm die Flasche ab und öffnete sie. »So riecht es auch.«

»Das kann ich nicht beurteilen, meine Dame«, antwortete der Servomat würdevoll. »Die Sicherungen meiner chemischen Rezeptoren wurden mir entfernt. Aber alle waren über die Wirkung des Lobes voll.«

Noch im Camp drehten sich die Leute nach ihr um. Lif war nicht zu überriechen. Das Zeug mußte ganz einfach jede Mücke in die Flucht treiben.

Die erste ökologische Insel, die Lif untersuchte, bestand zum größten Teil aus bewaldeter Sumpfregion. In den Lichtungen stand das Elefantengras mannshoch, die Sonne knallte unerbittlich vom Äquatorhimmel, aus den unzähligen Tümpeln stieg Wasserdampf auf, die hohe Luftfeuchtigkeit nahm ihr den Atem. Nach wenigen Minuten stand ihr der Schweiß auf der Stirn, klebte ihr die Kleidung am Körper, waren die Stiefel voll Wasser gelaufen.

»Erfreuliche Gegend«, knurrte sie. »Hoffentlich dauert die Suche nicht tagelang. Das müßtest du sehen können, Per Engen!«

Die schlammigen Tümpel waren voller Leben. Lif kam sich ziemlich verloren vor, in der einen Hand das Bildtelegramm des Briandschen Bestimmungsbuches, in der anderen ein kleines Stereomikroskop.

Bugalski müßte her, dachte sie. Der kann das, stundenlang in der Gegend herumrennen, wenn sich nur die Spur von irgendwelchem Viehzeug zeigt. Da lobe ich mir mein Labor! Dort herrscht wenigstens Ordnung! Oder Briand selbst müßte her, dem traue ich das auch zu, trotz seines Alters. Oder Per. Ja, Per. So unlogisch wäre es gar nicht, könnten wir jetzt die Plätze tauschen!

Sie füllte eine Petrischale mit Tümpelwasser und schob sie unter das Mikroskop. Tausenderlei verschiedenes Kleinviehzeug wimmelte in der Schale. Mückenlarven oder Eier entdeckte sie nicht. Aber das konnte auch an ihrer ungenügenden Artenkenntnis liegen. Jedenfalls schüttelte sie das Gewimmel in eine der Probeflaschen, die an ihrem Gürtel baumelten.

Kreissägehohes, feines Singen neben ihrem Ohr. Instinktiv wollte sie nach dem Geräusch schlagen, aber sie hielt mitten in der Bewegung inne. Ein Mückenweibchen setzte sich auf ihren Arm. Deutlich konnte sie beobachten, wie der Stechrüssel unschlüssig um die Poren tastete. Irgend etwas hinderte das Insekt am Einstich, und es drehte singend ab.

»Na bitte!« sagte Lif laut. »Fehlt nur noch ein Männchen. Und Larven und Eier!«

Ein paar Stunden später fluchte sie nur noch. Das feine Singen war zum gewohnten Begleitgeräusch geworden. Und nach und nach ließ die Wirkung des Abwehrmittels nach. Die Flasche hatte sie leichtsinnigerweise im Camp gelassen. Mehr und mehr Stechrüssel fanden ihren Weg, die gesättigten oder erschlagenen Mücken hinterließen juckende, stark anschwellende Quaddeln. Und überhaupt, die Trinkflaschen waren längst leer. Die Luft flimmerte derart, daß man keine hundert Meter weit klar sehen konnte. Das war keine Gegend für Lif Engen. Die überließ sie dankend anderen Leuten!

Auf dem Rückweg blieb sie plötzlich stehen. Am Neutrieb eines Elefantengrashalms saß eine Mücke. Deutlich kleiner als die Tiere, die sie gestochen hatten. Das Mückenmännchen tat, was die Männchen dieser Spezies zu tun pflegen, es saugte Pflanzensäfte. Lif schnitt den Halm mit der Einstichstelle ab, das Mükkenmännchen tanzte in der Hitze davon und setzte sich auf einen anderen Halm.

In der Kugel, im Labyrinth, in Kalla fühle ich mich wohl. Und auf jede Reise durch den Raumzeitillusionstunnel warte ich mit fiebrig-glänzender Gespanntheit. Diesmal endet der Tunnel in einem Arbeitsraum, dessen Tische über und über mit Papieren belegt sind. Großformatige Zeichnungen, bunte Netzplanwerke an den Wänden, auf flachen Bildscheiben Zahlenkolonnen, die mir schon ihrer Größe wegen nichts sagen können.

Ich betrachte ein Papier, auf dem nichts weiter eingezeichnet zu sein scheint als eine doppelte Linie, die sich von Rand zu Rand über das Weiß spannt. Wie gestochen. Und das muß wohl auch sein, denn ich kann lesen, daß eine Abweichung von nur einem Millimeter auf dem Papier eine Fehlplazierung von 200000 Kilometern in der Realität bedeuten würde.

»Ich habe dir die Maße übersetzt«, sagt Kalla. »Denk daran, du reist noch immer durch unsere Vorgeschichte!«

Über die Papiere gebeugt, diskutieren Oktopoden. Meinungen werden ausgetauscht, prallen aufeinander,

Netzpläne erfahren ihre Ergänzungen, ihre notwendigen Korrekturen. Mich beachtet niemand.

Alle haben zu tun.

Kalla hat mich in das letzte Stadium der Planungsarbeiten geführt. Und nur wenig später erlebe ich die Startphase der Bauarbeiten mit. Kalla führt mich dazu weit hinter die Grenzen der Biosphäre. In eine erbarmungslose Kälte. Die gelbe Sonne ist hier erbsenklein, und daß sie Wärme spendet, kann man nur noch ahnen. Ich stecke in einem Raumanzug, der mir auf den Körper gegossen scheint und der mich wärmt. Inzwischen sind mir sechs Armbeine gewachsen, und meine Augen sind tassengroß und puterrot vor Kälte.

Um mich herum schweben einige Achtarmige. Der Planet unter uns ist so groß, daß er den halben Himmel einnimmt. Über ihm hängen die Stationen wie eine Perlenkette dicht an dicht. Von ihren Bahnen hängen meterdicke Leitungen hinab zum blaugestreiften Riesenplaneten. Alles sieht wie ein wohlorganisierter Angriff aus.

»Was tun sie?« frage ich Kalla.

»Sie schöpfen Materie«, antwortet mir das Labyrinth.

Jetzt begreife ich: Sie saugen dem blaugestreiften Riesen die Atmosphäre ab. Sie verwandeln die eingesaugte Materie in den Stationen, die zu Tausenden über dem Äquator hängen. Am Ende jeder Station schiebt sich eine undurchsichtige Scheibe in das All, einen halben Kilometer breit, die Oberfläche glänzt wie frisch gefrorenes Eis in einer Mondnacht. Unaufhaltsam gleichmäßig schieben sich die Scheiben aus den Stationen. Wenn sie zum Quadrat angewachsen sind, nähert sich ihnen eine Mannschaft Achtarmiger, irgend etwas blitzt auf, das Scheibenquadrat schwebt frei neben der Station, aus der ohne Unterbrechung die nächste Platte herauswächst. Die Mannschaft montiert an allen vier Ecken kleinere Behälter an, etwas zündet, die Scheibe driftet davon, einen vierfachen Feuerschweif hinter sich herziehend. Es ist ein nicht mehr versiegender Strom aus

Scheiben, der vom blaugestreiften Planeten hinwegführt, an Kalla und mir vorbeidriftet, so nahe, und in der Alltiefe versickert wie ein Wadi in einer unersättlichen Wüste.

Kalla und ich fliegen mit dem Strom.

»Ich beschleunige die Umläufe«, sagt Kalla.

Unsere Reise wird schneller, und dann sind wir plötzlich am Ziel der schwarzen Scheiben angelangt.

Die Sonne ist auf Apfelgröße angewachsen, und ihre Strahlen wärmen so, daß ich Lust bekomme, meinen neuen Körper in ihrer Wärme zu baden. Dann sehe ich die schwarzen Scheiben kommen. Eine nach der anderen tauchen sie aus der Tiefe des Raumes auf. Nur wenige Achtarmer genügen, sie abzubremsen, sie aneinanderzuheften, eine Linie, eine Wand, einen Schirm, eine Kuppel aus ihnen zu formen. Eine Kuppel, die sich erstreckt, so weit meine Telleraugen sehen können.

Kalla rafft die Zeit, Kalla rafft die Zeit derart, daß sich die Achtarmer rasend schnell bewegen, schließlich so schnell, daß sie aus meinen Augen verschwinden, als existierten sie nicht. Statt dessen wächst die Kuppel, weitet sich zur Halbkugel, auf deren Innenseite es spürbar warm wird vom Sonnenapfel, dessen Strahlen reflektiert werden. Und die Halbkugel wächst unaufhaltsam weiter.

Ich kann nichts mehr begreifen. Mir ist, als rase ich in einem Expreßzug durch die Jahrhunderte und es gäbe weder Schranken noch Grenzen auf dieser Reise. Und diese ungewohnte Grenzenlosigkeit macht mir angst.

Kalla versteht mich. Das ist der Rest Mensch in mir. Ich bin wieder im Labyrinth. Hänge kopfunter in Kalla.

Jetzt lagen die Ursachen völlig klar auf der Hand. Und weil plötzlich alles so klar war, legte der Mitarbeiter des Ministeriums seine Brille auf den Konferenztisch und massierte gründlich die Nasenwurzel. Langsam aber sicher konnte er den Namen Engen nicht mehr hören, ohne einem Infarkt bedrohlich nahe zu kommen. Was habe ich eigentlich verbrochen, fragte er sich, daß ich immer wieder auf diese Frau stoße? Andere in meiner Funktion hocken sich in ihre Sessel und setzen dort so lange Fett an, bis das zu schmal gewordene Polstermöbel einem breiteren weichen muß und einem Untergebenen vererbt wird. Fragte man sie, was sie inzwischen getan haben, dann würden sie entrüstet aufblicken und auf Tausende geleisteter Unterschriften verweisen können. Und ausgerechnet ich gerate ständig an Leute wie die Engen.

»Also, Kollegin Engen«, sagte er, »Sie haben die Pflanzen analysieren lassen, die von Männchen der Arten Anopheles plumbeus und nigripes befallen waren.«

»Die Ergebnisse waren für uns recht überraschend«, fiel der Leiter des pflanzenphysiologischen Labors ein. »Die Halme wiesen rund um die Einstichstellen einen deutlich höheren Gehalt an Kupfer und Mangan auf. Dadurch können bestimmte Oxikinasen gebildet und der Zitronensäurezyklus optimiert ...«

»Ist schon gut«, sagte der Hauptabteilungsleiter abwehrend. »Die Kollegin Engen hat also, wenn ich Sie richtig verstanden habe, einen Zusammenhang zwischen dem Vorkommen bestimmter Anophelesarten und dem Spurenelementehaushalt der Pflanzen entdeckt. Ist das so richtig?«

»So könnte man es formulieren.«

»Also fehlen dem Boden in dieser Gegend Kupfer und Mangan. Weshalb hat man den Düngemitteln diese Spurenelemente nicht rechtzeitig zugesetzt?«

Lif Engen lächelte. Sie mußte an den entscheidenden Kontrollversuch denken, an das überlegene Lächeln der Pflanzenphysiologen, als sie mit ihren Petrischalen angerückt kam. Wenn sie denen erzählt hätte, daß sie volle drei Wochen tagtäglich durch die Sümpfe gezogen war, zerstochen, verschwitzt und zerschrammt, bis sie genügend Brutstellen gefunden hatte, die wären in helles Lachen ausgebrochen. Als ob man Spezialisten mit simplen Petrischalen etwas vormachen könnte!

Mitten im Sand des Katastrophengebietes waren zwei biologisch isolierte Gewächshäuser gebaut worden, beide prallvoll mit den polyploiden Sauerstoffproduzenten, die vom Ministerium für die Region Äquatorialafrikas bestätigt worden waren. Den Boden hatte man mit den fehlenden Spurenelementen angereichert, das Kupfer war radioaktiv markiert, Geigerzähler und Scintographen beobachteten seinen Weg von den Wurzelhaaren bis zu den einzelnen Zellen. Und im anderen Gewächshaus nichts als ein paar Petrischalen mit Mükkenlarven. Das war doch wirklich zum Lächeln.

Ein paar Tage später fror das überlegene Lächeln ein, zeigten die Meßgeräte ein langsames, aber stetiges Absinken der Sauerstoffproduktion im Gewächshaus der Pflanzenphysiologen. In der Einheit, die von Lif und ihren Mitarbeitern betreut wurde, schlüpften die Mücken. Die Sauerstoffproduktion hielt sich von Stund an konstant, ja, sie stieg allmählich sogar leicht an.

»Weshalb solch ein Resultat?« fragte der Hauptabteilungsleiter des Ministeriums.

»Weil Kupfer nicht gleich Kupfer ist«, antwortete Lif. »Weil das Spurenelement in der Form eines Komplexsalzes übertragen wird, um das Gerinnen der Pflanzensäfte an der Einstichstelle zu verhindern, während die Mückenmännchen die Leitgefäße anstechen. Und weil sich diese Komplexverbindung im Boden zersetzt und sich den Pflanzen durch Düngergaben nicht wirkungsvoll zur Verfügung stellen läßt.«

Hilfesuchend blickte der Vertreter des Ministeriums in die Diskussionsrunde. Aber Lifs Bemerkung traf auf die allgemeine Zustimmung der Wissenschaftler.

Das Labyrinth schiebt mich in Hisaos Nähe. Und je näher ich ihm komme, um so kälter wird es. Schließlich ist es nur noch eine dünne Wand, die uns trennt. Aber es gibt die flehende Bitte des Labyrinths, der ich mich nicht verschließen will: »Hilf mir, hilf ihm!«

Hisao, denke ich, und ich merke, sobald ich an ihn denke, erwärmt sich die Trennwand. Hisao, wir haben schon einmal gedacht, unsere Situation sei aussichtslos. Und es hat sich schließlich doch ein Ausweg geboten. Du darfst nicht aufgeben, du darfst nicht!

Hisao, spüre ich von der anderen Seite die Gedanken von Sven Möllestad. Erinnere dich! Alle, die sich auf der ›Hirundo‹ aufgegeben hatten, sind umgekommen. Deine einzige Chance ist das Labyrinth. Deine einzige Chance heißt Kalla.

Hisao, spüre ich Vesnas Gedanken, was ist es denn, das uns das Leben gibt, es uns erhält, das uns aushalten läßt, was immer auch passieren mag? Die Liebe ist es, und die Hoffnung darauf. Gib nicht auf, bitte, gib nicht auf! Denn du hattest nie soviel Hoffnung wie in diesem Labyrinth!

Kalla hat getan, was sie tun konnte. Sie hat die eigene Kraft und die eigene Wärme im Überfluß hergegeben. Sie hat uns dazugenommen. Sie hat auf Marsparkbahn neunzehn, auf der Quarantäneparkbahn, eine Wagenburg geschaffen, die dem Tod trotzen soll. Und es scheint, als wärme ich die Wand, als wolle sich Hisao Schindo unseren Gedanken nicht verwehren. Aber während uns die Hitzeschauer über die sieben Arme zucken, wenn wir die anderen nur spüren, kommt von ihm doch kein Echo. Im Gegenteil. Ich bekomme Angst, die Kälte, die Starre, der Tod flösse durch das gesamte Labyrinth.

Kalla wird stumm. Kalla leitet unsere Gedanken, unsere Gefühle kaum noch weiter. Mir wird ganz starr. Und von fern flucht Sven: »Dann stiehl dich davon, du Scheißkerl! Jetzt, wo das Leben tausendmal interessanter zu werden verspricht, als es jedem von uns an der Wiege gesungen worden war. Du bist ein Narr, Hisao Schindo!«

Aber auch darauf antwortet der Japaner nicht.

Kalla trägt schwer an uns. Kalla bringt uns zurück an unsere Plätze, es war ein vergeblicher Versuch. Alle haben das Gefühl, zu schwach gewesen zu sein.

Ich spüre an der Kältewelle, daß Hisao an mir vorbeigeschoben wird, hinaus aus dem Labyrinth, in den Gang, hinaus aus der Kugel, ins freie All. Aber immer noch eingehüllt von einem Stück Kalla. Sie opfert sich ihm. Auch jetzt noch.

»Du kannst jederzeit zurück auf deine Erde«, sagt sie später zu mir. Später, als es langsam wieder warm geworden ist. Und zu Vesna und Sven sagt sie es auch. Und ich weiß, dieses Labyrinth sagt die Wahrheit. Man kann ihm vertrauen. Ein Wort von uns, und wir werden zwei Arme und zwei Beine bekommen, unsere Augen werden schrumpfen und unsere Lungen wieder nach Luft zu schreien beginnen.

»Laß uns auf die Reise gehen!« bitte ich Kalla. Und ich spüre, daß sich Vesna und Sven genauso entschieden haben wie ich. Wir wären sonst nicht gekommen.

Ich erlebe die dritte Versammlung der Oktopoden mit. Die Halbkugel ist inzwischen zur Kugel zusammengewachsen. Auf ihrer Innenseite stehen einige Tausende von Oktopoden in ihren Raumanzügen. Eine einzige Platte fehlt noch. Eine einzige Lücke klafft. Jetzt taucht das fehlende Segment im Raum auf. Die acht Arme winken Beifall. Eine Mannschaft schwingt sich durch diese letzte Öffnung, bremst die Platte ab, verankert sie, die letzte Lücke schließt sich. Von allen Seiten spiegelt sich jetzt das gelbe Zentralgestirn. Nirgendwohin kann ihre Strahlung entweichen, ihre Wärme verlorengehen.

Ich verstehe nicht, was ein alter Mann nun spricht, aber ich erkenne den Redner wieder. Wie viele Umläufe mögen inzwischen vergangen sein?

Der altgewordene Mann hat einen Ballon mit einer grünen Pflanze in seinen acht Armen. Er verankert den

Ballon an der Innenseite der Sphäre. Künftigen Generationen zum Symbol, bis hierhin sei das Leben vorgedrungen. Und niemals wieder werde es sich von seinem Platz verdrängen lassen.

Kalla führt mich zurück auf ihren, auf meinen Heimatplaneten. Dort beginnt sich alles zu verändern. Was mir erst nach Tagen – halt, der Ausdruck ›Tage‹ wird sich künftig als unbrauchbar erweisen –, was mir nach Zeiten auffällt: Es gibt keine Nacht mehr. Von allen Seiten flutet das Licht der gelben Sonne über den Planeten, wie immer er sich drehen mag. Aus dem strahlenden, in die Augen stechenden Lichtpunkt ist ein gleißendes Band geworden, das sich im Bogen von Horizont zu Horizont spannt.

Uferlos. Samtschwarz sternfunkelnde Nacht, das ist endgültig Vergangenheit. Ferner als für einen Neugeborenen der Uterus. Wie viele Generationen wird es wohl brauchen, bis der Zustand ›Nacht‹ so endgültig vergessen sein wird, als habe es ihn niemals gegeben?

Und noch etwas hat sich verändert. Auch das bemerke ich erst nach Zeiten. Es gibt kein Wetter. Von Pol zum Äquator und wieder zurück erstreckt sich eine immerwährende Frühlingssommerlandschaft, unterscheidbar lediglich am Winkel des Lichtbogens, verglichen mit dem Horizont. Den gibt es noch. Noch.

Müde scheinen mir die Glasglockenblütengesänge in den Parks und Wäldern zu klingen. Ich sehe die langschwänzigen Vögel in Erdhöhlen verschwinden. Auf der Suche nach der verlorenen Nacht. Und ich sehe im Stolz des Gleitens die Freude der achtarmigen Denker, sich eine Welt nach ihren eigenen Plänen geschaffen zu haben. Sich behaglich fühlen zu können, an jedem Punkt des Planeten. Leben an die Pole gebracht zu haben. Die Dunkelheit besiegt zu haben. Sich eine Umwelt erschaffen zu haben, die ihrem Wesen zu entsprechen scheint, freundlich bis in den allerkleinsten Saugnapf.

Und dennoch sagt mir Kalla, ich dürfe mich nicht täuschen lassen. Meine Zeitreise sei noch nicht zu Ende und Gold nicht immer Gold.

Mit jeder Reise führt mich Kalla tiefer in die Geschichte ihres Heimatplaneten. Und nach jedem Besuch bin ich weniger Außenstehender, weniger Besucher als vorher, bin mehr und mehr Oktopode unter Oktopoden, verstricke mich in dieser Welt, will es wohl auch und will es doch nicht gänzlich. Denn ich beginne zu fühlen, die oktopodische Welt umhüllt mich wie ein Anzug, den man vier Nummern zu groß gekauft hat. So trete ich mir auf den eigenen Hosenbeinen herum, so weitet sich jede Bewegung in der viel zu fülligen Jacke zum Abenteuer aus, jeder Griff in die zu großen und zu tief sitzenden Taschen wird zur Expedition nach Terra incognita.

Kalla versteht das wie sonst niemand auf der Welt, außer Vesna und Sven natürlich. Aber Vesna und Sven gehören zu Kalla wie ich und die Kugel.

Mit einem Konvoi jagen Kalla und ich durch die Sphäre. Vor uns liegt ein breiter Korridor, auf dem Millionen von Planetoiden um das Zentralgestirn jagen. Tote Klötze, bizarre Trümmer, unheimlich glänzend, um eigene, imaginäre Achsen taumelnd. Sie nehmen dem Leben in der Sphäre den Platz weg, sie stoßen zusammen, wechseln wild ihre Bahnen, sie sind wie die Lawinen, die plötzlich auftauchen und alles Leben unter sich begraben. Für sie gibt es keinen Platz in der Sphäre, sie müssen verschwinden. Ihretwegen ist die Flotte unterwegs. Ausschließlich ihretwegen.

Wir sichten einen der Brocken. Es fehlt mir der richtige Maßstab, um seine Größe einzuschätzen. Hat er einen Kilometer, zehn Kilometer, tausend Kilometer Durchmesser? Alle Größen scheinen möglich zu sein. Ich weiß nur, der Gesteinsklumpen ist zweifellos erheblich größer als die beiden Flugkörper, die aus der

Flotte ausscheren und sich ihm nähern wie Davids dem Goliath.

Zwei Oktopoden schleusen sich aus. Auf dem Planetoiden wird eine Kapsel deponiert, die Mannschaft kehrt zurück, unsere Raumfahrzeuge vergrößern die Entfernung. David hat seine Schleuder gebraucht. Und sofort fängt Goliath an zu glühen. Seine scharfen Kanten zerfließen, er wird kirschrot, hellrot, gelb, weißgelb. Goliath spuckt Blasen aus, wird unaufhaltsam kleiner. Ich spüre seine Wärmestrahlung bis in unser Fahrzeug hinein.

Kalla erklärt mir, daß eine Fusionsreaktion ausgelöst wurde. »Wir gewinnen Sauerstoff durch Fusion«, sagt sie. »Denn unsere Sphäre ist noch fast leer. Bewohnbar nur auf den Planeten. Aber wir werden es schaffen. Es gibt Millionen von Planetoiden, die wir verarbeiten werden.«

In der Entfernung zerkocht der Rest des Steins. Goliath ist gestorben. Und er hinterläßt noch nicht einmal eine Leiche. Aber Kalla sagt, steter Tropfen höhle den Stein. Und sie mag recht haben.

Mit den Davids ziehen wir weiter.

Als Lif Engen zum Institut Haxwell zurückkehrte, war das Pilotprojekt schon so gut wie gestorben. Die Tarpune gingen nach entmutigender Regelmäßigkeit ein, man hätte die Uhr danach stellen können. Erst standen sie regungslos am Rand der Becken, dann begannen die Brustflossen hastig zu schlagen, die Tiere kippten um und schwammen bauchoben.

Die Ichthyologen waren abgereist. Den Rest der Fische hatten sie dem Institut für Versuche zurückgelassen. Für sie war die Sache gelaufen. Auch Contart hatte sich bereits an das Stamminstitut zurückgezogen, und Professor Haxwell kam nur noch einmal in der Woche, damit nicht vollends alles drunter und drüber ging. Nur Bugalski suchte unermüdlich in der trüben Brühe nach Leben.

»Wir nehmen eine Vergleichssektion vor«, ordnete Lif an. »Irgendwie muß man der Sache schließlich auf den Grund kommen. Auch ein Tarpun stirbt nicht aus heiterem Himmel.«

»Ja, ja«, ließ sich Bugalski vernehmen, »wetzen Sie nur fleißig das Skalpell. Ist übrigens schon öfter gewetzt worden. Herausbekommen hat keiner etwas.«

Lif antwortete nicht. Einem Bugalski antwortete sie nicht.

Die Vergleichssektion dauerte drei Tage. Und nach diesen drei Tagen wußte die Arbeitsgruppe Engen, daß das Pilotprojekt endgültig zu den Akten zu legen war. Die Alge war wirklich biologischer Sprengstoff, und letztlich starben die Tarpune an ihr. Sobald eine Alge unverdaut in den Dünndarmtrakt gelangte, und das war bei Milliarden Zellen durchaus nicht selten, begann sie unter der Darmflora zu wüten. Escherichia coli fiel ihr zuerst zum Opfer. Aber auch andere Darmbakterien wurden umflossen, ihre Zellwand wurde aufgesprengt und der Inhalt verdaut. Die Tarpune vergifteten sich sozusagen selbst, denn ohne ihre natürliche Darmflora waren sie nicht mehr lebensfähig.

Lif hinterließ Professor Haxwell, Contart und Bugalski die Sektionsprotokolle. Mochten die ihre Schlüsse ziehen und das Feldlabor endgültig auflösen!

Sie reiste ab.

Es gibt immer wieder ganz große, ganz wichtige Tage. Und ich kann nicht einmal sagen, ob Kalla auf unserer Reise durch Raum und Zeit bewußt zwei solche Tage zusammengeführt hat oder ob der blinde Zufall geschickt Regie führte. Jedenfalls fallen sie zusammen, die beiden wichtigen Tage.

Mir bricht endlich der achte Arm durch. Er hat mir schon die ganze Zeit unter den grünen Nahrungsschuppen gejuckt, die meinen Körper bedecken. Kalla hat sich besonders eng an diese eine Stelle gepreßt, mir

Kühlung verschafft und gleichzeitig Kraft in mich hineingeströmt.

Die Geburt meines letzten, meines achten Armes, das ist für mich wie die Ankunft in der Heimatstadt nach einer Reise um die ganze Welt. Es ist der Augenblick, in dem man das Ortsschild vor sich sieht, von dem man schon Nächte vorher träumte. Man kann nicht anders, als den ersten besten wildfremden Menschen umarmen.

Mein achter Arm. Wenn er gewachsen sein wird, schlank und biegsam, grün beschuppt wie mein ganzer Körper, dann wird mich Kalla aus sich entlassen. Dann werde ich wieder arbeiten können. Hundertfach will ich zurückgeben, was ich geschenkt bekam. Von meiner Erde. Und von meiner neuen Heimat. Denn dort erlebe ich jetzt, wie die Innensphäre fertig wird. Das Ritual ist mir bekannt. Ein Segment wird eingesetzt, das letzte Segment, es trägt eine Nummer, die sich nur noch in Hochzahlen ausdrücken läßt. Eine Rede wird geredet. Mir fällt Mars Nord II ein. Das gleiche Ritual, die im Grunde gleiche übermenschliche Leistung. Unterschiedlich sind nur die Dimensionen. Und die Auswirkungen.

»Hoffentlich«, sagt Kalla, die wie stets meine Gedanken mitdenkt. Die obligate Pflanze wird deponiert. Ich könnte jedes Wort, jede Geste vorhersagen.

Von Kalla erfahre ich, daß von diesem Augenblick an bis zur Jetztzeit noch immer zehntausend Umläufe vergehen werden.

Ich frage sie, woher sie das wissen könne. Ich frage sie, wie lange sie unterwegs gewesen sei, ob sie mit Bestimmtheit sagen könne, was sich während ihres Fluges in der Heimat ereignet habe. Und ich frage, ob sie und ich und Sven und Vesna, ob wir alle noch eine Heimat haben.

Kalla antwortet mir zwar, aber ich verstehe es nicht mehr. Denn direkt neben meiner Mundöffnung setzt plötzlich schmerzhaft ein Rauschen und Knistern ein. Mir ist, als zöge Kalla von außen und als schöbe ich von innen. Es ist ein irrer Schmerz, mir ist zum Platzen, ich sehe bunte Kreise vor meinen Augenscheiben enger werden; mit einem Stich, der mich auseinanderzureißen droht, platzen mir die Schuppen auf, und ein erster Saugnapf schiebt sich aus der Haut.

Mein achter Arm wird geboren. Sieben andere greifen zu und ziehen den Bruder aus dem Körper. Ich stöhne. Kalla stöhnt.

»Ich habe das Gefühl«, sagte Lif zu Briand, »daß mein Leben wie in einer Kreisbahn verläuft und der Radius immer enger wird!«

»Ich dachte bisher, solche Gefühle hätte man nur im Alter«, antwortete Briand. »Wenn man so wie ich die erfolgreichen Jahre an einer Hand abzählen kann. Sie müssen doch einen kleinen Mißerfolg verkraften können.«

»Kleiner Mißerfolg ist gut«, brauste sie auf. »Ich habe schließlich umsonst gearbeitet, meine Ehe ist einem kleinen Mißerfolg zum Opfer gefallen, ich habe völlig umsonst gelebt. Und das nennen Sie einen kleinen Mißerfolg?«

Der Alte antwortete nicht. Umständlich entkorkte er eine Flasche, stellte Gläser auf den Tisch, zündete eine Kerze an. »Trinken Sie!« sagte er. »Es ist Schlehenwein.«

Der Wein prickelte eiskalt auf der Zunge. Die Säure zog die Haut lustvoll zusammen. Lif wußte nicht, ob sie schlucken oder ausspucken sollte. Die Geschmacksknospen ihrer Zunge hatte man zu optimieren vergessen. Erst beim zweiten Schluck gelang es ihr, den herben Wein einzuordnen. Er schien trinkbar zu sein. Beim dritten Schluck schon war er wohlschmeckend.

»Schlehen kennen Sie natürlich nicht mehr. Prinus spinosa, eine Pflaumenverwandte. Ich dachte damals auch, es sei alles vorbei, als die Optimierungsfahrzeuge kamen.« Er zeigte ihr einen Hang, auf dem jetzt meterhohe Grashybriden wuchsen. »Dort drüben haben die Schlehenbüsche gestanden. Aber sie produzierten zu wenig Sauerstoff, sie verbrauchten zu wenig Kohlendioxid, ihre Biomasse war industriell nicht nutzbar, also mußten sie verschwinden. Sie kennen das. Erdschicht gefriersterilisiert, Pflanzenmasse eingesaugt, Grasmatten aufgebracht, Optimaldüngergabe dazu, fertig.

Wir haben ein paar Schlehenstecklinge retten können, nur so, zum Trotz. Und jetzt? Von Dutzenden ökologischen Inseln fragt man bei uns an, ob wir aushelfen können.

Sehen Sie, niemals ist etwas vorbei, solange man lebt, nicht!«

Der Alte kennt sich nicht nur mit Insekten aus, dachte Lif und hielt ihm ihr Glas hin. Der Wein hinterließ eine trockene Kühle im Mund.

»Ihre Alge wird uns allen noch einmal sehr nützlich sein, glauben Sie mir, Frau Engen. Bugalski sagt das auch.«

»Man kann im Moment gar nichts für sie tun?« fragte der Alte.

»Nein«, antwortete der Arzt, »momentan kann man nichts tun. Mit diesem Schock muß sie allein fertig werden. Sie hätte es nach unserer Therapieplanung noch gar nicht erfahren dürfen. Ihre Psyche ist nicht stabil genug, um derartige Nachrichten verarbeiten zu können. Da hätte ein Gesunder zu tun!«

»Wieso hat sie es eigentlich erfahren?«

»Was fragen Sie mich? Ich bin kein Elektroniker. Irgendein Sperrkreis muß durchgebrannt sein, oder sie kennt einen technischen Trick. Oder es hat ganz einfach jemand geplaudert. Von uns wurde die Information jedenfalls nicht freigegeben. Wir haben den Vorgang von dem Zeitpunkt an registriert, als sie einen Stuhl in die

Bildröhre warf und auf und davon rannte. Ihr Servomat hat die Situation richtig eingeschätzt und Alarm geschlagen. Wir sind ihr mit einer Suchtruppe gefolgt. Das war nicht schwer. Wir mußten nur den Spuren ihrer Zerstörungen nachgehen. Gewächshäuser, Zäune ökologischer Inseln, die Fenster ihres Bungalows.«

»Ich frage mich, weshalb sie ausgerechnet meinen Bungalow angegriffen hat«, sagte der Alte nachdenklich.

»Wir werden es später erfahren«, antwortete der Arzt. »Die Zerstörungen, die sie angerichtet hat, waren nicht das schlimmste. Wir mußten vor allem befürchten, ihre Aggression könne sich gegen sie selbst kehren. Wir waren jedenfalls heilfroh, als wir sie endlich einfangen konnten.«

»Und nun?«

»Beruhigen, Tiefschlaftherapie, hypnotische Beeinflussung. Viel können wir nicht tun, die Tatsachen selbst muß sie schon allein verkraften.«

»Ich würde gern bei ihr bleiben«, sagte Professor Briand. »Wenn keine ärztlichen Bedenken bestehen. Vielleicht braucht sie nichts dringender als einen Menschen, der einfach für sie da ist. Vielleicht war es von Anfang an falsch, ihr den Unfall der ›Hirundo‹ zu verschweigen.«

Lif Engen wälzte sich unruhig auf dem Lager. Selbst unter dem Einfluß der starken Medikamente fand sie keine Ruhe. Die beiden Männer hörten, daß sie im Traum nach Per rief. Und immer wieder nach Per.

Einige tausend Umläufe seien inzwischen vergangen, behauptet Kalla. Hamburg sei längst überflutet, so sehr habe sich die Zahl der Erbsen im Atlantik, sprich die der Siedlungen in der Sphäre, erhöht. Übriggeblieben sei nur noch ein kaum bewohnter, ehemals blühender, unter der mehrtausendfachen Gleichförmigkeit sterbender Planet. Ihn lasse ich mir zuerst zeigen, diesen Patienten muß ich sehen, seine strotzende Gesundheit, seine Vitalität hatten mich einst beeindruckt.

Aber diesmal setzen wir auf einer Fläche auf, die kahl ist, soweit das Auge reicht. Wir gehen schweigend eine Art Straße entlang, die jemand wie eine Schnur von Horizont zu Horizont gespannt haben mag. Flach wie ein Brett. Nach einiger Zeit rechts am Weg eine Art Zelt. Unter durchsichtiger Folie erklingt, kaum hörbar, leise Blütengesang. Er lebt noch, dieser Planet. Der Gesang lockt mich. Ich gehe auf dieses Zelt zu, die Folie läßt sich am Rand ein paar Zentimeter anheben, eine Blumenmelodie lang will ich hineinkriechen; aber da reißen mich unerwartet kräftige Arme zurück.

Ich blicke überrascht in wutgelbe Augenscheiben, und mein Gegenüber schreit mich an: »Die nicht, verstehst du, die rührst du nicht an! Höchstens über meine Leiche!«

Und er hat ein Ding in den Armen, das mir aus musealen Erdzeiten noch gut in Erinnerung ist. Eine Waffe, deren winzige, kreisrunde Öffnung genau auf meine Mundscheibe zielt.

Ich spüre, dem da ist es ernst. Vorsichtig schiebe ich mich ein paar Meter zurück. Aber die Pflanze lockt doch intensiv.

»Es ist die letzte«, sagte der Bewaffnete, und seine Stimme kommt ganz tief und drohend aus der Mundöffnung. »Die allerletzte! Sie ist echt, verstehst du?«

Ich verstehe seine Erregung nicht, aber ich murmele ein paar entschuldigende Worte.

Und weiter führt mich Kalla die Schnurstraße entlang. Hinein in eine Art Stadt. Immer noch ist die Region um uns herum so kahl wie ein abgeleckter Teller, nur daß ihr der porzellanene Glanz fehlt. Und der Blütengesang und der Pflanzenschatten.

Alles geht langsam. Das Leben, selbst das Sterben dieser Stadt. Es ist eine Stadt der Alten. Fast alle, die mir entgegenkommen, sind blaubärtig, faltig, haben bereits Nahrungsschuppen verloren, und ihre Saugnäpfe sind verkalkt. Agonie.

Kalla führt mich in eins der größten Häuser. Dort finde ich alles wieder, was einst die Vitalität dieses Ortes ausmachte. Im Innern ist es Nacht. Rabenschwarze Nacht. An der Decke Silbersterngefunkel. In der Hallenmitte rauscht Wasser über Felsensteine, Wasser, das es draußen längst nicht mehr gibt. Und rund um das Wasser die melodischsten Gesänge. Blüten, die ich noch nie gesehen, Töne, die ich noch nie gehört habe. Ich habe einen Schritt in ein Paradies getan.

Doch plötzlich nähert sich mir ein Alter, weist mit zwei seiner Arme zum Ausgang und sagt, das historisch-biologische Museum schließe jetzt. Und dann stellt er das Wasser ab. Und schaltet die Blütengesänge aus. Und knipst die Sterne weg. Wie überall spannt sich nun der Sonnenbogen quer über das Dach. So also ist alles geworden.

Milliarden Davids haben ihre Schleudern gespannt und zielend eins ihrer Augen zugekniffen. Und die ihnen Gegenüberstehenden haben es ihnen gleichgetan. Denn alle Davids zielen auf einen Spiegel. Und sollten sie treffen, werden sie sich endlich selbst besiegt haben.

Denn schon zerren die Saugrohre an der Oberfläche des Planeten. Und die wenigen Untengebliebenen, die Alten, sie haben in langdauernden Verhandlungen nicht vermocht – und in der offenen Auseinandersetzung erst recht nicht –, dem Angriff aus der Sphäre Einhalt zu gebieten.

Sie sind zu langsam, zu alt, nicht zahlreich genug, um der Saugrohre Herr zu werden. Agonisch. Sie werden zusammen mit dem Heimatplaneten untergehen, sobald dessen dünne Landkruste aufgezehrt sein wird. Was hat es also genutzt, ein Zelt mit einer letzten, nur noch ihrer Einsamkeit singenden Pflanze zu bewachen? Auf mich zu zielen?

Entsetzt erlebe ich den letzten, den konsequentesten, den lautlosesten, den schauderhaftesten aller Kämpfe mit, den, der um den Besitz der Materie geführt wird, die unersetzbar geworden ist für die Versorgung der Sphäreninseln.

Auch Kalla schaudert, es flackert das Bild an den Labyrinthwänden, auch Kalla würde, hätte sie zehn Arme, das Bild und somit die Zeit anhalten oder gar zurückdrehen. Aber niemand hier oben hat zehn Arme, und so bekommt das automatische Versorgungssystem, wonach es lechzt. Materie genug, um einen geschlossenen Produktionskreislauf aufzubauen, der alle Bedürfnisse aller Bewohner aller Inseln befriedigen kann. Und ich bekomme Angst vor achtarmiger Rücksichtslosigkeit.

Am Rande dieses erschreckenden Geschehens nur zeigt mir Kalla in wenigen Bildern, daß sich schon damals verschiedene Inseln an der Jagd nach Materie nicht mehr beteiligten. Am Rande zeigt mir Kalla, daß sich auf wenigen Inseln schon damals überhaupt nichts mehr tat, daß man sich schon damals auf Gedeih und Verderb der Sphärenversorgung an die Hand gegeben hat, ohne jedwedes eigenes Zutun, ohne auch nur eine Spur von Arbeit.

Arbeit, sagte Kalla, sei Auseinandersetzung mit der Natur. Wenn man die Natur bis in ihre Atome auseinandergesetzt habe, was bleibe dann für Arbeit?

Und ich, Tor, der ich noch ganz unter den Eindrücken dieser existentiellen Jagd stehe, nehme diese Bilder und diesen Satz als Randerscheinungen. Friedlich kommen sie mir vor in ihrer trägen Untätigkeit. Friedlich! Was für ein Narr bin ich!

Die Lebensscheibe liegt im Temperaturbereich 292. Ich hocke auf ihrem Rand, und sechs meiner Arme baumeln schon in das freie All. Ich fühle mich ziemlich krank. Ich habe zu nichts Lust. Rein zu gar nichts. So bemerke ich zwar, daß meine Saugnäpfe auf der glatten Scheibenoberfläche zu rutschen beginnen, aber ich bringe nicht einmal die Kraft auf, mich festzuhalten, geschweige denn, mir einen anderen, einen sicheren Platz zu suchen.

Ich möchte einmal noch die Sonne scheinen sehen. Ich möchte einmal noch erleben, daß sie hinter einer Wolke auftaucht und ich vor lauter Helligkeit die Augen geblendet schließen muß. Und ich möchte spüren, daß es in ihrem Schein auf meiner Haut warm wird. Und das nicht, weil ich friere; im Temperaturbereich 292 friert niemand. Es hat auch niemand Hunger. Im Gegenteil, weil es gleichmäßig hell ist, produzieren die Schuppen auf der Haut unermüdlich Traubenzucker. So viel Traubenzucker, daß davon viele regelrecht fett und wabblig geworden sind. Aber man kann die Sonne nicht sehen. Sie ist überall gegenwärtig und damit nirgends, sie spiegelt sich unendlich oft in der Sphäre. Weil es kein Wetter gibt, spürt niemand auch nur den allergeringsten Windhauch, ringsum ist nur diffuse, grelle Helligkeit und eine Temperaturkonstanz, die sich auch in tausend Jahren nicht ändern wird.

Weshalb also sollte ich mich besser festhalten? Außerdem ist Kalla an allem schuld. Niemand hat sie darum gebeten, mich auf eine Lebensscheibe im Temperaturbereich 292 zu bringen. Niemand!

Jetzt ist es nur noch ein einziger Arm, der mich hält. Ich sehe meinem eigenen Arm gelangweilt zu, dessen Saugnäpfe langsam an der Scheibe entlangrutschen. Ich müßte jetzt eigentlich einen anderen Arm nehmen, besser zwei oder drei, und mich am Rand der Scheibe festsaugen. Müßte ich. Ich habe aber keine Lust. Ich möchte die Sonne sehen!

Der letzte Arm rutscht ab. Jetzt schwebe ich frei neben der Plattform und schließe erst einmal ermattet die Augen.

Ach Gott, wenn nicht diese, dann eben eine andere Scheibe! Es soll Milliarden davon geben, sagt Kalla.

Immer. Irgendeine wird mich finden, irgendwann. Wenigstens muß ich mich nicht dauernd bewegen, wenigstens habe ich Ruhe.

Zwei Oktopoden schweben auf mich zu. Sie werfen nicht einmal einen Schatten. Ich nehme mir vor, ich werde einmal beobachten, ob ich auch keinen Schatten habe. Und wenn es sich herausstellt, daß ich keinen habe, werde ich mir deshalb keinen Arm ausreißen. Also weshalb soll ich nachsehen? Ich werde es nicht tun. Es ist gleichgültig.

Die beiden wollen ernsthaft zu mir. Weshalb nicht? Nichts dagegen zu sagen. Einer schlingt einen Arm um meinen Körper und zieht mich zurück auf die Lebensscheibe.

Ich spüre einen Einstich. Erst will ich protestieren. Wie kommen die beiden dazu, mich zu stechen? Aber dann dämmert es mir. Ich war ja drauf und dran, mich in die Sphäre abtreiben zu lassen. Auf Nimmerwiedersehen, auf sicheres Verdursten.

Die beiden Oktopoden schweben neben mir her. Die ersten Gebäude auf der Scheibe tauchen auf. Es muß mich der Teufel geritten haben, mich völlig allein auf den Rand des Terrains gelegt zu haben. Nur um eine Sonne zu sehen, die nicht zu sehen ist.

Ich werde in eins der Gebäude geleitet. Es ist rund und besteht im Innern aus vielen Waben. Die Waben sind durch Deckel verschlossen. Einer der beiden Begleiterwächter öffnet einen Deckel.

Ich werde in die Wabe geschoben, ehe ich noch etwas dagegen unternehmen kann. Und hier drinnen herrscht eisige Kälte. Meine Arme ziehen sich zusammen, schrumpfen auf ein Viertel ihrer Länge, die Schuppen richten sich auf, beginnen zu klappern, meine Mundöffnung zieht sich zusammen, mein Körper pulsiert und zittert. Ich friere wie ein Schneider.

Ich will mit den Armen gegen den Deckel schlagen, aber ich kann sie kaum noch bewegen, die Kälte schneidet ein; ich rolle mich zur Kugel zusammen, wäre ich doch ins All abgetrieben, dann hätte ich zwar Durst, aber ich müßte nicht so furchtbar, furchtbar frieren.

Endlich wird die Wabe geöffnet. Ich werde auf einen Tischteller gerollt. Ein blaubärtiger alter Oktopode tappt langsam auf mich zu und klemmt mir einen Schlauch an die Mundöffnung.

»Kälteschock aller vierzehn Zyklen«, ordnet er an, »Stufe 290. Und eine Mididosis Halluzinogen extra, auch aller vierzehn Zyklen!«

Kälteschock 290 hat er also angeordnet. Der ist verrückt, denke ich, einen Kälteschock von zwei Stufen! Wer soll das aushalten?

»Kalla«, flehe ich, während sich meine Arme nach und nach wieder ausstülpen, »Kalla, hol mich zurück. Ich will nicht mehr.« Aber Kalla bleibt stumm. Ohne sie komme ich hier nicht weg.

Wohin ich mich auch bewege, immer bleibt ein anderer Oktopode an meiner Seite. Stumm wie ein Fisch. Wenn ich mich dem Scheibenrand nähere, winkt er mich unmißverständlich zurück. Und ich will es nicht auf eine Kraftprobe ankommen lassen. Er hat längere Arme als ich. Er hat keinen Kälteschock hinter sich. Er hat vielleicht nicht einmal Sehnsucht nach der Sonne.

Das Halluzinogen beginnt zu wirken. Ich glaube das Zentralgestirn zu erkennen, ich glaube seine Wärme zu spüren.

Ich winke anderen Oktopoden zu, die fett und träge in ihren Glashäusern hocken und aus verschiedengefärbten Schläuchen süße Säfte saugen.

Plötzlich ertönt ein sirenenartiges Geräusch. Mein Begleiter zerrt mich mit aller Macht in eins der Häuser. Im Zeitlupentempo schwebt ein Flügelcontainer auf die Scheibe zu, legt an, und das genau an der Stelle, wo ich vorher träge die Arme baumeln ließ.

Jetzt kommt Bewegung in die Oktopoden. Sie greifen

nach Kästen, von denen einer aussieht wie der andere, nur die Nummern auf den Deckeln sind verschieden, und steuern damit auf den Flügelcontainer zu.

Mein Begleiter zwingt mich mit achtarmiger sanfter Gewalt an die Anlegestelle.

Die Oktopoden verschwinden mit ihren Behältern im Container, kommen mit einem neuen Behälter zurück, ihre Augen strahlen tiefstblaue Zufriedenheit aus.

Als wir an der Reihe sind, guckt mich mein Begleiter ratlos an, dann nimmt er aus seinem Behälter ein kleines Kästchen und reicht es mir.

Wer an der Reihe ist, gibt seinen Kasten im Container ab, auf einem Wandschirm erscheint eine Zahl; mit allen acht Armen gleichzeitig drücken die Oktopoden auf irgendwelche Knöpfe; auf einem Laufband kommt ihnen ein neuer Kasten mit der gleichen Nummer entgegen; sie greifen nach ihm und schweben eilig davon.

Als ich an der Reihe bin, stehen bis zwei Stellen hinter dem Strich nur Nullen. Viel werde ich also vom Container nicht zurückbekommen, wenn ich das System richtig erkannt habe.

Mein Wächter bedeutet mir, ich solle meinen Wunsch programmieren. Aber ich weiß mit den Knöpfen nichts anzufangen. Dabei würde ich mir wirklich etwas wünschen, etwas ganz Eigenes, etwas, das mir eine Brücke bauen kann zu der Welt, in der ich die Knöpfe drücken könnte. Ich weiß, was ich mir wünschen würde. Cephalocereus senilis. Und während ich jetzt an ihn denke, ersteht er so deutlich vor meinen Augen, daß ich seine weißen Haare im Wind zittern sehe.

Auf dem Laufband des Containers kommt mir die Pflanze entgegengerollt. Und sofort bin ich von aufgeregten Oktopoden umringt. Sie geben den Kaktus vorsichtig von Arm zu Arm weiter, brechen in blaue Begeisterungsstürme aus, meine leuchtenden Augen teilen die allgemeine Freude. Kalla hat mich also doch nicht alleingelassen!

Die Pflanze soll ihren Platz dicht unter dem Glas bekommen.

Eine Weile später ertönt das Kommando, das Halluzinogen einzunehmen. Und wie alle anderen schlucke ich die drei weißen Pillen. Danach fühle ich mich wohl.

Der große Flügelcontainer hat abgelegt. Und auch Kalla holt mich zurück ins Labyrinth.

»Das war höchste Zeit«, sage ich vorwurfsvoll. »Noch einmal einen Kälteschock 290, das hätte ich dir nie verziehen!«

Als das Ministerium die neue Linie beschlossen hatte, mußte Professor Haxwell noch nicht einmal seine Meinung ändern. Er hatte sich an seinem Institut schon immer den Luxus eines Bugalski geleistet. Und das zahlte sich jetzt aus. Weder er noch sein Institut hatten Federn lassen müssen. Dutzende anderer Einrichtungen waren von Grund auf umstrukturiert worden. Angefangen vom Personal bis hin zu den Forschungsprofilen. Von einigen Instituten waren nur noch die Namen geblieben. Und manchmal nicht einmal die. Ihm hatte das alles nichts anhaben können, mit ihm verhandelte man nach wie vor über die Optimierung der Schelfmeere. Nur nannte man es jetzt nicht mehr Optimierung, das Wort war seit den Vorgängen im Somamibecken tabu, man nannte es ökologische Regenerierung. Sein Institut wurde nicht umstrukturiert. Im Gegenteil, von allerhöchster Stelle wurde sein wissenschaftlicher Weitblick hervorgehoben, mit dem er über Jahre hinweg die Komplexiïät der ökologischen Forschung im Auge behalten habe. Ohne seinen Etat überzustrapazieren, versteht sich.

Für Bugalski kam der gesamte Umschwung zu überraschend. Über Nacht war weiß geworden, was jahrelang pechschwarz gewesen war. Bei solchen Kurswechseln gab es keine Garantie, daß sie von langer Dauer sein würden. Oder noch schlimmer: Sie konnten sich ins Extrem steigern. Das hatte er mehrfach in seinem Leben erfahren müssen. Und deshalb waren ihm langsame, überschaubare, kalkulierbare Entwicklungen allemal lieber.

Und nun tauchte aus dem Sanatorium, an dessen Existenz Bugalski ohnehin nur mit schlechtem Gewissen dachte, Professor Briand auf. Sprach mit Haxwell, sprach mit ihm. Und die Engen-Alge, dieses gefräßige Monstrum, war plötzlich wieder auf dem Tisch. In einer Weise, gegen die nicht anzukomen war. Im Gegenteil. Briand hatte eine Idee, auf die er, Bugalski, stolz gewesen wäre. Und über die sich Haxwell die Hände rieb.

Kalla bittet mich um mehr Geduld. Natürlich hätte ich das Recht, auch schon jetzt ein Urteil zu fällen. Sie zweifle nicht an, daß das tosende, sturmgepeitschte Meer und das zweihundert Milliliter kleine Becherglas voll Aqua destillata dieselbe chemische Verbindung enthalten, nämlich H_2O. Aber wenn ich mich eines vorschnellen Urteils enthalten würde, würde ich erfahren, daß beide H_2O so verschieden seien wie Plattformen im Temperaturbereich 292, verglichen mit der Gesamtsphäre.

»Laß dir doch Zeit«, bittet sie mich, »und reise mit mir, durchschwimme das Meer, halte die Augen offen. Nichts ist so verschieden wie das Leben. Noch dazu das Leben in der Sphäre!«

Und so schüttle ich mit ihrer Hilfe meinen langarmigen Bewacher ab, dem die Sache inzwischen wohl selbst zu langweilig geworden war, als der nächste Flügelcontainer anlegt.

Ich habe schon lange kein Halluzinogen mehr geschluckt, ich habe mich der Qual der Kühltherapie entzogen, ich werde diese Mikrowelt verlassen, in der niemand arbeitet außer dem blaubärtigen Alten, der für alles und nichts zuständig zu sein scheint. Ich werde eine Welt verlassen, in der alle zufrieden an bunten Schläuchen nuckeln und in der es eigentlich nur ein einziges nennenswertes Ereignis zu geben scheint, das die Gleichmäßigkeit eines Todlebens durchbricht: die Ankunft eines Flügelcontainers.

Niemand fragt, woher er kommt, wohin er fliegt, wieso er in seinem Innern alle Schätze der Sphärenwelt durch den Temperaturbereich trägt wie ein fliegendes Füllhorn, das sich in regelmäßigen Abständen über der Lebensinsel abregnet. Ihnen ist es gleich. Sie tauschen ihren Abfall gegen neue Produkte, sie produzieren Abfall, schlagen auf völlig neue Dinge ein, nur um das Gewicht ihrer Umtauschkisten möglichst zu erhöhen. Sie stehlen sich das Gerümpel, sie jagen sich jeden Dreck ab, denn getauscht wird nach Gewicht. Und man muß nichts anders können, als den Computer des Containers zu programmieren. So einfach ist Glück.

Ich habe mich gefragt, woher die Warenflut kommt. Wird sie im Container selbst produziert? Sind die großen Kisten also reisende, fliegende, vagabundierende Fabriken? Und wie funktioniert ein derartiges Bestellsystem?

Niemand kann mir eine Antwort geben. Außer mir hat bisher keiner darüber nachgedacht. Es besteht ja keine Notwendigkeit. Wen ich auch immer frage, ich ernte einen freundlichen verständnislosen Blick aus blauzufriedenen Augen, in die bunte Schläuche und zahllose Pillen einen perlmutternen Halluzinogenschimmer gelegt haben.

Hier lebt jeder in einer anderen, seiner ureigenen Welt, sieht seine eigene, von der Scheibenwirklichkeit unabhängige Sonne. Und den Herrscher über die Kühlwaben möchte ich nicht fragen. Wer weiß, welchen Mythos er mir auftischen würde? Aus Verlegenheit, aus Berechnung. Denn ich will den Dingen auf den Grund kommen.

Deshalb schwinge ich mich in den Container, deshalb schiebe ich mich bis hinter das Ende des Laufbandes in eine Ecke. Und der Container tut, als wäre dies im Temperaturbereich 292 die natürlichste Sache der Welt. Er gibt mir Licht, damit gibt er mir Nahrung; er gibt mir Wasser, ich muß ihn nicht einmal programmieren; er sorgt sich um mich wie um einen verlorenen Sohn; er würde mir nach biblischem Brauch das Lamm schlachten, wenn er könnte. Ich glaube ihm das.

Er legt ab. Er schiebt seine kurzen Flügel aus dem Kasten, er längt sich, er streckt sich, er drückt einen Dorn aus seiner Spitze. Und bei alldem ist er völlig lautlos, lautlos wie diese gesamte Sphäre.

»Sing, Kalla!« bitte ich sie, weil ich genau weiß, wenn Kalla singt, singt sie mit Vesnas Stimme. Und Kalla singt. Sie singt mir das Lied vom Cephalocereus senilis. Ich streiche über seine weißen weichen Haare, ich vergesse die Stacheln, die unter diesem Haarkleid lauern.

»Wo ist Vesna?« frage ich. »Wo ist Sven?«

»Seine Erfahrungen muß jeder selbst machen«, antwortet mir Kalla. »Diese Reise kann man nicht gemeinsam unternehmen. Ebensowenig wie man gemeinsam geboren werden kann. Oder gemeinsam sterben. Und selbst wenn der Tod synchron käme. Selbst dann noch werden die Farben der allerletzten Bilder verschieden sein.«

Nur wenig später, das Lied liegt noch in der Luft, die Senilishaare zittern noch, kürzt sich der Container, er verschluckt seinen Dorn, er schiebt seine Flügel in sich und legt irgendwo an.

»Du bleibst!« befiehlt Kalla, und ich spüre, daß eine Reise in diesem Container eben doch nicht die natürlichste Sache der Sphärenwelt ist.

Urig große Arme greifen in den Innenraum, tellergroß die Saugnäpfe, dachziegelartig die Nahrungsschuppen. Die Saugnapfteller scheinen porzellanen dünn, die Schuppen sind durchscheinend zartgrün. Man möchte ein Stück aus ihnen herausbrechen. Die Arme liegen plattgedrückt auf dem Boden des Containers auf, ich zähle bis sechzehn, dann ist der Raum vor mir gefüllt mit wabbligem, waberndem Grün, die Computerknöpfe stöhnen unter der durchscheinenden Last, die Kisten quetschen sich am Wabergrün vorbei, die Arme schießen nach ihnen, verheddern sich, ein Saugnapf bricht aus seiner Halterung und bleibt zitternd im Container liegen. Endlich haben die Arme den Rückzug beendet, die Containerwand schließt sich. Läge auf dem Boden nicht der überdimensionale Saugnapf, könnte man glauben, dies alles habe es nicht gegeben, denn schon hat der Flügelcontainer abgelegt.

»Du bist mir eine Erklärung schuldig«, fordere ich Kalla auf.

Aber ich spüre, sie will mir nicht antworten.

»Was hat sich auf dieser Lebensscheibe ereignet?« frage ich und halte den immer noch zuckenden und sich schließenden Saugnapf hoch. Kalla muß ihn einfach sehen.

»Es gibt manchmal Fehlentwicklungen«, gibt sie schließlich zu, zögernd, notgedrungen und widerwillig.

»Du willst sagen« – ich lasse nicht locker –, »das Experiment Sphäre ist doch nicht absolut gelungen? Ihr habt euch zu Tode gesiegt über eure Natur?«

Kalla schweigt, Kalla läßt an der Stirnseite des Containers ein erschreckendes Geschehen ablaufen. Kalla hat eine falsche Zeiteinteilung gewählt, das hat sie bewußt getan, sie kann mir nichts mehr vormachen, sie will die Grausamkeit verniedlichen.

Ich sehe also im Zeitraffer, wie achtarmige grüne Oktopoden, die mir gleichen wie die Eier derselben Henne, ameisenartig über ihre Lebensscheibe krabbeln. Ich erkenne, daß sie sich die Glasscheiben ihrer Häuser in ihre Mundöffnungen schieben, ich sehe, daß die wenigen Pflanzen den nämlichen Weg gehen müssen, daß Fundamente unter der Gewalt von tausendmal acht unersättlichen Armen bersten, ich sehe Oktopoden am kahlen Scheibenrand nagen, ich sehe sie Flügelcontainer überfallen und die Außenwände beknabbern. Ich sehe letztlich einen Oktopoden Reste eines Armes in seine Mundhöhle drücken.

Ich sehe kleine, schwache, blaubärtige Oktopoden in panischer Furcht um die Scheibe kreisen, ich sehe starke, dunkelgrüne, langarmig fette Artgenossen nach ihnen jagen, sie erreichen, ergreifen, zerfleischen, zerreißen, sie in sich hineinsaugen, bis ihnen die Mundhöhlen überquellen. Und ich sehe Titanen miteinander ringen, sich die Saugnäpfe ausreißen, sehe geborstene Grünschuppen, die auch ihre Vertilger finden.

Die Zeit läuft langsamer. Es gibt keinen Grund mehr zur Panik. Es gibt nur noch sechzehn Arme auf dieser Lebensscheibe, und diese Arme liegen fast pausenlos miteinander im Clinch, sie pressen ihre porzellandünnen Saugscheiben aufeinander, weil sechzehn eben immer noch zwei mal acht ist. Und nur wenn ein Container anlegt, gibt es nach eingespieltem Ritual eine Kampfpause.

»Wehe dem, der übrigbleiben wird!« sage ich, sagt auch Kalla. Sie fügt hinzu, es sei alles möglich in dieser Sphäre.

Während das Bild der sechzehn Arme verblaßt, während sich der Bug des Containers spitzt und sich der Dorn zur Nadel auswächst, beginne ich ihr zu glauben. Aber es ist kein Glaube, der mich nicht einen Schritt voranbringt.

Endlose Zeiten sind wir gedriftet. Es wird kalt. Es wird eiskalt.

»Wir erreichen Temperaturbereich 291«, erklärt mir Kalla. »Ich stelle dich um.«

»Moment!« wende ich ein. »Was macht ein Oktopode, wenn er seinen Temperaturbereich wechselt?«

»Seit dreitausend Umläufen, vorausgesetzt, es gibt noch jemanden, der extra zählt, ist das nicht mehr vorgekommen«, antwortet Kalla, und mit diesem Satz offenbart sie die Endlichkeit der scheinbar unendlichen Sphäre vollkommen.

Wir driften also nach außen. Und Kalla wird mich noch einige Male umstellen müssen. Denn noch einige Male werde ich unüberwindliche Grenzen zu überwinden haben.

Bugalski war stolz darauf, daß sich seine Leute die Fähigkeit erhalten hatten, unvoreingenommen selbst verrückt erscheinende Ideen zu überprüfen. Und verrückt schien die ganze Sache zu sein, ziemlich verrückt sogar. Professor Briand aus dem Sanatorium hatte vorgeschlagen, die Engen-Alge in einer Art Filter unterzubringen, diese Filterbatterien in ein Schiff einzubauen, mit langen Saugrüsseln Wasser anzusaugen, es reinigen zu lassen und dann über Bord zu spritzen. Und wieder und wieder und wieder. Und Tag und Nacht. Und Jahr für Jahr.

»Der gesamte Reinigungsprozeß kann sich über zehntausend und mehr Jahre hinziehen«, hatte Bugalski eingewandt.

»Was sind zehntausend Jahre für die Evolution?« kam prompt das Gegenargument. »Man muß den langen Zeitraum sogar positiv sehen, er gibt den überlebenden Arten die Möglichkeit, sich relativ langsam an bessere Bedingungen zu gewöhnen.« Und: »Von einem gewissen Reinheitsgrad an macht die Natur selbst den Rest.« Und: »Flüsse durch derartige Filter jagen.« Und: »Nicht ein Schiffchen, Flotten müssen entstehen, ganze Armaden.«

Bugalski war richtig stolz auf seine Leute.

Das Institut Haxwell bekam überreichlich Arbeit. Contart hatte Rumpfformen, Saugrüsselquerschnitte, Filterkonstruktionen, Druckverhältnisse zu berechnen, Bugalski gliederte die Mitarbeiter der Engen-Gruppe ein, erste Prototypen des Algenfilters wurden gebaut. Denn ins freie Wasser durfte die genetische Konstruktion ›Engen-Alge‹ unter keinen Umständen gelangen, dann hätte man den Teufel mit dem Belzebub ausgetrieben.

Den Servomaten glühten im wahrsten Sinne des Wortes die Zangen. Da wurde geschweißt und gerichtet. Der Hof des Instituts glich dem Materiallager eines Großbetriebes vergangener Zeiten. Über dünne Plastikschläuche floß eine braungelbe Flüssigkeit, verschwand in der Filterbatterie, kam glasklar wieder zum Vorschein, ohne jede Rückstände, ohne eine einzige freie Alge. Und in ein paar Wochen würde der erste Saugbagger schwimmen.

Professor Haxwell und sein Institut standen blendend da, denn das Ministerium ließ es an nichts fehlen. An Interesse nicht und auch nicht an Unterstützung.

Mein Gott, Kalla, nun hast du allen Ernstes einen wahrhaftigen Gott aus mir gemacht! Es wäre mir sehr viel lieber gewesen, du hättest mich in einen Teufel verwandelt, und ich hätte dich mir genommen als meine leibhaftige Großmutter. Nur hätte ich dann des Nachts meine Haare bewachen müssen, so gut kenne ich dich inzwischen, du hast mich nur hergeschleppt, um sie mir ungestört ausreißen zu können.

Ich traue meinen Augen nicht, als wir anlegen und ich den Container verlasse. Die Scheibe ist diesmal ungewöhnlich groß. Schon Stunden vor der Annäherung kann man sie nicht mehr mit einem Blick umfassen. Die Anlegestelle mündet in einen kunstvollen Palast. Eine hohe Kuppel aus Milliarden von Nahrungsschuppen baut sich rund um die Plattform, kalt und streng und so hoch, daß man meint, im Innenraum des Kolosseums zu stehen und Himmel und Kuppel und Wände zu einer Einheit aus Nahrungsschuppen verschmelzen zu sehen.

Es bildet sich auch nicht eine Traube fröhlich lärmender, blauäugig drängelnder, aufgeregt kreischender Oktopoden, wie fast überall vorher, wo wir anlegten. Ein einzelner, würdig rotbemantelter Achtarmer nähert sich dem Container mit halbgeschlossenen Augenscheiben, dem Zeichen allerhöchster Ehrerbietung und untertänigster Unterwerfung.

Ich komme mir nackt vor, als ich ihm aus dem Container heraus entgegentrete, ich komme mir nicht nur so vor, ich bin nackt.

Er betrachtet mich für einen Sekundenbruchteil so überrascht, als habe ein Blitz in seine Seele geschlagen, dann hält er in seiner Bewegung inne und wirft sich auf den Boden. Nicht irgendwie, er tut das mit System, er streckt seine acht Arme, den Speichen eines Rades gleich, von sich, eines Rades, in dessen Mitte ein klobiger zitternder Körper ruht. Dabei stößt er unerträglich hohe schrille Schreie aus, die ich nicht deuten kann. Sein gesamtes Verhalten ist mir fremd und unheimlich.

Ich schwebe auf ihn zu. Er weicht vor mir zurück, er flieht mich regelrecht, wie erblindet jagt er auf die Kuppelwand zu, stößt dagegen, ich befürchte, er habe sich zu Tode gestoßen, so hart fällt er zu Boden. Seine Arme zittern, als ich ihn berühre. Er bewegt sich nicht, als ich ihn umdrehe. Aber er hat sich nur verstellt, denn Sekunden später stößt er eine Nebelwand aus und stiebt davon.

Ich stehe allein und ratlos im Kolosseumsrund. Kalla schweigt sich aus. Du Schlange! denke ich.

Nach einer langen Zeit des Wartens öffnet sich ein Tor an der Kuppelwand. In feierlicher Prozession schwalmen Oktopoden auf mich zu. Sie sind allesamt steinalt, wenn man nach ihren Bärten urteilt. Das Rot ihrer Gewandungen (Mäntel zu sagen wäre für diese Fülle prächtigen Stoffes eine Untertreibung) steigert sich von farbig zu grell. Den Abschluß der Reihen bildet einer, der einen makellos weißen Umhang auf zwei langausgestreckten Armen trägt.

Die Prozession schwalmt mehrfach feierlich um mich

herum. Mir bleiben acht Arme, mit denen ich nicht weiß, wohin. Achtfache Verlegenheit. Langsames Drehen um die eigene Achse, um der Spitze der Prozession mit dem Blick folgen zu können. Ich traue ihnen nicht. Ich traue dieser ganzen Scheibe nicht, ich traue nicht einmal Kalla. Und je mehr Brimborium sie entfalten, je kleiner der Schritt zwischen Feierlichkeit und Lächerlichkeit wird, um so mehr steigert sich das Mißtrauen. Wird zur Furcht.

Draußen hört man laute Trommeln und spitze verzweifelte Schreie. Wie sehr ich recht habe, zeigt sich, als die Prozession ihrem Höhepunkt entgegentaumelt. Sie legen den weißen Umhang nur eine Armlänge von mir entfernt auf den Boden. Sie breiten sorgfältig jede seiner Falten auf. Sie verneigen sich vor mir mit einer Suggestivkraft, die mich zur Erwiderung ihrer Ehrerbietung zwingt.

Draußen ist das Geschrei ohrenbetäubend laut geworden. Das Tor wird zum zweiten Mal aufgestoßen. Oktopodinnen werden in die Arena geworfen, nackt und grün wie ich, auf zwei Armen bewegen sie sich mühsam voran, die sechs anderen Arme sind zusammengebunden. Orangefarbenbemantelte Fettwänste stoßen mit spitzen Stangen nach den Nackten, die bei meinem Anblick vor Schreck aufhören zu schrillen.

Ich will mich erheben, ich will dem makabren Schauspiel Einhalt gebieten, aber ich kann mich nicht rühren. Kalla preßt mich in eine würdevolle Haltung, um der Unwürdigkeit wenigstens einigermaßen gewachsen zu sein.

»Du existierst nicht wirklich«, beschwört sie mich, »du bist Zeitreisender. Die Szene hier wird ablaufen, wie sie jedesmal abläuft, wenn ein Container anlegt. Mit dir, ohne dich, notfalls sogar gegen dich!«

Es fällt mir schwer, ihr zu glauben. Es ist mir unmöglich, sie zu akzeptieren. Irgendwo in diesem meinem grünen Körper schlägt ein Rest von Menschsein.

»Darauf sei nicht zu stolz!« ermahnt mich Kalla traurig. »Menschenzeitreisen würden dich an ähnlichen Szenen vorüberführen.«

Ich sehe ein, daß ihr Satz stimmt. Und trotzdem wehre ich mich gegen meine Passivität.

Noch ist eine furchtbare Steigerung auszuhalten. Eine der jungen Oktopodinnen, ihre hilflos stummgewordenen Blicke fordern Kalla zur Aufbietung all ihrer Kräfte heraus, wird an einem Gestell über dem Tuch aufgehängt. Der oberste Prozessist nimmt einen silberglitzernden Degen, küßt seinen Lauf und sticht zu.

Unter meiner grünen Haut krampft sich alles zusammen. Unter den Zuckungen der Oktopodin färbt sich der weiße Umhang rot. Ein schreckliches, das Auge beleidigendes, die Seele quälendes Rot.

Aber sie ist nur die erste. Andere folgen. Mit Würde und Verachtung im Blick, mit Augentellern, in denen der Angstirrsinn seine Farbenflammen schlägt, mit stillem schwarzblauen Haß. Und alles, alles gilt mir, der ich so nahe an diesem Umhang sitze, daß mich Spritzer treffen könnten.

»Kalla, ich verzeihe dir nie, daß wir nicht einen Riesenbogen um diese Scheibe gemacht haben.«

»Wer wollte um jeden Preis die Wahrheit wissen?« fragte sie zurück.

Ich schwanke, als mir der Umhang umgelegt wird. Kalla muß mich stützen.

Mein Platz ist in der Mitte der Prozession. Unter einem blutroten Umhang, unter einem roten Baldachin, verlassen wir das Kolosseum.

»Mein Gott, nun hast du doch einen Teufel aus mir gemacht!« sage ich zu Kalla.

Sie antwortet, daß sie sich in solch diffizilen Betrachtungen irdischer Mystik nicht genau genug auskenne.

Per und Lif Engen hatten sich an den Händen gefaßt und schwebten über eine grüne Inselwelt. Die Luft war voller Geschrei, voller Gezirp, voll von Gekrächz, voll von Gesang, voll von Leben. Aus dem Wipfel eines Baumes startete ein Insekt, das größer war als Lif und Per zusammen und dessen Stachel gute zwanzig Meter in die Luft ragte. Es surrte ihnen drohend hinterher. Lif hatte nur noch Augen für diesen Stachel. Er federte im Flug wie ein poliertes Stahlrohr und war über und über mit Widerhaken besetzt, die in der Sonne wie riesige Diamanten funkelten.

Per beschleunigte das Tempo. Die Baumwipfel unter ihnen verzerrten sich zu grünen Streifen. Aber das Surren blieb ihnen in den Ohren, wurde heller und lauter, und das Funkeln der Widerhaken blendete ihre Augen. Lif hielt Pers Hand umklammert, die Hand fühlte sich eiskalt an, sie drückte und drückte in ihrer Angst grünes klebriges Zeug aus ihr heraus, das in zähen langen Tropfen hinter ihnen herflog.

Per hatte plötzlich rote Haare und schneeweiße Augen, und zwischen seinem Körper und dem Stachel des Insekts konnte man gerade noch schützend eine Hand schieben. Jetzt berührte der Stachel seinen Rücken, verfing sich in der flatternden Kombination. Pers Arm riß ab, der Riesenkerf hatte den Körper auf seinen Stachel geladen, Per machte es sich auf einem der Widerhaken bequem, winkte ihr mit der verbliebenen Extremität zu. Lif schrie auf, das Insekt schwenkte ab, Lif schlug verzweifelt mit den Armen in den wabbelnden Luftbrei, aber es ging nicht schneller voran, und das geflügelte Ungeheuer gewann Meter um Meter. Schließlich war Per kaum noch zu erkennen, das Surren kaum noch zu hören, der Kerf nur noch als ein harmloser Punkt am Horizont auszumachen.

Lif hatte keine Kraft mehr. Einem Stein gleich fiel sie zu Boden, genau vor die Füße eines Uniformierten. Der hob sie auf, legte seinen Arm besitzergreifend um ihre Schulter, zog ganz langsam am Reißverschluß ihrer Kombination und fragte dabei lächelnd: »Aber Papiere haben wir doch, Schätzchen?«

Und von der kalten Luft, die an ihrem Körper herunterrieselte, von den Schultern abwärts bis dorthin, wo die Beine beginnen, wurde Lif Engen wach.

Irgend jemand gab ihr eine eiskalte Spritze. Und davon wurde ihr alles so gleichgültig.

Ich bin Marionette. An meine Fäden zieht auf der einen Seite Kalla, die mich nicht weiterfliegen läßt, auf der anderen Seite ziehen die Priester, die Würdenträger, die mich in einem Prunkpalast festsetzen und mich beschützen und bewachen, als sei ich nicht ihr Gott, sondern ihr Gefangener. Und das trifft es sehr viel besser. Sie teilen alles mit mir, das Wasser, die Ehrerbietung, das Zeremoniell also. Die Macht teilen sie freiwillig nicht.

Doppelte Marionette bin ich. Gotteufelopfer. Aber für das Zeremoniell gerade brauchen sie mich. Darin liegt mein Zipfel an der Macht. Und ich ziehe daran, ziehe kräftig. Bin nicht nur wer, ich werde wer. Werde unersetzlich. In religiösen Dingen, im Hofleben, in der Rechtsprechung.

Der Gotteufel wird zum Gerichtsherrn. So jedenfalls sehen es die Angeklagten. Sie alle zittern vor mir, rutschen auf den Körpern in den Saal, lassen die Augen geschlossen. Und immer wieder zeigt sich, daß ich nur einen Zipfel Macht in meinen Götterarmen habe. Doch meine Arme werden länger und mein Anteil größer. Und eines Tages schneide ich meine Marionettenfäden durch, denn ein Angeklagter imponiert mir. Er ist der einzige, der mich mit weit geöffneten Augen anzublikken wagt. Er ist der einzige, der aufrecht auf sechs Armen vor mir steht, er ist der einzige, der nicht bei jeder meiner Bewegungen zusammenzuckt. Er hat nichts mehr zu verlieren. Er ist angeklagt, seinen Gott gelästert zu haben. Und jetzt steht er vor mir, seinem Gott, und weiß, daß das Leben nicht ewig währen kann, daß sich seines dem Ende nähert. Und deshalb wagt er, Dinge zu sagen, die man im Angesicht seines Gottes nicht einmal denken dürfte.

Er spricht, als einziger im Saal in den zerschlissenen blauen Umhang des Gefangenen gehüllt, von der Armut und der Verzweiflung des Volkes. Von seiner Angst. Davon, daß die hohen Priester ihre Arme in metertiefe Wasserbecken hängen dürfen, während vor den Toren der Paläste jeder einzelne Tropfen gezählt wird. Er spricht vom Wehgeschrei der Frauen, wenn sie nach beschwerlichen Monaten ein Mädchen ausgebrütet haben; er spricht von der Angst dieser Mädchen vor ihrer eigenen Schönheit, denn Schönheit ist gleichbedeutend mit dem Los, irgendwann irgendeiner Göttergabe zum Dank dahingeschlachtet zu werden. Und mit dieser Angst unter der Haut versuchen Tausende ihr kurzes Leben zu leben. Er spricht von den Göttergaben selbst. Davon, daß der unermeßliche Strom in den Palästen der Priesterschaft versickert, daß man ohne die Göttergaben leben kann.

»Wir können auch ohne die Göttergaben leben«, sagte er wörtlich. »Wir wären zwar arm, aber wir würden leben. Wir müßten nicht mehr unsere Töchter verstecken, bis sie alt und opferunwürdig geworden sind! Wir brauchen die Göttergaben nicht, wir brauchen nicht einmal dich, Gott!«

Die rotbemantelte Priesterschaft bricht in wütendes Geschrei aus.

»Nun rate mir!« bitte ich Kalla.

»Greif ein«, antwortet sie, »oder greif nicht ein! Auf Dauer wirst du nichts ändern.«

Sie läßt also die Marionettenfäden locker. Obwohl sie nach wie vor die Zugrichtung bestimmt.

Ich greife trotzdem ein. Ich erhebe mich; sofort wird es still in der Runde. Nur der Angeklagte wiederholt noch einmal trotzig:

»Wir brauchen nicht einmal dich, Gott!«

Ich gehe eine Winzigkeit auf ihn zu, winke ihn heran.

Zögernd und mit einem Schlag tödlich verunsichert, folgt er meinem Befehl. Jetzt steht er unmittelbar vor mir, sinkt auf den Boden und küßt den Saum meines Mantels. Ich reiße ihn empor, ziehe das röteste Gewand, dessen ich blitzschnell habhaft werden kann, seinem Träger vom Leib, hänge es dem Angeklagten um, setze ihn neben mich. Jetzt habe ich mehr in der Hand als nur einen Zipfel. Jetzt verteile ich die Gewänder. Jetzt verteile ich die Macht. Nach menschlicher Gerechtigkeit und wenn es sein muß, auch nach göttlicher, selbst nach teuflischer Gerechtigkeit.

Der so Entmantelte flieht aus dem Raum, in seinem ganzen Leben wird er die Rache des Gottes weder begreifen noch verkraften können. Vor dem ehemaligen Angeklagten verneigen sich die anderen Würdenträger, denn Wege und Ratschlüsse der Götter und Teufel sind allemal noch unerforschlich gewesen, und von der Macht hält jeder nur einen Zipfel im Arm.

Ich überlasse, stolz auf meine Entscheidung, dem Furchtlosen den Rest des Verhandlungstages. Ich ziehe mich zurück. Aber als ich wiederkomme, hängen zwei reglose Leiber an den Gestellen. Hingerichtet wegen Gotteslästerei. Und der neue Priester sitzt auf seinem Platz und hält seine Arme in ein Wasserbecken.

»Nun?« fragt mich Kalla.

Was soll ich einer Schlange antworten?

Im Ministerium hatten Professor Haxwell und Bugalski offene Türen eingerannt.

Aber natürlich stehe man jedem Projekt aufgeschlossen gegenüber, dem man eine gewisse Ausgewogenheit ... Und das Institut Haxwell habe schließlich unter Beweis gestellt, daß es ihm in allen Arbeitsphasen um eben diese ökologische Ausgewogenheit gegangen ... Natürlich habe man volles Verständnis dafür, nicht sofort im Schelfmeer experimentieren zu wollen ...

Haxwell und Bugalski hatten sich also einen geeigneten Binnensee für ihren Vorversuch aussuchen dürfen.

Seen der Wasserqualitäten X oder XI habe man im Überfluß, wurde erklärt. Unter den gegebenen Umständen würde das Ministerium bereits dann von einem vollen Erfolg der neuen Methode sprechen, wenn es gelänge, die Wasserqualität auf VI oder gar V heraufzufiltern!

Das Gewässer, das sie sich schließlich ausgesucht hatten, besaß keine festen Ufer. Das Land um den See herum wurde fast unmerklich sumpfiger. Geschmolzene, erstarrte Polyäthylengewölle ragten halb aus dem Schlamm, der rotbraun glänzte und an verschiedenen Stellen schon eine blaugrüne Patina angesetzt hatte. Die Wasseroberfläche schillerte vielfarbig. Der Wind brachte den See bestenfalls zu trägem Schaukeln, dann schwappte die braungelbe Wassermasse über das Plastikgewölle, spuckte müde eine Blechbüchse oder einen Autoreifen in den Schlamm und schillerte dann wieder vor sich hin. Und manchmal fraß der See ein bißchen an den dünnen Wurzeln der wenigen Krüppelpappeln herum, die die erstaunliche Zähigkeit besaßen, ihr Sterben nun schon über die zweite Generation auszudehnen.

Außer ihnen hatte sich nichts Lebendiges an diesem Ufer halten können. Nur an einigen Stellen hatte der Schlamm die Skelette von Fischen rostrot zementiert, der staunenden Nachwelt zum Beweis, Fische hätten vor Zeiten im Wasser zu leben vermocht.

Bugalski und seine Leute stiefelten ein paar Tage lang durch den Schlamm, entnahmen ein paar hundert Bodenproben, gruben eine Krüppelpappel aus und anschließend wieder ein, um die Illusion ärmer, in ihrem Wurzelbereich hätte sich ein Restbiotop halten können. Dann winkten sie ab. Dieser See war wirklich tot. Toter ging es ganz einfach nicht. Wasserqualitätsstufe XI! Das hier war XII oder gar XIII.

»Also wie geschaffen für unsere Vorversuche«, stellte Professor Haxwell fest. »Verderben können wir auf keinen Fall etwas.«

Eine kleine Arbeitsgruppe des Instituts Haxwell richtete sich auf dem rostroten Uferschlamm häuslich ein.

»Laß uns weiterfliegen!« bat ich Kalla, und Kalla stimmte zu.

»Hast du endlich genug gesehen?« fragt sie. »Dann schlaf!«

Und so liege ich wieder im Container oder zwischen den Labyrinthwänden, neben mir atmet Kalla oder Vesna oder Lif oder Sven, und wir driften durch die Sphäre. Mir wird kalt und wieder warm und abermals kalt und noch einmal warm, kalt und warm. Kalla hinkt mit der Abstimmung ständig hinterher, so bekomme ich im Unterbewußtsein mit, wie viele Grenzen wir überfliegen. Die Sphäre besteht aus nichts als Grenzen.

Als wir anlegen, werde ich sofort von einer Oktopodengruppe umringt. Ganz unbefangen fassen sie mich an, drücken ihre Arme gegen die meinen, reiben ihre Saugnäpfe zur Begrüßung an meinem Körper und lachen mich aus großen blauen Augen freundlich an. Es ist die bunteste Welt, die ich je gesehen habe. Direkt von der Anlegestelle aus führt eine Straße in die Stadt. Ihre Platten glänzen goldgelb. Einige Oktopoden sitzen auf der Straße und bemalen die Platten. So als wäre nichts geschehen, als hätte überhaupt kein Container abgelegt, als würden sich nicht andere Artgenossen drängeln, um ihre Kisten auszutauschen.

Alle haben sie sich bunte Fetzen an die Körper gehängt, tragen lange bunte Bänder an den Saugnäpfen. Wenn sie sich drehen, und irgendeiner dreht sich immer, dann werden sie zu grellbunten Kreiseln. Dazu singen sie und lachen in einem fort.

»Ich bin die Rora«, sagt die bunteste zu mir. »Wollen wir zusammen spielen?«

Und noch ehe ich antworten, ehe ich Kalla fragen kann, hat sie sich mit einem Dutzend Saugnäpfen an mir festgeklebt und tanzt mit mir der Stadt entgegen.

»Dreh dich doch!« ruft sie und lacht. »Freu dich, sei nicht so langweilig! Komm, wir wollen versuchen, jede dritte Platte zu überspringen! Und jeder, der einen Fehler macht, bekommt einen Ulf.«

Ich weiß nicht, was ein Ulf ist, aber ich muß mithüpfen, denn schon kommt die dritte Platte. Einmal geht das gut, ein zweites Mal auch, aber dann macht die bunte Rora einen Rüsselsprung, und ich lande auf der falschen, auf der dritten Platte und weiß nun, was ein Ulf ist.

Ein Ulf kitzelt an den Saugnäpfen, daß man sich ausschütten möchte vor Lachen. Und offenbar steckt dieses Lachen an. Rora dreht sich ein paarmal um mich, ich komme überhaupt nicht runter von meinem Ulf, sie trickst mich nach Strich und Faden aus. Stößt mich, wenn ich schon sicher bin, auf der richtigen Platte zu landen, schiebt, wenn ich schon zu stehen glaube, dreht mich, springt, schlägt Salto, es ulft mich durch und durch. Ich bin ihr nicht böse, ich lache, ich lache und tanze, ich lache, tanze und singe. Und immer wieder ulft es mich.

Einmal gelingt es mir, sie auf die dritte Platte abzudrängen. Sie scheint darauf gewartet zu haben. Sie muß so lachen, daß sich ihre Saugnäpfe an meinem Körper lockern und ich mich frei bewegen kann. Mit ein paar Sätzen bin ich einige Platten weiter. Ohne mir einen Ulf zu laufen.

»Warte doch«, ruft sie, »es beginnt gerade Spaß zu machen!« Immer noch lachend, ist Rora wieder an meiner Seite. Eine ihrer Armspitzen ringelt sich um einen meiner Arme, es scheint mir, als habe sie einen Ulf im Körper.

»Aber nein«, erklärt sie mir, »das ist kein Ulf. Du willst einen Am!«

Sie ringelt sich noch ein Stück an meinem Arm empor.

»Laß uns einen Am machen«, gurrt sie. »Jetzt, sofort. So haben weder Kappa noch Vernura geamt. Kappa und Vernura stammen aus der gleichen Brust, weißt du?«

Ihr Am also ist es, der mich durchrieselt. Und er durchrieselt schon lange nicht mehr nur den einen Arm, um den sie sich geschlungen hat, ihr Am, was immer das sei, durchfließt mich ganz. Sie schwingt im Stehen vor mir, ihre bunten Bänder flattern, sie senkt sich, immer noch vibrierend, auf eine Platte, schiebt alle acht Arme über ihren Kopf, wiegt ihren Körper, ich sehe ihre grellgrün gewordenen Augen schlitzartig aus dem Armdschungel aufblitzen. Einer meiner Arme, über den ihr Am in meinen Körper fließt, tanzt diesen Tanz mit, nach und nach löst sie Band um Band von ihren Näpfen, dreht sich selbst, dreht mich, wickelt uns in ihre Bänder, zieht mich dabei immer näher an sich heran, preßt sich mir entgegen, an mich, über mich, in mich, der, die, das Am durchzuckt uns mit einer Intensität an der Grenze zwischen Lust und Schmerz.

Um uns herum hat sich eine Zuschauergruppe gebildet. Sie schlagen mit den Armen den Takt auf die Straßenplatten und schreien uns ihre Anfeuerungsrufe zu. Ich bin in die Bänder eingewickelt, ich finde Am herrlich. Alle meiner acht Arme haben nur noch ein Ziel, diese Rora, oder wie immer sie sich zu nennen pflegt, von mir aus Vesna, auch Lif, selbst Kalla, zu umschlingen, zu pressen, in sie einzudringen bis an den Rand des größten Saugnapfes.

Mit einer Drehung stößt sich mich plötzlich von sich, wickelt sich aus, heftet ihre Bänder wieder an die Saugnäpfe und sagt mit vorwurfsvollem Lächeln zu mir: »Brüten wollte ich eigentlich nicht.«

Und mit diesem Satz weiß ich, was Am ist und weshalb ich die ganze Zeit an Lifvesna gedacht habe und weshalb ich wütend über das neugierigfreundlichnachsichtige Grinsen der Oktopodengruppe um uns herum bin.

»Wir hätten uns auf eine Ulfplatte stellen sollen.« Rora lächelt schon wieder. »Wenn wir das nächste Mal zusammen amen, werden wir uns auf eine Ulfplatte stellen. Vielleicht sogar zusammen mit Vernura. Vernura wird dir gefallen. Sie hat einen ganz irren Am, sagen alle unsere Freunde.«

Und weiter hüpft sie mit mir von Ulf zu Ulf der Stadt entgegen.

In der Stadt lebt alles von Farbe. Da gibt es opalisierende Hauswände, da huschen, blauen Blitzen gleich, Fahrzeuge über die goldgelben Straßen, da drehen sich allüberall Oktopoden in bunter Ekstase, da plätschert rotes Wasser in einen Mosaikbrunnen, kommt an anderer Stelle als blaue Flüssigkeit wieder zum Vorschein, vermischt sich wolkenartig, spiegelt eine violette Fassade, über die unablässig türkisschimmernde Buchstaben flimmern. Und all das reflektiert in den farbschillernden Telleraugen der buntbebänderten Oktopoden.

»Gefällt es dir?« fragt diese Rora und zerrt mich in einen Spiegelsaal, in dessen gewölbten Glasflächen sich unsere Arme in vielfältigen Windungen verwirren. Sie findet alles irrsinnig komisch und lacht so unbändig, daß ihre Nahrungsschuppen zu klappern beginnen.

Etwas später lerne ich Vernura kennen. Sie sitzt in ihrem Glaspalast auf dem Rand eines Springbrunnens. Über dessen weit in die Höhe ragende bunte Glasscheiben plätschert fluoreszierendes Wasser.

»Hei!« sagt sie, als sie uns sieht, und reicht uns einen ihrer Arme entgegen. Ihre Saugnäpfe erstrahlen in einem hellen Purpur und haben in der Mitte einen grünen Punkt.

»Wie findest du mich?« fragt sie und lächelt mich verführerisch an. Zwei ihrer Arme sind schon damit beschäftigt, sich die Bänder zu lösen.

»Bunt«, antworte ich unbeholfen und verlegen. Woher soll ich wissen, daß ich ihr damit das größte Kompliment gemacht habe, das man auf dieser Scheibe jemandem machen kann.

»Wollen wir zusammen ulfen?« fragt sie begeistert und ist offenbar bereit, für einen Ulf mit mir selbst ihre Farbtöpfchen beiseite zu schieben.

»Haben wir schon«, antwortet Rora giftig. »Und geamt auch, wenn du es wissen willst!«

»Ulfgeamt?« fragt Vernura interessiert und nicht eine Spur enttäuscht, wie mir scheint.

Aber Roras Augenteller sprühen gelbe Funken. Die beiden werden sich wahrscheinlich doch jeden Augenblick die Saugnäpfe aus den Armen reißen. Denn Vernura schiebt schon ihren dritten Arm an meinem Körper empor und trillert mit den Saugnapfrändern so auf meinen Schuppen herum, daß ich schon wieder an Vesna denken muß und an Lif. Es kommt jedoch nicht zu Armgreiflichkeiten.

»Trampolen wir doch!« schlägt Rora nach einer Weile vor. Vernura stimmt nur zögernd zu. Sie hätte viel lieber ulfgeamt, zum Teufel! Und außerdem trapolt Rora viel geschickter. Sie erwischt immer einen oder zwei Arme mehr.

Aber schließlich stehen wir doch zu dritt auf einer gespannten Folie. Erst ist es wie ulfen. Aber dann läuft eine Welle über die Trampolfolie, schleudert mich empor. Ich reiße Rora mit, die sich schon vorher an mir festgesaugt hatte, und ich habe plötzlich eines von Vernuras Bändern zwischen meinen Armen hängen.

Wie auf einer Woge schweben wir nach oben. Das Ulfgefühl in unseren Körpern wird vollends durch das Trampolgefühl verdrängt. Mindestens einer von uns schwebt immer in der Luft, immer können wir die Trampolempfindungen gegenseitig austauschen.

Und Rora ist ein verfluchtes Biest. In aller Heimlichkeit hat sie sich einen meiner Arme geangelt. Saugnapf an Saugnapf drängt sie sich in meine Empfindungen. Vernura versucht es ihr gleichzutun, aber schon der erste Napf reißt auf einer Woge wieder ab, bevor er sich mit mir vereinigen konnte. Trampolen dauert ewig, will mir scheinen.

Nach einiger Zeit ist für mich selbst kein Arm mehr übrig. Rora hat fünf, Vernura drei angesaugt. Und ich kann nur wünschen, daß uns die Trampolwolke nicht fallen läßt.

Sie ziehen mich übermütig kreischend auseinander. Ich nehme meine ganze Kraft zusammen, es gelingt mir, sie an mich zu ziehen, sie an mich zu pressen, mich um sie zu stülpen, sie aneinander zu reiben und zu drükken. Und so rollen wir als Dreieinigkeit über die vibrierende Folie. Rora stöhnt. Vernura kreischt. Vor meinen Augen verfärben sich die Nahrungsschuppen. Alles um uns hüpft und tanzt.

»Oho«, stöhnt Rora danach anerkennend. »Mit dir würde ich notfalls sogar brüten.«

»Mal den Teufel nicht an die Wand!« mault Vernura. Sie hatte nur drei Arme gehabt und schiebt sich deshalb schon wieder in meine Nähe.

Rora ist ein verfluchtes Biest, Vernura nichts als ein geiler Farbklecks, nymphoman dagegen ist Kappa.

Sie kommt kreischend hereingeschossen und schwenkt ein flaches wabbliges Ding.

»Was ich hier habe, Kinder«, schreit sie, »was ich hier habe! Der Abend ist gerettet! Ein Oktogumpod!«

Sie bläst das Ding auf. Ein Oktopode mit überlangen Armen entsteht. Erstaunt zähle ich bis neun, zähle noch einmal, aber es bleibt bei neun. Im gleichen Augenblick ist Kappa fertig mit dem Aufblasen, sieht sich triumphierend um und entdeckt mich dabei. Sie stürzt sich auf mich. Ehe ich überhaupt reagieren kann, stehe ich mit ihr auf der Trampolfolie, und sie bearbeitet mich. Mit allen acht Armen gleichzeitig. Gierig, hemmungslos, gewalttätig. Nymphoman. Und je heftiger ich mich dagegen wehre, um so geringer werden meine Chancen. Ich gebe auf.

»Wir gehen nagieren«, schreit sie, kaum daß sie mich aus den Saugnäpfen gelassen hat.

»Nagieren, nagieren«, wiederholen Rora und Vernura begeistert.

Mit mir hat Kappa immer noch nicht ein einziges Wort gesprochen. Ich hätte mich nicht gewundert, wenn sie versucht hätte, die Luft aus mir herauszulassen. Wie aus ihrem Oktogumpod.

Nagieren ist wie ulfen, amen und trampolen in einem. Nur daß es im Wasser veranstaltet wird. Und dieses Wasser ist um eine Zehnteltemperaturstufe zu warm. Das ist gerade noch angenehm. Das kann man gerade noch ertragen. Ansonsten spüre ich nach Kappa überhaupt keine Unterschiede mehr.

Völlig kaputt falle ich später auf irgendeine Decke. Und es ist mir völlig gleich, daß noch immer zwei Arme über meinen Körper streichen.

»Laß mich endlich in Ruhe, Rora!« murmle ich.

Und darüber muß Vernura furchtbar lachen. Oder war es Kappa? Meine bunte Zeit verstreicht in grauer Eintönigkeit. Außer ulfen, amen, nagieren und trampolen, außer Unmengen von Farbe, außer Rora, Vernura und Kappa gibt es nichts. Absolut nichts.

Da geht man durch die Stadt, jede dritte Platte ein Ulf, das kennt man schon, man gähnt, plötzlich ändert jemand das Programm, und es ulft jede vierte Platte. Oder jede zweite. Und alle kommen sich regelrecht verulft vor. Bis man sich abermals eingewöhnt hat.

Oder zwei oder drei oder vier oder fünf oder ... oder ... Oktopoden drängen sich auf einem Fleck und amen. Langsam, im Takt irgendeiner Leuchtschrift, oder keuchend und ganz wild. Zuschauer sammeln sich in der Nähe, aus Höflichkeit klatsche ich auch den Takt mit, habe aber schon besser amen gesehen, und das Nagierwasser ist wieder eindeutig zu kalt, es will absolut nichts aufkommen in dieser Brühe.

Rora, Vernura und Kappa teilen mich nach dem Datum, Kappa hat immer noch nicht mit mir gesprochen. Einmal hat sie aus Versehen versucht, mich ein bißchen aufzublasen. Ich muß ihr wohl zu müde gewesen sein. Schlimm ist es, wenn sie ihren gemeinsamen Tag mit mir feiern. Trampolen zu viert. Das ist kein Spiel mehr, das ist kräftezehrende Arbeit, sisyphusische dazu, denn im Trampolen sind alle drei unersättlich.

Wenn ich dem Gemeinsamtag entfliehen will, jagen sie mich über die ganze Scheibe und finden mich mit Sicherheit. Und danach wird es immer besonders schlimm.

Während eines solchen Gemeinsamtages, diesmal beim Nagieren, reißt es mich ganz plötzlich aus dem Wasser, und ich liege – triefnaß und noch mit allen Fasern meines Körpers zuckend – im Flügelcontainer. Kalla sagt zu mir: »Du siehst mitgenommen aus. Ich werde dich aufpäppeln müssen. Wir sind bald am Ziel.«

»Danke, mir reicht's«, knurre ich und schleppe mich unter das Licht. Sorgfältig darauf achtend, daß ich keinen Ulf berühre.

»Aber mit welchem Recht behauptet der Generalrat so bestimmt, daß Per tot sein müsse?« schrie Lif den Alten an. »Fest steht doch bisher nur, daß er, Sven Möllestad und diese Ärztin in die Kugel der Außerirdischen gegangen sind. Das steht fest, aber nicht, daß er tot ist. Das doch nicht!«

»Er war aber sehr krank«, gab Professor Briand zu bedenken. »Das hat die Ismajlowa bestätigt.«

»Und ebendiese Ismajlowa kann niemand mehr fragen«, trumpfte Lif auf. »Ich glaube eher, dem Generalrat sitzt die Angst vor der Kugel dermaßen in den Knochen, daß er freies Schußfeld haben möchte. Das allein ist der wahre Grund!«

»Die drei, die in die Kugel gegangen sind, haben sich niemals wieder gemeldet«, sagte Briand. »Und über den Verbleib des Japaners ist auch überhaupt nichts bekannt.«

»Und trotzdem, ich fühle es, Per lebt!«

Seit Tagen klammerte sich Lif an diesen Satz fest. Gegen ihn war jede Ratio machtlos. Gegen ihn hätte man vielleicht einen anderen Satz setzen können: ›Und ich fühle, ich weiß, er ist tot, dein Per!‹

Aber weder der Alte noch die Ärztin wollten diesen Satz aussprechen, so absolut er war. Die Zeit würde alles ändern. Eines Tages würde der Satz auch für Lifs Ohren erträglich sein.

Tagelang hatten sie gemeinsam vor dem Bildschirm gehockt, Lif und Briand. Jede Minute des Schicksals der ›Hirundo‹ hatten sie mitverfolgt, soweit es bekannt war und soweit es der Generalrat für opportun hielt, zumindest die Angehörigen der Besatzungsmitglieder zu unterrichten.

»Wenn die Aussage der Ismajlowa richtig ist, daß Per vier Beine gehabt habe, dann lebt er auch!« Lif klammerte sich an das Irrationale.

»Die Ismajlowa hat phantasiert. Raumkoller.« Der Professor versuchte sie auf den Boden der Tatsachen zurückzuziehen.

»Die Ismajlowa ist vielleicht später verrückt geworden, aber damals war sie völlig normal. Per lebt, und Per hat vier Beine!«

Der Alte verkniff sich eine Gegenfrage: Was, wenn er wirklich noch leben sollte, Lif Engen? Er und die drei anderen, die offiziell für tot erklärt werden sollen? Die Erde würden sie niemals wieder betreten dürfen. Ob auf zwei oder auf vier Beinen. Und das ist so gut wie tot. Das ist schlimmer als tot, Lif. Wie würdest du denn entscheiden?

Lifs Hoffnungen hinderten ihn, diese Frage auszusprechen, auch der winzige Wunsch, der sich nicht aus ihm verdrängen ließ, sie möge irgendwie recht haben. Aller Ratio zum Trotz.

Er begriff deshalb gut, daß sie beim Generalrat Protest einlegen mußte, Per Engen, ihren Mann für tot zu erklären. Niemals würde sie zustimmen, die Kugel und die ›Hirundo‹ auf Marsquarantäneparkbahn neunzehn zu eliminieren, ehe man nicht den endgültigen Beweis dafür vorgelegt hatte, daß Per wirklich tot war. Und ein solcher Beweis konnte doch wohl nur seine Leiche sein. Was sonst konnte eine Witwe akzeptieren?

Diese Insel also ist unser Ziel. Kalla kann mir ihre Gefühlsregungen nicht mehr verbergen. Ihre Erregung nicht, ihre Freude nicht, ihre Hoffnung, die sie in mich setzt, ebensowenig wie ihre Befürchtung, wir könnten um tausend oder um einen Umlauf zu spät gekommen sein. Das alles schwingt durch das Labyrinth, das alles atme ich mit der Luft im Flügelcontainer ein, das alles teilt sich meiner Doppelexistenz mit.

Aber ihre Befürchtungen scheinen grundlos zu sein. Diese Scheibe ist anders als alle vorherigen. Das erkenne ich, noch ehe wir angelegt haben. Während wir an alle vorherigen Scheiben herandrifteten wie an Südseeatolle, die einmal im Jahr aus der Einsamkeit des unendlichen Ozeans herausgerissen werden, gibt es an Kallas, an meinem Ziel einen regelrechten Hafen. Und der Verkehr ist so stark, daß wir auf Reede vor Anker liegen müssen. Um uns herum wickelt sich ein starker Flugverkehr ab.

»Wird abgewickelt«, verbessert mich Kalla hoffnungsvoll.

Ja, der Flugverkehr wird abgewickelt. Wir rücken planmäßig vor, kreisen auf Parkbahnen, die mir seltsam vertraut sind. Und dann geht ein Ruck durch den Container, wir sind identifiziert, wir genießen den unbedingten Vorrang. Denn wir sind nicht irgendein Flügelcontainer wie hundert andere, wir werden nicht aufgefüllt, neu programmiert und wieder auf unsere Reise geschickt werden. Wir sind Kalla. Wir sind mehr als Kalla. Wie viel mehr wir sind, spüre ich beim Empfang.

Wir werden in einen der Trichter gesaugt, die wie überdimensionale Ohren in die Sphäre hineinreichen. Wir gelangen in eine Art Bahnhofshalle. Schmatzend öffnet sich die Tür des Containers. Kalla drängt mich hinaus. Vor mir stehen drei Oktopoden, die mich mit feierlichem Glanz ihrer Augen ansehen. Alle drei sind steinalt.

Die Älteste der Dreiergruppe kommt mir einen Schritt entgegen, verneigt sich leicht vor mir und sagt: »Willkommen, Per Engen. Ich bin Kalla!«

Von allen Sätzen, die es in unseren beiden Welten geben mag – diesen hätte ich zu allerletzt erwartet. Sie muß es mir ansehen. Wenn sie wirklich Kalla ist, ich meine die gleiche Kalla, die mich gewärmt und genährt hat, unter deren Hilfe ich meine acht Arme geboren habe, dann muß sie mich nicht eigens ansehen, um meine Verblüffung zu erkennen, dann weiß sie.

Sie weiß.

»Bisher kanntest du nur meinen Biokyber. In ihm hast du gelebt, in ihm bist du durch Raum und Zeit geflogen, in ihm fandest du Sicherheit. Und auch jetzt hast du ihn nicht verlassen. Und doch bin ich froh, daß ich dich sehen kann. Und daß du mich sehen kannst. Es bleibt so viel zu erklären, zu erfragen, von dir zu erbitten!«

Das meine ich auch.

Minuten später weiß ich, wie verschieden die Welt auf dieser Scheibe von allen anderen Welten der Sphäre ist.

Wir kommen an einem Platz vorüber, an dem ein neues Haus gebaut wird. Kein Container, der Fertiges ausspuckt und an den richtigen Platz hievt. Platten, die zusammengeklebt werden. Die erdacht, hergestellt, transportiert, montiert werden müssen. Sie arbeiten. Sie arbeiten selbst. Mit allen ihren acht Armen.

Hier wird mich niemand verulfen. Hier werde ich kein Gotteufel sein müssen, hier gibt es keinen sinnlosen Kampf der Titanen. Hier werde ich kein Halluzinogen zu schlucken haben. Hier und nur hier werde ich mich zu Hause fühlen können. Denn es wird ein Haus sein, das ich mir selbst werde bauen müssen. Mindestens ein Stückchen davon.

»Du hast sicherlich Fragen«, sagt Kalla. »Wir werden dir nichts verschweigen. Denn ohne deine Hilfe wird das Leben in der Sphäre bald erlöschen.«

Sie führen mich in eine Art Hörsaal. Um mich herum bedrückende Weisheit. Bedrückend, weil hilflos. Bedrückend auch, weil eine Illusion in mir zerstört wird.

Ich habe acht Arme wie sie, meine Augen sind wie ihre tellergroß, mein Körper wie der aller mit Nahrungsschuppen übersät. Und trotzdem bin ich ein Fremder unter ihnen, ein Gast bestenfalls, ein Außersphärischer. Und ich werde ewig ein Fremder bleiben. Umgewandelt haben sie mich, gezeigt haben sie mir all das lediglich, damit ich ihre Situation verstehe. Nur um es mir zu erschweren, es mir moralisch unmöglich zu machen, aufzustehen, das Labyrinth zu verlassen, hinüber in die ›Hirundo‹ zu gehen und zu ihnen zu sagen: ›Tut mir leid, achtarmige Freunde, ihr habt euch eure Probleme selbst geschaffen, nun seht zu, wie ihr allein mit ihnen fertig werdet!‹

Denn eines wird mich immer von ihnen unterscheiden, sie wissen es längst: Es ist mein menschliches Gehirn, das die Bilder aus meinen Telleraugen nach menschlichen Erfahrungswerten übersetzt, das Eindrücke verändert, dessen Reaktion mir die Farbe in die Augen treibt. Wenn ich ihnen zuhöre, dann höre ich etwas anderes, als sie hören würden, wenn ich rede, dann rede ich anders, als sie es täten. Und selbst wenn ich trampole, dann fühle ich immer noch etwas anderes, als sie fühlen würden. Dann vielleicht ganz besonders. Ich werde also nie einer von ihnen sein können.

Kalla sagt zu mir: »Ich habe dich den Bau der Sphäre miterleben lassen. Du hast von mir erfahren, daß die ehemaligen Planeten zu Lebensinseln umgearbeitet wurden. Ich habe dir gezeigt, daß dieser Prozeß schon vor sehr langer Zeit abgeschlossen worden ist. Es gibt keine Planeten mehr in der Sphäre.«

»Auch euren Heimatplaneten nicht?«

»Auch den nicht. Unsere Vorfahren haben gedacht, unsere Heimat sei überall in der riesigen Sphäre. Wir wissen es jetzt viel besser. Unsere Heimat ist nirgends.

Du mußt dir vorstellen, Per Engen, Tausende, Zehntausende von Umläufen sind inzwischen vergangen. Bei absolut gleichen Umweltbedingungen. Bei absolut stabiler Temperatur. Bei absolut gleicher Helligkeit. Unter absolut gleichen minimalen Schwerebedingungen. Das mußt du dir vorstellen, wenn du kannst, Per Engen.

Zuerst hat dieser Zustand niemanden gestört. Aber es ging nicht gut, es konnte nicht gut gehen. Als unsere Vorfahren erste Schäden bemerkten, war es schon zu spät. Zuerst gingen die Pflanzen.«

»Was nennst du ›gehen‹?« frage ich nach. »Sie starben aus, oder?«

»Sie starben aus«, bestätigt Kalla.

Die blaubärtigen und weisen Herren nicken bedächtig.

»Dann gingen die letzten Tierarten.«

Ich muß nicht mehr fragen, was sie unter ›gehen‹ versteht. Vielleicht übersetzt mein menschliches Gehirn diesen Ausdruck auch nicht präzise genug.

»Wie viele Arten gibt es jetzt in der Sphäre?« frage ich.

»Uns«, antwortet Kalla. »Uns.«

Ich kann weder lachen noch weinen über eine solche Antwort. Ich muß an die Erde denken.

»Unsere Vorfahren haben Sauerstoffproduktionsstätten auf Fusionsbasis geschaffen. Das ökologische System ist also stabil.«

Wenigstens sagt sie nicht, es sei optimal. Wenigstens das sagt sie nicht.

»Aber es beginnt langsam zu zerfallen«, fährt sie fort. »Die Zehntausende von Umläufen haben uns biologisch stark verändert. Wir sind stenotherm geworden. So stenotherm, daß uns eine Temperaturschwankung von einem Grad, nach deinen Maßstäben gemessen, umbringen würde.«

Deshalb hat Kalla von Temperaturbereichen gesprochen, deshalb mußte ich umgestellt werden; einmal, zweimal, ein dutzendmal. Von Lebensinsel zu Lebensinsel.

»Die Entwicklung zum stenothermen Lebenswesen hat viele Generationen gedauert. Aber plötzlich konnten wir uns, die wir ganz außen siedelten, nicht mehr auf der Innensphäre bewegen. Plötzlich konnten wir nicht mehr auf bestimmte Lebensscheiben in der Nähe der Innensphäre gelangen. Oder die dort ansässigen Oktopoden zu uns. Plötzlich konnten wir Lebensscheiben in der Mitte der Sphäre nicht mehr erreichen, konnten unsere eigene Lebensscheibe nicht mehr verlassen. Die Temperaturunterschiede hätten uns sofort getötet. Wir haben also die Bewegungsfreiheit in der Sphäre verloren, unsere Körper würden den Belastungen eines Fluges nicht standhalten können. Wir haben gedacht, unsere Heimat wäre die gesamte unendliche Sphäre. Aber in Wirklichkeit ist sie auf die Winzigkeit einer einzigen Insel zusammengeschrumpft. Wir wissen nicht einmal mehr genau, wie viele Scheiben es gibt und auf wie vielen von ihnen sich das Leben erhalten hat. Wir wissen nur, daß unsere Ahnen ein automatisches Produktionssystem geschaffen haben, die Flügelcontainer, mit denen du gereist bist. Wir haben viele der Container mit Kameras ausgestattet, um Informationen über andere Inseln zu sammeln. Alle Nachrichtensysteme sind ausgefallen, sie befinden sich in dem Teil der Sphäre, der uns nicht mehr zugänglich ist. Und dort scheint niemand zu leben. Oder niemand versteht es, die Sender wieder in Funktion zu setzen. Oder sie haben uns nichts mehr zu sagen. Du hast selbst miterlebt, wie eine zersplitterte Gesellschaft degeneriert. Uns fehlt eine echte Aufgabe. Unsere Vorfahren haben uns nichts übriggelassen außer der Möglichkeit der Destruktion. Und eines Tages – ein geringer Fehler wird genügen – wird auch das Produktionssystem zusammenbrechen. Wir haben zwar die Zentrale auf unserer Scheibe, aber die Produktionsstätten befinden sich außerhalb unseres Temperaturbereichs.«

Ich muß daran denken, mit wie vielen Hoffnungen wir die Kugel untersucht haben. Daß es uns vorgekommen ist, als könnten wir im Wissen einer unendlich großen Denkheit baden. Vor dem Fusionsreaktor haben wir fast andächtig verharrt. Aber letztlich hat uns das Labyrinth, hat uns Kalla fasziniert und genarrt. Jawohl, genarrt. Wir haben uns verführen lassen. Wir sind mitgegangen. Wir haben die Opfer erbracht. Und nun stehen wir da.

»Wir haben alle unsere verbliebenen Kräfte, alle unsere geretteten Möglichkeiten zusammengenommen und Tausende der Kugeln aus der Sphäre katapultiert. Sie sind unsere letzte Rettung. Und du, Per Engen, und deine Gefährten sind die ersten, die unseren Notruf gehört haben. Helft uns!«

Kalla wird von zwei jüngeren Oktopoden gestützt. Sie ist zu schwach geworden, um zu stehen. Hat sie zu lange gesprochen, oder ist es mein Zögern, ist es meine Enttäuschung, die ihr die Kraft genommen haben?

Die Oktopoden zeigen mir alles. Sie zeigen mir ihre große und doch so winzige Lebensinsel. Ich komme mir vor wie ein Staatsgast in Preußen. Und das bin ich wohl auch; verschieden sind lediglich Ort und Zeit. Aber ein Wort von mir erreicht fast das Gewicht eines Befehls.

Ich könnte mir vorstellen, sie putzten vor meinen Besuchen den Staub ab, sie kehrten die Wege vor meinen Füßen, wenn das in dieser Welt möglich und sinnvoll gewesen wäre. Sie sind von der Höflichkeit einer Erbneffengesellschaft, die den reichen Onkel spazierenführen darf.

Sie öffnen mir zuvorkommend ihre Zentrale. Sie ist in einem stadiongroßen Rundbau untergebracht, dessen Wände die Gesamtkarte der Sphäre bilden. Jedes Pünktchen auf der Fläche, die fünfzehn Meter hoch um den Rundbau läuft, sei eine Lebensinsel, erklären sie mir. Ein Rest von Stolz schwingt in diesem Satz mit, obwohl sie zugeben müssen, die exakte Zahl der Inseln sei unbekannt.

Jede Insel, jedes Pünktchen eine mögliche Tragödie – das weiß ich inzwischen besser.

Auf Wollknäuelbahnen ziehen die Flügelcontainer ihrer Wege. Zarte Linien, die Thermobaren, markieren unüberwindlich gewachsene Grenzen. Rote, grüne und blaue Punkte in der Nähe der Innensphäre zeigen den Standort der driftenden Produktionsstätten für Sauerstoff und den materiellen Wohlstand der gesamten Sphäre. Viele der farbigen Punkte flackern bedrohlich. Einige der Containerbahnen sind rot, die Flügelcontainer leer. Die Göttergaben werden also spärlicher fließen. Sie werden schließlich ganz ausbleiben. Ich stelle mir vor, wie viele Opfer das kosten wird, die zornigen Götter zu besänftigen. Der tiefblaue Haß der Opfer verfolgt mich bis in diese Schaltwarte.

Aber wenigstens gibt es auf der Kalla-Insel keinen Fatalismus. Sie sitzen zwar fast bewegungslos in der Schaltwarte, aber es ist doch erheblich anders als ein bloßes Betrachten, ein unwidersprochenes Hinnehmen natürlicher Gegebenheiten. Sie haben begonnen, sich einem Zerfallsprozeß entgegenzustemmen. Sie haben Flügelcontainer zu ferngesteuerten Werkstätten umgebaut, unvollkommen zwar, aber immerhin. Sie sind zum Nichtstun verurteilt, sie sind nicht auf Beobachterposition abgeschoben, sie verfallen nicht in lethargische Starre.

Ich erlebe den Einsatz eines solchen Instandsetzungscontainers mit.

Irgendein Flugkörper muß irgendwann die Anlegestelle verpaßt haben und mit vollem Schub in die Fabrik gerast sein. Kabel hängen zerrissen in der Sphäre, zersplitterte Wandflächen ziehen neben der Station ihre Bahn, man kann den Leitstand des Werkes von außen sehen. In den Schaltpulten blinken rote Signallampen ihre Defektnachrichten in die Sphäre. Sicherlich seit Urzeiten, sicherlich noch über Generationen hinweg, wenn niemand eingreift.

Der Reparaturcontainer legt an. Schlauchbündel schieben sich aus seinem Innern, tasten sich in den Leitstand, greifen in das Schaltpult. Auf unserer Insel flimmern Zahlenwerte und Farbenspiele über einen Bildschirm. Ein Oktopode tastet Befehle ein. Danach passiert lange Zeit nichts. Reglos verharren die Schlauchbündel an ihren Plätzen. Plötzlich bewegen sie sich an den Kabelenden entlang, prüfen, schneiden ab, passen Ersatzstücke ein. Erste Rotlichter erlöschen und machen einem satten Grün Platz. Die Zeiger einiger Meßgeräte beginnen zu vibrieren.

An der Zeitdifferenz zwischen Befehlsgabe und der Reaktion des Containers wird mir klar, zwischen ihm und dem Leitstand auf der Kalla-Insel liegen Lichtminuten.

»Immerhin«, sagen meine Begleiter stolz, »die Fabrik arbeitet wieder. Wenn auch nur mit dreißig Prozent ihrer ursprünglichen Kapazität. Aber sie arbeitet!«

Indessen verharrt der Container wieder reglos, wartet auf die Übermittlung neuer Order. Nach Minuten beginnt er die Trümmer der Außenhaut einzusammeln. Er verschweißt sie miteinander. Die Inselfabrik sieht wieder aus wie vor zehntausend Umläufen. Wären nicht die Narben der Schweißnähte, man könnte sie für neu halten.

Später werde ich noch zur Produktionsstätte der Notrufkugeln geführt.

Ein Oktopode sitzt bewegungslos in einer Art Raumzelle. Seine Arme hat er weit von sich gestreckt, von Zeit zu Zeit zuckt einer seiner Saugnäpfe. Der Oktopode starrt blinden Blicks vor sich hin.

Ich will näher heran, aber Kalla hält mich zurück, und da sehe ich es: Neben seinem Mantelsack beult sich ein Körper aus, wuchern gallertartige Wülste, formen sich zu Windungen, wabbeln sich bis zur Fußballgröße aus dem Körper, der Oktopode zittert, seine Augenscheiben unterlaufen grün, die Wucherung erstarrt, überzieht sich mit einer silberglänzenden Haut, fällt vom Körper des Oktopoden ab und rollt mir genau vor die Fußarme. Gleich darauf beginnt sich der Vorgang zu wiederholen.

Die Bälle erinnern mich an die Kugel auf der Quarantäneparkbahn Mars neunzehn.

»Es sind junge Labyrinthe«, sagt Kalla. »Angefüllt mit unserem Wissen, mit allen Erfahrungen, mit unserer gesamten Geschichte. Mit uns!«

»So winzig?« frage ich ungläubig.

»Materie ist kostbar«, antwortet sie. »In der Sphäre besonders. Nicht ein einziges Atom kann man herstellen, ohne ein anderes zerstören zu müssen.«

»Aber die Kugel, die wir entdeckten, war sehr viel größer«, sage ich.

»Diese Kugel«, antwortet sie, »diese Kugel war viele Parsec lang unterwegs. Und hat sich während des Flugs programmgemäß selbst aufgebaut. Atom nach Atom. Unermüdlich sammelnd. Wirklich leer ist der Raum nur in der Nähe schwarzer Löcher.«

»Deshalb hat sie uns also hinter sich hergeschleppt, diese verfluchte Kugel!« brülle ich Kalla an. »Weil ihr Materie sparen wolltet! Deshalb mußte die halbe Mannschaft der ›Hirundo‹ verrecken!«

Sie verteidigt sich.

»Ihr hättet euch eindeutiger als denkende Lebewesen zu erkennen geben müssen«, antwortet sie. »Ich hatte große Schwierigkeiten, aus euren Funksignalen die Denkeinheiten herauszulesen. Es gibt schließlich viele Körper im All, die Funksignale aussenden. Pulsare, entwichene Sonden aller möglichen Zivilisationen, radiostrahlende Wolken. Du darfst mir keine Schuld geben.«

»Ach, rutsch mir den Buckel herunter!« knurre ich wütend. Tameo Nitta wäre so ein prächtiger, so ein netter Kommandant gewesen, für einen Flug Transpluto und zurück. Aber woher soll das Kalla wissen?

In der letzten Zeit wäre Bugalski oft am liebsten dekkenhoch gesprungen vor Freude. Da tauchten unerwartet ganz einfache Leute in seinem Institut oder im Ministerium auf und hielten wahre Kostbarkeiten in den Händen, Kostbarkeiten, die man längst für unwiederbringlich verloren geglaubt hatte.

Unscheinbare Pflanzen darunter, die flügelsamige Schuppenmiere (Spergularia marginata), die man schon seit hundertzwanzig Jahren für ausgestorben hielt, aber auch spektakuläre Arten wie den gelbblühenden Frühlingsadonis (Adonis vernalis), Hochgebirgspflanzen wie den Tatra-Rittersporn (Delphinium oxsepalum); sogar Arten, deren Identität den Botanikern unbekannt geworden war, so lange galten sie schon als ausgerottet.

Die Leute kamen voller Stolz, daß sie die Pflanzen über Generationen hinweg gehütet hatten. Selbst zu Zeiten, als solcher Besitz strafbar gewesen war. Die Leute kamen zu ihm voller Vertrauen, jetzt würden sich Inseln finden lassen, auf denen ihre Kostbarkeiten ungestört gedeihen konnten. Und es waren nicht etwa ausschließlich Pensionäre, die da in aller Stille gewirkt hatten, ganz junge Leute waren dabei, bereit, ein Familienerbstück der Allgemeinheit zu übergeben. Die Spezialzuchtinstitute, eilig gegründet, hatten viel Arbeit bekommen.

Doch nicht nur die Botaniker vollführten Luftsprünge. Es wurden Terrarien angeschleppt. Kleine Wunderwerke der Meß- und Regeltechnik. Perfekte Wüsten im Glas oder morastige Feuchtgebiete hinter der Scheibe. Den Ornithologen öffneten sich Volieren, die bisher sorgfältig in den Wohnwaben verborgen gehalten wurden.

Tausende von Anträgen gingen ein, ökologische Inseln gerade an diesem oder jenem Flußufer zu rekonstruieren, auf einem bestimmten Hügel jenen Zuchtwald zu entfernen und durch einen echten Wald zu ersetzen, dessen Gedeihen man zu bewachen bereit sei.

Die Medien starteten unter anderem eine Sendereihe für Pilzfreunde. An Plastikmodellen wurden ehemals häufige Speisepilze gezeigt, Graphiker vermittelten einen Eindruck von ehemaligen und – so die hoffnungsvolle Kommentierung – zukünftigen Fundstellen. Nachbildungen giftiger Arten konnten bei den Sendern bestellt werden. Man konstatierte, daß keine andere Reihe des Bildungsprogramms so häufig aufgezeichnet wurde wie diese.

Und danach befürchtete Bugalski manchmal, er träume dies alles nur, und die nächste Optimierungsgruppe werde die wunderbaren Illusionen in ihre Fahrzeuge saugen.

Im Traum saß alles noch so tief.

Es ist mir alles zu eng. Mir ist nicht nur diese Insel zu eng und zu klein, mir ist auch Kalla zu klein und zu eng, auf mir lastet die Sphäre in ihrer Gesamtheit. Mich erdrückt das neue Wissen. Mich bedrückt das Scheitern eines gewaltigen, gewagten und gewalttätigen Experiments. Mich schreckt der Wahnwitz, der achtarmige. Und deshalb sprenge ich das Labyrinth, befreie ich mich von Kalla.

Sie weiß, daß wir uns irgendwann trennen müssen, sie kennt mich bis in Regionen meiner Seele hinein, die mir selbst unbekannt sind und es hoffentlich bleiben werden. Also sprenge ich Kalla und stehe im Maschinenraum der Kugel, und sie verzeiht mir alles, denn sie gibt Cephalocereus senilis frei, und im Maschinenraum hat jemand sein Zelt aufgeschlagen, seine acht Arme hängen heraus, und er strahlt mich an. Die Freudenflammen hüpfen auf seinen Augentellern, das ist Sven, das kann nur Sven Möllestad sein, so begrüßt mich sonst keiner auf dieser Welt, in dieser Kugel.

»Da kannst du nur noch die Luft anhalten, was?« sagt er, auf das Labyrinth zeigend. »Das hättest du nicht für möglich gehalten. Wie kann man so viel können und doch so blöd sein! Mensch, und erst der Versuch mit der vierten oder gar fünften Dimension, ist doch lächerlich, einfach lächerlich!«

Er hat also anderes gesehen auf seiner Reise als ich. Wenn er überhaupt eine Reise hinter sich gebracht hat. Wir werden unsere Mosaiksteinchen zusammenlegen müssen, wenn wir das Bild begreifen wollen, das uns Kalla geliefert hat.

»Wo ist Vesna?« frage ich ihn.

»Putzt sich noch«, antwortet er mir grinsend. »Du kennst ja die Frauen!«

Und er beginnt im Maschinensaal herumzuhopsen, als ginge Rora neben ihm und versuchte, ihn auf die Ulfplatten abzuschieben. Das wenigstens haben wir gemeinsam.

Und wir haben gemeinsam, daß wir uns in der Kugel geborgen fühlen. Der Fusionsreaktor arbeitet immer noch und liefert uns Energie. Das Licht ist so intensiv, daß wir unsere Nahrungsschuppen werden abdecken müssen, um nicht zu fett zu werden. Und Wasser herzustellen, wird uns Kalla lehren. Die Energie dazu gibt es im Überfluß. Es läßt sich also leben in dieser Kugel. Und Arbeit gibt es so viel, daß wir an ihr ersticken könnten. Tausende von Informationsspeichern müßten ausgewertet werden. Wir müßten uns endlich häuslich einrichten, denn immer nur im Labyrinth, das geht auf die Dauer nicht, immer noch fühlen wir uns nur als Gäste. Als nichts als Gäste.

»Hast du sie schon gesehen?« frage ich Sven und deute nach oben. »Sie schwebt noch«, antwortet er, und beide meinen wir natürlich die ›Hirundo‹.

Ich schiebe mich in das Observatorium. Einem silbernen Riesenrad gleich dreht sich die ›Hirundo‹ langsam, behutsam, still und anheimelnd um ihre Achse. Irgendwo in ihrem Ring muß meine Kabine liegen. Nicht nur eine Kabine wie Tausende andere, sondern meine Heimat. Mein Stück Heimat. Das also ist der Unterschied, denn ob es sich dort wieder leben ließe, steht nicht fest. Aber Kalla hat unsere Sehnsüchte begriffen. Deshalb hat sie sich sprengen lassen. »Wir warten auf Vesna«, entscheide ich, und Sven versteht. Sven hat immer alles verstanden. Mit ihm komme ich durch die ganze Welt. Und durch noch ganz andere Welten. Da kann keine Kalla mit, und das weiß sie auch.

Während wir auf Vesna warten, beobachtet einer von uns fast ständig die ›Hirundo‹. Schweigend zieht sie ihre Bahn. Es ist kein Lebenszeichen auszumachen. Außer den hellerleuchteten Bullaugen, die ihr das Aussehen eines tausendkerzigen Adventskranzes verleihen.

Wir hatten gehofft, die Ismajlowa zu sehen. Wenigstens die Ismajlowa. Besser noch anlegende Versorgungsraketen, denn das würde bedeuten, daß dieses Stückchen Heimat dort drüben angebunden ist an ein größeres Stück Heimat, nämlich Mars Nord II, das seinerseits wieder ein Teil der großen Heimat Erde ist, die irgendwo am Firmament funkelt. Wir stellen uns vor, was die für Augen machen werden, wenn wir ...

Ja, wenn wir was?

Das, genau das, wissen wir selbst nicht.

Ab und zu gehen wir zurück ins Labyrinth. Kalla nimmt uns auf, wie man gute Freunde aufnimmt. Ihre Wände sind noch immer eine einzige Bitte. Ich versuche eine Antwort: »Laß uns hinübergehen! Dort werden wir entscheiden.«

Sie scheint es zufrieden.

Kalla wird ein drittes Mal aufgesprengt. Ein Gewirr von Armen windet sich aus dem Labyrinth, große runde Augen sehen uns an, dann schiebt sich ein massiger Körpersack aus Kalla.

Vesna steht vor uns oder sitzt oder hockt oder wie immer man es nennen möchte.

»Was starrt ihr mich so entgeistert an?« fragt sie. »Meint ihr etwa, ihr würdet schöner aussehen? Ich muß jetzt unbedingt einen Spiegel haben!«

Sie sieht aus wie wir. Vielleicht daß ihr Körper eine Idee mächtiger ist als die unseren. Das machen ihre Bruthöhlen. Aber sonst? Vielleicht auch, daß ihr die Bartstoppeln um die Mundöffnung fehlen.

Kurze Zeit später sehe ich sie vor einer glänzenden Fläche liegen, in ihr Spiegelbild starren und weinen. Ich schleiche mich heran, meine kleinsten Saugnäpfe betrillern ihre Nahrungsschuppen, sie wirft mir einen dankbaren Blick zu und sagt: »Müssen wir jetzt lebenslänglich so herumlaufen?«

Und dann drückt sie mich, wie sie es früher getan hat, wenn uns das Wasser bis an den Hals stand. Aber das geht so nicht mehr, unsere vielen Arme sind im Wege, und unsere Mundöffnungen kommen nicht mehr aneinander. Wir werden umlernen müssen.

Doch das ist eine Kleinigkeit. Wichtiger ist die Gewißheit, daß wir gemeinsam umlernen wollen.

Ich sage ihr nicht, daß ich sie schön finde. Ich muß mich erst an die neue Schönheit gewöhnen. Und ich kann ihr nicht sagen, daß ich sie schöner finde als Rora, Vernura und Kappa zusammen.

Erstens weiß ich nicht, wohin ihre Reise geführt hat,

und zweitens weiß man bei Frauen nie so genau. Auch bei Vesna nicht, so wenig wie früher bei Lif.

Das Gangsystem wird uns noch Arbeit aufgeben. Hätten wir schon lesen können, hätte uns Kalla diese Sphärenreise ersparen müssen. Einiges erkenne ich wieder. Anderes kommt Sven bekannt vor. Vor wieder anderen Bildtexten bleibt Vesna stehen und begrüßt alte Bekannte. Das Gangsystem wird unser Lehrbuch werden, wenn überhaupt noch etwas werden wird in dieser Kugel. Denn wir sind auf dem Weg zur ›Hirundo‹. Also auf dem Weg zur Erde.

›Glaubt doch nicht im Ernst, sie würden euch gestatten, den Planeten jemals wieder zu betreten!‹ scheint uns Kalla nachzurufen. Ich habe es immer gewußt: Sie kann eine Schlange sein.

Nein, wir haben inzwischen die Illusion verloren, die Ismajlowa könnte in der Schleuse stehen und uns mit blühenden Cephalocereen in der Hand begrüßen. Oder einen fetten Hammel für uns schlachten lassen. Für uns, die verlorenen Söhne und Töchter. Wir haben zwar unser Zeitgefühl verloren, aber es muß wohl viel von diesem seltsamen Stoff verbraucht worden sein, wenn er für eine Reise durch die Sphäre gereicht hatte. Und wenn dies alles aus uns werden konnte. Wir haben also nicht mehr die Illusion, sie würden auf uns mit der Ungeduld einer Hochschwangeren warten. Aber wir sind auch nicht auf die Hoffnungslosigkeit einer geöffneten Schleuse gefaßt. Dort wartet niemand mehr auf niemanden. Die ›Hirundo‹ ist tot. Ihr Licht ist ein Irrlicht. Es wird nach tausendmal tausend Jahren erlöschen, weil niemand die Nuklearbatterien auswechseln wird.

Wir gehen auf der Gravistraße, wir sehen auf halbem Weg Hisao in sein Stück Kalla gehüllt, und dann sehen wir die Ismajlowa, eine Armlänge nur aus der ›Hirundo‹ herausgeschleudert, und noch unverändert ihre urwüchsige, manchmal zerstörerische Kraft ausstrahlend. So, als lebte sie noch. Wir müssen an ihr vorbei. Wir bringen es nicht fertig, sie mit einem kräftigen Stoß unserer Arme auf eine ewige Reise zu befördern. Sie gehört nach Mars Nord II. Vielleicht haben sie dort schon ihren Namen in eine Metallplatte graviert.

Wir betreten die Schleuse. Hinter uns schmatzt das Außenschott in seine Dichtungen, zum erstenmal seit ungewisser Zeit. Die ›Hirundo‹ beginnt sich mit Sauerstoff zu füllen. Kälte hält das Regenerationssystem aus, temporär und auch zeitlich so gut wie unbegrenzt. Auf Chlorella norwegensis kann man sich verlassen, denke ich stolz.

Wir hocken in der Schleusenkammer. Vierundzwanzig Arme trommeln einen nervösen Takt. Die zweite Tür wird sich erst öffnen, wenn drinnen ein Klima herrschen wird, in dem die Art ›Homo sapiens‹ überleben kann. Und unsere Art? Welche Art?

Auf der Erde müssen sie inzwischen bemerkt haben, daß sich in der ›Hirundo‹ etwas tut. Und sie werden auf ihre Kontrollschirme starren wie die Kaninchen auf die Schlange. Das werden sie. Wenn überhaupt. Aber begreifen werden sie nichts. Wie sollten sie auch?

Mit dem Phänomen Zeit ist das so eine Sache, es gibt es, weil es uns gibt. Wir können die Zeit messen, wir haben ein System von inneren Uhren in uns wachsen lassen, weil sich uns ein natürliches Bezugssystem geboten hat, das wir nur noch zusammensetzen oder zu zerstückeln hatten. Jahr und Stunde sind auf diese Weise entstanden. Zerfällt das Bezugssystem Tag/Nacht oder verändert es sich, dann kann man zwar Jahr und Stunde beibehalten, künstlich abgrenzen sozusagen, aber unser Empfindungssystem wird sich so gründlich wandeln, daß es uns nicht verwunderte, wenn uns jemand den Beweis liefern würde, wir säßen drei Sekunden oder hundert Jahre in dieser Schleusenkammer. Beides hätte uns als gleich glaubwürdig erscheinen müssen. So ist das mit der Zeit. Und deshalb werden sie auf Mars Nord II nichts begreifen können.

Dann öffnet sich für uns die Innentür. Drei Sekunden oder hundert Jahre sind also vergangen. Und alles ist so fremd, daß ich sofort weiß, nicht nur die Zeit, auch das Phänomen ›Heimat‹ ist an ein Bezugssystem gebunden. Und gerade das wird uns wohl auf immer fehlen.

Kalla ist eine Schlange, und wir haben zu viele Armbeine.

Unschlüssig stehen wir im Gang. Ich übergebe Vesna ein kleines Paket. Sie packt aus: Celophalocereus senilis ist selbst im Labyrinth weitergewachsen. Vesnas Augen strahlen frohes, dankbares Rot. Für uns hat sich nichts geändert. Solange senilis lebt, solange wird sich zwischen uns nichts ändern. Vesna schwalmt in die Richtung unserer ehemaligen Kabine.

Sven und ich machen uns auf den Weg in die Zentrale. Nachsehen, ob der Bordrechner noch schrillt oder ob er vor Langeweile inzwischen eingeschlafen ist.

Alle Funksysteme sind abgeschaltet. Deshalb ist es auch in der Zentrale so still. So totenstill. Der Reihe nach schalte ich die Sender ein. Erst auf Empfang. Wir befinden uns noch immer auf Marsquarantäneparkbahn neunzehn, und der Funkverkehr von Mars Nord II überfällt uns wie das Rattern eines Maschinengewehrs. Früher habe ich deshalb so ungern historische Filme gesehen, weil mich dieses sinnlose Tackern störte.

Und dann schalte ich auf Sendung. Ich sage nur den einen Satz: »Hier meldet sich Kommandant Per Engen aus dem Raumfahrzeug ›Hirundo‹. Bitte kommen!«

Es wird so still, als habe man ein Geräuschband einfach durchgeschnitten.

Bugalski schlief unruhig. Er träumte, daß sich die Tür seines Zimmers öffnete und der See, den sich das Institut Haxwell für sein Experiment ausgesucht hatte, einen seiner nassen Zipfel ins Zimmer schwappte.

Das Stückchen See stank ein bißchen und kräuselte eine neugierige Welle, um zu sehen, ob Bugalski die Invasion bemerkt habe. Als der sich nicht rührte, schob sich allmählich der gesamte See durch den Türschlitz, und Bugalskis Bett schaukelte träge auf der Oberfläche, gleich dem schweren Bootskörper des Saugbaggers, den sie vor einigen Tagen auf das Wasser gesenkt hatten.

»Du mußt schon verstehen, daß ich murre«, sagte der See zu Bugalski und schaukelte ein bißchen am Bett. »Ihr habt jahrhundertelang in mich hineingekippt, was immer ihr loswerden wolltet. Und ich? Sieh mich an! Bin ich dabei nicht immer trüber, flacher, mattglänzender, öliger, stinkender geworden?«

Bugalski versuchte sich aufzurichten, aber als er sich bewegte, schaukelte das Bett, daß es ihm vorkam, als würde es in der nächsten Sekunde kentern, und deshalb vergrub er den Kopf im Kissen und flüsterte den Federn zu: »Was will der von mir?«

Und der See schwappte als Antwort, Bugalski solle ihm doch endlich seine verdiente Ruhe und seine Ölschwarte lassen. Sähe er denn nicht, daß ihn bereits der Wind, manchmal schon ein Hauch, störe? Solle er doch wenigstens die Toten schlafen lassen, solle er sich doch nicht mit aller Gewalt zum Leichenfledderer qualifizieren! Aber nein, statt dessen seien da die einschneidenden Bugalskistimmen und die schweren Boote und deren durchdringende Schrauben, die sein empfindliches Seegleichgewicht durcheinanderquirlten. Die armdikken Röhren auf seinen Grund senkten, sich durch den faulenden Schlamm tasteten, gelbe Schwefelwasserstoffblasen aus ihren Poren lösten, seine komplizierte pH-Schichtung durcheinanderbrachten und nicht eher Ruhe gaben, bis sie sich in die Trennschicht zwischen der Ölhaut und der wäßrigen Chemikalienlösung hineingedrängelt hatten.

»Bugalski«, drohte der See schaumig, »ich befürchte, wenn deine Röhren das geschafft haben, werden sie dort zu saugen beginnen, und sie werden das so rücksichtslos tun wie hungrige Säuglinge, die auch keine

Rücksicht nehmen auf entzündete und zerschrundete Mamillen!«

Bugalski betonte lautstark in das Kissen hinein, daß er als Säugling stets Rücksicht genommen habe, daß Rücksichtnahme überhaupt eine seiner hervorstechenden Eigenschaften sei und immer bleiben werde, einem See gegenüber im besonderen.

Sicher, sicher, kam ihm der See einen kleinen Schwapp entgegen, die Bootskörper seien mit aller erdenklicher Vorsicht auf seine Schwarte gesetzt worden. Und er verstehe auch, und da glich er plötzlich ganz Haxwell, daß ein Mann seine Arbeit tun müsse. Wenn er ihm nur erklären könne, was dies für eine glashelle, farblose, springlebendige Flüssigkeit sei, die ihm da auf den Pelz tropfe, die Schlieren und Kugeln bilde, seine gesamte Viskosität unterhöhle, und mit der er sich weder ganz oben noch in der Tiefe anfreunden könne. Bugalski wisse schon, die Flüssigkeit, die am anderen Röhrenende herausregne.

»Wasser«, antwortete Bugalski. »Klares Wasser. H_2O pur.«

»Das ist schon so lange her«, antwortete der See, der im Zimmer immer weiter anstieg und außer Bugalskis Bett noch einen Eckschrank und ein Telefon zu tragen hatte. »An H_2O erinnere ich mich nicht mehr. Aber ich sage dir, wenn du so weitermachst, dann wirst du mir meine Ölhaut wie einen alten löchrigen Mantel von der Schulter ziehen, und dann erst werden meine Geschwüre und meine unverheilten, eiternden Narben zum Vorschein kommen, dann erst werde ich richtig zu stinken anfangen. Soll ich dir eine Kostprobe liefern?«

Ungefragt ließ der See einen donnernden Furz durch das Zimmer röhren und schwappte dann schnell zur Tür hinaus. Daran tat er gut. Bugalski hielt zwar den Atem an und zog die Decke über den Kopf, doch das nützte wenig, er hatte das Gefühl, vom Gestank werde sein Schädel zerspringen; er bekam keine Luft mehr, und davon wurde er munter. Er lag im Zelt, der Schlafsack war verrutscht und engte ihn am Hals ein. Vom nahen Seewasser her kam ein Geruch, der ihm den Traum durchaus realistisch erscheinen ließ. Bugalski stand auf und notierte: »Atemschutzmasken besorgen!«

»Du hast uns von Anfang an betrogen«, wirft Vesna dem Labyrinth vor. »Du hast von Anfang an gewußt, daß sie uns niemals wieder auf die Erde zurücklassen werden!«

Kalla verteidigt sich.

»Es sind eure Probleme«, sagt sie. »Ich hatte die Angst der Menschheit unterschätzt. Sie ist irrational. Sie ist unserem Wesen völlig fremd. Eure Angst war nicht vorhersehbar.«

»Wer ist denn eure?« schreit Vesna. »Schau uns doch an! Sehen wir aus wie Menschen?«

»Ich könnte euch zurückverwandeln«, schlägt Kalla vor. »Es dauert nur ein paar Wochen.«

»Die lassen uns trotzdem nicht wieder auf die Erde«, antwortet Vesna. »Noch nicht einmal nach Mars Nord II. Und wenn, dann werden wir lebenslang in Isolierkammern leben müssen und uns wie die Affen im Zoo bestaunen lassen. Doktorarbeiten werden sie über uns schreiben, wenn sie uns genügend lange angestarrt haben.«

Ja, Vesna hat die Wahrheit gesagt. Sie werden uns niemals wieder zur Erde lassen. Wir haben keine Wahl mehr. Unsere Welt ist eine Kugel und ein Ring. Und selbst um diese Welt werden wir bangen müssen. Denn denen vom Generalrat sitzt panische Angst im Genick. Solche Angst habe ich noch nicht erlebt. Auch damals nicht, als es in der ›Hirundo‹ warm und immer wärmer wurde.

»Hör mal, wer immer du bist, mit solchen Dingen scherzt man nicht! Die haben genug durchgemacht in ihrem Unglücksvogel, du verdammter Idiot!«

So hatte mir Mars Nord II geantwortet.

Ich, wiederholend und dabei jedes Wort betonend: »Hier meldet sich Kommandant Per Engen von Bord des Raumfahrzeuges ›Hirundo‹! Bitte kommen!«

Ich habe gespürt, was da unten vorgehen mußte. Der Mann in der Funkzentrale würde jetzt seinen Chef aus der Bereitschaft trommeln. Das würde mindestens drei Minuten dauern. Bereitschaftsdienst heißt ja nur, jederzeit erreichbar zu sein. Und Mars Nord II hat sich längst zur Großstadt gemausert. Da kann man sonstwas unternehmen, ja, das darf man selbst während der Bereitschaft. Nur den kleinen Piepser am Handgelenk darf man nicht abnehmen dabei. Aber ansonsten darf man. Wir haben also Zeit.

Der Bordrechner, dieser schrille Sänger, dieser elektronische Feigling, dieser liebenswürdige Fachidiot erwacht aus seiner Lethargie. Er muß uns gewittert haben. Oder Sven hat die Tastatur gestreichelt. Dafür gibt er uns Daten frei, die er lieber für sich behalten sollte. Aber er hat ja noch nie durchgeblickt. Jetzt wissen wir, wie die Ismajlowa gekämpft hat. Sie hat zwar nichts begriffen, wir letztlich auch nicht, aber gekämpft hat sie. Am Anfang. Am Schluß hat sie nur noch gebettelt.

»Wollt ihr mich denn ewig hier drinnen lassen, zum Teufel?«

Und von Mars Nord II die eintönige, tonbändige Antwort: »Ihre Quarantäne dauert an. Nehmen Sie am Medimaten Platz, schließen Sie sich an, lassen Sie sich beruhigen. Ihre Quarantäne dauert weiterhin an.«

»Ich will mich nicht beruhigen lassen, ich will zurück, zurück, ich werde sonst verrückt!«

Und ich sehe diese prächtige, große, kämpferische, urgewaltige Frau, ob als Freund oder als Feind gleich verläßliche Frau in der Zentrale liegen und mit den Fäusten auf den Boden hämmern, auf einen Boden, der jedes Geräusch verschluckt, noch ehe es recht entstanden ist, und um ihre Lebenschance betteln.

Aber die auf Mars Nord II, die vom Generalrat, wissen natürlich zu genau, was sich im Unglücksvogel ›Hirundo‹ abgespielt hat. Und ums Verrecken werden sie die Ismajlowa nicht von Bord lassen, jetzt nicht und in Zukunft nicht, und die Ismajlowa weiß das auch und wehrt sich gegen dieses Wissen. Als sie aufhört, sich zu wehren, hört sie auf zu kämpfen und zu betteln und geht.

Sie steht auf und geht in die Schleusenkammer und öffnet das Außenschott. So also ging der Kampf zu Ende. Und die Ismajlowa hatte zwei Arme und zwei Beine und Haare auf dem Kopf. Und trotzdem haben sie sie nicht gelassen.

Was also werden sie mit uns tun, denen das alles fehlt? Propheten werden wir nicht sein müssen. Kallas Rechnung der Rückverwandlung wird nicht aufgehen. Sie hat irreversibel in unser Leben eingegriffen. Und deshalb sind Vesnas Vorwürfe so schmerzhaft, weil berechtigt. Irgendwie lieben wir sie noch immer, diese Kalla.

Der Funktechniker hat inzwischen seinen Chef aufgetrieben.

»Also, mein Freund«, schnauzt der mich an, »mach gefälligst keinen Scheiß jetzt, wir haben oft genug Ärger mit Touristen, aber das setzt allem die Krone auf. Weißt du eigentlich, daß du dich auf einer Quarantäneparkbahn herumtreibst? Können dir leider nicht mehr helfen, ein paar Monate durch die Desinfektion wirst du schon müssen. Und wenn du das Spiel weiter spielen willst, wird es noch teurer!«

Was nicht sein kann, das darf offensichtlich nicht sein. Ich verstehe ihn gut. Er erwartet, daß der Verrückte aufgibt und seine wahre Identität offenbart. Danach wird er von oben herab auf seinen Funker blicken und denken oder sagen: ›Na, bitte schön! Man muß mit den Leuten reden können!‹

Ich wiederhole mein Sprüchlein nicht, ich gebe ihm

unser Bild. Daraufhin verschluckt er seine Überheblichkeit. Sie bleibt ihm buchstäblich im Hals stecken. Unser Anblick muß ihm den blanken Entsetzensschweiß aus allen Poren treiben. Und in keiner Vorschrift steht auch nur ein einziger Satz über achtarmige glotzäugige Kommandanten und wie man sich ihnen gegenüber zu verhalten habe.

»Verzeihung, Kommandant«, stottert er schließlich. Ich bin mir sicher, daß er aufgestanden ist und die Hände an die Hosennaht gelegt hat. »Verzeihung!« Und noch einmal: »Verzeihung!« Er faßt sich, er ist nicht allein im Funkraum. Und sein Funker erwartet etwas von seinem Chef. Zumindest, daß er sich zusammenreißt. »Ich verbinde Sie mit dem Generalrat für Raumfragen.«

In acht Minuten etwa wird der Generalrat auf der Erde wissen, wie Per Engen, Sven Möllestad und Vesna Skaljer jetzt aussehen und daß die Tragödie der ›Hirundo‹ noch immer nicht zu Ende ist.

Der Bordrechner sagt, daß zweimal acht Minuten vergangen sind.

Mars Nord II sagt, der Generalrat werde uns einen kompetenten Gesprächspartner suchen. Ob uns dreizehn Uhr Normalnullzeit genehm wäre. Und ob wir Dringendes benötigen würden. In einer halben Stunde könnte eine Versorgungsboje anlegen.

»Kopf hoch, Jungs!« setzte er forsch hinzu.

Richtig fröhlich klingt unser Lachen nicht.

Der Beauftragte des Generalrats für Raumfragen war beängstigend freundlich zu Lif.

»Es tut mir leid«, sagte er, »daß man Sie über das Schicksal der ›Hirundo‹ so lange im unklaren gelassen hat. Aber damit hatte der Generalrat nichts zu tun. Es war ausschließlich die Entscheidung Ihres Sanatoriums.«

»Sie haben mich doch nicht hierher bestellt, um sich bei mir zu entschuldigen?«

Der Beauftragte wurde sichtlich nervös.

»Das nicht allein«, sagte er. »Es ist so, Frau Engen, wir möchten Sie bitten, uns zu helfen.«

Da ist etwas mit Per! Der Gedanke durchzuckte sie. Sie haben seine Leiche geborgen. Und jetzt muß ich ihnen der Form halber bestätigen, dieser Kadaver sei wirklich mein Mann gewesen. Das wollen sie von mir. Deshalb ihre verlegene Freundlichkeit.

»Per ist tot?« fragte sie.

Der Beauftragte schüttelte den Kopf.

»Ja und nein«, antwortete er.

»Was denn nun?« schrie sie ihn an. »Ja oder nein?«

»Er hat sich sehr verändert«, erklärte ihr der Beauftragte. »Sehr verändert.«

»Was denn noch? Halbtot und sehr verändert! Vier Beine hatte er doch schon, nach Ismajlowa!«

Der Mitarbeiter des Generalrats für Raumfragen drückte auf eine Taste. Auf einem Bildschirm erschien ein Bild aus der Leitzentrale der ›Hirundo‹. Drei sackartige grüne Wesen waren zu erkennen, aus deren Köpfen ein Gewirr von Armen hervorwimmelte.

Lif spürte, daß ihr ein Schauer über den Körper lief. Die Haut krampfte sich zusammen, die feinen Härchen auf dem Unterarm richteten sich auf.

»Einer davon ist Per Engen«, sagte der Beauftragte leise.

»Großer Gott!« stammelte Lif.

Eins der Wesen blickte mit seiner riesengroßen, sanften, blaugrünen Augenscheibe direkt in die Kamera.

»Ich erkläre Ihnen das alles später«, sagte der Beauftragte. »Jetzt kommt es darauf an, sich mit ihnen zu verständigen.«

Lif hörte ihn kaum. Er saß weit, ganz weit von ihr entfernt. Nah waren ihr die Augenscheiben.

»Und vielleicht sind Sie als Angehörige am besten geeignet, sich ihnen zu näheren, haben wir uns gedacht. Wenn Sie sich natürlich so eine Aufgabe nicht zutrauen, aus irgendwelchen Gründen, zwingt Sie niemand. Es hätte jeder Verständnis dafür.«

»Wann soll ich zum erstenmal mit ihnen sprechen?« fragte Lif, und je länger sie auf den Bildschirm starrte, um so weniger konnte sie sich der Faszination dieser Augenteller entziehen.

»In einer Stunde«, antwortete der Mitarbeiter des Generalrats erleichtert.

Wir haben uns zu dritt in die Leitzentrale der ›Hirundo‹ gehockt und die Sekunden bis dreizehn Uhr Normalzeit gezählt.

Endlich kommt das Bild. Vesna geht. Sven wendet sich ab. An mir bleibt alles hängen. Auf mich ist dies alles zugeschnitten. Mit dem Charme eines Nilpferdbullen drängt sich der Generalrat in unsere Dreieinigkeit. Und er hat sich dazu ein wirksames Mittel ersonnen: Lif Engen.

Ich kann weder gehen noch mich abwenden. Ich habe aus zwei Gründen vor der Übertragungseinheit sitzen zu bleiben. Erstens habe ich mich zum Kommandanten der ›Hirundo‹ ernannt. Nach allen Regeln irdischer Raumfahrt war ich dazu berechtigt. Und weder Sven noch Vesna haben mir dieses Recht streitig gemacht. Im Gegenteil. Also bin ich Kommandant und muß schon deshalb bleiben. Zweitens kann ich mich nicht von Lifs Bild losreißen. Ich kann es einfach nicht. Ihre Stimme, die immerhin sechs Minuten braucht, ehe sie mich erreicht, ist für mich immer noch ein halber Ulf. Und das spürt Vesna natürlich, und deshalb ist sie gegangen. Und Sven hat sich umgedreht.

Lif Engen sitzt irgendwo auf der Erde vor einer Kamera wie damals vor dem elektronischen Scheidungsrichter. Etwas verändert kommt sie mir vor.

»Weshalb hat man ausgerechnet dich ausgewählt?« frage ich.

Zwölf Minuten später kommt ihre Antwort.

»Weil du es bist, Per.«

»Es gibt keinen Per Engen mehr«, antworte ich und zeige ihr meine Saugnäpfe. »Das siehst du doch.«

»Aber du sprichst mit mir«, behauptet sie hartnäckig. »Es sind deine Worte, es sind deine Gedanken, es ist nicht viel, was sich verändert hat. Und wenn ich erst auf dem Mars bin, dann können wir uns unterhalten, als säßen wir im selben Raum.«

Ich könnte Kalla umbringen. Jetzt sofort. Was hat sie angerichtet!

Wir haben natürlich vorher besprochen, was wir dem Generalrat übermitteln werden. Kalla hat alle wichtigen Informationen auf Band überspielt. All das, was wir in und mit ihr erlebt hatten, den Bau der Sphäre und ihre Auswirkungen. Die ganze Hilflosigkeit der Allmächtigen. Alles.

Ich sage Lif, daß ich jetzt das erste Band überspielen werde. Sie nickt, und ich sehe, daß sie unsere Mitteilungen aufzeichnet. Während dieser Zeit kann ich mich an ihrem Gesicht satt sehen, endlich satt sehen.

Ein kleiner Saugnapf reißt mich aus meinen Gedanken.

»Ich habe unsere medizinische Situation analysiert«, sagt Vesna. »Das solltest du zuerst übermitteln!«

Sie bleibt neben mir hocken. Sie legt demonstrativ zwei Arme um meinen Körper. Und ich sitze zwischen allen Stühlen. Denn in sechs Minuten wird Lif diese Bilder sehen. Und wissen, was Fakt ist. So, wie es Vesna weiß. Frauen haben für so etwas immer einen besonderen Riecher.

»Genausogut könntest du von mir auch verlangen, ich solle mich teilen«, sage ich Vesna. »Ich kann es nicht.«

»Dann mußt du sie herholen«, antwortet sie. »Die alten Normen gelten für uns nicht. Und in dir ist Platz für sie und für mich.«

So einfach ist alles, wenn man acht Arme hat. Vesna

hat nicht von ungefähr die medizinischen Aspekte der Umwandlung untersucht.

Als das dünne Gravitationsband zwischen der Kalla-Kugel und der ›Hirundo‹ abgebaut wird und die Kugel sich in Bewegung setzt, langsam erst und dann immer schneller, läßt sie eine Welt zurück, in der nichts mehr so ist wie vor ihrem Auftauchen. Aber letztlich sind alle irgendwie zufrieden.

Sven Möllestad sitzt in der Beobachtungskuppel. An seine Augenteller hat er Geräte angeschlossen, die ihm noch vor kurzem unheimlich vorkamen und die ihm jetzt ungewohnte, hochinteressante Bilder aus der alten Welt offenlegen. Thermogramme, Gravithermen, Intellektobaren.

Sven Möllestad freut sich schon auf die neue Welt, die Sphäre. Freut sich darauf, diesen Kallas mit eigenem Erleben und von Angesicht zu Angesicht gegenübertreten zu können. Und dabei nicht mit leeren Armen kommen zu müssen. Jünger, aber gleichberechtigt zu sein. Das ist doch etwas. Mag sich dieses lebensfeindliche All noch so unendlich gebärden, sich noch so gewalttätig aufführen. Der gemeinsamen Arbeit aller denkenden Wesen wird es gelingen, seine Größe dem Maß ihrer Vernunft anzugleichen. Und er, Sven Möllestad, ist dabei. Wenn das kein Grund ist, mit seinem Schicksal höchst zufrieden zu sein, dann gibt es einen solchen Grund nicht.

»Nenn mir den Menschen, der intensiver erleben durfte als wir«, hatte er sich Vesna gegenüber geäußert. Und der Stolz auf dieses Erleben war von seinen Augen zu lesen gewesen.

Letztlich würden alle zufrieden sein, dachte Per. Die führenden Mitarbeiter des Generalrats für Raumfragen werden erleichtert aufatmen. Und das aus zwei gewichtigen Gründen. Erstens wird man heilfroh sein, die außerirdische Kugel endlich los zu werden, bei allem technologischen Gewinn, den sie gebracht hatte. Aber sie hatte auch zu schmerzhaften Verlusten geführt, zu menschlichen Tragödien, zu persönlichen Katastrophen. Ganz zu schweigen davon, was alles noch hätte passieren können! Doch das sich auszumalen würde jetzt Stoff für Science Fiction-Autoren bleiben; man war die Kugel und die Gefahren erst einmal los. Von Entwicklungssprüngen durch außerirdische Hilfe würde man jetzt noch weniger halten als vorher. Entwicklung in der Raumforschung, das war etwas, das nur von innen heraus kommen konnte. Letztlich störten solche Kugel-Katalysatoren mehr, als sie nutzten.

Vor allem aber würde man erleichtert sein, daß man mit dem Start dieser Kugel um drei lebenslängliche Quarantänefälle herumgekommen war. Nicht auszudenken, wenn die Achtarmer hundert Jahre alt geworden wären. Oder älter! Man würde also, so dachte sich Per, beim Generalrat keinen Grund sehen, der Kalla-Kugel allzu viele Tränen nachzuweinen.

Professor Briand hatte sich den Start in der Direktübertragung des zentralen Fernsehprogramms angesehen. Nach den hektischen, fast schlaflosen vergangenen Wochen war er auch recht zufrieden. Immerhin, was da ein paar Lichtjahre lang unterwegs sein würde, das hatte buchstäblich alles Leben an Bord, dessen man auf der Erde hatte habhaft werden können, oder man hatte Genniederschriften angefertigt. Vielleicht waren die Kallas dort oben in der Lage, aus solchen Niederschriften etwas zu machen. Bestimmt waren sie das. Der Alte war also mit sich zufrieden. Er war es derart, daß es schon wieder im Innern zu schmerzen begann. Da flog etwas, das einer bedrängten Zivilisation Hilfe bringen könnte. Von einer Menschheit zur anderen sozusagen. Dieser Gedanke war großartig, der mußte einfach schmerzen, er machte verrückt, dieser Gedanke.

Daran, was sich auf der Erde tat, daran durfte er nicht denken. Das hielt er nicht aus, da machte sein Herz nicht mit. Obwohl alles nur eine Chance war. Ohne jede Garantie für Erfolg. Behaftet mit der Gewißheit, daß es immer wieder nötig sein würde, das Verhältnis des Menschen zu seiner Umwelt kritisch zu überprüfen, immer wieder nach neuen Lösungen zu suchen und welche zu finden.

Professor Briand hatte niemals vorher klarer gesehen, daß ein einziger Schritt, ein Schrittchen getan war. Daß noch kilometerweite Distanzen zu bewältigen waren. Daß es niemals ein Ende geben würde.

Gedanken also, die so weh taten, daß Professor Briand beschloß, sie künftig von anderen, jüngeren, denken zu lassen. Aber auch Gedanken, die ihn zufrieden stimmten. Alles in allem.

Bugalski ging zufrieden am Ufer des Versuchssees entlang, zum erstenmal übrigens ohne Atemschutzmaske. Und die Blätter der Krüppelpappeln hatten einen frischen, grünen Hauch bekommen. Na bitte! Man kann also alles! Man muß es nur wollen!

Bugalski war zufrieden. In drei, vier Jahren würde man die automatischen Reinigungsboote umsetzen können, die Restreinigung würde der regenerierte See allein besorgen. Und tausend andere Gewässer warten noch darauf, daß ihnen jemand die Ölhaut von der Oberfläche zog. Manchmal bedurfte es eben eines Anstoßes von außen. Damit man schneller in der richtigen Richtung vorankam.

Sehr mit sich zufrieden war vor allem das Ministerium. Das Institut Haxwell hatte gute Arbeit geleistet. Überall, auf allen Kontinenten, breiteten sich ökologische Inseln aus. Von selbst entstanden oder von Menschenhand so sorgfältig wie möglich rekonstruiert. Der Sauerstoffgehalt der Atmosphäre stieg allmählich, der Kohledioxidgehalt normalisierte sich, der Treibhauseffekt minderte sich, die Computer des Hauses hatten errechnet, daß in spätestens drei, vier Generationen wieder mit der Ausbildung von Eis an den Polkappen zu rechnen sei. Und in Gegenden, die immer noch Zivilisationswüste waren, wurde den Optimierungsgruppen von der Bevölkerung keinerlei Widerstand mehr entgegengesetzt. Alles in allem Gründe, mit sich und seiner Arbeit zufrieden zu sein.

Von all dem war Lif Engen schon weit entfernt.

Der Generalrat hatte sie nach Mars Nord II geschickt. Das war notwendig gewesen. Bei vier bis sieben Minuten zwischen Rede und Gegenrede war kein Dialog möglich. Und sie wollte den Dialog, sie wollte Per näher sein.

Stundenlang hatte sie mit ihm gesprochen. Sie hatten sich gestritten, hatten sich angeschrien, Pers Augen hatten rote Funken gesprüht. Aber sie waren sich nähergekommen. Seine neue Gestalt schreckte sie längst nicht mehr. Inzwischen hatte sie gelernt, ihn von Sven oder von Vesna zu unterscheiden. Auch mit Vesna hatte sie sich unterhalten. Und danach war sie zum Generalrat gegangen und hatte gefordert: »Ich will mich umwandeln lassen!«

»Das geht nicht«, hatte man ihr spontan geantwortet.

»Das geht«, hatte sie auf ihrem Standpunkt beharrt. »Einer dort oben ist immer noch mein Mann. Mit einer Rückkehr aus der Sphäre ist ja wohl zu meinen Lebzeiten nicht zu rechnen. Ihr könnt mich nicht so einfach zur Witwe machen! Dabei habe ich immer noch ein Wort mitzureden!«

Lif wußte genau, was nun passieren würde.

Der Generalrat würde eine Expertenkommission berufen. Die Mediziner werden sich wie Aale winden.

Garantieren könne man in einem solchen Fall natürlich überhaupt nichts. Das stehe erst einmal fest. Aber nachdem man die Unterlagen der Kollegin Skaljer gründlich durchgearbeitet habe, müsse man zwangsläufig zum Schluß kommen, diese gesamte Körperumwandlung sei nicht viel gefährlicher als eine normale Influenza. Deshalb seien die Einwände gering, allerdings auch nicht völlig von der Hand zu weisen.

Die Todesfälle der ›Hirundo‹-Besatzung gingen eindeutig auf den geschwächten Allgemeinzustand zurück, bedingt durch eine Überdosis Gammastrahlen in Sonnennähe und einen verzögerten Umwandlungsverlauf, da sich dieser außerhalb des Labyrinths abgespielt habe. Denn das Labyrinth sei tatsächlich der entscheidende Faktor im Umwandlungsprozeß. Seine Wände seien nach den Untersuchungen der Kollegin Skaljer in der Lage, den Krankheitsverlauf zu steuern und positiv zu beeinflussen.

Die Formulierungen der Mediziner werden also keinen Anlaß bieten, Lifs Wunsch zurückzuweisen. Der Generalrat würde sich an Doktor Vesna Skaljer halten. Die müßte das allergeringste Interesse an der Umwandlung Lif Engens haben, soweit man das beurteilen konnte.

Das Gegenteil trat ein: »Nein, Lif Engen ist uns hier an Bord jederzeit willkommen. Ich verstehe nicht, weshalb sich der Generalrat überhaupt in diese Sache einmischt. Das ist ausschließlich eine Angelegenheit zwischen vier Menschen.«

Menschen, würde die Skaljer wörtlich sagen. Und damit alles entscheiden.

Zum Zeitpunkt des Starts lag Lif Engen im Labyrinth.

Per und Vesna standen im Maschinenraum. Sie hatten die Arme umeinandergeschlungen und lauschten dem Summen des Fusionsreaktors. Irgendwann würde das Labyrinth sie in sich aufnehmen und sie für die Dauer der Reise beherbergen. Spätestens dann, wenn das Sonnensystem zu einem Pünktchen zusammengeschrumpft sein würde.

Aber bis dahin gehörte die Zeit ihnen und nur ihnen.

Und später, in der Sphäre, würden sie ein eigenes Leben beginnen. Zu viert. Aber nicht nur zu viert. Denn sie wollten mehr sein als eine Insel unter Inselchen.

Cephalocereus senilis stand wie ein Wachturm im sonnenhell erleuchteten Gang. Seine Haare glänzten seidenweiß, rotbraune Stacheln schoben ihre Spitzen aus dem Haarkleid, am Fuß der Pflanze kindelte eine Areole. Cephalocereus senilis war würdiger Repräsentant der Sektion der sukkulenten Pflanzen. Cephalocereus senilis würde weiterwachsen dürfen, während der gesamten Reise. So hatten sie es beschlossen. Und Kalla hatte zugestimmt. Cephalocereus senilis sei nicht irgendein Kaktus, hatte Vesna gesagt. Und Cephalocereus senilis war es offensichtlich zufrieden.

Einzig Kalla hatte keine Zeit, zufrieden zu sein. Sie hatte doppelte Verantwortung zu tragen. Heimwärts!

ALAN DEAN FOSTER

Die denkenden Wälder

Von Alan Dean Foster erschienen in der Reihe
HEYNE SCIENCE FICTION & FANTASY:

* Die Eissegler von Tran-ky-ky · 06/3591
* Das Tar-Aiym Krang · 06/3640
* Die denkenden Wälder · 06/3660, auch ↗ 06/4494
Alien · 06/3722
* Der Waisenstern · 06/3723
* Der Kollapsar · 06/3736
* Die Moulokin-Mission · 06/3777
Kampf der Titanen · 06/3813
Outland · 06/3841
* Cachalot · 06/4002
* Meine galaktischen Freunde · 06/4049
* Auch keine Tränen aus Kristall · 06/4160
* Homanx Eins · 06/4220

3 Romane in Kassette zum Sonderpreis
Das Tar-Aiym Krang
Der Waisenstern
Der Kollapsar

Der Bannsänger-Zyklus:
Bannsänger · 06/4276
Die Stunde des Tors · 06/4277
Der Tag der Dissonanz · 06/4278
Der Augenblick des Magiers · 06/4279
Die Pfade des Wanderers · 06/4508 (in Vorb.)
Die Zeit der Heimkehr · 06/4509 (in Vorb.)

Colligatarch · 06/4338
* Die Reise zur Stadt der Toten · 06/4308
El Magico · 06/4355
Shadowkeep – Das Dunkle Land · 06/4407

In der ALLGEMEINEN REIHE:
Das Ding aus einer anderen Welt · 01/6107
Krull · 01/6286
Starman · 01/6369
Pale Rider – Der namenlose Reiter · 01/6596
Aliens – Die Rückkehr · 01/6839

DIE DENKENDEN WÄLDER
erschien ursprünglich als HEYNE-Buch Nr. 06/3660
Titel der amerikanischen Originalausgabe:
MIDWORLD
Deutsche Übersetzung: Heinz Nagel

Die mit * gekennzeichneten Romane und Erzählungen spielen in Alan Dean Fosters Homanx-Commonwealth.
Siehe dazu den Aufsatz ALAN DEAN FOSTERS HOMANX-UNIVERSUM. DIE COMMONWEALTH-KONKORDANZ von Michael C. Goodwin, in: HEYNE SCIENCE FICTION MAGAZIN 12 (HEYNE SCIENCE FICTION & FANTASY, Band 06/4167).

Dieses Buch ist gewidmet:
Saturn
Mittens
Clathea insignis
Jo Ann
und all den anderen, die mir Inspiration waren …

»… wo höchste Wälder undurchdringbar für das Licht der Sterne ihren Schatten breiten.«
Milton, *Das verlorene Paradies*

»Wer hört die Fische, wenn sie schreien?«
Thoreau

». . . . . ! ! ! . . ? ? . . . O ! !«
Calathea insignis

1

Welt ohne Namen.

Grün war sie.

Grün und schwanger.

Hingestreckt und träge lag sie in einer See aus zischender Jade, ein schwärender Smaragd im Universum-Ozean. Sie *trug* kein Leben, nein, auf dieser Welt explodierte das Leben, brach hervor, vermehrte sich und wucherte in einem Maße, die jede Phantasie überstieg. Auf einem Boden, so fett, so nahrhaft, daß er beinahe selbst lebte, ergoß sich grünes Magma und überflutete das Land.

Und sie war grün. Ein so helles Grün, daß dieses Grün im Spektrum des Unmöglichen seinen eigenen Platz hatte, ein alldurchdringendes Grün, ein überall gleichzeitiges, allmächtiges Grün.

Welt eines chlorophyllischen Gottes.

Abgesehen von ein paar Flecken aus ranzigem Blau, waren auch die Ozeane selbst grün, übersättigt vom dahintreibenden Pflanzenleben, das die Wasser schier erwürgte. Die Berge waren grün, bis sie in grünen Schaum übergingen; nur in den obersten Regionen kämpften Moose und Flechten mit dem kriechenden Eis, so wie auf den meisten Welten die Wellen gegen das Land ankämpften. Selbst die Luft hatte einen schwachen grünen Schimmer an sich, so daß man glaubte, durch Linsen aus Smaragd zu blicken.

Es gab keine Frage, ob der Planet Leben tragen konnte. Die Frage war eher, ob er zuviel Leben trug, es zu gut trug.

Und trotzdem gab es in all dem Leben, das da auf dem fruchtbarsten Globus im ganzen Universum wuchs und flog und kämpfte und starb, kein einziges Geschöpf, das dachte – nicht in der Art dachte, in der man gewöhnlich das Denken definiert.

Man muß dabei bedenken, daß das, was die Welt

ohne Namen bewohnte, das Universum auch anders sah, als es üblich ist ... wenn es überhaupt so etwas gab. Oh, es gab natürlich die Pelziger, aber die hatten nicht einmal einen Namen, den man als Namen bezeichnen konnte, bis die Leute kamen.

Diese Leute kamen auf dem Weg zu einem anderen Ort. Für den Kommandanten und die Offiziere des Auswandererschiffes, die auf der Steuerbrücke standen und fluchten und über ihre Koordinaten schimpften und sie immer wieder studierten, war es ganz eindeutig: ein Unfall. Das war nicht der Planet, zu dem ihr automatischer Pilot sie hätte bringen sollen, und jetzt waren sie im Orbit, hatten keinen Treibstoff, um irgendwo anders hinzufliegen, hatten nicht die richtige Ausrüstung, um diese Welt zu besiedeln, hatten keine Zeit und keine Mittel, um Hilfe herbeizurufen. Irgendwie würden sie sich abfinden müssen, das Beste aus der Lage zu machen.

Die Kolonisten stimmten ab und machten sich dann ans Werk, die Segnungen der Zivilisation auf diese Welt zu bringen. Sie waren müde und verzweifelt und voll Zuversicht, aber nicht vorbereitet.

Sie landeten in jener grünen Hölle. Sie filterte ganz schnell das Übermaß menschlicher Spreu aus dem Weizen. Ganz schnell und sauber tat sie das und fraß sie auf. Und jene, die sie nicht fraß, veränderte sie.

In jenen frühen Tagen war die Menschheit gewöhnt, das Universum zu lenken, wenn nötig mit Gewalt. Jene, die von dieser Maxime überzeugt waren, brachten auf der Welt ohne Namen keine zweite Generation hervor. Einige wenige, die flexibler waren, weniger vom Stolz gelenkt, überlebten und bekamen Kinder. Und ihre Nachkommen wuchsen ohne Illusionen hinsichtlich der Überlegenheit der Menschheit oder anderer -heiten auf. Sie reiften heran und sahen die Welt um sie durch andere Augen.

Rollt das Holz.

Gebt und nehmt.
Beugt euch im Winde.
Paßt euch an, paßt euch an, *paßt euch an ...!*

2

Born sah zu, wie die Morgennebel sich hoben, und träumte von der Sonne. Er kuschelte sich tiefer in die Astbeuge des Thomabarbaumes und hüllte sich enger in seinen Umhang aus grünem Pelz. Die Gedanken an die Sonne heiterten ihn ein wenig auf. Harte Arbeit, viel Klettern und Mut hatten ihm im Laufe seines bescheidenen Lebens dreimal jenen Anblick geschenkt. Es gab nicht viele Männer, die sich dessen rühmen konnte, dachte er stolz.

Um die Sonne zu sehen, mußte man auf den Gipfel der Welt klettern. Und dann bis zur Krone einer der Säulen kriechen, die immer noch die Stützen der Welt waren. Zu solchen Orten aufzusteigen, hieß, den Tod herausfordern, wie ihn all die gierigen Geschöpfe brachten, die in der Oberen Hölle flogen oder schwebten.

Dreimal hatte er es getan. Er gehörte zu den tapfersten der Tapferen – oder wie manche im Dorf behaupteten, zu den verrücktesten der Verrückten.

Der feuchte Nebel wurde noch dünner, als die aufgehende Sonne die Feuchtigkeit aus der Dritten Etage sog. Er schauderte. Es war nicht nur unbequem, sondern auch gefährlich, so früh am Tage so ungeschützt zu liegen, wenn alle möglichen unangenehmen Geschöpfe unterwegs waren. Aber die Dämmerung des Morgens und die des Abends waren die beste Zeit zum Jagen, und Born fühlte sich ihnen ebenbürtig. Ein guter Jäger hielt sich nicht verborgen, während andere die beste Beute machten.

Er überlegte, ob er Ruumahum rufen sollte, aber der

große Pelziger war nicht nahe, und wenn er jetzt laut rief, verscheuchte er damit mögliche Beute. Er würde eine Weile ohne seinen Begleiter und die von ihm ausstrahlende Wärme zu Rande kommen müssen.

Born hatte keine Zweifel, daß Ruumahum in Rufweite war. Wenn ein Pelziger sich einmal einem Menschen angeschlossen hatte, verließ er ihn nie wieder, bis dieser Mensch starb. Wenn er starb ... Born tat den Gedanken ärgerlich mit einem Achselzucken ab. Für einen Mann auf der Jagd waren dies sinnlose Gedanken.

Drei Tage lag es jetzt zurück, daß er das Dorf verlassen hatte, und bis jetzt war ihm nichts begegnet, das zu erbeuten sich gelohnt hätte. Eine ganze Menge Buschäkker, aber ehe er mit nur einem Buschacker oder zwei ins Dorf zurückkehrte, konnte er ebensogut gleich nach unten gehen. Die Erinnerung an Lostings Rückkehr mit dem Kadaver des Brüters trieb ihm noch immer das Blut ins Gesicht, die Erinnerung an die Bewunderung, die dem großen Mann entgegengeschlagen war. Das waren Kleinigkeiten, frivole Kleinigkeiten, trotzdem machten sie ihn heiß.

Der Brüter war ebenso groß wie Losting gewesen, nichts als Klauen und Scheren, aber diese drohenden Klauen und Scheren waren voll des besten weißen Fleisches, und Losting hatte sie Geh Hell zu Füßen gelegt, und sie hatte sie nicht abgelehnt. Das war der Anlaß gewesen, weswegen Born aus dem Dorf gestürmt war und seine augenblickliche, bislang noch erfolglose Jagd angetreten hatte.

Er hatte sich nie in Größe oder Kraft mit Losting messen können, aber er war geschickt. Selbst als Kind schon war er geschickt gewesen, schneller als seine Freunde, und er hatte jede Gelegenheit wahrgenommen, um das zu beweisen. Wenn auch heute niemand seine Fähigkeiten in Zweifel zog, hätte ihn doch die Vorstellung erschreckt, daß alle ihn für etwas unvorsichtig, eine Spur verrückt hielten. Sie hätten nie Borns beständiges Bedürfnis verstanden, sich vor anderen zu beweisen. In der Beziehung war er ein Atavismus.

Jetzt war er wieder alleine unterwegs, eine stets gefährliche Situation. Er konzentrierte sich darauf, sich von der Welt abzuschließen, wurde eins mit dem Blattwerk, wurde ein Teil des Grüns, praktisch unsichtbar.

Der Nebel war aufgestiegen, hatte sich in die Zweite Etage erhoben. Die Luft war fast klar, wenn auch noch feucht. Born konnte ungehindert auf die große epiphytische Bromeliade sehen, die einige Meter weiter unten an der Liane wucherte. Die riesige Parasitenblüte wuchs mitten aus der Liane heraus, ein Parasit, der an Parasiten wucherte. Breite Blätter in Oliv und Schwarz umgaben die grüne Blüte. Die dicken Blütenblätter wuchsen dicht aneinander, wölbten sich, bildeten ein wasserdichtes Becken. Wie nach dem abendlichen Regen üblich, war dieses Becken nun gut einen Meter tief mit frischem Wasser gefüllt. Irgendwann würde etwas kommen, das zu töten sich lohnte, um davon zu trinken.

Um ihn herum erwachte nun der Wald, ein Chor von Geräuschen, von Bellen, Quietschen, Zirpen, Heulen und Kreischen verdrängte die Stimmen der weniger gesprächigen nächtlichen Vettern.

Schon begann ihn der Mut zu verlassen, und er schickte sich an, einen anderen Ort aufzusuchen, als er in den Zweigen und Lianen über der natürlichen Zisterne eine Bewegung entdeckte. Er riskierte es, sich nach vorne zu schieben, verließ einen Augenblick lang die Tarnung seines grünen Umhangs. Ja, da war ein Rascheln zu hören, immer noch ein gutes Stück über seinem gegenwärtigen Standort, aber nach unten kommend.

Mit ein paar sparsamen Bewegungen zog er den Bläser nach vorne. Das eineinhalb Meter lange Rohr aus grünem Holz hatte hinten einen Umfang von sechs Zentimetern und verjüngte sich an der Spitze. Ganz vorsichtig schob er es auf die Astgabel vor sich. Dort ruhte es reglos, wie ein Ast ohne Blätter. Er richtete es auf die Zisterne. Dann griff er in den Köcher, den er unter dem Cape auf dem Rücken trug, und zog einen der zehn Zentimeter langen Dorne heraus. Indem er ihn vorsichtig an dem fächerförmigen Schwanz hielt, wo man ihn von der Mutterpflanze abgebrochen hatte, schob er ihn hinten in die Waffe. Dem Sack, der neben dem Köcher hing, entnahm er ein Tankkorn. Es war hellgelb, mit schwarzen Adern, und etwas größer als eine Männerfaust. Seine lederne Haut war zäh wie eine Trommel. Born schob das Korn hinten in den Bläser und klappte den Block hoch. Über ihm war aus dem Rascheln jetzt ein Krachen und Knacken von dicken Zweigen geworden.

Er umfaßte mit der rechten Hand den pistolenähnlichen Abzug und benutzte die andere Hand, das Rohr zu halten. Still wie eine Statue stand er jetzt. Indem er sich ganz auf die Bromeliade konzentrierte, war er bemüht, mit der Pflanze eins zu werden.

Sieh doch, was für einen bequemen Ruheort ich biete, dachte er angespannt. Wie geräumig doch dieser Kabblast ist, wie breit und wohlschmeckend seine Gefährten, wie klar und frisch und kühl das Wasser, das ich so geduldig gerade für dich gesammelt habe. Komm doch zu mir herunter und trinke aus mir!

Eine verirrte Brise bewegte die Blattspitzen der Bromeliade. Born hielt den Atem an und hoffte, daß die Brise nicht seine Witterung nach oben trug, zu dem Geschöpf, was immer es sein mochte, das sich schwerfällig den Weg nach unten bahnte.

Ein letztes lautes Knacken abbrechender Blattstiele, und das Geschöpf zeigte sich – eine dunkelbraune Kegelgestalt mit kurzem braunen Fell bedeckt. Am flachen Ende des Kegels waren jetzt zwei lange Tentakel zu sehen. Augen mit roter Iris standen darüber. Und um den kegelförmigen Körper des Grasers, in gleichmäßigen

Abständen verteilt, waren vier muskulöse Arme, die ihn zwischen den oberen und unteren Ästen festhielten. An einem kräftigen Schwanz, der von der Spitze des Kegels ausging, ließ er sich vorsichtig herab.

Der Graser war beinahe zwei Meter lang und fünfmal so schwer wie Born. Es würde nicht leicht sein, ihn zu töten. Der dicke Pelz war schwer zu durchdringen, aber der flache Unterteil des Kegels war nur mit dünnen Borsten bedeckt. Um es aber dort zu treffen, würde Born warten müssen, bis das Geschöpf sich ihm zuwandte. Der winzige runde Mund an der Kegelbasis war harmlos, enthielt vier einander gegenübergestellte Gruppen flacher Mahlzähne. Aber diese Arme konnten einen Kabbl in Fetzen reißen. Und ein Mensch würde noch viel leichter in Stücke gehen.

Ein Arm löste seinen Griff, packte einen niedrigeren Ast. Der Schwanz bog sich herunter, um sich an demselben Ast festzuklammern. Dann ließ der obere und der linke Arm los, und der Graser schwang sich tiefer. Born wünschte, er hätte sich ein wenig besser vorbereitet und einen zweiten Tankkorn und einen Jacaridorn vorbereitet. Aber jetzt war es zu spät. Die leiseste Bewegung, und der Graser würde blitzschnell verschwinden. Er konnte sich mit unvorstellbarer Geschwindigkeit durch den Dschungel bewegen – nach oben oder unten ebenso wie zur Seite. Und er konnte einen Menschen auch von hinten anfallen, ehe der auch nur Zeit zum Umdrehen hatte.

Jetzt wartete er auf der Liane unmittelbar über der Zisterne. Mit Hilfe seines Schwanzes und seiner vier Hände drehte er sich langsam nach allen Seiten. Einmal schien es Born, als starrten die suchenden Augen direkt in sein Versteck, aber sie hielten nicht inne, sondern kreisten weiter. Offenbar mit dem Zustand seiner Umgebung zufrieden, ließ der Graser sich auf den Kabbl herunterfallen. Drei Arme stützten ihn am äußersten Rand der Bromeliade. Er beugte sich vor, und sein breites flaches Gesicht senkte sich aufs Wasser. Born konnte schlürfende Geräusche hören.

Das Problem war jetzt dieses: Wenn er jetzt pfiff, würde jener massive Kopf sich dann nach links oder rechts drehen? Wenn er sich falsch entschied, würde er wertvolle, vielleicht entscheidende Sekunden verlieren. Born traf seine Wahl und schob die Mündung des Bläsers vorsichtig in die Richtung des Grasers. Er schürzte die Lippen und stieß einen leisen stotternden Pfiff aus. Fleisch rührte der Graser nicht an, aber Blumenkiteier waren eine Delikatesse für ihn.

Auf den Klang von Borns Imitation des Gefahrenrufs eines Blumenkitweibchens hob sich der große Kopf, drehte sich um und starrte ihn direkt an. Der Jäger atmete kurz durch und drückte ab. Im Inneren des Laufes schoß ein langer zugespitzter Splitter von Eisenholz nach hinten und durchbohrte die straff gespannte Haut des Tankkorns. Ein weicher Knall war zu hören, als der gasgefüllte Samen explodierte. Das komprimierte Gas strömte explosionsartig aus und trieb den Jacaridorn aus dem Lauf. Er traf das stoppelige flache Gesicht des Grasers über dem Mund und unter den beiden Augenstielen.

Alle vier Kiefer wurden schlaff. Ein kreischender Schrei ertönte. Als wäre er ein Auslöser gewesen, brüllte der Dschungel in der Umgebung auf, und das erschreckte Heulen und Schreien hielt einige lange Augenblicke an.

Der Graser machte einen Satz auf Born zu, erzitterte kurz, als er knapp zwei Meter von ihm entfernt landete, brach zusammen und stürzte vom Kabbl. Aber die paralysierten Hände und der Schwanz hielten die große Liane fest. Man würde diese kräftigen vielgliedrigen Finger abschneiden müssen.

Er beobachtete das Geschöpf scharf. Graser spielten gerne tot, bis man ihnen nahe kam, dann packten sie plötzlich den unvorsichtigen Jäger und rissen ihn mit einem Ruck in Stücke. Aber der hier zitterte nicht einmal. Der Dorn hatte sein Gehirn durchdrungen und ihn auf der Stelle getötet.

Born seufzte, legte den Bläser weg und richtete sich auf, streckte die verkrampften Muskeln. Der grüne Pelzumhang fiel ihm herunter. Jetzt zog er das Knochenmesser aus dem Gürtel, trat aus dem Schutz des Blattwerks hervor und ging die breite Liane hinunter, auf die reglose Gestalt seines Opfers zu.

Leicht fünfmal so schwer wie er, sagte sich Born, und fast zur Gänze eßbar. Aber sich in Gedanken bereits an ihm zu ergötzen, war eine Sache, ihn über einem Feuer zu braten, eine ganz andere. Jetzt ging es nur noch um die Kleinigkeit, den Kadaver ins Dorf zurückzuschaffen und unterwegs hungrige Aasfresser abzuwehren. Je schneller er hier verschwand, um so besser.

Er beugte sich über den Rand des Kabbl und machte sich mit dem Messer zu schaffen. Muskel und Sehnen lösten sich, als er die Hände und den Schwanz bearbeitete, die den Kadaver festhielten. Der Graser fiel in das Blattwerk darunter.

Eine Stimme, die an das Geräusch einer Dampflokomotive im Leerlauf erinnerte, erklang plötzlich hinter ihm. Born machte instinktiv einen Satz und segelte in die Tiefe, ehe er sich an einem Zweig des Kabbl festhielt und mit einem seine Muskeln durchlaufenden Ruck zum Stillstand kam. Keuchend wandte er sich um und blickte nach oben. Noch während er absprang, hatte er das Poltern erkannt, aber schon zu spät, um die Reflexbewegung noch aufhalten zu können.

Ruumahum stand da und blickte vom Hauptstamm des Kabbl auf ihn herunter. Der Pelziger schob sich näher, alle sechs seiner dicken Beine ins Holz gekrallt. Das bärenähnliche Gesicht starrte ihn an, die drei dunklen Augen, die in einem Bogen über der Schnauze standen, musterten ihn traurig. Große Klauen scharrten an dem Ast.

Born schüttelte den Kopf und schwang sich auf die Liane.

»Ich hab' dir schon so oft gesagt, Ruumahum, daß du dich nicht so an mich heranschleichen sollst.«

»Spaß«, protestierte Ruumahum, schnaufend.

»*Kein* Spaß«, widersprach Born und zog sich an einem Stiel nach oben. Ein kurzer Sprung, und er stand wieder auf dem Kabblweg. Dann packte er Ruumahum an einem seiner langen Schlappohren und zog daran, um seine Aussage zu unterstreichen.

Der Pelziger war so lang wie der Graser, wenn auch nicht ganz so massig. Außerdem war er unglaublich stark, schnell und intelligent. Ein Rudel Pelziger könnte die Geißel der Waldwelt sein, wären sie nicht so unvorstellbar träge und verbrächten sie nicht den größten Teil ihres Lebens mit der einzigen Leidenschaft, der sie ausgiebigst frönten – dem Schlaf.

»Nicht Spaß«, schloß Born und riß ein letztes Mal an dem Ohr. Ruumahum nickte, ging um den Jäger herum und beschnüffelte den Graser.

»Zu alt nicht«, polterte er. »Gut essen ... viel gut essen.«

»Wenn wir ihn nach Hause schaffen können«, pflichtete Born ihm bei. »Schaffst du das?«

»Kann schaffen«, brummte der Pelziger, ohne einen Augenblick zu zögern.

Born beugte sich über den Rand und studierte den Kadaver.

»Er ist auf einen ziemlich kräftigen Ast gefallen, aber er könnte leicht abrutschen. Willst du ihn aufheben oder dich unter ihn stellen und ihn auffangen, wenn ich ihn wegstoße?«

»Gehen fangen.«

Born nickte. Ruumahum machte sich auf den Weg nach unten, beschrieb einen weiten Bogen, der ihn unter den Graser führen würde. Sobald der Pelziger seinen Posten bezogen hatte, würde Born senkrecht nach unten steigen, bis er den Kadaver vom Ast stoßen konnte. Keiner von beiden verspürte Lust, hinter einem stürzenden Kadaver in die unbeschreiblichen Tiefen unbekannter Etagen vorzustoßen.

Die Dschungelwelt hatte sieben Etagen. Die Menschheit, die Menschenabkömmlinge, zogen diese Etage, die Dritte, vor. Ebenso die Pelziger. Darüber gab es noch zwei, dann kam ein von der Sonne ausgebleichtes grünes Dach und darüber die Obere Hölle. Unter ihnen lagen vier Etagen, wobei die Siebte Etage, die tiefste, die Untere und Wahre Hölle war, mehr als vierhundertfünfzig Meter unter dem Heim.

Die Obere Hölle hatten viele Menschen gesehen. Born hatte sie dreimal gesehen und lebte noch. Aber nur zwei legendäre Gestalten waren je bis in die Untere Hölle vorgedrungen. An die Oberfläche. Waren bis zu dem ewig dunklen Sumpf vorgedrungen, einem feuchten Land aus riesigen offenen Gruben und gehirnlosen Scheußlichkeiten, die dort krochen, quollen, schwammen und fraßen.

Wenigstens hatten sie das behauptet. Der erste hatte bei seiner Rückkehr den Verstand verloren und war kurz darauf gestorben. Als der zweite zurückkehrte, fehlten ihm einige wichtige Körperteile, aber er hatte immerhin den Bericht seines Begleiters bestätigt, wenn er auch fast jede Nacht im Schlaf schrie.

Nicht einmal die Pelziger konnten in den Erinnerungen ihrer Ahnen einen Artgenossen finden, der je über die Sechste Etage hinaus nach unten vorgedrungen wäre. Es war ein Ort, den man mied. So war es begreiflich, daß weder Mensch noch Begleiter Lust verspürten, dorthin zu gehen, um abgestürzte Beute zu suchen.

Ruumahum erschien unter dem Graser und knurrte. Born rief ihm eine Antwort zu und machte sich seinerseits auf den Weg. Der Graser hing immer noch an dem Ast, als er ihn endlich erreichte, aber ein einziger Stoß reichte aus, um ihn davon zu lösen. Ruumahum klammerte sich mit den mittleren und hinteren Beinen am harten Holz des Kabbl fest. Dann beugte er sich etwas vor und schlug die beiden Vordertatzen, von denen jede ausreichte, einem Menschen den Schädel zu Brei zu zermalmen, unmittelbar unter dem Schwanz in den Körper des Grasers.

Danach wurde der Kadaver mit Borns Hilfe gleichmäßig auf Ruumahums Rücken verteilt. Die Vorderpfoten stützten das Gewicht, während Born es mit unzerreißbarem Fom festband, das er an der Hüfte trug. Er führte die Leine einige Male um den Kadaver und den zwei Bäuchen des Pelzigers durch, verknotete sie dann und trat zurück.

»Probier's mal, Ruumahum. Sitzt es gut?«

Der Pelziger krallte alle sechs klauenbewehrten Tatzen ins Holz und lehnte sich prüfend nach links und dann nach rechts. Dann schüttelte er sich absichtlich, hob den Kopf und senkte die Hüften. »Rutscht nicht, Born. Sitzt gut.«

Born musterte das riesige Geschöpf besorgt. »Bist du auch sicher, daß du es schaffst? Der Weg nach Hause ist lang, und wir müssen vielleicht kämpfen.« Die Last war selbst für einen ausgewachsenen Pelziger von Ruumahums Größe beträchtlich.

Der knurrte nur: »Schaff's schon ... kämpfen nicht sicher.«

»Schon gut, mach dir keine Sorgen. Beute oder nicht, wenn es wirklich Ärger gibt, dann schneide ich dich frei.« Er grinste. »Daß du mir bloß nicht auf halbem Weg zwischen hier und zu Hause einschläfst.«

»Schläft? Was ist Schlaf?« schnaubte Ruumahum. Die Pelziger hatten ihren eigenen Humor, der für Menschen nur gelegentlich verständlich war. Da Born selbst auch von der Norm abwich, verstand er ihre Witze besser als die meisten anderen Menschen.

»Dann wollen wir gehen.«

Aber zuerst ging es zurück zum Versteck, um den

Bläser zu holen und ihn sich umzuhängen. Jetzt gab es nur noch eines zu tun. Born ging zu dem schwer beladenen Ruumahum zurück und blieb am Rande der Bromeliade stehen, die solch ausgezeichnete Beute angelockt hatte. Er strich mit den Händen liebkosend über die breiten Blätter und beugte sich vor, um einen langen Zug aus dem klaren Wasser zu tun, das der unglückliche Graser gesucht hatte. Als er getrunken hatte, schüttelte er sich die Tropfen ab und wischte sich die nassen Hände an seinem Umhang ab. Dann strich er noch einmal in stummem Tribut für die Pflanze über das nächste Blatt, bevor er und Ruumahum die lange Reise heimwärts antraten.

Es war ein grünes Universum, grün durch und durch; aber seine Sterne und Nebel waren strahlend bunt. An Blumenkohl erinnernde Luftbäume, die auf den breiten Ästen der Säulen wuchsen, waren mit duftenden Blüten jeder vorstellbaren Form und Farbe bedeckt, von denen einige Düfte verbreiteten, die man meiden mußte, um nicht für immer den Geruchssinn zu verlieren. Diesen stark duftenden Blüten gingen Born und Ruumahum sorgfältig aus dem Weg. Ihre Gerüche waren ebenso sinnlich wie tödlich. Auch Lianen und Schlingpflanzen hatten ihre eigenen Blüten, und an manchen Stellen blühten sogar Luftwurzeln. Hier herrschte eine Vielfalt der Farben, die selbst die reichsten Dschungel der Erde vergleichsweise fahl und blaß erscheinen ließen.

Obwohl das Pflanzenleben die Oberhand hatte, war auch die Tierwelt vielfältig und üppig. Baumwesen aus den Gattungen der Vögel, der Säugetiere und der Reptilien glitten oder flogen durch sich windende smaragdfarbene Tunnel. Freilich befanden sie sich in der Minderzahl gegenüber den Geschöpfen, die über die Schwerkraft Lügen strafende Straßen und Pfade aus Holz krochen, sprangen und schwangen.

Der stetige Kreislauf von Leben und Tod drehte sich um Born und Ruumahum, als sie sich über ineinander verschlungene Tungtankeln, Kabbls und sich windende hölzerne Pfade zum Dorf zurückarbeiteten. Ein Schweber mit schraubenförmigen Schwingen stieß auf eine unvorsichtige sechsbeinige gefiederte Pseudoechse herunter und wurde seinerseits verschlungen, als er auf einem falschen Kabbl landete. Der falsche Kabbl glich aufs Haar dem dicken hölzernen Kriechgewächs, auf dem Born und Ruumahum sich bewegten. Wäre Born darauf getreten, hätte er zumindest einen Fuß verloren. Der falsche Kabbl war eine lange Kette ineinander verschlungener Münder, Mägen und Eingeweide. Schweber und Pseudoechse verschwanden in einem der Mäuler des mit Zähnen bewehrten Astes.

Es war beinahe Mittag. Gelegentlich drang ein Strahl des Tageslichts in die Dritte Etage, einige fielen sogar noch tiefer auf die Vierte und Fünfte. Überall glitzerten Spiegellianen, und in ihren diamanthellen durchsichtigen Blättern brach sich das lebenspendende Sonnenlicht und wurde Hunderte von Metern durch grüne Schluchten an Orte hinunter geleitet, die es sonst nie erreichte. Die Mittagszeit war das Crescendo dieser Sinfonie aus Licht und Tönen. Kammlianen und Echoblätter bildeten den grünen Hintergrund für die Sänger des Tierreichs. Sie hätten einen wißbegierigen Botaniker ebenso überrascht wie die Spiegellianen.

Born war kein Botaniker. Er hätte den Begriff nicht einmal definieren können. Sein Ururururgroßvater wäre dazu noch imstande gewesen. Doch auch dieses Wissen hatte ihn nicht davor bewahrt, jung zu sterben.

Schließlich hüllte sie der feuchte Abendnebel katzenhaft verstohlen ein. Die munteren Schreie der Geschöpfe des Lichts wichen den Geräuschen erwachender Nachtschwärmer, deren Grunzen finsterer und tiefer klang, deren Schreie der Hysterie näher lagen. Und so war das dröhnende Heulen der nächtlichen Fleischfresser eine Spur drohender. Es war Zeit, Unterschlupf zu finden.

Born hatte den größten Teil der letzten Stunde damit verbracht, einen wilden Heimbaum zu suchen. Solche Bäume waren rar, er hatte den ganzen Nachmittag über keinen gesehen. Sie würden also mit einem weniger bequemen Nachtquartier vorliebnehmen müssen. Zehn Meter über ihnen lag beispielsweise eines, und man konnte es leicht durch die ineinanderverschlungenen Äste und Lianen des Waldbaldachins erreichen.

Weder Born noch Ruumahum konnten ahnen, welche Krankheit oder welcher Parasit die großen verholzten Gallblasen am Zweig des Säulenbaumes hervorgerufen hatte, aber jedenfalls waren sie für ihr Vorhandensein dankbar. Sie würden die Nacht lindern. Sechs oder sieben der kugelförmigen Ausbuchtungen drängten sich um den Ast. Die kleinste war etwa halb so groß wie Born, die größte groß genug, um Mensch und Pelziger spielend leicht aufzunehmen.

Er untersuchte die größte mit seinem Messer und stellte fest, daß sie für das geschärfte Beil viel zu zäh war – wie er das auch erhofft hatte. Wenn sein Häutemesser die verholzte Blase nicht durchdringen konnte, war auch die Gefahr gering, daß sie irgendein Räuber von hinten anfiel. Er löste den toten Graser – der bereits zu riechen begann – von Ruumahums Rücken und schob den Kadaver auf den Ast. Ruumahum reckte sich genüßlich, Wellenbewegungen gingen durch seinen Pelz, als er die Muskeln am Rücken spannte. Er gähnte, so daß man seine Reißzähne und zwei rasiermesserscharfe Hauer im Unterkiefer sehen konnte.

Dann machte sich der Pelziger nach Borns Anweisung daran, mit beiden Vorderpfoten die Blase aufzureißen. Gemeinsam zwängten sie den Kadaver in den Hohlraum. Born knüpfte sorgfältig seine übriggebliebenen Jacaridorne in eine Liane, bis sie eine primitive Barrikade vor der Öffnung bildeten. Wenn jetzt ein Aasfresser versuchte, sich hineinzuschleichen, riskierte er ein paar gefährliche Wunden. Die spitzen Dornen bildeten ein Kreuz über der Öffnung. Ein intelligenter Räuber konnte sich dennoch leicht Zutritt verschaffen, aber dazu gehörte menschliche Intelligenz.

Jetzt, da ihre Beute für die Nacht sicher verwahrt war, machte Ruumahum sich an der nächsten Blase zu schaffen und schnitt eine kleinere Öffnung hinein, die ihnen Zutritt verschaffte. Born kniete nieder und spähte hinein. Sie war schon lange abgestorben – trocken und schwarz. Er holte ein Päckchen mit rotem Staub aus dem Gürtel; Ruumahum schabte bereits an den Innenwänden der Blase und schob das, was sich dort löste, in der Nähe der Öffnung zusammen. Born schüttete etwas von dem roten Pulver auf einen Holzspan und drückte den Daumen darauf. Ein paar Sekunden des Kontaktes mit seiner Körperwärme reichten aus, um den Staub in genau dem Augenblick aufflammen zu lassen, als der Jäger den Daumen zurückzog. Bestimmten parasitischen Knollen dienten diese brennbaren Pollen als besonders wirksame Verteidigung. Borns Leute hatten viel Lehrgeld bezahlt, als sie ihn kennenlernten.

Er wartete, bis sich aus dem kleinen Flämmchen ein bescheidenes Feuer entwickelt hatte, dessen Knistern und Tanzen in der Schwärze der Nacht für sie beruhigend war. Jetzt war nur noch eines zu tun. Er mußte Ruumahum heftig schütteln, um ihn lange genug wachzuhalten, bis er an der anderen Seite der Blase ein winziges Loch in die Wand gebohrt hatte. Jetzt, da Entlüftung und damit ein Rauchabzug gesichert war, holte Born ein Stück dunkles Dörrfleisch aus einer Tasche am Gürtel und kaute auf dem würzigen steinharten Fleisch herum.

Der abendliche Regen begann. Es würde die ganze Nacht hindurch regnen – nicht ein gelegentlicher Wolkenbruch, sondern ein beständiger, gleichmäßiger Regen, der zwei Stunden vor der Morgendämmerung aufhören würde. Mit wenigen Ausnahmen hatte es jede Nacht geregnet, an die Born sich erinnern konnte. Der Regen kam des Nachts ebenso sicher, wie am Morgen die Sonne aufging. Wasser trommelte gleichmäßig auf das Dach der Blase und floß an ihren gebogenen Flanken entlang, um in endlose Tiefen zu tropfen. Ruumahum schlief tief.

Born musterte das Feuer einige Minuten lang. Dann legte er das restliche Dörrfleisch weg, um es sich für den nächsten Abend aufzubewahren, und kuschelte sich an Ruumahums warme Flanke. Der Pelziger regte sich im Schlaf, drückte sich, den Kopf auf die Brust gelegt, gegen die Innenwand der Blase. Born seufzte und blickte auf die massive schwarze Wand jenseits des Feuers. Er war zufrieden. Sie waren an diesem ersten Tag ihrer Rückkehr keinen Aasfressern begegnet, und Ruumahum hatte die mächtige Last des großen Grasers hierher geschleppt, ohne auch nur ein einziges Mal einzuschlafen. Er strich dankbar über die mächtige Hinterkeule des Wesens und grub die Finger in das dicke Grün seines Pelzes.

Und dann hatten sie einen warmen, trockenen Unterschlupf für die Nacht gefunden. Viele Nächte, die er im Freien verbracht hatte, bis auf die Haut durchnäßt, ließen ihn die Blase schätzen. Er hüllte sich in den grünen Pelzumhang und drehte sich zur Seite. Sein Messer lag neben seiner rechten Hand, der Bläser zu seinen Füßen. Relativ zufrieden und mehr oder weniger überzeugt, nicht im Bauch irgendeines nächtlichen Räubers zu erwachen, fiel er in tiefen, traumlosen Schlaf.

Es war ein ziemlich kräftiger Regen gewesen, stellte Born fest, als er durch das Loch in der Blase hinausblickte. Hinter ihm schlief Ruumahum tief. Der Pelziger würde schlafen, bis Born ihn weckte. Wenn man ihn nicht daran hinderte, würde ein Pelziger fast immer schlafen, bis auf wenige Stunden am Tag.

Vom grünen Himmel fielen immer noch Tropfen, wenn es auch schon lange aufgehört hatte zu regnen. Ein paar trafen Born ins Gesicht. Er schüttelte die schale Feuchtigkeit von sich ab. Eine Weile würde es noch schlüpfrig und glatt sein, aber sie würden sich trotzdem gleich auf den Weg machen. Er wollte schnell nach Hause kommen. Es drängte ihn danach, Geh Hells Gesichtsausdruck zu sehen, wenn er ihr den Graser zu Füßen legte.

Er stand auf und stieß Ruumahum ein paarmal in die Rippen. Der Pelziger grunzte verschlafen und stöhnte. Born trat noch einmal zu. Ruumahum erhob sich langsam, je zwei Füße gleichzeitig, und brummte gereizt. »Schon Morgen ...?«

»Wir haben einen langen Marsch vor uns, Ruumahum«, erklärte Born. »Letzte Nacht war langer Regen. Bis Mittag sollte es rote Beeren und Pium geben.«

Der Gedanke an Nahrung ermunterte Ruumahum. Er hätte es vorgezogen zu schlafen, aber ... nun, Pium war eine feine Sache. Ein letztes Sichdehnen, die Krallen seiner Vorderpfoten gruben acht parallele Furchen in das Holz der Gallenblase, das zäh wie Metall war. Manchmal, das mußte er einräumen, war es ganz angenehm, Menschen um sich zu haben. Sie hatten so eine unnachahmliche Art, gute Sachen zum Essen zu finden und das Essen vergnüglicher zu machen. Dafür war Ruumahum bereit, Borns Fehler zu übersehen. Seine drei Augen leuchteten heller. Die Menschen schmeichelten sich, daß die Zähmung der ersten Pelziger eine große Leistung gewesen sei. Die Pelziger hatten keinen Anlaß, dagegen Einspruch zu erheben. Tatsächlich hatten sie sich den Menschen mehr aus Neugierde angeschlossen. Menschen waren die ersten Geschöpfe, die den Pelzigern je begegnet waren, deren Verhalten unvorhersehbar genug war, um sie wachzuhalten. Man konnte wirklich nie vorhersehen, was ein Mensch als nächstes tat, selbst wenn man ihn gut kannte. Also hielten sie den Pakt, ohne wirklich zu verstehen, weshalb sie es taten. Sie wußten nur, daß an der Beziehung etwas Nützliches und Gutes war. Der Gedanke an die Piumherzen hielt Ruumahum lange genug wach, daß Born, ohne zuviel Zeit zu vergeuden, den Graserkadaver auf seinem Rücken festzurren konnte.

Entweder hatte kein Aasfresser ihr Lager gefunden, oder sie hatten es vorgezogen, den tödlichen Dornen aus dem Wege zu gehen. Born zog die Jacaris nacheinander aus dem Lianengewirr, barg sie in seinem Köcher, schlang sich die Liane um den Gürtel und machte sich wieder auf den Weg.

»Nahe Heim«, murmelte Ruumahum an jenem Abend und fuhr sich mit seiner dicken, gebogenen Zunge über die Rückseite seiner Vorderpfote.

Born hatte schon seit einer Stunde vertraute Landmarken und Baummarkierungen erkannt. Da war zum Beispiel der Sturmtreterbaum, der den alten Hanna tötete, als dieser einen Augenblick lang nicht aufgepaßt hatte. Sie schlugen einen weiten Bogen um den schwarzsilbernen Stamm. Einmal mußten sie stehenbleiben, als ein Buna-Schweber mit langen Tentakeln an ihnen vorbeizog. Während sie warteten, stieß der Schweber einen langen zischenden Pfiff aus und ließ sich tiefer sinken. Vielleicht wollte er sein Glück auf der Vierten Etage versuchen, wo es mehr Buschäcker gab.

Born war hinter einem Baumstamm hervorgetreten und wollte gerade seinen Umhang ablegen, als über ihnen ein Kreischen ertönte, das laut genug war, um ein Pfeffermall zum Zerspringen zu bringen, lauter als das Heulen einer Schollakee auf der Jagd. Der Schrei kam so plötzlich und war so überwältigend, daß der normalerweise nicht aus seiner Ruhe zu bringende Ruumahum unwillkürlich Kampfstellung einnahm und sich trotz des Grasers auf seinem Rücken gegen den nächsten Stamm preßte und die Vorderpfoten mit ausgestreckten Klauen hob.

Der Schrei ging in ein Stöhnen über, und dann war plötzlich ein überwältigendes, erschreckendes Krachen und Brechen zu hören. Selbst der Ast des nächsten Säulenbaumes erzitterte. Dann zitterte sogar der Ast, auf dem sie standen. Ruumahum konnte sich dank seiner überlegenen Kraft festhalten, aber Born war nicht so sicher. Er fiel ein paar Meter tief, brach durch ein paar hilflose Blattgewächse, bis er auf Widerstand traf. Fast wäre er weiter gestürzt, hätte er nicht rechtzeitig beide Arme um den steifen Fom klammern können. Das Vibrieren hörte auf, und er konnte sich auch mit den Beinen daran festhalten.

Zitternd richtete er sich auf. Er hatte sich anscheinend nichts gebrochen, alles funktionierte noch. Aber sein Bläser war verschwunden; sein Band war gerissen, und so war er in die Tiefe gestürzt. Das war ein schlimmer Verlust.

Die krachenden und brechenden Geräusche wurden leiser und hörten schließlich ganz auf. Born bildete sich ein, beim Fallen in der Ferne eine unglaublich große Masse von etwas Blauem, Glänzenden gesehen zu haben. Es war ebenso schnell wieder vorbei gewesen, und jetzt war in dem grünen Dschungel nichts mehr davon zu sehen.

Schnüffler und Orbiolen kamen aus ihren Verstecken, riefen prüfend ins Dickicht. Dann schlossen sich Buschacker und Blumenkits und ihre Verwandten an, und nach wenigen Minuten erklang um sie wieder die vertraute Sinfonie des Dschungels.

»Etwas geschehen«, meinte Ruumahum leise.

»Ich glaube, ich habe es gesehen.« Born strengte seine Augen noch mehr an, sah aber nur Vertrautes. »Du auch? Etwas Großes, Blaues, Glänzendes.«

Ruumahum sah ihn an. »Nichts gesehen. Mich in Hölle fallen sehen. Mich konzentriert, *hier* bleiben, Graser mich hinunterziehen. Keine Zeit für Neugier.«

»Du hast dich besser gehalten als ich, Alter«, räumte

Born ein, während er wieder zu dem Pelziger hinaufkletterte. Er zog prüfend an einer Liane, stellte fest, daß sie sein Gewicht trug, und wollte sich in Richtung auf die mörderischen Geräusche entfernen. »Ich glaube, wir sollten besser ...«

»Nein.« Als er sich umblickte, sah er, wie der Pelziger seinen großen Kopf gesenkt hatte und ihn langsam in Nachahmung der menschlichen Verneinungsgeste von einer Seite zur anderen bewegte. Drei Augen blickten zu dem Weg, den sie gekommen waren.

»Bis jetzt wir glücklich, Born Mensch. Bald andere Graser riechen. Wir kämpfen müssen jeden Schritt. Zuerst Heimgehen. Dieses andere ...« – sein Kopf deutete in Richtung auf das Brechen und Krachen – »ich zuerst mit Brüdern sprechen, die solche Dinge wissen.«

Born stand auf der hölzernen Brücke und dachte nach. Seine große Neugierde – seine Verrücktheit, wenn man seinen Stammesgenossen glaubte – zog ihn zum Ursprung der Geräusche, so drohend sie auch geklungen hatten. Aber dann behielt die Vernunft die Oberhand. Ruumahum und er hatten vieles auf sich genommen, um den Graser zu töten und bis hierher zu schleppen. Jetzt zu riskieren, daß sie ihn ohne guten Grund verloren, war unklug.

»In Ordnung, Ruumahum.« Er sprang auf den größeren Ast und ging wieder in Richtung auf das Dorf. Ein letzter Blick, den er nach hinten warf, zeigte ihm nur Grün, keine unnatürliche Bewegung. »Aber sobald wir das Fleisch heimgebracht haben, komme ich zurück, um herauszufinden, was das war, ob du oder ein anderer nun mitkommst oder nicht.«

»Ich keine Zweifel«, erwiderte Ruumahum wissend.

3

Sie erreichten die Sperre vor Einbruch der Dunkelheit. Vor ihnen schien die Dschungelwelt zu einem einzigen Baum zu werden – dem Heimbaum. Nur die Säulen selbst waren größer, und der Heimbaum war ein Baum von monströßen Ausmaßen. Breite verschlungene Äste und Zweige streckten sich nach allen Richtungen. In den Baum verschlungen wuchsen Luftbäume, Kabbls und Lianen. Born registrierte befriedigt, daß auf dem Heimbaum nur Pflanzen wuchsen, die entweder unschädlich oder ihm hilfreich waren.

Seine Leute sorgten gut für den Heimbaum, und der Heimbaum sorgte seinerseits für sie.

Die Eigenschlingpflanzen waren von rosa Blüten gesäumt mit Pollensäcken, die wie Kugeln in ihnen saßen. Diese Säcke glichen den gelben Tanksamen, die die Bläser zu solch gefährlichen tödlichen Waffen machten, nur daß sie viel feinfühliger waren. Die leiseste Berührung der empfindlichen rosa Oberfläche würde die papierdünne Haut platzen lassen und eine Staubwolke in die Luft jagen, die jedes Lebewesen sofort tötete, das den Staub einatmete, sei es nun durch Nase, Pore oder eine andere Öffnung. Die Lianen umschlangen den Baum in der Mitte der Dritten Etage – der Dorfetage – und bildeten ein schützendes Netz tödlicher Seile.

Born ging auf die nächste Blüte zu, bückte sich über sie und spuckte direkt darauf, wobei er darauf bedacht war, nicht den Pollensack zu treffen. Die Blüte zitterte, aber der Sack platzte nicht. Die rosafarbenen Blütenblätter schlossen sich, und kurz darauf begannen die Schlingpflanzen sich zu kräuseln und sich zu spannen wie Klettertriebe, die sich festkrallen wollen. Und jetzt lag ein freier Weg vor Born und Ruumahum, wenn auch die Pflanzenwand sich gleich wieder schloß, als Ruumahum sie passiert hatte. Die Blüte, in die Born gespuckt hatte, öffnete wieder ihre Blätter, um das letzte Licht des Abends zu trinken.

Ein beiläufiger Beobachter hätte feststellen können, daß Borns Speichel verschwunden war. Ein Chemiker hätte sagen können, daß er absorbiert worden war. Ein brillanter Wissenschaftler hätte vielleicht entdecken können, daß er nicht nur absorbiert worden war – nein, er war vielmehr analysiert und identifiziert worden. Doch Born wußte nur, daß man in die Blüte spucken mußte, und daß der Heimbaum dann wußte, wer man war.

Während er auf das eigentliche Dorf zuging, versuchte er vergnügt zu pfeifen. Aber das Lied wollte nicht zustande kommen. Seine Gedanken waren immer noch mit dem geheimnisvollen blauen Ding befaßt, das in den Wald gestürzt war. Es kam nur ganz selten vor, daß einer der größeren Luftbäume größer wuchs, als seine Wurzeln dies zuließen und dann abstürzte und Schlingpflanzen und andere Gewächse mit sich in die Tiefe riß. Aber Born hatte noch nie ein solches Zersplittern von Holz gehört. Dieses Ding war viel schwerer gewesen als jeder Luftbaum. Das wußte er von der Geschwindigkeit, mit der es gestürzt war. Und dann war dieser halb vertraute, seltsame blaue Schimmer gewesen.

Seine Gedanken waren nicht bei seinem erwarteten Triumph, als er das Dorfzentrum betrat. Hier spaltete sich der mächtige Stamm des Heimbaumes in ein Geflecht kleinerer Stämme und Äste, bildete ein ineinanderverschlungenes Netz aus Holz um einen freien Raum in der Mitte, ehe die einzelnen Stämme und Ausläufer sich hoch oben wieder miteinander verbanden, um wieder einen einzigen sich verjüngenden Stamm zu bilden, der noch gute sechzig Meter weiter himmelwärts stieg. Die Dorfbewohner hatten mit Schlingpflanzen, Pflanzenfasern und Tierhäuten einzelne Abschnitte dieser Stämme miteinander verbunden, so daß Räume und eine Art von Häusern mit Dächern entstanden, die Wind und Regen nicht durchdringen konnten. Als Nahrung bot der Heimbaum an Blumenkohl erinnernde Früchte, die wie Heidelbeeren schmeckten und die manchmal sogar im Inneren der abgeschlossenen Räume wuchsen.

In den Häusern und unter dem Baldachin auf dem Platz in der Mitte gab es kleine versengte Stellen. Diese winzigen Brandstellen schadeten dem riesigen Gewächs nicht. Und außerdem besaß jedes Haus auch eine Grube, die in das Holz selbst eingegraben war. Hier statteten die Bewohner des Baumes viele Male am Tag ihren Dank ab für den Schutz und das Dach, welches der Baum ihnen bot, und mischten ihre Gaben mit einem Brei aus toten fleischigen Pflanzen, die sie zu diesem Zweck gesammelt hatten. Dieser Brei diente auch dazu, die Gerüche zu vertilgen. Wenn die Gruben voll waren, säuberte man sie. Die trockenen Überreste wurden in die Tiefen geworfen, damit man die Gruben wieder aufs neue gebrauchen konnte. Der Baum nahm dieses Opfer mit großer Geschwindigkeit und einzigartiger Effizienz an und absorbierte es.

Der Heimbaum war die größte Entdeckung, die Borns Ahnen gemacht hatten. Man entdeckte seine Einzigartigkeit zu einem Zeitpunkt, als es schon den Anschein hatte, auch die letzten überlebenden Kolonisten würden bald zugrunde gehen. Damals machte sich niemand Gedanken, weshalb ein Gewächs, welches vom eingeborenen Leben nicht benutzt wurde, sich fremden Eindringlingen so gewogen zeigen sollte. Als die menschliche Bevölkerung dann gerettet schien, schickte man Späher aus, um andere Heimbäume zu finden und dort neue Stämme zu gründen. Aber in den Jahren, seit Borns Ururururgroßvater sich in diesem Baum niedergelassen hatte, war die Verbindung zu den anderen Stämmen zuerst schwächer geworden und dann ganz abgerissen. Niemand machte sich die Mühe, solche

Kontakte wieder herzustellen, oder dachte auch nur darüber nach. Sie waren voll und ganz damit beschäftigt, in einer Welt zu überleben, in der es von alptraumhaften Manifestationen des Todes und der Vernichtung wimmelte.

»Born ist wieder da ... schaut doch, Born ist zurückgekehrt ... Born, Born!«

Ein kleines Grüppchen sammelte sich um ihn, begrüßte ihn vergnügt, aber es waren ausschließlich Kinder. Eines davon hatte die Frechheit, an seinem Umhang zu zerren, ohne Respekt, wie er einem zurückkehrenden Jäger gebührte. Er sah hinunter und erkannte den Waisenjungen Din, für den die ganze Dorfgemeinschaft sorgte.

Etwas, das einen einzigen schrecklichen, hustenden Laut ausgestoßen hatte und dann wieder im Wald verschwunden war, hatte seine Mutter und seinen Vater dahingerafft, als sie beim Früchtesammeln waren. Die anderen der Gruppe waren von Schrecken erfüllt geflohen und hatten, als sie später zurückkehrten, nur noch die Werkzeuge der beiden vorgefunden. Sonst hatte man nie wieder eine Spur von ihnen gesehen. Also übernahm es die ganze Dorfgemeinschaft, den Jungen aufzuziehen. Aus Gründen, die keiner kannte, am allerwenigsten Born, hatte der Junge sich ihm angeschlossen. Der Jäger konnte den Jungen nicht von sich stoßen. Es war ein Gesetz – ein Gesetz, das dem Überleben diente –, daß ein freies Kind sich jeden Beliebigen zum Ziehvater oder zur Ziehmutter wählen konnte. Wie freilich jemand den verrückten Born auswählen konnte ...

»Nein, du kannst den Graserpelz nicht haben«, sagte Born und schob den Jungen sanft von sich. Din war mit dreizehn kein Kind mehr. Es war also nicht mehr so leicht, ihn von sich zu schieben.

Hinter dem Waisenknaben rollte ein fettes Pelzknäuel einher, das noch nicht ganz so groß wie der Junge war. Das Pelzigerjunge Muf stolperte bei jedem dritten

Schritt über seine eigenen Stummelbeine. Als es zum dritten Mal stolperte, legte es sich mitten im Dorf schlafen; das war die beste Lösung des Problems. Ruumahum musterte das Junge und brummte mißbilligend. Aber er konnte es ihm nachfühlen: er selbst fühlte sich auch schläfrig. Es war Zeit für ein ausgedehntes Nickerchen.

Born ging nicht unmittelbar auf sein Haus zu, sondern auf das eines anderen.

»Geh Hell!«

Grüne Augen, so grün wie die dunkelsten Blätter, spähten heraus, und dann folgten ihnen Gesicht und Körper einer Waldnymphe, schlank wie ein Kätzchen. Sie ergriff seine beiden Hände.

»Schön, daß du zurück bist, Born. Alle haben sich Sorgen gemacht. Ich ... war sehr besorgt.«

»Besorgt?« antwortete er herablassend. »Wegen eines kleinen Grasers?« Er machte eine weit ausholende Handbewegung in Richtung des Kadavers. Ruumahum war wütend, voll unfreundlicher Gedanken über Menschen, die sich zuerst mit Frivolitäten befaßten und erst dann das Wohlergehen ihrer Pelziger im Auge hatten.

Geh Hell starrte den Graser an, und ihre Augen wurden so groß wie Rubinartblüten. Dann runzelte sie unsicher die Stirn. »Aber Born, das kann ich doch nicht alles essen?«

Borns Lachen klang etwas gezwungen. »Du kannst von dem Fleisch haben, was du brauchst, und deine Eltern auch. Und der Pelz gehört natürlich dir.«

Geh Hell war das schönste Mädchen im Dorf, aber manchmal ertappte Born sich dabei, wie er unfreundliche Dinge über ihre anderen Qualitäten dachte. Aber dann mußte er wieder an ihre dünnen Blattlederhüllen denken, und er vergaß alles andere.

»Du lachst mich aus«, protestierte sie verärgert. »Du sollst mich nicht auslachen!« Natürlich reizte ihn das nur noch mehr, sie auszulachen.

»Losting«, erklärte sie voll Würde, »lacht mich nicht aus.«

Das brachte ihn schnell zum Schweigen.

»Wen interessiert es denn, was Losting tut?« forderte er sie heraus.

»Mich interessiert es.«

»Hmm ... nun gut.« Irgend etwas war plötzlich schiefgegangen. Das entwickelte sich nicht so, wie er es sich vorgestellt hatte. Wie er es geplant hatte. Aber irgendwie war das immer so.

Er sah sich in dem schweigenden Dorf um. Einige der älteren Leute hatten ihn aus ihren Häusern beobachtet, als er zurückgekehrt war. Jetzt, da der Reiz des Neuen vorbei war, wandten sie sich wieder ihren Haushaltspflichten zu. Die meisten Erwachsenen waren natürlich auf der Jagd unterwegs oder beim Sammeln von Früchten, oder damit beschäftigt, den Heimbaum von Parasiten freizuhalten. Die erwartete Bewunderung hatte sich irgendwie nicht entwickelt. Er hatte also sein Leben riskiert, um zu ein paar neugierigen Kindern zurückzukehren und einer Geh Hell, die ihm gegenüber gleichgültig war. Seine anfängliche Euphorie verflog.

»Ich werde dir jedenfalls den Pelz saubermachen«, brummte er. »Komm, Ruumahum.« Er wandte sich ab und ging verärgert zum anderen Ende des Dorfes. Hinter ihm vollzogen sich im Gesicht von Geh Hell ein paar Veränderungen, die ein breites Spektrum von Gefühlen anzeigten. Dann drehte sie sich um und ging ins Haus ihrer Eltern zurück.

Ruumahum schnaubte erleichtert, als schließlich das Gewicht von seinem Rücken genommen wurde, und er sich wieder frei bewegen konnte. Gleich darauf stapfte er zu seiner Ecke in dem großen Saal, legte sich nieder und entschwand in jene Region, die alle Pelziger am meisten lieben.

Halblaut vor sich hin murmelnd packte Born seinen Jägergürtel aus, nahm den Umhang ab und machte sich an die Arbeit, den Graser zuzubereiten. Dabei ging er so wütend mit dem Knochenmesser um, daß er ein paarmal beinahe das Fell verletzt hätte. Als nächstes kam die Fettschicht unter der Haut. Es war nicht leicht, den Kadaver zu bewegen, aber Born schaffte es, ohne Ruumahum wecken zu müssen. Das Fett wanderte in einen hölzernen Trog. Später würde es geschmolzen und zu Kerzen verarbeitet werden. Jetzt hatte er endlich die Fleischschicht erreicht und schnitt große Stücke davon ab, die man trocknen und aufbewahren würde. Die Innereien und sonstigen nichteßbaren Teile wanderten in die Grube hinten im Raum. Dann deckte er sie mit der fertigen Mulchmixtur ab und fügte Wasser aus einer hölzernen Zisterne hinzu. Der Heimbaum würde zufrieden sein.

Den hohlen Rückenknochen und die mächtigen gebogenen Rippen löste er voneinander, säuberte sie und trug sie hinaus, damit die Sonne sie trocknete. Aus den dicken Knochen würde man Werkzeuge, Gebrauchsgegenstände und Schmuck anfertigen. Die Zähne waren wertlos; man konnte sie nicht tragen, im Gegensatz zu denen des Brüters, den Losting erlegt hatte. Er würde sich aus diesen flachen Mahlzähnen keines der Halsbänder machen können, die man bei Zeremonien trug. Aber gut essen würde er.

Sobald der Graser auf seine nützlichen Bestandteile reduziert war, säuberte Born sich Hände und Arme. Dann ging er in eine Ecke seines Zimmers und schob einen Vorhang aus gewebten Pflanzenfasern beiseite. Er wühlte dahinter herum und fand seinen zweiten Bläser. Er würde sich jetzt wieder ein Ersatzstück beschaffen müssen. Er überlegte. Jelum würde ihm einen machen müssen. Seine Hände waren bei der Bearbeitung des grünen Holzes viel geschickter als die Borns und auch schneller. Er lächelte. Für den neuen Bläser würde er den größten Teil des Grasers abgeben müssen, aber dennoch würde er eine ganze Weile zu essen haben. Jelum, der nicht auf die Jagd ging und zwei Kinder und eine Frau hatte, würde für das Fleisch dankbar sein.

»Ich geh zu Jelum, dem Schnitzer, Ruumahum. Ich ...«

Aus der Ecke des Pelzigers kam nur ein langgezogenes leises Fiepen. Born stieß ein Schimpfwort aus. Anscheinend interessierte sich überhaupt niemand dafür, ob er nun lebte oder tot war. Er schob den Blattledervorhang beiseite und stapfte zu Jelums Haus hinüber.

Den Rest des Tages verbrachte er zum größten Teil damit, den Handel perfekt zu machen. Am Ende erklärte Jelum sich bereit, für drei Viertel des Graserfleisches und das ganze Skelett einen neuen Bläser anzufertigen. Normalerweise wäre Born nicht so hoch gegangen. Es hatte ihn sechs Tage gekostet, den Graser zu erlegen, und dabei war er ein ungewöhnlich hohes Risiko eingegangen. Aber er war müde und von dem gleichgültigen Empfang enttäuscht; und Geh Hell verwirrte ihn. Außerdem zeigte Jelum ihm ein ausgezeichnetes Stück aus grünem Holzrohr, an manchen Stellen fast blau, das er zum Bau der Waffe verwenden würde. Es würde einen ausnehmend guten Bläser ergeben. Er wurde also keineswegs betrogen, aber er machte auch kein gutes Geschäft.

Anschließend kletterte er alleine in die oberen Bereiche des Dorfes, in eine Höhe, wo die Einzelstämme sich wieder zu einem großen Stamm vereinigten. Von diesem Plateau aus konnte er auf das Dorf hinunterblicken und hinaus in den Dschungel.

Das Dorfzentrum war der größte freie Platz, den er in seinem ganzen Leben gesehen hatte, abgesehen von der Oberen Hölle natürlich. Hier konnte er sich entspannen und die Welt studieren, ohne einen Angriff befürchten zu müssen. Während er so dasaß, landete ein Glasblitzer neben einer rosafarbenen Lianenblüte. Rote und blaue Flügel bewegten sich träge, und die Sonne brach sich in ihnen.

Dies war einer der Gründe, warum manche Leute im

Dorf Born ein wenig verrückt nannten. Nur er brachte es fertig, dazusitzen und seine Zeit zu vergeuden, indem er Glasblitzer und Blumen beobachtete, die man weder essen konnte, noch zu sonst etwas nütze waren. Born wußte selbst nicht, weshalb er solche Dinge tat, aber irgend etwas in ihm fühlte sich dabei wohl. Wohl und warm. Er würde alles lernen, das es zu wissen gab.

Leser, der Schamane, hatte häufig versucht, den Dämon auszutreiben, der Born zu solcher Verschwendung trieb, aber ebensooft war es ihm mißlungen. Born hatte sich nur auf Drängen des besorgten Häuptlingspaars, Sand und Joyla, dieser Behandlung unterzogen. Am Ende hatte Leser aufgegeben und erklärt, Borns Krankheit sei unheilbar. Und alle waren sich einig, daß man Born, solange er niemandem schadete, auch in Frieden lassen durfte. Alle meinten es gut mit ihm.

Alle mit Ausnahme von Losting natürlich. Aber Lostings Abneigung hatte ihren Ursprung nicht in Borns Besonderheiten, sondern in einer seiner fixen Ideen.

Ein Tropfen lauwarmen Regens traf Born auf der Stirn und rann an seinem Gesicht hinunter. Ein weiterer folgte und dann noch einer. Es war Zeit, sich der Ratsversammlung anzuschließen.

Er kletterte ins Dorf zurück. Das Feuer war in der Mitte des Platzes an der Stelle angezündet worden, die von vielen solchen Feuern zäh und schwarz gebrannt war. Ein weitläufiger Baldachin aus gewebtem Blattleder hielt den Regen fern, ein Dach, das sämtlichen Dorfbewohnern Schutz bot, so groß war es. Die meisten hatten sich bereits versammelt, zuallererst Sand, Joyla und Leser.

Als er sich durch den jetzt stetigen Regen nach unten arbeitete, entdeckte er Losting. Born reihte sich zwischen den Männern gegenüber seinem Rivalen ein. Offenbar hatte Losting von Borns Rückkehr gehört und auch davon, daß er Geh Hell das Graserfell angeboten hatte, denn er funkelte ihn noch giftiger als sonst über das Feuer hinweg an. Born lächelte freundlich zurück.

Das gleichmäßige Plätschern des warmen Regens auf das Blattleder und das Murmeln der in die Tiefe rinnenden Tropfen bildeten einen Kontrapunkt zu den Geräuschen der versammelten Menschen. Hin und wieder lachte ein Kind, um gleich darauf von seinen Eltern zum Schweigen gebracht zu werden.

Sand hob den Arm, um sich Schweigen zu verschaffen. Neben ihm tat Joyla es ihm gleich. Die Leute verstummten. Sand, der nie groß gewesen war – er war etwa von gleicher Größe wie Born –, erschien jetzt, vom Alter gebeugt und eingeschrumpft, noch kleiner. Dennoch war sein Äußeres immer noch eindrucksvoll. Er war wie eine verwitterte alte Uhr, die all ihre Zeit geduldig damit verbracht hatte, feierlich vor sich hin zu ticken, die aber im richtigen Augenblick immer noch erstaunlich laut und klar die Stunde schlug.

»Die Jagd war gut«, meldete jemand.

»Die Jagd war gut«, hallte es aus der Versammlung befriedigt wider.

»Das Sammeln war gut«, tönte Sand.

»Das Sammeln war gut«, pflichtete der Chor ihm bei.

»Alle, die das letzte Mal hier waren, sind jetzt hier«, stellte Sand fest und sah sich im Kreise um. »Der Saft rinnt kräftig im Heimbaum.«

Und eine der Frauen im Kreis verkündete: »Der Same von Morann und Oh reift. Ein Monat noch, und sie wird gebären.« Sand und alle anderen nickten oder murmelten zustimmend.

Weit über ihnen hallte der Donner, ließ die Schluchten zwischen den Bäumen erzittern und rollte von den Klippen aus Chlorophyll ab. Um sie dröhnte die abendliche Litanei: wie viele und welche Arten von Früchten und Nüssen gesammelt, wieviel Fleisch und Fleisch welcher Art gesammelt und zubereitet worden waren; was jedes Mitglied des Stammes an diesem jetzt zu

Ende gegangenen Tage erlebt und geleistet hatte. Ein bewunderndes Murmeln erhob sich in der Menge, als Born verkündete, daß er einen Graser erlegt habe, aber es war nicht so laut, wie er es sich gewünscht hatte. Er hatte nicht berücksichtigt, daß es etwas anderes gab, was alle viel mehr beschäftigte. Leser brachte es zur Sprache.

»An diesem Nachmittag«, begann er und fuchtelte mit dem Totem seines Amtes, der Heiligen Axt, herum, »kam etwas aus der Oberen Hölle in die Welt. Etwas so Gigantisches, daß es unsere Vorstellungen übersteigt ...«

»Nein, nicht so groß«, unterbrach ihn Joyla. »Es muß angenommen werden, daß die Säulen größer sind.«

Stimmen erhoben sich beipflichtend.

»Wohl überlegt, Joyla«, räumte Leser ein. »Dann eben etwas, dessen *Gewicht* alle Vorstellung übersteigt, selbst wenn man sich seine Größe vorstellen kann.« Als Joyla diesmal stumm blieb, nickte er befriedigt. »Es trat nordwestlich des Sturmtreters in die Welt und zog weiter in die Untere Hölle. Vielleicht war es ein Bewohner jener Hölle, der seine Vettern in der Oberen Hölle besuchte und jetzt in seine Heimat zurückgekehrt ist.«

»Täuschen wir uns nicht vielleicht hinsichtlich der Dämonen der Oberen Hölle?« fragte jemand aus der Menge. »Kann es nicht sein, daß sie in Wahrheit ebenso groß werden können wie jene unten? Wir wissen nur wenig von beiden Höllen.«

»Und ich zumindest«, warf ein anderer ein, »empfinde auch gar nicht den Wunsch, mehr zu erfahren!« Beifälliges Gelächter ertönte.

»Dennoch«, beharrte der Schamane und deutete mit seiner Axt auf den Mann, der sich seiner Unwissenheit gebrüstet hatte, »hat es dieser Dämon vorgezogen, in unserer Nähe abzusteigen. Was ist, wenn er nicht in sein Heim in der Tiefe zurückgekehrt ist? Seit seinem Eintreffen hat er keinen Laut mehr von sich gegeben, sich nicht bewegt. Wenn er in unserer Nähe bleibt – wer weiß, was er dann tut?« Die Menge begann unruhig zu werden. »Es besteht die Möglichkeit, daß er tot ist. Zweifellos wäre es interessant, einen toten Dämon zu besichtigen, aber noch viel wertvoller wäre soviel Fleisch.«

»Es sei denn, seine Verwandten kommen, um seine Leiche abzuholen«, rief jemand, »und in dem Falle wäre ich lieber anderswo!« Wieder beifälliges Murmeln.

Hoch über ihnen rollte der Donner. Zu seiner eigenen Überraschung stellte Born plötzlich fest, daß er aufgesprungen war und das Wort ergriffen hatte: »Ich glaube nicht, daß es ein Dämon war.« Alle Augen wandten sich ihm zu. Plötzlich war ihm nicht mehr wohl in seiner Haut, aber jetzt konnte er nicht mehr zurück.

»Woher weißt du das? Hast du das Ding gesehen?« fragte Leser schließlich, nachdem er sich von Borns unerwartetem Ausbruch erholt hatte. »Du hast nichts davon erwähnt, keinem gegenüber.«

Born zuckte die Achseln, versuchte gleichmütig zu erscheinen. »Keiner hatte es eilig, mich danach zu fragen.«

»Wenn das kein Dämon war, dieses Ding, von dem du behauptest, daß du es gesehen hast, was war es dann?« fragte Losting argwöhnisch.

Born zögerte. »Ich weiß nicht. Ich habe es nur ganz kurz gesehen, als es durch die Welt fiel – aber gesehen habe ich es!«

Losting setzte sich wieder hin und ließ seine Muskeln im Feuerschein spielen. Dann lächelte er die Leute an, die um ihn saßen.

»Komm, Born«, drängte Joyla, »entweder hast du das Ding gesehen oder nicht.«

»Aber das ist es ja gerade«, protestierte er. »Ich stürzte gerade. Ich habe es gesehen und doch nicht. Als die krachenden Geräusche und das Zittern der Welt um mich ihren Höhepunkt erreichten, sah ich zwischen den

Bäumen etwas Tiefblaues aufblitzen. Ganz blau war es, wie eine Asanis.«

»Vielleicht ist es das auch, was du gesehen hast, eine treibende Asanisblüte«, sagte Losting und grinste.

»Nein!« Born wirbelte herum und funkelte seinen Rivalen an. »Die Farbe war es, aber leuchtend, tief und zu ... zu scharf. Es hat das Licht zurückgeworfen.«

»Das Licht *zurück*geworfen?« staunte Leser. »Wie kann das sein?«

Wie das sein konnte? Alle starrten ihn an und wollten halb glauben, daß er etwas gesehen hatte, das kein Dämon war. Er mühte sich ab, jenen Augenblick des Fallens ins Gedächtnis zurückzurufen, jenen kurzen Blick auf das fremdartige Blau zwischen den Ästen. Es fing das Licht wie ein Asanisblatt – nein, eher wie sein Messer, wenn es poliert war. Verzweifelt suchte er nach einem Vergleich.

»Wie die Axt!« platzte es dann aus ihm heraus, und er wies dramatisch auf die Waffe, die der Schamane in der Hand hielt. »Wie die Axt hat es ausgesehen.«

Alle Blicke wanderte automatisch zu der Heiligen Waffe, auch der von Leser. Einige fingen zu lachen an. Nichts auf dieser Welt war wie die Axt.

»Vielleicht täuschst du dich, Born«, meinte Sand nicht unfreundlich. »Du sagtest ja, es sei sehr schnell geschehen. Und du bist gestürzt, als du es sahst.«

»Ich weiß es ganz bestimt. Wie die Axt.« Er wünschte, er wäre so sicher, wie er vorgab, aber jetzt konnte er nicht mehr zurück. Nicht, wenn er nicht riskieren wollte, wie ein Narr dazustehen.

»Jedenfalls«, hörte er sich zu seinem eigenen Schrekken sagen, »läßt sich das ja auch ganz leicht beweisen. Wir brauchen nur hinzugehen und nachzusehen.«

Das Murmeln der Menge wurde lauter, aber jetzt war das kein Spott mehr, eher Schrecken.

»Born«, begann der Häuptling geduldig, »wir wissen nicht, was dieses Ding ist oder wohin es gefallen ist.

Vielleicht ist es bereits in die Tiefen zurückgekehrt, aus denen es wahrscheinlich kam. Laß es dort.«

»Aber wenn wir es doch nicht wissen«, wandte Born ein, stand auf und ging näher ans Feuer. »Vielleicht ist es nicht zurückgekehrt. Vielleicht ist es nur ein oder zwei Etagen unter uns zum Stillstand gekommen, schläft, wartet, bis es die Witterung unseres Heimbaumes aufnimmt, und kommt dann hierher und holt in der Nacht einen nach dem anderen von uns. Wenn es ein solches Ungeheuer ist, dann wäre es besser, wir kämen ihm zuvor und erschlagen es im Schlafe.«

Sand nickte langsam und sah sich im Kreise um. »Also gut. Wer will mit Born gehen, um die Spur dieses Dämons zu suchen?«

Born wandte sich um und sah die anderen Jäger an, bat sie stumm um ihre Hilfe. Langes Schweigen, ablehnende Blicke und dann plötzlich eine Reaktion von jemandem, mit dem er nicht gerechnet hatte.

»Ich komme mit«, verkündete Losting. Er stand auf und starrte Born selbstgefällig an, als wollte er sagen, wenn du vor diesem Ding keine Angst hast, dann gibt es dort gar nichts, vor dem man Angst haben könnte. Born wich dem Blick aus.

Dann schlossen sich etwas widerstrebend der Jäger Drawn und die Zwillinge Talltree und Tailing an. Am Ende hätten die anderen Jäger auch nachgegeben und sich gemeldet, aus Angst, feige zu erscheinen, aber Leser hob die Axt. »Genug. Ich gehe auch mit, obwohl ich dagegen bin. Es geziemt sich nicht, daß Menschen einen der Verdammten aufsuchen, ohne jemanden bei sich zu haben, der die Verdammten kennt.«

»Das kann man wohl sagen«, murmelte jemand. Das Lachen, das darauf folgte, wirkte erlösend, lockerte das Feierliche der Versammlung.

Sand legte die Hand über den Mund, um ein unhäuptlinghaftes Lachen zu überdecken. »Jetzt lasset uns beten«, dröhnte er würdevoll, »daß jene, die den Dämonen suchen gehen, ihn krank und schwach vorfinden oder ihn gar nicht finden, unversehrt und gesund zu uns zurückkehren.« Er hob beide Hände, senkte den Kopf und begann einen Gesang.

Kein irdischer Theologe hätte jenen Gesang erkannt. Kein Pfarrer, Priester, Rabbiner oder Hexendoktor hätte seine Herkunft identifizieren können, wohl aber jeder Bioingenieur, aber keiner von ihnen hätte erklären können, weshalb gerade dieser Gesang hier unter dem dröhnenden Nachthimmel und dem Baldachin aus Blattleder so wirksam schien.

Drei Augen glühten wie heiße Kohlen und spiegelten den Tanz des in der Ferne flackernden Feuers wider. Ruumahum lag in einer Astbeuge und starrte zweifelnd auf die versammelten Menschen hinunter. Seine Schnauze lag auf seinen gekreuzten Vorderpfoten. Jetzt war ein unsicheres Kratzen an dem Ast zu hören. Im nächsten Augenblick krachte ein Bündel aus Pelz und Fleisch in seine Flanke. Er knurrte gereizt und blickte sich um. Es war das Junge, das sich dem jungen Waisenmenschen Din angeschlossen hatte.

»Alter«, fragte Muf leise, »warum ruhst du nicht wie die anderen Brüder?«

Ruumahums Blick wanderte wieder zu dem fernen Baldachin und dann zurück zu den singenden Menschen.

»Ich studiere Menschen«, murmelte er. »Geh schlafen, Junges.«

Muf überlegte, kroch dann näher an den ausgewachsenen Pelziger heran und starrte ebenfalls auf das Feuer hinunter. Nach einer Weile blickte er fragend auf. »Was machen die?«

»Das weiß ich auch nicht genau«, erwiderte Ruumahum. »Ich glaube, auf ihre Art versuchen sie den Brüdern gleich zu werden ... wie wir.«

»Wir? Wir?« Muf hustete komisch im Regen und

setzte sich auf seine Hinterpfoten. »Aber ich dachte immer, wir versuchen den Menschen gleich zu werden?«

»Ha. Das glauben viele. Und jetzt geh schlafen!«

»Bitte, Alter, ich bin verwirrt. Wenn der Mensch versucht, uns gleich zu werden, und wir versuchen, dem Menschen gleich zu werden – wer hat dann recht?«

»Du stellst viele Fragen, Junges, Fragen, die du noch nicht ganz begreifst. Wie kannst du dir einbilden, daß du die Antwort verstehen würdest? Die Antwort ist ... das – was – gesucht – wird, ein Treffen, eine Verbindung, ein ineinanderverwobenes Netz.«

»Ich verstehe«, flüsterte Muf, der überhaupt nichts verstand. »Und was wird geschehen, wenn das erreicht ist?«

»Ich weiß nicht«, erwiderte Ruumahum und sah wieder zum Feuer hinunter. »Keiner der Brüder weiß es, aber wir suchen es jedenfalls. Außerdem findet der Mensch uns interessant und nützlich und hält sich für den Meister. Die Brüder finden den Menschen nützlich und interessant, und es ist ihnen gleichgültig, wer Meister ist. Der Mensch glaubt, diese Beziehung zu verstehen. Wir wissen, daß wir sie nicht verstehen. Und um diese befriedigte Ignoranz beneiden wir ihn.« Er machte eine Kopfbewegung zu den versammelten Menschen in der Tiefe. »Vielleicht werden wir es nie begreifen. Aber die Offenbarung wird nie versprochen, nur erhofft.«

»Ich verstehe«, murmelte das Junge und verstand noch weniger. Mühsam rappelte es sich auf und wandte sich zum Gehen, blieb dann aber noch einmal stehen. »Alter, eine Frage noch.«

»Ja, was denn?« brummte Ruumahum, ohne den Blick von der Gebetsversammlung abzuwenden.

»Es geht das Gerücht bei uns Jungen, daß wir weder geredet noch gedacht haben, bis die Menschen kamen.«

»Das ist kein Gerücht, das ist die Wahrheit. Wir haben nur geschlafen.« Er gähnte und ließ dabei seine rasiermesserscharfen Zähne und Hauer sehen. »Aber der Mensch auch. Wir erwachen gemeinsam, glaubt man.«

»Ich weiß«, räumte Muf ein, aber er wußte gar nichts. Dann wandte er sich ab und machte sich daran, selbst eine Schlafstelle für die Nacht zu suchen.

Ruumahum wandte seine Aufmerksamkeit erneut den Menschen zu und überlegte, wie glücklich er sich doch preisen konnte, einen so interessanten und so wenig vorhersehbaren Menschen wie Born zu haben. Und jetzt war da dieses Ding, das sie morgen suchen gehen würden. Nun, wenn die Welt sich morgen verändern sollte, dachte er und gähnte erneut, so war es besser, dieser Veränderung ausgeschlafen entgegenzutreten. Er rollte sich zur Seite, zog den Kopf zwischen die Vorder- und die Mittelpfoten und begab sich sofort und friedlich ins ersehnte Land des Schlafes.

Born wollte, noch bevor die Morgennebel sich gehoben hatten, losziehen, aber Leser und die anderen wollten davon nichts hören. Losting musterte den Urheber einer solch lächerlichen gefährlichen Idee voll Mitgefühl. Jemand, der auch nur in Betracht zog, sich noch während der Nebel aus dem sicheren Schutz des Heimbaumes zu begeben, wo doch niemand sehen konnte, was vielleicht im Hinterhalt lauerte, mußte wirklich verrückt sein.

Ihre Expedition bestand aus zwölf Teilnehmern – sechs Männern und sechs Pelzigern. Die Menschen gingen hintereinander durch die Baumwege, während die Pelziger über, neben und unter ihnen ausschwärmten und damit einen Schutzschild um sie bildeten. Born und Leser gingen an der Spitze, während Losting sich erboten hatte, die Nachhut zu übernehmen. Losting sah diese Expedition mit gemischten Gefühlen und war bemüht, sich von ihrem Urheber – Born – so fern wie möglich zu halten. Außerdem war Losting trotz der Abneigung, die er für Born wegen dessen Interesse an Geh

Hell empfand, intelligent genug, um Borns Fähigkeiten zu erkennen. Und so war es durchaus richtig, daß Born die Spitze der kleinen Gruppe übernommen hatte. Aber, beruhigte sich Losting selbst, Verrückte sind immer schlau.

Ihr Weg durch die Verästelungen der sonnigen Dritten Etage war schnell und ohne Unterbrechungen zurückgelegt. Nur einmal verursachte ein warnendes Murren zur Linken ihres Pfades und unter unter ihnen die Gruppe dazu, innezuhlten und die Bläser schußbereit zu machen. Taandason, von dem die warnenden Geräusche ausgegangen waren, kam kurz darauf auf dem Kabbl herangerannt, der parallel zum Weg der Menschen verlief. Sein Atem ging vor Ärger etwas schneller.

»Braune Vielbeine«, meldete der Pelziger. »Ein Jagdpaar. Sie haben mich gesehen, und sie hat gespuckt, aber ihr Begleiter hat sich umgedreht. Jetzt weg.« Der Pelziger wandte sich um, sprang auf einen tiefer liegenden Ast und verschwand im Unterholz. Leser nickte befriedigt und winkte der Kolonne, weiterzugehen. Dorne wurden in die Köcher zurückgesteckt, Tanksamen in die Taschen.

Ein einzelnes braunes Vielbein würde nicht zögern, zwei oder drei Menschen anzugreifen, überlegte Born. Und ein Jagdpaar würde fast alles angreifen, was es in der Waldwelt gab. Aber eine Gruppe von Menschen und Pelzigern in solcher Zahl würde selbst die größten Räuber des Waldes zögern lassen, ehe sie angriffen. Ob freilich ein Dämon ähnlich denken würde, blieb abzuwarten.

Sie mußten sich jetzt dem Ort nähern. Born erkannte einen Blutbaum, dessen krugähnliche Blätter mit karminrotem Wasser gefüllt waren, das die Tanninsekretion der Pflanze erzeugte. Bald nachdem sie den Blutbaum passiert hatten, verspürten sie eine gleichmäßige Brise. Ein Murmeln erhob sich unter den Menschen. Innerhalb der Dschungelwelt gab es nur selten einen Wind, der gleichmäßig aus einer Richtung kam. Statt dessen gab es Luftzüge, die wie Schemen kamen und gingen, zwischen den Ästen und Stämmen wie Lebewesen dahinhuschten. Aber diese Brise war gleichmäßig und warm. So warm, überlegte Born, daß sie aus der Hölle selbst kommen könnte.

Leser schwang beherzt und ausgiebig seine Axt und bannte alle bösen Geister der Umgebung in ihre Schlupfwinkel. Ein jeder zog sich seinen grünen Umhang dichter um den Körper, um darunter Schutz zu suchen.

Born gab seinen Gefährten mit einer Handbewegung zu verstehen, daß sie langsamer gehen und ausschwärmen sollten. Vor ihm schien die Welt plötzlich ihre Perspektive zu verändern. Er machte noch ein paar Schritte auf dem Kabbl, schob ein herunterhängendes Walohrblatt beiseite und rief den anderen zu, was er sah, wobei sich seine eine Hand krampfartig um eine Liane spannte. Ähnliche Rufe drangen aus der Nähe an sein Ohr, aber er war einen Augenblick lang wie gelähmt, nicht imstande, sich nach seinen Gefährten umzusehen.

Kaum eine Handbreit von ihm entfernt war das dicke Holz des Kabbl, auf dem er stand, wie ein verfaulter Stiel zerschmettert worden, ebenso wie all die anderen Gewächse in der Nähe. Ein riesiges Loch hatte sich in der Welt gebildet. Born blickte auf, sah zweihundert Meter über sich einen Kreis von seltsamer Farbe. Ein blauer Flecken mit weißen Kumuluswölkchen darauf – das unverdeckte Blau der Oberen Hölle.

Und unten – seine Hand krampfte sich um die Liane, daß die Knöchel weiß hervortraten –, unten ebensoweit entfernt, irgenwo in der Fünften Etage lag ein strahlend blauer Gegenstand, der das Licht der Sonne wie die Axt widerspiegelte. Und in seiner Mitte war etwas, das noch heller glänzte, etwas, das Regenbogen erzeugte, eine ungleichmäßige Halbkugel aus einem Material wie die durchsichtigen Schwingen eines Glasblitzers. Und oben war die Halbkugel aufgerissen und offen.

Schon hatten Lianen, Schlinggewächse, Kabbl, Tungtankel und andere Gewächse die glatten Flanken des entstandenen Schachtes zerfasert, schoben sich hervor, kämpften erbarmungslos um den unerwarteten Reichtum des Sonnenlichts.

Born studierte die sich ausbreitenden Epiphyten und sonstigen Gewächse und schätzte, daß in höchstens zweimal Sieben-Tagen die neue Vegetation das Loch völlig ausgefüllt haben würde. Dann würden sie diesen Ort eine Weile meiden müssen, bis sich dichtere und festere Gewächse eingestellt hatten.

»Hier, Born!« rief eine Stimme.

Er wandte sich um und sah Leser auf dem abgebrochenen Ast eines Säulenbaumes stehen. Er beugte sich so weit hinaus, wie er das wagte, und gestikulierte mit der Axt. In dem grünlichen Licht reflektierte sie die Sonnenstrahlen, daß sie wie ein Blitz wirkte. In wenigen Minuten hatten sich sämtliche Mitglieder des Suchtrupps auf dem meterbreiten abgebrochenen Zweig versammelt. Die Pelziger bildeten ein gewichtiges Grüppchen für sich und warteten ab, was die Menschen tun würden.

»Es ist ganz gewiß ein Dämon, und er schläft«, begann einer der Zwillinge – Talltree, wie Born feststellte.

»Ich glaube immer noch nicht, daß es ein Dämon ist«, erwiderte Born entschieden. »Ich glaube, daß es ein Ding ist, ein Gegenstand, der künstlich hergestellt ist«, jetzt deutete er mit einer Kopfbewegung auf Leser, »wie die Axt.«

Das war Blasphemie. Einige stießen erschreckte Rufe aus. Leser hob die Hand, um sich Aufmerksamkeit zu verschaffen. »Leute, dies ist nicht der Ort für laute Geräusche. Die Dämonen der Oberen Hölle könnten durch das Loch zu uns kommen, das dieser größere Dämon gemacht hat. Wir werden weiter über diese Sache sprechen, aber ruhig.« Jetzt setzte sich die Unterhaltung im Flüsterton fort. »Also, Born«, fuhr Leser fort, »weshalb bist du so sicher, daß dieses blaue Ding unter uns nicht ein Dämon ist, sondern ein Gegenstand wie die Axt?«

»Er sieht so aus«, erwiederte Born unbehaglich. »Seht doch, wie regelmäßig seine Umrisse sind und wie er das Licht zurückwirft.«

»Könnte ein Dämon das nicht auch tun? Wirft die Haut der Orbiolen nicht auch das Licht zurück, bist du sicher, Born?«

Born ertappte sich dabei, wie er den Blick abwandte. »Sicher kann man da nicht sein, Schamane, es sei denn ...« – und dabei starrte er den Älteren an – »man würde hinuntergehen und es sich selbst ansehen.«

»Aber wenn es ein Dämon ist?« fragte Drawn laut. »Und er schläft, und wir ihn wecken, wenn wir an ihm herumstochern?« Der Jäger erhob sich aus seiner hokkenden Position und hielt seinen Bläser umfaßt. »Nein, Freund Born, ich respektiere deine Vermutungen und schätze deine Fähigkeiten, aber ich komme nicht mit. Ich habe eine Frau und zwei Kinder und ich bin nicht bereit, einem Dämon auf den Schädel zu klopfen, nur um zu sehen, ob jemand zu Hause ist. Nein, ich nicht.« Er hielt inne, überlegte. »Aber ich will überlegen, was der Schamane und meine Brüder sagen.«

»Und was meinen die Jäger?« fragte Leser.

Jetzt meldete sich der andere Zwilling zu Wort. »Wahrlich, es mag sein, wie Born es sagt. Aber wenn es ein gemachtes Ding ist, ohne Leben, dann scheint mir, bildet es keine Gefahr für den Heimbaum. Oder wenn es, wie Drawn sagt, ein schlafender Dämon ist, der nur darauf wartet, daß irgend jemand blindlings auf ihn tritt und ihn weckt. Wenn wir ihn in Frieden lassen, schläft er vielleicht in alle Ewigkeit oder geht wieder friedlich seiner Wege. Ich selbst glaube, daß es ein Dämon einer neuen Art ist, einer, der sich bei seinem Sturz aus der Oberen Hölle verletzt hat. Wir sollten hier weggehen und ihn nicht stören, sondern ihn in Frieden sterben lassen, auf daß er sich nicht in Wut und Ärger erhebe und uns alle vernichte.«

Tailing und Talltree standen gemeinsam auf, als wäre damit alles gesagt. Manchmal fing einer der Zwillinge einen Satz an, und der andere führte ihn dann zu Ende. Sie taten das, ohne einander anzusehen, was einen nicht überraschte, denn muß denn im Wald ein Ast eines Baumes sich mit dem anderen besprechen, ehe er Blätter wachsen läßt? Manche glaubten, die Zwillinge gehörten mehr dem Wald als den Menschen an.

»Was auch immer es ist, Schamane«, schloß Talltree, »es scheint, daß wir nichts zu verlieren haben, wenn wir seine Ruhe nicht stören, aber alles zu gewinnen, wenn wir leise, so wie wir gekommen sind, nach Hause zurückkehren.«

»Denkt ihr denn gar nicht darüber nach?« fragte Born erregt. »Seid ihr gar nicht neugierig? Wollt ihr nicht wissen, ob es möglicherweise ein guter Dämon ist?«

»Ich habe noch nie von hilfreichen Dämonen gehört, und mich interessiert nur mein eigenes Leben«, erwiderte Drawn. Die anderen lauschten aufmerksam. Nach Born war Drawn der beste Jäger des Dorfes. »So wie es daliegt ...« – und damit deutete er mit einer Kopfbewegung in das Loch im Dschungel – »bedroht es uns nicht und den Heimbaum auch nicht. Ich wüßte nicht, was uns da eine genaue Untersuchung einbringen könnte. Ich sage, wir sollten nach Hause zurückkehren.«

»Ich auch ... ich auch ... und ich ...«

Einer nach dem anderen schloß sich der Meinung an, alle waren gegen Born. Immer gegen Born, dachte er verärgert.

»Dann geht doch zurück«, schrie er angewidert und stieg auf einen höher liegenden Ast. »Dann gehe ich alleine hinunter.«

Die anderen Jäger murmelten unter sich. Leser und Drawn, die ältesten von ihnen, schienen Verständnis für ihn zu haben, aber sie waren sich auch darin einig, daß Born noch viel zu lernen hatte, daß sein Verstand und seine Sorgfalt mit seinen anderen Fähigkeiten in der Entwicklung nicht Schritt gehalten hatten. Das Dorf würde ihn vermissen, sollte er nicht zurückkehren. Aber wenn er gehen wollte, mußte man ihn gehen lassen – doch das hieß nicht, daß man seinen Wahnsinn teilen mußte.

Also kauerte Born alleine auf seinem Ast und schmollte, während seine Gefährten sich zur Rückkehr vorbereiteten. Umgeben von ihren Pelzigern kehrten sie um.

Die Versuchung war groß, sich am Ende doch ihnen anzuschließen und den Versuch zu wiederholen, sie zu überreden. Nur Lostings kaum verhohlenes Grinsen hinderte ihn daran. Nichts würde diesen aufgeblasenen Burschen mehr freuen, als Born für immer verschwinden zu sehen und ihm damit den Weg zu Geh Hell freizumachen. Aber den Gefallen würde Born ihm nicht tun. Er würde die Wahrheit über das blaue Monstrum dort unten erfahren und ins Dorf zurückkehren und davon erzählen. Die anderen, die ihn alleine gelassen hatten, würden sich schämen, und Geh Hell würde ihm ihr Lächeln schenken.

Und doch galt es zu bedenken, daß in der kleinen Gruppe nur tapfere Männer waren und daß der weise Leser kein Idiot war. Es bestand immer noch die Möglichkeit, daß er unrecht hatte und alle anderen recht. Aber mit dieser Möglichkeit wollte er sich jetzt nicht weiter befassen, und so stieß er einen leisen Pfiff aus.

Ruumahum erschien im nächsten Augenblick; der kleine Ast bog sich unter ihrem vereinten Gewicht. Der Pelziger musterte ihn erwartungsvoll, legte dann die vier Vorderpfoten übereinander und schlief ein. Born studierte die massige Gestalt geistesabwesend, ehe seine Aufmerksamkeit sich wieder nach rechts wandte. Dort, hinter ein paar dicken Zweigen und ein paar herunterhängenden Schlingpflanzen, lag die Grube, die nach oben bis in die Obere Hölle reichte. Und auf dem Grunde dieser Grube lag ein Rätsel, das er alleine würde lösen müssen. Nun, nicht ganz alleine.

Er verpaßte Ruumahum einen Hieb über den Schädel, der einen Menschen auf der Stelle bewußtlos hätte werden lassen. Der Pelziger blinzelte nur, gähnte und fing dann an, sich mit der rechten Vorderpfote zu putzen.

»Aufstehen«, sagte Born entschieden.

Ruumahum musterte ihn schläfrig. »Was tun?«

»Komm, du Nichtsnutz, ich will mir das blaue Ding aus der Nähe ansehen.«

Ruumahum schnaubte. Hatte dieser Mensch nicht zwei eigene Augen? Aber dann räumte er ein, daß Born recht hatte. Schließlich würde jemand Born schützen müssen, während er alleine in der Lichtung stand.

Ganz alleine kroch Born an den Rand der Grube und spähte hinunter. Da war keiner mit einem geladenen Bläser, der ihm Feuerschutz bot. Da war niemand mit einem Eisenholzspeer, dessen Anwesenheit ihm Mut machte. Und unter ihm lag der schimmernde blaue Kreis, so wie vorher. Er hatte sich nicht bewegt und zeigte auch keine Spuren einer früheren Bewegung. Und gerade wie er hinsah, war ein lautes Knacken zu hören, und der Gegenstand schien ein wenig tiefer zu sinken. Das Loch, das er sich gerissen hatte, bewies sein großes Gewicht, und es schien, als sänke es immer tiefer, Ast für Kast, Kabbl für Kabbl. Vielleicht sank es weiter, stürzte in die Sechste Etage und schließlich sogar in die Untere Hölle. Born würde es dort nicht um alles Fleisch im Walde suchen, nicht einmal für Geh Hell. Er mußte jetzt handeln, jetzt, ehe ihm die Chance für immer genommen wurde.

Er beugte sich weiter über den Abgrund und hielt sich an der scheinbar unzerreißbaren Liane neben sich fest.

Mag sein, daß die Liane unzerreißbar war – aber das hieß nicht, daß seine Hände aus Stahl waren. Etwas packte ihn an der Hüfte und am Hals und zog daran. Der Schrei, den er ausstoßen wollte, verstummte, als er bemerkte, daß es nur Ruumahum war, der ihn festhielt.

»Was, zum ...?«

Ruumahum blickte vielsagend nach oben und dröhnte dann: »Teufel kommt.«

Born spähte durch eine Ritze im Blattwerk nach oben. Zuerst sah er den dunklen Fleck am Himmel gar nicht, aber er wurde rasch größer. Und als die Silhouette schließlich Form annahm, zog sich Born einen weiteren Meter in den Wald zurück und lud seinen Bläser.

Der Himmelsteufel hatte einen langen stromlinienförmigen Körper, der zwischen breiten Schwingen hing. Vier lederne Säcke, auf jeder Seite zwei, sogen die Luft ein und stießen sie durch gummiartige Ventile in der Nähe des Schwanzes wieder aus. So bewegte das Scheusal sich ruckartig, während es immer tiefer und tiefer sank. Ein langschnauziger Reptilienkopf bewegte sich über einem schlangenartigen Hals. Zwei gelbe Augen starrten in die Tiefe, und im fahlen grünen Sonnenlicht blitzten nadelspitze Zähne. Der Himmelsteufel war gleichsam ideal dafür ausgestattet, lautlos Hunderte von Metern über den Baumwipfeln zu kreisen und unvorsichtige Baumbewohner anzugreifen. Aber jetzt fand er sich zu etwas hingezogen, das tief unten in dem Schacht lag. Flügel mit drei Meter Spannweite gaben ihm in dem zylindrisch geformten Loch nur wenig Manövrierraum, aber irgendwie schaffte er es, sank in immer enger werdenden Spiralen nach unten und untersuchte dabei jedes Stückchen der grünen Wand, die an ihm vorbeizog.

Born saß reglos auf seinem Ast, hinter einem breiten Blatt verborgen, das größer war als Losting, eng in seinen grünen Umhang gehüllt. Der Himmelsteufel war jetzt auf gleicher Höhe mit ihm, kreiste, zog weiter. Jetzt wagte Born es wieder, sich an den Rand des Abgrunds vorzuschieben. Der schuppige Rücken und die breitgespannten Flügel waren bereits unter ihm, näherten sich dem blauen Gegenstand. Und dann erreichte das Monstrum schließlich den Boden, faltete die Flügel zusammen und hielt inne. Schwerfällig stakste der Himmelsteufel auf der blauen Fläche herum, arbeitete sich unsicher auf die Kuppel im Mittelpunkt des Gegenstandes zu. Jetzt stocherte er mit seinem Schnabel darin herum. Born konnte ihn schreien hören, ein fernes, halberstick-tes Krächzen.

Und dann drang ein anderer Laut an sein Ohr. Ein Laut, der all die Geräusche des Dschungels übertönte. Es war ein menschlicher Schrei, und er kam aus der Nähe, ja vielleicht sogar aus dem Inneren des Gegenstandes!

4

Born begann seinen Abstieg, ohne nachzudenken, schwang sich von Ast zu Ast, ließ sich fallen, legte im Sprung einige Meter zurück, auch wenn jedesmal seine Schultermuskeln dabei schmerzhaft gedehnt wurden. Ruumahum folgte dicht hinter ihm. Sie machten genügend Lärm, um die Hälfte der Nachmittagsräuber anzulocken, und das sagte der Pelziger ihm auch, doch Born war völlig mit anderen Gedanken beschäftigt und ignorierte die Warnungen Ruumahums. Einmal wäre er beinahe einem Chan-nock auf den Rücken gesprungen, weil der knollige Rücken des Baumreptils die perfekte Imitation einer Tungtankelliane bildete, die sich zwischen den Stämmen zweier Luftbäume spannte. Borns Fuß traf auf den gepanzerten Rücken. Er bemerkte sofort, daß er auf Fleisch und nicht auf Holz getreten war, aber er bewegte sich so schnell, daß er schon viele Meter tiefer war, als die Chan-nock herumwirbelte, um den Störenfried zu erdrücken. Wütend darüber, daß ihr die

Beute entgangen war, zuckte die stumpfe Schnauze herum, um nach Ruumahum zu stoßen. Aber der Pelziger ließ sich nicht aufhalten, und eine seiner Pranken zerschmetterte den flachen keilförmigen Schädel im Vorübergehen.

Wenn Born sich die Zeit genommen hätte, über das, was er tat, nachzudenken, wäre er vielleicht abgestürzt und hätte sich dabei ernsthaft verletzt. Aber er verließ sich alleine auf seinen Instinkt, und so dienten ihm seine Reflexe ungehindert. Erst als Ruumahum einen Spurt einlegte und sich vor ihn schob und dann wieder abbremste, wurde Born bewußt, wie schnell er sich bewegt hatte. Beinahe hätte er sich die Schulter ausgerenkt, als er hinter dem Pelziger abbremste. Beide keuchten schwer.

»Warum bleibst du stehen, Ruumahum, wir ...«

Der Pelziger brummte leise. »Sind hier«, murmelte er. »Luftteufel, nah. Horch!«

Born lauschte. Er war so erregt gewesen, daß er fast an der Etage vorbeigeschossen wäre, in der das blaue Ding lag. Jetzt konnte er das schreckliche Geräusch des Teufels hören, das halb ein Lachen und halb ein Husten war, und ein Kratzen, ein Geräusch, das dem ähnelte, das Leser hervorbrachte, wenn er während der Gebete mit den Fingernägeln über die Schneide seiner Axt fuhr. Dann hatte er hinsichtlich der Zusammensetzung dieses blauen Dings also recht gehabt! Doch jetzt war nicht die Zeit, sich im Schein seiner Intelligenz zu sonnen. Jetzt war ein Stöhnen zu hören, kein Schrei mehr; doch es klang nicht weniger menschlich.

»Dort sind Leute, und der Himmelsteufel ist hinter ihnen her«, flüsterte Born. »Aber was für Leute leben auf der Fünften Etage? Alle bekannten Personen leben auf der Dritten oder Zweiten.«

»Ich weiß nicht«, antwortete Ruumahum. »Ich fühle Fremdes hier. Fremdheit und Neuheit.«

»Es muß umgebracht werden.«

»Luftteufel sterben langsam, Born Mensch«, riet Ruumahum. »Sei vorsichtig.«

Born nickte, und sie zogen sich ein Stück Weges in den Busch zurück. »Vielleicht ist der Luftteufel nicht imstande, hier durchzudringen. Er ist zu groß und auf dem Holz zu schwerfällig. Aber wenn doch ...«

Er fing zu suchen an, arbeitete sich am Umfang des Schachts entlang, immer etwas von der offenen Grube entfernt, wo der Fleisch gewordene Alptraum an dem blauen Ding kratzte und scharrte. Dann fand er etwas, das ihm vielleicht nützen konnte, eine gewisse parasitische Orchidee, die sich in der Astgabelung eines Säulenbaumes eingenistet hatte. Der untere Teil der Pflanze überwucherte den Ast zu beiden Seiten, und der große Ballen aus selbstgemachter Erde sandte nach allen Richtungen lange Luftwurzeln aus. Oben kräuselten sich dicke Blätter einer schwärzlichen Blüte dem Himmel entgegen. Aus den Tiefen der riesigen Blume stieg ein wunderbarer, an Limonen erinnernder Duft auf. Ihre weichen Blütenblätter waren viele Meter lang.

Sorgfältig auf Distanz von der gigantischen Blüte bedacht, bewegte sich Born vorsichtig wieder auf den Schacht zu.

»Leise«, drängte Ruumahum besorgt. Born sah sich nach dem Pelziger um und machte eine beschwichtigende Handbewegung, nahm den Rat aber an. Es gab hier freie Räume, bis zu denen das Licht nicht durchdrang, aber damit auch weniger Möglichkeiten, sich zu verstecken, weniger Lianengeflechte, in denen sich ein großer Fleischfresser verstecken konnte. Ohne Zweifel war hier nirgends genügend Platz für den Himmelsteufel, um seine Schwingen auszubreiten. Aber er hatte auch dicke, mit Klauen bewehrte Beine und konnte sich vielleicht so den Weg zu seiner Beute bahnen.

Aus diesem Grund hatte er sich die Orchidee als stummen Verbündeten gewählt.

Jetzt hatte Born den Rand des Schachtes erreicht. Alles hier war klebrig und von dem vergossenen Saft aus den zerrissenen Lianen schlüpfrig. Er würde sehr vorsichtig sein müssen. Und dann starrte er plötzlich zwischen den Blättern auf den Himmelsteufel hinaus. Es schlug und scharrte nach etwas im Innern der blauen Metallscheibe. Born war jetzt sicher, daß das Stöhnen von irgendwo aus dem Inneren des Gebildes kam. Er atmete tief durch, bedauerte, daß er keinen festeren Boden unter den Füßen hatte, und richtete das Ende des Bläsers auf den Schädel des Dämons, ein schwieriges Ziel, das die ganze Zeit an einem langen flexiblen Hals auf und ab tanzte.

Born drückte ab. Es gab eine kleine Explosion, als der Tanksamen platzte. Der Jacaridorn traf den Teufel unter dem linken Auge. Er zitterte, sein langsames Nervensystem reagierte schwerfällig auf das Gift, dann drehte er sich herum, um in die Richtung zu blicken, aus der der Schuß gekommen war. Im gleichen Augenblick schrie Born, so laut er konnte »Seid stark!«, um die Lebewesen im Inneren des blauen Metalls zu warnen, dann drehte er sich um und raste über den Ast hinweg davon.

Ein schreckliches Krachen ertönte unmittelbar hinter ihm, als der Himmelsteufel unter Entwicklung unerwarteter Kräfte sich durch die äußere Mauer aus Ästen und Schlingpflanzen arbeitete, um ihn zu erreichen. Born bildete sich schon ein, seinen fauligen Atem im Nakken zu verspüren. Vor ihm ragte die riesige Orchidee auf.

Der Himmelsteufel war nun unmittelbar hinter ihm. Jeden Augenblick konnten sich lange Zähne um seinen Hals schließen und ihm den Kopf abbeißen. Jetzt war nicht die Zeit, sich umzusehen, nachzudenken oder zu überlegen. Er warf sich an dem Erdballen der Blume vorbei, darauf bedacht, mit dem Ende seines Bläsers einige der paar Dutzend herunterhängenden Wurzeln anzustoßen.

Born fiel ein paar Meter, ehe er ruckartig in einem Bett

aus Blättern landete. Über ihm krümmten sich die winzigen Wurzelenden, die er berührt hatte, schützend nach innen. Der Himmelsteufel stürmte durch das Unterholz, die Klauen nach Born ausgestreckt, der in hilfloser Faszination nach oben blickte.

Und dann schlugen die dicken weißen Blütenblätter der Pseudoorchidee so schnell, daß das Auge ihnen nicht folgen konnte, in blinder Wut nach allen Richtungen. Drei der Blätter trafen den Teufel, schlossen sich um ihn und drückten zu. Der Teufel schien förmlich zu explodieren, seine Augen schossen aus dem Schädel, wie aus einer zerquetschten reifen Frucht Kerne, die Flügel brachen zusammen, und seine Eingeweide spritzten nach allen Richtungen davon. Die Pflanze schlug noch ein paar Minuten wild um sich, ehe die Blätter sich wieder entspannten.

Als die Orchidee wieder zu ihrer normalen Gestalt zurückkehrte, ließ sie das zerdrückte Etwas fallen, das einmal der Himmelsteufel gewesen war. Der zerdrückte Kadaver stürzte in die Tiefe. Born setzte sich auf und sah ihm nach. Sein Herz schlug schneller. Der Teufel war zu schnell gestorben, um auch nur schreien zu können, hatte nie erfaßt, was ihn getötet hatte.

Auf seinen Bläser gestützt, stemmte Born sich in die Höhe und kletterte zu Ruumahum hinüber, der ihn stumm beobachtete. »Ich denke«, sagte er und zitterte dabei leicht, »wir können jetzt diesen Leuten helfen.« Der Pelziger nickte stumm.

Jetzt arbeiteten sie sich wieder auf den Schacht zu, darauf bedacht, von der nun wieder ruhig gewordenen Pseudoorchidee, die man in Borns Dorf als »Dunawetts Pflanze« kannte, möglichst viel Abstand zu wahren.

Born schob die zerdrückten und abgebrochenen Äste auseinander und trat in etwas hinaus, das er erst wenige Male in seinem Leben erlebt hatte, etwas, das nur wenige Leute überhaupt je zu Gesicht bekamen – freien Raum. Er blickte nach oben, aber von dieser Stelle aus war der Himmel eine blaue Scheibe vor einem sonst grünen Himmel.

»Beobachte Obere Hölle«, verkündete Ruumahum und setzte sich an den Rand des Schachtes. Mit angehobenem Kopf studierte er gleichmütig die ferne blaue Scheibe.

Born schob vorsichtig einen Fuß vor und setzte ihn leicht auf die tiefblaue Oberfläche des Gegenstandes. Er war kühl und hart, ganz wie die Axtklinge. Beruhigt trat er auf die leicht gekrümmte Fläche hinaus und ging auf die Halbkuppel in der Mitte zu. Als er näher kam, sah er, daß sie eine kreisförmige Vertiefung in dem Metall überwölbte. Als er auf die zerbrochenen, ausgesplitterten Ränder der Kuppel hinunterblickte, sah er drinnen ein Gewirr winziger Lianen und Wurzeln, die ebenfalls aus einem glänzenden harten Material hergestellt waren.

Als er ins Innere der Scheibe blickte, sah er, daß eine Seite Kratz- und Scharrspuren von den Klauen und von dem Schnabel des Himmelsdämons abbekommen hatte. Born bildete sich ein, hinter sich ein leises Stöhnen zu hören.

»Hallo. Lebt hier jemand? Jetzt könnt ihr herauskommen. Der Teufel hat sich zu seinen Verwandten in der Hölle gesellt.«

Das Stöhnen verstummte plötzlich, dann waren scharf klickende Geräusche zu hören. Darauf begann sich ein rechteckiges Metallstück auf Scharnieren nach innen zu falten.

Ein Mann blickte heraus und musterte ihn unsicher. Etwas Kleines, das das Licht widerspiegelte, glänzte in seiner Hand. Born hielt den Atem an, es war eine Axt – nein, nein ... ein Messer, das aus dem gleichen Material wie die Axt bestand, nur viel sauberer und glatter. Der Mann sah sich um, sein Blick wanderte zu der offenliegenden Vertiefung in dem Metall. Als er sich davon überzeugt hatte, daß Born die Wahrheit sprach und der

Himmelsteufel verschwunden war, trat er ins Freie und begann – dabei die ganze Zeit Born vorsichtig im Auge behaltend –, das Gewirr aus Instrumenten und Einzelteilen gründlich zu untersuchen.

Born studierte den Riesen. Obwohl er nach menschlichem Standard nur ein Mann von normaler Größe war, überragte er Born um gute fünfundzwanzig Zentimeter. Aber da waren auch noch andere überraschende Eigenschaften. Er war ohne Zweifel ein Mensch, aber die Unterschiede waren verblüffend. Sein Haar war orangerot, statt braun, seine Augen blau, statt grün, und seine Haut – seine Haut war so bleich, daß es kaum zu glauben war. Er war von schlankem Körperbau, und sein Gesicht mit den vielen Sommersprossen wirkte freundlich.

»Jan?« Eine zweite Stimme, etwas höher. »Kann man ...?« Da erblickte die Sprecherin Born, der ruhig auf der Oberfläche des Gleiters stand. Sie war ein paar Zentimeter größer als der Mann. Ihr Körper unter dem zerfetzten einteiligen Dschungelanzug war knochig und athletisch. Kurzes Haar, das die Farbe von altem Silber hatte, ließ erkennen, daß auch sie schon etwas älter war. Unter den beigefarbenen Shorts waren kräftige, lange Beine zu sehen, die für Born ebenfalls unglaublich blaß wirkten. Sie schien weniger nervös als der Mann, etwas selbstbewußter.

»Wer, zum Teufel, ist das?« fragte sie mit einer ruckartigen Kopfbewegung. Der Mann, den sie Jan genannt hatte, fuhr fort, angewidert in den zerdrückten und zerbeulten Überresten der Steuerorgane des Gleiters herumzustochern.

»Ich glaube, der Mann, der uns gerade das Leben gerettet hat. Für den Augenblick wenigstens.« Er blickte etwas unruhig zu ihr auf.

»Der Himmelsteufel ist tot«, teilte Born ihm mit. »Er ist einer gereizten Dunawetts-Pflanze zu nahe gekommen. Er wird euch nicht mehr belästigen.«

Der Mann nahm das zur Kenntnis, grunzte etwas

Unverständliches und wandte sich wieder seiner Arbeit zu. »Das Armaturenbrett ist hin, Kimi«, erklärte er schließlich. »Und was beim Aufprall nicht kaputtgegangen ist, hat dieser fliegende Fleischfresser in Stücke gerissen. Dieser Gleiter fliegt nirgends mehr hin – höchstens auf den Schrotthaufen.«

Die Frau nahm auf den Überresten eines Drehstuhles Platz, und Born starrte sie neugierig an. Plötzlich fiel es ihr auf, und sie erwiderte seinen Blick.

»Was starrst du mich so an, Kleiner?«

Borns Nackenhaare sträubten sich, mehr wegen ihres Tones als wegen dem, was sie gesagt hatte. »Wenn meine Anwesenheit stört ...« Er nahm seinen Bläser und wandte sich zum Gehen.

»Nein, nein, warte, Bursche.« Sie stützte den Kopf einen Augenblick auf die Hände. »Laß mir eine Sekunde Zeit, ja? Wir haben ziemlich Übles mitgemacht.« Dann blickte sie wieder auf. »Du mußt verstehen, als unser Antrieb ...« Sie bemerkte, daß Born verständnislos die Stirn runzelte, und versuchte es noch einmal. »Als das Ding, das unseren Gleiter antrieb ...« Borns Stirn blieb gerunzelt. »Als dieses Ding, das uns durch die Luft trägt ...« Borns Gesicht blieb ungläubig, aber sie fuhr fort – »... hier abstürzte, dachten wir, wir wären bereits tot. Statt dessen krochen wir aus den Überresten unserer Sessel und stellten fest, daß wir noch lebten. Ziemlich durchgeschüttelt zwar, aber noch am Leben.«

Sie wies auf die sie umgebenden grünen Wände. »Dieser unglaubliche Planet – ein dreiviertel Kilometer hoch übereinandergeschichteter Regenwald – hat unseren Fall genügend gedämpft.«

Ihre Stimme wurde leiser. »Und dann landete dieses langhalsige Scheusal auf uns. Wir konnten gerade noch durch die Reparaturluke in den Maschinenraum kriechen, als es anfing, an der Türe zu scharren. Ich dachte, jetzt wäre wirklich Schluß. Und dann tauchst du auf und behauptest, daß irgendein lokales Gewächs etwas erledigt hat, das man nicht einmal mit einem armlangen Laser verjagen kann. Und dann bist da noch du selbst, und das ist auch kein geringer Schock.«

»Was ist denn mit mir?« fragte Born, dem die Frage aus irgendeinem Grunde peinlich war.

Sie machte eine unsichere, müde Handbewegung. »Schau dich doch an.« Born wollte das nicht. »Du bist eine Anomalie. Ich meine, nach allem, was man uns gesagt hat, gehörst du nicht hierher«, fügte sie dann hastig hinzu. »Dies soll eine nicht gemeldete, kaum erforschte, unbewohnte Welt sein, die nur ...«

»Vorsichtig, Kimi«, sagte der Mann warnend und sah sich über die Schulter.

Sie winkte ungeduldig ab. »Wozu denn, Jan. Dieser ...« – dabei deutete sie mit einer Kopfbewegung auf Born – »*Eingeborene* weiß doch ganz offensichtlich nichts, das unsere Anwesenheit hier komplizieren würde.« Sie stand langsam auf und sah sich Born noch einmal an. »Wie ich schon sagte – das müßte eine unbewohnte Welt sein. Und ganz plötzlich tauchst du nach ein paar höchst erstaunlichen Ereignissen hier auf. Ich nehme an, du bist hier kein Einzelgänger, keine Mißgeburt oder so etwas? Es gibt andere von deiner Art?«

»Im Dorf leben viele«, antwortete Born, wie er hoffte befriedigend. Diese Riesen waren faszinierend.

»Ich sagte Eingeborener, aber welcher Art er angehört, wäre noch festzustellen.« Sie studierte Born, als wäre er ein Insekt. Er ließ ihren prüfenden Blick über sich ergehen, weil er selbst mit Studieren beschäftigt war. »Du bist fast dreißig Zentimeter kleiner als ein durchschnittlicher Erwachsener, aber du hast die Arme und die Schultern eines Gewichthebers.« Dann wanderte ihr Blick an ihm entlang in die Tiefe. »Und lange Zehen, die wahrscheinlich zum Greifen geeignet sind. Deine Haut ist dunkel wie altes Eichenholz und das Haar auch und dazu grüne Augen. Alles zusammengenommen das seltsamste Exemplar Mensch, das ich je gesehen habe, wenn auch ...«, fügte sie mit eigenartiger Betonung hinzu, »nicht uninteressant.« Der Mann gab ein Geräusch von sich, aus dem Born Ekel las, wenn er sich auch nicht vorstellen konnte, aus welchem Grunde.

Seltsam und faszinierend, diese Riesen! Und doch waren sie es, die *ihn* seltsam nannten.

»Wenn deine Leute sich hier entwickelt haben«, schloß die Frau, »trotz deiner Hautfarbe, deiner Größe und deinen Greifzehen, so ist dies ganz gewiß der unwahrscheinlichste Fall einer parallelen Entwicklung, von dem man je gehört hat. Und außerdem sprichst du Terranglo. Was meinst du, Jan?«

Der Mann blickte kurz auf, sah Born an und seufzte dann. Er machte eine hilflose Handbewegung, die alles um sie einschloß. »Ich weiß nicht, warum ich mir an diesem Ding hier Mühe gebe. Es ist hoffnungslos. Selbst wenn wir den Antrieb ohne Hilfe einer komplett ausgerüsteten Werkstätte wieder reparieren könnten, hat uns dieses geflügelte Scheusal die Verbindungsleitungen wie Würmer zerbissen. Wir stecken hier fest. Das Tridi ist auch in keinem besseren Zustand. Wahrscheinlich wäre es besser gewesen, wenn wir uns gleich beim Absturz das Genick gebrochen hätten.«

»Du gibst zu schnell auf, Jan«, erregte sie sich. Sie sah Born an. »Unser kleiner Freund hier scheint über beachtliche Hilfsmittel zu verfügen. Ich sehe nicht ein, warum er nicht ...«

Der Mann wirbelte herum, und seine Augen loderten jetzt fast wütend. »Bist du wahnsinnig? Bis zur Station sind es Hunderte von Kilometern durch diesen undurchdringlichen Dschungel ...«

»*Seine* Leute scheinen damit fertig zu werden«, sagte sie ruhig.

»... und wenn du daran denkst, das zu Fuß zurückzulegen, geführt von irgendwelchen ungebildeten Primitiven!« fuhr er fort.

Die Sprache der Riesen war seltsam, sie war hoch und

verzerrt, aber Born begriff das meiste, was er hörte. Ein Wort, das er deutlich erkannte, obwohl die Vokale etwas verzerrt klangen, war »ungebildet«.

»Wenn ihr um soviel klüger seid«, unterbrach er ihn scharf, »wie kommt es dann, daß ihr hier und in dieser Lage seid?« Damit trat er gegen die blau schimmernde Flanke des Gleiters.

Die Riesin, welche Kimi genannt wurde, lächelte. »Jetzt hat er dich, Jan.« Der Mann gab einen angewiderten Laut von sich und machte eine Born unverständliche Geste. Aber ungebildet nannte er ihn nicht wieder.

»Also«, sagte die Frau förmlich: »Ich glaube, jetzt sollten wir uns miteinander bekannt machen. Zuallererst möchten wir dir dafür danken, daß du uns das Leben gerettet hast, und das hast du ganz bestimmt.« Sie warf einen Blick zu dem Mann hinüber. »Findest du nicht, Jan?«

Er gab ein halb unterdrücktes Geräusch von sich, das man mit einiger Phantasie als »ja« interpretieren konnte.

»Mein Name ist Logan«, fuhr sie fort. »Kimi Logan. Dieser mein manchmal himmelhoch jauchzender, gelegentlich auch zu Tode betrübter Kollege ist Jan Cohoma. Und du?«

»Man nennt mich Born.«

»Born. Ein guter Name, ein passender Name für jemanden, der so tapfer ist, für einen Mann, der mit bloßen Händen einen Fleischfresser wie dieses geflügelte Monstrum angeht.«

Born strahlte. Fremd und seltsam mochten diese Riesen sein, aber wenigstens verstand es die hier, jemanden richtig zu bewundern. Vielleicht würde Geh Hell ihn eines Tages auch so bewundern wie diese Riesin.

»Du hast ein Dorf erwähnt, Born«, fuhr sie fort.

Er wandte sich um und deutete nach oben und Südwesten. »Der Heimbaum liegt dort, ein gutes Stück Weges durch den Wald, zwei Etagen höher. Meine Brüder werden euch als Freunde begrüßen.« Und den Jäger bewundern, der es wagte, den schlafenden blauen Dämon aufzusuchen, und der einen Himmelsteufel getötet hat, um sie zu retten, dachte er bei sich.

Er sprang einige Male auf dem blauen Metall auf und ab und bemerkte dann, daß die beiden Riesen ein paar Schritte zurückgetreten waren und ihn beobachteten. »Es tut mir leid«, erklärte er. »Ich will euch nichts zuleide tun. Von allen, die hierherkamen, hatte nur ich den Mut, zu euch hinunterzusteigen und euch zu finden. Ich vermutete, daß dieses ... dieses ... Ding ... nicht lebte, sondern etwas Geschnitztes sei.«

»Man nennt es einen Gleiter«, erklärte ihm Cohoma. »Es trägt uns durch den Himmel.«

»Durch den Himmel«, wiederholte Born, der die Worte nicht recht glaubte. Es schien ihm unmöglich, daß so etwas Schweres fliegen können sollte.

»Wir sind sehr froh, daß du das getan hast, Born. Nicht wahr, Jan? Sind wir das nicht?« Sie stieß ihn an, und er murmelte irgend etwas. Die Abneigung, die er ursprünglich gegenüber Born empfunden hatte, schwächte sich schnell ab. Inzwischen war ihm bewußt geworden, daß der kleine Eingeborene keine Gefahr für sie darstellte. Ganz im Gegenteil.

»Ja, das war ganz bestimmt eine mutige Tat. Eine außergewöhnliche Tat, jetzt, wo ich es mir überlege.« Er lächelte. »Du bist sehr weit gekommen, Born. Vielleicht könntest du uns helfen, wenigstens den Versuch zu machen, zu unserer Station zurückzukehren – unserem Heim auf dieser Welt.«

»Ehe wir abstürzten, haben wir noch einmal unsere Position aufgenommen«, erklärte Logan. Sie zögerte und wies dann in Richtung auf den Heimbaum. »Die Station liegt in der Richtung, etwa ... mal sehen, wie kann ich dir Entfernungen begreiflich machen.« Sie dachte einen Augenblick lang nach. »Du sagtest etwas von Etagen in diesem Wald?«

»Jeder weiß, daß die Welt aus sieben Etagen besteht«,

erklärte Born, als hätte er ein kleines Kind vor sich. »Von der Unteren bis zur Oberen Hölle.«

»Da muß ich erst ausrechnen, wie hoch einer der großen Bäume ist«, murmelte sie. »Sagen wir knapp über siebenhundert Meter.« Sie rechnete in Gedanken, übersetzte Meter in Etagen und sagte Born dann, wie weit die Station entfernt war.

Jetzt war Born an der Reihe zu lächeln; um zu lachen war er zu neugierig. »Niemand hat sich je weiter als fünf Tagereisen vom Heimbaum entfernt«, erklärte er ihnen. »Ich selbst war neulich zwei Tagereisen entfernt, und das erwies sich schon als gefährlich genug. Und ihr redet von einer Reise, die viele, viele Tage dauert. Das läßt sich nicht machen, glaube ich.«

»Warum nicht?« wandte Cohoma ein. »Du hast doch keine Angst, oder? Nicht ...«, fügte er rasch hinzu, als Born einen Schritt auf den Größeren zutrat, »nicht ein außergewöhnlicher Jäger wie du?«

Borns Muskeln lockerten sich wieder. Er war bereits zu dem Schluß gelangt, daß er von den beiden Riesen den Mann entschieden weniger mochte.

»Das ist keine Frage der Angst«, sagte er ihnen, »sondern der Vernunft. Das Gleichgewicht der Welt ist sehr empfindlich. Jedes Geschöpf hat seinen Ort in diesem System des Gleichgewichts, nimmt das, was es braucht, und gibt zurück, was es kann. Je weiter man sich von seinem eigenen Platz entfernt, desto mehr stört man die Ordnung der Dinge. Und wenn das Gleichgewicht ernsthaft gestört ist, dann sterben die Menschen.«

»Was er damit sagen will, Jan«, meinte Logan zu ihrem Begleiter gewandt, »ist, daß sie glauben, je weiter sie sich von ihrem Heimatdorf entfernen, desto geringer sind die Chancen, daß sie wieder zu ihm zurückkehren. Ein Gefühl, für das man Verständnis haben muß. Aber die Erklärung ist interessant. Ich frage mich, wie sie zu dieser Betrachtung der Welt gelangt sind. Natürlich ist das nicht.«

»Ob natürlich oder nicht«, wandte Cohoma mürrisch ein, »ich begreife immer noch nicht, weshalb ...«

»Später«, schnitt sie ihm das Wort ab. Er wandte sich ab und murmelte etwas im Selbstgespräch. »Ich glaube, zuallererst sollten wir aus dieser Lichtung verschwinden«, schlug sie vor, »ehe ein Verwandter des Monstrums, das du so elegant erledigt hast, Born, neugierig wird und nachschauen kommt.«

Das war das erste vernünftige Wort, das er von den Riesen gehört hatte. Er winkte ihnen zu, ihm zu folgend. Cohoma füllte seine Taschen mit ein paar kleinen Päckchen aus verschiedenen Gefäßen und folgte dann Born auf dem Weg zwischen den Bäumen.

Es überraschte Born, wie ungeschickt die Riesen trotz des Fehlens von Ästen und Schlingpflanzen waren, und wie schwerfällig sie sich bewegten. Er erkundigte sich, so taktvoll das möglich war, nach ihren Problemen und war froh, daß keiner beleidigt schien.

»Auf der Welt, von der wir kommen«, erklärte Logan, »sind wir es gewöhnt, auf dem Boden zu gehen.«

Born war schockiert. »Kann es sein, daß ihr in der Hölle selbst lebt?«

»Der Hölle? Ich verstehe nicht, Born.«

Er wies nach unten. »Zwei Etagen unter uns liegt die Untere oder Wahre Hölle, die Oberflächenhölle aus Schlamm und sich verschiebenden Erdmassen. Das ist die Heimat von allen möglichen Ungeheuern, die so schrecklich sind, daß es keinen Namen für sie gibt, heißt es immer.«

»Ich verstehe. Nein, Born, so ist unsere Heimat nicht. Dort ist der Boden fest und offen und liegt in hellem Licht – es gibt dort keine Ungeheuer. Wenigstens«, fügte sie grinsend hinzu, »keine Ungeheuer, mit denen man nicht leben könnte.« Wie dem Kirchenbüro der Commonwealthregistratur, dachte sie bei sich.

Born schwirrte der Kopf. Alles, was die Riesen gesagt hatten, schien jeder Vernunft zu widersprechen, und doch deutete allein die Tatsache ihrer Anwesenheit und der greifbare Beweis ihres metallenen Himmelsfahrzeugs darauf hin, daß es vielleicht noch größere Wunder gab.

Für den Augenblick freilich mußte er seiner Neugierde zugunsten wichtigerer Dinge Zügel anlegen. »Ihr wirkt beide müde und hungrig. Die Strapazen müssen euch erschöpft haben.«

Cohoma fügte ein von Herzen kommendes »Amen!« hinzu.

»Ich bringe euch zum Heimbaum. Dort können wir uns weiter unterhalten.«

»Eine Frage, Born«, meinte Logan. »Sind deine Leute allen Fremden gegenüber so aufgeschlossen, wie du das bist?«

»Glaubt ihr, wir sind nicht zivilisiert?« fragte Born. »Jedes Kind weiß, daß ein Gast ein Bruder ist und so behandelt werden muß.«

»Ein Mann nach meinem Herzen«, seufzte Cohoma und lächelte. »Ich muß mich entschuldigen, Freund Born. Ich hatte anfänglich einige falsche Vorstellungen von dir. Geh voraus, Kleiner.«

Born deutete nach oben. »Zuerst zur Etage vom Heim, eine kleine Kletterpartie.« Die beiden Riesen stöhnten. Nach dem zu schließen, was er bis jetzt von ihren Kletterkünsten zu sehen bekommen hatte, konnte Born ihre Reaktion begreifen. »Ich werde versuchen, einen bequemeren Weg zu finden. Das kostet uns etwas Zeit ...«

»Das wollen wir riskieren«, sagte Logan.

Born fand eine spiralförmige Zweigwurzel, die in einer enggerollten Doppelspirale von einem Luftbaum irgendwo über ihnen herunterhing. Ein paar Dutzend Meter würde der Aufstieg also sehr einfach sein. Gerade wollte er zu klettern beginnen, als er hinter sich einen Schrei hörte. Er griff nach seinem Bläser, entspannte sich aber, als er sah, daß es nur Ruumahum war. Die Angst, die die beiden Riesen beim Anblick des freundlichen Pelzigers zeigten, war amüsant.

»Das ist nur Ruumahum«, teilte er ihnen mit. »Mein Pelziger. Er würde euch ebensowenig etwas zuleide tun wie mir.«

»Menschen«, brummte Ruumahum belustigt und beschnüffelte zuerst Logan, dann Cohoma. Keiner der beiden Riesen regte sich von der Stelle. Erst als der große Kopf mit seinen Hauern in sicherer Entfernung war, wagten sie wieder zu atmen.

»Mein Gott«, murmelte Logan und blickte ehrfürchtig auf die massige Gestalt des Pelzigers, als diese im Dschungel verschwand. »Es redet. Das sind zwei vernunftbegabte Lebewesen, die die Forschungsabteilung übersehen hat.« Sie sah Born mit neuem Respekt an. »Ein fleischfressender Hexapode, wie habt ihr *das* je zähmen können?« fragte sie erstaunt.

Born überlegte verwirrt, dann dämmerte es ihm. »Willst du damit sagen«, sagte er verblüfft, »daß ihr keine eigenen Pelziger habt!« Sein Blick wanderte zwischen dem verblüfften Cohoma und der staunenden Logan hin und her.

»Eigene Pelziger?« wiederholte Logan. »Warum sollten wir?«

»Nun«, rezitierte Born, ohne nachzudenken, »jeder Mensch hat seinen Pelziger, und jeder Pelziger seinen Menschen, so wie jeder Blitzer seine Blüte, jeder Kabbl seinen Ankerbaum und jeder Pfeffermall seinen Resonator hat. Das ist das Gleichgewicht der Welt.«

»Ja, aber das erklärt immer noch nicht, wie ihr ihn gezähmt habt«, beharrte Cohoma und starrte dem inzwischen verschwundenen Fleischfresser nach.

»Zähmen«, wiederholte Born zweifelnd und runzelte die Stirn. »Das ist keine Frage der Zähmung. Pelziger mögen Menschen, und wir mögen Pelziger.« Er zuckte die Achseln. »Das ist natürlich. So war es immer.«

»Es hat gesprochen«, sinnierte Logan. »Ich habe ganz deutlich gehört, wie er ›Menschen‹ sagte.«

»Sehr intelligent sind die Pelziger nicht«, räumte Born ein, »aber sie können gut genug reden, um sich verständlich zu machen.« Er lächelte. »Es gibt Menschen, die weniger reden.«

Aus irgendeinem Grunde brachte dies die beiden Riesen dazu, eine lange Diskussion zu beginnen, die von komplizierten Ausdrücken wimmelte, die Born nicht verstand. Das beunruhigte ihn. Außerdem war es Zeit, den Nachhauseweg anzutreten, Zeit für die Bewunderung, die ihm gebührte.

»Wir müssen jetzt gehen, aber ich stelle eine Bedingung.«

Diese halbversteckte Drohung reichte aus, um die Riesen aus ihrer Diskussion zu reißen. Beide starrten ihn an. »Was für eine Bedingung?« fragte Logan.

Born starrte Cohoma an. »Daß er mich nicht mehr ›Kleiner‹ nennt, sonst nenne ich ihn jedesmal, wenn er ausgleitet, einen Tölpel.«

Cohoma lächelte säuerlich, aber Logan lachte laut. »Da hat er recht, Jan.« Letzterer brummte bloß, daß es Zeit wäre, sich auf den Weg zu machen, und kletterte dann hinter Born an der Wurzel hinauf. »Keine Zeit zu vergeuden«, fügte er mürrisch hinzu.

Während sie nach oben kletterten, dachte Born über Cohomas letzte Bemerkung nach. Die Vorstellung »Zeit zu vergeuden« interessierte ihn persönlich, da man im Heim gewöhnlich nur ihn damit konfrontiert hatte. War es möglich, daß es noch andere gab, die ähnlich wie er über die Art und Weise nachdachten, wie man die Zeit verbrachte? Wenn ja, so war dies ein weiterer Grund, diese Riesen besser kennenzulernen. Und einige andere Gründe waren ihm bereits bewußt.

5

Ein breiter Streifen Waldes war rings um die gepanzerte Station mit ihrer Kuppel niedergebrannt worden, die in der größten Lichtung – besser gesagt, der einzigen freien Stelle – in der Waldwelt stand, eine silbergraue Blase, die sich aus einem grünen Meer erhob, als hätte sie ein kolossaler Taucher ausgeatmet, der weit unter der Oberfläche schwamm.

Das kreisförmige, von einer Kuppel bedeckte Bauwerk ruhte auf den abgesägten Stämmen von drei Säulenbäumen, deren glatt zurechtgestutzte Äste ein System von Streben und Stützen bildeten, das ebenso stark war wie jedes künstliche Tragegebilde, das man hätte konstruieren können. Irgendwann einmal würden die abgeschnittenen Riesenbäume sterben und niederstürzen, aber bis dahin würde man die Station nicht mehr brauchen. Viel größere dauerhafte Bauwerke an anderer Stelle würden sie ersetzen, wie es der große Plan vorsah.

Die freigebrannte Zone rings um die Station sollte weitere Todesfälle verhindern, wie sie durch Angriffe der vielen Räuber des Waldes vor der Einrichtung der verschiedenen Verteidigungsanlagen an der Tagesordnung gewesen waren. Als die Ingenieure erkannt hatten, daß kein Dschungelgeschöpf es wagte, eine frei unter dem Himmel liegende – und damit auch fliegenden Raubtieren zugängliche – Fläche zu überqueren, hatten sie den Dschungel mit Lasern viele Meter weit niedergebrannt, nicht nur in waagerechter Richtung, sondern auch einige Meter in die Tiefe.

Zwei Bewohner der Station waren von fliegenden Raubtieren weggeschleppt worden, während sie sich auf der Promenade rings um die Station ergingen. Wieder wurden die Verteidigungseinrichtungen verstärkt, bis die Station einer kleinen Festung ähnelte. Eigentlich paßten die Laser und sonstigen Kanonen nur schlecht zu einem Bauwerk, das in erster Linie der Forschung diente. Die weniger tödlichen Anlagen befanden sich im Inneren des grauen Gebäudes. Und jenen Knoten von inneren Laboratorien sollte die waffenstarrende Außenmauer schützen.

Forschungstrupps zogen in bewaffneten Gleitern aus, um den endlosen Wald nach brauchbaren Produkten abzusuchen. Eine Entdeckung nach der anderen brachten sie zurück – der Wald erwies sich als ein unerschöpflicher Hort von Überraschungen –, aus denen in den Labors kommerzielle Möglichkeiten entwickelt wurden. Diese Erkenntnisse wurden an andere Leute weitergereicht, die ihrerseits diese Information an einen Tiefraumsender weiterleiteten, der sie mittels verschiedener komplizierter Einrichtungen – die Station war illegal, und sie war weder registriert, noch inspiziert, noch amtlich gebilligt – zu einer fernen Welt weitergab. Dort übersetzte ein Mann mit einer Maschine die Myriaden von Entdeckungen in Zahlen, gab sie an einen zweiten weiter, der sie einem dritten übergab, der sie für einen vierten »wusch«, der sie wiederum sorgfältig auf den Schreibtisch einer Person legte, die körperlich, wenn auch nicht geistig verkümmert war. Jene Person studierte die Zahlen, und dann lächelte sie immer wieder schief und nickte, und anschließend wanderten Befehle über die sorgfältig getarnte Kommandokette, bis sie schließlich in der Kuppel auf der ›Welt-ohne-Namen‹ verteilt wurden.

Die Lage der Welt-ohne-Namen wurde so gründlich geheimgehalten, daß nur wenige von den im Innern der Kuppel tätigen Leuten die geringste Vorstellung hatten, wo sie waren. Kein Pilot wurde zweimal dorthin gesandt; jeder Pilot reichte sein Wissen an den Nachfolger weiter, denn man wagte es nicht, Koordinaten irgendwelchen mechanischen Geräten anzuvertrauen. Das war riskant, weil auf diese Weise die Koordinaten auf alle Zeit verlorengehen konnten, andererseits sprach der Vorteil absoluter Geheimhaltung dafür. Da niemand die Lage des Planeten kannte, konnte sie auch niemand freiwillig oder sonstwie Agenten des Commonwealth oder der Kirche verraten. Jeder, den man zu diesem Thema verhörte, konnte offen alles zugeben, was er wußte – nämlich nichts.

Die ganze Organisation war höchst professionell.

In dem größten jener inneren Labors studierten die fähigsten Forscher der Station das riesige eiförmige Stück aus dunklem Holz, das einen Teil des Saales beherrschte. Man hatte es aufgeschnitten. Dieses Stück Holz hatte all die Kosten, die Geheimhaltung und die Mühe aufgewogen, und Wu Tsing-ahn hatte schon daran gearbeitet, ehe der Bau der Station abgeschlossen worden war.

Er war ein kleiner Mann mit feingeschnittenen, gequält wirkenden Zügen und schwarzem Haar, das der Aufenthalt an einigen ungewöhnlichen Orten für Jahre zu früh hatte weiß werden lassen. Der persönliche Schmerz, der sein Gesicht prägte, hatte weder die Klarheit seines Verstandes beeinträchtigt, noch seine analytischen Fähigkeiten abgestumpft. Wie allen anderen in der Station war ihm bewußt, daß seine Tätigkeit auf diesem Planeten weder mit den Regeln der Kirche noch den Vorschriften des Commonwealth zu vereinbaren war. Die meisten waren des Geldes wegen hier.

Tsing-ahns Hände zitterten etwas, und gelegentlich zuckten seine beiden Augenlider. Beides waren Nebenwirkungen der Droge, die um teures Geld großes Vergnügen bereitete. Tsing-ahn war jetzt von dieser Droge abhängig. Er brauchte sie regelmäßig in großer Dosis. Er war gezwungen worden, seine moralischen Prinzipien hintanzustellen, um seiner Sucht nachgehen zu können. Aber das störte ihn schon lange nicht mehr. Außerdem war die Arbeit nicht besonders schwierig und intellektuell anregend.

Es klopfte an der Türe. Tsing-ahn rief ›Herein‹, und ein großer Mann, der hinkte und dessen Kontaktlinsen im Licht der Deckenlampe blitzten, trat ein. Der Mann war kein Riese, aber seine Oberarme hatten einen größeren Umfang als die Schenkel des Biochemikers. Er trug eine Waffe im Gürtelhalfter. Die war nicht zu übersehen.

»Hallo, Nearchose.«

»Hallo, Doc«, antwortete der Große. Er ging durch das Zimmer und deutete mit einer Kopfbewegung auf das Stück Holz. »Schon herausgefunden, wie es funktioniert?«

»Ich wollte es bis jetzt noch nicht riskieren, seine Drogen produzierenden Eigenschaften zu verändern, Nearchose«, erklärte Wu mit leiser Stimme. »Wenn ich es ganz seziere, könnte das gefährlich sein.« Seine Hand berührte das Holz.

Nearchose studierte es. »Wieviel, glauben Sie denn, ist ein solcher Kloben wert, Doc?«

Tsing-ahn zuckte die Achseln. »Wieviel ist einem Menschen eine Verdoppelung seiner Lebenszeit wert, Nearchose?« Der Blick, mit dem er das Stück Holz musterte, enthielt mehr als reines wissenschaftliches Interesse. »Ich glaube, ein Knollen von dieser Größe würde genug Extrakt liefern, um die Lebensspanne von zwei- bis dreihundert Leuten zu verdoppeln – ganz zu schweigen von der Auswirkung auf die allgemeine Gesundheit und das Wohlbefinden. Für die Droge ist bis jetzt noch kein Preis festgelegt worden, da man sie bis zur Stunde nur in kleinen experimentellen Mengen exportiert hat. Die Proteine haben sich als unglaublich kompliziert erwiesen. Eine synthetische Herstellung scheint nicht in Frage zu kommen. Es ist durchaus möglich, daß wir erst nach dem Sezieren wissen, wie wir weiter vorgehen müssen.« Er blickte auf. »Was würden Sie dafür zahlen, Nearchose?«

»Wer, ich?« Der Wachmann lächelte schief und zeigte

dabei seine Metallzähne, einen Ersatz für Zähne, die er keineswegs auf natürlichem Wege verloren hatte. »Ich werde sterben, wenn die natürliche Zeit dafür gekommen ist, Doc. Ein Mann wie ich ... ich könnte mir das Zeug nie leisten. Ich würde natürlich alles darum geben oder tun, wenn ich glaubte, daß ich damit durchkäme.«

Tsing-ahn nickte. »Wesentlich wohlhabendere Männer werden dasselbe tun.« Er zwinkerte ihm zu. »Vielleicht stecke ich Ihnen von der nächsten Charge ein Fläschchen zu. Was würden Sie davon halten, Nearchose?«

Das Gesicht des Großen wurde plötzlich ernst, und er blickte auf seinen Freund hinunter, den er, wenn es darauf angekommen wäre, mit einer Hand hätte in Stücke brechen können. »Machen Sie keine solchen Witze mit mir, Doc. Das ist nicht komisch. Ein paar hundert Jahre in guter Gesundheit zu leben, anstatt mit siebzig, vielleicht mit achtzig langsam in Stücke zu zerfallen ... Sie sollen so etwas nicht tun.«

»Tut mir leid, Nick. War nicht böse gemeint. Sie wissen ja, daß ich meine eigenen Gebrechen habe. Was ich da getan habe, ist kleinlich und bösartig. Ich wollte Ihnen wirklich nicht weh tun.«

Nearchose nickte. Er wußte natürlich um die Drogenabhängigkeit des Biochemikers. Jeder in der Station wußte das. Der brillante Forscher Tsing-ahn hatte diese Schwäche, wenn er auch weder verkrüppelt noch krank war. Nearchose hatte geistige Schwächen, wenn er auch weder dumm noch unwissend war. Jeder wußte, wie sehr er den anderen in der Station überlegen war, und so war die Freundschaft, die sich zwischen ihnen entwickelt hatte, die Freundschaft Gleichberechtigter.

»Ich habe diese Schicht Außenstreife«, erklärte Nearchose und wandte sich zum Gehen. »Ich wollte bloß nachsehen, wie die Dinge hier stehen, das ist alles.«

»Schon gut, Nick. Sie können jederzeit kommen.«

Nachdem der Große gegangen war, stellte Tsing-ahn

seine Instrumente für die erste Sektion des Holzstückes ein. Er konnte das nicht weiter hinausschieben, obwohl es sich bei dem Knollen um das einzige bis jetzt gefundene Stück seiner Art handelte. Er war sicher, daß die Suchtrupps weitere finden würden. Es war nur eine Frage der Zeit. Sie hatten einen Extrakt aus dem Zentrum des Holzknollens einem Carew eingegeben, und das Ergebnis war unerwartet, erstaunlich, ja überwältigend gewesen. Statt die üblichen zwei Tage hatte das hyperaktive Säugetier beinahe eine Woche gelebt. Er hatte das Experiment zweimal wiederholt und seinen eigenen Ergebnissen nicht getraut. Als sie sich beim drittenmal wieder bestätigten, hatte er seine Entdekkung Hansen, dem Direktor der Station, mitgeteilt. Die Reaktion der Geldgeber des Projekts war wie erwartet gewesen: Es *mußten* weitere Knollen gefunden werden. Aber die Umgebung per Gleiter zu erforschen war schwierig. Man hatte Suchtrupps zu Lande ausgesandt, aber Hansen hatte sie trotz der Beschwerden von weiter oben bald wieder eingestellt. Zu viele Suchtrupps, gleichgültig, wie gut sie auch bewaffnet waren, waren nicht zurückgekommen. Die Tatsache, daß diese krankhafte Auswucherung des Baumes sich vielleicht als nützlicher erweisen würde als der Baum selbst, faszinierte Tsing-ahn immer noch. Er mußte an die Wale auf der alten Terra und Ambra denken. Er war erpicht darauf, die innere Struktur des Holzknollens zu studieren. Nach Sonden, die man eingeführt hatte, war das Innere weich, ganz im Gegensatz zu den meisten Knollen, die massives Hartholz waren. Und dann gab es auch noch weitere Hinweise, die auf ein ungewöhnliches Inneres schließen ließen.

Er arbeitete einige Tage an der Sektion, sägte, sondierte und schnitt. Am Ende dieser Zeit zerriß ein höchst unnatürlicher Schrei den Frieden der Station und jagte Leute von ihren Arbeitsplätzen in das Labor von Wu Tsing-ahn.

Nearchose war der erste. Diesmal klopfte er nicht, sondern riß die Tür einfach auf, wobei der Riegel in Stücke ging. Zu seiner ungeheuren Überraschung stand Tsing-ahn einfach da und musterte ihn ruhig. Eine Hand zitterte leicht. Eines seiner Augenlider flatterte, aber das war nur normal.

Eine Menschenmenge hatte sich hinter Nearchose gesammelt. Er drehte sich um und scheuchte sie weg.

»Nichts zu sehen. Alles in Ordnung. Der Doc hatte nur einen schlimmen Trip, etwas schlimmer als sonst, das ist alles.«

»Bist du da sicher, Nick?« fragte jemand zögernd.

»Klar, Maria. Ich mach das schon.« Die Menge verteilte sich murmelnd, als Nearchose die zerbrochene Türe schloß.

»Was ist denn los, Nick? Weshalb so stürmisch?«

Der Wächter wandte sich zu ihm um und studierte den Mann, den er oft nicht verstand, für den er aber höchsten Respekt empfand. »Sie waren das, der so geschrien hat, Doc.« Das war keine Frage.

Tsing-ahn nickte. »Ja, das war ich.« Er sah weg. »Ich habe meine Morgendosis intus und ... ich dachte, ich hätte etwas gesehen. Ich bin nicht so widerstandsfähig wie Sie, Nick, und ich fürchte, ich habe einen Moment die Fassung verloren. Es tut mir leid, wenn es die anderen gestört hat.«

»Ja, schon gut«, meinte Nearchose unsicher. »Hab' mir einfach um Sie Sorgen gemacht, das ist alles. Alle machen sich Sorgen, wissen Sie.«

»Ja, schon gut«, sagte Tsing-ahn bitter.

Nearchose schien sich in dem Schweigen nicht ganz wohl zu fühlen und sah sich im Labor um. »Was macht die Arbeit? Fortschritte?«

Tsing-ahns Antwort klang abwesend, seine Gedanken waren offenbar nicht bei der Sache. »Nun, besser als erwartet. Ja, ganz gut. In ein paar Tagen kann ich vielleicht berichten.«

»Das ist prima, Doc.« Nearchose wandte sich zum Gehen, hielt dann aber inne. »Hören Sie, Wu, wenn Sie etwas brauchen, irgend etwas, das Sie nicht auf offiziellem Wege ...«

Tsing-ahn lächelte schwach. »Natürlich, Nick. An Sie würde ich mich als allerersten wenden.«

Der Wächter grinste und schloß leise die Türe hinter sich. Tsing-ahn kehrte an seine Arbeit zurück. Er war jetzt ganz ruhig und arbeitete schnell und geschickt.

Die Ruhe der Station sollte bis zum Abend jenes Tages nicht mehr gestört werden, als jemand an dem Labor vorbeiging und vor der Türe etwas Ungewöhnliches zu riechen glaubte. Er ging dem Geruch nach und stellte fest, daß durch die Ritzen der Labortüre dunkle Rauchschwaden zogen. Der Mann schrie *»Feuer!«* und schlug das Glas des nächsten Feuermelders ein.

Diesmal war Nearchose nicht der erste, der das Labor erreichte. Er mußte sich durch all die Leute durcharbeiten, die die letzten Flammen erstickten. Es war gelungen, das Feuer einzudämmen, ehe es sich über das Labor hinaus ausbreitete, aber das Labor selbst war völlig vernichtet. Das Feuer war kurz, aber intensiv gewesen. Nicht nur, daß es in dem Labor eine Menge brennbaren Materials gegeben hatte, sondern Tsing-ahn hatte offenbar noch mit weißem Phosphor und Säure nachgeholfen. Der kleine Biochemiker war bei der Zerstörung ebenso methodisch vorgegangen wie bei seinen Forschungen.

Alle drängten sich um die paar verkohlten Holzstükke, die im hinteren Teil des Labors herumlagen. Sie waren alles, was von dem Knollen übriggeblieben war, der unzählige Millionen wert gewesen sein mußte. Nearchoses Hauptsorge galt etwas anderem, und so war er auch der erste, der die Leiche unter einem Tisch fand. Zuerst nahm er an, der Wissenschaftler sei an Rauchvergiftung gestorben, da seine Leiche keine Spuren von Verletzungen zeigte. Dann wälzte er ihn zur Seite, und die weiße Kappe rutschte herunter. Nearchose sah den Nadler, den eine Hand noch umkrampft hielt, sah die winzigen Löcher vorne und hinten am Schädel. Er wußte, wie ein Nadler wirkte, wußte, daß man einen Bleistift durch das Loch würde schieben können. Die Augen des Mannes waren geschlossen, und sein Ausdruck wirkte zufrieden – erstmals, seit Nearchose sich erinnern konnte.

Nearchose richtete sich auf. Das bejammernswerte, schwache Genie, das da vor ihm auf dem Boden lag, hatte etwas entdeckt, das ihn in den Tod getrieben hatte. Nearchose hatte keine Ahnung, was dieses Etwas war, und war auch gar nicht sicher, ob er es wissen wollte. Kein Mensch ist vollkommen. Ein alter Sergeant hatte ihm diesen abgedroschenen Satz zum erstenmal gesagt. Bei all seinen wissenschaftlichen Fähigkeiten war Tsing-ahn weniger vollkommen als die meisten gewesen. Ein Blatt mit Notizen hier, die Seite eines Buches dort – das war alles, was übriggeblieben war.

In der Station war ein Biochemiker von geringerem Rang namens Celebes und ein Botaniker namens Chittagong tätig. Zu zweit gaben sie nicht ganz einen Tsing-ahn ab, aber sie waren die besten, die Hansen hatte. Sie wurden sofort von ihrem Projekt abgezogen und bekamen die sorgfältig eingesammelten Papierstücke und Reste seiner Notizbücher sowie den Auftrag, Tsing-ahns Arbeit zu rekonstruieren.

Schließlich fand man einen zweiten Knollen von der Art wie der erste, der vom Feuer zerstört worden war, und brachte ihn in die Station. Man gab ihn Chittagong und Celebes, die damit arbeiteten, während neu installierte Sicherheitsmonitore sie dauernd überwachten, alles überprüften, angefangen beim Herzschlag der Wissenschaftler bis zum Knurren ihres Magens. Beide Männer standen ihrem Projekt alles andere als begeistert gegenüber, besonders wenn sie den Tod ihres Gefährten bedachten. Aber die Befehle kamen von einer wütenden Person an einem großen Schreibtisch, der viele Parsec entfernt stand. Gegen sie gab es keinen Widerspruch.

Nearchose kehrte zu seinen Pflichten zurück. Er saß auf seinem Posten und brütete darüber nach, was in einem gewöhnlichen Stück Holz sein könnte, das jemand von so rationaler Grundhaltung wie Tsing-ahn dazu bringen konnte, durchzudrehen. Solche Dinge geschahen, und er brauchte sich darüber nicht den Kopf zu zerbrechen. Aber er konnte einfach nicht anders.

Er seufzte und zwang sich, wieder auf die ihn umgebende grüne Mauer zu blicken.

Verdammt, er hatte all dieses Grün *satt!*

6

»Autsch!«

Born blieb stehen und sah sich nach seinen Schützlingen um. Logan hüpfte ungeschickt auf einem Fuß auf dem Kabbl und hielt sich an einer Liane fest. Born ließ die Schlingpflanzenwurzel los, die er gerade hielt, und ließ sich neben Logan fallen. Sie setzte sich und hielt ihr linkes Bein. Sie schien eher ärgerlich als verletzt. Cohoma studierte etwas, das Logan mit einer Hand abdeckte.

»Was ist?«

Sie lächelte ihn dankbar an. Auf ihrer Stirn standen kleine Schweißtropfen. »Ich bin auf etwas getreten.« Sie sah sich um, gestikulierte. »Diese Blume dort ... ist mir durch den Stiefel gedrungen.«

Born sah die winzige Ansammlung hellorangeroter Dornen, die aus der Mitte des winzigen Buketts sechsblättriger Lavendelblüten hervorstach. Sein Ausdruck veränderte sich, und seine Hand griff unter seinen Umhang. Er holte das Messer heraus.

»Hey!« Cohoma wollte zwischen sie treten. Born schob den Größeren einfach weg. Cohoma stolperte und wäre fast vom Kabbl gefallen.

»Hinlegen!« befahl Born Logan und drückte sie gleichzeitig mit der Hand hinunter. Sie war zu verblüfft, um sich zu wehren, wollte sich aber gleich wieder aufsetzen, stützte sich mit den Händen ab.

»Born, was machst du? Es sticht ein wenig, aber ...«

Er riß ihr den Stiefel herunter, und sie kippte wieder um, schlug sich den Kopf am Holz auf. Dann hob er ihr Bein an und hielt das Messer darüber.

»Warte doch, Born!« Ihre Stimme klang hysterisch. Cohoma hatte inzwischen wieder Fuß gefaßt und kam jetzt drohend auf den Jäger zu.

»Augenblick mal, du Knirps. Erkläre ...«

Über ihm war ein warnendes Grollen zu hören, und er blickte auf. Ruumahum beugte sich über den Kabbl, hielt sich mit den vier Hinterbeinen daran fest, die Vorderpfoten hingen mit ausgefahrenen Klauen herunter. Der Pelziger lächelte und zeigte dabei mehr Elfenbein als ein Konzertflügel. Cohama sah in drei Augen und ballte die Fäuste, hielt sie aber an seiner Seite.

»Das tut jetzt etwas weh«, sagte Born schnell. Sein Messer schnitt direkt über den drei roten Punkten in ihre Fußsohle.

Logan stieß einen wilden Schrei aus, fiel nach hinten und versuchte sich zu befreien. Born hielt ihren Fuß fest, legte den Mund auf die blutende Wunde, saugte und spuckte, saugte und spuckte. Als er fertig war, weinte sie leise und zitterte. Nach einem vorsichtigen Blick auf Ruumahum trat Cohoma neben sie, um sie zu trösten.

Born achtete nicht auf die Fragen des Riesen, sondern sah sich in dem Blattwerk um, das sie umgab. Dann fand er, was er brauchte, ein paar zylinderförmige Blüten, die aus einem nahen Zweig wuchsen. Er suchte einen alten aus und schnitt ihn unten ab. Er war etwa halb so lang wie sein Arm. Dann schnitt er die Spitze ab, so daß man ein hohles Rohr sehen konnte, das mit einer klaren Flüssigkeit gefüllt war. Er trank die Flüssigkeit, seufzte und suchte einen zweiten Zylinder. Den bot er der verletzten Frau an. Logan rieb sich immer noch die Augen und starrte ihn an.

»Trink das«, befahl er. Sie wollte nach dem Zylinder greifen, zuckte aber zusammen, als der Stengel sich weich anfühlte. Dann hielt sie zögernd die Lippen an den Rand und leerte ihn, ohne auf Cohomas Warnung zu achten, zur Hälfte. Den Rest gab sie ihm.

Cohoma studierte das Rohr argwöhnisch. »Woher wissen wir denn, daß er uns nicht vergiften will?«

»Wenn er uns töten wollte«, seufzte sie, »hätte er uns ja dem fliegenden Fleischfresser überlassen können. Jan, sei kein Narr. Daran ist nichts Gefährliches.«

Cohoma nippte widerstrebend, leerte den Behälter dann aber. »Dein Fuß ... wie fühlt er sich an?« erkundigte Born sich besorgt. Logan zog das Knie hoch und drehte das Bein dann so, daß sie die Sohle sehen konnte. Die Wunde war nicht so tief, wie sie befürchtet hatte. Jedenfalls nicht so tief, wie sie sich angefühlt hatte, als Born sie schnitt. Sie begann bereits zu heilen. Aber rings um die drei Stiche hatte die Haut sich gerötet.

»Wie wenn jemand mit dem Messer hineingeschnitten hätte«, konterte sie. »Wie sollte sie sich denn anfühlen?«

»Außer dem Schnitt fühlst du nichts?« bohrte Born.

Sie überlegte. »Ein leichtes Prickeln vielleicht, dort, wo ich in die Dornen getreten bin ... so wie wenn einem der Fuß einschläft. Aber das ist alles.«

»Prickeln«, sagte Born nachdenklich. Wieder suchte er den Busch um sie herum ab. Die beiden Riesen beobachteten ihn neugierig. Er blieb vor einer Pflanze stehen und pflückte dann eine blaßgelbe Frucht von einem Zweig ganz oben, wo diese Früchte in Dreiergruppen hingen. »Iß das«, wies er Logan an.

Sie musterte die Frucht unsicher. Von allen Früchten, die Born ihnen gegeben hatte, wirkte die hier am unsympathischsten. Sie hatte die Form eines kleinen Fäßchens mit braunen rippenähnlichen Vorsprüngen, die sie wie Bänder umliefen. »Mit der Haut?«

»Ja, mit der Haut«, sagte Born und nickte. »Und schnell. Das ist besser für dich.«

Sie führte die Frucht zum Munde. So vieles auf dieser Welt täuschte einen – vielleicht hatte dieses zäh aussehende Zeug einen ... und dann biß sie hinein. Ihr Gesicht verzog sich angewidert. »Das schmeckt«, meinte sie zu Cohoma gewandt, »wie fauliger Käse mit Essig. Was passiert denn, wenn ich das nicht zu Ende esse?« fragte sie Born bittend.

»Ich glaube – ich denke, ich habe all das Gift aus der Wunde gesaugt, wenn nicht, dann hast du noch ein paar Augenblicke Zeit, ehe sich das restliche Gift in deinem Nervensystem ausbreitet und dich umbringt. Wenn das Antitoxin in der Frucht es nicht vorher neutralisiert.«

Logan schlang das gelbe Fruchtfleisch mit einer Geschwindigkeit hinunter, die ihren Ekel Lügen strafte. Dennoch fand sie Zeit, sich darüber zu wundern, daß im Wortschatz dieser Leute Worte wie »Antitoxin« und Begriffe wie »Nervensystem«, »neutralisieren« durch all die Jahre haftengeblieben waren. Zweifellos, überlegte sie, wurden die Ausdrücke in dieser stets bedrohlichen Umgebung dauernd gebraucht. Als sie diesen Schluß gezogen hatte, weiteten sich ihre Augen, die Wangen traten ihr hervor, und sie wandte sich ab und würgte so elendiglich, daß Born und Cohoma alle Mühe hatten, sie festzuhalten, sonst wäre sie vom Kabbl gestürzt. Minuten später lag sie auf dem Rücken und rang nach Luft und fuhr sich langsam mit dem Unterarm über den Mund.

Sie keuchte. »Mir ist, als hätte man mich von innen nach außen gestülpt.« Sie preßte sich beide Hände an den Leib und betastete sich vorsichtig. »Aber alles ist noch da – ich wäre jede Wette eingegangen, daß er weg ist.«

Born achtete nicht auf ihre Klagen. »Wie fühlt dein Fuß sich jetzt an?«

»Er prickelt immer noch ein wenig.«

»Nur dein Fuß?« beharrte er und musterte sie aufmerksam. »Nicht dein Knöchel oder die Wade hier?« Er betastete sie. Sie schüttelte den Kopf. Born knurrte etwas Unverständliches und stand auf. »Gut. Wenn das ganze Bein prickeln würde, hätte sich das Gift zu weit ausgebreitet, und ich könnte nichts mehr dagegen tun. Aber jetzt bist du außer Gefahr.«

Sie nickte und versuchte mit Cohomas Hilfe aufzustehen. Dann musterte sie Born scharf. »He – wenn es so wichtig war, daß ich die Frucht sofort esse, Born, warum hast du dann gezögert, ehe du sie abgepflückt und hergebracht hast? Nachdem, was du gerade gesagt hast, hätte ich in der Zwischenzeit sterben können.«

Der Jäger musterte sie mit dem geduldigen Blick, den man sich gewöhnlich für ganz kleine Kinder aufbewahrt. »Ich mußte sicher sein, daß die Tesshanda nichts dagegen einzuwenden hatte, daß ich ihre Frucht pflükke, sie war ja noch nicht ganz reif.«

Logan und Cohoma schienen verwirrt. »Willst du damit sagen«, fuhr sie fort, »daß du diese Pflanze um Genehmigung bitten mußtest? Daß du mit ihr gesprochen hast?«

»Das habe ich nicht gesagt«, erklärte Born. »Emfatiert habe ich sie.«

»Emfatiert? Oh, du meinst, du hast die Frucht betastet, um zu sehen, ob sie reif war?«

Born schüttelte den Kopf. »Nein ... emfatiert. *Emfatiert* ihr nicht mit euren Pflanzen?«

»Ich denke nicht, ich habe nämlich keine Ahnung, wovon du redest, Born.«

Er schien befriedigt, wenn es ihm auch keine Freude zu bereiten schien. »Ah, das erklärt eine ganze Menge.«

»Mir nicht, gar nicht«, erwiderte Cohoma. »Hör zu, Born, willst du sagen, daß du mit dieser Pflanze geredet oder dich mit ihr unterhalten hast und daß sie es dir erlaubt hat, eine Frucht abzupflücken, ehe sie reif war?«

»Nein, nein. Ich habe sie *emfatiert*. Wenn die Frucht reif gewesen wäre, hätte ich das natürlich nicht tun müssen.«

»Warum, natürlich?« fragte Logan, der das Gespräch immer mysteriöser schien.

»Weil die Tesshanda dann mich emfatiert hätte.«

»Irgendeine Art rituellen Aberglaubens«, murmelte sie. »Ich möchte nur wissen, wo das herkommt? Hilf mir aufstehen, Jan.« Das tat er, und sie zuckte sofort zusammen, beugte sich nach vorne und hielt sich den Leib.

»Kannst du gehen?« erkundigte sich Born, immer noch sehr geduldig.

»Nein, aber ich bin eine geübte Humplerin.« Sie zwang sich zu einem schiefen Grinsen. »Manchmal ist ja die Medizin schlimmer als die Krankheit ... Ich glaube nicht, daß du im Commonwealth große Chancen als Arzt hättest, Born, aber das ist jetzt schon das zweite Mal, daß du mir das Leben gerettet hast. Danke.«

»Das dritte Mal«, erklärte Born, ohne näher zu erklären. »Wir sind jetzt nahe beim Heim. Noch eine halbe Etage nach oben und zwei oder drei Etagen weit.« Die beiden Riesen stöhnten.

»Ich habe noch nie einen solchen Baum gesehen, nicht im Forschungsbericht und auch in keinem der anderen Berichte«, erklärte Cohoma, als sie Heim das erste Mal sahen.

»Du bist nicht auf dem laufenden, Jan«, meinte seine Partnerin. »Der vorletzte Gleiter, der nach Osten geflogen war, hat Einzelheiten darüber gebracht. Man nennt ihn einen Weber. Der Mittelstamm verjüngt sich kaum, bis er ein Niveau von fünf- oder sechshundert Metern erreicht hat. Dann spaltet er sich ein paarmal auf und bildet ein ineinanderverwobenes Labyrinth von Einzelstämmen, die einen ... nun ... eine Art riesigen Korb in dem Baum bilden. Ein paar Dutzend Meter darüber verbinden sich die einzelnen Unterstämme wieder und bilden erneut einen einzigen Stamm, der bis an die Spitze des Waldes reicht. Nach dem Bericht sind die Zweige dieses kleinen ›Käfigs‹ mit roten Früchten bewachsen, hauptsächlich zuckerhaltiges Fruchtfleisch um einen nußähnlichen Kern, der mit mehr Nährstoffen angereichert ist als irgend etwas, das man bis jetzt gefunden hat – ganz besonders an Niacin.«

Sie näherten sich den ersten Stämmchen und gingen an einer dicken Tungtankel entlang.

»Siehst du diese Säcke, die aus den rosafarbenen Blüten wachsen? In dem Bericht steht, wenn man an einen stößt, bekommt man das Gesicht voll Pollenstaub. Wenn man das Zeug einatmet, heißt es, ade – so steht es im Laborbericht. Fungussporen setzen sich in den Lungen und der Luftröhre fest, breiten sich sofort aus und ersticken einen binnen zwei Minuten.«

Plötzlich bemerkte sie, daß Born keine Anstalten machte, den tödlichen Gewächsen auszuweichen. »Wir gehen doch um diesen Baum herum, oder, Born? Es gibt hier doch bestimmt kein Gift, das deine Leute nicht kennen.«

»Um den Baum herum?« Born musterte sie eigenartig. »Dieser Baum *ist* das Heim.« Er näherte sich dem Gewirr aus mit Blumen überladenen Schlingpflanzen und Ästchen.

»Born ...« Sie folgte ihm langsam, ohne die tödlichen Säcke aus den Augen zu lassen. Nur eine Berührung, und eine Wolke des erstickenden Pollenstaubes würde die Luft erfüllen.

Born blieb an der ersten Liane stehen, beugte sich vor und spuckte geradewegs in eine der großen Blüten, wich dabei dem angeschwollenen Pollensack aus. Ein Zittern schien die Schlingpflanze zu durchlaufen, während die schimmernden Blütenblätter sich schlossen. Das Zittern hielt an, und dann spannten sich die

Schlingpflanzen wie ein Zweig, der sich vor der Flamme zurückzieht, rollten sich ein, gaben einen Weg durch das Gebüsch frei.

»Schnell jetzt«, drängte Born und setzte sich in Bewegung.

Ein grüner Blitz schoß an den beiden Riesen vorbei, als diese sich ihm anschlossen. Ruumahum hatte nicht gewartet, bis sie ihre Entscheidung getroffen hatten. Als sie sicher den gewachsenen Vorhang durchquert hatten, wandten beide sich um und sahen zu, wie die Schlingpflanzen sich wieder entspannten. Jetzt versperrten sie den Weg wieder, ebenso sicher wie eine Mauer aus Duralum.

»Bemerkenswert«, murmelte Cohoma. Dann fragte er Born, während sie tiefer ins Herz des Heimbaumes eindrangen: »Born, wenn ich in eine der Blüten spuckte – was würde da passieren?«

»Nichts«, antwortete der Jäger. »Du gehörst nicht zum Heim. Das Heim kennt nur die seinen.«

»Ich begreife nicht, wie ...«, begann er, aber Logan hatte bereits mit ihrer Analyse begonnen.

»Sag, Born«, fragte sie, »essen deine Leute die Frucht des Webers – des Heims?«

Born sah sie verblüfft an. Manchmal schien es, als besäßen diese Riesen Wissen, das jegliche Vorstellung überstieg; und manchmal konnten sie wieder unglaublich dumm sein.

»Gibt es denn etwas Besseres zu essen, abgesehen vielleicht von frischem Fleisch?« Er hatte gehört, wie Logan den Bericht der Forschungsgruppe über den Weber rezitierte, hatte ihn aber nicht begriffen. »Warum sollten wir nicht essen, was uns so großzügig angeboten wird?«

»Interessant«, pflichtete Logan ihm bei. Dann begann sie wieder Worte zu gebrauchen, die für Born keine Bedeutung hatten, und er ignorierte ihr Gespräch. »Siehst du jetzt den Zusammenhang, Jan?«

Ihr Begleiter nickte. »Ich glaube schon. Sie essen die Früchte des Baumes regelmäßig; das ist ihre Hauptnahrung. Chemikalien der Frucht sammeln sich in ihrem System. Wenn sie in eine der Blüten spucken, befinden sich im Speichel auch Chemikalien der verzehrten Früchte. Kein Wunder, daß das Heim seine Leute erkennt!«

»Ich kann verstehen, was das den Leuten bringt«, gestand Logan. »Nahrung und Unterkunft, aber was bekommt der Baum davon – falls er etwas davon hat?«

Ein Ruf und dann noch einer und dann viele rissen sie aus ihren Überlegungen, und dann fanden sie sich plötzlich von einer Schar neugieriger Kinder umgeben – völlig normaler Kinder, in jeder Hinsicht normal, sah man von ihrer tiefbraunen Haut, dem ebenso braunen Haar, den grünen Augen und ihrem kleinen Wuchs ab. Die Kleinen musterten die beiden Riesen mit der gleichen Ehrfurcht, mit der sie vielleicht rosafarbene Pelziger angestarrt hätten.

Auch Din war dabei. Er lief neben Born her. Die schmale Brust aufgebläht, ahmte er jeden Schritt des Jägers nach, auch wenn er gelegentlich dazwischen einen kleinen Sprung machen mußte, um mit ihm Schritt zu halten. Born murmelte dem Jungen einen gleichgültigen Gruß zu. Ob der Junge wohl nie aufhören würde, ihn zu belästigen?

Muf trottete hinter ihm her. Für einen Pelziger war das ungewöhnlich. Normalerweise hätte er jetzt irgendwo zwischen den Stämmchen mit seinen Brüdern geschlafen. Das Junge drängelte sich durch die Kinderschar, beschnüffelte Logan neugierig. Zuerst zuckte sie zurück, dann tätschelte sie das Junge zögernd am Kopf. Irgendwo aus dem Inneren des sechsbeinigen Fellbündels kam ein tiefes, nicht unfreundliches Grollen. Das Junge drängte sich noch näher an Logan heran und hätte sie dabei beinahe zu Fall gebracht.

Im nächsten Augenblick war ein stromlinienförmiges

grünes Etwas neben ihr. »Wenn Junges ärgert, schlagen«, rief Ruumahum Logan mit seinem polternden Baß zu.

Sie blickte auf das Junge hinunter, das sie mit ergebenen Augen anstarrte. »Ihn schlagen – aber bestimmt nicht!« wandte sie ein. »Es ist doch nett zu mir.«

Ruumahum schnaubte nur und trottete davon.

Schließlich kam die ungewöhnliche Parade – ein Mensch, zwei Pelziger, ein Rudel schnatternder Kinder, zwei Riesen – vor dem Blattlederpavillon im Zentrum des Dorfs zum Stillstand.

Borns Blick wanderte über die sie umgebenden Häuser. Irgendwo gähnte laut ein ausgewachsener Pelziger. Aber da war keine Menschenmenge, die ihnen aus den halboffenen Türen entgegenströmte, da gab es keine heranwachsenden Mädchen, die gerannt kamen, um seine Arme und seinen Brustkasten zu betasten, keine Jäger, um seine Riesen mit der gleichen Ehrfurcht zu studieren, die die Kinder gezeigt hatten. Da war kein Lob, keine Bewunderung, keine Komplimente, kein Ausdruck gebührenden Lobes für seinen Mut und seine Kühnheit – nur die neugierigen Blicke von ein paar Alten, die hinter Blattledertüren hervorlugten.

Etwas stieß Born von hinten in die Kniekehle, und er fiel nach vorne und landete in einer Pfütze von Nachtwasser. Muf versteckte sich zwischen den Kindern. Sie lachten spöttisch. Langsam sich aufrichtend, versuchte Born seine Würde zurückzugewinnen, während er sich das Wasser vom Umhang schüttelte. Das Gelächter hielt an. Er drehte sich um und schrie sie an. Sie zogen sich ein paar Schritte zurück, aber ihr Lachen hörte nicht auf. Er machte einen Schritt auf eins der Kinder zu, und seine Hand fuhr drohend zum Messer. Diesmal rannten sie davon, und ihre nackten braunen Körper huschten behende hinter die Türen der Häuser oder verbargen sich hinter Buckeln und Höckern in dem hölzernen Pflaster des Platzes. Born stellte fest, daß sein Atem schwerer ging. Seine Fähigkeit, einen Narren aus sich zu machen, schien grenzenlos.

»Nicht ganz der Empfang, den du dir erhofft hast, hmm?« meinte Cohoma überraschend einfühlsam. »Ich weiß genau, wie dir zumute ist. Ich habe das auch schon erlebt.« Er warf einen vielsagenden Blick zu Logan hinüber, den diese überhaupt nicht zu bemerken schien.

Und plötzlich floß der ganze Ärger aus Born heraus, und er entspannte sich etwas, empfand gleichzeitig ein unerwartetes Gefühl der Gemeinsamkeit mit diesem fremden Mann, der von sich behauptete, in einem Boot aus Axtmetall durch die Obere Hölle zu reisen.

»Wo sind denn alle?« wollte Logan wissen.

Born zuckte die Achseln und führte sie weiter zu seinem eigenen Häuschen, hoch in den Stämmen am äußersten Ende des Heimkäfigs. »Sie sammeln Früchte, pflegen das Heim ...«

»Parasitenkontrolle«, murmelte Cohoma Logan zu. »Ein Pluspunkt für den Baum. Besser ein menschlicher Parasit, den man kennt, als ein unvernünftiges Tier oder eine Pflanze, die man nicht kennt.«

»Symbionten, nicht Parasiten«, konterte Logan. »Den Vorteil haben sowohl der Baum als auch der Mensch. Ich würde nur gerne wissen, was die Weberbäume zu ihrem Schutz taten, ehe Borns Ahnen sie sich zur Behausung wählten.«

»... oder vielleicht jagen«, schloß Born, der ihre geflüsterte Unterhaltung ignoriert hatte. »Ehe es Nacht wird, kommen sie zurück.« Er lächelte. Er konnte immer noch auf Geh Hells Reaktion zählen, wenn er am Abend dem Rat die Riesen vorstellte.

Borns Quartier veranlaßte die Riesen ebenfalls zu einigen seltsamen Worten. »Da schau«, fuhr Logan dann wieder für Born verständlich fort und wies auf die Wände und die Decke, »die kleineren Äste und Zweige wachsen so eng beieinander, daß es ganz einfach ist, sie mit gewebtem Material völlig dicht zu machen!«

Cohoma murmelte beipflichtend, setzte sich dann und fuhr mit dem Finger über das glatte Holz des Bodens. In ihm nahm eine Idee Gestalt an, zu der ihm aber noch ein paar Einzelheiten und eine Bestätigung fehlten. Born gab sie ihm, als er die Funktion einer kreisförmigen Vertiefung im Boden ganz hinten in dem Raum erklärte.

»Ich möchte nur wissen«, murmelte er laut, »wer sich hier wem angepaßt hat – der Mensch dem Baum oder der Baum dem Menschen? Vielleicht hat niemand in den Weberbäumen gelebt, ehe die Kolonisten sie entdeckten. Aber ich begreife immer noch nicht, wie sich innerhalb von wenigen Generationen eine derart detaillierte und spezialisierte gegenseitige Abhängigkeit entwickeln konnte.«

Logan überlegte stumm. Born musterte die beiden verständnislos, während sie ihr Gespräch fortsetzten. Was meinten die da – Menschen, die sich dem Baum anpassen oder Bäume dem Menschen? Das Heim war das Heim. Es war doch nichts anderes als vernünftig, daß ein Mensch für seine Behausung sorgte. Wie das wohl auf der Welt sein mochte, von der diese Riesen kamen, wenn sie die natürliche Ordnung der Dinge hier so erstaunlich fanden? Ihm würde es dort wohl nicht gefallen, dachte er. Und dann kam ihm plötzlich ein verrückter Gedanke – verrückt, weil er so unmöglich schien.

»Könnte es sein«, sagte er, und seine ganze Ungläubigkeit klang in seinen Worten mit, »daß es auf eurer Welt nichts gibt, das wächst?«

»Nein«, berichtigte ihn Logan, »es gibt viel, das wächst, doch nichts, in dem wir so wie du leben. Aber wir benutzen unsere wachsenden Dinge so wie ihr auch.«

»Benutzen? Das verstehe ich nicht, Kimilogan.«

Sie setzte sich hin und lehnte sich an einen Ast.

»Von manchen Pflanzen essen wir die Früchte, andere verarbeiten wir zu Nahrung, die wir essen können, andere verwenden wir immer noch, wenn auch selten, beim Bau unserer Häuser. Und einige verwenden wir zu medizinischen Zwecken, so wie du die Tesshanda. Wir gebrauchen die Waldwelt ganz ähnlich wie ihr.«

»Ich verstehe immer noch nicht«, sagte Born, »wir benutzen den Wald nicht. Wir sind ein Teil des Waldes, der Welt. Wir sind Teil eines Kreislaufs, der nicht unterbrochen werden darf. Wir benutzen den Wald ebensowenig, wie der Wald uns benutzt.«

Dazu murmelte Cohoma eine unverständliche Bemerkung.

»Deine Leute dienen diesem Baum«, erklärte Logan langsam, »selbst wenn es euch nicht bewußt ist. In gewissem Sinne seid ihr seine Diener.«

»Diener.« Born überlegte und spreizte dann hilflos die Hände. »Was ist ein Diener?«

»Jemand, der auf Geheiß eines anderen einen Dienst erweist«, erklärte sie.

Verrückt und immer verrückter! Diese Riesen mußten doch hin und wieder geistesgestört sein, sagte sich Born. »Wir dienen dem Baum nicht, nein. Das Heim dient uns.«

Logan musterte ihn etwas traurig und blickte dann zu Cohoma hinüber. »Die verstehen das nicht. Wahrscheinlich möchten sie das auch gar nicht.«

»Und warum nicht?« wollte Cohoma wissen. »Sie scheinen doch mit den Zuständen recht zufrieden.«

»Aber geistig bindet es sie«, konterte sie. »Wenn die Natur ihnen Nahrung und Unterschlupf liefert, gibt es weder eine Begründung noch eine Motivation, das Wissen zurückzugewinnen, das sie verloren haben. Es wird uns schwerfallen, sie zu resozialisieren. – Sag, Born«, fragte sie mit sanfter Stimme und wandte sich ihm zu, während er Früchte, Nüsse und getrocknetes Graserfleisch auftischte, »könntest du dir vorstellen, daß du je deinen Baum verläßt?«

Die Frage schockierte Born so, daß er einen Augenblick wie erstarrt dastand. »Das Heim verlassen? Du meinst für immer? Um nie zurückzukommen?« Sie nickte.

Jetzt hatte er die Bestätigung, daß die Riesen verrückt waren. Warum sollte je jemand daran denken, das Heim zu verlassen? Hier war Unterkunft, Nahrung, Gesellschaft, Sicherheit und Schutz vor dem Dschungel draußen. Außerhalb des Heimes gab es nur Unsicherheit und am Ende den Tod.

Dann begriff er ihren Sinn und damit viele der seltsamen Worte der Riesen. »Ich verstehe«, sagte er mitfühlend. »Vorher habe ich das wirklich nicht ganz begriffen. Es ist offenkundig, daß ihr kein eigenes Heim habt.«

»Doch, wir haben eines«, konterte Cohoma. »Meines würde dich überwältigen, Born. Es tut alles, was ich ihm sage, bietet mir zu essen an, wenn ich es haben will, und ich kann kommen und gehen, wann ich möchte.«

»Und du mußt nicht für dein Heim sorgen?«

»Nun ja, aber ...«

Logan lachte. »Jetzt hat er dich, Jan.«

Cohoma schien das etwas peinlich. »Nein, ganz und gar nicht. Ich kann jederzeit weggehen, solange ich will, ohne mir Sorgen darüber zu machen. Aber diese Leute können das nicht.«

»Dann ist es kein Heim«, wandte Born ein. »Man sorgt für sein Heim, und das Heim sorgt für einen.«

»Nun, *meines* ist es jedenfalls«, brummte Cohoma und kostete eine Spiralnuß aus der Schale vor sich. Ihr Geruch erinnerte an Pfeffer und Sellerie. Er nahm eine zweite.

»Ich verstehe«, erwiderte Born. Er war zu höflich, um das hinzuzufügen, was er wußte. Zwar war vom Bau dieser künstlichen Heimstätten keine Rede gewesen, aber Born wußte, daß die Heime der Riesen nicht lebten, daß sie tote Dinge waren, voll Gleichgültigkeit. Born könnte trotz all der Wunder nicht in einem toten Ding leben, tot wie die Axt. Ein totes Ding konnte man nicht emfatieren.

Der Gedanke an Äxte und das verblassende Tageslicht erinnerte ihn daran, daß die Sammler und Jäger bald zurückkehren würden. Er würde ihnen die Riesen vorführen, und am Ende würde vielleicht jemand endlich sagen, daß der Jäger Born etwas kühner und mutiger als die übrigen Jäger war.

Als er sich setzte und aß und sich dabei zurechtlegte, was er sagen würde, sah er unter der Blattledertüre Zehen. Er stand auf und schob den Vorhang beiseite. Din zuckte erschreckt zurück, aber Born war so mit der Vorfreude auf seinen eigenen Triumph beschäftigt, daß er gar nicht ärgerlich war. Statt dessen lud er den Jungen zum Essen ein und schob Muf zurück, als das Pelzigerjunge folgen wollte. Der Pelzball jammerte zwar, blieb aber draußen. Born gab dem Jungen zu essen, und der fiel gierig darüber her.

Soviel zu seiner Zuhörerschaft: ein Waisenknabe und zwei Riesen, die offenbar geistesgestört waren. Er biß ärgerlich in ein Stück Fleisch.

»Eine Anzahl Auswandererschiffe«, erklärte Cohoma ihren mißtrauischen, aber höflich aufmerksamen Zuhörern, die sich um das abendliche Feuer drängten, »sind den Berichten nach verlorengegangen. Manche bei Naturkatastrophen, manche nur, weil irgendein Angestellter nicht aufgepaßt hat.« Er schluckte, erkannte plötzlich, daß er sich auf quasi religiösem Boden bewegte. »Wahrscheinlich«, fuhr er fort und betonte dabei das Wort wahrscheinlich, »wahrscheinlich seid ihr die Abkömmlinge der Überlebenden eines solchen Schiffes, das hier strandete. Freilich finde ich es angesichts der feindseligen Natur dieser Welt unglaublich, daß ein Teil der schiffbrüchigen Kolonisten überleben konnte, nachdem die ursprünglichen Vorräte erschöpft waren.«

Er setzte sich wieder. »Jedenfalls vermuten wir, daß es so war.«

Niemand am Feuer sagte etwas. Cohoma und Logan musterten ihre kleineren, besser bewaffneten Vettern etwas besorgt.

»All dies«, erwiderte Häuptling Sand schließlich gemessen, »mag sein, wie ihr sagt.« Die beiden Riesen entspannten sich sichtlich. »Aber wenn wir auch nicht euer spezielles Wissen teilen, so haben wir doch auch unsere eigenen Erklärungen für unsere Existenz.«

Er sah zu Leser hinüber und nickte. Der Schamane erhob sich. Er trug sein zeremonielles Kleid aus geflecktem Gildverpelz, strahlend braun und rot mit orangefarbenen Streifen, und einen gefiederten Kopfputz. Und natürlich die Axt, die er jetzt würdevoll vorzeigte, als er sich erhob. Die Axt wie einen Dirigentenstab schwingend, erzählte er die Geschichte, wie die Welt entstanden war.

»Am Anfang war der Same«, dröhnte Lesers Stimme feierlich.

Die Leute lauschten ehrfürchtig. Sie hatten die Legende tausendmal gehört, und doch faszinierte sie sie immer wieder. »Und zwar gar kein großer Samen«, fuhr der Schamane fort. »Eines Tages stieg der Gedanke des Wassers herunter, und der Same schlug im Holz von Emfat Wurzeln.« Wieder dieses Wort, dachte Logan. »Er wuchs. Der Stamm wurde stark und groß und kräftig. Und dann wuchsen ihm viele Äste. Einige davon bildeten die Säulen, welche die Welt beherrschen. Andere veränderten sich und wurden zu den zwei Höllen, welche die Welt umschließen. Und dann tauchten Knospen auf, zahllose Knospen, und sie blühten. Wir sind die Abkömmlinge einer solchen Knospe, die Pelziger sind die einer anderen, und der Schnüffler, der im Walde lauert, ein weiterer. Der Same gedeiht, die Welt gedeiht, wir gedeihen.«

Cohoma hielt die Knie mit den Armen umspannt.

»Wenn das so ist und wenn ihr glaubt, daß ihr von einem anderen Planeten als diesem kommt, wie paßt das dann alles in euer Universum?«

»Die Äste des Baumes sind weit ausgebreitet«, erwiderte Leser. Ein beifälliges Murmeln erhob sich im Kreise.

»Und was wäre, wenn einer eurer Zweige an einen anderen Teil dieses Baumes verpflanzt würde?«

»Dann würde er sterben. Jede Blüte kennt ihren Platz an diesem Ast.«

»Dann könnt ihr unsere Lage begreifen«, fuhr Cohoma fort. »Für uns gilt dasselbe. Wenn wir nicht zu unserem Ast zurückkehren – oder zu unserem Samen, unserem Heim, unserer Station –, werden wir ganz bestimmt ebenfalls sterben. Wollt ihr uns nicht helfen? Wir würden für euch das gleiche tun.«

Logan und Cohoma gaben sich die größte Mühe, gleichgültig zu scheinen, während die Dorfbewohner diskutierten. Jemand warf ein Stück halbverfaultes Holz ins Feuer. Die Flammen flackerten auf, und dann erhob sich Rauch, kräuselte sich träge himmelwärts. Warmer Regen tröpfelte durch die Rauchschwaden.

Sand, Joyla und Leser unterhielten sich im Flüsterton. Schließlich hob Sand die Hand, und das Murmeln verstummte.

»Wir werden euch helfen, zu eurem Ast zurückzukehren, zu eurem Heim«, verkündete er mit fester Stimme, die so klang, als käme sie aus einem fernen Lautsprecher und nicht aus seiner hageren Gestalt. »Wenn es möglich ist ...«

Born hielt sich im inneren Kreise auf und blickte zu Boden, damit der Häuptling oder Leser oder einer seiner Stammesgenossen es nicht sehen konnten. Er konnte kaum ihre Antwort abwarten, sobald sie einmal erfahren hatten, wie weit entfernt diese Station der Besucher tatsächlich war.

Keiner lachte, als Logan es ihnen sagte.

»Eine solche Reise ist noch nie unternommen worden«, erklärte Sand, als Logan geendet hatte. »Nein, unmöglich, unmöglich. Ich kann es niemandem befehlen, euch zu begleiten, das kann ich nicht.«

»Aber habe ich mich denn nicht deutlich genug ausgedrückt?« bat Logan eindringlich, stand auf und sah sich besorgt unter den stummen braunen Gesichtern um. »Wenn wir nicht zu unserer Station zurückkehren, dann ... dann verkümmern wir, verkümmern und sterben. Wir ...«

Der Häuptling beruhigte sie mit einer Handbewegung. »Ich habe gesagt, daß ich niemandem befehlen kann, euch zu begleiten. So ist es. Ich würde es keinem Jäger befehlen, eine solche Reise zu unternehmen. Aber wenn jemand mit euch gehen wollte ...«

»Das ist unsinniges Gerede«, rief die Sammlerin Dandone von ihrem Platz herüber. »Niemand würde lebend von einer solchen Reise zurückkehren. Es gibt Geschichten von Orten, wo die Obere und die Untere Hölle sich treffen und die Welt aufhört.«

»Ihr verwechselt Tapferkeit und Narretei«, konterte Joyla. »Eine närrische Person ist jemand, der tapfere Dinge tut, ohne darüber nachzudenken. Würde denn niemand unter uns sein Leben riskieren, um von einem fernen Ort zum Heim zurückzukehren, ganz gleichgültig, wie weit entfernt und wie gefährlich die Reise wäre? Und würden wir nicht auch Hilfe von anderen suchen, in deren Mitte wir uns befänden?« Sie blickte zu den Riesen hinüber. »Wenn diese Leute wie wir sind, werden sie trotz unserer Warnungen und Einwände gehen. Vielleicht gibt es welche unter uns, die mutig genug sind, um mitzukommen. Ich bin kein Jäger, ich kann das also nicht.«

»Wenn ich ein junger Mann wäre«, fügte Sand hinzu, »würde ich gehen, trotz der Gefahren.«

Aber du bist kein junger Mann mehr, dachte Born bei sich.

»Aber da ich kein junger Mann mehr bin«, fuhr der Häuptling fort, »kann ich das nicht. Andere sollen sich davon jedoch nicht abgehalten fühlen. Jene unter euch, die vielleicht darauf brennen, zu gehen.«

Er sah sich in der Versammlung um, ebenso wie Cohoma und Logan, ebenso wie die Männer und Frauen und die großäugigen Kinder, die von außen zusahen, über die Schultern und Köpfe hinweg und zwischen den Waden hindurch. Niemand trat vor. Nur das Knakken des Holzes im Feuer und das leise gleichmütige Murmeln des fallenden Regens war zu hören. Und dann ertappte Born sich dabei, wie er, ohne sich die Zeit zum Nachdenken zu nehmen, sagte: »Ich werde mit den Riesen gehen.«

Die Blicke der Versammelten hefteten ihn förmlich an seinen Platz. Jetzt zumindest hoffte er auf eine Ovation der Bewunderung. Statt dessen blickten all diese Augen nur traurig und mitfühlend. Selbst die zwei Riesen musterten ihn mit einem Ausdruck, in dem sich Befriedigung und Erleichterung, nicht aber Bewunderung mischten. Bitter überlegte er, wie sich das vielleicht in den vielen Sieben-Tagen ändern würde, die jetzt folgen würden.

»Der Jäger Born will die Riesen begleiten«, stellte Sand fest. »Noch jemand?« Born blickte sich um, musterte seine Freunde. Im inneren Kreis regte sich etwas, aber das waren nur Männer, die jetzt zu Boden blickten oder die Säume in dem Blattlederbaldachin über sich musterten, die Wärme des Feuers spüren wollten – bloß, um seinem Blick nicht zu begegnen.

Gut also. Er würde alleine mit den Riesen gehen, und niemand würde ihre Geheimnisse erfahren. »Möglicherweise«, sagte er mit etwas Bitterkeit in der Stimme und stand auf, »wäre es nicht zuviel verlangt, wenn jemand sich um die Ausrüstung unserer Gruppe kümmerte.« Dann wandte er sich um und stapfte ins Freie. Er glaubte eine Stimme murmeln zu hören: »Warum gutes Essen an jemanden verschwenden, der bereits tot ist?« Aber wahrscheinlich hatte er sich das nur eingebildet; jedenfalls blieb er nicht stehen.

Erfolgreiche Jagden, das Erlegen des Grasers, all das hatte ihm nichts eingebracht. Als er als einziger von allen Jägern mutig genug gewesen war, um zu dem Himmelsboot der Riesen hinunterzusteigen, hatten nur Kinder ihm zugejubelt. Jetzt würde er etwas so Überwältigendes, so Unglaubliches tun, daß niemand ihn mehr würde ignorieren können. Er würde die Riesen zu ihrem Stations-Heim bringen und zurückkehren, oder er würde sterben. Vielleicht würden sie dann seinen Wert einsehen, wenn er diesmal nicht zurückkehrte. Dann würde es ihnen leid tun.

In seinem Ärger stolperte er über einen vorstehenden Wurzelknollen. Er drehte sich wütend um und beschimpfte seinen gedankenlosen Widersacher. Darauf fühlte er sich etwas wohler. Das Feuer auf dem Dorfplatz lag jetzt ein gutes Stück hinter ihm, und die Finsternis umfing ihn. Er zog sich den Umhang über den Kopf, um sich vor dem Regen zu schützen.

Wenn die Riesen überzeugt waren, daß sie ihre geheimnisvolle Station erreichen konnten, warum sollte er dann nicht ebenso zuversichtlich sein? Tatsächlich, warum, es sei denn ...

Was, wenn es keine solche Station gab? Wenn diese zwei Riesen Kobolde aus der Unteren Hölle waren, hierher geschickt, um ihn in Versuchung zu führen, das Heim zu verlassen?

Aber Unsinn! Trotz ihrer Größe und ihrer seltsamen Kleidung waren sie Menschen wie er. Wie könnte es sonst sein, daß sie dieselbe Sprache sprachen? Freilich – was für seltsame Worte und Begriffe sie gebrauchten! Und sie emfatierten nicht. Born konnte sich eine Person, die nicht emfatierte, einfach nicht vorstellen, also vergaß er es einfach.

Er schob die Blattledertür auseinander und betrat sein

Heim, schloß sie bedachtsam hinter sich. Dann löste er die Bänder seines Umhangs und warf ihn in die Ecke. Ein halb erstickter Laut kam aus der Dunkelheit. Sofort duckte er sich, und das Knochenmesser sprang ihm gleichsam reflexartig aus dem Gürtel in die Hand. Eine unbestimmte Gestalt wimmerte in der Düsternis. Vorsichtig zog er das kleine Päckchen mit brennbaren Pollen aus der Tasche und streute davon über den Stapel toten Holzes auf dem Boden. Sofort flammte das Holz auf, und jetzt konnte er die geduckte Gestalt von Geh Hell erkennen.

Erleichtert schob er das Messer in die Scheide zurück. Nach einem neugierigen Blick auf das Mädchen setzte er sich neben das Feuer und schlug die Beine übereinander. Sie würden morgen abreisen, die Riesen und er, und er hätte gerne lange und tief geschlafen, aber ...

»Bist du gekommen, um mich auszulachen wie die anderen?« murmelte er.

»Oh, nein!« Sie kroch scheu auf das Feuer zu. Der Lichtschein malte tiefe Schatten um ihre Augen, und Born merkte, wie seine Aufmerksamkeit sich vom Feuer abwandte, dem Mädchen zu. »Du kennst meine Gefühle, Born.«

Er hustete und wandte sich nervös ab. »Losting magst du, Losting liebst du ... Mich ... über mich machst du dich nur lustig, amüsierst dich!«

»Nein, Born«, protestierte sie, und ihre Stimme hob sich. »Ja, ich mag Losting, aber ... ich mag dich ebenso. Losting ist nett, aber bei weitem nicht so nett wie du. Bei weitem.« Sie sah ihn bittend an. »Ich möchte nicht, daß du das tust, Born. Wenn du mit den Riesen gehst, kommst du nie mehr zurück. Ich glaube das, was alle über die Gefahren so weit entfernt vom Heim sagen, und das, was man von den Orten berichtet, wo die beiden Höllen sich vereinigen.«

»Geschichten, Legenden«, brummte Born. »Kindermärchen. Die Gefahren weit entfernt vom Heim sind auch nicht anders als jene, die man einen Speerwurf von hier entfernt findet. Ich glaube auch nicht, daß es einen Ort gibt, wo die beiden Höllen sich vereinigen. Aber wenn es einen gibt, dann werden wir um ihn herumgehen oder mitten hindurch.«

Auf Händen und Knien kroch sie um das Feuer herum, bis sie neben ihm saß und ihm eine Hand auf die Schulter legen konnte. »Geh nicht mit den Riesen, Born, bitte. Tu es nicht. Mir zuliebe.«

Er sah sie an und wollte sich an sie lehnen, wollte ihr schon zustimmen, wollte nachgeben. Und dann griff das Ding ein, das ihn dazu trieb, Grasern aufzulauern und in die Tiefen von Schächten zu klettern. Es bedrängte ihn, und statt zu sagen: »Ich werde das tun, was du willst, Geh Hell, um der Liebe zu dir willen«, flüsterte er heiser, »ich habe vor dem ganzen Stamm mein Wort gegeben und gesagt, daß ich gehen werde. Und selbst wenn ich das nicht hätte, ich werde es tun.«

Ihre Hand glitt von seiner Schulter. Sie murmelte: »Born, ich will nicht, daß du das tust«, dann beugte sie sich über ihn und küßte ihn, ehe er sich ihr entziehen konnte. Und dann sprang sie auf und verließ den Raum, ehe er reagieren konnte. Der nächtliche Regen verschlang sie.

Lange saß er stumm da und dachte nach, während das Feuer sich verzehrte und die lauen Tropfen vom Blattlederdach tröpfelten. Dann murmelte er etwas, das niemand hören konnte, rollte sich auf seinem Schlafpelz zusammen und fiel in einen unruhigen, von Träumen erfüllten Schlaf.

Ruumahums linkes Auge öffnete sich halb. Eine dunkle Silhouette stand unter seinem Ast. Er hustete, schüttelte sich die Tropfen von der Schnauze und schnaubte in der zischenden Art, wie Pelziger das tun.

»Junges, wo ist dein Mensch?«

Muf deutete mit dem Kopf, so wie die Menschen das

tun, auf die Äste unter ihnen. »Irgendwo dort. Er schläft.«

»Was du auch tun solltest, du bist lästig.« Das Auge schloß sich wieder, und Ruumahum legte sich den schweren Kopf auf den Vorderpfoten zurecht.

Muf zögerte eine Weile, ehe er herausplatzte: »Alter, bitte?«

Ruumahum seufzte, wie nur ein Pelziger seufzen kann, und hob den Kopf etwas an. Diesmal standen alle drei seiner Augen offen. Das Junge ließ den Kopf sinken und musterte das Dorf, das unter ihnen schlief.

»Mein Mensch, der kleine Din, ist beunruhigt.«

»Alle Menschen sind beunruhigt«, erwiderte Ruumahum. »Geh schlafen.«

»Er sorgt sich um seinen Halbvater, den Menschen Born. Deinen Menschen.«

»Es gibt keine Blutsbindung«, murmelte der große Pelziger und ließ den Kopf sinken. »Die Gefühlsreaktion des Menschenjungen ist unvernünftig.«

»Alle Reaktionen von Menschenjungen sind unvernünftig. Ich fürchte, diesmal ist die Reaktion meiner Menschen vernünftig.«

Ruumahum hob die Brauen. »Abkömmling eines Unfalls, könnte es sein, daß du anfängst, weise zu werden?«

»Ich fürchte«, fuhr das Junge fort, »das Menschenjunge wird etwas Unüberlegtes tun.«

»Die Älteren werden es daran hindern, so wie ich dich daran hindern würde. Und wenn du mich jetzt nicht ruhen läßt, werde ich noch Schlimmeres tun.« Muf wandte sich zum Gehen, blickte über die Schulter und grollte verärgert: »Sag bloß nicht, daß ich dir nichts gesagt hätte, Alter.«

Ruumahum schüttelte den Kopf, fragte sich, wie es kam, daß Junge so neugierig und respektlos waren und überhaupt kein Verständnis für das Ruhebedürfnis älterer Artgenossen hatten. Zu allen möglichen und unmöglichen Stunden kamen sie einem mit Fragen. Der

Trieb, seine Wißbegierde zu stillen – ein Trieb, der ihn auch einmal geplagt hatte, wie er sich erinnerte –, der Trieb war noch da, aber von seiner Erfahrung geläutert. Auch von dem Wissen geläutert, daß der Tod alles erklärte.

Er legte sich den Kopf wieder auf den überkreuzten Pfoten zurecht, ignorierte den gleichmäßig tröpfelnden Regen und war sofort wieder eingeschlafen.

7

Born brach ärgerlich einen weiteren toten Ast vom Stamm eines Tertiärparasiten, freilich trotz seiner Wut sorgfältig darauf bedacht, keinen der gesunden, lebenden Triebe zu verletzen.

Vier Tage waren sie nun schon unterwegs, seit sie das Heim verlassen hatten, und sein Ärger über die Gruppe mürrischer Jäger hatte noch nicht nachgelassen. Aber ein Teil dieses Ärgers richtete sich jetzt auf ihn selbst, weil er sich auf diese verrückte Expediton eingelassen hatte.

Ruumahum durchstreifte den Wald zur Linken. Er spürte die schlechte Stimmung seines Menschen und hielt sich fern. Ein Mensch, den der Ärger blendete, war in seinen Reaktionen ebensowenig vorhersehbar wie ein beliebiger Bewohner des Waldes. Und das Schlimmste von allem war ein Mensch, der auf sich selbst wütend war.

Die erschreckene Inkompetenz der Riesen steigerte Borns Verstimmung noch. Sie schienen überhaupt keine Ahnung vom normalen Gehen oder Klettern zu haben. Ein Kind konnte sich besser auf den Beinen halten als sie. Wäre er nicht stets in ihrer Nähe gewesen, bereit einzugreifen, so hätte es bereits einige katastrophale Stürze gegeben. Was aber würden sie tun, wenn ein brauner Vielbeiner oder ein Bunaschweber sie angriff? Ruumahum hielt unter ihnen Wacht, wenn sie sich gefährlichen Orten näherten, aber selbst die überschnellen Reflexe des Pelzigers würden vielleicht nicht ausreichen, einen Sturz über einige Etagen hinweg aufzuhalten. Und ein einziger solcher Sturz konnte schon genügen, um die Expedition zu beenden.

Er brach den letzten Ast ab, sammelte das Holz in den Armen und machte sich auf den Weg zurück zu dem Stück Kabbl, das er für diesen Abend als Lagerplatz ausgewählt hatte. Heute schien es, als kämen die Riesen etwas besser von der Stelle, als bewegten sie sich etwas weniger zögernd durch die Bäume. Cohoma drohte nicht jedesmal auszugleiten, wenn er zur nächsten Liane sprang oder sich nach ihr streckte.

Logan hatte sich endlich selbst davon überzeugt, daß es gefährlich war, nach jeder neuen Blume oder Pflanze zu greifen, die sie sahen. Born konnte bei der Erinnerung an den Zwischenfall vor zwei Tagen nicht lächeln, als sie aus einer kelchförmigen Zinnoberinpflanze hatte trinken wollen. Nur sein schnelles Einschreiten und ein harter Schlag auf den Arm hatte sie im letzten Moment daran gehindert, sie zu berühren. Sie hatte ihn böse angefunkelt, bis er ihr die winzigen Unterschiede zwischen dem Zinnoberin und den sie umgebenden Zinnoberpflanzen gezeigt hatte: das Zinnoberin hatte zwei Extrablütenblätter, eine ungewöhnliche Verdickung unten am Kelch, ein etwas dunkleres Rot und auffällige Flecken an der Lippe des Zylinders – kleine Fehler im sonst perfekten Mimikri.

Schließlich hatte er sein Messer gezogen. Nachdem er sich überzeugt hatte, daß die beiden Riesen in Sicherheit waren, hatte er sich über die Pflanze gebeugt. Mit der Messerspitze hatte er den grünen Zylinder angestochen, so daß die klare Flüssigkeit in ihrem Inneren ausrinnen konnte. Das Wasser der Zinnoberin war klar, aber es war kein Regenwasser. Der Strom berührte die meterdicke Liane darunter, zischte und kochte und bildete eine dichte Wolke, die dampfend aufstieg. Als sich der Nebel schließlich verzog, winkte er sie heran. Nachdem er ihnen eingeschärft hatte, nicht in die Feuchtigkeit zu treten, zeigte er ihnen das Loch, das die klare Flüssigkeit durch einen Meter massives Holz gefressen hatte.

Dann hatte er vorsichtig die grüne Außenwand der falschen Bromeliade angetippt. Sie hörten das tiefe, fast metallische Hallen, ganz anders als das weiche Geräusch, das man hörte, wenn man eine echte Zinnoberpflanze berührte.

Von diesem Augenblick an hatte keiner der beiden Riesen auch nur einen Finger gehoben, wenn sie ein neues Gewächs sahen, ohne vorher Born zu befragen. Das machte ihn nur wenig glücklicher, denn nun verlangsamten unzählige Fragen ihr Fortkommen ebenso, wie es sonst Wunden oder gebrochene Glieder getan hätten. Sie kamen mit vielleicht einem Drittel der Geschwindigkeit von der Stelle, die er alleine geschafft hätte. Mit einem kurzen Sprung ließ er sich auf den mächtigen Kabbl hinunterfallen, den er als Lager ausgewählt hatte. Vom ersten Tage an hatte es sich als problematisch erwiesen, ein Lager zu finden. Wie es schien, konnten die Riesen nicht viele Abende ohne ein schützendes Dach ertragen, das ihnen den nächtlichen Regen fernhielt. Sie bestanden trotz der Zeit und der Mühe, die das kostete, auf Schutz vor dem Regen, und Born hatte schließlich widerwillig zugestimmt. Sie hatten behauptet, das Übernachten im Freien führe eine seltsame Krankheit in ihnen herbei, die sie »Erkältung« nannten.

Born begriff das nicht. Niemand konnte so empfindlich sein. Die einzige Krankheit, die er kannte, war eine Verdauungsstörung, und zu der kam es nur, wenn man etwas anderes als die Früchte des Heimbaumes aß. Aber die Beschreibung der Krankheit, die die Riesen ihm lieferten, war so schrecklich, daß er nicht umhin konnte, ihrem Wunsch zu entsprechen.

»Da ist er«, hörte er Logan zu ihrem Gefährten sagen, als er sich ihnen näherte. Er fragte sich, warum sie so häufig ihre Stimmen senkten, leiser sprachen als sonst. Die Vorstellung, daß sie vielleicht versuchen könnten, irgend etwas vor ihm geheimzuhalten, kam ihm überhaupt nicht. Außerdem konnte er sie ganz deutlich verstehen, selbst wenn sie sich ›im Flüsterton‹ unterhielten, wie sie das nannten. Aber wer war er schon, sich über die Eigentümlichkeiten jener zu wundern, die durch den Himmel fliegen konnten?

Sie hätten mehr Zeit darauf verwenden können, sagte er sich, während er die Ladung Holz auf den Hauptzweig fallen ließ, ihre eigenen Körper zu verbessern und perfekt zu machen, statt neue künstliche zu konstruieren, die sie vor der Welt abschirmten.

»Wir waren schon etwas nervös geworden, Born«, erklärte Logan und lächelte breit. »Du warst lange weg.«

Er zuckte die Achseln und machte sich daran, aus den toten Ästen und Blättern eine primitive Hütte zu bauen. »Es ist schwierig, geeignetes Material für den Unterschlupf zu finden«, erklärte er. »Das meiste tote Holz und die alten Blätter fallen in die Hölle, um dort aufgefressen zu werden wie alles andere, was hinunterfällt.«

»Aufgefressen, das kann ich mir denken«, nickte Cohoma und zog die Haut von einer großen Purpurspirale. »Dort unten dürfte es Bakterien geben, die so groß sind wie deine Sommersprossen, Kimi. Was hier den ganzen Tag über an toten pflanzlichen Materialien hinunterfällt ...«

Blätter raschelten, und er sprang auf. Logan griff nach dem Knochenspeer, den man ihr gegeben hatte, aber es war nur Ruumahum. Born lächelte, als er die Gesichter der Riesen musterte. Trotz anderslautender Einwände war es für ihn klar, daß sie sich nie ganz an die Anwesenheit des großen Pelzigers gewöhnen würden.

»Mensch und Pelziger kommen«, erklärte der smaragdgrüne Sechsbeiner.

»Fremder oder ...?« Born hielt mitten im Satz inne, als eine hochgewachsene Gestalt ins Licht trat. Seine Hand griff instinktiv nach dem Messer. An der Seite des Mannes stand ein erwachsener Pelziger, nicht ganz so groß wie Ruumahum.

Losting.

Der große Jäger lächelte nicht, als sein Blick dem Borns begegnete. Logan musterte Born fragend. Er achtete nicht auf sie, noch nahm er die Hand vom Messergriff. Die beiden Pelziger tauschten leise Knurrlaute aus und entfernten sich dann, um sich auf einem nahen Ast miteinander zu unterhalten. Losting trat ein paar Schritte vor.

»Wenn zwei Jäger sich treffen«, sagte er und wandte den Blick lange genug von Born, um die Riesen zu studieren, »geziemt es sich, daß derjenige, der ein Lager gemacht hat, den Ankömmling einlädt, es mit ihm zu teilen.«

»Wie kommst du hierher?« fragte Born scharf, ohne der rituellen Höflichkeit Genüge zu tun. Er blickte zu Boden, damit Losting den Ärger in seinem Blick nicht sehen konnte. »Zuletzt habe ich dich mit Geh Hell stehen sehen, als wir das Heim verließen.«

»Das ist so«, gab Losting zu. »Ich glaube jetzt, ebenso wie ich es in den letzten Tagen dachte, daß ich bei ihr hätte bleiben sollen, weil sie jemanden brauchen wird, der sie tröstet und ein Leben mit ihr führt, wenn du tot bist.«

»Du bist mir nicht vier Tage lang gefolgt, um mich zu verspotten«, meinte Born gereizt. Seine Wut schmolz unter der Unlogik ihrer Situation dahin. »Warum bist du also gefolgt?«

Losting wandte den Blick ab. Er ging an den beiden Riesen vorbei, kauerte sich nieder und stützte das Kinn in die Hände, während er den im Bau befindlichen Unterschlupf musterte. »Ich versuchte zu vergessen, was du jene Nacht im Rat sagtest. Ich konnte es nicht. Ich konnte auch nicht vergessen, daß du alleine in den Schacht in der Welt hinuntergestiegen warst, um festzustellen, daß das blaue Ding kein Dämon, sondern ein Ding aus Axtmetall war. Daß du sie entdecktest.« Er deutete mit einer Kopfbewegung auf die beiden Riesen, die ihn neugierig musterten. »Ich schämte mich, daß ich Angst gehabt hatte, obwohl die anderen in unserer Gruppe, die zurückgekehrt waren, sich nicht schämten. Sie entschuldigten sich, indem sie sagten, du wärest verrückt. Ich konnte mich nicht so entschuldigen.«

Dann sah er wieder Born an. »Als du dann sagtest, du würdest versuchen, mit diesen Riesen zu ihrem Heim zu gehen, hielt ich dich auch für verrückt, Born. Und als du gingst, war ich glücklich, weil ich Geh Hell in den Armen hatte.« Borns Muskeln spannten sich, aber Losting hob die Hand. »Ich dachte, wie gut es jetzt sein würde, wo Geh Hell nur für mich da war, wie gut, dich nicht um mich zu haben, Born. Nicht befürchten zu müssen, daß du mit größerer Beute zurückkämst, wie gut, nicht dauernd mit einem Verrückten im Wettbewerb zu liegen. Wie gut, nicht mit harten Worten sich abmühen zu müssen, wo du immer die richtigen weichen Worte hattest.«

Nun war Borns Ärger verflogen. Ein erstaunlicher Gedanke kam ihm. Konnte es sein, daß Losting – der kräftige, muskulöse Losting, der mächtige Jäger und Krieger Losting –, konnte es sein, daß er auf Born eifersüchtig war?

»Ich blieb, während du gingst«, fuhr der Jäger fort, »aber ich blieb besorgt zurück. Als Geh Hell mich verließ, ging ich an den Rand des Heims und saß da und blickte in die Welt hinaus, in der du verschwunden warst. Ich überlegte. Ich schämte mich. Denn, so dachte ich, was, wenn du das Heim der Riesen erreichtest, ebenso wie du ihr Himmelsboot erreicht hattest? Was, wenn du mit dem Erfolg auf den Schultern zurückkehrtest? Was würde dann Geh Hell von mir denken? Und was, was würde ich von mir selbst denken?« Lostings Gesicht wirkte gequält.

»Du verfolgst mich, Born, ob du nun nahe bist oder nicht. Also ertappte ich mich bei den Gedanken, vielleicht bist du verrückt, aber verrückt und geschickt, selbst wenn du nicht tapferer bist als Losting, und niemand ist tapferer als Losting. Also folgte ich dir. Ich werde dir bis zum Heim der Riesen folgen oder bis in den Tod. Diesen Triumph wirst du nicht über mich davontragen, nein, das wirst du nicht!«

»Born, was bedeutet das alles?« fragte Cohoma.

Logan brachte ihn zum Schweigen. »Siehst du denn nicht, daß das etwas Persönliches ist, Jan? Etwas, das zwischen diesen beiden steht? Wir wollen uns da heraushalten.«

»Solange es unsere Rückkehr nicht stört«, sagte Cohoma.

»Was soll das dann?« fragte Born, etwas versöhnlicher. »Warum folgst du uns nicht weiterhin wie zuvor? Das war doch offensichtlich dein ursprünglicher Plan.«

»Und er würde mich euch fernhalten«, schloß Losting ohne Ärger. »Und dich mir. Aber wir können nicht weiter.«

»Du willst mich entmutigen ...?«

»Nein, das will ich nicht, Born.« Lostings Stimme klang kompromißbereit. »Weil ich nicht immer wieder innehalten mußte, um Hütten für die Riesen zu bauen, bin ich euch jeden Tag etwas vorausgeeilt, nicht euch nur gefolgt. Ich komme aus der anderen Richtung. Was ich gesehen habe, drängte mich, dich aufzusuchen.«

»Und was hast du gesehen?«

»Akadi.«

»Ich glaube dir nicht.«

»Dann bleib auf diesem Weg und sei Nahrung für eifrige Münder. Ich habe sie gesehen.«

Born überlegte. Wenn es um etwas so Ernsthaftes

ging, würde Losting nicht scherzen, nicht einmal, um Born vor Geh Hell zu demütigen.

»Was geht hier vor?« fragte Cohoma schließlich ungeduldig. »Was soll das Gerede? Was sind diese Acoti ... oder wie es sonst heißt?«

»Akadi«, berichtigte Born ernst. »Wir müssen umkehren.«

»Jetzt hör ...«, begann Cohoma und stand auf. Logan versuchte ihn zurückzuhalten, aber diesmal schüttelte er sie ab. »Nein, ich werde jetzt diesen Primitivlingen sagen, was ich von ihnen halte. Zuerst machen sie ein großes Theater, uns helfen zu wollen. Und kaum lassen sie ihre Feuer hinter sich zurück, fangen sie an, kalte Füße zu bekommen.« Er wandte sich zu Born. »Oder vielleicht liegt es nur daran, daß ihr euch dieser Fünftagesgrenze nähert, über die noch keiner hinausgekommen ist und ...« Plötzlich wurde ihm bewußt, daß er in seiner Wut übertrieb, und er hielt inne.

»Du kennst die Akadi nicht«, murmelte Born leise. »Sonst würdest du nur fragen, wann wir fliehen.«

»Born«, begann Logan, »ich glaube nicht, daß ...«

»Ihr redet von Verzögerungen, von Mut, von Plänen. Glaubt ihr etwa, daß ich mein Leben aus reiner Güte riskiere? Glaubt ihr, ich tue es für euch? Ihr beiden seid mir gleichgültig, ihr großen kalten Leute!« Jetzt beruhigte er sich etwas und wandte sich Cohoma zu. »Ihr habt eine andere Farbe, seid größer als wir, und ihr denkt anders. Ihr kommt in einem Himmelsboot aus Axtmetall zu uns. Ich bin in den Schacht gestiegen, den ihr in die Welt gerissen habt, nicht um euch zu retten, sondern um zu sehen, was euer Boot war. Um Neues zu erfahren. Um mir Vergnügen zu bereiten. Ich gehe aus demselben Grunde zu eurer Station – nicht um euer Leben zu retten, sondern für mich – *mich!* Und meinetwegen kehren wir jetzt um, für mich und Losting und unsere Leute, nicht für euch. Ihr könnt weitergehen und sterben oder euch verstecken und verfaulen, ehe die

Säule eure Witterung aufnimmt, mir ist das gleichgültig. Aber wir können nicht weiter. Vielleicht können wir nie weiter. Wir müssen zum Heim zurückkehren.«

»Born«, sagte Logan nach langem Schweigen, »wir kennen deine Welt noch nicht gut, verstehen euch nicht. Du mußt uns entschuldigen. Was sind die Akadi und weshalb zwingen sie uns zum Umkehren?«

»Wir müssen das Heim warnen«, sagte Losting. »Die Akadi müssen daran vorbeiziehen. Wenn sie das tun, wird alles gut sein, wenn nicht ...« Er zuckte die Achseln. »Wir müssen versuchen, sie aufzuhalten.«

»Ich glaube dir, Losting«, gestand Born zögernd. »Aber ich brauche einen Beweis.« Er wies auf Cohoma und Logan. »Und ich glaube, wir würden schneller nach Hause zurückkehren, wenn die Riesen die Akadi sehen könnten.«

Losting nickte und stand auf. »Es ist nicht weit, ich wollte, es wäre weiter. Wir können hingehen und wieder umkehren, ehe das Wasser fällt.«

Die beiden Jäger kletterten den Ast hinunter. Cohoma und Logan mußten sich beeilen, um sie nicht aus den Augen zu verlieren. Logan bahnte sich stolpernd einen Weg durch die Dornen und Äste und die Blätter mit den Sägezähnen. Ruumahum stapfte als Vorsichtsmaßnahme unter ihr dahin. Die ersten zwei Tage hatten sie sich daran gewöhnt, jeden Tag vom Aufgang bis zum Untergang der Sonne tausend Schnitte und Risse hinzunehmen, und sie begannen zäh zu werden. Sie wunderten sich darüber, wie es kam, daß Born anscheinend nie geschnitten oder gekratzt wurde, und das trotz des dichten Gebüsches, durch das er sie führte. Es war geradezu unheimlich. Ohne Zweifel lag das an seiner geringeren Größe, seiner gelenkigen Gestalt im Verein mit dem angeborenen Wissen um alle Einzelheiten der Waldwelt, die es ihm erlaubten, ohne Berührung zwischen den dichtesten Büschen durchzugleiten.

Eine massige, grüne Gestalt tauchte neben Logan auf.

Diesmal zuckte sie nicht zusammen, nur innerlich zitterte sie etwas. Langsam begann sie sich an die Größe des Pelzigers zu gewöhnen und daran, daß er stets lautlos auftauchte.

»Ruumahum, was sind die Akadi?«

Der Pelziger schnüffelte. »Ein Ding, das ißt.«

»Ein Ding oder viele?«

»Es sind Tausende von ihnen und es ist eines von ihnen«, erwiderte Ruumahum.

»Wie können es Tausende und nur eines sein?«

Ruumahum knurrte gereizt. »Akadi fragen.« Er stürzte sich von dem Ast in die Tiefe. Logan blickte ihm nach und überlegte zum tausendstenmal, was die Bewohner des Waldes wohl unter Emfatieren verstehen mochten. Emphase? Emphatisches Empfinden? Eine präzise Terminologie für eine Art Aberglaube, sinnierte sie. Vielleicht erklärte das, was Born meinte, wenn er von emfatieren redete – ein Gefühl, das ihn in Einklang mit seiner Umwelt, den Pflanzen und Bäumen des Waldes brachte? Aber sie begriff immer noch nicht ganz. Doch das hatte Zeit. Losting hatte recht, sie hatten nicht mehr weit zu gehen.

Jetzt bewegten sie sich durch ein dichtes Gewirr grüner Pflanzen mit grellgelben Streifen. Die Pflanzen wuchsen im rechten Winkel zueinander, bildeten eine Art lebenden Schacht. Losting gab zu erkennen, daß sie außen herumgehen, also einen Umweg von einem guten Dutzend Metern machen mußten.

Cohoma streckte die Hand aus und packte einen der ineinanderverwickelten fingerdicken Stiele. »Warum einen Umweg machen?« fragte er Born und deutete auf das Messer mit der breiten Klinge. Er drückte den Ast. »Dieses Zeug ist weich, warum hauen wir uns nicht einfach den Weg frei, wenn wir es eilig haben?«

»Ihr betrachtet den Tod mit viel Gleichgültigkeit«, meinte Born und musterte ihn so, wie Cohoma vielleicht ein Insekt unter dem Mikroskop mustern würde. »Kann es wirklich sein, daß du auf deiner eigenen Welt auch eine Art Jäger bist?« Er betonte das *eine Art.* Jetzt war Cohoma verblüfft und starrte Born an. »Es ist doch nur eine ganz gewöhnliche Grünpflanze.«

»Es lebt«, sagte Born geduldig. »Wenn wir es durchschneiden, lebt es nicht mehr. Warum? Um Zeit zu sparen?«

»Nein, nicht nur das. Wenn es hier eine Art vielfachen Allesfresser gibt, dann habe ich gerne etwas Platz um mich. Und je mehr freien Platz ich um mich herum habe, desto besser.«

Born und Losting wechselten Blicke. In der Nähe warteten die beiden Pelziger. »Er würde töten, nur um ein paar Minuten lang besseres Licht zu haben«, meinte Born erstaunt. »Du hast seltsame Prioritäten, Jancohoma. Wir gehen außen herum.«

Cohoma hatte noch zusätzliche Fragen und so auch Logan. Aber weder Born noch Losting waren jetzt bereit, sie zu beantworten.

Schließlich hatten sie das kleine Schachbrettwäldchen umrundet. Im nächsten Augenblick befanden sie sich wieder im dichten Dschungel. Eine kleine Biegung nach links, und plötzlich standen sie in einer unerwarteten Lichtung, nämlich der, die Cohoma sich gewünscht hatte. Wie ein Tunnel im Wald. Der Tunnel war höher als Logan oder Cohoma, gute fünf Meter breit und erstreckte sich in gerader Linie nach links und rechts, bis er in der Ferne im Grün verschwand.

»Akadi haben das gemacht. Sie sind ohne Verstand und haben nur ein Ziel. Sie fressen sich ihren Weg durch die Welt und hinterlassen – das.« Er wies auf den freien Raum. Innerhalb des Tunnels gab es kein Leben mehr, es war verschwunden ins – ins was?

»Ist die Linie immer so gerade?« fragte Logan.

»Nein, die Säule schickt Späher aus. Wenn in einer Richtung mehr Fressen ist, biegen die Akadi ab und fressen sich auf einem neuen Wege weiter. Wenn sie einmal angefangen haben, kann sie nichts vom Wege abbringen, außer ihrem Hunger. Seht.«

Er wies in den Tunnel. »Sie fressen sich durch alles durch, verzehren alles, was lebt, auf ihrem Wege, das nicht vor ihnen fliehen kann. Ich habe schon gesehen, wie sie sich durch das Herz eines Säulenbaums hindurchfraßen und auf der anderen Seite wieder herauskamen. Es heißt, daß man sich an den Rand des Tunnels stellen kann und sie nicht von ihrem auserwählten Pfad abweichen, obwohl sie einen hineinziehen könnten. Wenn die an der Spitze gesättigt sind, fallen sie zurück und lassen andere nach vorne, damit die sich vollfressen können. Bis die letzten gefressen haben, haben die ersten wieder Hunger. Sie machen nur halt, um sich auszuruhen oder sich zu vermehren.«

Cohoma blickte erleichtert. »Dann gibt es doch kein Problem, oder? Sagt mir nicht, daß ihr euch Sorgen macht, weil sie auf euer Dorf zustreben?« Born nickte.

Der Riese spreizte die Hände. »Was macht das? Ihr braucht doch bloß eure Kinder und eure Pelziger zu nehmen und zu verschwinden, bis die sich durchgefressen haben, und dann wieder einziehen, habe ich recht?«

Born schüttelte langsam den Kopf. »Nein, die Pollensäcke werden einige von ihnen töten, aber nicht sehr viele. Ihr begreift nicht. Wir könnten tun, was ihr sagt, aber nicht wir sind es, um die wir fürchten. Sie sind auf der Dorfetage. Sie werden das Heim erreichen und sich ihren Weg durch den Stamm selbst fressen, und wenn die Borke durchbrochen ist, werden sie sich auf das Herzholz stürzen. Das Heim wird ohne Verteidigung daliegen und Parasiten und Krankheiten ausgeliefert sein. Es wird schwarz werden und sterben, wenn wir die Säule nicht aufhalten oder ablenken können.«

Mehr gab es nicht zu sagen. Sie verließen den Tunnel, und Logan und Cohoma bildeten die Nachhut.

»Aber Born«, beharrte Logan. »Ob ihr beiden nun anwesend seid oder nicht, das macht doch bei der Verteidigung des Baumes keinen Unterschied! Zwei Männer mehr ... Bringt uns zu unserer Station, wir haben genug Geräte dort, womit wir diese Akadi aufhalten können, ehe sie das Heim erreichen, Geräte, die ihr euch nicht vorstellen könnt, Geräte, von denen ihr keine Vorstellung habt.«

»Das mag wohl sein«, räumte Born ein, »aber wir sind noch unzählige Tage von eurer Heimstation entfernt. Bei normaler Marschgeschwindigkeit erreichen die Akadi das Heim lange Zeit, bevor wir zu eurer Station kommen. Wir müssen die anderen warnen und ihnen bei den Vorbereitungen helfen. Ihr werdet auch helfen.«

»Wenn ihr glaubt«, konterte Cohoma, »daß wir einfach abwarten werden ...«

»Natürlich werden wir tun, was wir können, Born«, sagte Logan besänftigend und warf ihrem Partner einen tadelnden Blick zu. »Nach alldem, was ihr bereits für uns getan habt, wird es uns eine Ehre sein, euch zu helfen.« Sie legte Cohoma die Hand auf die Schulter und hielt ihn zurück. Die beiden legten einigen Abstand zwischen sich und Born.

»Was, zum Teufel, hast du denn, Kimi?« flüsterte Cohoma ärgerlich. »Wenn du mich noch eine Weile mit ihnen hättest reden lassen, dann hätte ich sie überzeugt, daß wir ihnen nichts nützen können. Sie könnten uns auf dem nächsten Ast zurücklassen, und wir ...«

»Du bist ein kurzsichtiger Narr! Wir haben doch gar keine andere Wahl, als sie zu unterstützen. Wenn es nicht gelingt, den Baum zu verteidigen, sind wir ebenso tot, als wenn die Akadis uns gefressen hätten. Oder glaubst du, daß wir es ohne ihre Hilfe durch dieses Gewächshaus schaffen? Du hast doch gesehen, wie es hier ist. Wir wären inzwischen schon ein dutzendmal tot, wenn Born nicht wäre. Erinnere dich an die falsche Bromeliade, von der ich glaubte, sie sei voll Wasser, und die mit Säure gefüllt war! Natürlich werden wir kämpfen. Und wenn es wirklich so hoffnungslos aussieht, wie Born das hinstellt, haben wir immer noch genügend Zeit, um abzuhauen.« Sie stieg vorsichtig über ein blaues Pilzgewächs. »Und bis dahin sollten wir unser Bestes tun, um dafür zu sorgen, daß sie überleben. Es sei denn, du willst auf eigene Faust weiterziehen.«

»Okay, ich hab' nicht genügend nachgedacht«, räumte Cohoma ein. »Ich komme mit, solange die können. Aber ich bin nicht bereit, für irgend so einen verdammten Baum zu sterben. Lieber riskiere ich, daß mich dieser Wald umbringt.«

Born hätte die Gedanken Cohomas nicht verstanden. Aber im Augenblick hatte er gar keine Zeit zuzuhören, er konzentrierte sich ganz auf Gedanken, die jedes Geräusch verdrängten. Die Akadi marschierten auf das Heim und auf Geh Hell zu. Er argwöhnte, daß die Riesen, wenn es darauf ankam, nicht bis zum Tode kämpfen würden. Er machte sich nicht die Mühe, ihnen zu sagen, daß die Akadi, sobald sie einmal eine Witterung aufgenommen hatten, einem Feind so lange folgten, bis dieser umfiel. Sobald der Kampf einmal begonnen hatte, waren die Sinne der Akadi geschärft und alle in der Reichweite ihres Geruchssinnes zum Tode verurteilt, sofern die Akadi nicht selbst vorher starben. Wenn es ihnen irgendwie gelang, diese Heersäule aufzuhalten, und die Riesen das erfuhren, konnten sie sich immer noch bei Born beklagen.

Geh Hell war mit Reinigungsarbeiten beschäftigt, als sie erfuhr, daß Born zurückgekehrt sei. Sie sah ihn erregt mit Sand und Joyla reden und eilte auf ihn zu. Seine plötzliche, unerwartete Rückkehr überraschte und freute sie zugleich. Dann bemerkte sie, daß Losting bei ihm war und mit Born und den Stammesälteren redete. Sie hielt inne, blieb stehen, starrte die beiden an. Dann wirbelte sie herum und eilte zum Haus ihrer Eltern zurück. Hin und wieder blickte sie über die Schulter, redete leise mit sich selbst und schüttelte den Kopf. »Wie lange?« fragte Sand ernst.

»Ein Zweitagemarsch für einen Mann«, erklärte Losting und wies in den Wald.

»Daß sie seitwärts vorbeiziehen, ist nicht möglich?«

Born schüttelte den Kopf. »Ich glaube nicht. Es ist genau ihre Richtung.«

»Sie werden mitten durch euer Dorf ziehen.« Born wandte sich um, als die beiden Riesen und Leser zu ihnen traten. »Ihr seht das alles völlig falsch«, fuhr Cohoma fort. »Ihr wollt euch opfern, um einen *Baum* zu retten? Hört, wie lange würde es denn dauern, bis der Baum stirbt, wenn die Akadi sich durch ihn hindurchgefressen haben?«

Leser gab ihm die Antwort. »Nach dem alten Kalender vielleicht hundert Jahre.«

Cohomas Empfindungen waren ihm ins Gesicht geschrieben. »Ihr könntet also noch zwei oder drei Generationen hier leben und in aller Ruhe in kleinen Gruppen nach einem neuen Baum suchen. Aber wenn ihr bleibt und gegen diese Akadi kämpft, werdet ihr, wie es scheint, alle sterben. Was soll das also?«

»Das Heim wird leben«, erklärte Joyla würdig.

»Richtig«, nickte Cohoma verbittert. »Werft doch euer Leben für dieses heilige Gemüse weg!« Er wandte sich Logan zu. »Die sind nicht mehr menschlich genug, um wieder vom Commonwealth aufgenommen zu werden. Sie sind zu weit in die Barbarei abgesunken. Der natürliche Überlebenswille ist ihnen auf diesem Dunghaufen abhanden gekommen.«

Der Häuptling schüttelte betrübt den Kopf, während die beiden Jäger die Riesen neugierig musterten, wie sie vielleicht eine neue Art von Chollakee studiert hätten.

»Ihr Riesen, die ihr behauptet, von einer anderen Welt zu kommen, ich verstehe euch nicht. Es mag sein, wie ihr sagt, wir unterscheiden uns mehr von euch, als es scheint.«

»Und dabei wollt ihr es belassen?«

Joyla und Sand nickten gleichzeitig.

»Wir behaupten nicht, euch völlig zu verstehen«, räumte Logan in versöhnlichem Ton ein, während Cohoma leise vor sich hinfluchte, »aber vielleicht können wir euch irgendwie helfen.«

»Wir werden jeden Vorschlag diskutieren, den ihr uns macht«, erwiderte Sand höflich.

»Okay«, sagte sie begeistert. »So wie ich das begreife, sind diese Akadi nur vom Weg abzulenken, wenn sie sich gegen einen Angreifer verteidigen müssen. Ist das richtig?«

»Das stimmt«, nickte Born.

»Nun, denn«, fuhr sie fort, »warum die Säule dann nicht von der Seite angreifen. Sobald sie einmal abgebogen sind, um sich zu verteidigen – werden sie dann nicht auf dem neuen Pfad weiterziehen?«

Sand lächelte und schüttelte den Kopf. »Die Akadi erinnern sich. Sie würden jedes Geschöpf verfolgen und töten, das verrückt genug wäre, sie anzugreifen, und dann wieder auf ihre ursprüngliche Marschlinie zurückkehren.«

»Oh«, murmelte Logan bedrückt. »Ich hatte mich schon gefragt, warum niemand einen Ablenkungsangriff vorgeschlagen hat. Wir würden damit also nur etwas Zeit gewinnen.«

»Sehr wenig Zeit«, fügte Losting hinzu.

»Großartig«, warf Cohoma ein. Diese Leute fingen an, ihm auf die Nerven zu gehen. Hier hatten sie tatsächlich jemanden gefunden, der sie zu ihrer Station und in die Sicherheit zurückführen konnte, und jetzt verlangte diese lächerliche Logik, daß sie sich selbst umbrachten, in dem Versuch, einen Baum für die vierte Folgegeneration zu retten, statt einfach auszuziehen und auf ein oder zwei Tage zu verschwinden. Es war einfach gegen die Vernunft.

Aber trotz seines Ausbruchs machte Cohoma sich

keine Illusionen über die Chancen, die sie alleine im Dschungel hätten. Sie würden binnen weniger Stunden von irgendeinem giftspeienden Kohlkopf oder etwas ähnlich Bizarrem umgebracht werden.

Er seufzte tief. Es war also wichtig, daß diese Akadi zerstört wurden. Dazu hatten er und Logan ihre Hilfe versprochen. Wenn der Kampf gewonnen wurde, dann würde man sie ob ihrer Tapferkeit loben. Wenn sie verloren, dann konnten sie immer noch das Risiko des Dschungels auf sich nehmen. Weder er noch Logan wußten, daß die Akadi ihrem Feind so lange zu folgen pflegten, bis kein Atem mehr in ihm war.

So halfen die beiden Riesen bereitwillig beim Bau von Verteidigungsanlagen aus zugespitzten Eisenholzstäben. Sie wurden an jener Seite des Heims mit Lianen festgebunden, an welcher der Angriff der Akadi erwartet wurde. Diese vergifteten Spieße und Dornen würden den ersten Anprall der Akadi verlangsamen, wenn auch nicht aufhalten. Nein, aufzuhalten waren sie auf diese Weise nicht. Die schiere Gewalt ihrer Zahl würde sie weitertreiben, und die Lebenden würden die Toten und die aufgespießten Vettern als Brücken benutzen.

Die Bewohner des großen Baumes hatten aber noch andere Verteidigungsmittel, Verteidigungsmittel, mit denen Cohoma und Logan trotz ihrer inzwischen größer gewordenen Erfahrung mit der Vegetation dieser Welt nicht vertraut waren.

Was war beispielsweise der Sinn der großen Nüsse, etwa von der doppelten Größe einer terranischen Kokosnuß, die so sorgfältig über den Kabbls aufgehängt worden waren, über die die Akadi den Baum betreten würden? Im Gegensatz zu den Bergen tödlicher Jacaridorne und Tanksamensäcke, die man gesammelt hatte, war an diesen Nüssen nichts, was auf ihren Waffencharakter hinwies.

Und dann kam Cohoma auf eine offensichtliche und doch brillante Lösung. Dabei übersah er freilich etwas, das Logan nicht übersah: die Tatsache nämlich, daß Borns Volk zwar primitiv, aber nicht dumm war.

»Warum schneidet ihr nicht einfach sämtliche Schlingpflanzen und Kabbls und Lianen ab, die in den Heimbaum führen?« schlug er einer kleinen Gruppe geschäftiger Männer vor. »Wenn diese Akadi nicht fliegen können, müssen sie doch außen herumgehen.«

Anstelle einer Antwort reichte Jaipur, ein älterer Handwerker, Cohoma eine feingeschliffene Knochenaxt und forderte ihn auf, sie an der nächsten großen Liane auszuprobieren, die etwa den Umfang eines Männerschenkels hatte. Cohoma hackte gute zehn Minuten daran herum. Am Ende war die Axtschneide so stumpf, daß sie nicht mehr schneiden wollte. Bei all seiner Mühe hatte er aber nur eine etwa drei Zentimeter tiefe Kerbe in die Rinde der Liane geschlagen.

»Eigentlich hättest du es dir denken müssen, Jan«, meinte Logan. »Diese Eingeborenen würden niemals vorschlagen, absichtlich etwas Wachsendes zu verletzen. Sie wußten also, daß du keine Chance hattest.«

Jaipur machte eine weit ausholende Handbewegung und grinste schief. Eine Gesichtshälfte war nämlich in seiner frühen Kindheit bei einer Berührung mit einer Stachelpflanze gelähmt worden. »Es gibt viele Tausende solcher Pfade, die mit anderen verschlungen sind und die aus allen Richtungen zum Heim führen. Viele sind dicker als der Körper eines Pelzigers. Es gibt aber weder genug Äxte im Heim, noch genug Zeit in der Welt, um sie alle abzuschneiden, selbst wenn man sie abschneiden könnte.«

Ehe Jaipur sich daranmachte, einen weiteren Eisenholzspeer zu schärfen, zeigte er Cohoma, wie jeder Kabbl sechs weitere hatte, die es trugen. Wenn man also nur ein oder zwei abschnitt, ohne auch das gute Dutzend Stützglieder abzuschneiden, wäre das Zeitverschwendung.

»Man würde ein Lasergewehr brauchen, um auch nur

einen Anfang zu machen«, meinte Logan. »Verdammt, das Unterholz ist hier so ineinander verwuchert, daß man den halben Wald fällen müßte, um etwas zu erreichen.«

In dem Moment kam Leser vorbei und erklärte den beiden Riesen, wie die Akadi auch beträchtliche freie Flächen ohne Unterstützung überwinden konnten, indem sie einfach eine lebende Brücke ineinander verkeilter Körper bildeten. Cohoma und Logan baten darum, etwas besser in der Handhabung der vorhandenen Waffen unterwiesen zu werden. Man hatte ihnen beiden Eisenholzspeere, Knochenaxt und Messer gegeben. Logan hätte einen Bläser vorgezogen, aber die bazookaähnlichen Blasrohre waren nur recht aufwendig herzustellen. Sie standen nicht einmal in ausreichender Anzahl denen zur Verfügung, die damit umgehen konnten.

Sie wären verstimmt gewesen, hätten sie den Hauptgrund gekannt, weshalb man ihnen keine Bläser gab. Born hatte die Häuptlinge überzeugen können, daß die Riesen in einer schwierigen Situation wahrscheinlich eher sich selbst mit einem der giftigen Dorne verletzen würden, als ein Akadi zu töten.

Als sie um etwas detailliertere Auskunft über den Feind baten, erwies sich Born als höchst talentierter Zeichner. Mit einer weißen, kreideähnlichen Substanz zeichnete er auf einer Platte aus poliertem schwarzen Holz: »Ihr müßt versuchen, sie hier zu treffen«, erklärte er, »zwischen den Vorderbeinen oder hier zwischen den Augen. Jeder Akadi«, fuhr Born fort, »ist etwa halb so groß wie ein Mensch ... wie ich.«

»Etwa so groß wie ein Schäferhund also«, meinte Cohoma.

Und Born fuhr fort: Ein Akadi hatte einen dicken biegsamen Körper ohne Schwanz; er bewegte sich auf sechs dünnen, aber sehr kräftigen Beinen, und jedes Bein endete in einer langen gebogenen Klaue, die es dem Akadi erlaubte, wie ein Faultier an Zweigen oder Kabbls entlangzulaufen. Vorne verjüngte sich der Körper und endete in einem Doppelkiefer ohne Hals, von starken Muskeln umgeben. Die Effizienz der doppelten Kieferanordnung faszinierte Logan. Eine Gruppe arbeitete in der gewöhnlichen Weise von oben nach unten, während die beiden anderen sich von links nach rechts bewegten. Synchronisiert stellten sie eine beißende Phalanx dar, die sich ebenso elegant durch das zäheste Holz oder Knochen fressen konnte, wie ein Laser durch Blech.

Die Zähne im Ober- und Unterkiefer waren dreieckig und rasiermesserscharf, während die an den Seiten viereckig waren, oben gezackt und etwas nach hinten gebogen, um damit Nahrung in den stets hungrigen Schlund zu befördern. Drei Augen, gleichmäßig über die obere Kopfhälfte verteilt, lagen etwas hinter den Kiefern. Darüber hinaus wies der Kopf drei Tentakel auf, an jeder Seite einen und einen weiteren mit Saugnäpfen ausgestatteten an der Spitze, womit sie die Beute festhalten konnten. Die Farbe der Akadi war ein rostiges Orangerot, ihre Augen und Beine waren glänzend schwarz. Trotz der drei Augen, so hieß es, war ihr Gesichtssinn schwach entwickelt.

»Das wird durch ihren hervorragenden Geruchs- und Tastsinn ausgeglichen«, schloß Born.

»Eine perfekte Freßmaschine also«, stellte Logan fest. »Ideal konstruiert, höchst effizient.« Sie schüttelte den Kopf und murmelte: »Du großer Gott, ich möchte mich mit keinem von den Biestern einlassen. Dabei müssen wir gegen Tausende kämpfen.« Sie sah Born an. »Und ihr glaubt, ihr könnt so etwas mit ein paar Blasrohren und Speeren aufhalten?«

»Nein«, sagte Born und wischte das polierte Holz mit dem Vorderarm ab. »Ich habe jetzt zu tun.« Er wandte sich zum Gehen.

»Keine Chance haben die, nicht die geringste Chance«, ereiferte sich Cohoma, als Born außer Hörweite war.

»Ich fürchte, unsere Chancen stehen nicht viel besser, Jan.«

8

Sie hörten das Geräusch, während sie außerhalb des Ringes mit den Pollensäcken beladener Lianen ausruhten. Anfänglich war es nur ein leises Rascheln in der Ferne, wie Wind, der durch Zweige weht. Aber es wurde ständig lauter, zuerst ein Summen, dann ein Dröhnen wie von einer Milliarde Hummeln, die aufgestört um ein Nest schwärmen.

Es schwoll weiter an und ging in ein betäubendes knatterndes Geräusch über, das weder Cohoma noch Logan je würden vergessen können. Das Geräusch von Hunderten von Tonnen organischer Materie, die zerkleinert wurden und in gierigen Mäulern verschwanden.

Von der unter ihnen liegenden Liane sprang eine vertraute Gestalt zu ihnen herauf. »Seid bereit, Riesen. Die Akadi kommen«, empfahl ihnen Losting.

Logans Hand krampfte sich um den Schaft des Eisenholzspeers, und sie vergewisserte sich, daß Knochenaxt und das Messer noch am Gürtel ihrer in Fetzen gegangenen Shorts hingen, wenn sie auch nicht die Absicht hatte, einer der Freßmaschinen je nahe genug zu kommen, um eine der Waffen einsetzen zu müssen. Vorher würden sie fliehen.

Losting wollte an ihnen vorbeieilen. Cohoma winkte ihm zu, stehenzubleiben. »Wir haben Born schon seit einigen Tagen nicht mehr gesehen, Losting. Ich weiß, daß er sehr beschäftigt war. Hält er auch irgendwo Wache?«

»Born.« Lostings Gesicht wechselte hintereinander einige Male den Ausdruck, wandelte sich von Befriedigung zu Ekel. »Ihr habt Born einige Tage lang nicht gesehen, weil er seit einigen Tagen verschwunden ist.« Der Schock, der sich in den Gesichtern der beiden Riesen abzeichnete, bereitete Losting sichtliches Vergnügen. »Er hat das Heim eines Nachts verlassen, und seitdem hat man von ihm nichts mehr gehört oder gesehen. Es ist sicher, daß er nicht den Akadi entgegengegangen ist. Wir haben Späher ausgeschickt, die ihren Weg auf das Heim zu markieren. Sein Pelziger ist mit ihm verschwunden.« Es war klar, was er andeuten wollte – der Jäger war geflohen.

»Born, ein Feigling?« sagte Logan verwirrt. »Das verstehe ich nicht, Losting. Als alle anderen von euch Angst hatten, war er der einzige, der bereit war, zu unserem Gleiter hinunterzuklettern.«

»Die Verrückten handeln nach ihren eigenen Gründen, die kein Mensch begreifen kann«, sagte Losting mit Abscheu. »Euer Himmelsboot war etwas Unbekanntes, ganz anders als die Akadi, die zu gut bekannt sind. Bei ihnen weiß man ganz genau, was man zu erwarten hat. Den Tod. Born ist Jäger und seiner Gewohnheit nach Einzelgänger. Wenn das Heim stirbt und das Dorf mit ihm, würde er alleine überleben. Es besteht kein Zweifel, daß er klug genug dazu ist.« Seine Miene verfinsterte sich. »Aber in einem Punkt war er nicht klug, denn wenn es ein Dorf geben sollte, zu dem wir zurückkehren können, werden wir ihm nicht gestatten, unter uns zu leben. Die Häuptlinge und die Schamanen haben das bereits angeordnet.« Er drehte sich um, griff nach der nächsten Liane und zog sich zum nächsten Ast empor, um von dort aus die Bereitschaft der Verteidiger zu überprüfen.

»Ich glaube es immer noch nicht«, flüsterte Logan und wandte sich wieder dem Wald zu. »Ich glaube, da kenne ich die menschliche Natur einfach zu gut.«

»Ich habe dir doch gesgt, daß die ihre Menschlichkeit preisgegeben haben, um Konzessionen an diese Welt zu machen«, murrte Cohoma.

»Ach, komm doch, Jan! Wie könnten sie denn in so kurzer Zeit so weit zurückgefallen sein? Es ist ja erst ein paar hundert Jahre her, daß die ersten Auswandererschiffe ausgezogen sind.« Jetzt wurde ihre Stimme leiser. »Ich hätte geschworen, daß ich diesen Born verstehe.«

»Es gibt da noch eine Möglichkeit, weißt du, Kimi«, meinte Cohoma nach einer Pause. Er musterte sie prüfend. »Selbst jemand wie Losting, der ihn nicht mag, gibt zu, daß er ein kluger Bursche ist. Vielleicht ... vielleicht rechnet er damit, daß wir ihn retten.«

Logan sah ihren Begleiter neugierig an. »Wie meinst du das?«

»Nun, überleg doch einen Augenblick«, sagte er und begann sich für das Thema zu erwärmen. »Er ist irgendwo dort draußen ...« – er deutete durch die Palisade gespitzter Stäbe auf das andere Ende des Dorfes – »und wartet darauf, daß wir uns ihm anschließen, wenn die Schlacht sich so negativ entwickelt, wie alle das anscheinend erwarten. Wir entfernen uns, sobald das Ende in Sicht ist. Er schließt sich uns an, wir ziehen zur Station, und dort wird ihm seine brennende Neugierde befriedigt. Und außerdem rettet er sein Leben.«

»Das würde aber voraussetzen«, antwortete sie erregt, »daß sein Heim und seine Freunde ihm gleichgültig sind. Und eben das will ich nicht glauben. Ich denke, daß die Bindung in Born ebenso stark, wenn nicht stärker ist als bei allen anderen diesen Leuten. Bei einem Glücksritter könnte ich eine solche Haltung verstehen, bei einem bezahlten Revolverhelden, wie man sie in den Gassen von Drallar oder LaLa oder Repler findet, aber nicht bei Born.«

Cohoma grinste. »Ich glaube, du siehst in unseren klein geratenen Vettern zuviel von dem edlen Wilden. Unser Freund Born ist einfach geschickt genug, um abzuhauen, und er hat genügend von einem Bilderstürmer, um ...«

Die erste Reihe von Akadi durchbrach die dichte grüne Mauer, und jedes Gespräch erstarb. Die Säule war sieben oder acht Akadi breit und erstreckte sich nach hinten in den Wald, wo sie zwischen dem Grün verschwand. Sie waren Körper an Körper gepreßt, so dicht, daß die Spitze der Säule wie eine einzige monströse Raupe wirkte, ein wolliger orangeroter Pelz, klauenbewehrte Beine, zuckende Tentakeln. Das vom Blattwerk gefilterte grüne Licht spiegelte sich in Augen, die schwarz wie Kohle waren, dunkle Gruben gedankenloser Bösartigkeit, und auf einer Phalanx blitzender Zähne.

Winzige Explosionen waren zu hören, als der Ring sorgfältig postierter Jäger gleichzeitig ein Dutzend Tanksamen platzen ließ. Die Akadi zuckten zurück, und ihre Tentakel und die Klauenbeine versuchten in blinder Wut, die Dornen herauszuziehen. Aber ehe das wilde Schlagen von Armen und Tentakeln aufgehört hatte, war die erste Reihe bereits beiseite geschoben und stürzte von den Ästen und Epiphyten in die Tiefe.

Unter diesem Ort würde sich eine wahre Nekropole von Akadi bilden, sagte sich Cohoma.

Während das erste Dutzend Jäger nachlud, schoß die zweite Gruppe. Weitere Akadi starben. Dann schoß die erste Reihe wieder, und die zweite lud nach. Solch elementare Taktiken wirkten aber nur kurze Zeit. Es war, als bekämpften sie die See, Welle über Welle, einen lebenden orangefarbenen Ozean aus Saugnäpfen, Tentakeln, Klauen und Zähnen, die sich nach vorne wälzten, als würden sie aus einer Tube gedrückt.

Jetzt fielen die Schüsse unregelmäßiger, waren weniger tödlich. Männer und Frauen mit langen Eisenholzlanzen schoben sich jetzt nach vorne, um auf die pelzbedeckten Körper einzustechen. Andere standen mit Äxten und Keulen bereit, um die vordringenden Speerträger vor den Akadi zu schützen.

Das Blut der Akadi war von einem dunklen schmutzigen Grün, wie dicke Erbsensuppe mit braunen Streifen darin. Die Speere erwiesen sich als wirksamer, als sie angenommen hatten. Jedesmal, wenn einer von ihnen zustieß, starb ein Akadi, griff sich mit Tentakeln und Klauen an den Leib, bis die Lanze wieder herausgezogen wurde.

Logan mußte die Anstrengungen der Leute würdigen, ob sie nun primitiv waren oder nicht. Während die Jäger hoch oben in den Ästen ihre Bläser dazu benutzten, um möglichst viele Angreifer zu fällen, rannte die vorderste Reihe der Akadi, deren Zahl jetzt geringer geworden war, in eine Mauer aus Speeren, wurde in Stücke gerissen und stürzte in einem beständigen Regen von Leichen in ihr grünes Grab. Wäre eines nicht gewesen, hätte die Verteidigungsaktion vielleicht Erfolg haben können. Aber die Zahl der Akadi war endlos. Zu Dutzenden kamen die Killer um, zu Hunderten. Aber der Fluß kam nicht ins Stocken, verlangsamte sich nie und ruhte nicht, sondern fraß sich stetig nach vorne ...

Immer wieder gab es eine kurze Pause, wenn etwa zwei Jäger auf frische Dornen warteten oder auf Tanksamen, die man ihnen brachte. Hin und wieder wurde einer der Speerträger zu müde, um noch länger zuzustoßen, und die Reserve mußte eingreifen.

Und dann gewannen die Akadi jedesmal ein paar Zentimeter, schoben die Verteidigungsmauer aus Eisenholz wieder ein Stückchen weiter zurück. Hier ermüdete ein Mann und stolperte, oder eine Frau glitt auf dem Kabbl aus, und die anderen mußten ihnen wieder aufhelfen. So gingen wieder ein paar Zentimeter verloren.

Wenn sie über endlose Mengen an Jacaridornen, Tanksamen und unmenschliche Kraftreserven verfügt hätten, schätzte Cohoma, würde der Stamm die Akadi weiterhin mit minimalen Verlusten bekämpfen können. Aber sie waren außerstande, die Allesfresser daran zu hindern, Boden zu gewinnen. Sobald einmal ein Zentimeter Boden an die Angreifer verloren war, war es aussichtslos, ihn zurückzugewinnen. Es war schlechterdings unmöglich, diesen lebenden Gießbach zurückzudrängen.

Aber die Linie der Verteidiger hielt, hielt mit bewundernswerter Entschlossenheit, wie sie sonst nur religiöse Fanatiker an den Tag legen. Wenn in den vordersten Reihen welche an Erschöpfung zusammenbrachen, so wurden sie sofort ersetzt. Und doch gab es im Dorf nur eine begrenzte Zahl von Kämpfern, und die Ersatzleute begannen ebenso zu ermüden. Und hin und wieder schlüpfte ein Akadi unter einem Speer durch, um mit seinen stählernen Tentakeln einen Arm oder ein Bein zu packen. Dann mußte ein Axtträger sich beeilen und das Monstrum erschlagen. Denn sobald sie sich einmal irgendwo festgeklammert hatten, brachte sie nur noch der Tod dazu, ihr Opfer loszulassen.

Stetig wurde die kleine Gruppe von Menschen zurückgedrängt, zurück zu den Baumlianen, die die natürliche und letzte Verteidigungslinie für den Heimbaum bildeten. Sobald die Akadi sich einmal an den Pollensäcken vorbeigearbeitet hatten, würden sie anfangen, den Leib des Baumes selbst zu verschlingen. Dann war es nur noch eine Frage von Minuten, bis irreparabler Schaden angerichtet war.

Logan wußte, was dann geschehen würde. Die Dorfbewohner würden eine letzte vergebliche Kraftanstrengung machen, die Akadi zurückzudrängen. Einen Augenblick lang würden sich Köpfe und Arme über die zuckenden Tentakel erheben. Und dann würden alle, Männer, Frauen, Kinder – von der unvorstellbaren Masse umschlossen werden, und der Baum würde trotz ihres Opfers vernichtet werden.

Der Kampf wütete weiter. Es ging nicht so laut zu, wie es bei einem Krieg zwischen Menschen der Fall gewesen wäre, aber es war auch nicht leise. In der Reihe der Speerkämpfer riefen sich Männer und Frauen gegenseitig Mut zu, während die Akadi blindlings immer weiter nach vorne drängten, ihre Kiefer sich gierig öffneten und schlossen und wie eine Million Kastagnetten klapperten.

Langsam wichen die Menschen dem Druck der unermüdlichen Akadi. Die Arme war vielleicht noch drei oder vier Meter von der ersten Liane mit Pollensäcken entfernt, als Rufe durch die Reihen der Verteidiger gingen. Logan erkannte die Stimme des Schamanen und die der Häuptlinge Sand und Joyla, jene Lostings und die einiger anderer Jäger. Eine plötzliche Dornensalve aus den Bläsern ließ die Akadi einen Augenblick lang erstarren, während die Verteidigungslinie sich löste und sich zur Seite zurückzog. Aber die Armee verfolgte sie nicht, also wälzte sich der lebende Strom weiter. Schon begannen die ersten an der nahrhaften Borke des Baumes zu nagen, begierig auf das lebende Holz darunter, während andere bereits auf die ersten Lianen zustrebten.

Cohoma spürte eine Hand an seinem Arm, sah, wie einer der Jäger ihm bedeutete, ihm zu folgen. Die Stimme des Mannes klang eindringlich. Er und Logan kletterten ihm nach in die höher gelegenen Zweige. Als hinter ihnen ein Schrei ertönte, wandten sie sich um. Sie sahen die großen Nüsse herunterfallen, sahen sie inmitten der Akadi landen und platzen, und als sie platzten, schoß feiner weißer Puder heraus. Er glitzerte im Licht der untergehenden Sonne. Der Vormarsch der Akadi kam ins Stocken, sie scharrten unruhig mit ihren Klauen auf dem Holz herum, taumelten übereinander, stürzten, fielen auf den Rücken, schlugen aufeinander ein, schlugen gegen das Holz des Baumes. Irgendeine unerklärliche Art von Wahnsinn schien sie erfaßt zu haben.

Cohoma merkte plötzlich, wie er mit den anderen auf die Akadi zurannte, mit seinem Speer zustach, ihn wieder herauszog und erneut zustieß. Die Körper der

Akadi waren überraschend weich, die Spitze der Waffe drang leicht ein. Grünes Blut bedeckte seine Lanze. Ganz in der Nähe sah er Logan mit ihrem Speer zustechen.

Ein glühender Schmerz schoß ihm durch den Knöchel. Er blickte nach unten und bemerkte, daß es einem der Akadi irgendwie gelungen war, sich an der neuformierten Reihe von Speerkämpfern vorbeizuschmuggeln, und daß dieses Scheusal sein Bein jetzt mit drei Tentakeln umfaßt hielt. Zähne nagten an seinem Unterschenkel. Er versuchte den Speer herumzudrehen, schaffte es aber nicht und bemerkte, wie er, von seinem verletzten Bein im Stich gelassen, zu Boden sank. Dann bohrte sich etwas zwischen das zweite und dritte Auge des alptraumhaften Scheusals.

»Danke, Kimi. Du großer Gott, schaff das weg!« Wieder stieß sie zu, und grüner Saft bespritzte sie, aber die dreieckigen Zähne weigerten sich, ihren Griff zu lokkern. Am Ende mußte sie die Axt einsetzen, um die Tentakeln loszuschneiden und die Kiefer auseinanderzuziehen. Hellrote Kreise zeichneten sich an seiner Wade ab, wo die Saugnäpfe sie festgehalten hatten. Und hinter dem Knöchel hatte er eine tiefe viereckige Wunde. Auf Logan gestützt, hinkte er aus dem Gefecht. Eine kleine Sprühflasche aus ihrem Medikit brachte die Blutung zum Stillstand. Die Gerinnung setzte sofort ein. Er drückte ein selbstklebendes Pflaster darauf.

»Hab' nicht gesehen, wo das Biest herkam«, erklärte er ihr mit zusammengebissenen Zähnen. Der Schweiß stand ihm auf der Stirn, und er wischte ihn ab.

Logan studierte die Wunde unter dem durchsichtigen Verband. »Das wird eine schöne quadratische Narbe abgeben. Wird Spaß machen, das zu erklären.«

»Hoffentlich habe ich noch Gelegenheit, es jemandem zu erklären ...«

Seine Worte wurden von einem Brüllen übertönt, so laut, daß selbst der Heimbaum erzitterte. Das kleine

Grüppchen Menschen verstärkte seine Anstrengungen, ein Dutzend kräftiger grüner Gestalten schloß sich ihnen an.

Eine ungeheure Tatze hob und senkte sich wieder. Und bei jedem Schlag starb ein Akadi mit zerdrückter Wirbelsäule oder eingeschlagenem Schädel. Zum erstenmal hatten sich die Pelziger aus ihrem täglichen Schlaf wecken lassen. Zum erstenmal boten sie gemeinsam ihre Dienste ohne Überlegung oder Diskussion an. Die muskelbepackten Sechsbeiner wüteten unter den Akadi. Logan entdeckte Geeliwan unter ihnen, Lostings Pelziger, aber Ruumahum war nirgends zu sehen.

Ein riesenhafter Pelziger erhob sich aus der Mitte des Getümmels. Mehrere Akadi hingen an ihm, ihre Tentakel suchten in dem dicken Pelz vergeblich nach einer Angriffsfläche. Ihre Zähne schnappten und bissen vergebens. Jetzt tauchte ein zweiter neben ihm auf, begann die wütenden Akadi vom Körper seines Begleiters abzupflücken und sie methodisch zu zerquetschen.

Gelegentlich überflutete der Strom einen Pelziger, aber dann hob er sich wie ein blasender Wal. Aber so dick ihr Pelz, so zäh ihre Haut und so ungeheuer ihre Kraft auch war, selbst sie konnten sich nicht lange gegen die unermüdliche Armee halten. Immer wieder tauchte ein Pelziger in dem orangeroten Fluß des Todes unter, um sich nicht wieder zu erheben.

Und als es dann doch geschah, wollte es niemand mehr glauben.

»Schau!« stöhnte Cohoma und deutete. »Sie kehren um, ziehen sich zurück. Sie sind geschlagen!«

Tatsächlich hatten die Akadi aufgehört, sich nach vorne zu wälzen, zogen sich zurück, hinein in den Tunnel, den sie durch die Welt gefressen hatten. Sie nahmen nichts mit, ließen ihre Toten und Sterbenden zurück und zertrampelten bei ihrem Rückzug die Verletzten.

Jetzt sahen die Bewohner des Heimbaumes, von denen einige zu erschöpft waren, als daß sie sich noch bewegen konnten, zu, wie ihre etwas energischeren Kameraden mit Äxten und Keulen herumliefen – sehr vorsichtig, um nicht von den glitschigen blutbesudelten Kabbls und Ästen abzugleiten – und jene Akadi erledigten, die zu schwer verletzt waren, um noch fliehen zu können.

Die Pelziger sammelten sich ebenfalls, töteten beiläufig ein paar noch um sich beißende Akadi und leckten sich gegenseitig die Wunden. Einige suchten zwischen den Ästen und Lianen nach jenen ihrer Brüder, die sich nie mehr zu ihnen gesellen würden.

Aber die Freude war kurz. Logan und Cohoma sahen zu, wie die Überlebenden das Schlachtfeld nach Verletzten absuchten. Überall lagen verstümmelte Leichen umher, denen Arme und Beine oder gar der Kopf fehlte. Herausgerissene Eingeweide lagen auf hellgrünen Blättern und Blumen.

»Bei den Geboten der Kirche, die haben Mut. Fast könnte man bedauern ...«

»Sei still!« brachte Logan ihn zum Schweigen und deutete mit einer Kopfbewegung auf den großen Jäger, der auf sie zukam.

Eine Seite seiner Brust war mit einer Reihe rechteckiger Wunden gleichsam verziert. Einige waren provisorisch mit langen dünnen Streifen eines bestimmten Blattes bandagiert. Er hielt einen Bläser locker in der rechten Hand, während seine linke eine Keule trug. An seinem ganzen Körper gab es kaum ein Fleckchen Haut, das nicht mit den winzigen karminroten Kreisen bedeckt war, wie sie die tastenden Saugnäpfe der Akadi hinterließen.

»Ihr habt sie geschlagen ... trotz allem«, sagte Logan, als er zu begreifen begann, daß der Jäger an ihnen vorbeigehen wollte.

»Sie geschlagen?« Losting blieb stehen und starrte sie wild an, und sie zuckten unwillkürlich unter der nackten Wut in seinen Augen zusammen.

»Sie geschlagen – nein. Glaubt ihr, die haben wegen unserer Anstrengungen haltgemacht?« Er zögerte. »Aufgehalten haben wir sie, das stimmt. Es war ein guter Kampf. Ich werde stolz sein, eines Tages meinen Kindern davon zu berichten. Wir haben sie lange genug aufgehalten, um den Tag zu gewinnen ... aber nur den Tag. Aber sie zum Stillstand gebracht – nein. Sie haben sich selbst aufgehalten.«

»Sich selbst aufgehalten?« wiederholte Logan verständnislos.

»Seht euch doch um«, riet Losting. »Was seht ihr?«

Die beiden Riesen sahen sich auf dem Schlachtfeld um. »Sehr wenig«, meinte Logan dann. »Es wird zu dunkel.«

»Ja, es wird zu dunkel. Für die Akadi ebenso wie für uns. Sie haben haltgemacht, weil der Tag am Ende ist. Während der Nachtregen fällt, werden sie schlafen. Und morgen werden sie erwachen und uns mit der gleichen Entschlossenheit angreifen, wie sie das heute getan haben. Wir haben nur eine begrenzte Zahl Jacaris für die Bläser und nur eine begrenzte Menge Blut. Ich glaube nicht, daß wir sie noch einmal aufhalten können. Aber wir werden es versuchen. Wenn die Pelziger nicht gewesen wären – und *das* da, hätten wir sie nicht einmal heute aufgehalten.«

Er beugte sich vor und schob die Spitze seiner Keule unter etwas. Logan und Cohoma beugten sich ebenfalls vor. Zuerst sahen sie nichts. Dann brach sich ein letzter Sonnenstrahl in etwas wie einem winzigen, hell leuchtenden Edelstein.

»Dieses kleine Ding?« wunderte sie sich und griff danach. »Ich könnte es wie eine Ameise zerdrücken.«

Losting zog die Keule zurück, ehe sie ihre Worte wahrmachen konnte. »Ich mag euch Riesen nicht besonders, obwohl ihr heute recht gut gekämpft habt. Aber selbst meinem schlimmsten Feind würde ich nicht gestatten, den Samen einer Otterot zu berühren.« Er richtete sich auf und sah sich um, bis er den abgerissenen Tentakel eines Akadi fand. Den legte er vor sich hin.

»Paßt auf.« Er schob die Keule etwas zur Seite und schüttelte sie dann vorsichtig. Das winzige, metallisch aussehende, vielbeinige Ding glitt auf den Tentakel, und in dem Augenblick, als es ihn berührte, schien es zu verschwinden.

Cohoma kniff die Augen zusammen, um in der sinkenden Dämmerung noch etwas sehen zu können. »Wo ist es jetzt hin?«

»Seht genau hin.«

Nichts geschah. Dann hatte Cohoma den Eindruck, als wäre unter der Haut des Tentakel eine Schwellung zu sehen. Einige Minuten verstrichen, in denen aus der Schwellung eine Beule wurde, so groß wie eine Haselnuß und dann wie eine Zehe. Losting holte sein Messer heraus und berührte die Beule damit. Die angespannte Haut platzte, und ein kleiner purpurfarbener Ball sprang heraus. Er begann zu rollen, rollte auf den Rand des Astes zu. Losting nahm seine Keule und hielt den Ball auf, rollte ihn zurück. Cohoma und Logan konnten ganz unten an der Kugel einen winzigen vielbeinigen Punkt sehen – das ursprüngliche edelsteinähnliche Geschöpf.

»Das ist der Staub des Otterot«, erklärte Losting. »Wenn er platzt, verstreut es Millionen von diesen« – damit deutete er auf den winzigen Käfer. »Wenn sie Holz oder eine Pflanze berühren, geschieht nichts. Aber wenn sie Fleisch berühren sollten, sei es nun Mensch oder Pelziger oder Akadi, dann graben sie sich hinein und ... fressen. Ah, und wie sie fressen.« Er sagte das so hingebungsvoll, daß Logan beinahe übel dabei wurde.

Cohoma fühlte sich auch nicht besonders wohl. Was sie soeben erlebt hatten, reichte aus, um selbst bei einem erfahrenen Beobachter Übelkeit zu erregen.

»Seht«, sagte Losting und stieß den purpurfarbenen

Ball mit seiner Keule an, »seht, wie es sich bewegt, zu laufen versucht. Das Fleisch unter der Haut, wo es sich hineinbohrt, wird schnell aufgeweicht und von dem Staubkäfer verzehrt, und wenn einer davon sich von seinem Wirt löst und auf eine weiche Pflanze fällt, graben sich die Beine ein und werden zu Wurzeln. Das Fruchtfleisch in diesem Körper wird grün, während es sich in Nahrung verwandelt. Am Ende platzt der Sack, und auf einem neuen Wirt wächst eine neue Otterotpflanze.«

»Faszinierend«, räumte Logan ein, die ebenfalls allmählich anfing, grün zu werden. Sie war genügend Wissenschaftlerin, um ihre letzte Mahlzeit bei sich zu behalten. Aber irgendwie verursachte ihr dieses botanische Wunder auf eine Art und Weise Übelkeit, wie selbst das Blutbad dieses Tages es nicht fertiggebracht hatte. Sie stellte sich vor, wie einige dieser Geschöpfe auf ihr landeten, sich in sie hineingruben und von innen auffraßen. »Sind das bewegliche kleine Pflanzen«, fragte sie eilig, »oder Insekten oder was sonst?«

»Vielleicht ein wenig von beidem«, meinte Cohoma. »Ihr habt sicher bemerkt, wie alles tierische Leben hier vorwiegend grün ist – die Pelziger, das Blut der Akadi. Ich glaube, Kimi, daß es auf dieser Welt vielleicht die übliche klare Unterscheidung zwischen Pflanze und Tier überhaupt nicht gibt.«

»Trotzdem«, erwiderte sie, »dies ist ein Forschungsbereich, den ich liebend gerne jemand anderem überlassen werde, wenn wir zur Station zurückkehren.«

Losting war nicht sicher, daß er alles begriff, was er hörte. »Freilich, es ist gefährlich, mit ihnen zu kämpfen. Man muß sich große Mühe geben, um einen Otterot zu emfatieren. Wenn einer platzt, während er aufgeschnitten ...« Er brauchte den Gedanken gar nicht zu Ende führen.

»Kein Wunder, daß die Akadisäule zum Stillstand kam«, meinte Logan. »Der ganze vordere Abschnitt muß im Laufe von ein paar Minuten buchstäblich von innen heraus aufgefressen worden sein.« Sie blickte nervös auf den holzigen Boden, auf dem sie standen. »Was wird aus den Millionen dieser Biester, die nichts zu fressen bekamen? Finden wir die heute nacht in unseren Betten?«

Losting schüttelte den Kopf. »Ihre Geschwindigkeit und ihre Energie ist notwendig, denn diejenigen, die nicht sofort nach der Freilassung Nahrung finden, sterben ganz schnell. Alle waren tot, ehe die Sonne ganz untergegangen war. Ihr braucht keine Angst zu haben. Und auch die Akadi nicht«, fügte er bedauernd hinzu. »Aber jetzt haben wir leider keine Otterots mehr. Sie wachsen nur sehr selten und unregelmäßig.«

Logan empfand über diese Tatsache kein Bedauern. Sie trat auf die pulsierende Monstrosität. Diese platzte, und purpurgrüne Farbe befleckte das Holz des Astes.

Sie folgten dem Jäger ins Dorf zurück. »Was geschieht dann morgen?« fragte Logan. »Besteht gar keine Hoffnung mehr?«

»Hoffnung besteht immer, solange noch jemand am Leben ist«, erinnerte Losting sie. Die Riesen schien das nicht sonderlich zu ermutigen. »Wir haben unsere Bläser«, sagte er und hob seine Waffe, »und unsere Speere und Äxte und unsere Pelziger. Und dann sind da immer noch die Pollensäcke vom Heim selbst. Wenn die nicht mehr sind ...« Er zuckte die Achseln. »Dann habe ich noch meine Hände und meine Zähne.«

Er ließ sie stehen. Logan blickte ihm nach, Cohoma murmelte: »Großartig ... wirklich lobenswert. Ich glaube, es ist besser, wir machen uns selbständig – so schlecht auch unsere Chancen sein mögen – und gehen in den Wald. Ich muß gestehen, daß ich mich nicht so sehr in der Schuld dieses edlen Baumes fühle.« Er sah sich um. »Zumindest sterben wir dann auf dem Weg nach Hause und nicht bei der Verteidigung dieses komischen Gemüses!«

Einen Vorteil hatte ihre Erschöpfung – sie fanden trotz ihrer Sorgen Schlaf.

Noch suchten sich die letzten Regentropfen von den oberen Etagen des Baldachins ihren Weg in die Tiefe, als der Stamm sich auf den nächsten Angriff der Akadi vorbereitete. Wieder bezogen die Jäger ihre Positionen hoch in den Zweigen, die Bläser bereit, entschlossen, mit jedem wertvollen Jacari einen Akadi zu töten. Wenn die giftigen Dornen verbraucht waren, würden sie die Bläser weglegen und mit Äxten und Keulen hinunterklettern und neben ihren Familien kämpfen. Die dünne Reihe von Speerträgern postierte sich schweigend an dem Weg, über den bald die Akadiarmee herankriechen würde, bezog Stellung. Die ersten Pelziger erschienen. Müde und unausgeschlafen knurrten sie ungnädig.

Auch Cohoma und Logan bezogen oben auf einem der Zweige des mächtigen Heimbaumes Stellung. Von hier aus würden sie einen ausgezeichneten Überblick über den Kampf haben und sich etwas weniger gedrängt fühlen, sich selbst in die Schlacht zu werfen. Wenn Lostings pessimistische Lageeinschätzung sich bestätigen sollte, würden sie ins Dorf zurückgehen, mitnehmen, was an Vorräten greifbar war, und die Akadisäule umgehen. Und dann würden sie nach dem Kompaß einen Südwestkurs einschlagen, auf die ferne Station zu. Vielleicht würden sie sie erreichen, vielleicht auch nicht, aber so würden sie wenigstens eine Chance haben.

Logan glaubte in einiger Entfernung im Gebüsch ein Rascheln zu hören. Die Akadi begannen sich zu erheben, die Lethargie der Nacht von sich zu schütteln. Sie schickten sich an, den Kampf aufs neue zu beginnen, zu wüten, zu vernichten und zu töten.

Die mit Bläsern bewaffneten Jäger machten sich bereit. Und die mit den Speeren und Äxten taten es ihnen gleich. Sie hatten keine Späher aufgestellt, die sie vom

Herannahen der Akadi verständigen sollten. Man brauchte sie nicht. Ein paar Augenblicke der Vorwarnung hatten jetzt nichts zu bedeuten. Alle wußten, woher sie kommen würden. Jeder Mann, jede Frau und jedes Kind trug eine Waffe und starrte auf das grüne Loch im Wald.

Logan flüsterte ihrem Partner zu: »Kommen sie?« Die Knöchel der Hand, mit der sie den Speerschaft hielt, waren vor Anspannung weiß.

»Denk daran«, sagte er, »wenn das Blatt sich wendet, verschwinden wir hier.«

»Glaubst du, wir können die Lianensperre veranlassen, sich für uns zu öffnen?«

»Da gibt es bestimmt noch ein paar Leute des Stammes, die hindurch müssen. Vergiß nicht, die Lianen sind die letzte Verteidigungslinie des Baumes. Wir können uns immer noch einen Eingeborenen schnappen. Und außerdem ...«, fügte er kühl hinzu, »wir essen jetzt schon seit ein paar Tagen die Früchte dieses Baumes. Vielleicht haben wir schon genug von den richtigen Chemikalien in uns, daß der Baum uns anerkennt.«

Das Rascheln nahm zu, aber es schien gleichzeitig lauter und weiter entfernt. Es lief ihnen eisig über den Rücken. Ob die Akadi wohl so etwas wie Wut oder Ärger empfinden konnten, fragte sie sich? Bereiteten sie sich vielleicht mit wilden Kriegsrufen vor? Was für Hirne hatten diese orangeroten Scheusale? Verschmolzen alle Gedanken in einer einzigen sinnlosen Aufwallung des Bösen, oder waren sie zu Regungen fähig, die über den Drang, zu töten, zu fressen und zu schlafen, hinausgingen?

Die Zeit zog sich hin, und der Klang ferner kastagnettenähnlicher Laute nahm weder zu noch ab, war aber laut genug, um die anderen Geräusche des Waldes zu übertönen. Jetzt begannen die Männer und Frauen, die mit ihren Speeren ganz vorne an dem grünen Tunnel standen, unruhig zu werden. Die Jäger in den Ästen sahen sich nervös um. Unterdessen war die Sonne an dem grünen Himmel höher gestiegen, aber die Öffnung der Hölle hatte bis jetzt immer noch nicht seine Schrekken ausgespien.

Nun war weiter drin im Tunnel eine Bewegung wahrzunehmen, Rufe hallten zu ihnen herauf – Rufe, die eher erleichtert klangen. Das ständige nervenzerreißende Warten war es, das die Entschlossenheit und Konzentration der Jäger und Speerkämpfer untergrub, das war viel schlimmer als der eigentliche Kampf. Aber da war kein Zittern in den Blättern an der Tunnelmündung zu sehen, da schwankten keine Äste unter dem massiven Gewicht der Angreifer. Ein paar Blätter raschelten leicht, als die erste Gestalt sichtbar wurde. Aber es waren nicht die Akadi. Ein menschlicher Ruf hallte aus dem Tunnel, hob sich über den Lärm des Hintergrundes. Eine zweite Gestalt erschien neben der ersten, ihr dicker grüner Pelz war vom Regen verklebt, die drei Augen schläfrig halb geschlossen.

Die Jäger nahmen die Bläser von den Schultern. Ihre Augen weiteten sich erstaunt, als Born und Ruumahum gemächlich durch den Tunnel kamen. Borns Ruf erwies sich als unnötig. Alle waren viel zu gelähmt, um unvorsichtig einen Dorn abzufeuern. Wenn jetzt die Akadi aus dem Tunnel gerast wären, hätte niemand eine Hand gegen sie erhoben.

Und plötzlich war es, als bräche eine Flut los, mit einemmal war Born von Männern und Frauen umgeben, die ihn gleichzeitig verfluchten und ausfragten. Ruumahum enteilte unbemerkt. Während die Menschen, darunter auch zwei aufgeregte, verblüffte Riesen, sich um Born drängten, gesellte sich der Pelziger zu seinen Brüdern und begann ihnen zu erklären.

»Was ist geschehen ...? Wir dachten, du wärest davongelaufen ...? Wo warst du ...? Was ist mit den Akadi ...? Was ...?« bestürmten die Menschen Born.

»Bitte, kann ich zu trinken haben?«

Ein Gefäß mit Wasser wurde ihm gereicht, und er führte, ohne sich um die ständigen Fragen zu kümmern, das hölzerne Gefäß an die Lippen und trank lang und ausgiebig. Dann drehte er es um und schüttete sich den Rest über den Kopf.

Eine tiefe befehlsgewohnte Stimme erhob sich über dem Lärm – die des Schamenen Leser. »Jäger, an eure Posten. In die Reihen, Leute des Heims! Die Akadi ...«

Born schüttelte müde den Kopf. »Ich glaube nicht, daß die Akadi uns noch einmal belästigen. Jedenfalls längere Zeit nicht.« Er lächelte, als neues Erstaunen die Menge erfaßte. »Die Idee war meine, die Anregung kam von Ruumahum.« Er deutete zu den Pelzigern hinüber. »Er war draußen jagen, im Norden. Ich weiß nicht, warum, er ist sich da auch nicht sicher. Jedenfalls brachte er mir die Nachricht, daß er etwas gefunden hätte, und das brachte mich auf eine Idee. Ich dachte, es könnte funktionieren.«

»Was könnte funktionieren?« fragten einige Leute gleichzeitig. »Warum hast du uns nicht ...«

»Warum hast du nicht jemandem gesagt, daß du weggehen würdest, Born?« fragte die Stimme von Geh Hell. Sie schob sie in den Kreis der Menschen.

»Hätte das etwas ausgemacht? Es hätte laute Einwände gegeben. Man hätte verlangt, daß ich hierbliebe und mitkämpfte. Ich zog es vor, daß ihr mich für einen Feigling, einen Verrückten hieltet, mich auslachtet. Ich bin es gewöhnt, daß man mich auslacht. Wenn mein Plan versagt hätte, wäre es ja gleichgültig gewesen, oder nicht?«

Die versammelten Leute traten unruhig von einem Fuß auf den anderen. Man hatte Born als schlauen Jäger im Dorf respektiert und ihn gleichzeitig als Verrückten verspottet. Jetzt schien es, als hätte er ein Wunder bewirkt. Einige der Blicke, die ihn musterten, waren recht verlegen.

»Es war nicht weit, unten, in der Fünften Etage.«

»Was denn?« dröhnte Joyla, dessen Stimme nicht zu überhören war.

»Eine Möglichkeit, um die Akadi aufzuhalten.«

»Wunder oder nicht, das ist wirklich Wahnsinn«, dachte Leser laut. »Nichts kann die Akadi aufhalten – nichts!« Seine Stimme klang hartnäckig. »In meiner Jugend habe ich miterlebt, wie eine Akadisäule eine Herde Graser auseinanderriß. Selbst die Pelziger können ihnen nicht Widerstand leisten. Es heißt, daß selbst die Dämonen der Unteren Hölle Respekt vor diesen wandernden Säulen haben.« Respektvolles Murmeln ging durch die Menge.

»Was konntest du also in der Fünften Etage oder einer sonstigen Etage finden, Born, um die Akadi damit aufzuhalten?«

»Kommt, dann zeige ich es euch«, sagte er, wandte sich um und ging in den Tunnel. Er hatte erst ein paar Schritte zurückgelegt, als ihm bewußt wurde, daß niemand ihm folgte. Zum erstenmal war jetzt die Anstrengung und die Erschöpfung der letzten Tage vergessen, und er grinste breit.

»Habt ihr Angst?«

In den Tunnel gehen? Den Tunnel, aus dem erst am vergangenen Abend die Kinder der Hölle sich ergossen hatten? Weil ein Verrückter es wollte? Dazu gehörte mehr als nur ein wenig Mut.

Losting war der erste, der vortrat. Er hatte ebenso Angst wie die anderen, aber er hatte keine Wahl – da stand Geh Hell und sah zu. Und dann folgte ihm der verkrüppelte Jhelum, hinkte auf seinem verletzten Bein hinter ihm her. Dann folgten Leser und Sand und Joyla. Das kleine Grüppchen trat in den Tunnel.

Sie gingen durch das grüne Rohr, dessen Wände, dessen Decke und Boden aussahen, als hätte ein mächtiger Bohrer sie geformt. Jetzt war der Lärm der ärgerlichen Akadi lauter geworden, so laut, daß man sich zu seinem Nachbarn hinüberbeugen mußte und schreien, um sich Gehör zu verschaffen. Sie fanden einen scharfen Knick im Tunnel, einen ganz unerwarteten Knick, ganz anders, als die Akadi normalerweise ihre Pfade fressen. Born blieb stehen und erteilte Anweisungen. Ein paar Schläge mit den Äxten durchbrachen das mit Speichel verklebte Gewächs, und sie traten wieder in den offenen Wald hinaus. Born winkte sie zuerst nach oben und dann wieder geradeaus weiter. Schließlich übernahm er allein die Spitze, ging voraus und kehrte gleich darauf zurück. Er ermahnte die anderen, leise zu sein, und winkte ihnen, ihm zu folgen.

Nachdem sie vorsichtig und lautlos an einem dicken Ast nach vorne gekrochen waren, blickten sie auf einen gespenstischen Karneval hinunter, eine orgiastische Todesfeier, die ihresgleichen nur in den Legenden hatte.

Ein zweiter Tunnel, dessen schwach durchscheinende Decke sich viele Meter in den Wald hineinschlängelte, schnitt in den Tunnel, durch den sie gerade gekommen waren. Und wo die beiden Tunnel aufeinandertrafen, war aus der Präzision und der Ordnung der Akadi ein Chaos geworden.

Die Akadisäule aus dem Norden, die etwas tiefer verlief, bestand aus etwas kleineren rötlicheren Bestien. Sie wiesen dunkle Streifen auf, die ihren Bauch zierten. Wo sie auf die andere Säule trafen, waren die Tunnels so zerdrückt, so daß der Kampf sich in das sie umgebende Blattwerk ausgeweitet hatte. Die Schlacht wütete in einem Umkreis, der einige Dutzend Meter durchmaß. Und im Inneren dieser Zone gab es nichts als zerfetztes Holz und tote, sterbende und kämpfende Akadi. Alles war von grünem Blut besudelt.

»Ruumahum fand die Säule«, sagte Born leise zu ihnen. »Und ich hatte die Idee. Was könnte die Akadi besser aufhalten als die Akadi selbst? Wir griffen vor Morgengrauen an, als sie noch träge und langsam waren. Wir blieben in ihrer Witterung, und sie folgten uns.

Jetzt werden sie weiterkämpfen, bis von jeder Säule nur noch wenige übrig sind. Und diese wenigen werden zu schwach und zu desorganisiert sein, um das Heim zu bedrohen. Wir können leicht alle töten, die uns angreifen, und am Ende haben wir nicht nur eine, sondern zwei Gefahren erledigt.«

»Aber wie hast du sie so schnell hierhergebracht?« wunderte sich Leser.

»Ich hatte Angst, ich könnte nicht genug Pulver haben, aber Ruumahum holte immer wieder neues trokkenes Holz, um die Fackeln in Gang zu halten. Ich blieb ganz dicht vor den vordersten Akadi, um sie wach zu halten. Sie liefen hinter mir her, und die anderen folgten ihnen selbst in der Dunkelheit blindlings. Ich habe zwei Tage und Nächte lang weder geschlafen noch geruht. Ich glaube«, schloß er und setzte sich auf den Ast, »ich sollte jetzt ausruhen.«

Joyla und Leser packten ihn, ehe er völlig erschöpft vom Ast fiel.

9

Born schlug die Augen auf und sah, wie ein monströser Akadi auf ihn herunterstarrte. Er fuhr hoch, blinzelte, rieb sich die Augen.

»Höchste Zeit, daß du aufwachst«, meinte Logan und trat von der Matte zurück.

Born sah sich um. Er lag in einem der Räume im Hause des Häuptlings. »Du warst etwa achtzehn Stunden lang weg«, fügte sie hinzu.

»Stunden?« Er musterte sie fragend. Er war vom Schlaf immer noch etwas benommen.

»Eineinhalb Tage, und das wundert mich gar nicht, wenn ich bedenke, was du alles durchgemacht haben mußt.«

Born hatte nur einen Gedanken. »Habe ich das Langeher verpaßt – die Begräbniszeit?«

Logan schien verwirrt. Sie starrte zu Cohoma hinüber, der damit beschäftigt war, sein Messer zu schärfen. »Weißt du etwas von einer Begräbniszeit, Jan?« Ihr Begleiter schüttelte den Kopf.

Born setzte sich auf, packte sie am Ärmel ihrer Bluse und wäre beinahe gestürzt. Das zähe Material riß nicht, so daß er sich daran festhalten konnte.

»Nein, Born«, erwiderte eine kräftige Stimme. »Du haste zuviel Leben gerettet, als daß wir das Langeher ohne dich machen könnten. Jetzt, da du zu uns zurückgekehrt bist, können wir es heute abend veranstalten.«

»Was ist dieses Langeher – eine Art Zeremonie?« fragte Logan und sah sich nach Joyla um, die hinter ihr unter der Türe aufgetaucht war.

»Eine Rückkehr. Jene, die von den Akadi getötet wurden, müssen der Welt zurückgegeben werden.« Sie sah zu Born hinüber. »Es sind ihrer viele, die zurückgegeben werden müssen. Es hat lange gedauert, bis wir genügend von den Bewahrern fanden. Der Junge Din gehört auch dazu.« Als sie sah, wie Borns Gesicht sich plötzlich umwölkte, fragte sie besorgt: »Wie fühlst du dich jetzt? Du hast lange geschlafen und manchmal ...«

»Schon gut ... ich fühle mich wohl«, murmelte Born und ließ endlich Logan los. Er versuchte zu stehen, taumelte, ließ sich dann schwer auf die gewebte Matte fallen und hielt sich mit beiden Händen den Kopf. Das hinderte ihn zwar nicht daran, wie wild zu kreisen, aber es half wenigstens.

»Ich habe Hunger«, sagte er dann unvermittelt. Da sein Kopf offenbar zu keinerlei Kooperation bereit war, würde er sich auf etwas fügsamere Teile seiner Anatomie konzentrieren.

»Dort ist zu essen«, sagte Joyla und wies ihn in den nächsten Raum. »Brauchst du Hilfe ...?«

»Für eine halbe Heimfrucht würde ich auf dem Bauch kriechen«, antwortete er. Langsam erhob er sich vom Bett. Logan machte ihm Platz. Immer noch unsicher, ging er, ohne daß jemand ihn stützte, in den Raum, aus dem ihm eine Vielfalt von Gerüchen entgegenschlug. Hinter der Türe nahm Joyla ihn bei der Hand.

»Paß auf, daß du deine Wurzeln nicht zu schnell mit zuviel Nahrung überlädst«, riet sie und lächelte dann. »Sonst muß ich diesen Raum noch einmal saubermachen, und du mußt von vorne anfangen.«

Born nickte, ohne sie wirklich zu hören. Er taumelte in das Zimmer, wo reichlich Obst, frisches Fleisch und ein Brei aus konservierten Früchten auf der Eßmatte ausgebreitet waren. Joyla winkte Cohoma und Logan zu und forderte sie auf, mitzuhalten.

»Danke«, erwiderte Logan.

»Ihr könnt ja auf ihn aufpassen, solange er ißt, und dafür sorgen, daß er rechtzeitig aufhört.«

»Warum tust du das nicht?« fragte Logan, setzte sich an den Mattenrand und wählte sich eine hellgelbe kürbisähnliche Frucht mit blauen Streifen aus.

Joyla schüttelte den Kopf und studierte Born, der sich mit atemberaubender Geschwindigkeit Nahrung in den Mund stopfte. »Ich habe schon gegessen, und jetzt, da das Langeher veranstaltet werden kann, gibt es viel zu tun.« Ihr Lächeln wurde dünn und traurig. »Heute abend werde ich viele alte Freunde dem Wald zurückgeben, auch eine Tochter von mir.«

Sie wollte noch etwas sagen, überlegte es sich dann aber anders und verließ den Raum durch den Blattledervorhang.

Logan dache über dieses Langeher nach, das für diese Leute jetzt von so großer Wichtigkeit zu sein schien. Sie biß in die Kürbisfrucht und stellte fest, daß sie fast wie Marzipan schmeckte. Wie bestatteten Borns Stammesgenossen ihre Toten, wo sie doch keine Erde hatten, in der sie sie begraben konnten? Vielleicht durch Verbrennung, möglicherweise in dem Feuerloch im Dorfzentrum.

Sie erkundigte sich bei Born danach. Der hörte nicht

auf zu kauen und gab einige widersprüchliche Bemerkungen von sich. »Die Erde? Würdest du die Seelen deiner eigenen Freunde der Hölle anbieten? Sie werden der Welt zurückgegeben.«

»Ja, das hat Joyla erwähnt«, antwortete sie ungeduldig, »aber was bedeutet das eigentlich genau?«

Doch Born hatte sich bereits wieder seiner Mahlzeit zugewandt.

Sie drängte ihn und argumentierte, daß es ihm guttun würde, wenn er beim Essen einmal eine Pause einlegte. Born schien immer noch keine Lust zum Reden zu haben, aber die Hartnäckigkeit der Riesin zwang ihn schließlich dazu, ihr zu antworten. »Offensichtlich weißt du überhaupt nichts darüber, was den Menschen geschieht, nachdem sie gestorben sind«, murmelte er schließlich. »Ich kann dir das Langeher nicht beschreiben. Du wirst es ja heute abend sehen.«

Eigentlich hatte Born sich bemerkenswert schnell erholt, stellte Cohoma fest. Er wich einem Buckel im Tungtankel aus, den er im Licht der Fackeln nicht gesehen hatte. Der Stamm strebte über einen gewundenen Pfad durch den finsteren Wald. Nun, von Leuten, die in einer so unwirtlichen Umgebung wie Born lebten, mußte man eigentlich solche Kraft erwarten. Nur daß es so schnell ging, wollte er nicht einsehen. Er machte zu Logan eine Bemerkung darüber.

»So primitiv sind diese Leute einfach nicht«, sagte er und deutete mit einer Kopfbewegung auf die Männer und Frauen vor ihnen. »Sie sind die Nachkommen der Leute eines vor langer Zeit gescheiterten Auswandererschiffes. Physisch sind sie mit Ausnahmen ihrer Greifzehen etwa ebenso weit entwickelt wie wir. Ich begreife einfach nicht, wie sich ihre Körperproportionen in ein paar hundert Jahren so stark verändern konnten.« Er stieg über eine winzige dunkle Blume hinweg, die im Tungtankel wuchs. Sie enthielt einen giftigen Explosivdorn. »In weniger als – nun höchstens – zehn Generationen haben sie ein Sechstel ihrer Größe eingebüßt, diese Zehen entwickelt, eine enorme Veränderung in der Arm- und Brustmuskulatur durchgemacht und eine gleichförmige Färbung von Haut, Augen und Haar erreicht. Die Evolution vollzieht sich einfach nicht so schnell.«

Logan lächelte nur sanft und deutete nach vorne. »Schön, Jan, ich bin ganz deiner Meinung. Und wie willst du das erklären?«

»Andererseits halte ich es für unmöglich, daß dies eine Parallelentwicklung ist. Die Unterschiede sind zu klein.«

»Wie wäre es dann mit einer Mutation?« fragte Logan. »Ausgelöst vom Verzehr hiesiger Chemikalien in der Nahrung?« Sie deutete auf eine Dolde kugelförmiger dottergelber Früchte, die von lavendelfarbenen Blütenblättern umsäumt waren.

»Möglich«, räumte Cohoma schließlich ein. »Aber der Maßstab und das Tempo ...«

»Ja, schon«, unterbrach ihn Logan, »aber eine solche Mutation verbunden mit der Notwendigkeit, sich schnell anzupassen oder zu sterben, könnte außergewöhnliche physiologische Aktivitäten auslösen. Wenn das Überleben auf dem Spiel steht, ist der Körper zu erstaunlichen Veränderungen fähig. Obwohl ich zugeben muß, daß dies der radikalste Fall wäre, der je entdeckt wurde. Trotzdem ...« – sie deutete in den Wald – »wenn du die Berichte aus den Labors Tsing-ahns gesehen hättest ...« Sie schüttelte staunend den Kopf. »Dieser Planet ist eine wahre Fundgrube neuer Lebensformen, ungewöhnlicher Molekülverbindungen und Proteinkombinationen. Es gibt Strukturen von Aminosäuren, die sich konventionell einfach nicht einordnen lassen. Dabei haben wir erst die Oberfläche dieses Waldes angekratzt, kaum die oberen Etagen erforscht. Wir haben nicht die leiseste Vorstellung, wie es dort unten aussieht. Aber wenn wir tiefer graben, werden wir ganz bestimmt ...«

Cohoma brachte sie zum Schweigen. »Ich glaube, jetzt soll etwas passieren.«

Sie näherten sich einer braunen Wand, einem monolithischen Stamm, der so ungeheuer groß war, daß man sich kaum vorstellen konnte, einen natürlichen Organismus vor sich zu haben. Es war einfach unmöglich, daß etwas so Riesenhaftes wuchs, es mußte das Produkt menschlicher Hände sein.

Die Gruppe begann an einem der größeren Äste entlang auszuschwärmen. Der Schein ihrer Fackeln spiegelte sich in der meterdicken Rinde.

»Der Stamm muß an dieser Stelle gute dreißig Meter dick sein«, flüsterte Logan beeindruckt. »Ich möchte wissen, wie dick er ganz unten ist.« Sie hob die Stimme. »Born!«

Der Jäger blieb stehen, drehte sich um und wartete höflich auf sie, bis sie ihn eingeholt hatten.

»Wie nennst du den da?« Sie wies auf den mächtigen Stamm.

»Seine wahre Bezeichnung ist im Laufe der Generationen verlorengegangen, Kimilogan. Wir nennen sie die Bewahrer, weil sie die Seelen der Gestorbenen bei sich behalten und sie schützen.«

»Jetzt begreife ich«, erklärte sie. »Ich habe mich gefragt, wie ihr eure Toten bestattet, da ihr ja nie zur Oberfläche hinuntersteigt. Und ich glaubte sicher zu sein, daß ihr sie nicht verbrennt.«

Born sah sie verwirrt an. »Verbrennt?«

»Ja, die Leichen verbrennt.«

Ein jeder von Borns älteren Begleitern, Leser zum Beispiel oder Sand, wären von dieser Vorstellung schokkiert gewesen. Aber Borns Verstand arbeitete etwas anders als der seiner Freunde. Er dachte nur über ihre Frage nach. »An die Möglichkeit hatte ich nicht gedacht. Beseitigt ihr diejenigen, welche wechseln, so?«

»Wenn du unter ›Wechseln‹ Sterben verstehst«, antwortete Cohoma, »dann ja, manchmal wenigstens.«

»Wie seltsam«, murmelte Born, mehr zu sich als für die Riesen bestimmt. »Wir kommen aus der Welt und glauben, daß wir in sie zurückkehren sollten. Ich glaube, unter euch gibt es welche, die nicht aus der Welt kommen und deshalb auch nichts haben, wohin sie zurückkehren können.«

»Besser hätte ich es auch nicht formulieren können, Born«, gab Cohoma zu. Jetzt gingen sie einige Minuten schweigend dahin, bis die Gruppe sich auf einen noch dickeren Ast ausbreitete.

»Sind wir jetzt angekommen?« fragte Logan. »Ist das der Ort?«

»Einer der Orte«, verbesserte sie Born. »Jeder hat seinen Ort. Man muß für jeden Menschen den passenden finden.« Er blickte nach oben und musterte die schwarzen Äste am Himmel. »Kommt. Von oben seht ihr besser.«

Nach einigen Minuten, während der sie über die allgegenwärtigen Treppen und Stufen aus Lianen und Schlinggewächsen nach oben geklettert waren, fanden sie sich an einer Stelle, die ihnen einen guten Ausblick auf den breiten Ast unter ihnen bot. Alle drängten sich um einen tiefen Riß in dem Ast. Er war etwa zwei Meter breit und etwa fünf Meter lang. Das schwache Licht ihrer Fackeln, die sie vor dem Regen schützten, reichte nicht aus, um seine Tiefe abzuschätzen. Der Schamane murmelte schnell und leise etwas vor sich hin, das weder Logan noch Cohoma verstanden. Die versammelten Leute lauschten voll Respekt. Einer der Männer, der im Kampf gegen die Akadi gestorben war, und ein toter Pelziger wurden herangeschleppt.

»Man begräbt sie also gemeinsam«, flüsterte Logan.

Born musterte sie betrübt; Trauer wallte in ihm auf. Die armen Riesen! Mag sein, daß sie Himmelsboote und andere wundersame Maschinen besaßen, aber auf die beruhigende Gesellschaft eines Pelzigers mußten sie verzichten. Jeder Mann und jede Frau hatte einen Pelziger, der sich kurz nach ihrer Geburt ihnen anschloß und mit ihnen durchs Leben ging. Er konnte sich ein Leben ohne Ruumahum nicht vorstellen.

»Was geschieht mit Pelzigern, deren Meister vor ihnen sterben?« fragte Cohoma.

Born sah ihn rätselhaft an. »Ruumahum könnte ohne mich nicht leben, und ich nicht ohne ihn«, erklärte er den aufmerksam lauschenden Riesen. »Wenn eine Hälfte stirbt, kann die andere Hälfte nicht lange überleben.«

»Ich habe noch nie von einer so intensiven gegenseitigen Abhängigkeit zwischen Mensch und Tier gehört«, murmelte Logan. »Wenn wir nicht selbst erlebt hätten, wie das hier ist, würde ich wahrscheinlich glauben, daß sich zugleich eine Art physischer Symbiose entwickelt hat.«

Aber sie hatten jetzt keine Zeit, sich diesem neuen Gedanken zu widmen, denn unter ihnen begann die Zeremonie. Sand und Leser gossen verschiedene übelriechende Flüssigkeiten über die beiden Leichen, die man in die Astspalte gelegt hatte.

»Irgendeine Art geheiligtes Öl oder so etwas«, flüsterte Cohoma. Aber Logan hörte nicht zu. Emfatieren ... gegenseitiges Begräbnis ... eine Hälfte ... Gedanken und Vorstellungen kreisten durch ihren Kopf, ohne irgendein erkennbares Muster zu bilden, wollten nicht in Verbindung zueinander treten, ihr offenbaren ... ja, was eigentlich?

Daß die Pelziger in Trauer um ihre Meister dahinsiechten, konnte sie sich vorstellen. Aber daß ein Mensch aus Sehnsucht nach seinem Tier starb – nein, wahrscheinlich hatte Cohoma recht. Borns Leute waren auf dem Pfade der Entwicklung zurückgedrängt worden, der Zwang des Überlebens hatte sie dazu getrieben. Dieser emotionelle Druck war ein Symptom ihrer

Krankheit. Einer der bohrenden Gedanken, die in ihrem Kopf kreisten, verlangte plötzlich nach Aufklärung.

»Du hast gesagt, Männer und Frauen«, flüsterte sie und starrte nach unten. »Schließen sich Pelziger und Menschen nach ihrem Geschlecht einander an?« Born musterte sie verständnislos. »Ich meine, weibliche Pelziger mit Frauen, männliche mit Männern? Ist Ruumahum männlich?«

»Ich weiß nicht«, antwortete Born abwesend, weil er sich ganz auf die Zeremonie konzentrierte, die unten ihrem Ende entgegenging. »Ich habe ihn nie gefragt.« Soweit es ihn betraf, war die Frage damit beantwortet, aber Logans Neugierde war jetzt nicht mehr zu bremsen.

»Und Lostings Pelziger, Geeliwan. Ist das eine ›sie‹?«

»Ich weiß nicht. Manchmal sagen wir ›er‹, manchmal ›sie‹. Für einen Pelziger hat das nichts zu bedeuten. Ein Pelziger gehört den Brüdern an. Das reicht ihnen, und uns reicht es auch.«

»Born, wie kann man erkennen, ob ein Pelziger männlich oder weiblich ist?«

»Wer weiß das schon, wen interessiert das?« Die Hartnäckigkeit dieser Frau begann ihm auf die Nerven zu gehen.

»Hat man je gesehen, wie Pelziger sich paaren?«

»Ich nicht. Was andere gesehen haben, kann ich nicht sagen. Ich habe aber nie gehört, daß darüber gesprochen wurde, noch möchte ich darüber sprechen. Irgendwie ziemt sich das nicht.«

Plötzlich war der Gedanke wieder verschwunden. Das war etwas, dem sie sich später noch einmal widmen mußte. Ihre Aufmerksamkeit war jetzt wieder nach unten gerichtet. »Was tun sie, was tun sie jetzt?« Blätter, Humus, tote Zweige wurden auf die Leichen getürmt und füllten die Astspalte.

»Der Bewahrer muß natürlich vor Raubtieren geschützt werden.«

»Natürlich«, nickte Cohoma. »Die Öle und der Mulch

beschleunigen die biologische Auflösung und verdekken den Geruch.«

Sie sahen sich die Begräbniszeremonie an, während die Versammelten einen seltsamen Gesang anstimmten, der eigentlich gar nicht wie ein Trauerlied klang. Leser machte einige würdevoll wirkende Handbewegungen über die bis zum Rande gefüllte Spalte, verbeugte sich einmal, wandte sich dann ab und ging auf den eigentlichen Stamm zu, strebte zum nächsten, etwas höheren Ast. Der Rest des Stammes folgte ihm. In dieser Nacht würde es noch eine ganze Menge solcher Beerdigungen geben.

Die darauffolgenden Beerdigungen verliefen ähnlich, und Cohoma und Logan nutzten die Gelegenheit, um die scheinbar primitiven Fackeln näher zu mustern, die trotz des unablässigen Regens gleichmäßig weiterbrannten.

Man pflegte Fackeln aus dem langsam brennenden Totholz zu schneiden und sie dann mit dem allgegenwärtigen brennbaren Pollenstaub zu imprägnieren. Dann bohrte man die kugelförmigen Blätter einer ganz bestimmten Pflanze an und schabte das Fruchtfleisch mit einem Messer heraus. Auf die Weise blieb eine ziemlich steife Kugel von etwa dreißig Zentimetern Durchmesser übrig. Darauf schob man diese Kugel über den Oberteil der Fackel und bohrte seitlich ein kleines Loch hinein. Wenn man nun mit dem Finger durch dieses Loch fuhr, entzündete sich das Pulver und anschließend das Holz und lieferte gleichzeitig einen Abzug für Rauch und Ruß, obwohl das Holz fast rauchlos brannte. Das zähe Blatt erwies sich ebenfalls als höchst widerstandsfähig gegenüber Hitze und Flammen.

Die Prozession wand sich wie eine singende, glühende, mit gelbgrünen flackernden Punkten betupfte Schlange durch die feuchte Finsternis. Alles, was gehen konnte, vom kleinsten Kind bis zu einigen, die älter waren als Sand, schlossen sich der Prozession an. Niemand beklagte sich, niemand erhob Einwände, wenn die Gruppe nach oben klettern mußte, und keiner verlangte danach, auszuruhen oder umzukehren.

Jetzt kam etwas aus dem Wald, das die normale nächtliche Geräuschkulisse und das Schlaflied des fallenden Regens übertönte. Born kam zu ihnen zurück. »Bleibt hier bei den anderen. Was auch immer geschieht, verlaßt das Licht nicht.«

»Warum nicht, was ist ...?« begann Logan, aber Born war bereits wieder verschwunden. Die See aus Chlorophyll verschluckte ihn und seinen sechsbeinigen Begleiter.

Sie warteten bei den anderen im Regen. Dann war über ihnen zu ihrer Rechten ein mächtiges Krachen und Stöhnen zu hören; dann, wie ein Echo, der Klang vieler Stimmen. Das Stöhnen wurde schrill, ging in ein Kreischen, dann in kehliges Gelächter über. So stieg es an, senkte sich wieder, bis es in einem gurgelnden, erstickten Laut endete. Zu ihrer Rechten fiel etwas Schweres nach unten, man hörte das Knacken von Ästen und das Geräusch abreißender Lianen. Das Licht ihrer Fackeln vermochte den Dschungel nur auf wenige Meter zu erhellen.

Obwohl sie nur einen ganz kurzen Blick auf das hatten werfen können, was in der Dunkelheit auf sie gestoßen war, hatte keiner der beiden Forscher das geringste Bedürfnis, sich das Monstrum aus der Nähe anzusehen.

Das Krachen verstummte, als das gigantische Etwas in den schwarzen Tiefen verschwand – wie ein Stein, den man in einen leeren Brunnenschacht wirft. Aber am Ende war kein Krachen zu hören. Das Brechen und Reißen verblaßte nur zu einem Flüstern, dann der Erinnerung an ein Flüstern, und schließlich übertönte es der Regen. Born trat neben sie, als die Gruppe sich wieder in Bewegung setzte.

»Was war das?« fragte Cohoma leise. »Wir haben es nur ganz undeutlich gesehen, als es an uns vorbeistürzte.« Zu seinem Schrecken stellte er fest, daß seine Hände zitterten. »Das ist wieder eine Spezies, die uns neu ist.« Die Feststellung, daß nicht all die Feuchtigkeit auf Logans Stirn vom Himmel gefallen war, tat ihm gut.

»Einer der großen Nachtfresser«, teilte Born ihm mit, und sein Blick schweifte über die kohlschwarzen Wände, die sie umschlossen. »Ein Wagetaucher. Die wagen sich nicht an das Heim heran, wegen der Pollensäcke, aber wenn einem solchen Tier ein oder zwei Männer im Wald begegnen, dann kehren sie nicht zurück. Er war dabei, unseren Weg zu kreuzen, und hatte Hunger. Sonst hätte er nie angegriffen. Sie sind sehr kräftig, aber langsam – einer Gruppe Jägern mit Pelzigern in keiner Weise gewachsen.« Letzteres murmelte er mit Befriedigung.

»Hätten wir nicht warten können, bis es vorbei war?« erkundigte sich Logan.

Born schien schockiert. »Das ist ein Begräbnismarsch. Nichts darf einen Begräbnismarsch aufhalten.«

»Nicht einmal ein Akadinest?« murmelte Cohoma.

Born sah ihn scharf an und seine Augen blitzten im Licht der Fackeln. »Warum sagst du das?«

»Ich versuche mir ein Bild von euren Maßstäben zu machen«, erklärte der Kundschafter, wohl wissend, daß Born ihn nicht verstehen würde, weshalb er ihm erklärte, daß es Dinge gab, die selbst ein großer Jäger nicht begreifen konnte.

Logan ärgerte sich insgeheim über den Mangel an Takt, den ihr Partner an den Tag legte, und fragte schnell: »Ich habe mir jetzt schon ein paarmal überlegt, wie all diese Geschöpfe zu ihren Namen kamen. Haben deine Ahnen sie alle klassifiziert?«

Born lächelte. Jetzt bewegte er sich wieder auf vertrautem Boden. »Wenn man jung ist, fragt man. Die Erwachsenen zeigen dann auf etwas und sagen, das ist ein Wagetaucher, das ist ein Okayfer und das ist die Frucht der Malpeseblume, die man nicht essen kann.«

»Nach den Berichten der ersten hier gestrandeten Kolonisten«, murmelte Cohoma zu Logan gewandt, »die überhaupt nicht in der Lage waren, die üblichen wissenschaftlichen Klassifikationen vorzunehmen. Also blieben Namen hängen, die eher aus der Umgangssprache als aus den biologischen Lehrbüchern stammten.«

Born hörte das ganz deutlich; er hörte alles, wenn die Riesen ihre seltsam geheimnisvolle, leise Sprache gebrauchten. Aber wie gewöhnlich ließ er sich nicht anmerken, daß er es gehört hatte. Das wäre unhöflich gewesen. Obwohl er sich häufig wünschte, mehr von dem, was er hörte, zu *verstehen*. Die Prozession zog weiter. Einmal ertönte über ihnen eine Folge quietschender Laute und Schreie. Ein anderesmal näherte sich von unten ein Dröhnen das von einem überlasteten Navigationscomputer hätte stammen können. Jedesmal wurden Jäger ausgeschickt, um die Herkunft dieser drohenden Geräusche zu erforschen, aber sie fanden nichts. Es kam zu keinen weiteren Angriffen in dieser Nacht.

Endlich waren die letzten Stammesangehörigen, die von den Akadi getötet worden waren, der Welt zurückgegeben. Die letzten Worte wurden gesungen, das vorletzte Lied.

Sie kehrten zum Heim zurück. Mit welcher Methode oder nach welchen Zeichen Borns Leute ihren Weg durch den Wald fanden, konnten weder Logan noch Cohoma erkennen. Jedenfalls waren sie in hohem Maße erleichtert, als die ersten blühenden Lianen mit ihrer Vielzahl rosafarbener Blüten und lederner Sporensäcke vor ihnen auftauchten.

Erst später, als die ganze Gruppe sich wieder in der vertrauten Umgebung des Heimbaums befand und die letzten Fackeln gelöscht und die letzten Blattledervorhänge geschlossen waren, war da und dort ein halbersticktes Schluchzen, ein Weinen zu hören, das alle während des Langeher unterdrückt hatten. Die Dunkelheit legte sich über das Dorf, eine feuchte schwarze Decke, und schenkte ihnen barmherzigen Schlaf.

So gab es niemanden, der die Bewegung am Rande der Bäume sah, niemanden, der sah, wie die langen Silhouetten sich aus ihrem scheinbaren Schlaf erhoben und sich ganz oben in den Ästen versammelten.

Ein gutmütiger Schubs weckte ein schlafendes Junges. Drei Pupillen glänzten in der fast völligen Finsternis. Ruumahum stand vor Suv. Als Muf gestorben war, hatte man ihm dieses neue Junge zugewiesen. Es gab keine anhaltende Trauer über den Tod des anderen. Er war bei seiner Person, und das war das Gesetz.

»Alter, was habe ich denn getan?« klagte Suv.

»Nichts. Und das ist das, was du auch weiterhin tun wirst«, schnaubte Ruumahum und setzte sich in Richtung auf den Versammlungsplatz in Bewegung. Das Junge schickte sich an, ihm zu folgen, stolperte über seine Mittelbeine, brachte dann alle sechs Gliedmaßen auf Vordermann und schlurfte hinter ihm her.

»Was ist denn?«

»Das wirst du sehen. Sei ganz still und lerne.«

Suv entdeckte einen ungewöhnlichen feierlichen Klang in der Stimme seines neuen Alten und entschied, daß dies jetzt wahrhaft die Zeit für ein Junges war, die Zunge dicht am Gaumen zu halten, bis man ihm etwas anderes auftrug. Er hatte sich bereits an seinen neuen Alten gewöhnt, wenn er auch, weil er das Gesetz noch nicht so gut kannte, immer noch Schmerz um Toozibel empfand, der in der großen Schlacht gestorben war.

Als Ruumahum und Suv eintrafen, waren bereits alle versammelt. In Zweierreihen verließen sie das Heim und zogen so lautlos durch die Waldwelt, wie man es bei ihrer Schwerfälligkeit nicht hätte glauben wollen. Aufmerksame nächtliche Fleischfresser auf der Jagd entdeckten die Massenbewegung und kamen näher, bis sie sahen oder witterten, was hier so zielstrebig durch die Baumwege zog. Dann erstarrten sie in Regungslosigkeit oder schlugen sich in die Büsche und versuchten, mit dem Wald eins zu werden, bis die Pelzigerkarawane vorübergezogen war.

Andere Fleischfresser in ihren Nestern erwachten von dem Geräusch vieler Füße, die an ihnen vorüberzogen und schickten sich an, ihre Territorien und Nester gegen alles zu verteidigen, was sich hier zu nähern wagte. Aber dann fuhr eine nächtliche Brise durch die Blätter und Blüten und trug ihnen die Witterung der Pelziger zu. Und gleichgültig, wie groß oder wie zahlreich, gleichgültig wie gefährlich sie auch waren – wer immer auch ihre Witterung aufnahm, gab sein Territorium, sein Nest auf und verzog sich an einen anderen Ort. Gelegentlich schwebte eine lebende Wolke funkelnder Glasblitzer zwischen den Ästen und Kabbls und zog eine Weile neugierig über der Pelzigerprozession dahin.

Die Pelziger blickten weder nach rechts noch nach links, noch nach oben zu den tanzenden Mücken, die ihre farbenfrohen Tänze vollführten. Hin und wieder tauchte ein Blitz weiter herunter, und seine strahlend bunten Schwingen blitzten wie Juwelen in der Nacht. Dann tanzten ihre Farben in den dreifachen Katzenaugen.

Schließlich erreichten sie einen ganz bestimmten Baum von geradezu monarchischer Größe, einen wahrhaften Goliath in seiner Umgebung. Aber nicht seine Größe war es, die ihn für die Pelziger wichtig machte, die sich jetzt dem Alter nach gruppiert um ihn sammelten.

Leehadoon, der Pelziger des Menschen Sand, baute sich inmitten des Halbkreises auf, hielt inne und blickte den versammelten Brüdern einem nach dem anderen ins Auge. Dann legte er den Kopf in den Nacken. Aus seinem mit messerscharfen Schneidezähnen und kräftigen Hauern bewehrten Maul drang ein fremdartiger Laut, der zum Teil Schrei, zum Teil Klagelaut war, zum Teil auch etwas, das man nicht nach menschlichen Kategorien beschreiben kann. Dann schloß der Rest der Gruppe sich an, ohne daß es dazu einer Anweisung bedurft hätte – genauso, wie Suv und die anderen Jungen teilnehmen konnten, ohne das Warum oder Weshalb zu kennen oder die Bedeutung dessen, was sie jetzt in die Nacht hinausheulten.

Die meisten Tiere in Hörweite dieses nervenzermürbenden Heulens flohen, andere wieder krochen näher, soweit ihre Neugierde stärker war als ihre Angst, und starrten auf das Ritual, das gleichzeitig uralt und doch neu war. Es war diesmal anders, viel komplizierter, als Ruumahum oder Leehadoon sich je erinnern konnten. Nächstesmal würde es wieder anders sein und das nächste Mal wieder. Der Chor würde immer weiter anwachsen und irgendeinem unerklärlichen, unvorstellbaren Ende entgegenwachsen.

Es dauerte zwei Tage, bis genügend Vorräte für den zweiten Versuch bereitgestellt waren, die Station der Riesen zu erreichen. Zwei Tage, um sich auf den Tod vorzubereiten, einen Tod, den die Akadi nicht geschafft hatten. Das wenigstens glaubten die meisten von Borns Stammesgenossen.

Dreimal in einer Zeitspanne, die nicht länger war als der Traum eines Kindes, hatte er sich jetzt bewährt. Doch dies änderte nichts am Glauben seiner Stammesgenossen, daß er verrückt war. Ebenso wie Losting glaubten sie, daß es eine ganz besondere Art der Tapferkeit gibt, die Teil des Wahnsinns ist. Deshalb erwiesen sie Born jetzt Respekt – aber sie bewunderten ihn nicht. Es bringt nichts ein, den Wahnsinn zu bewundern.

Born spürte ihre Gleichgültigkeit, er konnte nur das Gefühl nicht analysieren, das sie in ihm auslöste, da natürlich keiner ihm gegenüber zugeben wollte, daß er ihn für wahnsinnig hielt. Das machte ihn nur noch wütender – wahnsinniger, wie seine Stammesgenossen sagten, und er schärfte Axt und Messer, bis es den Anschein hatte, als bliebe nichts von beiden übrig, und gab sich insgeheim seiner Wut und seinem Ärger hin.

Er war von dem Kampf mit dem Graser nach Hause zurückgekehrt, er war von dem Dämon des Himmelsbootes der Riesen zurückgekehrt, er war von den Akadi zurückgekehrt, und jetzt würde er von der Station der Riesen zurückkehren und all die Wunder zurückbringen, die sie ihm versprachen! Vielleicht, vielleicht würde dann endlich Geh Hell Mut, Intelligenz und Courage sehen, wo jetzt alle anderen nur Wahnsinn sahen; würde sehen, daß sie viel mehr wert waren als bloße Kraft und Stärke.

Von all den Jägern konnte immer noch nur Losting aus seinen ureigensten Gründen ihn begleiten. Hatte Born nicht den anderen das Leben gerettet? Doch, das hatte er, das gaben sie zu, aber dies war ein Grund mehr, eben dieses Leben nicht gleichgültig wegzuwerfen. Ausgerechnet Losting also würde ihn begleiten. Losting, auf dessen Anblick Born in all den Wochen und Monaten der Reise gerne verzichtet hätte. Insgeheim war er natürlich über die Hilfe, die der große Jäger ihm leisten konnte, froh, aber in der Öffentlichkeit verspottete er ihn. »Du glaubst, ich gehe in den Tod. Weshalb kommst du dann mit?« spottete er, obwohl er den Grund wohl kannte.

»Manche sagen, der Wald schütze die Verrückten. Wenn dem so ist, wird er sicher dich schützen. Und ich bin ebenso verrückt wie du, denn – ist Liebe denn nicht auch eine Art von Wahnsinn?«

»Wenn dem so ist, sind wir ohne Zweifel beide verrückt«, pflichtete Born ihm bei und hüllte sich in seinen Umhang. »Dann haben die anderen die ganze Zeit recht gehabt, und ich bin der Verrückteste von allen.«

»Vergiß nicht, Born, du kannst mich nicht davon überzeugen, hierzubleiben. Ich werde dich entweder sterben sehen oder mit dir zurückkehren.« Er wandte sich den beiden wartenden Riesen zu, die gerade mit dem Häuptling sprachen.

Beide hatten sich bereit erklärt, wasserabstoßende Umhänge anzunehmen, wenn sie auch unvernünftigerweise darauf bestanden, darunter ihre eigenen zerfetzten Kleider zu tragen. Als Born darauf beharrte, daß es unsinnig sei, diese Fetzen zu behalten, kamen sie wieder mit ihrem alten Einwand, sie hätten Angst, sich zu erkälten. Das brachte Born zum Verstummen, denn wer konnte schon sagen, unter welch seltsamen Gebrechen die Riesen litten?

»Sie haben in den Tagen, die sie unter uns lebten, viel gelernt«, meinte er, »obwohl sie beide immer noch unbeholfen wie Kinder sind. Aber jetzt fragen sie wenigstens, ehe sie etwas berühren. Sehen sich um, ehe sie einen Schritt machen.«

»Was hältst du von ihnen, Born?« fragte Losting.

»Wir müssen sie die ganze Zeit im Auge behalten, damit sie sich nicht selbst umbringen, ehe wir ihre Station erreichen.«

»Das meine ich nicht«, berichtigte ihn Losting. »Ich meine, magst du sie als Menschen?«

Born zuckte die Achseln. »Sie sind ganz anders als wir. Wenn alles stimmt, was sie behaupten, können sie uns viel Gutes tun. Wenn nicht ...« – er machte ein gleichgültiges Gesicht –, »dann ist das immerhin etwas, wovon wir noch unseren Enkeln erzählen könnten.«

Und das ließ vor ihrer beider Augen das Bild einer ganz bestimmten jungen Frau auftauchen, womit das Gespräch in beiderseitigem Einvernehmen beendet war. Es hatte keinen Sinn, eine Reise anzutreten, die länger war als jede Reise, die je einer auf dieser Welt unternommen hatte, und dabei miteinander zu streiten. Es würde noch Kampf und Streit genug geben, ehe sie ihr Ziel erreicht hatten. Dessen waren sie beide sicher.

Eine große Zahl der Dorfbewohner war gekommen, um sich von ihnen zu verabschieden, ihnen gute Wünsche zuzurufen, ihnen zu essen mitzugeben, wenn auch keiner von ihnen Born in die Augen sehen konnte. Sie alle gingen schon seit Tagen wieder ihrer Beschäftigung nach, Nahrung zu sammeln und für das Heim zu sorgen.

Also nahmen sie Abschied vom Heim, und nur der Häuptling und ein einsames Kind winkten ihnen nach. Und neben dem Kind tanzte ein dicker pelzbewachsener Ball auf und ab, Suv. Als Born ihn sah, mußte er an ein anderes Kind, ein anderes Junges denken, das inzwischen zur Welt zurückgekehrt war.

Er wandte den Blick nach draußen.

Das Flugboot war mit einem guten Mark-V-Entfernungstaster, einem neuen Trackersystem, einer Tridi-Anlage und einem Autopiloten ausgestattet gewesen. Jetzt waren all diese Geräte nicht mehr als Schrott, von der Gewalt der Schwerkraft und dem Himmelsdämon zerbrochen und in Stücke gerissen.

Logan holte die kleine schwarze Scheibe mit der durchsichtigen Glasplatte heraus und dankte im stillen demjenigen unter den Ausstattern des Schiffes, der es für richtig gehalten hatte, den winzigen Kompaß in die Notration ihres kleinen Bootes zu packen. Sie hoffte, daß dieser Planet keine magnetischen Unregelmäßigkeiten aufwies. Zumindest hatte man ihnen von dergleichen nichts gesagt. Aber dann wurde natürlich auch behauptet, daß Skimmer praktisch narrensicher waren.

Borns Gedanken hatten sich in ähnlichen Bahnen bewegt. In dieser Hinsicht kam diese Reise dem Selbstmord gleich, denn schließlich waren sie hinsichtlich ihres Ziels einzig und allein auf das Wort der Riesen angewiesen. Die Möglichkeit, daß sie von der Lage ihrer Station keine Ahnung hatten, hatte er einfach aus seinen Gedanken verdrängt. Außerdem, so argumentierte er mit sich selbst, wenn sie nicht wenigstens annähernd ihr Ziel kannten, hätten sie doch sicherlich nicht die Sicherheit und die Bequemlichkeit des Heims aufs Spiel gesetzt, auf die bloße Vermutung hin, daß sie die Station bei einer willkürlichen Suche finden würden. Was Losting und ihn nach ihrer Ankunft bei der geheimnisvollen Station erwartete, wußte er nicht. Aber dieses Problem war im Augenblick noch weit von ihm entfernt und bereitete ihm daher auch kein Kopfzerbrechen.

Viele Tage waren verstrichen, seit sie das Heim verlassen hatten. Obwohl es jetzt schon viele Ruheperioden hinter ihnen lag, wurde Born weder von Heimweh noch von Sorge um das, was vor ihnen lag, geplagt. Er empfand eher eine seltsame Mischung aus Langeweile und Spannung – Langeweile, die aus der alle Tage wiederkehrenden Feststellung erwuchs, daß jeder neue Abschnitt der Welt mit alldem identisch war, was das Heim umgab, und Spannung, weil er das Gefühl einfach nicht abschütteln konnte, daß dies morgen ganz anders sein würde.

Nach dem ersten Siebentag blieben die beiden Reisenden soviel wie möglich beisammen, sah man von einer gelegentlichen Frage ab, wenn sie eine Pflanze oder einen Waldbewohner entdeckten, der ihnen unbekannt war. Also blieb Born kein anderer Gesprächspartner als Losting. Und so überraschte es eigentlich niemanden, daß die Expedition nicht gerade unter Überfluß an munteren Reden litt.

Die beiden Jäger fuhren fort, einander mit einer Mischung aus Rivalität und Respekt zu begegnen. Die beiden Empfindungen hoben einander auf, und so war es möglich, daß die Reise in emotioneller Hinsicht ausgeglichen verlief. Beide Männer wußten, daß dies weder der Ort noch die Zeit für eine gewaltsame Austragung ihrer Meinungsverschiedenheiten war. Das würde bis zu ihrer ruhmreichen Rückkehr warten müssen.

Wie Born vorhergesagt hatte, begann das speziell für Dschungelzwecke entwickelte Material, aus dem die Kleidung der Riesen hergestellt war, unter dem ständigen Angriff eines Waldes, der das Etikett des Herstellers mißachtete, zu verrotten. Cohoma und Logan waren jeden Tag dankbarer für die grünen Umhänge, die man ihnen gegeben hatte. Ein guter Umhang bot seinem Besitzer Tarnung vor Feinden und Schutz vor dem nächtlichen Regen, diente als Schlafdecke und konnte noch für ein Dutzend anderer guter Zwecke eingesetzt werden.

Je mehr Tage ohne Zwischenfall kamen und gingen, desto selbstsicherer und mit ihrer Umgebung vertrauter wurden die Riesen. Wenn man freilich ihre unglaubliche Ungeschicklichkeit beim Begehen der Baumwege bedachte, hatte, so fand Born jedenfalls, das kleine Grüppchen bis jetzt außergewöhnliches Glück gehabt. Das einzige ernsthafte Problem, mit dem sie sich bisher hatten auseinandersetzen müssen, hätte man schließlich kaum vorhersehen können. Beinahe freilich hätte es Logan das Leben gekostet.

»Da soll mich doch der Teufel holen«, hatte sie zu ihrem Begleiter gesagt und nach rechts oben gezeigt. »Ist das dort oben jetzt ein Stück freier Himmel, oder leide ich unter Halluzinationen?« Born und Losting gingen ein Stück vor ihnen, und keiner der beiden Jäger achtete sonderlich auf die Konversation der Riesen.

Cohoma blickte in die Richtung, die sie ihm gewiesen hatte. Er sah etwas, das tatsächlich wie ein ovales Stück blauer Himmel aussah, durch welches flauschige weiße Wolken zogen. »Da müßten wir schon beide Sinnestäuschungen haben. Das muß wieder so ein Loch im Wald sein wie das, das unser Boot beim Absturz gerissen hat.« Sie bewegten sich darauf zu.

In dem Augenblick wandte Losting den Kopf, um sich zu vergewissern, daß ihre Schützlinge hinter ihnen waren. »Halt – in die Richtung!« Born ging ein paar Schritte vor Losting. Als er ihn rufen hörte, wandte er sich ebenfalls um und erkannte sofort die Ursache seiner Besorgnis.

»Schon gut«, meinte Logan zuversichtlich. »Ich weiß

über die Himmelsteufel Bescheid.« Sie schüttelte den Kopf und lächelte. »Wir sind zu tief unten im Wald, und dieses Loch ist zu eng, als daß auch nur der kleinste Flieger hinein könnte. Wir sind nicht in Gefahr.« Sie tat auf dem breiten Kabbl ein paar weitere Schritte auf die Ellipse aus klarem Blau zu.

Wieder rief Losting und versuchte zu erklären, während die beiden Riesen weitergingen. Da Born wußte, wie sinnlos es war, mit Cohoma und Logan zu argumentieren, rannte er bereits auf sie zu. Während er von Ast zu Ast sprang, wobei ihm der Bläser auf dem Rükken herumhüpfte, versuchte er seine Axt aus der Gürtelschlaufe zu ziehen. Jetzt waren die beiden blinden Riesen beinahe an der Ellipse. Er konnte bereits sehen, wie sich der blaue Rand etwas kräuselte. Für die Axt würde es jetzt zu spät sein.

Zum Glück hatten auch andere die Gefahr entdeckt. Ruumahum und Geeliwan waren bereits zur Stelle. Ihre mächtigen Kiefer schlossen sich vorsichtig, wenn auch bestimmt, um das zähe Material ihrer Umhänge. Und dann zogen die beiden Pelziger gleichzeitig an und demonstrierten damit etwas abrupt eine weitere Funktion des Mehrzweckcapes. Logan stieß einen unartikulierten Schrei aus, während Cohomas Ausruf etwas bestimmter ausfiel. Born hatte für alle Fälle seine Axt bereit, als die beiden Riesen aus dem blauen Flecken gezogen wurden. Das Flattern am Rand der ausgedehnten blauen Fläche wiederholte sich im unsicheren Schlag seines Herzens. Und dann beruhigten sich beide. Dem Heim sei Dank! Gegen einen Wolker hätte eine Axt nicht viel ausrichten können, und ob er sich auf Lostings Geschicklichkeit im Umgang mit dem Bläser hätte verlassen können, wußte er nicht. Jedenfalls hätte der Wolker ganz sicher Logan, die vor Cohoma ging, wenn nicht sogar beide Riesen getötet, ehe das Jacarigift gewirkt hätte.

Losting hatte ihn inzwischen eingeholt. Der große Jäger hielt ebenfalls die Axt in der Hand. Gemeinsam untersuchten sie das ovale Stück Himmel und Wolken und ignorierten die beiden Riesen, die sich jetzt ärgerlich hochrappelten. Ruumahum und Geeliwan hatten ihre Umhänge losgelassen, blieben aber wachsam in der Nähe. Born nickte Ruumahum kurz zu. Der alte Pelziger schnaubte nur und verschwand mit Geeliwan im Busch.

Der Jäger musterte Logan, während diese sich abmühte, ihren ineinander verhedderten Umhang zwischen den Beinen hervorzuziehen. Ihr Gesicht war gerötet.

»Warum sollten wir denn nicht einen Blick auf den Himmel werfen, Born? Hast du immer noch Angst vor Himmelsdämonen? Dir bedeutet das vielleicht nicht so viel, aber wir haben jetzt seit zwei Wochen nur Grün über dem Kopf gehabt. Bloß ein einziger Blick auf einen normalen Himmel – selbst, wenn er einen leichten Grünstich hat – das ist für uns wichtig. So durchzudrehen, bloß ...«

»Wenn wir hoch genug dazu wären, würde ich es ja gerne riskieren, euch einen Blick in eure Obere Hölle tun zu lassen«, erwiderte Born ruhig.

»Nun, da das aber nicht der Fall ist, würde ja das schon genügen.«

Born schüttelte den Kopf. Man mußte sich dazu zwingen, mit diesen Riesen geduldig zu sein, erinnerte er sich. Sie konnten nicht emfatieren. »Ihr seht keinen Himmel und auch keine Wolken. Was ihr da seht, ist ein Wolker, der sich gerade anschickte, euch zu verspeisen.«

Wenn die Situation nicht so ernst gewesen wäre, hätte Born Logans Gesichtsausdruck vielleicht spaßig gefunden. Sie blickte verwirrt auf das Stück »Himmel« und musterte die Wolken, die sich darin bewegten. Dann sah sie Cohoma an, der bloß die Achseln zuckte und ihren Blick ausdruckslos erwiderte. »Born, ich verstehe nicht. Gibt es Tiere, die am Rande solcher Öffnungen lauern, bis jemand ins Freie hinaustritt? Ich sehe nichts.«

»Hier ist kein freier Raum«, erklärte Born geduldig. »Paßt auf.«

Sie zogen sich hinter einen Baumstamm zurück und warteten. Zehn, zwanzig Minuten des Schweigens verstrichen, und die beien Riesen begannen nervös und unruhig zu werden. Da wanderte ein kleiner Brya – ein vierbeiniger Pflanzenfresser etwa von der Größe eines Schweines – auf das Stück »blauen Himmel« zu, während er in dem dichten Buschwerk nach eßbaren Wurzeln wühlte.

Wieder entdeckte Born das Flattern am Rand des Stückchens Himmel, wies aber Cohoma und Logan nicht darauf hin. Das brauchte er nicht – sie sahen es selbst.

Der Brya wanderte unter das Stück Himmel, und als er sich genau in der Mitte befand, stürzte der Himmel ein, mit Wolken und allem. Der zitternde Wolker glich einer dicken Matratze, die am Rand mit Hunderten feiner Fäden bewachsen war. Sie hüllten den Brya, der einen letzten quietschenden Laut ausstieß, buchstäblich ein. Der Wolker krampfte sich ein paar Minuten lang konvulsivisch zusammen und entspannte sich dann.

Fünf Minuten später breitete sich der Rand aus Tentakeln und Fäden wieder aus. Der Wolker kletterte wieder zu seinem Nest empor und streifte dabei die ihn umgebende Vegetation ab, damit genügend freier Raum unter ihm blieb. Dann bezog er wieder vier Meter über dem nächsten Kabbl seinen Posten. Oben war er grün gefleckt; seine Unterseite sah aus wie ein Stück Himmel mit ziehenden Wolken. Logan mußte zweimal hinsehen, um sich davon zu überzeugen, daß es sich wirklich bewegt hatte. Ein paar Knochen, die selbst für die höchst wirksamen Verdauungssäfte des Wolkers zu zäh waren, fielen herunter.

»Tarnung lasse ich mir eingehen, Mimikry auch«, flüsterte Logan. »Aber ein Fleischfresser, der den Himmel imitiert ...«

Cohoma war ähnlich beeindruckt, insbesondere bei der Vorstellung, daß er die Stelle des Brya hätte einnehmen können, hätten die Pelziger sich nicht eingeschaltet.

Born seufzte und wandte sich zum Weitergehen. »Ich weiß nicht, was das bedeutet, aber Himmel ist Himmel, und ein Wolker ist ein Wolker. Ihr spürt es nicht. Ihr seid – blind«, sagte er kopfschüttelnd und trat auf den Kabbl. Logan und Cohoma, gebührend zerknirscht, folgten ihm und blickten etwas unsicher nach rechts, als sie den unschuldig wirkenden Kreis aus Blau und Weiß passierten.

»Da bildet man sich ein, man hätte dieses Ökosystem begriffen«, murmelte Cohoma, »Räuber und Opfer identifiziert und katalogisiert, und da reißt einem so etwas fast den Kopf ab. Fleischfresser, die den Himmel imitieren!«

Drei Tage später begegneten sie dem Palinglas und entrannen erneut um Haaresbreite dem Tode.

Wochen waren vergangen. Sie schlugen in der Höhlung eines Säulenzweiges ein besonders bequemes Lager auf. Die Höhle im Holz war mehr als groß genug, um ihnen allen sechs bequeme Unterkunft zu bieten – sofern sie leer war.

Born und Losting winkten, als sie die Öffnung erblickten, den beiden Riesen zu, etwas hinten zu bleiben. Dann näherten sie sich vorsichtig der mächtigen Narbe im Holz, die geladenen Bläser schußbereit. Es war unwahrscheinlich, daß eine solch schöne solide Behausung, die noch dazu so geräumig war, keinen Bewohner beherbergen sollte.

Aber so war es tatsächlich. Weder Ruumahum noch Geeliwan hatten irgendeine Witterung aufgenommen.

Als die Jäger die Höhle betraten, fanden sie nur etwas vertrockneten Kot und mehr Totholz, als sie für hundert Feuer brauchen würden.

In jener Nacht beleuchtete luxuriöses Feuer das Innere des Zweiges, spiegelte sich in schwarzen Knoten und verzerrten Stalaktiten aus zersprungenem Holz oder Rinde. Born studierte die Riesen. Von dem Feuer und ihrem ausgezeichneten Quartier milde gestimmt, war ihm mehr nach reden zumute als seit vielen Tagen.

»Langsam beginne ich zu glauben, daß ihr wirklich von einer anderen Welt kommt, Kimilogan.« Cohomas Gesichtsausdruck blieb unverändert, aber Logan schien erfreut, als er sich an sie wandte.

»Das ist ein großer Schritt, den du da tust, und ein sehr wichtiger obendrein. Aber es überrascht mich nicht, daß du ihn getan hast. Du bist offensichtlich der einsichtigste deines Volkes und von allen für Veränderungen und neuen Ideen am aufgeschlossensten. Es wird sehr wichtig sein.« Sie stocherte mit einem Ast in den Kohlen herum und lauschte dem ständigen Tröpfeln des Nachtwassers draußen. »Weißt du, Born, wenn du und dein Volk und die anderen Stämme hier sich wieder der Familie der Menschheit anschließen, werden sie jemanden brauchen, der für sie mit unserer Gesellschaft spricht.« Sie blickte ihn an, musterte ihn unverhohlen. »Ich könnte mir keinen besseren Kandidaten als dich vorstellen. Wenn man bedenkt, was du schon alles für die Gesellschaft getan hast, indem du Jan und mich gerettet hast, kann ich mir eigentlich gar nicht vorstellen, daß jemand anderer als du auserwählt wird. Und eine solche Position wäre sehr vorteilhaft für dich.«

Losting hörte zu und blieb stumm. Sein Respekt für Borns Intelligenz war ebenso groß wie seine Abneigung gegenüber seiner Person. Er lehnte sich an Geeliwan und hörte zu, was Born den Riesen zu sagen hatte.

»Die Welt, von der ihr uns erzählt, scheint mir nicht sehr einladend zu sein«, erwiderte Born und hob die

Hand, als Cohoma sich anschickte, einen Einwand vorzubringen, »aber das ist natürlich eine Frage der persönlichen Wahl. Es ist offensichtlich, daß ihr unserer Welt ähnliche Gefühle entgegenbringt. Das hat nichts zu besagen.« Er hielt nachdenklich inne und beugte sich dann vor, um seine Worte zu unterstreichen. »Was ich wissen möchte, ist folgendes: Wenn ihr mit eurer eigenen Welt so zufrieden seid und mit den anderen, die es, wie ihr behauptet, gibt, weshalb kommt ihr dann unter so großen Mühen und Strapazen auf unsere Welt?« Plötzlich wirkte das Gesicht des Jägers, das im Halbschatten der Flammen lag, lauernd und hellwach.

Cohoma und Logan tauschten Blicke. »Dafür gibt es zwei Gründe, Born«, erwiderte sie nach einer Pause. »Der eine ist, daß wir lernen, daß wir verstehen wollen – der andere ... nun, ich glaube, du wirst ihn begreifen. Ich weiß nicht, ob Häuptling Sand oder Leser, der Schamane, ihn begreifen würde.« Sie spielte mit einem Zweig und schnippte eine glühende Kohle zu dem vom Regen durchnäßten Rand der Höhle. Es zischte, als die Tropfen darauf fielen. »Es hat mit dem Erwerb von etwas zu tun, das man Geld nennt, und das wieder hängt mit dem Handel zusammen. In der Station wird dir das alles erklärt werden. Sobald du deine Stellung im Hinblick auf diese Sache zu verstehen gelernt hast, wirst du auch einsehen, warum ich im Augenblick zögere, auf Einzelheiten einzugehen. Ich will nur sagen, daß du – und dein Volk – daraus beträchtlichen Nutzen ziehen werdet. Ebenso wie Jan und ich und unsere Freunde.

Das andere ist bei manchen Menschen weniger, bei anderen mehr ausgeprägt – Neugierde. Das, was dich dazu getrieben hat, zu unserem Skimmer hinunterzusteigen, um zu sehen, was das war. Jener Teil deines Wesens, der dich gegen deine Einsicht und gegen den Rat deiner Freunde dazu treibt, den Versuch zu machen, uns sicher zu unserer Station zurückzuführen. Und dieses Etwas ist es auch, das die Menschheit und die Thranx von Stern zu Stern getrieben hat – Neugierde und dieses andere.«

»Was sind Thranx?« wollte Born wissen.

»Das sind Leute, die dir, glaube ich, gefallen würden, Born.« Sie starrte in die Dunkelheit hinaus. »Und denen diese Welt sehr gefallen würde, mehr noch als meinen Leuten.«

»Gibt es solche Thranx in eurer Station?« fragte Losting plötzlich.

»Nein. Unserer ...« – sie zögerte – »unserer Gesellschaft oder Gruppe, Organisation, Stamm, wenn du willst, gehören keine an.« Sie lächelte. »Wenn wir die Station erreichen, wird alles viel verständlicher werden.«

»Ganz bestimmt«, meinte Born und starrte in die tanzenden Flammen.

Später, als er sich in seinen Umhang hüllte und sich eng an den schnarchenden Ruumahum schmiegte, fragte er sich, ob wirklich alles verständlicher werden würde. Und dann fragte er sich, ob er das überhaupt wünschte.

10

Niemand weiß, wie leise sich ein großes Tier bewegen kann, bis einmal ein ausgewachsener Pelziger dicht an ihn herangetappt ist. Ruumahum bewegte sich auf diese Weise. Als der Geruch ihn weckte, erhob er sich so leise, daß selbst Born mit seinem leichten Schlaf nicht aufwachte. Die Witterung kam von draußen, von oben, und war so ausgeprägt, daß der Geruch durch zwei Etagen und den immer noch fallenden Regen drang. Geeliwan regte sich im Schlaf, als Ruumahum an den Eingang der Höhle tappte. Er schob den Kopf hinaus und blickte mit drei scharfen Augen nach oben, blinzelte häufig wegen des dichten Regens.

Der Geruch war unverkennbar, aber es schadete

nicht, sich zu vergewissern. Er packte das Holz mit den Vorderbeinen, folgte mit dem mittleren Beinpaar nach, dann dem hinteren, und schwang sich auf den Ast hinauf. Seine mächtigen Beinmuskeln spannten sich, als er sich lautlos an dem Stamm nach oben zog. Das war mühsamer, als sich in der dichten Vegetation einen spiralenförmigen Weg zu suchen, aber wenn seine Vermutung zutraf, hatte er dafür keine Zeit. Das Haar hinter seinen Ohren sträubte sich, als der drohende Geruch sich verstärkte. Es gibt nur wenige Sinneseindrücke, die einen Pelziger beunruhigen, und einen dieser Eindrücke nahm Ruumahum jetzt wahr.

Selbst für ihn war der lange, senkrechte Aufstieg anstrengend. Und dann sah er es, immer noch weit über sich, aber auf dem Weg nach unten, und nun wußte er, warum ihre Höhle leer gewesen war: es war der Baum einer Silberglitsche.

Und sie hatte ihre Witterung aufgenommen, daran bestand kein Zweifel. Sie waren bereits tot, sofern den Menschen nichts Neues einfiel. Er drehte sich um und raste durch Zweige und Lianen nach unten, eilte dahin in mächtigen Sätzen und Sprüngen. Er machte dabei genug Lärm, um sämtliche nächtlichen Jäger in weitem Umkreis zu wecken, und das wollte er auch. Vielleicht war einer von ihnen dumm genug, um nachzusehen. Vielleicht reichte dieser kurze Imbiß dann aus, die Silberglitsche für ein paar wertvolle Minuten abzulenken.

Sie hatten wenig Zeit. Die Silberglitsche bewegte sich langsam, spielte bewußt mit ihrer Beute. Er platzte laut in die Höhle, um Born und Losting sofort zu wecken. Geeliwan knurrte warnend, entspannte sich aber, als er den vertrauten Geruch wahrnahm.

Ruumahum stand keuchend vor ihnen, und sein nasser Pelz glitzerte im Schein der glühenden Kohlen. »Andere wecken«, keuchte er. Während Losting die Riesen wachrüttelte, flüsterte Ruumahum etwas in der Sprache der Pelziger, was Geeliwan dazu veranlaßte, an den Höhleneingang zu eilen. Dort baute er sich auf und starrte nach oben.

»Was ist denn los? Was ist denn?« brummte Cohoma schläfrig, als Losting ihn weckte. Logan hatte sich bereits aufgesetzt und wartete darauf, etwas zu erfahren.

»Wir müssen sofort hier weg«, erklärte ihnen Born. Er befestigte seinen Umhang am Hals und sammelte seine wenigen Habseligkeiten ein. Losting tat es ihm gleich. »Dies ist der Baum einer Silberglitsche. Jetzt wissen wir, warum wir nicht um diese Höhle kämpfen mußten. Man meidet sie. Wir hätten sie meiden sollen, aber es gab keinen Anlaß zum Argwohn, gar keinen. Trotzdem fühlte ich mich bei dem Gedanken nicht wohl.«

»Na schön«, meinte Logan müde, »also noch so ein lästiges Biest. Was ist eine Silberglitsche, Born, und was können wir dagegen unternehmen?«

»Fliehen«, erwiderte er drängend und schob die glühenden Überreste des Feuers mit einem dicken Stück Holz zum Höhleneingang. Der Regen würde sie löschen.

»Mitten in der Nacht?«

»Die Silberglitsche diktiert das, nicht ich, Kimilogan. Wir können nur fliehen, versuchen, sie abzuschütteln. Es besteht eine schwache Chance, daß sie müde wird und von uns abläßt.«

»Etwas, das uns folgen wird wie die Akadi?« wollte Cohoma wissen. Seine schlaftrunkenen Sinne hatten inzwischen erkannt, daß die Lage ernst war.

»Nein, nicht wie die Akadi. Verglichen mit einer Silberglitsche ist der Geist der Akadi wandelbar wie die ... wie ...« – er suchte nach einem geeigneten Vergleich – »die Wünsche einer Frau. Wenn eine Silberglitsche einmal eine Witterung von etwas aufgenommen hat, das in ihren Baum eingedrungen ist, dann folgt sie dieser, bis der Eindringling aufgestöbert und gefressen ist. Man kann ihr auch nicht entkommen wie den Akadi. Und im Gegensatz zu den Akadi schläft sie auch nie.«

»Das ist doch ein Märchen«, wandte Cohoma ein und machte sich an seinem Umhang zu schaffen. »Es gibt keine warmblütigen Geschöpfe, die nicht schlafen, und nur wenige Kaltblütler, die ohne Ruhe auskommen.«

»Ich kenne ihre Bluttemperatur nicht«, meinte Born und ging auf den Höhleneingang zu, »ja nicht einmal, ob sie Blut hat. Noch niemand hat je eine Silberglitsche bluten gesehen. Aber jetzt ist keine Zeit für solche Reden.« Eigenartigerweise grinste er. »Wenn ihr des Laufens müde seid, schlage ich vor, macht ihr ein kleines Schläfchen und wartet ab, was euch dann aufweckt.«

»Okay, wir glauben dir ja«, sagte Logan und zog ihren Umhang zurecht.

»Silberglitschen schlafen nicht«, wiederholte Born eindringlich. Dann sagte er sich, daß es sinnlos war, mit Leuten zu streiten, die sich weigerten, die Wahrheit hinzunehmen, und winkte ihnen mit einer schroffen Handbewegung, ihm zu folgen.

Losting hatte Fackeln vorbereitet, Bündel von Fakkeln. Aber sie mußten noch die kugelförmigen Blätter suchen, die die Flammen vor dem Regen schützten, und zum Suchen war keine Zeit. Sie mußten den Baum schleunigst verlassen. Hoffentlich fanden sie die ziemlich weitverbreiteten Gewächse unterwegs. Bis dahin würden sie im Dunkeln fliehen müssen.

»Schnell«, brummte Ruumahum mit dem Unmut eines schlecht ausgeschlafenen Pelzigers. »Es fühlt uns.«

»Geeliwan!« flüsterte Losting. Der Pelziger trat an die nächste Liane, ließ sich auf einen niedrigeren Ast hinab, der aus einem anderen Baum wuchs, dann auf den nächsten weiter unten und blickte nach oben. Seine Augen funkelten in der Dunkelheit.

Losting sprang ihm nach, dann folgte Cohoma. Logan sah sich nach Born um, als sie an die Liane treten wollte. »Ich dachte, es sei gefährlich, nachts zu reisen?«

»Das ist es«, räumte er ein, »aber hierzubleiben ist tödlich.«

Sie nickte. »Ich wollte mich bloß vergewissern, daß dies nicht eine Art Prüfung sei«, erwiderte sie geheimnisvoll, wandte sich um und eilte in die Tiefe.

Born zögerte lange genug, um Ruumahum, der nach oben in den Regen starrte, zuzuflüstern: »Wieviel Zeit?«

»Sie wird zunächst jeden Winkel der Höhle durchsuchen. Dann folgen.«

»Eine Chance, mit ihr zu kämpfen, alter Freund?«

Ruumahum schnaubte. »Born träumt. Gegen Silberglitsche kämpfen? Nicht einmal gegen junge Silberglitsche.« Sein Blick wanderte wieder nach oben. »Nicht jung. Alt, groß. Sehr groß. Und stark.«

Born brummte etwas Unverständliches und blickte nach oben. Jetzt kam ihm eine Idee. Eine beängstigende Idee, aber sonst bot sich nichts an, und für gründliche Überlegungen war jetzt keine Zeit. Wahrscheinlich würde es ihnen gelingen, einen gewissen Abstand zu der Silberglitsche zu halten. Aber entkommen konnten sie ihr nicht, oder sie abschütteln oder gegen sie kämpfen. Am Ende würde die Müdigkeit ihre Flucht verlangsamen, sie zum Rasten zwingen, und dann würde der unermüdliche Killer sie in aller Ruhe erledigen. Er zögerte immer noch, seine Idee vorzuschlagen und entfernte sich mit den anderen von dem Baum.

Sie waren schon eine Weile unterwegs, als von irgendwo hinter ihnen schwacher Donner durch den Wald dröhnte. Wie Donner wurde das Geräusch von einer schnellen Luftbewegung verursacht, aber dabei handelte es sich keineswegs um ein elektrisches Phänomen.

»Jetzt hat sie entdeckt, daß wir verschwunden sind«, erklärte Born Logan auf ihre unausgesprochene Frage. »Jetzt wird sie ein paar Minuten lang ihre Wut hinausbrüllen und dann die Verfolgung aufnehmen.«

»Sag, Born«, fragte sie, während sie sich anstrengte, hinter Losting zu bleiben, der sich durch das dichte Blattwerk seinen Weg bahnte, »wenn eine Silberglitsche nie aufgibt, bis sie ihr Opfer eingeholt und getötet hat, wie kommt es dann, daß du soviel über ihre Gewohnheiten und ihr Aussehen weißt? Du weißt doch, wie sie aussieht?«

Die Riesin vergeudete zuviel Energie mit reden. Trotzdem antwortete er: »Es gibt Geschichten, wie eine Gruppe von zwanzig oder dreißig von einer angegriffen wurde. Die Leute verteilten sich in allen Richtungen. Nicht einmal eine Silberglitsche konnte allen Witterungen bis zum Ende folgen, ehe sie verblaßt waren. Ein paar überlebten, um von dem Ungeheuer zu berichten.«

»Du sagst, nicht einmal zwanzig oder dreißig von euch ...«

»Und ebenso viele Pelziger.«

»... und ihre Pelziger könnten mit einem dieser Biester fertig werden?«

»Zu groß, zu stark«, erklärte Born.

»Ich dachte, euer Jacarigift würde alles töten.«

»Silberglitschenhaut ist zu dick«, erklärte er. »Außerdem wirkt das Jacarigift auf ... auf ...« – er durchstöberte seine Erinnerung nach dem uralten Begriff – »das Nervensystem.«

»Warum wirkt es dann bei Silberglitschen nicht?« fragte Cohoma. »Sie müssen doch auch verletzbare Stellen haben.«

»Die kannst du mir ja zeigen, wenn sie kommt«, murmelte Born. »Außerdem heißt es, daß Silberglitschen kein Nervensystem haben.«

Logan war inzwischen zwar bereit, den Geschöpfen die Fähigkeit zuzuschreiben, längere Zeit ohne Schlaf oder Ruhe auszukommen, aber so weit reichte ihre Bereitschaft nun doch nicht. »Ach komm, Born«, sagte sie im Vollgefühl ihres überlegenen Wissens, »jedes Tier hat ein Nervensystem.«

»Hat es das?«

»Ein Tier kann nicht ohne Nervensystem leben, Born.«

»Kann es das nicht?«

»Zuallermindest«, fügte sie hinzu, »muß es irgendeine Art rudimentäres Gehirn und ein zentrales Bewegungssystem haben.«

»Muß es das?«

Sie gab auf. Cohoma hatte ihnen nicht zugehört. Er versuchte immer noch, die Vorstellung zu verdauen, daß dieses Ding, das sie verfolgte, mit dreißig Pelzigern fertig werden konnte.

»Hör zu, wieviel von dem, was du mir da sagst, ist wahr, und wieviel ist von den Überlebenden jener angegriffenen Gruppe erfunden worden? Es ist doch ganz klar, daß sie etwas, das sie in die Flucht schlug, als besonders gefährlich und unverletzbar hinstellen müssen.«

Born wollte gerade antworten, als Ruumahum ihn unterbrach. Es war ungewöhnlich, daß ein Pelziger sich in ein Gespräch unter Menschen einmischte. Ruumahum tat das, um Borns Adrenalinpegel zu schonen bis zu dem Zeitpunkt, wo er mehr Energie brauchen würde. »Silberglitschenbaum«, brummte er leise, »einziges Ding auf der Welt, bei dem sogar Akadi ihren Weg ändern. Große Menschen jetzt still sein und auf Weg achten.«

Diese Information reichte aus, um Logan und Cohoma über die Tatsache hinwegsehen zu lassen, daß ihnen ein überdimensionales Haustier einen Befehl gegeben hatte. Sie grübelten über das nach, was sie gehört hatten, während sie schweigend durch den Wald eilten.

Born beschäftigt sich wieder mit dem Gedanken, der ihm vorher gekommen war. Er versuchte sich herauszureden, aber der Gedanke ließ ihn nicht los, hielt ihn fest wie der Arm eines Grasers. Er versuchte ihm auszuweichen, aber er stand ihm mitten im Wege, so wie der Säulenbaum der Silberglitsche. Hin und wieder konnte er ihn verdrängen, wenn er sich Vorwürfe machte, weil er den Baum nicht als das erkannt hatte, was er war. Diese riesige, trockene, einladende Höhle, so leer, von allen gemieden. »Narr! Narr, Narr!« murmelte er laut.

»Und ich auch«, murmelte Losting, aber Born hörte ihn kaum.

»Mach dir keine Vorwürfe, Born. Du hast ja gesagt, daß man das nicht ahnen konnte«, versuchte Logan ihn zu beruhigen.

»Nein. Wenn sie weiter unten gewesen wäre, hätte Ruumahum sie gewittert. Aber sie war ganz oben am Baum, in der Nähe des Gipfels wahrscheinlich auf Höllenjagd.«

»Höllenjagd?«

»Sie hat am Himmel nach Luftdämonen gefischt«, erklärte er. »Sie versuchen Flieger von den Baumwipfeln aus einzufangen, so wie den, der euer Flugboot angegriffen hatte.«

»Oh«, murmelte sie. Wieder ein ernüchternder Gedanke. »Uns hat sie erst gewittert, als sie nach unten zu klettern begann. Und da hat Ruumahum sie gerochen.«

Schließlich fanden sie die kugelförmigen Blätter, dicht neben ihrem Weg. Geeliwan sah sie und hielt mit Ruumahum Wache, während Born und Losting einige abschnitten und sie vorbereiteten. Freilich würden sie, sollte die Silberglitsche angreifen, den Menschen nur ein paar zusätzliche Minuten verschaffen.

Eine Handvoll Feuerpollen, und sie hatten wieder richtiges Licht. Das munterte Cohoma und Logan auf. Wenigstens konnten sie jetzt sehen, wo sie hintraten. Aber gleichzeitig gab Logan einer neuen Sorge Ausdruck. »Sehen uns jetzt nicht die anderen Raubtiere besser?«

»Das hat jetzt nichts mehr zu bedeuten. Die Silberglitsche ist zu nahe. Die anderen Geschöpfe haben sie auch gewittert, und keines wird uns zu nahe kommen. Die fliehen ebenfalls. Ist euch die Stille nicht aufgefallen?«

Logan lauschte und wußte, was Born meinte. Die üblichen Geräusche der Nacht, das Pfeifen und Klicken,

Piepsen und Summen, unterbrochen von einem gelegentlichen tiefen Brüllen, fehlten völlig. Nur das gleichmäßige Tropfen des Regens blieb. In gespenstischem Schweigen eilten sie dahin.

»Sie kommt näher«, keuchte Ruumahum. »Ganz langsam, aber sie nähert sich.«

»Es tut mir leid, es tut mir wirklich leid, Born«, sagte Logan im gleichen Augenblick und rang nach Atem. »Ich halte das nicht mehr lange durch. Ich weiß nicht, ob mir zuerst die Augen oder die Beine den Dienst versagen werden.«

»Dann«, meinte Born, seufzte tief und traf damit die Entscheidung, die er seit Stunden aufgeschoben hatte, »ist es besser, wenn wir jetzt anfangen.«

»Was anfangen?« fragte Losting.

»Hinunter ... in die tieferen Etagen.«

Weder Losting noch die Riesen scherten sich darum, ob ihr monströser Verfolger jetzt ihre Rufe hörte.

»Was nützt es denn, eine weitere Etage tiefer zu steigen?«

»Dann haben wir nur weniger Tageslicht, wenn der Morgen kommt.«

»Die Silberglitsche wird uns spielend folgen«, fügte Losting hinzu. »Uns ewig folgen. Das weißt du doch, Born.«

Born musterte seinen Verbündeten und Rivalen. »Bis in die Hölle?«

Das war das erste und zugleich das letzte Mal, daß Cohoma oder Logan jemals hörten, wie ein Pelziger einen erschreckten Grunzlaut von sich gab. Losting war zu schockiert, um etwas einzuwenden, als Born fortfuhr:

»Ich werde nicht hierbleiben, um mit dir, Losting, zu streiten oder mit sonst jemandem. Wenn die Silberglitsche uns weiterhin folgt, werde ich bis in die Siebente Etage hinuntersteigen. Hinunter zu dem, was auch immer dort unten sein mag.«

»Der Tod ist dort«, seufzte Geeliwan.

»Der Tod erwartet uns auch hier, Freund«, erinnerte ihn Born. Er blickte wieder nach vorne zu Losting. »Wir wissen, was die Silberglitsche tun wird, wenn sie uns erreicht. Zumindest finden wir auf diese Weise vielleicht eine neue Todesart.«

»Born, du selbst hast gesagt, es sei der sichere Tod, zur Unteren Hölle auf die Oberfläche zu gehen«, meinte Logan leise.

»Weniger sicher, als wenn wir hierbleiben. Vielleicht folgt die Silberglitsche uns nicht, weil sie hier ganz oben in der Welt lebt. Mag sein, daß sie sich unter ihren Verwandten unten am Grunde ebenso wohl fühlt, aber das wissen wir nicht. Ich glaube, eine Chance wäre das zumindest. Aber ich werde natürlich keinen von euch zwingen, mit mir zu kommen.«

Er würde das tun, was er für das beste hielt, und davon ausgehen, daß die anderen die Klugheit seiner Entscheidung erkannten und ihm folgten. So hatte er es immer gehalten. Und auch jetzt, als er den langsamen Abstieg in unsichtbare Tiefen begann, war es so, und er tauchte in immer tiefere, drohendere Dunkelheit.

Sie folgten ihm alle, aber nicht aus Respekt für seine größere Weisheit, wie er glaubte, sie folgten ihm, weil in einer Krise unsichere Leute immer dem folgen, der sich selbst zum Führer erklärt. In der Hinsicht erwies Losting sich als ebenso menschlich wie Logan oder Cohoma.

Sie kletterten über Kabbls und Lianen hinab. Nach unten gebogene Baumäste, parasitische Gewächse von der Größe von Sequoias und größer blieben hinter ihnen zurück. Ein solcher Baum wucherte in tausend dicke Luftwurzeln aus, die ineinander verschlungen waren. Sie benutzten sie, um sich viele Meter weit schneller nach unten zu bewegen. Dann ließen sie die Fünfte Etage hinter sich und drangen in die Sechste ein, eine Region brauner, weißer und purpurfarbener Gewächse, die das Grün zu verdrängen begannen.

Und dann hatten sie die Mitte der Sechsten Etage hinter sich, dann ihren Boden und betraten eine Welt der Gespenster. Eine schwach vom Licht der Fackeln erhellte Welt, die sich furchtsam an ihr mütterliches Holz drängte. Eine Welt von Säulenbaumsockeln, deren Stämme im Umfang Sternenschiffen glichen. Nach allen Seiten hoben sich vielfältige Stützen. Schimmernde Pilze, so groß wie Lagerhäuser, die in einem wirren Durcheinander obszöner, grotesker Formen wucherten und wuchsen. Kleine leuchtende Geschöpfe krochen zwischen ihnen herum und verbargen sich vor dem Lichtschein ihrer Fackeln.

Hier gab es keinen Morgen und keinen Abend, keinen Tag und keine Nacht – nur ewige Dunkelheit, die weder dem Mond noch der Sonne angehörte. Obwohl die phosphoreszierenden Pilze und ihre verwachsenen Verwandten genügend Licht lieferten, daß man etwas sehen konnte, ließen sie ihre Fackeln brennen, denn sie warfen einen sauberen, angenehmeren Schein als das, was hier leuchtete. Gelbes, rotes und weißes Licht umgab sie, eine gespenstische Szene, die nur Silhouetten andeutete und Formen unbestimmt ließ.

Endlich kamen sie am unteren Ende eines der mächtigen Stützpfeiler an, der letzten Treppe, die nach oben führte. Hier wuchs eine Gruppe orangeroter Schößlinge, Gewächse, die nie der Photosynthese mächtig sein würden. Ohne Zweifel hatten sie den Boden erreicht, die Siebente Etage, die Untere Hölle selbst. Und doch schien es darunter noch eine weitere Etage zu geben, denn ganz in der Nähe wurde der Boden weich, klebrig und feucht, dicker als Wasser, aber dünner als Schlamm.

Logan wandte sich um. Ihr Atem ging schwer, und sie blickte auf den Weg zurück, den sie gekommen waren. Der Stamm hinter ihnen war wie eine dunkle schwarzbraune Klippe. Darüber konnte sie nur Finsternis erkennen und den schwachen Schimmer ferner Pilze. Es gab hier nichts, was darauf hindeutete, daß es ein paar hundert Meter über ihnen eine Welt des Lichts und des grünen Lebens gab, durch die der Wind wehte und auf die Regen fiel.

Es war erstickend feucht hier, obwohl nur gelegentlich ein verirrter Tropfen so weit durchdrang. Der Hauptanteil des nächtlichen Regens war hoch über ihnen von einer Million von Bromeliaden oder anderen das Wasser aufhaltenden Gewächsen aufgefangen worden. Diese vereinzelten Tropfen erinnerten sie daran, daß sie noch nicht gestorben waren, daß weit über diesem finsteren Ort noch eine lebende grüne Welt existierte.

Auch Born blickte nach oben. »Ruumahum?«

»Sie folgt uns immer noch«, murmelte der Pelziger, nachdem er geschnuppert hatte. »Aber langsamer, viel langsamer, ja vorsichtig.«

»Wir haben keine Zeit für Vorsicht.« Er wandte sich zu Logan und Cohoma und wies auf den Morast, der ihre kleine trockene Halbinsel umgab. »Ich verstehe nichts von solchem Gelände. Und doch müssen wir diese Stelle verlassen, ehe die Wut der Silberglitsche die Oberhand über ihre Vorsicht gewinnt.«

Lange wertvolle Augenblicke vergingen, während die vier Menschen über das Problem nachdachten. Logan ertappte sich dabei, wie sie mit der Hand an einem der orangeroten Schößlinge entlangfuhr, die an der Stelle aus der Wurzel hervorwuchsen, wo diese im Wasser verschwand. Sie glichen orangeroten Schilfstauden, obwohl sie ohne Zweifel nichts mit der Familie der Schilfgewächse gemeinsam hatten.

Sie zog ihr Knochenmesser und prüfte das Material. Das Messer schnitt hinein, wenn auch nicht leicht. Die Faser war dicht, aber nicht mit Wasser gefüllt oder mit Fruchtfleisch. Nun, sie hatten auch Äxte. »Born, sieh nach, ob du irgend etwas findest, das man als Seil verwenden könnte. Eine Art Ranke oder so etwas. Ich glaube, aus dem Zeug hier kann man ein vernünftiges Floß bauen – ein Fahrzeug, mit dem man sich auf dem Wasser bewegen kann – wenn wir die Schößlinge kreuzweise in zwei Lagen anbringen.«

Sie arbeiteten schnell. Es war ein Wunder, daß sich niemand verletzte. Jedesmal, wenn sie einen der orangeroten Stämme fällten, ging ein Geruch davon aus, der an verfaulte Zwiebeln erinnerte. Dann kamen Born und Ruumahum mit einer ganzen Ladung einer klebrigen grauen Wasserpflanze zurück, die sie sich auf den Rükken geladen hatten.

Logan und Cohoma legten die »Stämme« zurecht und hielten sie fest und erklärten Born und Losting, wie sie sie zusammenbinden sollten. Ruumahum und Geeliwan bewachten unterdessen den Weg, über den sie gekommen waren.

Ihre periodischen gutturalen Warnungen, die sie nach unten riefen, ließen erkennen, daß die Silberglitsche sich immer noch mit derselben unnatürlichen Langsamkeit bewegte. Keiner von ihnen dachte darüber nach, warum das Monstrum so vorsichtig war.

Logan fragte plötzlich: »Born, wir haben die hier doch nicht um Erlaubnis gebeten oder emfatiert oder so etwas, oder? Ist das nicht gegen deine Religion oder deine Moral oder so?« Sie wies auf die gefällten Stämme.

»Sie gehören nicht dem Wald an, meiner Welt.« Er blickte angeekelt. »Das ist eine Art von Leben, dem ich mich nur entfernt verwandt fühle. Ich kann mit ihnen nicht emfatieren. Es gibt hier nichts, was man emfatieren könnte.«

»Es ist fertig«, verkündete Cohoma mit lauter Stimme und zwang damit Logan, weitere Fragen zu unterlassen. So faszinierend dieses fremdartige Emfatieren auch war, das Überleben war wichtiger.

Ein Ruf hallte zu ihnen herunter. »Schnell, Born!« Das war Ruumahum. »Sie sieht uns. Jetzt kommt sie schnell.«

Sekunden später, wie es schien, standen die beiden Pelziger neben ihnen; ihr Nackenhaar war gesträubt, und ihre Blicke wanderten immer wieder nach oben. Auch Logan starrte hinauf, ebenso Cohoma, aber bis jetzt gab es noch nichts zu sehen. Als sie ihre wenigen Habseligkeiten auf das Floß geworfen hatten, kletterten auch die zwei Pelziger hinauf. Wenigstens gab es keine Platzprobleme. Das Floß war groß genug, um doppelt so viele Menschen und Pelziger zu tragen. Cohoma, Born, Logan und Losting schoben, stemmten sich gegen das Floß, versuchten es abzustoßen, aber es bewegte sich nicht von der Stelle.

»Ruumahum, Geeliwan«, wies Cohoma die Pelziger an, »geht ans andere Ende des Floßes.« Die Pelziger kamen dem Befehl nach, und als die Menschen erneut schoben, glitt das Floß in den braunen Schlamm.

Als erstes prüfte Cohoma die Tiefe des Sumpfes. Das Stück Holz, das er dazu benutzte, tauchte ein und ließ ihn erkennen, daß der Grund wenigstens zwei Meter unter ihnen lag.

In der dickflüssigen Brühe fiel das Rudern schwer. Alle ruderten angestrengt, wobei Losting und Borns Ungeschicklichkeit im Umgang mit Paddeln sie zunächst behinderte. Aber sie lernten schnell. Und so dauerte es nicht lange, bis sie eine beträchtliche Distanz zwischen sich und das Ufer gelegt hatten.

Über ihnen wölbte sich Dunkelheit. Es war, als ruderten sie lautlos durch eine unvorstellbar große, finstere Kathedrale. Die Vegetation, die rings um sie auf den kleinen trocknen Flecken und den Stämmen toter oder lebender Bäume wucherte, war dicht, aber hier galt nicht das Bestreben nach Freiheit, da keines der Gewächse der Sonne entgegenstrebte.

»Wo ist der Baum, an dem wir heruntergeklettert sind?« fragte Logan. Sie spähte in die Richtung zurück, aus der sie gekommen waren. Aber aus der Entfernung sahen die Wurzeln gleich aus, da das ungewisse Licht der glühenden Pilze nicht weit reichte. Und dann sah sie das Ding und wußte, an welchem Stamm sie heruntergekommen waren und wie eine Silberglitsche aussah. Sie schrie.

Als das Monstrum den Sockel der Baumstütze erreichte, hielt es inne – wenigstens sein Vorderteil hielt inne. Der Rest reichte weit den Baum hinauf und in die Schwärze dahinter, niemand wußte, wie weit. Sein Körper war etwa ein Fünftel so dick wie der Säulenbaum selbst. Es sah aus wie ein lebender Wald, und an seinem zylindrischen Körper saßen Tausende von unabhängig voneinander zuckenden und sich bewegenden Fäden, die wie poliertes Antimon aussahen. Der Kopf war eine aufgedunsene schreckliche Maske, das Gesicht einer perversen Natur. Zahlreiche pulsierende Mäuler öffneten und schlossen sich an dem kugelförmigen Kopf, blitzende Zähne sprossen nach allen Richtungen, Tentakeln wuchsen scheinbar planlos um die gierigen Mäuler, und die ganze grauenerregende Visage war buchstäblich mit schwarzen Flecken wie Pockennarben überzogen, die möglicherweise Augen darstellten.

Das Scheusal gab sanft miauende Laute von sich, die in perversem Kontrast zu dem gräßlichen Äußeren standen. Und dann gingen sie in ein hohes Pfeifen über, das Cohoma und Logan eisige Schauer über den Rükken jagte. Der Kopf alleine streckte sich viele Meter über das Wasser. Langsam schwang er hin und her, als beschnuppere er die Wasseroberfläche. Und dann hob sich der Kopf. Und wenn auch jene schwarzen Punkte nach allen Richtungen wiesen, war Cohoma doch zumute, als starrten sie direkt ihn an.

»Oh, mein Gott, mein Gott«, stöhnte Logan. »Es hat uns gesehen.«

»Nicht so ... nicht so«, jammerte Cohoma.

»Seid ruhig und – wie nennt ihr es – paddelt!« stieß Born zwischen zusammengebissenen Zähnen hervor, obwohl er ebenso verängstigt war wie die Riesen. Schweiß tropfte ihm von der Stirn.

Sie hatten sich weit vom Ufer entfernt, ihr Floß schwamm mitten im Wasser. Die Silberglitsche hatte sie bis in die Hölle verfolgt. Born fühlte, daß das Monstrum nicht zulassen würde, daß ihm seine Beute entkam.

Es reckte sich nach ihnen, heulte laut. Noch mehr von jenem scheinbar endlosen Körper floß an dem Säulenstamm herunter und immer noch war kein Ende zu sehen. Immer weiter streckte sich das Ungeheuer nach links, tastete nach dem nächsten größeren Gewächs. Born sah verzweifelt, daß es sie bald, ohne das Wasser berühren zu müssen, vom Floß würde holen können. Losting sah es auch, und die Jäger suchten verzweifelt nach einer Spalte, einem Riß im Sockel eines der riesigen Stämme, wo sie sich eventuell verstecken konnten, obwohl die Kräfte der Silberglitsche groß genug waren, daß sie selbst jene mächtigen Stämme auseinanderreißen konnte, um sie herauszuholen.

Plötzlich war hinter ihnen ein gewaltiges Rauschen zu hören, und im selben Moment schoß das Wasser in die Höhe, spie ein kolossales schemenhaftes Ding aus, das so ungeheuer groß war, daß es jede Vorstellung überstieg. Das Ding erfüllte das ganze weite Becken offenen Wassers, das sie eben überquert hatten.

Das Schlammungeheuer ignorierte sie ebenso, wie Born ein Blatt ignorieren würde, das ihm im Wald auf den Kopf fiel. Sie waren zu winzig, als daß man sie zur Kenntnis nahm. Lange, vielgliedrige Beine mit Klauen so groß wie kleine Bäume schossen hervor und klammerten sich um die Silberglitsche. Ein Auge, so groß wie der Skimmer der Riesen, blitzte einen Augenblick lang zwischen jenen krallenbewehrten Beinen auf. Was sie von seinem Leib sehen konnten, dort, wo er aus dem Wasser herausragte, war ein grotesker Zwitter aus Geheiligtem und Profanem. Denn er war mit Juwelen überkrustet – Smaragden und Saphiren, Topasen, Turmalinen, angeordnet in ineinanderverwobenen Mustern natürlicher Lumineszenz. Es war überwältigend schön, erschreckend und ekelhaft.

Sie stürzten vom Floß und hielten sich verzweifelt an den orangeroten Stämmen und den grauen Bändern fest, als das Floß wie ein Blatt im Winde hin und her geschleudert wurde von der Wut der kämpfenden Titanen. Born konnte nicht schwimmen und versuchte sich vorzustellen, wie es wohl wäre, wenn man Wasser atmete. Er entschied, daß es da wohl noch vorzuziehen wäre, aufgefressen zu werden.

Stunden später, wie es schien, hörte das Gischten endlich auf. Als Born den Kopf wieder heben konnte, war das erste, was er sah, Ruumahum und Geeliwan, die Seite an Seite am hinteren Ende des Floßes standen. Die Pelziger starrten ins Wasser. Born stemmte sich mühsam hoch. Hinter ihnen war jetzt nichts mehr, nur Schweigen – Schweigen und die weit entfernt leuchtenden Silhouetten von Pilzen und Moosen im Schein ihres eigenen kalten, von innen kommenden Lichtes. Und in der Ferne ein leises, gluckerndes Geräusch, wie von einem Kind, das ins Wasser bläst. Von der Silberglitsche und der Ausgeburt der Hölle, die emporgestiegen war aus den Tiefen, um ihr zu begegnen, war keine Spur zu sehen.

Logan setzte sich auf, psychisch und physisch erschöpft. Sie wischte sich das nasse Haar aus den Augen und versuchte mit wenig Erfolg, ihren rasenden Puls zu beruhigen. Born betrachtete sie eine Weile, fand dann sein Stück Holz an der Stelle, wo er es zwischen zwei Stämme geklemmt hatte, und fuhr fort zu paddeln.

»Wohin, Jancohoma?« fragte er. Er bekam keine Antwort. »Jancohoma, wohin?« wiederholte er lauter.

Cohoma zog den Kompaß heraus, aber seine Hand zitterte so, daß er das Gerät nicht ablesen konnte. Er packte mit der linken Hand das rechte Handgelenk und starrte auf die Leuchtskala. »Du solltest uns ... du solltest dich hier etwas nach rechts halten, Born. Ein wenig mehr noch ...« Ihm versagte die Stimme. Er räusperte sich.

Sie zwangen sich dazu, nicht an das zu denken, über das sie jetzt hinwegpaddelten, an das, was eine Berührung des Paddels vielleicht wecken könnte. Aber sie waren fast zu müde, um sich darüber noch Gedanken zu machen.

Logan lehnte sich zurück, stützte sich auf die stinkenden Stämme und starrte in das winzige Universum hinauf, das aus glühenden pilzähnlichen Gewächsen bestand, die an der Unterseite eines größeren Astes hoch über ihnen wuchsen, von oben nach unten wuchsen. »Man möchte gar nicht glauben, daß die Hölle so schön sein kann.« Dann veränderte sich ihr Gesichtsausdruck, und sie sah sich nach Cohoma um. Er saß hinter ihr, den Kopf zwischen den Armen, und zitterte. »Jan, wenn wir einem anderen Floß begegnen, erkundigen wir uns beim Steuermann nach dem Weg, selbst wenn er einen dreiköpfigen Hund bei sich hat.«

»Ich mag Hunde nicht«, erwiderte Cohoma ausdruckslos. Seiner Stimme nach zu schließen, hätte man fast glauben können, daß er ihren Vorschlag ernst nahm.

Es gab keinen Sonnenaufgang, der dem winzigen Grüppchen von Menschen und Pelzigern Frieden brachte, die auf dem winzigen orangeroten Floß zwischen den gigantischen hölzernen Türmen dahinzogen, unter einem schwarzen Himmel, an dem Pseudosterne glitzerten. Am Morgen des folgenden Tages oder dem, was der Morgen hätte sein sollen, wurden sie im Laufe einer Viertelstunde zweimal angegriffen. Sie sahen nichts, bis der Angriff kam. Glücklicherweise war keines der beiden Geschöpfe größer als ein Mensch. Sie begegneten nichts, dessen Größe auch nur annähernd der des juwelengepanzerten Kolosses gleichkam, der die Silberglitsche angegriffen hatte.

Der erte Angriff kam aus der Luft, in Gestalt eines vierflügeligen Fluggeschöpfes mit einem langen Maul voll nadelspitzer Zähne. Lautlos stürzte es sich zwischen den weitgespannten Wurzeln eines mächtigen Baumes auf sie herunter. Riesige Glotzaugen blitzten. Losting hatte noch genug Zeit, eine Warnung auszurufen. Beim ersten Anflug verfehlte es sie und mußte umkehren, wobei es wie ein alter Mann keuchte. Beim zweiten Anflug hatten die beiden Jäger ihre Bläser bereit. Aber sie bekamen keine Gelegenheit, sie einzusetzen.

Ruumahum richtete sich auf seine Hinterbeine auf und schlug die mächtigen Vordertatzen zusammen. Sie erwischten eine Schwinge. Das Flugungeheuer kreischte und stürzte auf das Floß. Die langen Kiefer schnappten blindlings, bis Geeliwan ihm mit einem einzigen Schlag seiner klauenbewehrten Tatze den Schädel zerschmetterte.

Kaum hatten sie den Kadaver über Bord, als etwas, das an eine Ananas mit sechzehn langen dünnen Beinen erinnerte, auf das Deck zu kriechen versuchte. Ihre Äxte schmetterten auf die tastenden Glieder herunter, bis der verstümmelte Räuber wieder in den Schlamm zurücksank.

»Lichter können andere Angehörige derselben Spezies zum Zwecke der Paarung anlocken«, überlegte Logan, »so wie das bei gewissen Tiefseefischen auf Terra und Repler der Fall ist. Es kann aber auch Raubtiere anlocken. Born, Losting, ich würde vorschlagen, löscht die Fackeln.«

Die Jäger blickten sie zweifelnd an. Ein Mann, der ohne Licht in der Waldwelt alleine ist, hat keine Chance, seinen Feind zu erkennen, aber Logan und Cohoma konnten sie überzeugen. Widerstrebend entfernten sie die schützenden Blätter und tauchten die Fackeln ins Wasser. Doch sie bereiteten zwei frische vor, falls sie gebraucht werden sollten.

Sie brauchten sie nicht. Jetzt, da die Fackeln ausgelöscht waren, paßten ihre Augen sich dem schwachen Licht an, das von dem schimmernden Leben rings um sie ausging. Davon gab es immer noch genug, um sich zwischen den Baumstämmen zu orientieren, die die Welt über ihnen stützten. Und sie wurden nicht wieder angegriffen.

Sie waren seit einigen Stunden auf dem Floß unterwegs, als Born feststellte, daß er Durst hatte. Er kniete nieder und beugte den Kopf über das düstere Wasser.

»Warte, Born!« schrie Logan. »Vielleicht ist es nicht ...«

Die Mühe hätte sie sich sparen können. Born rümpfte die Nase, als ihm der widerliche Geruch entgegenschlug. Er hatte kein Studium absolviert, wußte nichts über Biochemie. Aber seine Nase reichte aus, ihm zu sagen, daß die Brühe, in der sie schwammen, nicht zum Trinken geeignet war. Und das teilte er den anderen mit.

»Eigentlich kein Wunder«, meinte Cohoma. Sein Blick wanderte nach oben. »In diesem Sumpf muß es eine astronomische Anzahl von Bakterien geben. Wenn man bedenkt, wie viele Tonnen ... *Tonnen* von bereits in Verwesung begriffenen Tieren und Pflanzen Tag für Tag auf jeden Quadratkilometer der Planetenoberfläche herabfallen, und die erstickende Hitze hier unten bedenkt.« Er wischte sich über die Stirn. »Und der tägliche Regen. Man kann sich gut vorstellen, daß diese Welt auf einem Meer aus verflüssigtem Torf und Kompost schwimmt, dessen Tiefe der Kosmos alleine kennt!«

»Offensichtlich können diese Bäume trotz ihrer ungeheuren Wasserhaushalte nicht den ganzen Regen aufsaugen«, meinte Logan nachdenklich. Sie lehnte sich auf dem Floß zurück und starrte den Stamm an, an dem sie gerade vorbeizogen. Sein Durchmeser war geringfügig kleiner als der eines interstellaren Frachters. »Ich möchte wissen, wie diese Stämme das Wasser aus dem Boden ziehen und es nach oben pumpen.«

»Ich habe keine Lust, mit diesem Ding an der Station vorbeizupaddeln. Wir sollten wieder hinaufsteigen«, meinte Cohoma. »Die Richtung kennen wir ja, aber wir haben keine Ahnung, welche Strecke wir jeden Tag zurücklegen.«

»Born und Losting wissen, wie man Entfernungen abschätzt.«

Cohoma lächelte. »Sicher, oben zwischen den Bäumen. Aber nicht hier.« Er wies auf das Floß und wandte sich dann zu Born um. »Was meinst du?« fragte er den Jäger. »Hätten wir oben keine besseren Chancen als hier unten? Ich meine, solange wir uns nicht wieder den falschen Schlupfwinkel aussuchen, wenn uns nach einem Nickerchen zumute ist!«

»Ich suche schon die ganze Zeit nach einem geeigneten Weg nach oben«, antwortete Born. »Wir müssen bald wieder in die Welt zurückkehren. Seht ihr?« Er deutete nach vorne, während Losting grimmig weiterpaddelte und die Mammutwurzeln und Stämme nach einer weniger steilen Stelle absuchte, auf dem sich auch die Riesen bewegen konnten.

Born bohrte seine Ferse in das orangefarbene Holz des Floßes. Eine flache Furche zeigte sich. Dann hob er das Bein und stieß mit der Ferse in die Furche. Sein Fuß verschwand bis zum Knöchel in orangefarbenem Brei. Als er ihn wieder herauszog, quoll eine bräunlichgelbe Masse aus dem Loch. Das Loch füllte sich nicht.

»Was hast du da von Bakterien und Verwesung gesagt, Jan?« murmelte Logan. Sie blickte auf die langsam vorüberziehende schimmernde Traumlandschaft hinaus. »Born hat recht; wenn wir nicht bald einen Landeplatz finden, löst sich dieses Floß unter uns auf.«

Die schleimige Brühe schwappte bereits um ihre Knöchel, als Losting schließlich eine geeignete Treppe nach oben fand. Eine mächtige Wurzel, die fast horizontal ins Wasser hinausstach, bildete eine Art hölzerne Halbinsel. Anstatt aber senkrecht hundert Meter himmelwärts zu steigen, bog sich die Wurzel elegant zu ihrem Zentralstamm.

Sie paddelten das zerbrechliche Floß an das Ufer aus Hartholz. Und keine Minute zu früh, denn statt Widerstand zu leisten oder zu zersplittern, zerbrach das vordere Fünftel des Floßes einfach bei der ersten Berührung. Als sie sich die Überreste näher ansahen, erkannten sie, daß es sie höchstens noch einen Kilometer weit getragen hätte. Fast alle Stämme waren wenigstens zur Hälfte verfault. Aber noch beunruhigender war die Tatsache, daß der größte Teil der Schlingpflanzen, die Born gefunden hatte, völlig aufgelöst waren. Wären sie noch länger auf dem Floß geblieben, so hätte sich dieses einfach unter ihnen in seine Bestandteile aufgelöst.

Als sie auf der Wurzel standen, stellten sie fest, daß es an ihr eine Vielzahl von Vorsprüngen und Knubbeln gab, die ihnen das Klettern erleichterten. Trotzdem würde der Aufstieg wesentlich schwieriger sein als ihr fluchtartiger Abstieg.

Cohoma gab nicht nur seiner eigenen, sondern auch Logans Gefühlen Ausdruck, als er sagte: »*Das* sollen wir besteigen?«

»Alle Menschen können fliegen«, sagte Born spöttisch, »aber leider nur in eine Richtung – nach unten nämlich. Ich fürchte, wir haben keine andere Wahl. Losting und ich gehen voraus und suchen den leichtesten Weg, den selbst ein Kind bewältigen könnte. Ihr folgt uns.« Er wandte sich zu den Pelzigern um. Geeliwan gähnte lautstark, als er sagte: »Folgt den Freunden dicht hinter ihnen. Laßt sie nicht fallen«, befahl er.

»Verstehe«, schnaubte Ruumahum. »Dicht folgen. Werde aufpassen.« Der massige Schädel drehte sich ein letztes Mal nach hinten, wie um sich das Bild des Schlammsees noch mal einzuprägen, und seine weißen Hauer schimmerten in der nebelhaften Phosphoreszenz, die sie umgab. »Gehen jetzt. Etwas kommt.«

Wenn Logan oder Cohoma noch daran gedacht hatten, mit Born zu argumentieren und nach einem anderen, vielleicht weniger steilen Weg zu verlangen, reichte Ruumahums kurze Warnung, um sie hastig nach oben zu scheuchen.

»Seit wir unsere Fackeln ausgelöscht haben, hat man uns in Ruhe gelassen«, stöhnte Logan. »Warum sollte uns jetzt etwas angreifen? Ich dachte, wir wären ziemlich unauffällig geworden.«

»Eure Augen haben sich an das hier herrschende Licht gewöhnt«, rief Born zurück. »Seht euch doch an.«

Logan blickte an sich herab und hielt erschreckt den Atem an. Sie flackerte wie tausend winzige Laser. Beine, Füße, Rumpf – alle glitzerten in ihrem eigenen Licht purpurn und gelb. Sie streckte die Hände vor sich aus und sah, wie das Licht auch ihre Arme einhüllte. Dann spürte sie ein schwaches, an die Berührung einer Feder erinnerndes Prickeln, das sich über ihr Gesicht ausbreitete, und wischte beunruhigt über Augen, Nase und Mund.

Aber die federleichte Berührung blieb unverändert, und sie unterdrückte ihren Schrecken. Born leuchtete jetzt auch, ebenso Losting. Sie sah, wie Jan sie anstarrte. Sein elektrifiziertes Gesicht war ein Spiegel ihres eigenen. Und hinter ihnen blitzten Ruumahum und Geeliwan, rot, gelb und purpurn.

In der Ferne hinter ihnen war ein grollendes Murren zu hören, das ihnen eisige Schauer über den Rücken jagte. Sie beeilten sich.

Vom technischen Standpunkt aus war die Kletterpartie gar nicht schwierig, nur anstrengend und riskant. Nach einer Weile meinte Logan, sie wären schon seit Tagen geklettert, wo es in Wirklichkeit doch nur Stunden waren.

Dann begann es dunkler zu werden, weil die phosphoreszierenden Pilze und Moose und Flechten immer weniger wurden. Ein weiteres Dutzend Meter, und das erste dünne Licht von oben drang zu ihnen durch, zuerst schwach und dämmrig, wie die Vorboten eines beginnenden Tages. Gleichzeitig verschwand ihre eigene Beleuchtung. Logan blieb lange genug stehen, um ihre schimmernden Handflächen zu beobachten. Die winzigen Lichter bewegten sich, flossen und begannen schließlich in einer Wolke von ihrer Haut zu verblassen. Winzige, unglaublich winzige fliegende Geschöpfe, die Lichtpunkte hinterließen. Das Stöhnen hinter ihnen war ebenfalls verstummt, aber es war kein Wunder, daß sie eine Weile verfolgt worden waren. Die Milliarden Glühinsekten, die sich um sie gesammelt hatten, mußten die sich bewegenden Gestalten von Mensch und Pelzigern in der Finsternis zu feurigen Silhouetten gemacht haben, flackernden, strahlenden Leuchttürmen, die lichtempfindliche Räuber anlockten. Wieder eine symbiotische Verbindung, überlegte sie. Diese Welt bot Hunderte und Aberhunderte von solchen Verbindungen an den unmöglichsten Orten an.

Jetzt stiegen sie durch immer dichtere Gewächse, nicht mehr Pilze, sondern die ersten Vorläufer wirklicher Pflanzen. Die ersten schwachen Umrisse, die im Licht der Sonne sichtbar wurden, waren wie eine Antwort auf ihre Gebete.

Zuerst kletterten sie an den Luftwurzeln empor, die von den größeren parasitischen Bäumen und Lianen herunterhingen, dann an den Wurzeln kleinerer Epiphyten und Büschen. Und schließlich erreichten sie die ersten Blätter – riesige Scheiben mit dem ersten grünen Schimmer. Manche waren fünf oder sechs Meter breit, so konstruiert, daß sie auch den winzigsten Lichtschimmer der Sonne auffingen.

Hier gediehen immer noch Pilze, aber solche von freundlicherer, nicht bedrohlich wirkender Größe – nicht wie die alptraumhaften Kolosse der Siebenten Etage. Gigantische Farne, Efeu und nicht klassifizierbare Bryophyten verdrängten die leuchtenden Pflanzen.

»Bitte, laßt uns hier Rast machen«, bettelte Cohoma erschöpft und ließ sich auf einer breiten Schlingpflanze nieder, die von diamantengemustertem Efeu überzogen war. »Eine Minute bitte, nur eine Minute.« Logan sank neben ihm nieder.

Born warf einen fragenden Blick auf Ruumahum. Der Pelziger blickte sich um, die langen Ohren nach vorne gestreckt, und lauschte. Dann drehte er sich wieder. »Kein Kletterer, nicht folgen. Gefahr weg.«

Nach einer Zeit, die Cohoma wie Sekunden vorkam, zog Born prüfend an einer herunterhängenden Wurzel. Sie leistete Widerstand, und schon zog er sich an dem schraubenförmigen Gewächs nach oben. Losting folgte hinter ihm, sein Bläser schlug ihm gegen die Hüften. Cohoma sah seine Partnerin an, murmelte etwas, das Born nicht verstanden hatte, und schickte sich an, den beiden Jägern zu folgen. Logan seufzte, stand auf und versuchte sich zu strecken. Aber das führte nur zu Muskelschmerzen. Sie packte die Wurzel und begann zu klettern. Ruumahum und Geeliwan wählten sich ihren eigenen Weg.

Weitere Stunden harten Kletterns führten sie in eine Art nebligen Zwielichts, wo man endlich sehen konnte, ohne die Augen zusammenkneifen zu müssen. Diesmal war es Logan, die erklärte, daß sie keinen Schritt mehr tun würde. Born und Losting berieten, während die beiden Riesen in einem Bett rechteckiger Blätter niedersanken, die so dick waren, daß sie wie kleine Schachteln aussahen.

»Also gut«, erklärte Born, »wir verbringen hier die Nacht.«

»Die Nacht?« wunderte sich Cohoma. »Aber als die Silberglitsche uns aus dem Baum vertrieb, war es doch schon Nacht.«

»Ihr müßt lernen, das Licht zu lesen«, meinte Born. »Die Sonne stirbt, sie sprießt nicht. Wir haben den Rest jener Nacht unterwegs verbracht und sind den darauffolgenden Tag geflohen. Es ist nur mehr wenig Zeit, ein Feuer und eine Unterkunft vorzubereiten.«

»Augenblick. Woher weißt du, daß die Sonne untergeht, nicht auf?«

Born deutete mit einer weit umfassenden Handbewegung auf den Wald, der sie umgab. »Das kann man emfatieren.«

»Schon gut«, murrte Cohoma. »Ich will es dir glauben, Born.« Sein Ausdruck wechselte. »Wirst du und Losting auf die Jagd gehen, oder müssen wir wieder das Schuhleder kauen, das ihr Trockenfleisch nennt?«

Born nahm die Axt vom Gürtel. »Keine Zeit zum Jagen, es sei denn, ihr zieht frisches Fleisch einem Unterschlupf vor?«

»Nein danke«, mischte Logan sich ein. »Ich ziehe es vor, trocken zu bleiben – habt ihr genug Zeit?«

»Hier gibt es genügend tote Äste und sterbende Blätter«, erklärte Born. »Und wir sind so tief in der Welt, daß das Tropfwasser erst spät des Nachts hierher durchdringt. Außerdem ist diese Sechste Etage uns nur wenig vertraut. Einige der Waldgewächse kennen wir, andere nicht. Das gleiche gilt für die Geräusche und vermutlich auch das, was die Geräusche erzeugt. Der Abend ist keine gute Zeit, seine Umgebung zu erforschen.«

»Wir essen das, was wir mitgebracht haben«, sagte Losting. »Morgen können wir in die Dritte Etage klettern und jagen und Früchte und Nüsse suchen. Seid jetzt mit dem zufrieden, was ihr habt.«

»Hör zu«, erklärte Cohoma, »du brauchst nicht zu glauben, daß ich mich beklagen wollte.« Er erinnerte sich daran, daß es Borns Unvorsichtigkeit und Neugierde und nicht der Lostings zuzuschreiben waren, daß sie hier waren. »Dieser dauernde Wechsel unserer Diät hat mein Innenleben durcheinandergebracht.«

»Glaubst du, daß es für uns ein Festmahl ist?« erinnerte ihn Born, und dann entfernten er und Losting sich, um weitere von den tellerähnlichen grünen Scheiben zu suchen, die Anzeichen einer Krankheit zeigten.

Cohoma lehnte sich ins Blattwerk zurück, bis die beiden Jäger in der grünen Mauer verschwunden waren. Dann rollte er sich herum und sah Logan zu, die mit dem Kompaß beschäftigt war. »Sind wir immer noch auf Kurs?«

Sie zuckte die Achseln. »Soweit ich das sagen kann, schon, Jan. Weißt du, das, was du vorher gesagt hast, stimmt natürlich. Wir müssen die Station genau treffen. Es gibt drei Möglichkeiten, sie zu verpassen – indem wir unter ihr durchziehen, zu weit rechts oder zu weit links.«

Er zupfte an dem Blatt, auf dem sie saßen. »Ich wünschte, wir hätten den Umweg über die Oberfläche nicht zu machen brauchen, verdammt.«

»War nicht zu vermeiden. Was ist los, Jan, findest du es nicht interessant?«

»Interessant?« Er lachte schrill. »Es ist eine Sache, fremdartige Gewächse von einem Skimmer aus zu studieren, wenn man eine Laserkanone an Bord hat, eine andere, lebendig aufgefressen zu werden. Das ist ein Erlebnis, auf das ich verzichten kann.«

»Wir werden bald Probleme bekommen, weißt du.«

»Oh, du bist voll von Überraschungen, Kimi, wirklich.«

»Ernsthaft. Wenn wir nicht riskieren wollen, die Station zu verfehlen, müssen wir unsere Freunde davon überzeugen, daß es notwendig ist, in der Nähe der Baumgipfel zu reisen. Und da sie seit unserer kleinen Floßfahrt ihren Sinn für Entfernungen verloren haben, ist es dafür sogar höchste Zeit.«

»Stimmt, die Station ist weit oben ins Blätterdach gebaut.«

»Und Born und seine Leute«, fuhr sie fort, »haben eine Heidenangst vor dem Himmel. Wenn auch nicht die gleiche wie vor der Oberfläche.« Sie blickte nachdenklich drein. »Wo wir das jetzt überlebt haben, sind sie vielleicht etwas weniger ängstlich, höher zu steigen.

Denk daran, er weiß nicht, daß die Station oben in der Ersten Etage liegt. Inzwischen haben wir ihn vermutlich wenigstens teilweise davon überzeugt, daß wir von einer anderen Welt als der seinen kommen. Ich glaube, das kann er sich eher vorstellen, als daß wir freiwillig in seiner Oberen Hölle leben.«

Cohoma schüttelte den Kopf. »Ich wünschte mir immer noch, ich wüßte, was diese Emfatiergeschichte bedeuten soll. Das muß eine Art Verehrung des Unterholzes sein.«

Logan nickte. »Überrascht es dich, daß sie sich irgendeine übernatürliche Stütze gesucht haben? Der Grund ihrer Welt ist die Hölle und ebenso das Dach. Da sind sie hübsch dazwischen eingezwängt, ohne Ausweg. Also ist es doch naheliegend, daß sie sich irgendeinen Halt gesucht haben. Eigentlich schade. Born und die Häuptlinge Sand und Joyla und ein paar andere haben eine Art Adel an sich.«

Cohoma gab einen schnaubenden Laut von sich und wälzte sich zur Seite. »Der größte Fehler, den ein objektiver Beobachter auf einer Welt wie dieser machen kann, wäre es, das Primitive zu romantisieren. Und im Falle dieser Leute stimmt das nicht einmal. Sie sind keine Primitiven im wahren Sinne, nur zurückgesunkene Abkömmlinge von Leuten, wie wir selbst es sind.«

»Sag mir, Jan«, murmelte sie, »ist es wirklich ein Rückschritt oder ist es ein Fortschritt auf einem uns fremden Weg?«

»Hm? Was hast du da gesagt?«

»Nichts ... gar nichts. Ich bin nur müde.«

11

Sie hatten ihre Mahlzeit aus zähen getrockneten Früchten und noch zäherem Fleisch schon lange beendet, als Logan, die nicht einschlafen konnte, schließlich vor

Born trat. Der Jäger saß nahe beim Feuer, den Rücken an den schnarchenden Ruumahum gelehnt. Losting schlief bereits seit einiger Zeit am anderen Ende des großen Unterstandes. Ihr Partner hatte sich etwas ungeschickt in seinen braunen Umhang gehüllt und schlief unruhig.

Es gab da eine wichtige Frage, die sie jetzt klären wollte. »Sag, Born, glaubst du und deine Leute an einen Gott?«

»Einen Gott oder Götter?« fragte er interessiert zurück. Jedenfalls hatte ihn die Frage nicht beleidigt.

»Nein, einen einzelnen Gott. Eine allmächtige, alles überblickende Intelligenz, die die Angelegenheiten des Universums lenkt und alles plant und verantwortet.«

»Das würde bedeuten, daß es keinen freien Willen gibt«, erwiderte Born und überraschte sie damit wieder einmal mit einer höchst unprimitiven Antwort.

»Das nehmen einige hin«, gab sie zu.

»Ich nehme davon gar nichts hin, und auch niemand von den Leuten, die ich kenne«, erklärte er ihr. »In dieser Welt geschieht viel zu viel, als daß ein einziges Wesen es alles beobachten oder gar verantworten könnte. Und du sagst, daß es noch andere Welten gibt, die ebenso kompliziert wie diese sind?« Er lächelte. »Nein, wir glauben so etwas nicht.«

Damit wenigstens konnte sie jetzt zu Hansen gehen. Eigentlich schade. Der Glaube an die Existenz eines einzigen Gottes würde ein festes System ethischer und moralischer Prämissen implizieren, auf das man gewisse Vorschläge und Regeln aufbauen konnte. Eine spirituelle Anarchie machte den Umgang mit primitiven Völkern viel schwieriger. Man konnte an keine höhere Autorität appellieren, die alles zusammenhielt. Nun, das war ein Problem für Hansen und die Xenosoziologen, die die Gesellschaft dann damit beauftragte, sich um Borns Volk zu kümmern. Sie wollte sich schon abwenden, zögerte dann aber. Wenn sie in Born wenigstens *die* Saat legen konnte ...

»Born, hast du einmal darüber nachgedacht, daß wir auf dieser Reise ungewöhnliches Glück hatten?«

»Ich würde es nicht gerade Glück nennen, im Baum einer Silberglitsche zu schlafen.«

»Aber wir sind ihr entkommen, Born, und dann gab es da ein Dutzend ... nein, einige Dutzend Fälle, in denen wir alle hätten getötet werden können. Und doch hat keiner auch nur die kleinste Verwundung erlitten, sieht man einmal von den üblichen Kratzern und Schrammen ab.«

Das machte ihn nachdenklich, wie sie es beabsichtigt hatte. Schließlich murmelte er: »Ich bin ein großer Jäger. Losting ist ein guter Jäger, und Ruumahum und Geeliwan sind klug und erfahren. Warum sollten wir nicht Erfolg gehabt haben?«

»Du hältst das nicht für seltsam – trotz der Tatsache, daß zuvor keiner deiner Stammesgenossen sich weiter als fünf Tagereisen vom Heim entfernt hat?«

»Wir haben bis jetzt weder unser Ziel erreicht noch sind wir zurückgekehrt«, erwiderte er leise.

»Das ist richtig«, räumte sie ein und zog sich zu ihrer eigenen Schlafstelle zurück. »Du meinst also nicht, dies sei auf die Einschaltung eines lenkenden Wesens wie zum Beispiel eines Gottes zurückzuführen? Auf jemand jedenfalls, der immer weiß, was gut für dich ist, und der über dich wacht?«

Born blickte ernst drein. »Es hat jedenfalls nicht über uns gewacht, als die Akadi kamen, aber ich werde darüber nachdenken.« Damit wandte er sich von ihr ab.

Die Saat war gelegt. Damit zufrieden und auch mit dem, was Hansen dazu sagen würde, rollte sie sich in ihren Umhang und schloß die Augen. Nicht, daß es auf der Station irgendwelche Missionare gegeben hätte, die ihr danken würden. Die Station war alles andere als eine von der Kirche gesegnete Unternehmung. Das gleichmäßige Tröpfeln des Regens, der durch einige Millionen von Blättern und Blüten in diese Etage heruntersickerte und auf das Dach ihres Unterstandes trommelte, wirkte wie ein Schlaflied und ließ sie am Ende einschlafen.

»Wir müssen in die Erste Etage hinauf, Born«, beharrte Logan am nächsten Tag.

Born schüttelte den Kopf. »Es ist zu gefährlich, so nahe am Himmel zu reisen.«

»Nein, nein«, fuhr sie verzweifelt fort. »Wir brauchen ja nicht den Kopf ins Freie zu stecken. Wir können gute fünfundzwanzig Meter ...« – und sie übersetzte das in Prozente einer Etage für ihn – »unter den obersten Zweigen bleiben. Kein Himmelsdämon wird durch so viel Busch stoßen, um dich zu fangen.«

»Die Erste Etage hat ihre eigenen Gefahren«, entgegnete Born. »Sie sind kleiner als jene auf der Etage des Heims, aber schneller und schwerer zu finden und schwieriger zu töten, ehe sie zuschlagen.«

»Schau, Born«, versuchte Cohoma zu erklären, »wir könnten die Station verfehlen, wenn wir nicht in genügender Höhe reisen. Sie ist – wie unser Flugboot – aus Materialien gebaut, die man einfach in den Wald hineingesenkt hat, aber nicht sehr tief. Wenn wir sie verfehlen und umkehren müssen, dann könnten wir durcheinandergeraten und die Richtung nicht finden. Auf die Weise würden wir vielleicht jahrelang in diesem Dschungel herumirren.« Um seine Worte zu unterstreichen, nahm er seinen Kompaß und zeigte ihn Born und Losting, als würden sie sein Prinzip begreifen. »Seht ihr diesen Richtungsfinder, den wir haben? Wenn man einen Ort damit sucht, funktioniert er beim ersten Mal am besten. Bei jedem weiteren Mißerfolg wird er weniger nützlich.«

Schließlich gab Born nach, wie Logan das erwartet hatte. Ihr Jäger hatte eigentlich nur zwei Alternativen –

er konnte jetzt ihren Rat annehmen oder die Reise abbrechen. Und nach allem, was sie bisher gemeinsam durchgemacht hatten, glaubte sie nicht, daß er letzteres vorschlagen würde.

Also zogen sie weiter aufwärts. Diesmal langsam, nicht in einem kräftefressenden, fast senkrechten Aufstieg, sondern schräg. Auf diese Weise bewegten sie sich nicht nur nach oben, sondern auch nach vorwärts durch die Fünfte Etage, Vierte und die Dritte. Sie fühlte ihr Widerstreben, die vertraute Umgebung zu verlassen und gegen sie die Gefahren und die Unsicherheit oberer Etagen einzutauschen. Sie und Cohoma fühlten sich in der Waldwelt inzwischen so zu Hause, daß keiner der beiden Jäger versuchte, sie zu täuschen und ihnen vorzuspiegeln, sie hätten bereits eine höhere Etage erreicht.

Und immer weiter ging es nach oben – durch die Zweite Etage hindurch, wo das Licht der Sonne ein helles Gelbgrün war und den größten Teil der Vegetation direkt erreichte und nicht mit Hilfe von Spiegelpflanzen. Wo der Tag hell genug war, daß man hätte meinen können, sich in einem immergrünen Wald einer mittleren Klimazone auf Moth oder Terra zu befinden. Logan und Cohoma begannen sich immer wohler zu fühlen, während Born und Losting immer vorsichtiger wurden.

Und dann hatten sie die Erste Etage selbst erreicht, kletterten inmitten einer Vielfalt grellbunter Blumen, die von einer schönheitstrunkenen Natur verschwenderisch mit Farben ausgestattet war. Logan wußte, daß jeder der Botaniker der Station ein Jahr seines Lebens darum gegeben hätte, jetzt bei ihnen zu sein, waren sie doch bei ihren normalen Arbeitseinsätzen gezwungen, ihre Erkenntnisse nur vom Skimmer aus zu sammeln. Die Vorschriften der Firma waren hier angesichts der feindlichen Natur dieser Welt sehr eindeutig. Botaniker waren teuer.

All die Grundschattierungen und Farben verschmolzen bei den exotischeren Blüten zu einem wahren Farbenrausch. Logan ging an einer kastanienbraunen Blüte vorbei, die einen halben Meter durchmaß und deren Pigmentierung so intensiv war, daß sie an manchen Stellen fast purpurfarben wirkte. Die einzelnen Blütenblätter hatten aquamarinblaue Streifen, und sie entsproß einem Bett aus goldmetallicfarbenen Blättern.

Nicht daß diese trunkenen Variationen sich auf die Farbe beschränkten. Eine Blüte hatte Blätter von ineinander verschlungenen mehrfachen Spiralen von Rosa und Türkis. Und dann gab es hier Blumen, die wie eine Phalanx von Spießen wuchsen; grüne Blüten an grünen Stielen, und grüne Zweige, an denen grüne Trauben hingen. Es gab Blumen in Blumen, Blumen, die die Farbe von Rauchquarz hatten, Blumen mit durchsichtigen Blütenblättern, die nach Karamel dufteten.

Und ihnen an Glanz und evolutionärer Vielfalt gleich, gab es Legionen nichtpflanzlichen Lebens. Es kroch, hüpfte, glitt, summte und flog vor dem benommenen Blick der beiden Piloten wie fleischgewordene Träume herum. Born hatte recht – die Tiere waren hier kleiner und bewegten sich schneller, und manche schossen so schnell an ihnen vorüber, daß man sie kaum wahrzunehmen vermochte.

Jäger und Sammler würden hier viermal so hart arbeiten müssen, um die gleiche Menge an Nahrung einzusammeln. Es gab hier einen größeren natürlichen Wettbewerb und, wenn man den Jägern Glauben schenken wollte, auch größere Gefahren. Das erklärte auch, warum die Überlebenden des gescheiterten Auswandererschiffes es vorgezogen hatten, dieses luftige Paradies gegen die weniger dem Wettbewerb ausgesetzten Regionen der Dritten und Vierten Etage einzutauschen. Nachdem Logan die schrecklichen nächtlichen Stürme aus der vergleichsweisen Sicherheit der Station miterlebt hatte, vermutete sie, daß der Schutz, den sie vor gefährlichem Wetter boten, ein weiterer Faktor in dieser Entscheidung gewesen war.

Und dann war da noch der Lärm. Er war hier ohrenbetäubend. In erster Linie schien der Lärm von mächtigen Kolonien kleiner sechsbeiniger Geschöpfe auszugehen, die etwa die Größe eines Schenkels hatten. Sie waren einen halben Meter lang, schlank gebaut und bewegten sich mit ihren sechsklauigen Beinen blitzschnell durch die Zweige. Ihre hartgepanzerten Glieder hingen an einem mit Pelz bedeckten zylindrischen Körper, dessen eines Ende in einen langen peitschenähnlichen Schweif auslief, während sich am anderen Ende eine Schnauze befand, die an die eines Aardvark erinnerte. Darüber befanden sich drei Augen und dahinter ein flexibler Fleischkamm, der wahrscheinlich ein Hörorgan darstellte.

Sie waren sozusagen die Spottdrosseln dieser Welt, diese sechsbeinigen Kookaburras. Sie konnten jede Art von Geräusch erzeugen, von einem schrillen Pfiff bis hin zu einem schrillen Kichern. Ganze Scharen von ihnen begleiteten die kleine Gruppe, während diese sich ihren Weg durch die Schlingpflanzen bahnte, und unterhielten sie die ganze Zeit über mit ihrem Geschnatter. Hin und wieder knurrte sie einer der Pelziger drohend an, dann rannten sie weg, nur um kurz darauf wieder zu erscheinen, wenn ihre Courage sich genügend gefestigt hatte. Nur Langeweile konnte sie vertreiben.

Und dann zeigte sich noch ein weiterer Grund für das Leben in größerer Tiefe an. Selbst hier, einige Dutzend Meter unter den Gipfeln der Bäume, waren die Äste und Kabbls dünner, weniger straßenähnlich, die Schlingpflanzen, Lianen und sonstigen Gewächse waren dünner. Öfter, als ihnen recht war, mußten Logan und Cohoma ihre Arme anstatt ihrer Beine dazu gebrauchen, um von einem Ort an den nächsten zu gelangen. Als Born sie fragte, ob sie müde wären und vielleicht etwas weiter unten weiterziehen wollten, wo der Weg angenehmer war, bissen beide die Zähne zusammen, wischten sich den Schweiß von der Stirn und aus den Augen und schüttelten den Kopf. Besser, hier alle Reserven zu vergeuden, als das Risiko einzugehen, die Station zu verfehlen.

Auf diesem Weg setzten sie also die Reise fort und gingen nur gelegentlich tiefer, wenn der Wald über ihnen zu dünn wurde, um Schutz zu bieten, stiegen aber gleich wieder höher, wenn die Waldwelt sich in den Himmel hochreckte.

In jener Nacht regnete es früh. Zum erstenmal seit dem Absturz ihres Skimmers wurden die beiden Riesen gründlich durchnäßt, ehe die beiden Jäger einen geeigneten Unterschlupf bauen konnten. Ohne Hunderte von Metern schützenden Laubwerks traf sie die ganze Wucht des nächtlichen Wolkenbruches. Sie hatten ähnliche Gewitter in der Station erlebt und hatten daher sowohl Umfang als auch *Wut* erwartet. Der Lärm aber war es, der sie überraschte – dagegen war die Station hinreichend geschützt. Sie waren gute dreißig Meter tiefer gestiegen, in der Hoffnung, hier etwas Schutz zu finden. Doch selbst hier zitterte und dröhnte der Wald. In diesen Höhen gab es echten gleichmäßigen Wind, nicht den verlorenen spielerischen Zephyr, den sie auf der Etage vom Heim erlebt hatten.

Hier gab es auch keinen Schallschutz, um Donner und Blitz fernzuhalten, der gleichsam als Kontrapunkt zu dem peitschenden Regen ihre Sinne erschütterte. Logan nieste und sagte sich, daß die ersten Kolonisten hier an Lungenentzündung hätten zugrunde gehen müssen, hätten sie nicht die Wahl getroffen, in etwas geschützteren Tiefen ihr Heim zu suchen. Es war nur ein kurzer kalter Hauch – die Feuchtigkeit und die dauernde Wärme machten es schwer, sich ernsthaft zu erkälten, wie sie das befürchtete. Aber als am nächsten Morgen die Sonne aufging, blieben beide Riesen bis auf die Haut durchnäßt.

In den folgenden Tagen wurden sie von Born – Losting begnügte sich mit der Rolle des Zuschauers – umgeschult. Diese Welt näher am Himmel war so tödlich, wie Born das angedeutet hatte; nur war die Methode des Mordes hier in ihrer Tödlichkeit der Subtilität der Ausführung angepaßt. Ohne den Rat und den Schutz von Born, Losting und den Pelzigern wären die beiden Riesen binnen eines Tages tot gewesen.

Die Gefahr, die sich Logan am deutlichsten einprägte, war eine hellgelbe Frucht. Sie hatte die Form einer Sanduhr und etwa die Größe einer Birne. Von ihren Blüten ging ein Duft aus, der an den von Geißblatt im Frühling erinnerte. Die schwere Last der Früchte zog den epiphytischen Busch fast in die Tiefe. Born wies sie darauf hin, wie Tokkas und andere Obstfresser ihm gezielt aus dem Wege gingen.

»Bitterer Geschmack?« fragte Cohoma.

Born schüttelte den Kopf. »Nein, der Geschmack ist herrlich, und das Fruchtfleisch ist sehr nahrhaft und gibt dem müden Wanderer frische Kräfte. Das Problem liegt darin, die Frucht von ihren Samenkörnern zu trennen.«

»Das ist ein Problem bei fast allen Obstarten«, meinte Cohoma.

»Bei der Grüßerfrucht ist das besonders problematisch«, erklärte Born und pflückte eine vom Ast. Nachdem er die Pflanze eine Minute lang stumm angestarrt hatte, stellte Logan fest – er hatte wieder emfatiert. »Kein Tier dieser Welt hat das Problem lösen können«, fuhr der Jäger fort und drehte die hübsche, harmlos wirkende Frucht zwischen den Händen. »Nur die Menschen.«

Er suchte herum, bis er einen langen dünnen Ast fand, der aus einem Busch in der Nähe wuchs. Er knickte ihn ab und spitzte ein Ende mit dem Messer zu. Dann schob er die Spitze in die Frucht, sorgfältig bemüht, die Mitte nicht zu durchbohren. Dann legte er die aufgespießte Frucht auf einen Ast und benutzte sein

Messer dazu, sie von dem Stock weg einzuschneiden. Dann hob er den Ast hoch über den Kopf und begann die eingeschnittene Stelle kräftig gegen den Vorsprung eines kleinen Kabbl zu klopfen.

Beim sechsten Klopfen gab es einen so lauten Knall, daß Logan und Cohoma sich unwillkürlich duckten. Zu ihrer Linken war ein wildes Knurren zu hören. Ruumahum schob den Kopf durch einen Drahtbusch. Als er sah, daß niemand verletzt war, schnaubte er spöttisch ob des närrischen Gehabes seiner Begleiter und verschwand wieder.

Born zog den Stock heraus und zeigte ihn den Riesen. Die ganze linke Seite der Frucht, wo er die Einschnitte gemacht hatte, war weggesprengt worden, als wäre in ihrem Inneren eine kleine Bombe gewesen, was auch genau den Tatsachen entsprach.

»So verbreitet die Grüßerpflanze ihren Samen«, erklärte Born überflüssigerweise. Dann brach er Stücke der übriggebliebenen unbeschädigten Frucht und reichte sie Cohoma und Logan. Logan schob sich das Stück Fruchtfleisch zögernd in den Mund; die Demonstration, deren Zeuge sie soeben geworden war, hatte ihren Appetit nicht gerade gesteigert. Als freilich ihre Geschmacksknospen erst einmal angeregt waren, nahm sie das ganze Stück, rollte es im Munde herum und drückte den Saft heraus. Es schmeckte ausgezeichnet, süß und doch würzig, so ähnlich wie Grenadine und Limone.

»Was wird später aus dem Samen?« fragte sie, als sie den letzten Tropfen ausgedrückt und das letzte Stückchen Fruchtfleisch verschluckt hatte.

Anstelle einer Antwort zeigte ihnen Born die linke Seite des Parasitenbusches. Er studierte den Stamm des am nächsten stehenden Baumes und zeigte schließlich auf eine ganz bestimmte Stelle. Die beiden folgten seiner Hand. An dem Stamm war ein Dutzend kleiner Löcher zu sehen, die ein paar Zentimeter tief in das massive Holz gebohrt waren. Unten in jedem Loch konnten sie ein winziges schwarzes Samenkorn erkennen. Aus jedem stachen sechs Dorne. Jeder Same durchmaß vielleicht, die Dornen mitgerechnet, einen halben Zentimeter. Born bohrte mit dem Messer einen davon heraus. Logan wollte danach greifen. Born stieß ihre Hand beiseite – hatte sie in all diesen Siebentagen gar nichts von der Welt gelernt? Sie und Cohoma studierten den winzigen Samen interessiert. Eine nähere Untersuchung ergab, daß die sechs Dornen rasiermesserscharf und mit mikroskopischen Widerhaken versehen waren.

»Ich verstehe«, murmelte Cohoma. »Die Samen schlagen in den Bäumen Wurzeln. Aber wie breiten sie sich aus? Trocknet die Frucht so lange aus, bis der Innendruck sie abschleudert?«

»Das kann nicht sein, Jan«, wandte Logan ein. »Wenn die Frucht austrocknet, wo bleibt dann der Druck? Nein, es muß ...«

Born schüttelte den Kopf. »Die Grüßerpflanze schlägt keine Wurzeln. Wenn ein Tier, das alt oder krank ist, seine Urteilsfähigkeit verloren hat, dann kann der Hunger es dazu verleiten, einen Grüßer zu essen.« Er setzte den Marsch fort.

Logan blieb noch eine Weile stehen und musterte die Löcher in dem dicken Hartholz und folgte dem Jäger dann.

»Ein Tier versucht, eine dieser Früchte zu essen, beißt durch das Fruchtfleisch, bis es den inneren, unter Druck stehenden Sack anbohrt, und bekommt die ganze Ladung ins Gesicht«, meinte Cohoma mit grimmiger Stimme. »Wenn es Glück hat, tötet es der Same. Andernfalls verblutet es wahrscheinlich. Und inzwischen dient der Kadaver als Nahrungsvorrat.«

»Jan, die Pflanzen haben auf dieser Welt das perfekte Gleichgewicht mit den Tieren erreicht. Nein, das muß ich zurücknehmen. Sie haben die Oberhand. Die Tiere sind in der Minderzahl und außerdem zu klein. Ich habe mich immer gefragt, wie es kam, daß Borns Vorfahren in so kurzer Zeit soviel Technologie verloren haben. Jetzt wundert mich das nicht mehr. Wie kann man gegen einen ganzen Wald kämpfen?«

Die Entdeckung kam einige Tage später und wurde mit dem üblichen Phlegma der Pelziger verkündet. »Panta«, rief Ruumahum ihnen zu. Die beiden Pelziger saßen am Ende einer langen, relativ freien Kabbl.

Borns Stimmung stieg. »Eine Panta ist ein großer offenliegender Raum, eine Senke in der Welt. Es könnte natürlich ...«, fügte er eilig hinzu, als er den Gesichtsausdruck der Riesen bemerkte, »eine natürliche Panta sein. Im Umkreis von zwei Tagereisen vom Heim gibt es ein halbes Dutzend davon.«

Er wandte sich wieder Ruumahum zu.

»Wie groß?«

»Groß«, erwiderte der Pelziger mit leiser Stimme. »Und in der Mitte ein Ding aus Axtmetall wie Himmelsboot.« Drei Augen starrten plötzlich Logan an.

Ohne zu wissen, weshalb, wandte sie sich ab und konzentrierte sich statt dessen auf Born. »Die Station! Das muß sie sein!«

»Dann haben wir es geschafft. Schnell.«

Er wandte sich ab, um den Kabbl hinunterzulaufen.

Diesmal war es Logan, die ihn zurückrief. »Nicht so schnell, Born. Es gibt Anlagen – wie unseren Kompaß –, die die Station vor gefährlichen Waldbewohnern und Himmelsdämonen schützen. Kein Geschöpf der Waldwelt kann sie erreichen.«

»Silberglitsche?« fragte Losting unsicher.

»Nein, Losting, nicht einmal eine Silberglitsche.«

Der Jäger ließ sich nicht so leicht aus dem Konzept bringen. »Ist eure Station je von einer Silberglitsche angegriffen worden?«

Logan mußte zugeben, daß dies nicht der Fall war, bestand aber darauf, daß selbst ein Ungeheuer wie eine Silberglitsche einem schweren Laser oder einem Explosivgeschoß nicht gewachsen war. Beide Jäger mußten gestehen, daß sie keine Ahnung hatten, was diese magischen Waffen waren. Cohoma versicherte ihnen mit einem Lächeln, das er kaum zu unterdrücken vermochte, daß sie giftigter als Jacaridorne waren.

»Dann müssen die Dämonen eurer eigenen Welt um vieles größer sein als selbst jene unserer Hölle«, meinte Born, »wenn ihr solche Waffen braucht.«

»Das sind sie auch«, gab sie zu, ohne sich die Mühe zu machen, ihm zu erklären, daß diese Dämonen zweibeinig waren. Außerdem gab es jetzt, da sie praktisch in Rufweite der Station waren, ein Experiment, auf das sie schon die ganze Zeit gewartet hatte. Sie blickte Ruumahum an. »So«, sagte sie im Befehlston, »jetzt bring uns zu der Panta, Ruumahum.«

Der Pelziger musterte sie einen Augenblick lang, machte dann kehrt und trottete in das Grün vor ihnen. Born sagte nichts. Vielleicht erkannte er die Bedeutung dieses kleinen Ereignisses nicht. Logan und Cohoma aber lehrte es, daß die Pelziger auch den Befehlen anderer Menschen, nicht nur jenen aus Borns Stamm, gehorchten. Das würde sich vielleicht noch als sehr wichtig erweisen.

Noch ein paar Lianen, einige zwei Meter hohe Blätter, ein paar Äste, die sie beiseite schieben mußten – und sie standen am Rande eines weiten grünen Kreises, der mit Grün, Beige und Braun gepflastert war.

Der Boden der Panta bestand aus den Spitzen Hunderter, ja Tausender von Bäumen, Kabbls und Epiphyten, die abgeschnitten worden waren, um der Station einen schützenden »Burggraben« freien Raums zu liefern, in dem nichts Deckung finden konnte. In der Mitte des grünen Amphitheaters ruhte die Station auf den abgeschnittenen Kronen von drei Säulenbäumen, die dicht nebeneinander standen. Sie trugen das ganze Gewicht der Station. Die Konstruktion bestand aus einem riesigen Metallbau mit einer etwas abgeflachten

Kuppel darüber. Ganz oben erhob sich ein durchsichtiger Dom. Ein breiter Balkon, geschützt von hüfthohem Drahtgeflecht, umgab das ganze Bauwerk. Vom Mittelgebäude führte je ein überdachter Gang in alle vier Himmelsrichtungen zu Kuppeln aus Duralum und Plastik. Und aus jedem dieser Türme ragte die stumpfe Mündung einer Laserkanone.

Die voneinander unabhängig gesteuerten Kanonen konnten sich frei drehen, so daß drei auf jeden beliebigen Punkt bis zwanzig Meter vor der Station eingestellt werden konnten. Ein unbefangener Beobachter, der all diese Feuerkraft sah, hätte annehmen können, daß die bescheidene Forschungsstation eine Invasion aus dem sie umgebenden Wald erwartete. Tatsächlich waren diese Laserkanonen auch zum Schutz gegen nicht ortsansässige Räuber gedacht.

Die »Himmelsdämonen«, um die sich die Insassen und Begründer der Station wirklich Sorge machten, pflegten mit hoher Geschwindigkeit anzugreifen und im Gegensatz zu der auf dieser Welt üblichen Spielart über Intelligenz, schriftliche Befehle, Verordnungen und Gesetze zu verfügen. Und die waren viel gefährlicher als die Zähne von Fleischfressern.

Auf halbem Wege zwischen dem Sockel der Station und der Spitze des abgeschnittenen Waldes umgab jeden Säulenbaumstamm eine Reihe miteinander verbundener Streben, die von dicken Kabeln gehalten wurden. Durch diese Kabel floß ein elektrischer Strom, der kräftig genug war, um jeden neugierigen Fleischfresser abzuhalten, der durch irgendein Wunder den elektrischen Schutzvorrichtungen entkommen sein sollte.

Als das erklärt war, erkundigte sich Born, welchem Zweck die flache Metallscheibe diente, die zu ihrer Rechten angebracht war. Ein fünfter Laufgang, etwas größer als die anderen, führte von ihr zur Station. Die Scheibe ruhte auf einem kleineren Baum, dessen Stärke jedoch ausreichte, dieses geringere Gewicht zu tragen.

Born erkannte das rechteckige Gebilde, welches auf dieser Plattform ruhte, nicht als einen größeren Vetter des Skimmers der Riesen. Das Landeboot unterschied sich in seiner Form hinreichend davon, um für beide Jäger unerklärlich zu bleiben, ebenso wie das Netz von Gittern und Antennen, welche aus den Seiten der Station und der Beobachtungskuppel an ihrer Spitze hervorstachen.

Hinter den Laserbatterien und den Laufgängen aus Metall, hinter dem doppelmaschigen Drahtgitter lagen Wohnquartiere, Laboratorien, Verwaltungsbüros, ein Kommunikationszentrum, um das die Station jeder Planet mit mehr als einer Million Einwohnern beneidet hätte, ein Skimmerhangar, Servicedocks, eine Energieanlage sowie eine Vielfalt von Lager- und Wohnräumen. Selbst jemand, der nur wenig interstellar reiste, hätte sofort erkannt, welchen ungewöhnlichen Aufwand man beim Bau dieser Station getrieben hatte.

»Jetzt geht's los«, sagte Logan.

Theoretisch war alles sorgfältig überprüft, und es bestand keine Gefahr, daß irgendwelche automatischen Waffen sie in Staub verwandelten, ehe sie gründlich überprüft worden waren. Theoretisch. Sie hatte bis jetzt noch keine Gelegenheit gehabt, sich persönlich vom Funktionieren der Anlagen zu überzeugen. Die bekam sie jetzt.

Sie wählte einen halb abgeschnittenen Kabbl, der in Richtung der Station führte, und trat aus dem Dschungel ins Freie. Sofort richteten sich zwei metallische Stummel auf sie. Sie hoffte, daß, wer auch immer im Augenblick am Computer Dienst hatte, jetzt nicht schläfrig war oder unter Drogen stand oder darauf erpicht war, ein paar Zielübungen zu machen. Ein paar Augenblicke lang, die ihr wie eine Ewigkeit erschienen, geschah gar nichts. Sie winkte, fuchtelte mit beiden Händen in der Luft herum. Cohoma wartete, während Born und Losting aufmerksam zum Himmel blickten und die Bläser bereithielten.

Born beschäftigten in diesem Augenblick auch andere Gedanken. Der Halb-Traum der Station der Riesen war Wirklichkeit. Sie existierte, saß ganz massiv hier vor ihm auf den Baumspitzen. Ob in ihr all die Wunder enthalten waren, die man ihm versprochen hatte, würde man ja sehen. Für den Augenblick jedenfalls, solange sie allen möglichen Himmelsdämonen ausgesetzt waren, würde er lieber auf das Jacarigift als auf irgendwelche Versprechungen bauen.

Man konnte erkennen, wie sich drüben Gestalten bewegten und langsam und vorsichtig auf sie zukamen. Als die Gestalten sich näherten, blickte Logan zu Boden, dann wieder in die Höhe und sah, daß ein Weg – ohne Zweifel einer von vielen – über den Wald gelegt worden war. Man hatte sie von der Existenz solcher Wege informiert, aber sie hatte sie sich nicht gemerkt, da sie nie damit gerechnet hatte, einen benutzen zu müssen.

Die Gestalten trugen Handwaffen und waren mit denselben grauen Overalls bekleidet, die Born ursprünglich an Cohoma und Logan gesehen hatte. Und als sie näher kamen, weiteten sich ihre Augen. Es waren drei Personen. Der eine, der ganz vorn ging, blieb vor Logan stehen und musterte sie lange von oben bis unten. In seinem Gesichtsausdruck mischten sich Freude und Verblüffung.

»Kimi Logan! Da soll mich doch der Teufel holen!« Er schüttelte ungläubig den Kopf. »Wir haben schon vor Wochen den Kontakt mit Ihrem Skimmer verloren. Wir haben Suchmannschaften mit Skimmern ausgeschickt und nichts gefunden. Sie haben sich ein hübsches Begräbnis entgehen lassen.«

»Tut mir leid, Sal.«

»Wo zur Hölle kommen Sie denn her?«

»Besser hätte ich es auch nicht ausdrücken können,

Sal.« Sie wandte sich um und rief in den Busch: »Alles klar, kommt alle raus.«

Cohoma trat vor. Als Born und Losting erschienen, gingen dem Mann mit den grauen Koteletten und dem gespaltenen Kinn für einen Augenblick die Kraftausdrücke aus. »Ich will verdammt sein«, murmelte er schließlich.

Nach einem Blick von Logan schob er die Waffe ins Halfter. Dann musterte er die beiden Jäger erneut. Born zwang sich dazu, unter dem prüfenden Blick nicht nervös zu werden. Außerdem war er selbst voll und ganz damit beschäftigt, die drei Riesen zu mustern. Der größte von ihnen, der, den Kimilogan Sal nannte, unterschied sich kaum von Cohoma, wenn er auch noch größer und schwerer war. Die anderen beiden Riesen hatten die Größe von Logan, wenn auch nur einer davon weiblich war.

»Pygmäen!« Er blickte Logan freundlich an.

»Eingeborene.« Sie lächelte. »Zu viele Ähnlichkeiten für eine parallele Entwicklung. Wir können natürlich nicht ganz sicher sein, solange man sie nicht gründlich untersucht hat, aber abgesehen von ein paar kleineren Unterschieden möchte ich wetten, daß sie sich als ebenso menschlich wie Sie oder ich erweisen werden. Jan und ich vermuten, daß es sich um die Nachkommen eines vor Jahrhunderten gestrandeten Auswandererschiffs handelt. Vielleicht sogar aus der Zeit vor dem Commonwealth. Übrigens sie sprechen ein ausgezeichnetes, wenn auch etwas zischendes Terranglo.«

Sal stand immer noch der Mund offen. »Könnte schon sein. Es hat genügend von diesen alten Kolonisten gegeben, die am falschen Punkt rauskamen. Ebensogut hätten wir erst tausend Jahre später auf die Thranx stoßen können, wenn dort nicht ein Schiff verlorengegangen wäre.« Er knurrte. »Kleinere Unterschiede ... Sie meinen die Zehen und die Größe?«

Logan nickte. »Das und die Schutzfärbung, die sie

sich zugelegt haben. Schauen Sie, Jan und ich sind wirklich durch diese Hölle gegangen, die Sie gerade erwähnt haben. Ich habe Wochen damit verbracht, mir auszumalen, wie ich mir mein Festmahl zusammenstelle, angefangen bei einem Steak bis zu dem Pfefferminzbonbon nachher. Und gebadet habe ich auch nicht mehr, seit wir hier abgeflogen sind.«

»Und etwas Ordentliches anzuziehen«, fügte Cohoma hinzu. »Saubere Unterwäsche!«

»Hansen wird froh sein, daß Sie beide wieder da sind«, lächelte Sal. »Aber ich würde einiges darum geben, sein Gesicht sehen zu können, wenn Sie mit Ihren zwei Freunden zu ihm kommen. Ein Vermögen würde ich darum geben!«

»Sie sollten ihn erst sehen, wenn wir ihm von unseren Entdeckungen berichten. Sie sollten auch mal hinausgehen und sich ein wenig umsehen, Sal. Das ist die einzige Methode, wie man eine Welt kennenlernt.«

»Yeah? Nun, wenn es Ihnen nichts ausmacht, überlasse ich das lieber anderen.« Cohoma tat so, als wollte er ihm einen Boxhieb versetzen. »Erzählen Sie mir ein wenig.«

»Tut mir leid, Sal«, grinste Cohoma. »Ich muß schließlich an meine Prämie denken.«

»Ach was, Jan, die macht Ihnen keiner streitig. Außerdem, wie sollte ich es denn beweisen? Aber es freut mich, daß der kleine Spaziergang sich gelohnt hat. Der Alte stand unter ziemlichem Druck von zu Hause, seit Tsing-ahn sich umgebracht hat.«

Cohoma und Logan waren nicht zu müde, um zu erschrecken. »Popi hat Selbstmord begangen?« flüsterte Logan und benutzte dabei den Spitznamen des Biochemikers.

»So geht die Rede. Nearchose – der Sicherheitstyp, mit dem der Professor sich angefreundet hatte – hat ihn als letzter lebend gesehen. Nick sagt, der Bursche hätte irgendwelche Depressionen gehabt, aber keinen Grund zum Selbstmord. Jedenfalls hat er plötzlich durchgedreht und sein ganzes Labor in die Luft gejagt. Eigentlich ist es ja kein Wunder; wenn einer so auf das Zeug versessen ist wie Tsing-ahn, dann weiß keiner, was er plötzlich anfängt. Die Firma geht wirklich ein Risiko ein, wenn sie solche Burschen einstellt. Und diesmal ist es eben schiefgegangen.«

»Schade, ich konnte ihn gut leiden«, murmelte Cohoma.

»Alle konnten ihn leiden.«

Jetzt herrschte Stille. Jeder hing seinen eigenen Gedanken nach, im vollen Bewußtsein dessen, daß sie auf dieser Welt waren, weil sie selbst irgendwelche Schwächen hatten – Geld, Drogen oder etwas, wovon man am besten nicht redete. Aber über solche Dinge wurde hier nach stiller Übereinkunft überhaupt nicht gesprochen.

Sie gingen schweigend zur Station hinüber. Als sie etwa die Hälfte des Weges zurückgelegt hatten, wurde Logan endlich bewußt, was ihr fehlte. Sie blickte sich um und wandte sich dann an Born. »Wo sind Ruumahum und Geeliwan?«

»Sie haben beide gesagt, sie würden sich außerhalb des Waldes nicht wohl fühlen«, erwiderte Born der Wahrheit entsprechend. »Sie sind nicht gern im Freien. Du hast nicht gesagt, daß sie mitkommen sollen.«

»Nun, das ist nicht wichtig.« Sie blickte sehnsüchtig auf die grüne, mit Blüten geschmückte Wand zurück. Die zwei mächtigen Sechsbeiner Hansen wie zwei Schoßhündchen vorzuführen war ein Vergnügen, auf das sie sich gefreut hatte. Aber das Bad und eine anständige Mahlzeit waren ihr jetzt wichtiger, und nichts in der Welt konnte sie veranlassen, in den Dschungel zurückzukehren. Das hatte Zeit.

Sie hielt die Pelziger für Allesfresser. Wenn sie jetzt überlegte, mußte sie zugeben, daß sie die beiden in all der Zeit überhaupt nicht hatte fressen sehen. Nun, Born hatte ja gesagt, in gewissen Situationen fühlten sie sich nicht wohl. Wahrscheinlich aßen sie lieber für sich, ebenso wie sie sich vermutlich auch nicht vor den Augen Neugieriger paarten. Trotzdem kam es ihr plötzlich seltsam vor, daß sie die beiden nie auch nur einen Bissen hatte essen sehen.

Aber ein Aufschrei Borns riß sie aus weiteren Überlegungen. Er hatte den Dämon als erster entdeckt. »Losting! Achtung Zenith!« Wieder stutzte sie über ein Wort, das irgendwie nicht zu Borns Lebensumständen zu passen schien.

Losting blickte zum Himmel und griff gleichzeitig nach seinem Bläser. Jetzt sah auch sie den winzigen braunen Punkt, der weit über ihnen kreiste. Es gab viele solcher Punkte, meistens weit von der Station entfernt. Offenbar hatte Born irgendwie an diesem etwas Gefährliches entdeckt. Er hatte recht. Der Punkt wurde rasch zu einer erkennbaren Silhouette, zu einer, die sie nie wieder zu sehen gehofft hatte. Breite Schwingen, klauenbewehrte Füße und ein langes Maul mit rasiermesserscharfen Zähnen.

Es gelang ihr nicht ganz, ein überlegenes Lächeln zu unterdrücken, als die beiden behende zu ihren primitiven Waffen griffen. »Keine Sorge, Born, Losting. Ihr könnt ganz ruhig sein. Seht zu.« Born sah sie fragend an, unterdrückte aber immerhin seinen natürlichen Instinkt, zu laden und zu zielen.

Logan studierte den auf sie herunterstoßenden Dämon. In einer immer enger werdenden Spirale kam er näher.

Sie konnte nicht sehen, welche der Waffen sich auf ihn richtete, bis der rote Strahl aus einer der Kanonen schoß. Der Himmelsdämon löste sich in einem kurzen Aufflammen von verkohlendem Fleisch und zu Staub verbrannten Knochen auf.

Born und Losting starrten stumm auf den Himmel, wo noch vor Sekunden der Dämon auf sie heruntergerast war. Ebenso stumm musterte sie Logan. Co-

Zwischendurch:

Ja, so geht es einem manchmal: ein Bad und eine anständige Mahlzeit sind bisweilen wichtiger als alles übrige.

Ein andermal genügt schon eine sehr viel kürzere Pause und eine Kleinigkeit für den Appetit zwischendurch. Nichts auf der Welt kann einen veranlassen, darauf zu verzichten. Dazu gehört ja auch nur heißes Wasser, ein Becher und ...

homa und Sal und die beiden anderen taten es ihr gleich.

»Das ist so etwas wie ein weiterentwickelter Bläser, Born«, erklärte sie schließlich. »Wie soll ich dir das erklären ... nun, es benutzt Licht, um damit zu töten.«

Born drehte sich um und wies auf die Kuppel, in der die Kanone untergebracht war. »Dort drinnen?«

»Ja«, nickte Cohoma. »Rings um die Station gibt es weitere davon. Damit und mit den Hochspannungsdrähten auf den Stützstämmen sind wir hier ganz sicher.«

»Erinnerst du dich, Born, wie deine Leute sich aufstellten, um die Akadi abzuwehren?« fragte Logan erregt, als sie weitergingen. »Ein solches Waffensystem ...« – damit wies sie auf den jetzt reglosen Turm – »könnte um euer Dorf herum aufgebaut werden, um das Heim zu schützen. Ihr brauchtet euch nie wieder um die Akadi oder Silberglitschen Sorgen zu machen.«

»Auf die kurze Entfernung muß es sehr schnell schießen und sich auch schnell bewegen lassen«, meinte Losting.

»Oh, das ist kein Problem«, erklärte Cohoma selbstbewußt. »Sobald ihr den Umkreis des Heims so freigemacht habt, wie wir das hier getan haben, und dann ein vernünftiges Warnsystem aufbaut, könnte ein Räuber nicht dicht genug herankommen, ohne entdeckt zu werden.«

»Freimachen?«

»Ja, weißt du, die Vegetation abschneiden, wie ich das ursprünglich vorgeschlagen hatte, um die Akadi aufzuhalten. Ihr müßtet bloß ein paar Kabbl oder Lianen als eine Art Zugbrücke stehenlassen. Das wäre ganz einfach. Wir können euch Werkzeuge, ähnlich dieser Lichtwaffen, geben, mit denen ihr die Vegetation spielend leicht wegbrennen könntet. Ihr braucht es nur zu sagen, dann bekommt ihr sie – schließlich habt ihr uns geholfen, den Weg hierher zurück zu finden und ...«

setzte er hinzu, »ihr könnt uns dabei behilflich sein, gewisse Substanzen auf dieser Welt zu finden.«

»Wegschneiden«, murmelte Born. »Freimachen.«

»Ja, Born.« Logan musterte ihn erstaunt. »Stimmt etwas nicht? Könnt ihr nicht zuerst emfatieren und dann ...?«

»Nein, schon gut.« Das Gesicht des Jägers hellte sich auf. »So viele Wunder auf einmal. Ich bin etwas überwältigt. Ich möchte gerne mehr über solche Dinge wie Lichtwaffen und Verteidigungssysteme erfahren und was wir tun müssen, um sie zu bekommen.«

»Wir können das nicht entscheiden, Born. Wir sind nur kleine Angestellte der Leute, die diese Station hier gebaut haben. Ein Mann namens Hansen wird das entscheiden. Ihr werdet ihm bald begegnen. Aber ich sehe gar kein Problem darin, eine Übereinkunft auszuarbeiten, die euch wie uns nützt. Besonders nach all dem, was ihr bereits für Jan und mich getan habt.«

Ein Lift erwartete sie. Sie fuhren durch eine automatische Falltür in der Unterseite des elektrisch geladenen Gitters in die unterste Etage der Station. Als sie das Gitter passierten, erkundigte sich der stets wißbegierige Born erneut nach dem Arbeitsprinzip des Gitters. Es fiel Cohoma nicht leicht, es ihm zu erklären, aber einige Hinweise auf Blitze schienen beide Jäger zufriedenzustellen. Der Aufzug trug Born und Losting in eine Welt neuer Wunder. Zuallererst war da der plötzliche, fast physische Schock der Farbenveränderung. Anstelle des allgegenwärtigen Grüns mit seinen hellen bunten Farben dazwischen war da jetzt plötzlich eine starre rechtwinkelige Welt aus Silber und Grau, Weiß und Blau. Das einzige Grün in diesem Abschnitt des Korridors war eine Reihe von parasitischen Büschen, die in einem langen tiefen Pflanztrog wuchsen, der als Raumteiler aufgestellt war.

Born spürte sofort, daß es der Chaga nicht gut ging. Die Blüten waren groß und bunt, aber die Blätter waren nicht gerade, wuchsen nicht der Sonne entgegen, wie sie das sollten. Er hatte nur Zeit für einen kurzen Blick. Hier gab es viele neue Dinge zu sehen und zu begreifen – soweit er das konnte. Riesen, die ihren Geschäften nachgingen, füllten den Korridor. Einige trugen noch seltsamere Kleidung als die grauen Anzüge, die Logan, Cohoma und Sal anhatten.

Ein Mann sah sie und eilte auf sie zu, um im Flüsterton mit dem Menschen namens Sal zu sprechen. Born hörte ihn ganz deutlich. »Hansen möchte die beiden Eingeborenen sofort sehen. Er ist in seinem Büro.« Er blickte zu Logan und Cohoma. »Sie beide auch.«

Logan stöhnte. »Können wir uns nicht vorher wenigstens duschen? André, nach allem, was wir in den letzten Monaten durchgemacht haben ...«

»Ich weiß schon. Aber Sie kennen Hansen ja. Befehl.« Er zuckte hilflos die Achseln.

»Zur Hölle, bringen wir es hinter uns«, knurrte Cohoma.

»Dieser Hansenmensch«, sagte Born, als sie auf einen Innenlift zugingen, »ist er der Häuptling eures Stammes?«

»Nicht Häuptling, Born, und auch nicht Stamm«, erklärte Logan etwas gereizt, was aber nicht an Borns Frage, sondern an dem Befehl lag. »In der Station befinden sich Leute, die ähnliche Jagdunternehmen durchführen. Aber es ist nicht dieselbe Art von Organisation, wie ihr sie im Heim habt. Du könntest die Leute dieser Station als eine Jagdgruppe betrachten, deren Anführer Mr. Hansen ist. Besser kann ich das nicht erklären. Ich weiß nicht, ob ich selbst in einem Monat erklären könnte, was eine Firma ist.«

»Es genügt schon«, erwiderte Born, als sie um eine Ecke bogen und einen weißen, bunt dekorierten Tunnel hinuntergingen. »Er ist derjenige, den wir um leichte Gewehre und andere Wunder für unsere Leute bitten müssen.«

»Du hast verstanden, Born. Ich wußte es doch«, erklärte sie vergnügt. »Hilf uns, deine Welt zu erforschen und einige Dinge zu finden, die ihr selbst nicht benutzt, und ihr sollt gerne viele Wunder dafür bekommen. Das ist ein altes Prinzip bei meinem Volk. Bei deinen eigenen Ahnen war es das auch.« Und in diesem Fall war das Prinzip nicht ganz legal, dachte sie, aber das behielt sie für sich.

»Was für eine Art Mann ist denn der Führer eurer Jagdgruppe?«

»Das kommt darauf an, wo du herkommst«, meinte Logan rätselhaft. Sie schien ihm eine weitere Erklärung geben zu wollen, aber inzwischen hatten sie eine Tür erreicht, und Sal bedeutete ihnen, zu schweigen. Er hielt ihnen die Tür auf und blieb dann zurück, während die anderen vier eintraten.

Hansen saß hinter einem schmalen, halbkreisförmigen Schreibtisch und brachte es irgendwie fertig, den Eindruck zu vermitteln, als trüge er diesen Tisch wie einen mächtigen Plastikgürtel. Der Schreibtisch war hoch mit Bandspulen, Kassetten, Papieren und Dutzenden verschiedener Berichte in Kunstledermappen überhäuft. Die Wände säumten Regale, die mit Büchern und Bandhaltern gefüllt waren. Die Wand hinter ihm war ein einziges Fenster, das vom Boden bis zur Decke reichte und einen Panoramablick auf das Panta und den dichten Wald dahinter bot.

Als sie eintraten, starrte Hansen auf den Schirm eines Bandbetrachtungsgerätes an einem flexiblen Arm. »Einen Augenblick, bitte. Jan, Kimi, freut mich, daß Sie noch am Leben sind.« Das sagte er, ohne sich umzudrehen. Seine Stimme klang jovial und beruhigend.

Seine Statur verstärkte den Eindruck der Korpulenz der Lebensmitte, die ihn eingeholt hatte. Er war nicht viel größer als Born. Sein Haar begann ein gutes Stück hinter einer Stirn, die aus dunklem Plastillin geformt schien, und fiel ihm in langen Wellen auf die Schultern.

Abgesehen von dem dicken bürstenartigen Schnurrbart, der wie ein überwinterndes Insekt an seiner Oberlippe hing, war sein Haar völlig ergraut.

Er schwitzte trotz der eingeschalteten Klimaanlage. Dies war in der Tat das erste, was Born beim Betreten der Station aufgefallen war – eine offenbar absichtlich erzeugte ungewöhnliche Kühle. Selbst in kühlen Nächten wurde es auf der Welt selten so kalt. Keinem der beiden Jäger machte es etwas aus, warten zu müssen. Sie waren voll und ganz damit beschäftigt, den Raum und das, was sie in ihm vorfanden, zu studieren. Born entging freilich das respektvolle Schweigen nicht, mit dem Logan und Cohoma trotz ihrer Müdigkeit und Ungeduld warteten.

Hansen betätigte seitlich an seinem Betrachtungsgerät einen Schalter und schob dann das Gerät an seinem Haltearm von sich weg. Jetzt erst wandte sein Blick sich den Besuchern zu. Sein rechter Arm lag auf der Armlehne seines Sessels, mit der anderen Hand rieb er sich die schweißbedeckte Stirn. Er sah müde aus und war es auch. Die Leitung dieser Station hatte selbst einen so erfahrenen und abgebrühten Manager wie Hansen vorzeitig altern lassen. Wenn gerade einmal nichts in Stücke ging, für das er keine Ersatzteile bekommen konnte, aus Sorge, das Nachschubschiff könnte von einem Kriegsschiff der Kirche oder des Commonwealth entdeckt werden, dann gab es bestimmt eine nicht mechanisch bedingte Krise. Es hatte den Anschein, als würden seine Leute jedesmal, wenn sie auch nur einen Fuß auf diese Welt setzten, gestochen, gebissen, angeknabbert oder sonst irgendwie von der örtlichen Flora und Fauna bedrängt.

Noch hatte er sich bisher von dem Verlust der lebensverlängernden Knollenextrakte, dem Verlust des Knollen selbst und dem Verlust Tsing-ahns, des Mannes, der das meiste über sie wußte, erholt. Wenn dieser arme Irre bloß bei der Vernichtung seiner Notizen und Akten nicht so gründlich gewesen wäre! Die Nachricht vom Selbstmord des Biochemikers und der damit zusammenhängenden Zerstörung von praktisch allem, was irgendeine Beziehung zu dem hatte, was man inzwischen den Unsterblichkeitsextrakt nannte, war von Hansens Vorgesetzten nicht gerade freudig aufgenommen worden – ganz und gar nicht freudig sogar.

Er zwang sich zu einem dünnen Lächeln, als er die beiden zurückgekehrten Mitglieder des Forschungsteams musterte. Der Auftrieb, den ihre wunderbare Rettung lieferte, war gerade zum richtigen Augenblick gekommen.

»Wir hatten Sie schon aufgegeben«, sagte er zu ihnen. »Ich wollte meinen Ohren nicht trauen, als die Sicherheitsabteilung meldete, daß da vier Leute am Waldrand stünden.« Seine Mundwinkel zuckten bei dem Gedanken. »Sie haben mir ganz schön Arbeit bereitet, wissen Sie. Jetzt muß ich die ganzen Papiere mit den Einzelheiten über Ihren Tod und die Anforderung von Ersatzpersonal widerrufen. Jemand in der Etatabteilung wird schön böse auf Sie sein.«

»Tut mir wirklich leid, Chef«, sagte Logan und erwiderte sein Lächeln.

»So«, sagte Hansen, lehnte sich in seinem Sessel zurück und faltete die Hände über seiner Leibesfülle, »jetzt erzählen Sie mir etwas von diesen Ureinwohnern, mit denen Sie sich angefreundet haben.«

»Sie haben uns das Leben gerettet«, erwiderte sie beflissen, »aber ich habe Zweifel, daß es sich um Ureinwohner handelt, Sir. Soweit wir das feststellen können, sind sie die Nachkommen von Leuten eines Auswandererschiffes, das vom Kurs abgekommen und schließlich hier gelandet ist. Sie haben das vergessen, auch alles Wissen um das Commonwealth und die Zeit vor dem Commonwealth und fast ihre ganze Technologie. Sie haben eine primitive Stammesgesellschaft entwickelt. Demzufolge sind unsere Freunde Born und Losting davon überzeugt, in Wahrheit Eingeborene dieser Welt zu sein.«

»Und Sie sind ziemlich sicher, daß sie das nicht sind.«

»Richtig, Sir«, mischte Cohoma sich ein. »Zu viele Ähnlichkeiten, eine Axt aus einer Legierung, wie sie für Schiffsrümpfe verwendet wird, andere Dinge, dieselbe Sprache, obwohl sie einen eigenen Dialekt daraus entwickelt haben, die Familienstruktur ... Zweifellos Menschenabkömmlinge, zum Beispiel ...«

»Ja, ja«, unterbrach ihn Hansen mit einer ungeduldigen Handbewegung. »Ihr Leben haben sie auch gerettet, nicht wahr? Und Sie durch diese Hölle auf Wurzeln dort draußen hierhergebracht – wie weit, sagten Sie, sind Sie gekommen?« Er sah Logan fragend an. Sie nannte eine Zahl und der Stationschef pfiff durch die Zähne. »Bloß Sie vier und so viele Kilometer?« Er deutete über die Schulter zum Fenster hinaus.

»Ja, Sir – und zwei domestizierte Tiere.«

»Gehörte ganz schön Mumm dazu für die Leute, Sir«, sagte Cohoma. »Bis zu dieser Unternehmung hatte sich kein Stammesangehöriger weiter als auf ein paar Kilometer von seinem Dorf entfernt.«

»Alles sehr erfreulich – und in keiner Weise plausibel. Wie in aller Welt haben Sie überlebt?«

»Das frage ich mich manchmal selbst«, antwortete Logan. »Chef, darf ich mich bitte setzen? Ich bin ziemlich fertig.«

Hansen schüttelte bedauernd den Kopf. »Ich vergesse das Wichtigste. Entschuldigen Sie, Kimi.« Er rief, worauf Sal an der Tür erschien. »Salomon, bringen Sie Stühle.«

Die Stühle wurden gebracht. Born und Losting ahmten etwas zögernd die Sitzweise ihrer beiden riesenhaften Begleiter nach.

»Das haben wir wohl einer Kombination von Glück und der Geschicklichkeit dieser beiden zuzuschreiben.« Dabei wies sie auf die Jäger. »Born und seine Leute kennen die Waldwelt. Sie leben im wahrsten Sinne des Wortes mit ihr. Ihr Dorf befindet sich in einem einzigen großen Baum. Die Anpassungen beider Seiten übersteigen alles, was ich je gehört habe. Offen gestanden«, meinte sie und warf dabei Born einen nachdenklichen Blick zu, »habe ich das Gefühl, daß der Baum dabei am meisten profitiert. Borns Leute wären da natürlich anderer Meinung.«

Born empfand keinen Ärger über ihre Worte. Es war keine Schande, für weniger wichtig als sein Heim gehalten zu werden. Selbst nach so vielen Siebentagen im Wald, vielen Stunden geduldiger Erklärung schien es, als ob die Riesen immer noch nicht verstanden hätten. Nach allem, was er bis jetzt in dieser Station – ihrem ›Heim‹ gehört hatte, zweifelte er auch daran, daß sie je verstehen würden. Die Beiläufigkeit, mit der sie von »schneiden« und »freimachen« gesprochen hatten, saß ihm immer noch in den Knochen. Er wandte seine Aufmerksamkeit wieder dem Häuptling zu.

»Es scheint, daß hier eine Belohnung fällig ist. Etwas, das über unseren tief empfundenen Dank hinausgeht, Mr. ... äh ... Born.« Er lächelte väterlich. »Sagt mir, Born, Losting, was möchtet ihr haben?«

Born sah seinen Begleiter an. Losting rutschte unbehaglich auf seinem Stuhl herum und murmelte: »Je schneller wir diesen kalten, harten Ort verlassen und wieder nach Hause gehen, desto lieber ist es mir.«

Born nickte und wandte sich wieder Hansen zu. »Ich möchte auch gerne gehen. Aber zuerst möchte ich mehr über die Lichtwaffen und die elektrischen Schlingpflanzen und solche Dinge wissen.«

Hansen beugte sich vor und musterte den Jäger, der seinem Blick nicht auswich. »Nein, du bist kein Ureinwohner, Born. Oh, das ist schon gut so. Je weniger primitiv ihr geworden seid, desto leichter ist das für die Verhandlungen. Was moderne Waffensysteme angeht, so werde ich darüber, glaube ich, erst etwas nachdenken müssen. Ihr werdet sie dann bekommen, wenn wir einige gegenseitige ... äh ... Beistandsvereinbarungen ausgearbeitet haben, die selbst ein Priester vor einem Commonwealthgericht nicht mehr brechen kann.«

»Sie können uns sehr hilfreich sein, Sir«, warf Cohoma ein. »Wir haben so viele Leute im Wald verloren, daß ...«

»Das ist mir bekannt, Jan.« Hansen zog seine Aufmerksamkeit völlig von den beiden Menschen ab, um sich ganz auf Born zu konzentrieren. »Das hier, Born, nennt sich eine Forschungsstation. Das ist das erste Heim für meine Leute auf dieser Welt. Es ist unter großem Kostenaufwand und unter höchster Geheimhaltung gebaut worden, weil hier soviel auf dem Spiele steht. Weißt du noch, was ein Bergwerk ist, Born, eine Mühle, eine Fabrik?« Borns Gesicht blieb ausdruckslos, die Worte sagten ihm nichts.

»Nein, ich sehe schon, daß du das nicht weißt. Laß es mich erklären. Es gibt viele Dinge, die wir machen können, wie zum Beispiel das Material, aus dem diese Station besteht, und das Plexiglas dieses Schreibtisches. Viele andere Dinge können wir nicht machen. Soweit wir bis jetzt feststellen konnten, scheint diese Welt eine Fundgrube einer ganzen Reihe wertvoller Dinge zu sein. Wenn es uns gelingt, diese Substanzen zu beschaffen, so können wir damit – wie soll ich sagen – das Leben aller verbesern, das meiner Leute wie auch das der deinen. Eure Hilfe bei der Entwicklung von all dem würde uns vieles erleichtern.« Er seufzte tief. »Insbesondere gibt es da eine Substanz, die wir entdeckt haben, welche ...«

»Entschuldigen Sie, Sir.« Der Mann namens Sal, der bei ihnen geblieben war, unterbrach seinen Vorgesetzten. »Glauben Sie wirklich, daß es ...?«

Hansen machte eine wegwerfende Handbewegung. »Unser Freund Born wird nicht zu seinem Baum zurückkehren, ans nächste Tiefraumtridi eilen und das dem nächsten Gericht des Commonwealth melden. Außerdem ...«, fuhr er fort und sah wieder Born an, »bin ich gerne offen. Ich möchte, daß unsere neuen Freunde verstehen, wie wichtig das alles ist.

Es gibt eine Droge, Born, die man aus dem Herzen eines gewissen Astknollens gewinnen kann.« Born sah ihn ausdruckslos an. »Ein Knollen ist ein Gewächs, das sich an einem Baum bildet, um die Ausbreitung einer Infektion oder von Parasitenbefall zum Stillstand zu bringen. Der Knollen bildet sich um den Fremdkörper herum. Wenn die Pulpe im Inneren dieses speziellen Knollens entfernt und richtig behandelt wird, kann man daraus eine Flüssigkeit herstellen, die anscheinend die Fähigkeit besitzt, die menschliche Lebensspanne ungeheuer zu verlängern. Wie steht es mit dir, Born? Möchtest du nicht doppelt so lange leben?«

»Ich weiß nicht«, erwiderte Born ehrlich. »Weshalb?«

»Ja, weshalb?« murmelte Hansen. »Nun!« Er stand auf und schlug mit beiden Händen auf seine Schreibtischplatte. »Für den Augenblick reicht mir die Philosophie. Würdet ihr gerne die Station besichtigen?«

»Sehr gerne.«

Losting gab einen gleichgültigen Grunzlaut von sich.

»Sie beide«, sagte Hansen zu Logan und Cohoma, »Sie gehen auf Ihre Zimmer. Man hat sie natürlich ausgeräumt, aber ich werde dafür sorgen, daß Ihr persönlicher Besitz sofort zurückgebracht wird. Sie haben vierundzwanzig Stunden dienstfrei und unbeschränkten Kredit im Laden und in der Cafeteria. Sagen Sie Sergeant Binder, daß Sie für die nächsten drei Mahlzeiten einen offenen Schlüssel haben – bestellen Sie sich, was Sie wollen.«

»Danke, Sir«, antworteten sie im Chor.

Hansen deutete mit einer Kopfbewegung auf den dichten Urwald, der die Station umgab. »Danken Sie mir erst dann, wenn Sie wieder dort draußen sind und sich den Kopf darüber zerbrechen, was Ihnen die Beine am Knöchel abbeißt und wie man es töten kann. Ich kümmere mich um Ihre Freunde.« Er ging um den Schreibtisch herum und kniff Logan freundschaftlich in die Schulter. »Sie haben jetzt zwei Schichten Zeit, sich etwas zu erholen. Anschließend soll sich die medizinische Abteilung um Sie kümmern, und wenn die Sie freigeben, fassen Sie sich einen anderen Skimmer und machen sich wieder an die Arbeit. Wir haben keine Zeit zu verlieren.«

12

Während sie durch den Ort der Wunder schritten, stellte Born fest, daß alle anderen Riesen Hansen großen Respekt entgegenbrachten, so wie das im Heim bei Häuptling Sand oder Joyla der Fall war. Daraus schloß er, daß Logans Hinweis, er sei so etwas wie der Anführer einer Jagdgruppe, eine große Untertreibung war.

Hansen zeigte ihnen die Wohnquartiere, in der die Belegschaft der Station untergebracht war, die Fernmeldeeinrichtungen oben in der Polyplexalumkuppel, die dafür sorgten, daß die Station mit dem Schwarm von Skimmern in Verbindung blieb, die die Waldwelt erforschten, und schließlich den Aufnahmehangar, in den die Flugboote zurückkehrten und in dem sie gewartet wurden, während Karten, Berichte und neues Material zur Auswertung gingen.

»Was ist mit dem Skimmer dort draußen?« fragte Born und wies durch ein dickes Fenster auf die Plattform des Landeboots. »Warum hat der eine andere Form, und warum ist er soviel größer?«

»Das ist kein Skimmer, Born«, erklärte Hansen. »Das ist ein Shuttle. Man fliegt damit zu unseren Nachschubschiffen draußen im Weltraum – einem Ort hoch über eurer Oberen Hölle. Die großen Versorgungsschiffe, die die einzelnen Welten besuchen, können nur im Nichts reisen.«

»Wie kann man im Nichts reisen?«

»Indem man aus Metall eine kleine künstliche Welt baut – so wie diese Station – und Lebensmittel, Wasser und Luft mitnimmt.«

Die beiden Jäger nahmen in stoischer Gleichmut die Wunder der Cafeteria auf, wo einheimische Proteine mit Farben und verschiedenem Geschmack kombiniert und dann so abgeändert wurden, daß Nahrung entstand, die den Riesen vertrauter war.

Diese Erklärung weckte Borns Interesse. »Jetzt verstehe ich. Was für einheimische Lebensmittel verwendet ihr, um die euren zu machen?«

»Oh, was eben zur Verfügung steht. Unsere Geräte sind da sehr vielseitig. Wir schicken einen Skimmer, der mit einem Sauger ausgestattet ist, und er bringt die notwendige Menge von Rohmaterial – tierisch und pflanzlich.«

»Kann ich sehen, wo dieses Wunder geschieht?«

»Sicher.«

Er führt sie durch die Cafeteria in den Verarbeitungsraum und zeigte ihnen die Anlage, wo aus dem Wald gesammelte Pflanzen und Tiere mit teuren außerplanetarischen Nährstoffen, Vitaminen und Aromastoffen angereichert wurden.

Born studierte die Ballen von Sträuchern und Büschen. In der Mehrzahl handelte es sich um völlig gesunde Vertreter ihrer Art. Nichts davon war krank oder gar tot. Diese Riesen emfatierten nicht – sie nahmen sich einfach, was sie brauchten, schnell, effizient, einfach und blind. Sein Gesicht blieb eine Maske der Begeisterung und ließ seine Gedanken nicht erkennen.

Sie erreichten die Erholungsräume, wo selbst Losting über die vielen Wunder staunte, die nur dem Vergnügen dienten. Am Ende und nach einer ausführlichen Tour, die sie beeindrucken sollte, führte Hansen sie in die Laboratorien, wo die Früchte vieler Skimmerflüge untersucht wurden.

Born und Losting wurden ernst blickenden Teams von Männern und Frauen vorgestellt, die intensiv an unverständlichen Aufgaben arbeiteten.

»McKay!« rief Hansen einer hochgewachsenen schlanken Frau in einem blauen Labormantel zu, die ihr Haar in einem dicken Knoten im Nacken trug.

»Hallo, Chef.« Ihre Stimme klang leise, und ihre schwarzen Augen blickten durchdringend. Sie musterte die beiden Jäger. »Interessant – endlich einmal ein lokales Produkt, das genau das ist, was es zu sein scheint. Das ist einmal etwas Neues.«

»Das sind Born und Losting, zwei große Jäger. Meine Herren, Gam McKay, eine unserer besten – wie hast du das genannt, Born? – Schamanen, ja Schamanen.«

»Ich höre, daß Jan und Kimi zurückgekehrt sind. Mit Hilfe dieser beiden?«

»Sie bekommen den ganzen Bericht zu lesen, sobald die beiden Zurückgekehrten ihn geschrieben haben«, erklärte Hansen. »Im Augenblick wäre ich Ihnen dankbar, wenn Sie unseren beiden Freunden zeigen würden, was Sie und Yazid aus den Conchafrüchten machen.«

Sie nickte und führte sie durch einen schmalen Gang zwischen Bänken, die hoch mit glitzernden Geräten beladen waren, bis sie schließlich das Ende eines Tisches erreichten. An einer Seite lagen drei große Kisten aus durchsichtigem Material, ähnlich den Fenstern der Station. Die Kisten waren mit Chagazweigen gefüllt. Die Büsche, stellte Born fest, von denen die Zweige genommen worden waren, hatten in voller Blüte gestanden. Und jeder Zweig war schwer mit rotgeränderten weißkehligen Blüten beladen, die jetzt sichtlich zu welken begannen.

Die Frau McKay öffnete ein kleines Schränkchen und entnahm ihm vorsichtig ein kleines durchsichtiges Fläschchen. »Das ist der destillierte Extrakt von etwa zweitausend Blüten.« Sie schraubte den Deckel ab und reichte Hansen das Fläschchen. Der lehnte lächelnd ab.

»Born, wie steht es mit dir?« Sie hielt ihm das Fläschchen hin und ließ ihn riechen. Born kam der Aufforderung nach. Der Duft, der dem Fläschchen entstieg, war der Duft der Chaga, aber viele, viele Male verstärkt. Sein Gesichtsausdruck veränderte sich nicht, obwohl ihm davon fast übel wurde.

»Ich kenne das«, erklärte er. McKay blickte enttäuscht und wandte sich zu Hansen, als könne der sie ermutigen.

»Er kennt das. Ist das alles, was er sagen kann?«

»Vergiß nicht, Gam, Born lebt unter solchen aromatischen Blüten, bewegt sich täglich zwischen ihnen.« Die Chemikerin murmelte etwas Unverständliches und schloß etwas beleidigt das Fläschchen wieder ein.

»Warum geschieht das?« fragte Born Hansen, als sie zum nächsten Labor gingen.

»Im richtigen Maße verdünnt und mit anderen stabilisierenden Chemikalien vermengt, dient der kleine Behälter als Grundlage für einen völlig neuen Duft – das, was wir Parfüm nennen, Born. Es ist eine Menge ...« Erneut versuchte er, den Jägern den schwierigen Begriff ›Geld‹ zu erklären.

»Ich verstehe immer noch nicht. Wozu benutzt man so etwas?«

»Frauen gebrauchen es, Born, um sich attraktiver zu machen, damit sie schöner scheinen.«

»Sie kleiden sich in den Geruch des Todes.«

»Ist das nicht etwas hart ausgedrückt, Born?« fragte Hansen lächelnd, den die Bemerkung des Jägers erstaunte. Er versuchte, die Verständnislosigkeit des Kleinen nachzuempfinden. Aber seine Erklärung schien nicht viel auszurichten.

Born versuchte zu begreifen, gab sich redlich Mühe. Ebenso Losting. Aber je weiter der Weg sie durch dieses Haus der Fremdheit führte, je mehr sie von seinen Zielen und Zwecken sahen, desto schwerer fiel es ihnen, zu begreifen. Da waren zum Beispiel die drei Kisten mit den verstümmelten Chaga. Die Zweige waren unemfatiert, einfach von den reifen Elternpflanzen abgerissen worden. Tausende mehr würden in ähnlicher Weise abgerissen werden, um ein wenig konzentrierten Chagageruch zu machen. Wozu? Um die Kranken zu heilen oder die Hungrigen zu nähren? Nein, zum Vergnügen würde es geschehen – eine Art Vergnügen noch dazu, das die Begriffe der beiden Jäger überstieg.

Losting brauchte auch nicht länger als Born, um diese Dinge zu begreifen. Aber als der Größere schließlich begriffen hatte, war er in seiner Aussage weniger zurückhaltend als sein Begleiter. »Ihr tut etwas Schreckliches!«

Hansen hatte Borns Ausbruch bereits verarbeitet und sich von ihm erholt. Jetzt reagierte er auf diesen zweiten Tadel etwas ungnädig. »Ich kann das nachempfinden. Aber ihr seht doch die langfristigen Vorteile, oder nicht?« Er sah zuerst Losting, dann Born an. »Nicht?«

»Es geht nicht darum, daß ihr die Blüten und Zweige der Chaga nehmt – schlecht ist die Art, wie ihr sie nehmt, und die Zeit«, erwiderte Born. »Wenn ihr die Chaga emfatiert hättet ...«

»Das Wort, das Logan mir gegenüber schon erwähnt hat. Ich weiß nicht, was es bedeutet, Born.«

Der Jäger zuckte die Achseln. »Das ist nicht etwas, was man erklären kann. Man kann entweder emfatieren oder man kann es nicht.«

»Das macht es uns nicht leicht, nicht wahr?« sagte Hansen.

»Wenn ihr der Chaga ihre Jungen stehlt, kann sie keine Samen verbreiten, und das Elterngewächs wird sterben.«

»Aber im Wald gibt es doch ganz bestimmt eine Menge Chaga, Born«, entgegnete Hansen ruhig, seltsam ruhig. »Man wird doch sicher nicht ein paar davon vermissen?«

»Würdest du deine Arme und Beine vermissen?«

Jetzt leuchtete in Hansens Gesicht Verstehen auf.

»Ich verstehe. Ihr seid also um die Pflanze besorgt. Mir war nicht klargeworden, daß ihr in solchen Dingen so stark empfindet. Wir müssen natürlich sehen, was wir da machen können. Wir wollen natürlich die Blüten nicht abpflücken, wenn die Pflanze darunter leidet, oder?«

»Nein«, pflichtete Born ihm vorsichtig bei.

»Es ist eine Kleinigkeit, gar nicht notwendig«, fuhr Hansen fort und tat den erstaunten Blick der Chemikerin mit einem leichten Kopfschütteln ab. »Es ist ein unbedeutender Markt, auf den wir verzichten können.«

Er führte sie hinaus zum nächsten und damit letzten Labor. »Ich möchte euch noch etwas zeigen, Born und Losting. Hier könnte uns das Wissen von Ortsansässigen – euer Wissen – ganz entschieden helfen. Hier geht es um die Knollen, die den lebensverlängernden Extrakt produzieren.« Sie bogen um eine Ecke. »Bis jetzt haben wir nur zwei solcher Knollen gefunden, obwohl wir sehr sorgfältig gesucht haben. Der Baum, der sie hervorbringt, ist nicht selten; wohl aber die Knollen selbst. Meine Pflanzenexperten sagen mir, daß sie ungemein selten sind. Entweder sind die Bäume ungewöhnlich gesund, oder sie reagieren gewöhnlich nicht durch Knollenbildung auf Infektionen. Wenn ihr eine größere Zahl solcher Knollen finden könntet, Born, dann kann ich euch versprechen, daß wir uns ganz genau an eure Wünsche halten würden, welche Pflanzen wir in Frieden lassen sollen und welche wir beschneiden dürfen.« Hansen bewunderte seine eigene Professionalität und die Geschicklichkeit, mit der er das Skalpell der Täuschung handhabte.

Sie gingen zwischen zwei kräftig gebauten schweigenden Männern hindurch und betraten einen Raum, der etwas größer war als der, den sie gerade verlassen hatten. Ebenso wie die anderen, die sie gesehen hatten, war auch dieser mit den unerklärlichen Geräten der Riesen angefüllt.

Hansen stellte den dunklen, ernst blickenden Chittagong und den stets erregten Celebes nur beiläufig vor. »Macht die Arbeit Fortschritte, Gentlemen?« fragte er am Ende.

Als Celebes antwortete, mischten sich in seiner Stimme nervöse Erregung und Zuversicht. »Sie haben ja unseren ersten Bericht vor zwei Tagen gelesen, Sir, und damit auch, was unserer Ansicht nach Wu dazu veranlaßt hat, durchzudrehen?«

»Ich habe mir angewöhnt, selbst die Essensbestellungen zu lesen, die aus diesem Labor kommen. Ich sehe noch keinen Abschluß in dem Bericht, aber ich muß zugeben, daß ich zu verstehen beginne, wie ein Mann mit Tsing-ahns Gewohnheiten falsche Schlüsse aus dem Beweismaterial ziehen kann – immer vorausgesetzt, daß sein Knollen dasselbe anthropomorphe Mimikry zeigte wie dieser neue hier.«

»Das finden wir auch, Sir. Er ist hier hinten.«

Die beiden Forscher in weißen Mänteln führten sie an eine breite Werkbank, die im hinteren Teil des Raumes stand. Im Licht der Deckenbeleuchtung schimmerte frische Farbe.

Der Knollen war sorgfältig in zwei Teile zersägt worden. Die eine Hälfte war auf der Werkbank eingespannt, während die andere daneben lag. Eine Vielzahl glitzernder Instrumente aus Metall und Plastik umgaben auf dem Tisch einem Schwarm silberner Spinnen gleich die beiden Hälften. Teile des Knolleninneren waren herausgeschnitten und in Behälter verschiedener Größe gelegt worden. Die Szene vermittelte den Eindruck hektischer, aber planvoller wissenschaftlicher Aktivität, die plötzlich angehalten worden war.

Im Querschnitt konnte man deutlich die äußere Schicht aus schwarzer Rinde erkennen, gefolgt von der ersten Holzschicht, die dunkel wie Mahagoni war. Dann die nächste, etwas hellere Schicht, die nach einigen Zentimetern die Farbe von Tannenholz hatte. Aber nach dem ersten halben Meter wurde etwas daraus, das keinem Holz glich, das auf der Erde beheimatet war. Unregelmäßige schwarze Linien durchliefen eine merkwürdig abstoßend wirkende rötlich-gelbe Masse. Seltsam kleine graue Knötchen bildeten sich, wo die schwarzen Fäden sich überkreuzten. In der Mitte des Knollens lagen ein paar eiförmige Klumpen von rosabräunlicher Farbe, ähnlich den Kernen eines Apfels. Hier konzentrierte sich das schwarze Gewebe am dichtesten. Am bizarrsten waren die vielen unregelmäßigen Buckel aus irgendeiner weißen Substanz, die scheinbar willkürlich im Inneren des Knollens verteilt waren. Einige schienen hart und glatt, andere schienen im Begriffe zu sein, in eine pulverige Substanz überzugehen.

Born wußte genau, was der Knollen war, wenn er auch mit seinem verblüffenden Inneren nichts anfangen konnte. Losting ging es ebenso. »Das ist es, woraus ihr eure Lebensdrogen gewinnt?« fragte Born.

»Ja«, nickte Hansen. »Habt ihr diese Verwachsungen schon einmal gesehen?«

»Ja.«

Chittagong und Celebes überfielen die Jäger förmlich mit ihren Fragen. »Wo ... wie viele ... wollt ihr damit sagen, daß ihr mehr als einen am selben Baum gefunden habt ... wie groß waren die, die ihr gesehen habt ... welche Farbe ... seid ihr sicher, daß sie dieselbe Form ... die Rinde ...?«

»Nur ruhig. Ich bin sicher, daß unsere beiden Freunde solche Bäume für uns finden können, wenn sie das wollen. Oder, Born?« mischte Hansen sich ein.

»Wir kennen solche Bäume und solche Gewächse. Manche haben keine Knollen, wie ihr sie nennt. Andere dafür viele.« Die beiden Wissenschaftler flüsterten miteinander. »Wie viele solche Knollen wollt ihr haben?«

Jetzt war es selbst um Hansens Fassung geschehen. »Wie viele? So viele wir finden können! Wir können aus einem ziemlich viel von der Droge gewinnen, aber in dieser Galaxis gibt es eine Menge alternder Menschen, und ich bezweifle, daß es genügend Knollen gibt, um auch nur einen Teil davon zu befriedigen. Wir können alle gebrauchen, die ihr finden könnt. Wir geben euch dafür, was ihr wollt, Born.«

»Wir werden das nicht für euch tun!« schrie Losting plötzlich. Seine Hand fuhr an die Axt, die an seiner Hüfte hing, und er trat ein paar Schritte zurück. »Born ist verrückt und kann tun, was er will, aber nicht ich.«

»Ich auch nicht, Losting«, murmelte Born bitter. »Und es stimmt, daß ich gelegentlich Anfälle von Wahnsinn habe. Besonders bei Leuten, die nicht denken wollen.«

»Was meint er damit, Born?« fragte Hansen, dessen Stimme plötzlich nicht mehr väterlich klang. »*Du* verstehst mich doch.«

Born fuhr herum und versuchte ein letztes Mal, sich dem Riesenhäuptling verständlich zu machen. »Und du mußt verstehen, daß wir es sind, die mit dieser Welt leben. Nicht *auf* ihr, sondern *mit* ihr.« Er mühte sich mit kaum verständlichen Begriffen ab. »Wir nehmen nichts von dieser Welt, das uns nicht freiwillig, ja freudig angeboten wird. Wir nehmen nur, wenn die Zeit und der Ort richtig sind. Man kann nicht mit einer Welt leben, wenn man dann nimmt, wenn es nur einem selbst paßt, sonst stirbt am Ende die Welt und man selbst mit ihr. Ihr *müßt* das verstehen, und ihr müßt hier weggehen. Wir könnten euch nicht helfen, selbst wenn wir das wollten. Nicht um all eure Lichtwaffen und anderen Wunder. Diese Welt ist kein guter Ort für euch. Ihr emfatiert sie nicht, und sie emfatiert euch nicht.«

Hansen seufzte tief. »Das tut mir auch leid, Born. Es tut mir deshalb leid, weil dies nicht eure Welt ist, müßt ihr wissen. Ihr habt euch hier nicht entwickelt, trotz all eurer sorgfältig gepflegten abergläubischen Vorstellungen vom Emfatieren und allem anderen. Eure Entwicklung auf dieser Welt reicht nur ein paar hundert Jahre zurück, allerhöchstens ein paar hundert Jahre. Ihr habt ebensowenig einen Anspruch auf diese Welt wie wir. Nein, sogar einen geringeren als wir. Wenn die Zeit dafür kommt, werden wir bei den entsprechenden Behörden beantragen, daß die Welt uns zur Entwicklung überschrieben wird.

So lange ihr unsere Arbeit hier nicht stört, werden wir euch nicht belästigen. Wir würden es vorziehen, wenn die Beziehungen zwischen uns so freundlich wie möglich sein könnten. Wenn das nicht geht ...« – er zuckte die Achseln –, »sind wir bereit, alles Notwendige zu tun, um sichere Arbeitsbedingungen für unsere Angestellten sicherzustellen. Ich hatte gehofft, wir würden zusammenarbeiten können, aber ...«

»Ihr werdet keine Knollen wie diese mehr finden. Nicht ohne unsere Hilfe.«

»Es wird länger dauern, mehr kosten, aber wir werden sie finden, Born. Du mußt wissen, daß diese Knollen sehr viel wert sind, alles wert sind, was nötig ist, um sie zu bekommen. Und ich bin auch noch gar nicht überzeugt, daß wir eure Unterstützung verloren haben. Wir müssen uns nur noch eingehender darüber unterhalten.« Er schüttelte betrübt den Kopf. »Wieder Papiere, Berichte, Verzögerungen. Sie werden verärgert sein.« Er wandte sich um und rief zur Tür: »Santos ... Nichi?« Die beiden Wächter traten mit gezogenen Waffen ein. »Es muß irgendwo einen leeren Raum geben – der Flügel ist noch nicht ganz fertiggestellt. Sorgt dafür, daß unsere zwei neuen Kollegen dort angenehm untergebracht werden. Sie haben einen langen Marsch hinter sich und müssen ausruhen, brauchen etwas zu essen. Programmiert etwas Hübsches für sie.«

Losting hatte das Messer gezogen. »Ich will nicht länger hier bleiben, mir gefällt dieser Ort nicht mehr und die Riesen auch nicht.« Er sah Hansen an. »Mit dir spreche ich nicht mehr.« Als Losting das Messer zog, sah Born, wie einer der Wächter eine Handwaffe mit einer durchsichtigen Spitze auf den Jäger richtete.

»Nein, Losting. Wir müssen, wie der Hansenhäuptling sagt, Zeit haben, um vernünftig darüber nachzudenken.«

»Du bist verrückt. Nur ein Wahnsinniger ...«

»Jetzt ist nicht die Zeit für Muskeln, Losting!« sagte er mit scharfer Stimme. »Es ist schwierig, Entscheidungen zu treffen, wenn man tot ist. Denke an den Himmelsdämon und das rote Licht.«

Losting musterte die beiden großen Männer, die ihnen den Weg versperrten, und sah dann fragend Born an. Jetzt veränderte sich sein Ausdruck. Er senkte die Augen. »Ja, Born, du hast recht. Darüber muß nachgedacht werden.« Langsam schob er das Messer in die Blattlederscheide zurück.

Hansen zwang sich zu einem beruhigenden Lächeln. »Ich bin sicher, daß alles klarer sein wird, nachdem ihr Zeit gehabt habt, über das nachzudenken, was ihr gehört und gesehen habt. Ihr seid jetzt beide erregt, Born, Losting. Ein fremder Ort wie diese Station. Ihr habt in dieser letzten halben Stunde mehr neue Dinge gesehen als euer ganzes Volk in den letzten hundert Jahren, ganz bestimmt sogar! Entspannt euch, eßt etwas.« Er musterte Born scharf. »Und dann können wir ganz bestimmt über alles das noch einmal sprechen.«

Born nickte, lächelte zurück. Es war gut, daß der Hansenhäuptling nicht in seinen Geist sehen konnte, so wie seine Maschinen in die obere Hülle sehen konnten.

Die beiden bewaffneten Riesen führten sie in einen Raum, der geräumig und bequem war – bequem nach den Vorstellungen der Riesen. Für die Jäger war die Kammer und ihre Einrichtung hart, eckig und bedrükkend. Born probierte das Bett, den Stuhl, den schmalen Tisch und setzte sich schließlich mit überkreuzten Beinen auf den Boden. Losting blickte auf. Er hatte die Ritze unter der Tür angestarrt.

»Sie sind immer noch dort draußen. Warum hast du mich aufgehalten? Rotes Licht oder nicht, ich glaube immer noch, daß ich sie beide hätte töten und dem Fetten die Kehle durchschneiden können.«

»Beim ersten Schritt hätten sie dich mit ihrem Licht getötet, Losting«, erwiderte Born sanft. »Einen hättest du vielleicht getötet, aber ...«

»Ich erinnere mich schon an den Himmelsdämon, ich erinnere mich gut«, gab Losting gereizt zurück. »Deshalb habe ich auch nicht gehandelt, wie mir zumute war, obwohl ich glaube, daß wir am Ende dasselbe Schicksal erleiden werden wie der Himmelsdämon. Das eine weiß ich – bevor ich diesen Ungeheuern helfe, sterbe ich.«

»Ich bin auch dazu entschlossen«, gestand sein kleinerer Begleiter widerstrebend. »Die Riesin namens Logan hatte recht. Sie konnte uns das alles nicht erklären. Wir mußten selbst sehen, um es zu begreifen. Und jetzt begreife ich, wenn auch nicht so, wie sie und die anderen möchten, daß wir begreifen. In gewisser Weise bin ich traurig. Denen fehlt ein Teil, Losting. Sie sind unvollständig. Das Bedauerliche ist nur, daß sie ihren eigenen Mangel nicht erkennen.«

»Sie werden uns in ihrer Unwissenheit großen Schaden zufügen.«

»Vielleicht. Wir müssen darüber nachdenken. Gegen das rote Licht der Riesen können wir nicht kämpfen. Bald wird der Hansenhäuptling wieder mit uns sprechen wollen. Diesmal wird er vielleicht nicht so höflich sein. Die Riesen haben fremdartige Methoden des Tötens. Der Hansenhäuptling deutete an, daß sie ähnliche fremdartige Methoden der Überredungskunst haben. Wenn sie uns nicht überreden – und das können sie nicht –, kann ich mir einfach nicht vorstellen, daß sie uns erlauben, zum Heim zurückzukehren.«

»Ich habe mich aus Respekt für dich zurückgehalten«, polterte Losting. »Und weil du häufig in solchen Dingen recht zu haben scheinst. Warum zögerst du dann jetzt?«

»Gib mir etwas Zeit, Losting, etwas Zeit. Das muß

gleich beim erstenmal sorgfältig und richtig gemacht werden.«

Losting murmelte halblaut etwas vor sich hin, was der andere nicht hören konnte, und setzte sich dann mit dem Rücken zur Tür. Er zog sein Knochenmesser heraus und begann es an dem Metallboden zu schärfen.

»Also gut, Denker, der du mein Feind bist. Laß dir Zeit. Aber wenn sie wiederkommen, um uns zu holen, wenn dir in all deiner Verrücktheit nichts einfällt, dann werde ich als erstes den Hansenhäuptling töten, auch wenn sie dann mit ihrem roten Licht Asche aus mir machen.«

Born schüttelte betrübt den Kopf. »Kannst du denn nicht über deine erste Wut hinaussehen, Losting? Es nützt nichts, den Hansenhäuptling zu töten. Wenn Sand und Joyla zur Welt zurückkehren, wird ein anderes Paar gewählt werden. Die Riesen werden ebenso einfach einen neuen Hansenhäuptling wählen.« Seine Stimme klang jetzt scharf. »Nein, wir müssen sie irgendwie alle töten und diesen Ort vernichten.«

Lostings Wut wich einen Augenblick lang völliger Verblüffung. »Sie *alle* töten? Wir können nicht einmal einen töten, um uns zu retten. Wie können wir sie alle töten?«

»Wir brauchen nur die Maschinen der Riesen zu töten, dann sterben die Riesen auch. Aber zuerst müssen wir hier raus.«

»Dagegen habe ich nichts einzuwenden«, schnaubte Losting. »Die Tür ist verriegelt, und das ...« – er stach mit dem Messer nach dem Boden, und es glitt knirschend ab – »ist zäher als Eisenholz.«

»Du denkst immer noch nicht weiter, als deine Wut dir erlaubt, Jäger.« Born überkreuzte die Beine und begann den Boden zu mustern. »Gib der Welt Zeit, und sie wird ihre Lösung finden.«

»Verrückt«, flüsterte Losting.

Nachts herrschte in der Station Stille, wenn ihre Insassen die lange feuchte Nacht draußen verträumten. Nichts bewegte sich, abgesehen von dem Wachpersonal, das die Monitore besetzt hielt, welche den Wald überwachten. Außerhalb der eigentlichen Station hielten acht von Salomon Cargos Mannschaft die Laserkanonen besetzt. Da die automatischen Alarmanlagen stumm blieben, fanden diese isolierten Vertreter der Sicherheitsabteilung weniger tödliche Ablenkung, um sich die Zeit zu vertreiben.

In einem Turm war die Mannschaft mit Cribbage beschäftigt. Sie benutzten dazu ein Brett, das Thranxkünstler auf Hivehom aus Berylholz geschnitzt hatten. Im nächsten Turm beschäftigte man sich mit einem Urlaubsprospekt, der die Freuden einer bestimmten, viele Parsec entfernten Ozeanwelt schilderte. In der dritten Kuppel waren zwei Kanoniere unterschiedlichen Geschlechts mit aktiver Pflichtverletzung beschäftigt.

Die Station hatte zwar eine quasimilitärische Funktion, es handelte sich bei ihr aber nicht um eine militärische Anlage, wenn auch der Leiter der Sicherheitsabteilung Cargo sie als solche betrachtete. Aber niemand rechnete mit einem Geschwader von Friedenswächtern der Kirche, noch erwartete man die Armada eines schlauen Konkurrenten. Und nichts konnte die künstliche Lichtung, die die Station vom Wald trennte, betreten, ohne ein halbes Hundert Alarme auszulösen.

So hielten sich die acht Kanoniere dienstbereit und genossen die schläfrige Ruhe des Nachtdienstes, sicher in dem Wissen, daß über sie Schutzengel mit Eingeweiden aus Silber und Kupfer wachten.

Aber im Innern der Station hatten sich Atheisten der Mechanistik verschworen, den Göttern dieser Kanoniere zu freveln.

Inzwischen war auch der letzte Insasse der Station in Morpheus' Arme gesunken. Keine Schritte hallten in den Korridoren. Nur das gelegentliche Klicken eines sich schließenden Relais, das Summen unermüdlicher Maschinen, das leichte Brummen der Klimaanlage brachen die Stille.

So gab es niemandem, dem es auffiel, daß sich inmitten eines Korridors plötzlich ein kleines Loch auftat. Selbst wenn jemand daran vorbeigekommen wäre, hätte er das Geräusch als den Widerhall des Donners aufgefaßt, der irgendwie die schalldichten Wände der Station durchdrungen hatte. Die Öffnung wurde größer, als die Bodenplatten aus Metall wie Stanniol abgeschält wurden. Hätte jemand genau hingesehen, so wäre ihm aufgefallen, daß das Loch unter dem Boden sich einen Meter tief durch Stahlbeton fortsetzte.

Zwei massige Tatzen schoben sich aus der Öffnung und weiteten sie aus, bis sie groß genug war, daß ein Mensch sie passieren konnte. Ein dicker Schädel schob sich vor, mächtige Hauer schimmerten in der schwachen Nachtbeleuchtung. Drei Augen funkelten wie Blinklichter, als sie aufmerksam den verlassenen Korridor musterten. Dann verschwand der Kopf wieder, und aus der Höhlung drangen Geräusche, die wie ein halb ersticktes Gespräch anmuteten. Ein Grunzen ertönte. Zwei massige pelzbedeckte Gestalten zwängten sich wie Paste aus dem Loch ins Innere der Station.

Geeliwan musterte die fremdartige Umgebung und schauderte von der ungewöhnlichen Kühle, während Ruumahum andere Dinge als die Temperatur überprüfte.

»Höre keine Riesen, sehe keine Riesen«, murmelte Geeliwan in der kehligen Sprache der Pelziger.

»Viele sind hinter diesen Wänden«, erwiderte Ruumahum, zur Vorsicht mahnend. Dann schnüffelte er noch einmal gründlich, um einen sehr schwachen, aber unverkennbaren Geruch zu lokalisieren, und sagte: »Diese Richtung.«

Dicht an die Metallwände gepreßt, wo der Schatten sie schützte, trotteten die Pelziger lautlos durch den

Korridor, bogen um eine Ecke in einen anderen. Eine letzte Ecke, und sie sahen sich einem einzelnen Riesen gegenüber, der vor der letzten Tür saß. Der Riese bewegte sich nicht.

»Er schläft«, murmelte Geeliwan.

»Hinter ihm ist der Geruch gleichmäßig«, pflichtete Ruumahum ihm bei.

Sie verließen die Ecke und trotteten auf die Tür zu. Ruumahum entdeckte die Ritze unten an der Tür. Seine drei Nasenlöcher registrierten den Geruch Borns und Lostings.

Hinter der Tür hatte Born sich nicht von der Stelle gerührt. Er saß immer noch mit überkreuzten Beinen auf dem Boden. Als er von draußen das leise Schnauben hörte, öffneten sich seine Augen wieder ganz. Losting lag am anderen Ende der Kammer auf dem Boden und schlief, erwachte aber, als Born sich bewegte.

»Was ist ...?«

»Still.« Born kroch auf Händen und Knien zur Tür. Er preßte das Gesicht gegen den Boden, schnüffelte einmal und flüsterte dann vorsichtig: »Ruumahum?« Von draußen war ein zustimmendes Knurren zu hören. »Öffne die Tür. Wenn möglich, leise.«

Der Pelziger brummte: »Da ist ein Wächter.«

Das leise Gespräch weckte schließlich den fraglichen Menschen. Auch wenn er im Dienst geschlafen hatte, verstand der Mann sich auf seinen Beruf. Er erwachte sofort und war augenblicklich auf das Verhindern eines Ausbruchs vorbereitet. Worauf er nicht vorbereitet sein konnte, war der Anblick eines grinsenden Geeliwan, der die mächtigen Kiefer aufriß, so daß man die blitzenden Zähne sehen konnte. Der Mann fiel in Ohnmacht.

»Ist er tot?« fragte Ruumahum erstaunt.

Geeliwan schnaubte zurück. »Er schläft tief.« Der Pelziger trat neben seinen Gefährten und studierte die Tür. »Wie öffnet man das? Das ist nicht wie die Türen, die die Menschen im Heim gemacht haben.«

Borns Flüstern drang unter der Tür zu ihnen. »Ruumahum, da ist ein Handgriff, er sieht wie der Griff eines Bläsers aus. Ihr müßt ihn nach links drehen und dann daran ziehen, um die Tür zu öffnen. Wir können es von innen nicht.«

Der große Pelziger musterte den Griff sorgfältig, dann packte er ihn mit den Zähnen und drehte, Borns Anweisung folgend, den Knopf. Born hatte allerdings nicht erwähnt, daß der Handgriff nach einer Fünfundvierzig-Grad-Drehung zum Stillstand kommen würde. So gab es ein klirrendes Geräusch, das in der herrschenden Stille wie eine Explosion wirkte.

»Ist abgebrochen, Born«, meldete Ruumahum und spuckte die Metallkugel aus.

Losting stand auf und zog sich in die hintere Hälfte des Raumes zurück. »Ich hab' jetzt genug von diesem Ort. Komm.« Ohne Born Zeit zu lassen, Einwände zu erheben, befahl er: »Öffne jetzt die Tür, Geeliwan!«

Geeliwan erhob sich auf seine Hinterfüße. Sein Kopf berührte fast die Decke des Korridors. Er ließ sich nach vorne fallen und stieß gleichzeitig mit Vorder- und Mittelpfoten zu. Es gab ein ächzendes Geräusch, dann wieder ein Klirren, ähnlich dem, das der abbrechende Griff verursacht hatte, nur viel lauter. Die Tür bog sich in der Mitte durch und faltete sich nach innnen in den Raum. Jetzt hing sie nur noch lose am unteren Scharnier.

Born und Losting sprangen darüber und folgten den Pelzigern durch Biegungen und Winkel im Korridor, an die sich keiner der beiden Menschen erinnerte. Rings um sie erhob sich Lärm wie in einem Nest von aufgestörten Chollakees. Und dann tauchte am Ende eines Korridors plötzlich ein Mann auf und stellte sich ihnen entgegen. Ihm fiel der Unterkiefer herunter, aber geistesgegenwärtig griff er an seinen Gürtel und versuchte, etwas kleines Glänzendes herauszuziehen.

Ruumahum versetzte ihm im Vorbeilaufen einen

Prankenhieb. Der Schlag hob den Mann von den Füßen und schmetterte ihn gegen die Wand. Als sie vorbeieilten, sackte er zu Boden.

Der Pelziger dröhnte: »Dieser Ort gehört getötet«, und schickte sich an, kehrtzumachen, um den Wächter zu erledigen.

Aber Born widersprach, und sie eilten weiter. »Nicht jetzt, Ruumahum. Diese Geschöpfe töten, ohne zu denken. Wir wollen nicht derselben Schwäche verfallen.« Ruumahum murmelte etwas, trottete aber weiter.

Wenige Augenblicke später erreichten sie den breiten Korridor, der die Station umgab. Losting und Born hatten jetzt die Äxte herausgeholt, aber sie brauchten sie nicht. Die Station schlief immer noch halb, und noch wußte niemand, was die Störung ausgelöst hatte. In der nächsten Minute hatten sie das Loch erreicht, das Ruumahum und Geeliwan in den Boden der Station gerissen hatten. Ruumahum ging voraus. Born sprang ihnen nach, die Füße voran. Losting folgte ihm, Geeliwan bildete die Nachhut.

Wie ein Schwarm fluoreszierender Bienen begannen in der ganzen Station Lichter aufzuflackern; Alarmsirenen heulten. In den außenliegenden Türmen hallten Flüche, als die Lasermannschaften an ihre Vernichtungsmaschinen eilten. Wache, gut ausgebildete Augen, solche von Menschen und solche von Maschinen, suchten die offene Fläche rund um die Station ab, untersuchten die unverändert gebliebene Dschungelmauer. Aber in dieser sorgfältig überwachten Region bewegte sich nichts Bedrohendes, zeigte sich nichts Unerwartetes.

Plötzlich erschien etwas auf dem Computerschirm, füllte eine Fläche in Reichweite des Nordturmes. Die wachhabende Kanonierin zog den Schlupfer hoch, schaltete die elektronischen Sensoren auf Zielerkennung und schoß. Der Feuerstoß vernichtete eine kleine Wolke von Silberglitzern, die die Waldwelt verlassen hatten, um den lockenden Lichtern der Station zuzustreben.

Immer noch halb schlaftrunken, eilte Hansen, in einen Morgenrock gehüllt und von einem Wächter geleitet, zu dem Loch im Boden.

»Ein Zentimeter Duralum über einem Stahlbetonsokkel von einem Meter«, murmelte jemand in der kleinen Gruppe, die sich gesammelt hatte. Jetzt machte man Hansen Platz. Er hatte einige Mühe, das zu glauben, was er sah.

»Ich dachte, die haben keine modernen Werkzeuge.«

»Haben sie auch nicht.« Alle drehten sich um.

Logan war herangekommen und schob sich das wirre Haar aus der Stirn. Ihr Gesicht wirkte ernst. »Das müssen die Pelziger getan haben«, schloß sie dann müde.

»Äußerst weise«, erklärte Hansen. »Was ist ein ›Pelziger‹, Logan?«

»Es ist ein Tier, mit dem Borns Leute zusammen leben. Ein sechsbeiniger Allesfresser. Zumindest nehmen wir an, daß es ein Allesfresser ist.« Ihr Blick wanderte wieder zu dem Loch im Boden. »Als die Nacht kam und ihre menschlichen Begleiter nicht zurückkehrten oder sie holen ließen, müssen sie beschlossen haben, selbst nachzusehen.«

»Interessant«, war die einzige Reaktion des Stationschefs.

Immer mehr Leute kamen. Nach einer Weile wurden Geräte herangerollt und ein »Freiwilliger« in die Höhle hinuntergelassen. Es dauerte nicht lange, bis er die Information liefern konnte, die Hansen verlangte.

Hansen nahm den Bericht des Mannes mit finsterer Miene zur Kenntnis. Er klopfte dem Mann auf die Schulter und trat dann wieder an den Rand des Loches. Die Gruppe, die sich gesammelt hatte, bestand inzwischen vorwiegend aus Abteilungsleitern, Männern wie Cargo und Blanchfort.

»Kann sich jemand von Ihnen vorstellen, wo dieses Loch hinführt?« wollte Hansen wissen. Vorsichtig-beflissenes Schweigen. Wehe dem Bürokraten, der ungenaue Informationen lieferte! Außerdem würden sie es ja gleich erfahren. »Weiß denn niemand von Ihnen, worauf er steht?« Verblüffte Blicke. »Das Loch führt nach unten in einen der Baumstämme, auf denen diese Station ruht. Anscheinend ist dieser Baum nicht ganz so massiv, wie wir das angenommen haben. Wie es scheint ...«, fuhr Hansen fort, und sein Gesichtsausdruck und seine zunehmende Wut ließen seine Untergebenen unwillkürlich einige Schritte zurückweichen, »gibt es eingeborene Tiere, die Löcher in solche Bäume bohren können! Diese ... diese Pelziger brauchten bloß ein solches Loch zu suchen und einfach in ihm nach oben zu klettern, bis sie diesen Boden anbohren konnten. *Diesen* Boden, meine Damen und Herren! Durch *Beton!*« donnerte er, dann wurde seine Stimme wieder leiser. »Um unsere Monitorbildschirme und Laser brauchten sie sich keine Sorgen zu machen. Auch nicht um die geladenen Kabel und Netze, die die Baumstämme umgeben. Das einzige, was mich beunruhigt, ist nur – woher wußten sie eigentlich, daß sie vor solchen Dingen keine Angst zu haben brauchten?«

Cohoma hatte sich inzwischen den anderen angeschlossen. »Sie sind etwas mehr als ... äh ... nur Tiere, Sie, sie können ... äh ... reden. Ein bißchen wenigstens. Genug, um sich zu unterhalten. Ich habe selbst mit ihnen gesprochen. Sie reden nicht so gerne wie wir ... äh ...«

»Halten Sie doch den Mund, Sie Idiot!« sagte der Stationschef mit leiser Stimme, die gefährlicher klang, als wenn er geschrien hätte, und dann murmelte er: »Und die erwarten von mir, daß ich auf einer feindlichen Welt wie dieser mit einer solchen Mannschaft eine Geheimoperation durchführe ...«

»Entschuldigen Sie, Chef«, erbot sich der Leiter der Ingenieurabteilung. »Soll ich mir ein paar Leute holen, um dieses Loch dicht zu machen?« Er deutete auf das Loch im Boden.

»Nein, Sie brauchen sich nicht ein paar Leute zu holen, um dieses Loch dicht zu machen«, sagte Hansen und ahmte dabei den weinerlichen Ton des Ingenieurs nach. »Setzen Sie sich darauf!« herrschte er ihn an. »Cargo! Wo ist Cargo?«

»Sir?« Der Leiter der Sicherheitsabteilung trat vor.

»Lassen Sie diese Öffnung unverändert. Stellen Sie einen Laser mit einer vierköpfigen Mannschaft auf und wechseln Sie die Leute alle vier Stunden aus.« Er stemmte die Hände in die Hüften und zupfte geistesabwesend an seinem braunen Morgenmantel. »Vielleicht versuchen sie auf diesem Weg zurückzukommen. Diesmal verhandeln wir nicht, schließlich gibt es schon einen Toten. Wir werden dieses Heim finden und mit diesen Leuten von vorne beginnen.«

»Sir?« Cargo zögerte und fragte dann: »Die Geschützmannschaften sind beunruhigt. Sie wissen nicht, wonach sie Ausschau halten sollen.«

»Zwei kleine dunkelhäutige Männer in Begleitung von ...« Er sah über die Schulter und winkte Logan zu. »Wie sollen diese Biester aussehn?«

»Sechsbeinig«, erklärte sie Cargo, »dunkelgrüner Pelz, drei Augen, lange Ohren, zwei kurze dicke Hauer im Unterkiefer, ein paarmal so schwer wie ein Mensch, entfernt bärenähnlich und ...«

»Das genügt«, sagte Cargo trocken. Dann nickte er Hansen zu, machte auf dem Absatz kehrt und eilte zur nächsten Sprechanlage, um seine Leute zu verständigen.

»Sagen Sie«, befragte Hansen Logan, »hatten Sie je den Eindruck, daß Ihr Freund Born vielleicht unsere Absichten hier nicht billigen könnte?«

»Wir haben nie über Einzelheiten unserer Tätigkeit gesprochen, Chef«, antwortete sie. »Und manchmal gab es verschiedene Deutungen für seine Fragen und Antworten. Aber da er damit beschäftigt war, unser Leben zu retten, hielt ich es nicht für zweckmäßig, mit ihm über Motive zu streiten. Ich war der Ansicht, unser erstes Ziel wäre es, heil hierher zurückzukommen.«

»Und trotz dieser Unsicherheit hinsichtlich seiner Reaktionen haben Sie zugelassen, daß er diese zwei halbintelligenten Tiere in Freiheit herumlaufen ließ, so daß sie ihn befreien konnten.«

Logan unterdrückte ihren Ärger nicht ganz. »Was hätte ich denn tun sollen? Sie an den Ohren hinter mir herziehen? Mir schien es in dem Augenblick am besten. mit Born und Losting auf gutem Fuße zu bleiben. Die Pelziger haben gesehen, was eine Laserkanone ausrichten kann. Keiner von Cargos intelligenten Helfern hat Gänge in diesen Stämmen entdeckt! Wie konnte ich ahnen, daß ...«

»Sie hätten darauf bestehen können, daß er seine Haustiere mitbringt.«

»Sie verstehen immer noch nicht, Sir.« Sie gab sich Mühe, es ihm verständlich zu machen. »Die Pelziger sind keine *Haustiere*. Es sind unabhängige, intelligenzbegabte Geschöpfe mit eigener Vernunft. Sie schließen sich aus freien Stücken dem Menschen an, nicht, weil sie domestiziert worden sind. Wenn sie beispielsweise im Wald zurückbleiben wollen, gibt es nichts, womit Born oder sonst jemand sie zwingen könnte, ihre Meinung zu ändern.« Sie blickte bedeutungsvoll auf das Loch im Boden, wo das Metall wie die Schale eines Apfels abgezogen war. »Möchten *Sie* sich mit ihnen auf eine Auseinandersetzung einlassen?«

»Sie können sehr überzeugend argumentieren, Kimi. Es ist meine Schuld. Ich erwarte von allen zuviel. Und diese Erwartungen erfüllen sich nicht immer.« Er blickte brütend in den finsteren Tunnel. »Ich wünschte, es gäbe eine Möglichkeit, der Konfrontation auszuweichen. Nicht daß unser Aufenthalt hier weniger illegal wäre, wenn wir ein paar Eingeborene töten müßten.«

»Nicht Eingeborene, Sir«, erinnerte ihn Logan, »Überlebende eines ...«

Hansen legte den Kopf zur Seite und funkelte sie an. Seine Stimme klang gleichmäßig und hart. »Kimi, in Speicher zwölf habe ich einen Wartungsingenieur namens Humi gesehen, dessen Gesicht ein blutiger Brei und dessen Rückgrat gebrochen ist. Er ist tot! Soweit es mich betrifft, macht das aus Born und Losting und ihren Vettern, die hinsichtlich unserer Anwesenheit hier ähnliche Gefühle haben, Eingeborene, feindliche Eingeborene, unberechenbare Wilde! Ich habe gegenüber den Leuten, die die Mittel für diese Station aufgebracht haben, eine Verpflichtung zu erfüllen. Ich werde alle notwendigen Schritte unternehmen, um diese Investition zu schützen. Und jetzt eine Frage – gibt es denn eine Möglichkeit, daß Sie den Weg zu diesem Dorf finden?«

Logan überlegte. »Angesichts unserer vielen Umwege bezweifle ich das. Nicht ohne Borns Hilfe. Unser Skimmer ist inzwischen schon völlig überwuchert. Selbst wenn wir ihn orten könnten, weiß ich nicht, ob wir das Heim von dort aus finden können. Sie haben keine Ahnung, Sir«, bettelte sie fast, »wie es ist, zu Fuß auf dieser Welt herumzulaufen. Es ist schon schwierig genug, sich in den Etagen zurechtzufinden, geschweige denn in horizontaler Richtung. Und die eingeborenen Fleischfresser, die Verteidigungssysteme der Flora ...«

»Sie brauchen mir das nicht zu erklären, Kimi.« Hansen schob die Hände in die Taschen seines Morgenmantels. »Ich habe selbst mitgeholfen, diese Station zu bauen. Nun, wir werden versuchen, wenigstens einen von ihnen lebend gefangenzunehmen, wenn sie zurückkommen.«

»Entschuldigen Sie, Sir«, sagte Cohoma mit unsicherem Blick, »zurückkommen? – Ich möchte meinen, daß Born so schnell er kann nach Hause zurückläuft, um den Widerstand gegen uns zu organisieren und seine Dorfgenossen zu warnen.«

Hansen schüttelte betrübt den Kopf und lächelte herablassend. »Sie werden nie mehr als ein Scout sein, Cohoma.«

»Sir«, begann Logan, »ich glaube nicht, daß Sie jetzt fair ...«

»Und für Sie gilt dasselbe, Logan! Für Sie beide gilt das!« Seine Stimme wurde wieder gefährlich leise, gar nicht mehr väterlich. »Sie haben beide den Fehler begangen, diese Leute zu unterschätzen. Vielleicht kamen Sie sich wegen Ihrer Größe überlegen vor. Vielleicht kommt es auch daher, daß Sie das Produkt einer technisch fortgeschrittenen Kultur sind – die Gründe sind eigentlich nicht wichtig. Wahrscheinlich bilden Sie sich immer noch ein, daß Sie diesen Born dazu überredet haben, diese Reise zu machen. Sie glauben, Sie hätten ihn hinsichtlich der wahren Absichten dieser Station im dunklen tappen lassen. Aber schauen Sie doch, was geschehen ist. Warum glauben Sie denn, daß Born mehr als alles andere fortschrittliche Waffen haben wollte? Um damit Raubtiere zu bekämpfen? Patrick O'Morion, nein! Damit er schließlich und endlich mit *uns* auf gleicher Basis verhandeln konnte.

Jetzt kennt er die Art und die Anordnung unserer Verteidigungsanlagen, die Lage der Station, hat eine ungefähre Vorstellung von unserer zahlenmäßigen Stärke und sieht, wie wir von jeder Hilfe von außerhalb isoliert sind. Außerdem ahnt er unsere Absichten und ist zu dem Schluß gelangt, daß sie seinen eigenen zuwiderlaufen. Nein, ich kann mir nicht vorstellen, daß ein solcher Mann wegläuft, um Hilfe zu holen. Zumindest einmal wird er es selbst versuchen.«

Cohoma senkte niedergeschlagen den Kopf. »Und alles das hätte nichts zu besagen«, fuhr Hansen fort, »wenn er immer noch in diesem Raum säße mit einem Wachtposten vor der Tür. Es schmerzt mich, einen so tüchtigen Mann töten zu müssen. Das Ärgerliche ist diese spirituelle Haltung, die sie offensichtlich gegenüber jedem Unkraut und jeder Blume einnehmen. Und das haben Sie beide nicht erkannt. Für Ihren Born sind unsere erklärten Absichten hier Grund genug für einen heiligen Krieg. Ich wette meine Pension, daß er jetzt dort draußen auf irgendeinem heiligen Dornbusch hockt, uns beobachtet und überlegt, wie er den Ketzern einen schnellen Weg zur Hölle bereiten kann. Und jetzt erzählen Sie mir mehr von diesen ... diesen Pelzigern.« Er trat nach dem verbogenen Metall, das das Loch umgab. »Ich habe hier einen Toten und ein Loch in der Station, die mir beide beweisen, welche Kräfte sie besitzen. Wie verletzbar sind sie?«

»Sie bestehen aus Fleisch und Knochen. Aus Fleisch jedenfalls«, verbesserte sich Cohoma. »Sterblich sind sie. Wir haben gesehen, wie einige von ihnen von einem Stamm räuberischer Tiere getötet wurden, die als Akadi bekannt sind. Erst wenn sie anfangen, Nüsse nach einem zuwerfen, muß man sich in acht nehmen.«

Hansen sah Cohoma eigenartig an und beschloß dann, mit seiner Befragung fortzufahren. »Und wie steht es mit Waffen?«

»Etwas, das sie Bläser nennen, eine Art großes Blasrohr, wie eine Bazooka. Sie schießen damit vergiftete Dorne. Sonst haben wir nur die üblichen primitiven Geräte gesehen: Messer, Speere, Äxte und dergleichen. Nichts, worüber man sich Sorgen machen müßte.«

»Daran werde ich mich erinnern«, meinte Hansen grimmig, »wenn ich eins dieser Messer in Ihrem Hals stecken sehe, Jan. Eine Keule macht einen genauso tot wie ein SCCAM-Projektil. Sonst noch etwas?«

Logan lächelte schief. »Nein, es sei denn, sie hätten gelernt, eine Silberglitsche zu zähmen.«

»Eine was?«

»Das ist ein großer Baumbewohner hier im Dschungel. Wenigstens fünfzig Meter lang, besitzt ein paar hundert Beine und hat ein Gesicht, das nur ein Nestmeister der Aann schön finden könnte. Wenn man Born Glauben schenkt, schläft es nie und kann nicht getötet werden.«

»Danke«, erwiderte Hansen spöttisch. »Das klingt richtig ermutigend.« Er schickte sich an zu gehen, wandte sich dann aber nochmal um. »Es besteht natürlich auch die Möglichkeit, daß überhaupt nichts passiert. Also setzen wir den normalen Betrieb unter besonderen Sicherheitsvorkehrungen fort. Ich kann es mir nicht leisten, hier dichtzumachen und abzuwarten, bis Ihr kleiner Wurzelfreund seine Absichten erklärt. Sie melden sich beide morgen zum Dienst und lassen sich neu einteilen.«

»Ja, Sir«, sagten beide niedergeschlagen.

Hansen atmete tief durch. »Was mich betrifft, so muß ich wieder einen Bericht schreiben, einen, der noch negativer klingt als die anderen. Gehen Sie mir aus den Augen, alle beide.«

Cohoma schien etwas sagen zu wollen, aber Logan legte ihm die Hand auf den Arm und zog ihn weg. Hansen fuhr fort, Anweisungen zu erteilen. Die Menge löste sich auf, jeder und jede an den zugewiesenen Platz. Der Stationschef blieb als letzter zurück. Er starrte lange in das Loch, bis die Lasermannschaft eintraf.

Als sie anfingen, die Waffe auf ihrem Dreibein aufzubauen, drehte er sich um, ging in sein Büro und versuchte sich dabei die Sätze zurechtzulegen, mit denen er seinen fernen Vorgesetzten erklären würde, wie es möglich gewesen war, daß zwei Eingeborene und zwei großgeratene sechsbeinige Katzen die Verteidigungsanlagen der Station durchbrochen hatten.

Der Direktor würde nicht erfreut sein. Nein, er würde ganz bestimmt nicht erfreut sein!

13

Mensch und Pelziger ruhten auf einem breiten Tungtankel im Schutze eines breiten Panpanooblattes, welches Schutz vor dem Nachtregen bot.

Hansen hatte recht. Für Born und Losting, Ruumahum und Geeliwan waren die Handlungen der Riesen Grund für einen heiligen Krieg.

»Wir können uns in den Bäumen unterhalb des Schauplatzes ihres Mordes verbergen«, schlug Losting vor, und seine Stimme übertönte scharf das beständige Trommeln des Regens, »und dann können wir sie einen nach dem anderen wegpicken, wenn sie herauskommen.«

»Auch in ihren Himmelsbooten?« sagte Born. »Natürlich, mit unseren Bläsern.«

»Die Brüder sammeln«, brummte Ruumahum.

Born schüttelte besorgt den Kopf. »Sie haben lange Augen, um zu sehen, und lange Waffen, um zu töten, Ruumahum. Wir müssen uns etwas anderes überlegen.«

Dann herrschte Stille, wenn man von dem ewigen Klatschen des Wassers absah. Einmal öffneten sich Borns Augen halb, und er murmelte: »Wurzeln ... Wurzeln.« Andere Augen musterten ihn voll Hoffnung, aber er verstummte wieder.

»Ich habe eine Idee, wie man anfangen könnte«, verkündete er schließlich, ohne dabei jemanden anzusehen. »Es kratzt an den Außenbezirken meines Bewußtseins wie ein Viiehp, der am Eingang der Byra sucht. Wurzeln ... Wurzeln und eine Parade.« Er stand auf, reckte sich. »Wo ist die Macht der Riesen verankert? Von wo kommen die Wunder, die man ihnen zuschreibt?«

»Von der Hölle natürlich«, murmelte Losting.

»Aber welcher Hölle, Jäger? Unsere Welt bezieht ihre Kraft aus der Unteren Hölle. Die Riesen beziehen, nach dem, was sie sagen, die ihre aus der Oberen Hölle. Ihre Wurzeln sind mit dem Himmel verwachsen, nicht mit dem Boden, nach allem, was ich gesehen habe. Sie haben sich auf unserer Welt festgesetzt, indem sie nach unten gruben; wir werden uns in der ihren festsetzen, indem wir nach oben graben.«

»Wie kann man nach oben graben?« wollte Losting wissen.

Anstelle einer Antwort trat Born an den Rand des schützenden Panpanoo und blickte in den lauen Regen empor. »Wir müssen einen Sturmtreter finden.« Er wandte sich um und sah Ruumahum fragend an. »Wie viele Tage bis zum nächsten großen Regen?«

Der Pelziger stand auf und trat neben seinen Menschen. Seine stumpfe Schnauze schnupperte die Nachtluft. Während das Wasser ihm vom Gesicht tropfte, sog er prüfend die Luft ein. »Drei, vielleicht vier Tage, Born.«

Sturmtreter waren nicht besonders selten, aber auch nicht sehr weit verbreitet, und man fand nie zwei beieinander. Aber es hatte ihnen keine Mühe bereitet, auf der Dritten Etage den silberschwarzen Stamm zu entdecken, der auf der von der Station abgelegenen Seite im Wald emporragte. Er stand in einiger Entfernung zu der freigelegten Fläche, aber die langen kettenähnlichen Blätter reichten bis hinunter in die Sechste Etage. Und ebenso weit reichten sie ohne Zweifel nach oben.

Es gab nur eine Möglichkeit, mit den Blättern des Sturmtreters umzugehen: Indem sie Hände und Pfoten, Arme und Beine mit dem Saft der Laient bedeckten, war es möglich, Hunderte von Metern ineinander verschlungener Blätter hochzuziehen und aufzuwickeln.

»Ich verstehe immer noch nicht«, gab Losting zu, als sie sich den klebrigen Saft von den Händen rieben.

»Erinnerst du dich an das von den Riesen gemachte Lianennetz, durch das wir fuhren, als sie uns in ihre Station brachten? Erinnerst du dich, wie der Sal-Riese uns erklärte, was es aß? Ich habe einmal gesehen, wie ein Cruta so viel Tesshandafrucht aß, bis er explodierte. Er platzte richtiggehend auseinander. Ich werde wahrscheinlich nie wissen, ob ich ebenso dumm schaute wie der Cruta, aber vergessen habe ich das nicht. Und das wollen wir hier – so hoffe ich – auch erreichen.«

Losting sah ihn verständnislos an. »Vielleicht machen

wir damit nur die Wurzeln der Riesen stärker und fester.«

Aber Born zuckte die Achseln.

»Dann versuchen wir etwas anderes.«

Trotz Lostings Ungeduld warteten sie den Gewittersturm ab, der in der dritten Nacht tobte. Am vierten Abend wußte Born, daß er die richtige Entscheidung getroffen hatte, als Ruumahum prüfend die Luft einsog und erklärte: »Diese Nacht viel Regen und Wind und Lärm.«

»Dann müssen wir uns beeilen, ehe er uns anheult, sonst rettet uns selbst der Saft des Laient nicht.« Schon trommelten die ersten großen Tropfen auf das Dschungeldach über ihnen.

In fast völliger Dunkelheit arbeiteten sie sich auf die Station zu, bewegten sich unter der freigelegten Fläche, die von vielfachen elektronischen Sensoren, Lichtverstärkern und dem roten Lichttod bedeckt war. Sie hatten drei der langen silbernen Blätter. Jeder Pelziger quälte sich mit einem ab, und Born und Losting trugen das dritte. Dick mit Laientsaft beschmiert, zogen sie die endlos scheinenden Blätter hinter sich her, bis sie die finstere Wand erreichten, die von einem der die Station tragenden Stämme gebildet wurde. Born berührte den Stamm, sah sich um. Der Baum begann infolge des Verlustes seiner blättertragenden Krone und der Infektion des Herzholzes bereits zu sterben.

Langsam arbeiteten sie sich parallel zu dem mächtigen Stamm in die Höhe. Der Donner dröhnte über ihnen; Blitze zerrissen den Himmel. Born war bereits bis auf die Haut durchnäßt. Ruumahum hatte recht gehabt. Viel Regen diese Nacht.

Der schwarze Laientsaft bot ihnen auch noch Schutz, als sie ins Freie traten. Der Wind trug den Regen bis zu ihnen, aber hier, direkt unter der schützenden Station, war es noch relativ trocken. Das war gut so, denn hier gab es keine freundlichen Kabbl und Schlinger, an denen man sich festhalten konnte. Sie mußten sich mit ihren schweren Blättern an dem vertikalen Stamm nach oben arbeiten. Und obwohl alle Stationen der Sicherheitsabteilung besetzt, alle Schirme eingeschaltet waren, sah niemand die winzigen Punkte, die an dem Stamm nach oben krochen. Die Verteidigungseinrichtungen der Station waren nach außen, nicht nach unten gerichtet. Born machte auch nicht den Fehler, den Baum zu ersteigen, den Ruumahum und Geeliwan benutzt hatten, um sie zu befreien. Jenem Stamm galt immer noch zu große Aufmerksamkeit.

Born wartete, bis sie alle unmittelbar unterhalb des Metallnetzes versammelt waren, das ihnen den weiteren Weg nach oben versperrte. Jetzt zuckten pausenlos Blitze über den Nachthimmel. Sie mußten sich beeilen. Über ihnen knatterte und flackerte das Netz bei jeder atmosphärischen Entladung. Er nickte. Gemeinsam legten Mensch und Pelziger die drei silberschwarzen Blätter über verschiedene Teile des Gewebes. Born hielt den Atem an, als das Blatt das Metall berührte. Ein paar winzige Funken, dann wurde es wieder ruhig.

»Schnell hinunter!« rief er den Pelzigern zu.

In einem der Wachtürme fiel dem dritten diensthabenden Ingenieur der Generatorstation eine unerwartete Bewegung auf. Er runzelte die Stirn und musterte seine Skalen. An den leichten Stromschwankungen, die sich abzeichneten, war zwar nichts auszusetzen, aber eigentlich hätte es keine solchen Schwankungen geben dürfen. Die Variationen waren stärker, als man das selbst bei einem Gewitter wie diesem erwarten durfte. Einen Augenblick lang überlegte er, ob er den Chefingenieur wecken sollte, beschloß dann aber, dessen Zorn nicht zu riskieren. Vermutlich war an den Meßanlagen etwas nicht in Ordnung – der B-Transformator war in letzter Zeit ein paarmal kurzfristig ausgefallen. Und an der Energiezufuhr durch den Sonnenkollektor konnte es ja nicht liegen – jetzt, mitten in der Nacht.

Und dann schlug plötzlich ein mächtiger Blitz so nahe ein, daß der Knall selbst die Isolierung der Wände durchlief.

Einige Dinge ereigneten sich nun gleichzeitig.

Die ohrenbetäubende Entladung elektrischer Energie traf einen Baum südöstlich der Station, doch es wurde kein Baumwipfel gespalten, keine Flamme zuckte auf. Statt dessen trank die nackte Spitze des Sturmtreters den Blitz in sich hinein wie ein Kind, das Milch durch einen Strohhalm trinkt. Das mit Metall imprägnierte Holz erzitterte sichtbar unter dem Aufprall, wurde aber nicht beschädigt, weil sich die ungeheure Spannung des Blitzes in der erstaunlichen Innenstruktur des Baumes gleichmäßig verteilte.

Einen kurzen Augenblick lang verstärkte sich die schwache Verteilung der Spannung, die der Baum gewöhnlich aufgebaut hatte, millionenfach. Unter normalen Umständen hätte das komplizierte Wurzelsystem des Sturmtreters die ganze Ladung in den Boden abgeleitet, damit Stickstoffoxide erzeugt und so den Boden der Umgebung angereichert. Aber diesmal zog etwas anderes die ganze Kraft der Entladung ab, lenkte sie durch den Abwehrschirm, den die langen tödlichen Blätter des Baumes bildeten.

Der verblüffte Ingenieur erfuhr nie, daß seine Skalen und Geräte völlig richtig angezeigt hatten, erkannte nie die Ursache jener ersten rätselhaften Stromschwankungen.

Born wußte nicht, was er erwarten sollte. Er hatte – wie er Losting erklärte – gehofft, das Schutzgewebe zu überfüttern, welches den Unterleib der Station bewachte. Statt dessen explodierten die drei Netze in dem Bruchteil der Sekunde, welche der Entladung folgte. Ein paar Sekunden lang flammten sie auf wie brennendes Magnesium, ehe sie zu schwarzer Schlacke zusammenschmolzen.

Ferne Explosionen hallten über die dunkle Panta, in

der Station flammten Lichter auf, blinkten hinüber zu den paar verblüfften Beobachtern, die sich am Waldrand hinter ein paar Blättern zusammengekauert hatten. Modulatoren blitzten und explodierten, waren außerstande, die ungeheure Überladung zu regulieren. Die Akkumulatoren schmolzen wie Butter in der Sonne und raubten der Station ihre Reserveenergie.

Dreißig Millionen Volt bei hunderttausend Ampère ergossen sich in das Generatorsystem der Station und schmolzen jedes Kabel, das sie nicht kurzschlossen, jede Steckdose, jede Birne, jede Röhre und jedes Gerät. Eine einzige alles übertönende Eruption hallte durch die Station, als der Zentraltransformator und die Sonnenenergieanlage durch die Wand gerissen wurden.

Der gleichmäßig trommelnde nächtliche Regen wurde von den Schreien der Verwirrten, der Verblüfften und der Verbrannten übertönt. Aber es gab keine Schreie langsam Sterbender. Alle, die den Tod gefunden hatten, waren wie der Ingenieur im Bruchteil von Sekunden elektrokutiert worden.

Losting wollte losrennen. »Führen wir es zu Ende.«

Born mußte ihn festhalten. »Vielleicht haben sie noch das rote Licht, das tötet, ehe ein Bläser geladen werden kann, Jäger.«

Losting wies auf die zerdrückten, rauchenden Geschütztürme. Man konnte die Laserkanonen zwar reparieren, aber im Augenblick waren sie unbrauchbar. Die Drehmechanismen waren ausgebrannt.

»Die nicht«, erklärte Born. »Aber vielleicht funktionieren die kleinen noch, die die Riesen wie Äxte tragen.« Er lehnte sich auf dem feuchten Ast zurück und blickte zum Himmel. »Was werden diese wilden ungewöhnlichen Geräusche am Morgen bringen, Jäger? Überlege! Was können Männer, die gleichzeitig schreien, herbeirufen?«

Losting dachte nach, bis seine Augen sich weiteten. »Schweber, nicht Bunas ... Photoiden.«

Born nickte. »Sicherlich regen sie sich bereits.«

»Aber diese Riesen haben doch sicher schon Photoidenschweber gesehen?«

»Vielleicht auch nicht«, wandte sein Gefährte ein. »Ihre Skimmer sind leise, und die Photoiden selten. Nur Beute, die für einen Photoiden groß genug ist, macht auch genug Lärm, um welche anzuziehen. Daran habe ich nicht gedacht.«

Losting lehnte sich zurück und legte die Hände auf die Knie. »Was macht es schon? Die Schweber werden keine Beute sehen und wieder wegfliegen.«

»Das kann sein, Losting. Aber denk daran, wie die Riesen reagieren, wie Logan und Cohoma zuerst auf mich reagierten, wie sie in der Welt reagierten. Sie haben Angst, ohne den Versuch zu machen, zu verstehen, Losting. Und inzwischen haben sie sicher schreckliche Angst. Wir werden sehen, wie sie auf die Schweber reagieren.«

Hansen trat nach den immer noch rauchenden Fragmenten aus Metall und Polyplexalum, die den ausgebeulten Boden bedeckten, und betrachtete das gähnende Loch, wo einmal die Kraftanlage der Station angebracht gewesen war. Pfützen verhärteter Schlacke waren alles, was von der komplizierten teuren Anlage übriggeblieben war. Sie war nicht zerbrochen – sie war einfach nicht mehr da.

Ein sehr müder Blanchfort erschien. Wie alle anderen hatte auch er seit vielen Stunden nicht mehr geschlafen.

»Berichten Sie«, seufzte Hansen.

»Alles, was Energie aufnahm, ist entweder verbrannt oder zerschmolzen, Sir«, berichtete der Abteilungsleiter langsam. »Es gibt keinen einzigen Stromkreis, keinen Flüssigschalter und kein Modul in der ganzen Station, der noch funktioniert. Wir werden das ganze System neu bauen müssen.«

Hansen gestattete sich ein paar Minuten, um das einsinken zu lassen. Dann fragte er: »Hat man die Ursache entdeckt?«

»Mamula glaubt eine zu kennen. Es ... nun, wenn Sie es einmal gesehen haben, ist es ziemlich offenkundig.«

Hansen folgte dem anderen durch die Station, vorbei an erschöpften Männern, die an geschwärzten Wand- und Bodenfragmenten arbeiteten. Bald hatten sie die Luke im Boden erreicht, durch die ein offener Lift Zugang zum Dach des abgeschnittenen Waldes unter ihnen bot. Der Lift war natürlich ausgebrannt. Jemand hatte die zerschmolzenen Drähte und sonstigen elektrischen Verbindungen weggeschnitten und eine Winde improvisiert. Jetzt hing die Liftkabine auf halbem Wege zwischen der Station und der grünen Welt darunter. Er hing genau in der Höhe, wo einmal das geladene Gitter gewesen war.

Hansen spähte durch das Loch im Boden. Von der Stelle, wo das Gitter mit dem Baum verbunden gewesen war, rann ein Ring immer noch heißen Metalls wie Kerzenwachs in die Tiefe. Von der verkohlten Borke stiegen immer noch Rauchfäden auf.

»Sehen Sie es, Chef?« fragte Blanchfort.

Hansen kniff die Augen zusammen. »Ob ich was sehe? Ich ...«

»Dort, links, ein Stück unter Mamula und seinen Leuten. Da sind noch zwei weitere am Stamm.«

Der Stationsleiter starrte in die Tiefe. »Sie meinen diese lange silberne Kette, die nach unten in die Baumwipfel führt?«

»Ja, das meine ich, Sir, nur daß es keine Kette ist, jedenfalls nicht aus Metall. Es ist ein Blatt oder viele ineinander verschlungene Blätter.«

»Was ist mit ihnen?«

»Mamula glaubt, sie wären letzte Nacht vor dem Sturm auf das Gitter gelegt worden. Wir haben einen Suchtrupp ausgeschickt – ich hatte gehofft, unsere zwei Eingeborenen würden sich zeigen, aber das haben sie nicht getan –, um die Blattkette an ihren Ursprungsort zu verfolgen. Alle drei Blätter führen etwa fünfzehn Meter weit in den Wald hinein und dann nach Südosten. Sie sind etwa dreißig Meter von der Lichtung entfernt mit ihrem Mutterbaum verbunden.« Er wandte sich um und deutete zu einem Fenster hinaus. »Dort. Es ist einer der kleineren Bäume. Nackte Krone, vorwiegend schwarz- und silberfarbene Borke, Blätter, alles. Sehr wenig Braun oder Grün, nur in einigen Nebengewächsen.» Er warf einen Blick auf seinen Notizblock. »Eine Frau namens Stevens leitete den Suchtrupp. Nach ihrem Bericht trägt der Baum selbst eine tödliche Ladung. Alles, was eines seiner langen Blätter berührt, wird auf der Stelle getötet. Mamula hat die Theorie aufgestellt, daß der Baum, wenn er vom Blitz getroffen wird, wie es offensichtlich letzte Nacht der Fall war, die Ladung irgendwie weiterleitet. Es bedarf nur einer winzigen Aufladung, um das Verteidigungssystem des Baumes aufrechtzuerhalten. Es gibt nur wenige Bäume dieser Art, und sie stehen ziemlich isoliert.«

»Ich verstehe. Sie dienen als Blitzableiter für den ganzen Wald und schützen die anderen Bäume vor den nächtlichen Gewittern. Nur ...« – er mußte an sich halten, um nicht loszubrüllen – »letzte Nacht ist die Ladung auf etwas anderes gerichtet worden.«

»Nicht gerichtet – gezogen worden.«

Hansen nickte grimmig. »Kein Wunder, daß sämtliche Stromkreise durchbrannten. Und natürlich hat niemand vorher etwas Ungewöhnliches bemerkt.«

Blanchfort senkte den Blick. »Nein, Sir. Ich höre, daß Cargo einige seiner Leute ziemlich fertiggemacht hat.«

»Das wird uns guttun.« Er atmete tief und trat nach einem Stück geschmolzenen Kunststoffs. »Was sagt Murchison?«

»Murchison ist tot, Sir.«

Hansen schloß kurz die Augen. »Also gut, dann Mamula.«

»Ja, Sir. Er glaubt, er könne einige Leitungen reparieren. Wir haben für etwa zwanzig Prozent der Anlage Ersatzteile, aber wir brauchen einen neuen Generator.«

»Das sieht ja wohl jeder Idiot. Dort, wo der alte war, ist schließlich ein Loch, durch das man mit einem Skimmer fliegen könnte.«

»Der große Block Solarzellen ist zersprungen. Der muß auch ersetzt werden. Die gesamte Klimaanlage ist hinüber – das bedeutet unter anderem, daß die Kühlung ausfällt.«

»Unter anderem«, wiederholte Hansen angewidert. »Was ist denn übriggeblieben?«

Wieder ein Blick auf den Notizblock. »Sämtliche Handfeuerwaffen und vier Projektilwaffen, also sind wir nicht gerade wehrlos. Mamula hat einen Transformator gefunden, der nicht angeschlossen war, und hat die Kühlanlagen für die Krankenstation an die Batterien gehängt. Und Notrationen haben wir auch eine ganze Menge.«

»Fernmeldeeinrichtung?«

»Die ist leider hin. Aber die Anlage im Landeboot funktioniert noch.«

»Ein Jammer, daß es ein Landeboot ist und kein Aufklärer. Wann ist das nächste Versorgungsschiff fällig?«

»In zweieinhalb Wochen, Sir, planmäßig.«

Hansen nickte und ging durch die nächste Tür auf den Balkon hinaus, der auch die Station umgab. »Zweieinhalb Wochen«, wiederholte er, stützte sich auf das Geländer und blickte zu der fernen grünen Wand hinüber. Dann ließ er seinen Blick nach unten zu den grünbraunen Baumspitzen schweifen.

»Zweieinhalb Wochen für eine komplett ausgestattete Station, die konstruiert ist, um selbst den Angriff einer Commonwealthfregatte abzuwehren, zweieinhalb Wochen, um die Belagerung durch zwei Eingeborene in Lendentüchern zu überstehen – den Bastarden von fehlgeleiteten Kolonisten, die zu religiösen Fanatikern geworden sind!«

»Ja, Sir.«

Hansen wirbelte herum, als er die Stimme hinter sich hörte, und brüllte den Neuankömmling an. »Glauben Sie, Ihre Leute werden damit fertig, Cargo? Oder meinen Sie, daß wir unterlegen sind?!«

Cargo richtete sich auf und schlug die Hacken zusammen. »Ich muß mit dem zurechtkommen, was ich habe, Sir, genauer gesagt, dem besten Personal, das die Firma kaufen konnte.« Was er damit sagen wollte, war klar: es gab gewisse Dinge, die selbst die Muttergesellschaft nicht käuflich erwerben konnte.

»Ich könnte einen Ausfall vorbereiten, Sir, wenn Sie das wünschen. Wir könnten die Umgebung absuchen bis ...«

»Ach, hören Sie doch auf, Cargo«, murmelte Hansen. »Ich brauche auch kein Opferlamm. Ihr Selbstmord nützt niemandem etwas. Sie könnten die ja nicht einmal von der übrigen Fauna unterscheiden. Die würden ihre Leute einen nach dem anderen wegputzen – oder sich einfach im Hintergrund halten und warten, bis der Wald Sie erledigt hat.« Er wandte sich wieder dem smaragdfarbenen Ozean zu.

»Ich kann mir noch immer nicht zusammenreimen, was sie zu solcher Gewalttätigkeit veranlaßt hat. Freilich, der Wunsch zu entkommen, uns Ärger zu bereiten, sicher – aber ein Gegenangriff? Sie müssen verdammt zuversichtlich sein – oder schrecklich wütend. Ich weiß, daß Born unsere Absichten hier mißbilligt, aber er machte keinen mörderischen Eindruck auf mich; wir übersehen hier irgend etwas. Ich würde gerne noch einmal Gelegenheit haben, mit ihm zu reden, einfach, um herauszufinden, womit wir ihn so gereizt haben.«

»Ich hätte gerne Gelegenheit, ihm den Hals abzuschneiden«, erwiderte Cargo.

»Hoffentlich bekommen Sie die, Cargo. Aber ich

würde mich auch nicht darauf verlassen, daß Sie ihn sehen, bevor er Sie entdeckt.«

Cargos Haltung lockerte sich, nicht aber seine Stimme. »Sir, ich habe dreißig Jahre in den Streitkräften des Commonwealth gedient, ehe mir klar wurde, daß das dreißig vergeudete Jahre waren. Jetzt bin ich seit vier Jahren als Leiter der Sicherheitsabteilung bei der Firma. Wenn mir dieser Knirps unter die Hände kommt, können Sie Ihr Verwaltungsdiplom darauf wetten, daß ich ihm den Hals breche, ehe er mich auch nur berührt.«

»Ich wette einen viel größeren Einsatz, Sal.« Er blickte zum Himmel. »Das wird wieder ein heißer ... Mutter Gottes, was ist das denn?«

Cargo wandte den Kopf und blickte in das schwache Blaugrün des südlichen Himmels. Langsam näherten sich drei träge dahintreibende Silhouetten der Station. Jede von ihnen war halb so groß wie der ganze Bau.

»Funktionieren noch irgendwelche Geschütztürme?«

»Nein, Sir«, erklärte Cargo, ohne den Blick vom Himmel zu wenden. »Aber die Gewehre haben wir noch.«

»Bringen Sie sie in die Kuppel. Lassen Sie ein paar Leute unten, um die Stützstämme zu beobachten, und schaffen Sie das restliche Personal nach oben. Der Baum mit dem Tunnel soll ebenfalls weiter bewacht werden. Ich möchte keine Überraschungen aus der Richtung, während wir mit *dem da* beschäftigt sind. Los!«

Rufe und Schreie hallten durch die beschädigte Station. Jeder, der noch eine funktionsfähige Handwaffe besaß, sollte sich in der Kuppel melden. Alle begriffen – die drei Photoidenschweber machten keine Anstalten, sich zu verstecken.

Logan und Cohoma gehörten auch zu denen, die sich unter den Polyplexalumscheiben drängten. Drei Lasergewehre waren dort aufgebaut und himmelwärts gerichtet.

Hansen sah die beiden Scoutpiloten, winkte Cargo zu

und sprach sie an: »Haben Sie schon einmal so etwas gesehen?«

Logan studierte die aufgedunsenen Ungeheuer fasziniert. »Nein, Chef, nie. Ich kann mich auch nicht erinnern, daß Born je so etwas erwähnt hätte.«

»Können Sie sich vorstellen, daß Ihre Pygmäen sie unter Kontrolle haben?« fragte Cargo.

Logan überlegte. »Nein, das glaube ich nicht. Wenn sie gefährlich, aber manipulierbar sind, hätte Born sie bestimmt herbeigerufen, um uns zu schützen, als wir über die Lichtung gingen.«

Die Schweber waren gigantische Gassäcke, etwa eiförmig mit flatternden, segelähnlichen Flossen am Rükken und an den Seiten. Das gleichmäßige Flattern dieser über die ganze Körperlänge hinweg angeordneten Auswüchse trieb sie träge durch die Luft. Die Gassäcke selbst waren von blassem durchscheinenden Blau, durch das die Sonne schien. Unter jedem Sack lag eine Masse aus gummiartigem Gewebe, das sich wie Kabel eingerollt hatte. Und von diesen »Kabeln« hing eine Reihe kurzer dicker Fäden, die wie Spiegellianen glänzten, an die Logan sich aus den Wochen im Wald erinnerte. Farben blitzten von den sich drehenden kreisenden organischen Prismen. Dem ganzen Geschöpf wurde dadurch das Aussehen eines Ballons verliehen, der versuchte, einen Regenbogen auszubrüten. Unter diesem glitzernden Konglomerat hingen längere Tentakel. Diese sahen natürlicher aus, waren von hellblauer Farbe wie die Gassäcke und von einer klebrigen, glitzernden Masse bedeckt.

Immer näher trieben sie der Station, während ein kleines Grüppchen heftig darüber debattierte, ob diese Geschöpfe dem Pflanzen- oder dem Tierreich zuzuordnen waren.

»Halten Sie die Waffen schußbereit!« befahl Hansen. Bis jetzt hatten die schwebenden Ungeheuer noch nichts Feindseliges unternommen. Aber ihre schiere

Größe machte ihn nervös. Das gespenstische Schweigen, mit dem sie immer näher heranschwebten, trug nicht gerade zu seiner Beruhigung bei.

»Wenn sie auf zwanzig Meter heran sind, schießen Sie«, befahl er Cargo, »aber nicht vorher.« Der nickte.

Jetzt kippte einer der Schweber zu ihnen ab; seine herunterhängenden kabelähnlichen Tentakel zuckten in der Luft. Er hielt außerhalb der zwanzig Meter, die Hansen festgelegt hatte, an und schwebte still in der Luft. Obwohl keinerlei optische Perzeptoren zu sehen waren, hatte Hansen das ungute Gefühl, daß er sie studierte. Mit flatternden Flossen hing er in der Luft, während die Spannung in der Kuppel und dem Rest der Station unerträglich anstieg.

Jemand stieß einen Schrei aus, und aller Augen richteten sich nach oben. Die beiden anderen Schweber trieben jetzt auf das Landeboot zu – der letzten Verbindung zur Firma, zum Rest des Universums, über die sie verfügten. Ein langer Tentakel senkte sich herunter und krümmte sich um den Bug des Shuttle. Der Tentakel zog neugierig, mühelos. Ein Kreischen war zu hören, als das Boot etwas zur Seite rutschte.

Ein bleistiftdünner Strahl intensiven roten Lichts zuckte zu dem neugierigen Schweber hinüber. Cargo wirbelte herum und brüllte die Gewehrmannschaft an: »Wer hat da geschossen? Ich habe keinen Befehl ...«

Der Strahl berührte den Gassack und schien schräg durch ihn hindurchzugehen. Der Schweber sank etwas tiefer, nahm dann aber gleich wieder die ursprüngliche Position ein. An dem Punkt, wo der Laserstrahl ihn getroffen hatte, kräuselte etwas Rauch. Ein schwaches, kaum hörbares Pfeifen war zu vernehmen, es klang wie ein Seufzen. Der Schweber hob sich etwas in die Höhe, vergaß einen Augenblick lang, das Shuttle loszulassen. Ein leises Klirren hallte zu ihnen herüber, als ein Ankerkabel nach dem anderen riß wie eine Pianosaite.

Jetzt feuerte jemand seine Pistole ab, dann eröffneten

auch die anderen Gewehre das Feuer. Cargo fluchte und schimpfte, aber die Panikschreie in der Station übertönten ihn. Ein roter Strahl nach dem anderen zuckte zu den Schwebern hinüber. Und jedesmal, wenn einer der Strahlen einen Gassack traf, sank der verletzte Schweber etwas in die Tiefe, blies sich dann aber wieder auf und nahm die ursprüngliche Position ein. Strahlen, die in dem Tentakelwald landeten, schienen davon abzuprallen.

Aus ihrem Versteck hinter einem Gebüsch von Kammlianen flüsterte Born: »Für Schweber sind sie sehr geduldig.«

»Vielleicht wollen sie nicht kämpfen«, meinte Losting besorgt.

Und hinter ihm knurrte Geeliwan: »Schweberärger kommt langsam, dauert lange.«

Ob nun die andauernden Stiche der Laser oder der Lärm der winzigen Gestalten in der Station sie dazu reizte, würde man wohl nie erfahren – jedenfalls begannen die Schweber zu reagieren. Ihre kürzeren, fast quarzähnlichen Fasern bewegten sich, bildeten komplizierte Muster. Instinktive Verteidigungsanordnungen – während das rote Licht von unten weiter nach ihnen stach. Die Sonne stand hoch am Himmel und war heiß. Aber in dem neu angeordneten Komplex kurzer Fäden konzentrierte sich das Sonnenlicht, wurde verstärkt und wieder verstärkt, durch ein Gewirr organischer Linsen hin und hergeworfen, die so kompliziert waren, daß selbst ein menschliches Auge, verglichen mit ihnen, eher primitiv wirkte.

Von den nächsten Schwebern schossen Strahlen ungeheuer konzentrierten Sonnenlichts auf die Station hernieder. Die Wände der Station waren hauptsächlich aus Aluminiumwaben gefertigt, nicht aus Duralum. Und wo sie das Licht traf, schmolzen sie einfach weg und verbrannten, was hinter ihnen lag.

Hansen floh aus der Kuppel. Cohoma, Logan und der

größte Teil des Personals taten es ihm gleich. Cargo blieb mit seiner Mannschaft und verfluchte ihr Ungeschick. Er kam nicht auf die Idee, daß die Gassäcke der Schweber aus Segmenten bestehen könnten. Er erkannte nicht, wie schnell sie sich ersetzten, wie schnell frisches Gas in den neuen Zellen entstand. Er begriff einfach nicht, wie hilflos die Lasergewehre, mit denen man immerhin ein Shuttle oder ein Flugzeug abschießen konnte, gegen dieses Ding waren, begriff es immer noch nicht, als das verstärkte Licht des dritten Schwebers die Kuppel traf, das zähe Polyplexalum verschmorte, die Lasergewehre schmolzen, Stühle, Konsolen, Boden und Instrumente in Flammen aufgingen. Erst als er und die letzte Gewehrmannschaft zu Asche verbrannten, wurde klar, wie nutzlos sein Handeln gewesen war.

Die verärgerten Schweber blieben noch eine halbe Stunde und trieben träge über der Station hin und her. Immer wieder jagten sie ihre konzentrierten Lichtstrahlen in die Ruinen, lange noch, nachdem die letzten verzweifelten roten Lichtstrahlen aus dem rauchenden Wrack nach oben gestochen waren.

Schließlich wurden sie müde, als das, was bei ihnen als Verstand diente, befriedigt war. Sie ließen die Station, mit Löchern und Pockennarben übersät, zurück und trieben träge wieder gen Süden, woher sie gekommen waren, während im Inneren der Ruine Dutzende kleiner Feuer flackerten.

»Jetzt sollten wir Schluß machen«, polterte Losting.

»Vielleicht sind noch einige übrig«, meinte Born. »Laßt uns warten, bis die Flammen ihr Werk beendet haben und die Sonne untergegangen ist.«

Wie es gelegentlich geschah, begann der Nachtregen an jenem Tage schon bei Sonnenuntergang. Es war noch hell genug, um sehen zu können, als sie die Stationsruine betraten. Tropfen zischten, wenn sie das heiße Metall trafen. An einigen Stellen waren die Korridorwände unter dem Angriff der Schweber wie Butter zerschmolzen.

Die Jäger betraten den Außenkorridor mit schußbereiten Bläsern, wenn auch keiner damit rechnete, in der rauchenden Ruine noch etwas Lebendes zu finden.

»Selbst notwendiger Tod ist unangenehm«, meinte Born ernst und sog prüfend den Gestank verkohlten Fleisches ein. »Dies ist kein Ort, an dem man sich lange aufhalten soll.«

Losting nickte und deutete auf den Weg, der die Station umgab. »Ich nehme diese Hälfte und treffe dich auf der anderen Seite. Je schneller wir hier ein Ende machen und den Heimweg antreten, desto besser fühle ich mich.« Born nickte zustimmend und entfernte sich in entgegengesetzter Richtung.

Der große Jäger wartete, bis sein Begleiter verschwunden war, ehe er Geeliwan folgte. Er fand nicht viele Leichen, die meisten waren unter Schutt und Schlacke begraben oder bis zur Unkenntlichkeit verkohlt.

Losting dachte über das Vernichtungswerk nach, das die Schweber getan hatten. Einmal hatte er zugesehen, wie ein neugieriger Photoide einen schlafenden Jäger mit einem baumstammdicken Tentakel sanft betastete und den Träumer dann in Frieden ließ und freundlich weiterschwebte. Er hatte auch einmal gesehen, wie ein erschreckter Wagetaucher einem der sonst sanftmütigen Schweber einen Tentakel abgebissen hatte. Der Schweber hatte vor Wut und Schmerz den Baum des Fleischfressers in Stücke gerissen und seine obere Hälfte zersplittert, ehe er den Angreifer geröstet hatte.

Er wünschte, es hätte eine andere Möglichkeit gegeben. Er betrat die Überreste des Skimmerhangars. Die kleinen Aufklärungsfahrzeuge waren kaum mehr zu erkennen. Bei den meisten waren die durchsichtigen Kuppeln zerdrückt und die Rümpfe zerschmolzen. Hinter einer noch teilweise intakten Kuppel sah er die verkohlten Überreste von zwei Riesen, deren Knochen weiß an das Metall geschweißt waren. Hätten die überlebenden Riesen nicht so lange Widerstand geleistet, so hätte die Schweber vermutlich Langeweile erfaßt, und sie wären wieder zu ihren Nistplätzen im Süden zurückgekehrt. Statt dessen hatten diese in Panik geratenen Mörder bis zum Schluß erbittert gekämpft, wo ihre Lichtwaffen doch gegen die Nervensysteme der durchsichtigen Photoiden völlig unwirksam waren.

Plötzlich knurrte Geeliwan und machte einen Satz. Der Pelziger hatte Witterung aufgenommen – zu spät. Der Gestank der immer noch brennenden Station hatte den anderen Geruch überlagert. Der Lichtstrahl traf ihn mitten im Sprung über den Augen. Er fiel zu Boden und blieb liegen.

Losting hatte seinen Bläser hochgerissen und drückte ab, noch ehe der Pelziger stürzte. Der Knall des platzenden Tanksamens war zu hören. Jemand stieß einen Schrei aus, dann war es wieder still.

Hinter einem blasig aufgeworfenen Stück Boden hob sich unsicher eine Gestalt – Logan. Schwankend ließ sie die Pistole fallen und zog sich mit beiden Händen den Jacaridorn aus der Brust. Ein winziger roter Fleck erschien, besudelte ihre Tunika. Benommen starrte sie ihn an. Losting hatte bereits wieder nachgeladen, als der zweite Strahl ihn an der Hüfte traf, Haut, Knochen, Nerven und Organe zerfetzte. Gewöhnlich tötete ein einziger Schuß sofort. Aber Losting war kein normaler Mann. Er ließ sich auf die Knie fallen und fiel erst dann nach links. Immer noch lebend, griff er mit beiden Händen an die riesige Wunde. Der Bläser klapperte auf den Metallboden.

Logan taumelte ein paar Schritte nach vorn und versuchte, zu der verkrümmten Gestalt auf dem Boden etwas zu sagen. Ihr Mund bewegte sich, aber es kam nichts heraus. Dann wurden ihre Augen glasig, als das Nervengift seine Wirkung tat, und sie stürzte wie ein

Baum, lag da, reglos wie eine zerbrochene Spielzeugpuppe, einen Arm grotesk verkrümmt.

Zwei Gestalten erhoben sich aus dem schwarzen Tunnel in der Nähe. Cohoma ging zu der reglosen Gestalt Logans und kniete neben ihr nieder. Hansen warf kaum einen Blick auf sie, ging auf Losting zu. Und hinter ihm murmelte der Scoutpilot, als er weder Puls noch Herzschlag fand, verbittert: »Der hat dich erwischt, Kimi.«

Der Stationschef hielt seine Pistole auf Losting gerichtet, als er sich ihm näherte. Der röchelnde Atem des Jägers hallte laut durch den vom Tod erfüllten Korridor. Hansen hatte den größten Teil seiner Kleidung und seine bürokratische Würde verloren. Sein Atem ging keuchend. Das graue gekräuselte Haar auf seinem Oberkörper war verschwitzt und mit Ruß verschmiert.

»Ehe ich dich töte, Losting – warum?«

»Born hat es gewußt«, keuchte der Jäger unter Schmerzen. Langsam wurde an ihm alles taub, kroch über seinen ganzen Körper. »Er hat es dir gesagt. Ihr nehmt, ohne zu geben. Ihr nehmt, ohne zu bitten. Ihr borgt, ohne zurückzugeben. Ihr emfatiert nicht. Unsere ... Welt.«

»Es ist nicht *eure* Welt, Losting«, sagte Hansen müde. Cohoma, der hinter ihm stand, bekam plötzlich große Augen. Er murmelte etwas von Empathie und erzwungener Evolution. Hansen hörte ihn nicht. »Aber ihr habt euch geweigert, das zu akzeptieren. Schade.« Hansen wandte sich ab und rief: »Muerta ... Hofellow ... seht nach, ob dieses Vieh auch tot ist.«

Ein Mann und eine Frau, der Mann mit einer Pistole, die Frau mit einer Machete bewaffnet, kamen aus einem Seitengang. Ohne ein Risiko einzugehen, jagte die Frau einen weiteren Feuerstoß in den Kopf des Pelzigers, aber Geeliwan war längst so mausetot, wie man es nur sein konnte.

»Hölle und Verdammnis!« brüllte Hansen, den Ärger

und Enttäuschung übermannten. »Kein Grund ... kein Grund für alles das!« Er machte eine alles umfassende Handbewegung und blickte dann wieder auf Losting hinunter. Seine Stimme klang wegen soviel Verschwendung bedauernd. »Verstehst du denn nicht – du hast uns nicht aufgehalten! Ich habe vier Leute ...« Er blickte noch einmal auf Logans reglosen Körper. »Nein, drei Leute.«

»Ihr seid alle tot«, sagte Losting, und bei jedem Wort schoß ein scharfer Schmerz durch seinen Leib. Jedes Wort war eine neue Überraschung. »All eure kleinen Himmelsboote sind zerbrochen und das große ... auch. Eure kleinen Waffen sind tot, und eure Wände und Netze. Der Sturmtreter hat ihnen das Leben genommen. Jetzt wird der Wald zu euch kommen.«

Hansen sah ihn bedauernd an. »Nein, Losting, du irrst. Ihr habt das zwar geschickt gemacht, und beinahe hättet ihr es sogar geschafft. Aber wir haben genügend Lebensmittel und bekommen jede Nacht Wasser vom Himmel. Ich weiß, wie schnell dieser Wald wächst. Vielleicht bedeckt er die Station, ehe unser nächstes Schiff eintrifft. Es stimmt, daß unser Shuttle nicht mehr fliegen kann, aber sein lebenserhaltendes System funktioniert noch und die Sendeanlage auch. Ich glaube nicht, daß diese Gassackprismen zurückkommen werden, und ich glaube auch nicht, daß uns sonst etwas angreifen wird, was einen Schiffsrumpf durchdringen könnte. Dieser Wald kann uns unter einer grünen Lawine begraben, aber unser Notsignal wird dennoch empfangen werden.

Ihr habt es fertiggebracht, daß einige Leute viel Geld verloren haben, und ihnen viel Mühe bereitet. Das wird sie nicht freuen. Aber sie werden diese Station wieder aufbauen, von vorne beginnen – wegen des Unsterblichkeitsextrakts. Du kannst dir gar nicht vorstellen, welche Mühe die Menschen auf sich nehmen werden, um sich ihn zu beschaffen.

Wir werden nicht dieselben Fehler noch einmal machen. Wir werden auf der anderen Seite dieses Planeten neu bauen, weit von eurem Stamm entfernt. Der neue Außenposten wird Luftpatrouillen haben, dreimal so viele Kanonen, viel größere, mit unabhängigen Energieanlagen, und wir werden eine viermal so breite und zweimal so tiefe Lichtung freibrennen.

Nein, wir werden nicht dieselben Fehler ein zweites Mal machen. Du bist ein tapferer Mann, Losting, aber du bist geschlagen. Schade. Ich wäre lieber dein Freund gewesen.«

»Gra ... räuber ...«, flüsterte Losting. Er lag in einer riesigen Blutlache, seine Gliedmaßen begannen unkontrolliert zu zittern.

Hansen beugte sich über ihn. »Was? Ich habe nicht gehört ...«

»Alles würdet ihr stehlen«, keuchte der Jäger und bäumte sich ein letztes Mal auf. »Selbst die Seele eines Menschen, selbst den Duft einer Blume. Ihr ...« Er fiel zurück und starrte mit glasigen Augen durch die zerstörte Kuppel in den nächtlichen Himmel.

Hansen schüttelte langsam, traurig den Kopf. »Ich verstehe euch nicht, Losting. Ich weiß nicht, ob wir einander je verstehen könnten.«

Er schüttelte immer noch den Kopf, als ihm der Jacaridorn aus Borns Bläser in den Hals drang.

Es war schnell vorbei. Ruumahum tötete die beiden, die sich über Geeliwans Leiche beugten. Borns Axt erledigte Cohoma, ehe der die Pistole ziehen konnte.

Der Jäger hackte mehr, als notwendig war, auf die gestürzten Riesen ein. Auch als der größte Teil ihres Blutes bereits aus ihren Adern geronnen war, hackte er noch auf sie ein, bis seine Wut endlich aufgezehrt war. Erschöpft taumelte er neben dem Mann zu Boden, den er auf der ganzen Welt am meisten gehaßt hatte. Ruumahum schnüffelte an Geeliwans Flanke, aber für den gefallenen Pelziger gab es keine Hoffnung mehr. Er war nicht unverletzlich. Logans Strahl hatte das Gehirn getroffen. Ein dünner, grüner Faden rann aus einer Ader am Schädel und besudelte seinen Pelz ...

Das Gesicht des sterbenden Jägers war von einem Schmerz verzerrt, der nicht nur physisch war. »Kein Glück ... nicht für Losting. Du ... siegst immer, Born. Du bist mir immer einen Ast voraus, ein Wort, eine Tat. Das ... ist nicht fair, nicht fair. So viel Tod ... warum?«

»Das weißt du doch, Jäger«, murmelte Born. »Es gab eine Krankheit, einen Parasiten, der neu auf die Welt gekommen war. Es kam uns zu, ihn auszuschneiden. Er hätte das Heim getötet. Du hast das Heim gerettet, Jäger.« Seine Stimme brach. »Ich liebe dich, mein Bruder.«

Born saß da und beschwor feierliche Bilder für sich herauf, während Ruumahum auf seinen Hinterbeinen kauerte und mit dem weinenden Himmel trauerte. So verharrten sie, bis die Zeit einen neuen Tag und Licht brachte.

Die erste Welle von Kabbls, Kriechpflanzen, Fom und Luftschößlingen kroch bereits über die einstmaligen Ränder der Lichtung, als Born und Ruumahum sich auf den Weg machten.

Zwei Leichen – ein Mensch und ein Pelziger – waren auf Ruumahums breitem Rücken befestigt. Die Vorstellung, mit einer solchen Last bis zum Heim zurückzukehren, war absurd. Es würde ihren Weg verlangsamen, sie behindern, sie gefährden. Aber weder Ruumahum noch Born dachten auch nur einen Augenblick daran, ohne sie zurückzukehren.

Born erinnerte sich der Worte des Hansenhäuptlings, als er letzte Nacht in der Dunkelheit und im Regen zu ihm gekrochen war, um ihn zu töten. Diese Worte waren falsch. Er glaubte nicht, daß die Riesen versuchen würden, anderswo auf der Welt eine neue Station zu errichten – nicht jetzt. Nicht jetzt, wo all ihre Arbeit hier auf unerklärliche Weise vernichtet und verschluckt worden war. Und selbst, wenn sie es taten, konnten sie die Knollen nicht finden, die sie wollten. Nicht auf der anderen Seite der Welt. Wenn sie es hier versuchten, würde es ihnen nie gelingen, ihre Lichtwaffen und ihre Metalle an Ort und Stelle anzubringen. Dafür würde der Stamm sorgen. Sie würden es anderen Stämmen sagen. Die Warnung würde sich ausbreiten.

Geh Hell war die erste, die ihn bei seiner Rückkehr begrüßte, als sie erschöpft und halb tot viele Siebentage später in das Dorf taumelten. Sie blieb nicht lange bei ihm, nachdem sie Lostings Leiche gesehen hatte. Und zu seiner Überraschung stellte Born fest, daß es ihn nicht störte.

Dann schlief er zwei Tage lang, und Ruumahum noch einen Tag länger.

Dem Rat wurde die Geschichte erzählt.

»Wir werden wachen und nicht zulassen, daß sie ihre Krankheit erneut in die Welt setzen«, erklärte Sand, als der Bericht beendet war. Leser und Joyla stimmten ihm zu.

Jetzt galt es nur noch, ein Letztes zu tun.

Am nächsten Tag nahmen die Leute ihre Fackeln und Kinder und gingen mit den Leichen von Losting und Geeliwan in den Wald. Für dieses Langeher suchten sie den größten der Bewahrer – den höchsten, den ältesten, den stärksten. Dieser Baum war der letzte Ruheplatz für die geehrtesten Rückkehrenden des Heims. Ohne auf die größeren Gefahren nächtlicher Himmelsdämonen zu achten, kletterte die Prozession in die Erste Etage.

Und dann sangen sie die Zeremonie und rezitierten die Worte mit feierlicheren Stimmen, als sie sie je gehört hatten. Darauf wurden die Leichen mit Öl und den Kräutern behandelt und Seite an Seite in der Baumhöhle beigesetzt. Schließlich häuften sie Humus und organische Abfälle über sie.

Losting hätte an diesem Totengesang Freude gehabt. Seine Geschicklichkeit als Jäger, seine Kraft und sein Mut wurden gepriesen und besungen. Von seinen Jagdkameraden, von Sand und Joyla und von Born, ganz besonders von Born. So sehr, daß zwei andere den Verrückten wegführen mußten.

Es war geschehen.

Als die Zeremonie beendet war, begann die lange doppelte Reihe von Männern und Frauen und Kindern, flankiert von ihren schweigenden Pelzigern, den langen spiralförmigen Abstieg zum Heim.

Die hoch aufragenden Bewahrer standen unter trauernden Wolken, als das allumfassende dunkle Grün die letzte Fackel erstickte. Dunkler Wald, grün und unergründlich – wer wußte schon, welche Gedanken sich in jenen malachitfarbenen Tiefen regten?

Zwei Tage später reifte eine Knospe, die ganz unten an dem Bewahrer wuchs. Die zähe Haut platzte, und ein kleines smaragdfarbens Etwas fiel heraus. Sein stacheliger nasser Pelz sog das Licht der Sonne in sich auf. Drei winzige Augen öffneten sich blinzelnd, kleine Elfenbeinhauer spähten unter den noch nassen Rändern eines bislang noch ungeöffneten Mundes hervor. Dann gähnte das Ding und fing an, sich zu putzen.

Während es sich säuberte, zog es die letzten grünen Wurzelenden aus der Samenknospe. Dann legten sie sich zurück und wurden zu Pelz, tranken das Sonnenlicht in sich hinein. In dem kleinen Leib begann die Photosynthese.

Erstaunt miauend, weil die Welt so riesig war, sah das Pelzigerjunge sich um und erblickte die hellen Lichter, die im Halbschatten zu ihm herunterblitzten.

»Ich bin Ruumahum«, verkündete der Geist hinter jenen Augen. »Kommt mit mir zu den Brüdern und den Menschen.«

Der Erwachsene drehte sich um. Schwach, aber mit

immer sicherer werdenden Schritten folgte das Junge dem Alten hinauf ins Licht.

Und weit über ihnen schrie ein neugeborenes Kind nach der Brust seiner Mutter.

Kräfte regten sich im größten der Bewahrer, reagierten auf die in ihn gebetteten Leiber. Der Baum reagierte, sonderte einen holzigen Saft ab, der die zwei Gestalten umgab, um das verletzliche organische Material zu isolieren und zu beschützen. Der Saft verhärtete sich schnell und bildete eine undurchdringliche Barriere für Bakterien, Fäulnis und Insekten.

Und im Inneren jenes hohen Astes flossen Saft und seltsame Flüssigkeiten zusammen und arbeiteten, lösten auf und fügten hinzu, bewahrten, belebten, bauten auf. Winzige Spuren der neuen Eingebetteten wurden im Inneren des ganzen siebenhundert Meter hohen Gewächses verteilt, während winzige Teile älterer Eingebetteter zu den neuen getragen wurden.

Knochen wurden aufgelöst, Fleisch und Organe verschwanden. Ein Netz geduldiger schwarzer Fäden ersetzte sie, die das Holz durchwucherten. Alte Nervenverbindungen von Mensch und Pelziger drangen in dieses weite Netz ein, neue Nährstoffe spendeten den verwandelten Zellstrukturen Energie.

Der Prozeß, Losting und Geeliwan in das Seelenbewußtsein einzubeziehen, dauerte lange, aber doch nicht zu lange. Der Weltwald war ungemein leistungsfähig. Neuer Saft regte sich, rätselhafte Verbindungen, die ein Chemiker für unmöglich gehalten hätte, wurden produziert. Reize wurden an die neue Fläche angelegt, Katalyse vollzog sich.

Losting und Geeliwan wurden mehr, wurden etwas Größeres. Sie wurden ein Teil des Bewahrermatrixbewußtseins, das seinerseits nur ein einziger Knoten des noch größeren Waldbewußtseins war.

Denn der Wald beherrschte die Welt ohne Namen. Er

entwickelte sich, wandelte sich und wuchs. Er fügte zu sich selbst hinzu. Als die ersten Menschen ihn erreicht hatten, sah der Weltknoten die Bedrohung, die sie darstellten, und auch ihr Versprechen. Der Wald hatte Kraft, Vielfalt und Fruchtbarkeit. Und jetzt erweiterte er seine Intelliganz langsam und geduldig, wie Pflanzen das tun.

Losting spürte, wie die letzten schwachen Spuren einer nicht mehr benötigten Individualität verblaßten, fühlte, wie er selbst in jenes größere Bewußtsein einging, das aus Dutzenden menschlicher Bewußtseinseinheiten und denen vieler anderer Bewahrer zusammengefügt und verschmolzen war, die alle durch das Bewußtsein der baumgeborenen Pelziger verbunden waren, und er war glücklich.

»Du hast nicht gewonnen, Born!« rief er triumphierend, als die Größe ihn aufnahm. Und dann verschwand sein Neid und alle Zwietracht, und er war Teil des größeren Ganzen. Wie ein toter Kokon fielen solche menschliche Stimmungen und Emotionen von ihm ab.

Das Waldbewußtsein wuchs um ein kleines Stückchen. Bald würden Born und Ruumahum und die anderen sich hinzufügen. Bald würde es das Ende seines Planes erreichen. Dann würden irgendwelche Eindringlinge von draußen nicht mehr fähig sein, einfach zu kommen und zu töten und ungestraft zu schneiden und zu brennen. Am Ende würde es hinausgreifen über die endlose Leere, die es jetzt unbestimmt zu erahnen begann. Dann ...

Im Wald emfatierte Born einen jungen Schößling und lächelte ihn an, weil es ein schöner Tag war. Er blickte hoch zu seinem geliebten fremden Himmel und merkte nicht, daß er über ihn hinausblickte.

Universum! Hüte dich vor dem Kind im Umhang aus grünem Flaggentuch.